中國古典文學基本叢書

楊炯集箋注

第二册

祝尚書 箋注

中華書局

楊炯集箋注卷四

碑

大唐益州大都督府新都縣學先聖廟堂碑文 并序〔一〕

叙曰：銀衡用九，天門壓西北之荒〔二〕；銅蓋虚三，地户坼東南之野〔三〕。迴七星於上列，太清不能潛混茫之機〔四〕；環四海於中州，巨塊不能秘生成之業〔五〕。聖人有以見天下之賾，擬諸形容；聖人有以見天下之動，行其典禮〔六〕。靈圖廣運，百姓日用而不知〔七〕；神理潛行，萬方樂推而不厭〔八〕。古者熊山南眺，金崇横上帝之居〔九〕；鳳穴西臨，玉室考爰皇之宅〔一〇〕。五龍乘正，按天讖以希微〔一一〕；六羽提衡，驗星謡而汗漫〔一二〕。洎乎尊盧、赫胥之代，驪連、栗陸之君〔一三〕，皇名邁於上元，帝圖始於中葉〔一四〕。莫不憑三靈之寶位，鼓舞陰陽〔一五〕；籍六合之尊名，財成宇宙〔一六〕。未有貴而無位，博而無名。大禮由其再造，大樂出其一變。蕩蕩乎人無得而稱焉，巍巍乎其有成功者也〔一七〕！

【箋注】

〔一〕益州大都督府，元和郡縣志卷三一益州：「武德元年（六一八）改（隋蜀郡）爲益州總管府，三年置西行臺。龍朔二年（六六二），復爲大都督府。」按：本文及舊唐書高宗紀下，載有咸亨元年（六七〇）五月丙戌高宗詔，略曰：「諸州縣孔子廟堂及學館有破壞并先來未造者，……宜令所司速事營造。」新都縣學及孔子廟堂，當即奉此詔修建，而碑文蓋作於廟堂落成稍前。按明豐坊書訣稱「成都孔子廟碑，（楊）炯文，自書，在四川」。所謂成都孔子廟碑，應即指此碑。考文中稱高宗爲「天皇」（見「大都督周王，天皇第八子也」句），舊唐書高宗紀：咸亨五年（六七四）秋八月壬辰，「皇帝稱天皇，皇后稱天后。改咸亨五年爲上元元年」。故咸亨五年秋八月，爲本文作年之上限。文稱廟堂建成時，來恒爲益州大都督府長史。考舊唐書高宗紀，上元三年（六七六）二月癸卯，黄門侍郎來恒爲同中書門下三品，當已離蜀，是爲本文寫作時間之下限。因來恒離蜀準確時間無考，以理推之，上元元年僅四個多月（咸亨五年秋八月至年末），故碑文最有可能寫於上元二年。除此碑外，楊炯又作有遂州長江縣先聖孔子廟堂碑（見後），該廟堂亦是奉咸亨詔而建，兩碑寫作時間應相近。據長江碑，長江縣令楊某爲楊炯族叔，疑楊炯其時正客游於蜀，本碑文末所謂「下問書生」、「來求小子」，實即到長江縣求筆也。

〔二〕「銀衡」二句，衡爲渾天儀之瞄準管，可測天球不同赤緯之目標。隋書天文志：「其（渾儀）雙軸之間則置衡，長八尺，通中有孔，圓徑一寸。」唐范榮測景臺賦：「垂形象物，既不假於銀衡；司刻探元，何必邀夫銅史。」可參讀。用九，謂用陽爻。周易乾卦初九孔穎達正義：「陽爻稱九，陰爻稱六。」九爲乾，即天。天門，淮南子原道訓：「昔者馮夷、大丙之御也，……經紀山川，蹈騰崑崙。排閶闔，鑰天門。」高誘注：「馮夷、大丙，二人名，古之得道能御陰陽者。……崑崙，山名，在西北，其高萬九千里，河之所出。排，斥；鑰，入也。閶闔，始升天之門也。天門，上帝所居紫微宮門，馮夷、大丙之御，其能如此也。」又太平御覽卷一七九闕引神異經：「西北荒中有金闕，高百丈，上有明月珠，徑三丈，光照千里。中有金階，西北入兩闕中，名天門。」兩句謂用渾儀觀天，則西北崑崙高入天門。

〔三〕「銅蓋」二句，銅蓋，指天。蓋天論稱天如覆蓋，地如覆盆。銅，與前句「銀」，皆駢文之浮詞。虛三，謂天虛三，指地。周易咸卦（艮下兑上）象曰：「山上有澤，咸，君子以虛受人。」王弼注：「以虛受人，物乃感應。」唐李鼎祚周易集解卷七引虞翻曰：「坤爲虛。謂坤虛三受上，故以虛受人。艮，山，在地下爲謙，在澤下爲虛。」上注引周易乾卦初九孔穎達正義，謂「陽爻稱九，陰爻稱六」。故天虛三爲六，爲陰爻，爲地。地户，太平御覽卷一七九闕引神異經：「東南有石井，其方百丈，上有二石闕，夾東南面，上有蹲熊，有榜著闕，題曰地户。」王應麟困學紀聞卷九天道引河圖括地象曰：「西北爲天門，東南爲地户。天門無上，地户無下。」坼，原作「拆」，據全唐文卷一九二改。坼，分離。兩句謂地則東南低窪。

〔四〕「迴七星」二句，史記天官書：「北斗七星，所謂『旋、璣、玉衡，以齊七政』。」索隱案：「春秋運斗樞云：『斗，第一天樞，第二旋，第三璣，第四權，第五衡，第六開陽，第七摇光。第一至第四爲魁，第五至第七爲杓，合而爲斗。』」又引徐整長曆云：「北斗七星，星間相去九千里。其二陰星不見者，相去八千里也。」因星與星之間相距遥遠，故稱「迴」。太清，道家所謂三天（玉清、太清、上清）之一，此代指天。混茫，混沌不分貌。兩句謂自從星斗懸列，天不再是混茫一片。

〔五〕「環四海」二句，史記孟子荀卿列傳附騶衍傳：「中國名曰赤縣神州。赤縣神州内自有九州，禹之序九州是也，不得爲州數。中國外如赤縣神州者九，乃所謂九州也。於是有裨海環之。人民禽獸莫能相通者，如一區中者，乃爲一州。如此者九，乃有大瀛海環其外，天地之際焉。」索隱：「裨海，小海也。九州之外更有大瀛海，故知此裨是小海也。」此所謂「中州」，即中國，亦即赤縣神州。巨塊，即大塊。莊子齊物論：「夫大塊噫氣，其名爲風。」郭象注：「塊者，無物也。噫氣者，豈有物哉，氣塊然而自噫耳。物之生也，莫不塊然而自生，則塊然之體大矣，故遂以大塊爲名。」兩句謂自從中州大地誕生，看似塊然無物之宇宙，其萬物如何生成，便昭然若揭。

〔六〕「聖人」四句，周易繫辭上：「聖人有以見天下之賾，而擬諸其形容，象其物宜；聖人有以見天下之動，而觀其會通，以行其典禮。」韓康伯注：「乾剛坤柔，各有其體，故曰擬諸形容，是故謂之象。」又曰：「典禮，適時之所用，繫辭焉，以斷其吉凶，是故謂之爻。」孔穎達正義：「『聖人有以見天下之賾』者，賾謂幽深難見，聖人有其神妙，以能見天下深賾之理，擬度諸物形容也。見此剛理，則擬諸乾之形容；見此柔理，則擬諸坤之形容也。象其物宜者，聖人又法象其物之所宜，若象陽物宜於剛也，若象陰物宜於柔也，是各象其物之所宜。六十四卦皆擬諸形容，象其物宜也。若泰卦比擬泰之形容，象其泰之物宜；若否卦則比擬否之形容，象其否之物宜也。舉此而言，諸卦可知也。……『聖人有以見天下之動』者，謂聖人有其微妙，以見天下萬物之動也。而『觀其會通，以行其典禮』者，既知萬物以此變動，觀看其物之會合變通，當此會通之時，以施行其典法禮儀也。」典，原作「曲」，據四子集、全唐文及上引改。

〔七〕「靈圖」二句，靈圖，文選王融三月三日曲水詩序：「秉靈圖而非泰。」李善注引春秋漢含孳曰：「天子南面秉圖書。」又引成公綏大河賦：「靈圖授録於羲皇。」吕向注：「靈圖，天子位也。」此當指古聖人之道。周易繫辭上：「百姓日用而不知，故君子之道鮮矣。」韓康伯注：「君子體道以爲用也。仁、知則滯於所見，百姓則日用而不知，體斯道者，不亦鮮矣。故常无，欲以觀其妙，始可以語至而言極也。」廣運，謂無處不在。兩句言天地自然，百姓雖賴以爲生，卻不必知曉其功。

〔八〕「神理」二句，神理，即神道。周易觀卦彖曰：「觀天之神道，而四時不忒。聖人以神道設教，而天下服矣。」韓康伯注：「神則无形者也。不見天之使四時，而四時不忒；不見聖人使百姓，而百姓自服也。」二句謂天地運行，自有神理暗爲之主宰。

〔九〕「古者」二句，熊山，即熊耳山。尚書禹貢：「熊耳、外方、桐柏至于陪尾。」僞孔傳：「四山相連，……洛經熊耳。」初學記卷九總叙帝王：「地皇，始學篇曰：『地皇興於熊耳、龍門山。』」古謂熊耳山在弘農盧氏縣。金崇，金，謂其色，猶言金碧輝煌；崇，高也。上帝之居，此指古聖賢神靈寄託之所，即廟宇，謂其建造極華麗。

〔一〇〕「鳳穴」二句，鳳穴，鳳凰棲息處，指雍城。西臨，亦指雍城。周早期所居岐山，屬雍州。其後，長期爲秦國國都，遺址在今陝西鳳翔縣南雍水河以北、紙坊河以西高地之上。列仙傳卷上蕭史：「蕭史者，秦穆公時人也。善吹簫，能致孔雀、白鶴於庭。穆公有女字弄玉，好之，公遂以女妻焉。日教弄玉作鳳鳴，居數年，吹似鳳聲，鳳凰來止其屋，公爲作鳳臺，夫婦止其上不下。數年，一旦皆隨鳳凰飛去，故秦人爲作鳳女祠於雍宫中，時有簫聲而已。」故稱雍城爲「鳳穴」。玉室，此即指屋室、宫殿，言「玉」，美之也。兩句謂雍城自古爲皇宅帝都。按：以上四句，乃爲建孔子廟堂張本，即下文所謂應當貴而有位、博而有名之義。

〔一一〕「五龍」二句，司馬貞補史記三皇本紀：「自人皇已後，有五龍氏。」原注：「五龍氏兄弟五人，并乘龍上下，故曰五龍氏也。」按宋羅泌路史卷三八五龍紀據春秋命歷序云：「皇伯、皇仲、皇叔、皇季、皇少五姓同期，俱駕龍，號曰五龍。」又引遁甲開山圖云：「昆弟五人，人面而龍身，然以五音、五行分配爲五龍之名，如角龍、木仙、商龍、金仙之類。」又按雲笈七籤卷三道教本始部曰：「（人皇氏）後，五龍氏興焉。天真人太上老君降下開明之國，以靈寶真文、三皇内經各十四篇授五龍氏。五龍氏得此經，以道治世，萬二千歲，白日登仙。爾時甘露降焉，蒼生則於中化生。是後運動陰陽，作爲五行，四微、世欲、生死之業，於是而起。人乃任性混樸，茹毛飲血，男女無別，夏則巢居，冬則穴處。經於三十六萬歲後，神人氏興焉。」「按天讖以希微」，謂按之讖緯書，五龍氏之事已模糊不清。

〔二〕「六羽」二句，謂人皇氏。明孫瑴編古微書卷一三春秋命歷序（即春秋緯）：「人皇九頭，乘雲車，駕六羽，出谷口。兄弟九人，分長九州，各立城邑，凡一百五十世，合四萬五千六百年。」提衡，漢書杜周傳贊：「爵位尊顯，繼世立朝，相與提衡。」注引如淳曰：「提衡，猶言相提攜也。」又引臣瓚曰：「衡，平也，言二人齊也。」顔師古注以爲「瓚説是也」。「驗星謡」，亦謂人皇氏之事莫可詳。星謡，指天文、星占之書，言不知其年代。汗漫，連綿字，渺茫貌。

〔三〕「洎乎」二句，尊盧等皆傳説中上古帝王。補史記三皇本紀：「自人皇已後，有五龍氏、燧人氏、大庭氏、柏皇氏、中央氏、卷鬚氏、栗陸氏、驪連氏、赫胥氏、尊盧氏、渾沌氏、昊英氏、有巢氏、朱襄氏、葛天氏、陰康氏、無懷氏，斯蓋三皇已來有天地者之號。但載籍不紀，莫知姓、王年代，所都之處。」原注：「按皇甫謐以爲大庭已下一十五君，皆襲庖犧之號，事不經見，難可依從。然按古封太山者，首有無懷氏，乃在太昊之前，豈得如謐所説。」參見宋胡宏皇王大紀卷一三皇紀、五帝紀。

〔一四〕「皇名」二句，原作「皇圖始於中葉」一句，與下文不相偶對，頗乖駢體規則。兹據四子集、全唐文補「名邁於上元帝」六字，斷爲兩句，謂上元時名「皇」，中葉方稱「帝」。史記天官書：「其紀上元。」索隱按：「上元，是古曆之名，言用上元紀曆法。」此言「邁於上元」，謂猶在上元之前。

〔一五〕「莫不」二句，文選班固典引：「答三靈之蕃祉，展放唐之明文。」李善注：「三靈，天、地、人也。」寶位，指「皇」、「帝」之位。

〔一六〕「籍六合」二句，籍，通「藉」，假借。六合，指宇宙。淮南子原道訓：「舒之幎於六合。」高誘注：「四方上下爲六合。」尊名，指「皇」、「帝」之名。財，通「裁」。裁，剪裁。裁成，此謂造就。王弼周易注卷一〇周易略例序曰：「言大道之妙，有一陰一陽；論聖人之範圍，顯仁藏用。寔三元之胎祖，鼓舞財成；爲萬有之蓍龜，知來藏往。」

〔一七〕「蕩蕩乎」二句，論語泰伯：「子曰：巍巍乎唯天爲大，唯堯則之。蕩蕩乎民無能名焉，巍巍乎其有成功也！」何晏集解引包咸曰：「蕩蕩，廣遠之稱。言其布德廣遠，民無能識其名焉。」又注曰：「功成化隆，高大巍巍。」以上一段，謂自天地開闢以來，即有聖人，亦即有皇、王之位與名。

若夫司徒立勳於天地，還承帝嚳之家〔一〕；微子開國於商周，仍纂成湯之業〔二〕。雖玄禽曆數，推移於景亳之都〔三〕；而白馬旗裳，赫奕於商丘之國〔四〕。由是千年有屬，萬物知歸。

乾坤合而至德生，日月會而明靈降〔五〕。奎婁胃昴，風駈白虎之精〔六〕；角亢房心，雲鬱青龍之祉〔七〕。君王異表，儀石紐而法丹陵〔八〕；輔相宏資，狀皋陶而圖子産〔九〕。豈止鑿執玄象，摛光芒於北斗之宫〔一〇〕；括成地形，騰瑞氣於東山之曲〔一一〕。非天下之至精，其孰能與於此！

【箋　注】

〔一〕「若夫」二句，司徒，古代官名。周禮地官司徒：「大司徒之職，掌建邦之土地之圖，與其人民之數，以佐王安擾邦國。」此指契，爲舜之司徒。史記五帝本紀：「舜曰：『契，百姓不親，五品不馴，汝爲司徒，而敬敷五教在寬。』」同書殷本紀：「殷契，母曰簡狄，有娀氏之女，爲帝嚳次妃。」帝嚳爲「五帝」之三。五帝本紀：「帝嚳高辛者，黄帝之曾孫也。」契爲商之始祖，其母既爲帝嚳次妃，故云「還承」。按：兩句述孔子始祖。

〔二〕「微子」二句，謂孔子先祖乃微子之後，興國於宋，管、蔡之難後奉湯祀。纂，繼承。孔子家語卷九本姓解：「孔子之先，宋之後也。微子啓，帝乙之元子，紂之庶兄，以圻内諸侯，入爲王卿士。微，國名，子，爵。初，武王克殷，封紂之子武庚於朝歌，使奉湯祀。武王崩，而與管、蔡、霍三叔作難。周公相成王東征之二年，罪人斯得，乃命微子於殷後，作微子之命，由之與國於宋。」微子事，詳見史記宋微子世家。

〔三〕「雖玄禽」二句，玄禽，即燕子。詩經商頌玄鳥：「天命玄鳥，降而生商。」毛傳：「玄鳥，鳦也。春分玄鳥降，湯之先祖有娀氏女簡狄配高辛氏帝，帝率與之祈於郊禖而生契，故本其爲天所命，以玄鳥至而生焉。」陸德明音義：「玄鳥，燕也。一名鳦。」所生即契，見前注，此代指商。成都文類卷三一載此碑文，「玄禽」作「赤烏」。按赤烏乃有周得國之瑞（見墨子卷五非攻下、藝文類聚卷九九祥瑞部下烏引尚書中候等），與此文義不侔，當誤。推移，謂商有玄鳥之瑞，曆數所在，至商湯伐夏桀，政權歸焉。景亳，左傳昭公四年：「商湯有景亳之命。」杜預注：「河南鞏縣西南有湯亭。或言亳即偃師。」景亳乃湯盟誓伐夏桀之地。

〔四〕「而白馬」二句，謂殷雖亡，然宋猶延續其禮制。白馬旗裳，禮記檀弓上：「殷人尚白。」同書王制：「殷尚白而縞衣裳。」元和姓纂卷一〇引風俗通：「微子乘白馬朝周。」旗裳，代指殷之禮儀制度。赫奕，文選何晏景福殿賦：「鎬鎬鑠鑠，赫奕章灼。」李善注：「鎬鎬鑠鑠，赫奕章灼，皆謂尤顯昭明也。」商丘之國，「商」原作「風」，無義。按宋都睢陽。元和郡縣志卷七宋州：「宋州，睢陽，望：「禹貢豫州之域，即高辛氏之子閼伯所居商丘，今州理（治）是也。周爲青州之域，武王封微子於宋。自微子至君偃，三十三世，爲齊、魏、楚所滅，三分其地，魏得其梁、陳留，齊得濟陰、東平，楚得沛。按梁即今州地。」則「風」當是「商」之訛誤，商丘之國，即宋國也，因改。古商丘，在今河南商丘南。以上四句，可參讀王勃益州夫子廟碑，其曰：「帝天乙之靈苗，宋微子之洪緒。自玄禽翦夏，浮寶玉於南巢；白馬朝周，載旌旗於北面。」按史記孔子世家：「其先宋人也，曰孔防叔。」故此言及宋。

〔五〕「乾坤」二句，周易坤卦彖曰：「至哉乾元，萬物資生，乃順承天。坤厚載物，德合無疆，含弘光大，品物咸亨。」乾坤合而生萬物，故謂之「至德」。又同上歸妹彖曰：「歸妹，天地之大義也。天地不交，而萬物不興。歸妹，人之終始也。」王弼注：「陰陽既合，長少又交，天地之大義，人倫之終始。」李鼎祚周易集解歸妹引虞翻注：「歸，嫁也，兑爲妹。……象陰陽之義，配日月，則天地交而萬物通，故以嫁娶。」按兩句言乾坤合、日月配而降明靈，明靈，孔子也。史記孔子世家：「（叔梁）紇與顏氏女野合而生孔子。」

〔六〕「奎婁」二句，據史記天官書，奎、婁、胃、昴四星座屬西宫，索隱引（春秋）文耀鉤曰：「西宫白帝，其精白虎。」駈，同「驅」。按周易乾卦九五謂「風從虎」，故云「風驅」。太平御覽卷七瑞星引朱宣河圖曰：「大星如虹，下流華渚，女節意感，生白帝也。」白帝，即少昊氏。兩句謂孔子有如白帝之生，乃其母所意感。

〔七〕「角亢」二句，據史記天官書，東宫蒼龍，有房、心、角、亢等星座，索隱引（春秋）文耀鉤云：「東宫蒼帝，其精爲龍也。」蒼龍，即青龍。按周易乾卦九五謂「雲從龍」，故云「雲鬱」。太平御覽卷六星中引抱朴子曰：「歲星，木精，生青龍。」兩句謂孔子之生，有如木精生青龍。按孔子家語卷六五帝：「孔子曰：『五行用事，先起於木。木，東方，萬物之初皆出焉，是故王者則之。……』」故此謂青龍生，乃天下之福祉。

〔八〕「君王」二句，石紐，代指禹。史記夏本紀：「夏禹，名曰文命，……禹者，黄帝之玄孫，而帝顓頊之孫也。」三國志蜀書秦宓傳：「禹生石紐，今之汶山郡是也。」裴松之注引帝王世紀曰：「鯀納有莘氏女曰志，是爲修己，……生禹於石紐。」又引譙周蜀本紀曰：「禹本汶山廣柔縣人也。生於石紐，其地名刳兒坪，見世帝紀。」藝文類聚卷一一帝夏禹引帝王世紀，謂禹「虎鼻大口，兩耳參漏，胸有玉斗，足文履己，故名文命，字高密，身長九尺二寸」。丹陵，代指堯。同上書帝堯陶唐氏引帝王世紀曰：「帝堯陶唐氏，祁姓也。母慶都，孕十四月而生堯於丹陵，名曰放勳。……年十五而佐帝摯，受封於唐，爲諸侯。身長十尺，嘗夢天而上之，故二十而登帝位，都平陽，置敢諫之鼓。」又引春秋元命苞曰：「堯眉八采，是謂通明。」兩句謂古君王皆有異表，而孔子儀容、法度，亦如禹與堯。按史記孔子世家曰：「孔子長九尺有六寸，人皆謂之『長人』而異之。」又古微書卷三〇輯孝經鈎命訣：「仲尼牛脣，舌理七重，吐教陳機受度。」又曰：「仲尼虎掌，是謂威射；胸應矩，是謂儀古。」又曰：「仲尼龜脊。」又曰：「孔子海口，言若含澤。」又曰：「夫子輔喉。」又曰：「夫子駢齒，象鉤星也。」如此之類甚多，皆所謂「異表」之説。

〔九〕「輔相」二句，皋陶，子産，皆古代名臣。皋陶，堯時爲士（大理）。初學記卷一二大理卿引齊職儀云：「大理，古官也。唐虞以皋陶作士，士，理官也。」又引春秋元命苞曰：「堯爲天子，夢馬喙子，得皋陶，聘爲大理。」藝文類聚卷四九廷尉引文子曰：「皋陶喑，而爲大理，天下無虐刑，有貴乎言者也。」又引摯虞新禮議曰：「故事：祀皋陶於廷尉寺，新禮移祀於律寺，以同祭先聖於太學也。」可見其對後世影響之大。史記鄭世家：「子產，鄭成公少子。爲人仁愛，事君忠厚，簡公時爲卿。孔子過鄭，視子產如兄弟。及聞子產死，孔子爲泣曰：『古之遺愛也。』」兄事之八年。狀、圖，謂以之爲偶象。史記孔子世家：「孔子適鄭，與弟子相失。孔子獨立郭東門，鄭人或謂子貢曰：『東門有人，其顙似堯，其項類皋陶，其肩類子產，然自要以下不及禹三寸，纍纍若喪家之狗。』子貢以實告孔子，孔子欣然笑曰：『形狀末也，而似喪家之狗，然哉！然哉！』」按：以上四句，以古君王、名輔相喻孔子，謂其具君王、輔相資質。

〔一〇〕「豈止」二句，止，原誤「上」，據全唐文改。鑿執，穿鑿、拘執也。玄象，高深玄虚之象。周易繫辭上：「見乃謂之象。」韓康伯注：「兆見（現）曰象。」摛，此謂照射。史記天官書：「北斗七星，所謂『旋、璣、玉衡，以齊七政』。」太平御覽卷七瑞星引朱宣帝王世紀曰：「神農氏之末，少昊氏娶附寶，見大電光繞北斗，樞星照郊，感附寶，孕二十月，生黄帝於壽丘。」按：漢以後讖緯家神孔子之生，其説極離奇，如春秋演孔圖曰：「孔子母顔氏徵在游太冢之陂，睡夢黑帝，使請與己交，語曰：『女乳必於空桑之中。』覺則若感，生丘於空桑首，類尼丘山，故以爲名。」如此之類，不一而足，即所謂「鑿執玄象」也。

〔一一〕「括成」二句，括，聚集。地形，謂以地之祥瑞而生聖賢。東山，指尼山。史記孔子世家曰：「禱於尼丘而得孔子。」正義引括地志云：「叔梁紇廟，亦名尼丘山祠，在兖州泗水縣五十里尼丘山東趾。」以上四句，謂孔子本有君王異表，輔相資質，何必穿鑿玄象、昇騰瑞氣而爲之説也。

神冥造化，德合陶鈞〔一〕。獲沖用於生知，運幽機於性道〔二〕。窮庶事之終始，協庶品之自然。覩者不識其鄰，仰者不知其德〔三〕。步三光於太極，照曜三門〔四〕；含萬象於中區，聲明萬國〔五〕。惟深也能通天下之志，惟幾也能成天下之務〔六〕。非天下之至神〔七〕，其孰能與於此！

【箋　注】

〔一〕「神冥」二句，冥，此言暗合。造化，大自然。陶鈞，治理、造就。兩句言孔子之道極高妙深遠，有如大自然，而其德高尚，應當治理天下。

〔二〕「獲沖用」二句，老子：「道沖而用之。」河上公注：「沖，中也。道匿名藏譽，其用在中。」生知，謂生而知道。論語季氏：「孔子曰：『生而知之者，上也。』」孔穎達正義：「『生而知之者，上也』者，謂聖人也。」幽機，機運深不可測。性道，其性其道。徐陵（陳）文帝哀策文：「機神不測，性道難稱。」

〔三〕「窮庶事」四句，言孔子有聖人之德。孔子家語卷一五儀解：「孔子曰：『所謂聖者，德合於天地，變通無方。窮萬事之終始，協庶品之自然。敷其大道而遂成情性，明并日月，化行若神。下民不知其德，覩者不識其鄰，此謂聖人也。』」王肅注：「鄰以喻畔界也。」「鄰」原作「靈」，各本同，據此改。

〔四〕「步三光」二句，三光，史記天官書：「衡，太微，三光之廷。」索隱引宋均曰：「三光，日、月、星也。」太極，周易繫辭上：「易有太極，是生兩儀。」韓康伯注：「太極者，无稱之稱。不可得而名，取其有之所極，況之太極者也。」即指道。三門，揚子法言卷二吾子篇：「天下有三門：由於情慾，入自禽門；由於禮義，入自人門；由於獨智，入自聖門。」禽門，宋司馬光注：「如禽獸。」兩句謂其道如日月星辰，爲世人照亮道路，而不至入於禽門。

〔五〕「含萬象」二句，萬象，宇宙間一切事物。中區，文選陸機文賦：「佇中區以玄覽。」李善注：「中區，區中也。」此以「中區」指心。聲明，文選謝朓和伏武昌登孫權故城詩：「文物共葳蕤，聲明且葱蒨。」張銑注：「文物、聲明，謂衣冠禮樂也。葳蕤、葱蒨，盛貌。」萬國，「萬」言其多。左傳哀公七年：「禹合諸侯於塗山，執玉帛者萬國。」孔穎達正義：「言萬國者，舉盈數耳。」此泛指各地。兩句謂孔子心懷天下。

〔六〕「惟深也」二句，周易繫辭上：「夫易，聖人之所以極深而研幾也。唯深也，故能通天下之志；唯幾也，故能成天下之務。子曰『易有聖人之道四焉』者，此之謂也。」

〔七〕「非天下」句，周易繫辭上：「利用出入，民咸用之，謂之神。」孔穎達正義：「言聖人以利爲用，或出或入，使民咸用之，是聖德微妙，故云謂之神。」

道尊德貴〔一〕，挫鋭同塵〔二〕。始於中都宰，終於大司寇〔三〕。能使長幼異節，男女別途，路無遺亡，器不雕僞〔四〕。奸雄獨立，初明兩觀之誅〔五〕；正教未行，仍赦同狴之罪〔六〕。盟齊侯而歸四邑，夷不亂華〔七〕；黜季氏而覆三都，家無藏甲〔八〕。非天下之至剛，其孰能與於此！

【箋　注】

〔一〕「道尊」句，禮記學記：「凡學之道，嚴師爲難。師嚴然後道尊，道尊然後民知敬學。」同上祭義：「先王之所以治天下者五：貴有德、貴貴、貴老、敬長、慈幼。此五者，先王之所以定天下也。貴有德何爲也？爲其近於道也。」

〔二〕「挫鋭」句，老子：「道沖，而用之或不盈，淵乎似萬物之宗。挫其鋭，解其紛；和其光，同其塵。」「挫其鋭」，河上公注：「鋭，進也。人欲鋭精進取功名，當挫止之，法道不同也。」又注「同其塵」曰：「當與衆庶同垢塵，不當自别殊。」句謂孔子雖有道有德，然其歷世仍同於衆人。

〔三〕「始於」二句，史記孔子世家：「（魯）定公八年（前五〇二），公山不狃不得意於季氏，因陽虎爲亂。……定公九年，陽虎不勝，奔於齊。是時孔子年五十。公山不狃以費畔季氏，使人召孔子，……卒不行。其後定公以孔子爲中都宰，一年，四方皆則之。由中都宰爲司空，由司空爲大司寇。」

〔四〕「能使」四句，史記孔子世家：「（孔子）與聞國政（按指誅少正卯之後，見下注）三月，粥羔豚者弗飾賈；男女行者別於塗；塗不拾遺；四方之客至乎邑者不求有司，皆予之以歸。」不求有司，裴駰集解引王肅曰：「有司常供其職，客求而有在也。」又孔子家語卷一相魯：「孔子初仕，爲中都宰，製爲養生送死之節，長幼異食，强弱異任，男女別塗，路無拾遺，器不雕僞。」王肅注：「中都，魯邑。如禮，年十五異食也。任，謂力作之事，各從所任，不用弱也。雕，畫。無文飾，不詐僞。」

〔五〕「奸雄」二句，史記孔子世家：「定公十四年（前四九六），孔子年五十六，由大司寇行攝相事，有喜色。門人曰：『聞君子禍至不懼，福至不喜。』孔子曰：『有是言也。不曰「樂其以貴下人」乎？』於是誅魯大夫亂政者少正卯。」孔子家語卷一始誅：「孔子爲魯司寇攝行相事。……爲政七日，而誅亂政大夫少正卯，戮之於兩觀之下，屍於朝三日。子貢進曰：『夫少正卯，魯之聞人，今夫子爲政而始誅之，或者爲失乎？』孔子曰：『居，吾語汝以其故。天下有大惡者五，而竊盜不與焉：一曰心逆而險；二曰行僻而堅；三曰言僞而辯；四曰記醜而博；五曰順非而澤。此五者，有一於人則不免君子之誅，而少正卯皆兼有之，其居處足以撮徒成黨，其談説足以飾褒熒衆，其彊禦足以返是獨立。此乃人之奸雄，有不可以不除。』」王肅注：「兩觀，闕名。醜，謂非義。撮，聚。」獨立，謂不受鉗制。

〔六〕「正教」二句，孔子家語卷一始誅：「孔子爲魯大司寇，有父子訟者，夫子同狴執之，三月不別，其父請止，夫子赦之焉。季孫聞之，不悦，曰：『司寇欺余！曩告余曰：「國家必先以孝。」余今戮一不孝，以教民孝，不亦可乎？而又赦，何哉！』冉有以告孔子，子喟然歎曰：『嗚呼！上失其道，而殺其下，非理也。不教以孝而聽其獄，是殺不辜。三軍大敗，不可斬也；獄犴不治，不可刑也。何者？上教之不行，罪不在民故也。』」王肅注：「狴，獄牢也。」

〔七〕「盟齊侯」二句，孔子家語卷一相魯：「定公與齊侯會於夾谷，孔子攝相事。……至會所，爲壇位，土階三等，以遇禮相見，揖讓而登。獻酢既畢，齊使萊人以兵鼓譟劫定公。孔子歷階而進，以公退曰：『士以兵之吾兩君爲好，裔夷之俘敢以兵亂之，非齊君所以命諸侯也。裔不謀夏，夷不亂華，俘不干盟，兵不偪好。於神爲不祥，於德爲愆義，於人爲失禮，君必不然。』齊侯心怍，麾而避之。……齊侯歸，責其群臣曰：『魯以君子道輔其君，而子獨以夷狄道教寡人，使得罪。』於是乃歸所侵魯之四邑及汶陽之田。」王肅注：「遇禮，會遇之禮，禮之簡略者也。」又曰：「萊人，齊人東夷。雷鼓曰譟。裔，邊裔；夷，夷狄；俘，軍所獲虜也。言此三者何敢以兵亂兩君之好也。華、夏，中國之名。」注又曰：「四邑，鄆、讙、龜、陰之地也。汶陽之田，本魯界。」事又見史記孔子世家，所述略異，記其時在定公十年（前五〇〇）。

〔八〕「黜季氏」二句，史記孔子世家：「定公十四年（前四九六）夏，孔子言於定公曰：『臣無藏甲，大夫毋百雉之城。』使仲由爲季氏宰，將墮三都。於是叔孫氏先墮郈。季氏將墮費，公山不狃、叔孫輒率費人襲魯。公與三子入於季氏之宮，登武子之臺。費人攻之，弗克，入及公側。孔子命申句須、樂頎下伐之，費人北。國人追之，敗諸姑蔑。二子奔齊，遂墮費。……」集解引王肅曰：「高丈、長丈曰堵，三堵曰雉。」又引服虔曰：「三都，三家之邑也。」又曰：「三子，季孫、孟孫、叔孫也。」事又見孔子家語卷一相魯，「臣無藏甲」作「家無藏甲」，王肅注曰：「卿大夫稱家。甲，鎧也。」并謂孔子此舉爲「强公室，弱私家，尊君卑臣」。

青光歇滅〔一〕，赤籙衰微〔二〕。一匡爲海岱之尊〔三〕，一戰有河防之霸〔四〕。故得三王不相襲，禮亡於寇戎〔五〕；五帝不相沿，樂入於河海〔六〕。是以哀生靈之版蕩〔七〕，痛寓縣之分崩，歷聘諸侯，栖遑異國〔八〕。其爲大也，法象莫之能容〔九〕；其爲高也，黎元莫之能覩。時非我與，遂厄宋而圍陳〔一〇〕；道不吾行，終樂天而知命〔一一〕。非天下之至柔，其孰能與於此！

【箋　注】

〔一〕「青光」句，文選沈約齊故安陸昭王碑文：「帝出於震，日衣青光。」李善注：「言齊之興也。周易曰：『帝出乎震。』震，東方也。春秋元命苞曰：『孔子曰：扶桑者，日所出，房所立，其耀盛，蒼神用事，精感姜原，卦得震。震者動而光，故知周蒼，代殷者爲姬昌，人形龍顔，長大，精翼日，衣青光。』宋衷曰：『爲日精所羽翼，故以爲名，木神，以其方色衣之。』」則「青光」代指周。歇滅，謂周朝衰弱以至滅亡。

〔二〕「赤籙」句，「赤」指赤烏，「籙」指圖籙，傳説爲周滅殷并崛起之瑞。墨子非攻下曰：「赤烏銜珪，降周之岐社，曰：『天命周文王伐殷，有國。』泰顛來賓，河出緑圖，地出乘黄。」又藝文類聚卷九九祥瑞部下烏引尚書中候曰：「周太子發渡孟津，有火自天，止於王屋，爲赤烏。」又引孫氏瑞應圖曰：「赤烏，武王時銜穀米至屋上，兵不血刃而殷服。」又初學記卷六洛水引尚書中候：「武王觀於河，沉璧禮畢，且退，至於日昧，榮光并塞河沉璧，青雲浮洛，赤龍臨壇，銜玄甲之圖，吐之而去。」此言「赤籙衰微」，仍指周衰微，與上句義同。

〔三〕「一匡」句，匡，原作「注」，據全唐文改。按管子中有大匡、中匡、小匡三篇，房玄齡注大匡：「謂以大事匡君。」則「匡」爲扶正義。海岱，尚書禹貢：「海岱惟青州。」僞孔傳：「東北據海，西南距岱。」陸德明音義：「岱音代，泰山也。」此指齊國。海岱之尊，指齊桓公稱霸。史記齊太公世家：「(桓公)既得管仲，與鮑叔、隰朋、高傒修齊國政，連五家之兵，設輕重魚鹽之利，以贍貧窮，禄賢能，齊人皆説。」於是伐魯，三敗之，「諸侯會桓公於甄，而桓公於是始霸焉」。其後又伐燕、蔡、楚、陳等。「是時周室微，唯齊、楚、秦、晉爲彊。……唯獨齊爲中國會盟，而桓公能宣其德，故諸侯賓會。」

〔四〕「一戰」句，指晉文公稱霸。一戰，當指晉楚城濮之戰。城濮，衛地，在今山東鄄城西南，黄河在其西，故左傳僖公二十八年載晉師獲勝後，於「壬午，濟河」。晉文公因城濮之戰而霸，故此稱之爲「河防之霸」。按史記晉世家：晉文公重耳，遭驪姬之亂，其父獻公立幼子爲嗣，被迫流亡在外十九年。返國後，「修政施惠百姓，賞從亡者及功臣，大者封邑，小者尊爵」，入王尊周。周襄王二十年（前六三二）夏四月，與楚兵會戰城濮，大勝。「五月丁未，獻楚俘於周，駟介百乘，徒兵千。天子使王子虎命晉侯爲伯。……於是晉文公稱伯。」事又詳上引左傳僖公二十八年。

〔五〕「故得」二句，禮記樂記：「五帝殊時不相沿樂，三王異世不相襲禮。」鄭玄注：「言其有損益也。」孔穎達正義：「若大判而論，則五帝以上尚樂，三王之世貴禮，故樂興五帝，禮盛三王。所以爾者，五帝之時尚德，故義取於同和；三王之代尚禮，故義取於儀別。是以樂隨王者之功，禮隨治世之教也。」三王，此指禹、湯、周文王，即禮記禮運孔子所謂「三代之英」。三王之後，禮亡寇戎，指周幽王爲西夷犬戎所殺，平王於是東遷雒邑，周室衰微，政由方伯，禮亦隨之而壞。唐賈公彦序周禮廢興（載十三經注疏本周禮注疏卷首）曰：「周公制禮之日，禮教興行。後至幽王，禮儀紛亂，故孔子云：『諸侯專行征伐十世，希不失。』鄭注云『亦謂幽王之後也』。」

〔六〕「五帝」二句，五帝樂不相沿，見上注引禮記樂記。五帝，此當依帝王世紀，指少昊、顓頊、高辛、堯、舜。樂入於海，論語微子：「太師摯適齊，亞飯干適楚，三飯繚適蔡，四飯缺適秦。鼓方叔入於河，内播鼗武入於漢，少師陽、擊磬襄入於海。」何晏集解引孔（安國）曰：「亞，次也。次飯，樂師也。摯、干，皆名。」又引包（咸）曰：「三飯、四飯，樂章名，各異師。繚、缺，皆名也。」包咸又曰：「鼓，擊鼓者，方叔，名。入，謂居其河。播，摇也，武，名也。」又引孔（安國）曰：「魯哀公時禮壞樂崩，樂人皆去。陽、襄，皆名。」孔穎達正義：「此章記魯哀公時禮壞樂崩，樂人皆去也。」魯哀公值東周敬王時，已是春秋之末，孔子晚年矣。

〔七〕「是以」句，版蕩，詩經大雅板小序：「板，凡伯刺厲王也。」鄭玄箋：「凡伯，周同姓，周公之胤也，入爲王卿士。」版、板同。同上詩經蕩小序：「蕩，召穆公傷周室大壞也。厲王無道，天下蕩蕩無綱紀文章，故作是詩也。」鄭玄箋：「蕩蕩，法度廢壞之貌。」又鄭玄詩譜序：「周室大壞，十月之交、民勞、板、蕩，勃爾俱作，衆國紛然，刺怨相尋。」後以「板蕩」指國家喪亂，民不聊生。

〔八〕「歷聘」二句，史記孔子世家：孔子年五十六，由魯大司寇行攝相事，誅少正卯。齊人懼，曰「孔子爲政必霸」，遂沮之。孔子遂行，適衛、陳、蔡、宋、楚等，皆不見用，「孔子之去魯凡十四歲而反乎魯」。論語憲問：「微生畝謂孔子曰：『丘何爲是栖栖者與？無乃爲佞乎？』」

〔九〕「其爲大」二句，周易繫辭上：「見乃謂之象，形乃謂之器，制而用之謂之法。……是故法象莫大乎天地。」法象，此指天下。史記孔子世家：「子貢曰：夫子之道至大，故天下莫能容夫子。」下「黎元」二句義同，謂孔子之道大德高，舉世上下無人理解。

〔一〇〕「時非」二句，論語陽貨：「日月逝矣，歲不我與。」何晏集解引馬（融）曰：「年老，歲月已往，當急仕。」厄宋圍陳，史記孔子世家：「孔子去曹適宋，與弟子習禮大樹下。宋司馬桓魋欲殺孔子，拔其樹。孔子去。弟子曰：『可以速矣。』孔子曰：『天生德於予，桓魋其如予何！』」集解引徐廣曰：「年表：定公十三年（前四九七），孔子至衛。十四年，至陳。哀公三年（前四九二），孔子過宋。」同上孔子世家：「孔子遷於蔡三歲，吴伐陳。楚救陳，軍於城父。聞孔子在陳蔡之間，楚使人聘孔子。孔子將往拜禮，陳蔡大夫謀曰：『孔子賢者，……今楚，大國也，來聘孔子。孔子用於楚，則陳蔡用事大夫危矣。』於是乃相與發徒役圍孔子於野，不得行，絶糧。從者病，莫能興。孔子講誦絃歌不衰。」集解引徐廣曰：「哀公四年也。」

〔二〕「道不」二句，論語公冶長：「子曰：道不行，乘桴浮於海。」何晏集解引馬融曰：「桴，編竹木，大者曰栰，小者曰桴。」周易繫辭上：「旁行而不流，樂天知命，故不憂。」韓康伯注：「應變旁通，而不流淫也。」又注曰：「順天之化，故曰樂也。」

太山不辭土壤，故能成其高；滄海不讓細流，故能成其大〔一〕。自季孫之賜我也〔二〕，交益親矣；自敬叔之乘我也〔三〕，道彌尊矣。於是歷郊社之所，考明堂之則〔四〕。金人右對，仍觀太祖之階〔五〕；斧扆前臨，還訪周公之位〔六〕。然後删詩書而續易象〔七〕，動天地而感鬼神〔八〕。運百代之舟車，開千齡之户牖〔九〕。是故雷精日角，聞道德而摳衣〔一〇〕；月頞山庭，奉琴書而撰杖〔一一〕。非天下之至文，其孰能與於此！

【箋　注】

〔一〕「太山」四句，史記李斯列傳載李斯上秦皇書：「太山不讓土壤，故能成其大；河海不擇細流，故能就其深。」索隱引管子云：「海不辭水，故能成其大；泰山不辭土石，故能成其高。」按：

「太」同「泰」。

〔二〕「自季孫」二句，季孫，指季羔。孔子家語卷二致思：「季羔爲衛之士師，刖人之足。俄而衛有蒯聵之亂，季羔逃之，走郭門，刖者守門焉，謂季羔曰：『彼有缺。』季羔曰：『君子不踰。』又曰：『彼有竇。』季羔曰：『君子不隧。』又曰：『於此有室。』季羔乃入焉。既而追者罷，季羔將去，謂刖者：『吾不能虧主之法而親刖子之足。今吾在難，此正子之報怨之時，而逃我者三，何故哉？』刖者曰：『斷足，固我之罪，無可奈何。曩者君治臣以法令，先人後臣，欲臣之免也。臣知獄決罪定，臨當論刑，君愀然不樂。見君顔色，臣又知之君豈私臣哉。天生君子，其道固然，此臣之所以悦君也。』孔子聞之，曰：『善哉爲吏！其用法一也，思仁恕則樹德，加嚴暴則樹怨。公以行之，其子羔乎。』孔子曰：『季孫之賜我粟千鍾也，而交益親。』」士師，王肅注：「獄官。」又注「交益親」：「得季孫千鍾之粟以施與衆，而交益親。」

〔三〕「自敬叔」二句，史記孔子世家：「魯南宫敬叔言魯君曰：『請與孔子適周。』魯君與之一乘車，兩馬，一豎子俱。適周問禮，蓋見老子云。」孔子家語卷二致思：「自南宫敬叔之乘我車也，而道加行，故道雖貴，必有時而後重，有勢而後行。微夫二子之貺財，則丘之道殆將廢矣。」同上卷三觀周：「（孔子）自周反魯，道彌尊矣，遠方弟子之進，蓋三千焉。」

〔四〕「於是」二句，孔子家語卷三觀周：「敬叔與（孔子）俱至周，問禮於老聃，訪樂於萇弘，歷郊社之所，考明堂之則，察廟朝之度，於是喟然曰：『吾乃今知周公之聖，與周之所以王也。』」萇弘，王肅注：「周大夫。」又注「廟朝之度」曰：「宗廟朝廷之法度也。」

〔五〕「金人」二句，孔子家語卷三觀周：「孔子觀周，遂入太祖、后稷之廟。廟堂右階之前，有金人焉，參緘其口，而銘其背曰：『古之慎言人也，戒之哉！無多言，多言多敗；無多事，多事多患。安樂必戒，無所行悔。勿謂何傷，其禍將長；勿謂何害，其禍將大。……』孔子既讀斯文也，顧謂弟子曰：『小子識之！此言實而中，情而信。詩云：「戰戰兢兢，如臨深淵，如履薄冰。」行身如此，豈以口過患哉！』」

〔六〕「斧扆」二句，孔子家語卷三觀周：「孔子觀乎明堂，覩四門墉，有堯、舜與桀、紂之象，而各有善惡之狀，興廢之誡焉。又有周公相成王，抱之負斧扆、南面以朝諸侯之圖焉。孔子徘徊而望之，謂從者曰：『此周公所以盛也。夫明鏡所以察形，往古者所以知今。』」

〔七〕「然後」句，史記孔子世家：「古者詩三千餘篇，及至孔子，去其重，取可施於禮義，上採契后稷，中述殷周之盛，至幽厲之缺，始於衽席，故曰關雎之亂以爲風始，鹿鳴爲小雅始，文王爲大雅始，清廟爲頌始。三百五篇，孔子皆絃歌之，以求合韶武雅頌之音。禮樂自此可得而述，以備王道，成六藝。孔子晚而喜易，序彖、繫、象、説卦、文言。讀易，韋編三絶。」又孔子家語卷九本姓解：「孔子生於衰周，先王典籍錯亂無紀，而乃論百家之遺記，考正其義，祖述堯舜，憲章文武，删詩述書，定禮理樂，製作春秋，贊明易道，垂訓後嗣，以爲法式，其文德著矣。」

〔八〕「動天地」句，毛詩序：「正得失，動天地，感鬼神，莫近乎詩。」

〔九〕「運百代」二句，謂孔子著述永可濟世致用。揚子法言吾子篇：「舍舟航而濟乎瀆者末矣，舍五經而濟乎道者末矣。棄常珍而嗜乎異饌者，惡覩其識味也；委大聖而好乎諸子者，惡覩其識道也。」淮南子説山訓：「四方皆道之門户牖向也，在所從闚之。」又太平御覽卷七七〇航引孫綽子曰：「仲尼見滄海横流，故務爲舟航。」

〔一〇〕「是故」二句，雷精，指子路。太平御覽卷一三雷引王充論衡曰：「子路感雷精而生，尚剛好勇，親涉衛難，結纓而死。孔子聞而覆醢，每聞雷鳴，乃中心惻怛亦復如之，故後人忌焉以爲常也。」（按今本論衡無此文）日角，指顔淵。記纂淵海卷八七相術引論語摘輔象曰：「顔淵山庭日角。」按太平御覽卷七八太昊庖犧氏引孝經援神契曰：「伏羲氏日角。」注引宋均曰：「日角有骨表，取象日所出，房所立，有星也。」摳衣，禮記曲禮上：「請業則起，請益則起。」鄭玄注：「尊師重道也。起若今摳衣前請也，業謂篇卷也，益謂受説不了，欲師更明説之。」摳，提也。據史記仲尼弟子列傳，仲由字子路，卞人，好勇力，志伉直。顔淵，即顔回，字子淵，魯人。孔子盛稱其賢，有德行。

〔一一〕「月頰」二句，月頰，不詳所指。山庭，指子貢。論語摘輔象：「子貢山庭，……謂面有三庭，言山在中，鼻高，有異相也，故子貢至孝，顔淵至仁。」據史記仲尼弟子列傳，端木賜，衛人，字子貢，利口巧辭，長於言語。撰杖，禮記曲禮上：「侍坐於君子，君子欠伸，撰杖屨。」鄭玄注：「以君子有倦意也。撰，猶持也。」以上四句，謂孔子深受衆弟子尊敬。

智以藏往，有感而必通；神以知來，無微而不照〔一〕。論五行於帝輔，潛觀大皞之先〔二〕；揆七廟於天災，預察蠶王之過〔三〕。星流十月，徵曆象於衰周〔四〕；日汎三江，採謳謡於霸楚〔五〕。神無方而易無體，聖人通變化之津〔六〕；河出圖而洛出書，聖人悟興亡之兆〔七〕。非天下之至明，其孰能與於此！

【箋注】

〔一〕「智以」四句，周易繫辭上：「神以知來，知以藏往。」韓康伯注：「明蓍卦之用，同神知也。蓍定數於始，於卦爲來卦；成象於終，於蓍爲往。往來之用相成，猶神知也。」此謂孔子聰慧過人，博學多識。

〔二〕「論五行」二句，帝輔，指五帝、五行。孔子家語卷六五帝：「（魯）季康子問於孔子曰：『舊聞五帝之名，而不知其實，請問何謂五帝？』孔子曰：『昔丘也聞諸老聃，曰：「天有五行木、火、金、水、土，分時化育，以成萬物，其神謂之五帝。古之王者易代而改號，取法五行，五行更王，終始相生，亦象其義，故其爲明王者而死配五行。是以太皞配木，炎帝配火，黄帝配土，少皞配金，顓頊配水。」』其下又論五正，夫子曰：「五正者，五行之官名。五行佐成上帝，而稱五帝。太皞之屬配焉，亦云帝，從其號。」故五行乃上帝之佐，佐，輔也。而陶唐、有虞、夏后、殷、周，皆不得配五帝。

〔三〕「揆七廟」二句，孔子家語卷四六本：「孔子在齊，舍於外館，景公造焉。賓主之辭既接，而左右白曰：『周使適至，言先王廟災。』景公復問災何王之廟也，孔子曰：『此必（周）釐王之廟。』公曰：『何以知之？』孔子曰：『詩云「皇皇上天，其命不忒」。天之以善，必報其德，禍亦如之。夫釐王變文武之制，而作玄黄華麗之飾，宫室崇峻，輿馬奢侈，而弗可振也。故天殃所宜加其廟焉，以是占之爲然。』公曰：『天何不殃其身，而加罰其廟也？』孔子曰：『蓋以文武故也。若殃其身，則文武之嗣無乃殄乎？故當殃其廟，以彰其過。』俄頃，左右報曰：『所災者，釐王廟也。』景公驚起，再拜曰：『善哉！聖之智過人遠矣。』」

〔四〕「星流」二句，孔子家語卷四辨物：「季康子問於孔子曰：『今周十二月，夏之十月，而猶有螽，何也？』孔子對曰：『丘聞之：火伏而後蟄者畢。今火猶西流，司曆過也。』季康子曰：『所失者幾月也？』孔子曰：『於夏十月。火既没矣，今火見，再失閏也。』」王肅注：「火，大火，心星也。蟄，蟄蟲也。」

〔五〕「日氾」二句，「三江」，史記河渠書「於吴則通渠三江五湖」句，索隱按地理志曰：「北江，從會稽毗陵縣北東入海；中江，從丹陽蕪湖縣東北至會稽陽羨縣東入海；南江，從會稽吴縣南東入海。」今按：三江後匯爲一江，即長江也。孔子家語卷二致思：「楚昭王渡江，江中有物大如斗，圓而赤，直觸王舟。舟人取之，王大怪之，遍問群臣，莫之能識。王使使聘於魯，問於孔子。子曰：『此所謂萍實者也，可剖而食之，吉祥也，唯霸者爲能獲焉。』使者返，王遂食之，大美。

久之，使來以告魯大夫，大夫因子游問曰：『夫子何以知其然？』曰：『吾昔之鄭，過乎陳之野，聞童謡曰：「楚王渡江，得萍實。大如斗，赤如日。剖而食之，甜如蜜。」此是楚王之應也，吾是以知之。』」

〔六〕「神無方」二句，周易繫辭上：「範圍天地之化而不過，曲成萬物而不遺，通乎晝夜之道而知，故神無方而易無體。」韓康伯注：「範圍者，擬範天地而周備其理也。曲成者，乘變以應物，不係一方者也，則物宜得矣。通幽明之故，則無不知也。自此以上，皆言神之所爲也。方、體者，皆係乎形器者也。神則陰陽不測，易則唯變所適，不可以一方一體明。」

〔七〕「河出圖」二句，河圖、洛書，帝王受命之符，前已屢注。論語子罕：「子曰：鳳鳥不至，河不出圖，吾已矣夫！」何晏集解引孔（安國）曰：「聖人受命，則鳳鳥至，河出圖。今天無此瑞。『吾已矣夫』者，傷不得見也。河圖，八卦是也。」

極天蟠地之禮〔一〕，周旋揖讓之規〔二〕，百神於是會昌〔三〕，二儀以之同節〔四〕。非禮無以別父子兄弟親疏之序，非禮無以辨君臣上下長幼之位〔五〕。本之於元氣，徵之於太古〔六〕。德足以法於九圍〔七〕，道足以周於八極〔八〕。服先王之制度，黜紅紫而無施〔九〕；歛上帝之明威，感風雷而有變〔一〇〕。非天下之至恭，其孰能與於此！

【箋注】

〔一〕「極天」句，禮記樂記：「及夫禮樂之極乎天而蟠乎地，行乎陰陽而通乎鬼神，窮高極遠而測深厚。」鄭玄注：「極，至也。蟠，猶委也。高遠，三辰也；深厚，山川也。言禮樂之道，上至於天，下委於地，則其間無所不之。」

〔二〕「周旋」句，禮記內則：「在父母舅姑之所，有命之，應唯敬對。進退周旋，慎齊升降，出入揖游，不敢噦噫、嚏咳欠伸，跛倚睇視，不敢唾洟。」鄭玄注：「齊（按：同「齋」），莊也。睇，傾視也。」

〔三〕「百神」句，文選左思蜀都賦：「岷山之精，上爲井絡，天帝運期而會昌。」劉淵林注：「昌，慶也，言天帝於此會慶建福也。」

〔四〕「二儀」句，二儀，指天地。禮記樂記：「大樂與天地同和，大禮與天地同節。與其數和，故百物不失。」鄭玄注：「言順天地之氣，不失其性節。」

〔五〕「非禮」二句，禮記經解哀公問：「哀公問於孔子曰：『大禮何如？君子之言禮，何其尊也。』孔子曰：『丘也小人，不足以知禮。』君曰：『否，吾子言之也。』孔子曰：『丘聞之：民之所由生，禮爲大。非禮無以節事天地之神也，非禮無以辨君臣上下長幼之位也，非禮無以別男女父子兄弟之親、昏姻疏數之交也。』」

〔六〕「徵之」句，按禮記及鄭玄注，言禮本於太古之事甚多。如禮記禮運：「周禮祝號有六：一曰神號，二曰鬼號，三曰祇號，四曰牲號，五曰齍號，六曰幣號。號者，所以尊神顯物也。腥其俎，謂豚解而腥之，及血毛，皆所以法於大（同「太」）古也。」禮記郊特牲「大古冠布，齊則緇之其緌也」，鄭玄注：「唐虞以上曰太古也。」

〔七〕「德足以」句，德，原作「定」，據全唐文改。九圍，詩經商頌長發：「上帝是祗，帝命式于九圍。」毛傳：「九圍，九州也。」

〔八〕「道足以」句，淮南子原道訓：「夫道者，覆天載地，廓四方，柝八極。」高誘注：「八極，八方之極。」

〔九〕「黜紅紫」句，論語鄉黨：「衣紅紫不以爲褻服。」何晏集解引王肅注：「褻服，私居服，非公會之服，皆不正。褻尚不衣，正服無所施。」謂家居不穿淺紅及紫色衣服。

〔一〇〕「斂上帝」二句，事詳尚書金縢，略曰：周武王有疾，周公築壇請以代死，納册於金縢之匱中。既卜而吉，武王疾遂瘳。後武王死，成王立，幼，周公攝政。其弟管叔及蔡叔、霍叔乃放言於國，謂「將不利於孺子」，以誣周公，以惑成王。周公於是避於東都，而成王猶有疑之之心。秋大熟，未獲，天大雷電以風，禾盡偃，大木斯拔，邦人大恐。成王感風雷之變，而啓金縢之書，知周公之心果忠於王室，迎之於東以歸，上天乃變大風雷爲雨，歲則大熟。所謂「斂上帝明威」指此。古人謂尚書乃孔子整理，故楊炯於此舉之，以證孔子有「天下之至恭」。

五行、四氣、十二月，還相爲本；五聲、六律、十二管，還相爲宮〔一〕。至音將簡易同和〔二〕，廣樂與神明合契〔三〕。盛於中國，還陳武像之容〔四〕；奄有四方〔五〕，自得文王之操〔六〕。南風奏雅，知大舜之温〔七〕；北里宣淫，體殷辛之暴〔八〕。非天下之至和，其孰能與於此！

【箋注】

〔一〕「五行」四句，出禮記禮運，其曰：「一盈一闕，屈伸之義也。必三五者，播五行於四時也：一曰水，二曰火，三曰木，四曰金，五曰土，合爲十五之成數也。五行之動，迭相竭也。五行、四時、十二月，還相爲本也。五聲、六律、十二管，還相爲宫也。」鄭玄注：「言五行運轉，更相爲始也。五聲，宫、商、角、徵、羽也。其管，陽曰律，陰曰吕，布十二辰。始於黄鐘，管長九寸，下生者三分去一，上生者三分益一，終於南事，更相爲宫，凡六十也。」孔穎達正義：「論五行之動。動，謂運轉；竭，謂負戴。言五行運轉，迭相負竭，猶若春時木王則水爲終謝。送往王者爲負竭，夏火王則負戴於木也。『五行、四時、十二月，還相爲本也』者，猶若孟春則建寅之月爲諸月之本；仲春則以建卯之月爲諸月之本，是還迴迭相爲本也。『五聲、六律、十二管，還相爲宫也』者，五聲謂宫、商、角、徵、羽；六律謂陽律也，舉陽律則陰吕從之可知，故十二管也。十一月黄鐘爲宫，十二月大吕爲宫，是還迴迭相爲宫也。」按：四氣，即四時，亦即四季。董仲舒春秋繁露卷一一陽尊陰卑：「喜氣爲煖而當春，怒氣爲清而當秋，樂氣爲太陽而當夏，哀氣爲太陰而當冬。四氣者，天與人所同有也，非人所能畜也。」

〔二〕「至音」句，禮記樂記：「大樂與天地同和。」鄭玄注：「言順天地之氣。」老子：「大音希聲。」王弼注：「聽之不聞名曰希，不可得聞之音也。有聲則有分，有分則不宮而商矣；分則不能統衆，故有聲者非大音也。」故言「簡易」。

〔三〕「廣樂」句，禮記樂記：「君子反情以和其志，廣樂以成其教，樂行而民鄉方，可以觀德矣。」鄭玄注：「方，猶道也。」因「樂行而民鄉方」，極爲神妙，故云「與神明合契」。

〔四〕「盛於」二句，禮記樂記：「武王作大武，名因其得天下之功。」論語八佾：「武盡美矣，未盡善也。」何晏集解引孔（安國）曰：「武，武王樂也，以征伐取天下，故未盡善。」孔穎達正義：「武王用武除暴，爲天下所樂，故謂其樂爲武樂。武樂爲一代大事，故歷代皆稱『大』也。」

〔五〕「奄有」句，詩經大雅皇矣：「奄有四方。」毛傳：「奄，大也。」鄭玄箋云：「王季（引者按：王季即季歷，生昌，即周文王）以有因心則友之德，故世世受福禄，至於覆有天下。」按皇矣小序曰：「皇矣，美周也。天監代殷，莫若周；周世世修德，莫若文王。」孔穎達正義曰：「天監視善惡於下，就諸國之内求可以代殷爲天子者，莫若於周，言周最可以代殷也。周所以善者，以天下諸國世世修德莫有若文王者也，故作此詩以美之也。」

〔六〕「自得」句，史記孔子世家：「孔子學鼓琴師襄子。……有間，有所穆然深思焉，有所怡然高望而遠志焉。曰：『丘得其爲人，黯然而黑，幾然而長，眼如望羊，如王四國。非文王其誰能爲此也！』師襄子辟席再拜，曰：『師蓋云文王操也。』」按太平御覽卷八四周文王引桓子新論曰：

「文王操者，文王之時紂無道，爛金爲格，溢酒爲池，宮中相殘，骨肉成泥。琁室瑶臺，藹雲翳風，鍾聲雷起，疾動天地。文王躬被法度，陰行仁義，援琴作操，故其聲紛以擾，駭角震商。」

〔七〕「南風」二句，史記樂書：「昔者舜作五絃之琴，以歌南風。」集解引王肅曰：「南風，養育民之詩也。其辭曰：『南風之薰兮，可以解吾民之愠兮。』」

〔八〕「北里」二句，史記殷本紀：「帝乙崩，子辛立，是爲帝辛，天下謂之紂。……好酒淫樂，嬖於婦人，愛妲己，妲己之言是從。於是使師涓作新淫聲，北里之舞，靡靡之樂，厚賦税以實鹿臺之錢，而盈鉅橋之粟。益收狗馬奇物，充仞宮室。……以酒爲池，縣肉爲林，使男女倮相逐其間，爲長夜之飲。」

悲夫！日中則昃，動静之常也；月滿則虧，虛盈之數也〔一〕。自太平王佐，委龍翰於芳年〔二〕；禮義霸臣，摧獸文於華月〔三〕。則知天之將喪也，則知道之將廢也〔四〕。雖頽山壞木，兆悲歌於兩楹〔五〕；夏棟周牆，陳盛制於三禮〔六〕。猶使文明炤爛，百王知察變之機；鍾石鏗鏘，萬代挹希聲之樂〔七〕。信可謂備物致用，立成器以爲天下利者，莫大於聖人也〔八〕。既而三河失統，九州之寶幣不歸〔九〕；四塞提衡，萬里之長城繼作〔一〇〕。星祅日祲，乾象暗而恒文乖；禮壞樂崩，彝倫斁而舊章缺〔一一〕。洎夫碭山休氣〔一二〕，潛膺赤帝之圖〔一三〕；沛國真人，密召黄星之録〔一四〕。尊褒成之厚級，殷崇聖之榮班〔一五〕，學校於是大興〔一六〕，文武由其不墜。年當晉、宋，運柜周、隋〔一七〕，太山覆而崑崙倒，天柱傾而地維絶〔一八〕。三重赤暈〔一九〕，還開爭戰之端；千里黄埃，荐有干戈之務〔二〇〕。亂離瘼矣，黔首何依〔二一〕？王室蠢然〔二二〕，蒼生無主。閭閻匝地，今來爲講武之場〔二三〕；荆棘參天，昔日作談經之市〔二四〕。

【箋注】

〔一〕「日中」四句，日中，謂中午之太陽，到達天最高處（實爲地球運行正對太陽）；昃，太陽向西傾斜。滿，謂月圓；虧，月缺。喻萬物盛極而衰。周易豐卦：「日中則昃，月盈則食，天地盈虚，與時消息，而況於人乎？況於鬼神乎？」王弼注：「豐之爲用，困於昊食者也。施於未足則尚豐，施於已盈則方溢，不可以爲常，故具陳消息之道者也。」孔穎達正義：「『日中則昃，月盈則食』者，此孔子因豐設戒（引者按：因有孔子續易象之説，故謂此乃孔子設戒），以上言王者以豐大之德照臨天下，同於日中。然盛必有衰，自然常理。日中至盛，過中則昃；月滿則盈，過盈則食。天之寒暑往來，地之陵谷遷貿，盈則與時而息，虚則與時而消，天地日月尚不能久，況於人與鬼神，而能長保其盈盛乎？」

〔二〕「自太平」二句，楊炯原州百泉縣令李君神道碑（見本書卷七）曰：「顔回稱太平王佐。」顔回，名淵，孔子弟子。其稱太平王佐事，現存文獻别無出處，蓋孔子盛稱其「德行」、好仁之故。詳史記仲尼弟子列傳。委，棄也。龍翰，龍毛，言極難得。漢書揚雄傳載甘泉賦：「鱗羅布列，攢以龍翰。」顏師古注「龍翰」爲「如龍之豪翰」。芳年，與下句「華月」，指美妙歲月。此嘆顏回早死，未能用之於世。

〔三〕「禮義」二句，上注引李君神道碑又曰：「仲由稱禮義霸臣。」據史記仲尼弟子列傳，仲由字子路，「性鄙，好勇力，志抗直」。孔子教導他「君子好勇而無義則亂，小人好勇而無義則盜」。嘗爲季氏宰，故稱「禮義霸臣」。獸文，鳥獸文章。藝文類聚卷一一帝王部一太昊庖犧氏引禮含文嘉曰：「伏羲德洽上下，天應以鳥獸文章，地應以龜書，伏羲乃則象作易。」此代指儒家典籍。兩句謂孔子之禮義被霸臣所摧殘，故下文言天、道「將喪」、「將廢」。

〔四〕「則知」二句，論語子罕：「子畏於匡，曰：『文王既没，文不在兹乎？天之將喪斯文也，後死者不得與於斯文也；天之未喪斯文也，匡人其如予何？』」何晏集解引孔安國注：「文王既没，故孔子自謂後死；言天將喪此文者，本不當使我知之，今使我知之，未欲喪也。」又注曰：「兹，此也。言文王雖已死，其文見在此。此，自謂其身。」同書憲問：「子曰：道之將行也與，命也；道之將廢也與，命也，公伯寮其如命何！」孔穎達正義：「此章言道之廢行，皆由天命也。」

〔五〕「雖頽山」二句，禮記檀弓上：「孔子蚤作，負手曳杖，消摇於門，歌曰：『泰山其頽乎，梁木其壞乎，哲人其萎乎！』子貢聞之，曰：『泰山其頽，則吾將安仰？梁木其壞，哲人其萎，則吾將安放？夫子殆將病也。』遂趨而入。夫子曰：『賜！爾來何遲也。夏后氏殯於東階之上，則猶在阼也；殷人殯於兩楹之間，則與賓主夾之也；周人殯於西階之上，則猶賓之也。而丘也殷人也。予疇昔之夜，夢坐奠於兩楹之間。夫明王不興，而天下其孰能宗予？予殆將死也。』蓋寢疾七日而没。」鄭玄注：「是夢坐兩楹之間，而見饋食也。言奠者，以爲凶象。」又注曰：「兩楹之間，南面鄉明，人君聽治正坐之處。今無明王，誰能尊我以爲人君乎？是我殷家奠殯之象。以此自知將死。」按：楹，柱也。兩楹，東楹、西楹。「雖」下，全唐文有「復」字。

〔六〕「夏棟」二句，周禮冬官考工記匠人：「王宮門阿之制五雉，宮隅之制七雉，城隅之制九雉。」鄭玄注：「阿，棟也。宮隅，城隅，謂角浮思也。雉長三丈，高一丈。度高以高，度廣以廣。」賈公彦疏：「云『王宮門阿之制五雉』者，五雉謂高五丈。云『宮隅之制七雉』者，七雉亦謂高七丈，不言宮牆，宮牆亦高五丈也。云『城隅之制九雉』者，九雉亦謂高九丈，不言城身，城身宜七丈也。」考工記又曰：「門阿之制以爲都城之制，宮隅之制以爲諸侯之城制。」鄭注：「都，四百里。外距五百里，王子弟所封，其城隅高五丈，宮隅門阿皆三丈。諸侯，畿以外也，其城隅制高七丈，宮隅、門阿皆五丈。」此以棟、牆之制，與夏、周互文，代指夏、商、周三代之國體禮制。制，原作「則」。此指三代宮、牆制度，作「制」是，據全唐文改。三禮，「三」原作「用」。按「用」與上句「兩」不對應，據全唐文改。三禮，指周禮、儀禮、禮記三部禮書。謂孔子之死雖如頹山壞木，然其所記三代制度（史記孔子世家謂孔子「追迹三代之禮」），足爲後世之法。

〔七〕「猶使」四句，謂三禮所載之禮樂制度，仍爲後代百王萬世所用。文明，此指禮制。炤爛，照耀也。察變之機，考察變遷之關鍵所在。鍾、石，泛指樂。希聲，老子：「大音希聲。」王弼注：

「聽之不聞，名曰希。不可得聞之音也。有聲則有分，有分則不宮而商矣；分則不能統衆，故有聲者非大音。」

〔八〕「信可謂」三句，周易繫辭上：「備物致用，立成器以爲天下利，莫大乎聖人。」孔穎達正義：「謂備天下之物，招致天下所用，建立成就天下之器，以爲天下之利，唯聖人能然。」

〔九〕「既而」二句，史記貨殖列傳：「唐人都河東，殷人都河内，周人都河南。夫三河在天下之中，若鼎足，王者所更居也，建國各數百千歲。」集解引徐廣曰：「堯都晉陽也。」三河失統，謂三代相繼滅亡。寶幣，指寶物、貨幣。管子形勢解：「國富兵强，則諸侯服其政，鄰敵畏其威，雖不用寶幣事諸侯，諸侯不敢犯也。」此指寶鼎。藝文類聚卷九九祥瑞部鼎引孫氏瑞應圖曰：「禹治水，收天下美銅，以爲九鼎，象九州，王者興則出，衰則去。」戰國時，周王朝已名存實亡，故云鼎「不歸」。

〔一〇〕「四塞」二句，戰國策齊策三：「今秦，四塞之國。」高誘注：「四面有山關之固，故曰四塞之國也。」提衡，言相互提攜、幫助，本文前已注，此指諸侯合縱連横。萬里長城，指戰國時諸侯國所修之長城，如戰國策秦策一所謂齊國之「長城鉅防，足以爲塞」，同書魏策一「蘇子（秦）爲趙合從説魏王」，謂其「西有長城之界」之類。兩句謂戰國時諸侯争霸。

〔一一〕「星祅」四句，祅，同「妖」。祅星即凶星，如彗星之類。太平御覽卷七妖星引劉向洪範傳曰：「彗者，去穢布新者也。此天所以去無道而建有德也。」日祲，左傳昭公十五年：「梓慎曰：禘之日，其有咎乎？吾見赤黑之祲，非祭祥也，喪氛也。」杜預注：「祲，妖氛也。蓋見於宗廟，故以爲非祭祥也。氛，惡氣也。」乾象暗，謂日無光。恒文，恒久之文。後漢書班固傳：「俾其（指漢）承三季之荒末，值亢龍之災孽，懸象暗而恒文乖，彝倫斁而舊章缺。」李賢注：「三季，三王之季也。……易曰：『懸象著明，莫大於日月。』乖，謂失於常度也。倫，理也；斁，敗也。尚書曰：『彝倫攸斁。』舊章缺，謂秦燔詩書。」

〔二二〕「洎乎」句，史記高祖本紀：「秦始皇帝常曰『東南有天子氣』，於是因東游以厭之。高祖即自疑，亡匿，隱於芒、碭山澤巖石之間，呂后與人俱求，常得之。高祖怪問之，呂后曰：『季所居上常有雲氣，故從往常得季。』」集解：「徐廣曰：『芒，今臨淮縣也。碭縣在梁。』（裴）駰按應劭曰：『二縣之界有山澤之固，故隱於其間也。』」又張守節正義引括地志云：「宋州碭山縣，在州東一百五十里，本漢碭陽縣也。碭山在縣東。」又引顏師古曰：「京房易兆候云：『何以知賢人隱？四方常有大雲，五色具而不雨，其下有賢人隱矣。』故呂后望雲氣而得之。」

〔二三〕「潛膺」句，史記高祖本紀：「高祖以亭長爲縣送徒酈山，徒多道亡。自度比至皆亡之，到豐西澤中，止飲，夜乃解縱所送徒。曰：『公等皆去，吾亦從此逝矣。』徒中壯士願從者十餘人。高祖被酒，夜徑澤中，令一人行前。行前者還報曰：『前有大蛇當徑，願還。』高祖醉，曰：『壯士行，何畏！』乃前，拔劍擊斬蛇，蛇遂分爲兩，徑開。行數里，醉，因卧。後人來至蛇所，有一老嫗夜哭，人問何哭，嫗曰：『人殺吾子，故哭之。』人曰：『嫗子何爲見殺？』嫗曰：『吾子白帝子也，化爲蛇，當道，今爲赤帝子斬之，故哭。』人乃以嫗爲不誠，欲笞之，嫗因忽不見。」集解引應劭曰：「秦襄公自以居西戎，主少昊之神，作西畤，祠白帝。至獻公時，櫟陽雨金，以爲瑞，又作畦畤，祠白帝。少昊，金德也。赤帝堯後，謂漢也。殺之者，明漢當滅秦也。」此上二句，謂劉邦膺天命而興漢，斬白蛇乃其有天下之符命。

〔一四〕「沛國」二句，沛國真人，指曹操，操乃沛國譙人。黄星，曹操受命之符。三國志魏書武帝紀：「初，桓帝時，有黄星見於楚、宋之分，遼東殷馗善天文，言後五十歲當有真人起於梁沛之間，其鋒不可當。至是凡五十年，而公破（袁）紹，天下莫敵矣。」二句謂秦亡於沛人劉邦，而同爲沛人之曹操有黄星之瑞，又將滅漢。

〔一五〕「尊褒成」二句，殷，隆也。厚級、榮班，指高爵厚禄。漢書平帝紀：元始元年（公元一年）五月，「（封）孔子後孔均爲褒成侯，奉其祀。追謚孔子曰褒成宣尼公。」同上孔光傳：「元始元年，封周公、孔子後爲列侯，食邑各二千户。（王）莽更封爲褒成侯。」

〔一六〕「學校」句，漢書董仲舒傳：「自武帝初立魏其、武安侯爲相，而隆儒矣。及仲舒對册，推明孔氏，抑黜百家，立學校之官，州郡舉茂材、孝廉，皆自仲舒發之。」後漢書班固傳：「天乃歸功元首，將授漢劉。……故先命玄聖，使綴學立制，宏亮洪業。」李賢注：「玄聖，謂孔丘也。……綴學立制，謂爲漢家法制也。宏、洪，并大也。亮，信也。」

〔一七〕「運柜」句，柜，通「矩」。謂北周、隋效法晉、宋。

〔一八〕「太山」二句，晉書趙至傳載與嵇蕃書：「顧景中原，……思躡雲梯，横奮八極，披艱掃穢，蕩海夷嶽，蹴崑崙使西倒，蹋太山令東覆，平滌九區，恢維宇宙，斯吾之鄙願也。」淮南子天文訓：「昔者共工與顓頊争爲帝，怒而觸不周之山，天柱折，地維絶。」兩句喻指政權屢更，綱常不存。

〔一九〕「三重」二句，謂六朝戰争頻仍，兵連禍結。唐開元占經卷八日暈引蔡伯喈（邕）曰：「氣見於日傍，四周爲暈。」又引石氏曰：「日暈者，軍營之象。」又引荆州占曰：「日三暈，軍分爲三。」同卷日重暈引魏氏曰：「日重暈，中赤外青，有臣謀邪不成。」

〔二〇〕「荐有」句，荐，再、重也。四子集、全唐文作「洊」，同。

〔二一〕「亂離」二句，詩經小雅四月：「亂離瘼矣，爰其適歸。」毛傳：「離，憂；瘼，病。」鄭玄箋：「今政亂，國將有憂病者矣。」黔首，史記秦始皇本紀：始皇二十六年（前二二一），「更名民曰黔首」。離，原作「罹」。按：在遭受、遭遇意義上，兩字通，然在憂愁義項上不相通，據詩經改。

〔二二〕「王室」句，王室，此指隋朝廷。蠢然，茫然而動貌。乾鑿度立乾坤巽艮四門（見説郛卷二上）：「畫坤爲人門，萬物蠢然，俱受蔭育。」句謂王室無可奈何，任由擺布。

〔二三〕「閭閻」二句，文選班固西都賦：「内則街衢洞達，閭閻且千。」李善注引字林曰：「閭，里門也；閻，里中門也。」匝，環繞也。江淹恨賦：「黄塵匝地，歌吹四起。」講武之場，訓練軍隊之場地。太平御覽卷一九七園圃引王隱晉書曰：「涼州牧張駿增築四城箱，各千步。東城殖園果，命曰講武場。」兩句謂人口稠密之居民區，今爲軍隊校場。

〔二四〕「荆棘」二句，談經之市，指漢代長安槐市。藝文類聚卷三八學校引（三輔）黄圖曰：「禮，小學在公宫之南，太學在東，就陽位也。去城七里，東爲常滿倉，倉之北爲槐市，列槐樹數百行爲隧，無牆屋。諸生朔望會此市，各持其郡所出貨物及經傳書記，笙磬樂器，相與買賣，雍容揖讓，論説槐下。」此代指文化教育。兩句謂隋末戰亂使文教荒蕪，斯文掃地。

皇家撥亂返正〔一〕，應天順人〔二〕。鼓之以雷霆，潤之以風雨〔三〕。馳攙槍而掃穢，上廓鵬雲〔四〕；決河海以澄奸，下清鼇極〔五〕。今天子握大象〔六〕，運洪鑪〔七〕，星重輝，海重潤〔八〕。乾迴北列，垂衣裳於太紫之垣〔九〕；日出東方，備法駕於中黄之道〔一〇〕。混沌之無天無地，盡入提封〔一一〕；伯陽之有物有象，咸乘禮節〔一二〕。太階三襲，明瑞氣於朱符〔一三〕；中極四遊，法祥光於玉燭〔一四〕。東膠西序〔一五〕，雲閣蓬丘〔一六〕。國號陶唐〔一七〕，家成鄒魯〔一八〕。遂使西山童子，陳歌謡於璧水之前〔一九〕；南國老人，受几杖於環林之下〔二〇〕。乾坤之大德行矣，皇王之盛節明矣。江茆鄗黍〔二一〕，晨昏薦帝之祥；鳳穴麟洲，晷刻因天之瑞〔二二〕。乘輿乃選吉日，協靈辰，詔風伯以行觀，促雷師而出豫〔二三〕。房爲天駟，仍施列缺之鞭〔二四〕；斗爲帝車，即動招摇之柄〔二五〕。奠玉帛，奏金絲〔二六〕。登介丘，下梁甫〔二七〕。擁神休而尊明號，莫之與京〔二八〕；按玉册而考銀繩〔二九〕，於斯爲盛。於是迴輿轉旆，臨曲阜之郊畿〔三〇〕；駐蹕停鑾，訪雲壇之軌跡〔三一〕。若使九原可作，大君得廊廟之才〔三二〕；千載有知，夫子記風雲之會〔三三〕。即以乾封元年，追贈太師〔三四〕，禮也。

【箋注】

〔一〕「皇家」句，皇家，指建立唐王朝之李氏家族。撥亂，春秋公羊傳哀公十四年：「撥亂世反諸正，莫近乎春秋。」何休注：「撥，猶治也。」史記高祖本紀：「高祖起微細，撥亂世反之正，平定天下，爲漢太祖，功最高。」

〔二〕「應天」句，文選班固東都賦：「龔行天罰，應天順人，斯乃湯武之所以昭王業也。」李善注引周易曰：「湯武革命，應乎天而順乎人。」又引禮含文嘉曰：「湯武順人心，應於天。」

〔三〕「鼓之」二句，周易繫辭上：「剛柔相摩，八卦相蕩，鼓之以雷霆，潤之以風雨。」孔穎達疏：「鼓動之以震雷離電，滋潤之以巽風坎雨。」

〔四〕「馳攙槍」二句，攙，字亦作「欃」。槍，原作「搶」，形訛，據下引改。彗星之別名。爾雅釋星名：「彗星爲欃槍。」又後漢書崔駰傳載慰志賦：「運欃槍以電掃兮，清六合之土宇。」李賢注：「欃槍，彗也。」按：欃槍亦名天欃、天槍。史記天官書：「三月生天欃，長四丈，末兑。」正義：「欃，楚咸反。天欃者，在西南，長四丈，鋭。京房云：『天欃爲兵，赤地千里，枯骨籍籍。』天文志云『天欃主兵亂』也。」天官書又曰：「三月生天槍，長四丈，兩頭鋭。」正義：「其見，不過三月，必有破國亂君伏死其辜。」廓，清除。鵬云，莊子逍遥遊：「北冥有魚，其名爲鯤。……化而爲鳥，其名爲鵬。鵬之背不知其幾千里也，怒而飛，其翼若垂天之雲。」此泛指雲霧，喻隋末軍閥勢力，猶言廓清雲霧以見青天。兩句謂唐高祖、太宗消滅隋軍及各路軍閥。此以攙槍喻除穢武器。

〔五〕「下清」句，鼇極，指天下。淮南子覽冥訓：「往古之時，四極廢，九州裂，天不兼覆，地不周載。……於是女媧鍊五色石以補蒼天，斷鼇足以立四極。……蒼天補，四極正。」高誘注：「鼇，大龜。天廢頓，以鼇足柱之，」楚詞曰『鼇載山下（引者按：下，楚辭屈原天問作「抃」），其何以安之』是也。」

〔六〕「今天子」句，今天子，指唐高宗李治。握大象，老子：「執大象，天下往。」河上公注：「執，守也。象，道也。聖人守大道，則天下萬物移心歸往之也。」文選干寶晉紀論晉武帝革命：「爲而不有，應而不求，執大象也。」劉良注：「象，法也。言如此之君，但執淳素之大法。」

〔七〕「運洪爐」句，洪爐，大火爐，喻治理之權。後漢書何進傳：「陳琳入諫曰：『……今將軍總皇威，握兵要，龍驤虎步，高下在心，此猶鼓洪爐燎毛髮耳。』」

〔八〕「星重輝」二句，言高宗繼位後德業之盛。崔豹古今注卷中：「日重光，月重輪，群臣爲漢明帝所作也。明帝爲太子，樂人作歌詩四章，以贊太子之德。其一曰日重光，其二曰月重輪，其三曰星重輝，其四曰海重潤。漢末喪亂後，其二章亡。舊説云天子之德光明如日，規輪如月，衆輝如星，霑潤如海，太子皆比德焉，故云『重』爾。」

〔九〕「乾回」二句，乾，天，代指皇帝。北列，文選顔延年車駕幸京口侍游蒜山作：「元天高北列。」李善注「北列」爲「列星」。吕向注：「北列，北方也。」此當指天極星（即北辰，又名北極星）。句言高宗在位。垂衣裳，周易繫辭上：「自天祐之，吉，無不利。黄帝、堯、舜垂衣裳而天下治，蓋取諸乾坤。」韓康伯注：「垂衣裳以辨貴賤，乾尊坤卑之義也。」孔穎達正義：「垂衣裳者，以前衣皮，其制短小，今衣絲麻布帛所作衣裳，其制長大，故云垂衣裳也。」王充論衡卷一八自然曰：「垂衣裳者，垂拱無爲也。」此説義較長。太紫之垣，指紫宫。太紫，謂太乙所居之紫宫。史記天官書：「中宫天極星，其一明者，太乙常居也；旁三星三公，……皆曰紫宫。」索隱引春秋合誠圖：「紫微，大帝室，太乙之精也。」此代指皇宫。

〔一〇〕「日出」二句，周易説卦：「帝出乎震。……震，東方也。」法駕，皇帝乘輿之一。史記吕后本紀：「迺奉天子法駕。」集解引蔡邕曰：「天子有大駕、小駕、法駕，上乘金根車，駕六馬。有五時副車，駕四馬，侍中參乘，屬車三十六乘。」同書孝文本紀：「奉天子法駕，迎於代（王）邸。」索隱引漢官儀云：「天子鹵簿，有大駕、法駕、小駕。大駕，公卿奉引，大將軍參乘，屬車八十一乘。法駕，公卿不在鹵簿中，惟京兆尹、執金吾、長安令奉引，侍中參乘，屬車三十六乘。」唐代較簡，據舊唐書輿服志，皇帝輿駕僅「乘金根而已」。中黄之道，即中黄道，天體運行路徑。唐以前算法不詳，明徐光啓新法算書卷一八渾天儀説有在渾天儀上之計算方法，其曰：「以二邊及間角求餘邊，先設兩邊并與象限等，其一爲四十七度，其一爲四十三度，間角爲五十度。試於儀上極高四十度即安高弧，令地平上依間角自南去，東距子午圈五十度，自頂於高弧上查四十三度，亦自頂於子午圈餘四十七度，得其中黄道。」此代指皇帝出行之御道。

〔二〕「混沌」二句，混沌，莊子中寓言人物，以與下句「伯陽」對應。莊子應帝王：「南海之帝爲儵，北海之帝爲忽，中央之帝爲渾沌。」無天無地，謂天地未辟，即混沌之義。雲笈七籤卷二太上老君開天經：「蓋聞未有天地之間，太清之外，不可稱計，虚無之裏，寂寞無表，無天無地，無陰無陽，無日無月。……」提封，漢書刑法志：「一同百里，提封萬井。」注引李奇曰：「提，舉也。舉四封之内也。」顔師古匡謬正俗卷五：「凡言提封者，謂提舉封疆大數以爲率耳。」兩句謂普天之下，皆爲皇家所有。

〔三〕「伯陽」二句，伯陽，即老子。史記老子列傳張守節正義：「老子，……姓李，名耳，字伯陽，一名重耳，外字聃。」老子曰：「道之爲物，惟恍惟惚。惚兮恍兮，其中有象；恍兮惚兮，其中有物。」河上公注：「道唯忽怳，無形之中獨爲萬物法像；道唯怳忽，其中有一經營主化，因氣立質。」又王弼注：「以無形始，物不係成物。萬物以始以成，而不知其所以然，故曰恍兮惚兮，惚兮恍兮，其中有象也。」咸乘禮節，謂道家雖稱「無」，其實是「有」，故所有方外之人皆願遵循禮節，將自己納入國家禮教體系。

〔三〕「太階」二句，「太」同「泰」。泰階即三台，詳見前渾天賦注。此代指朝廷。三襲，爾雅釋山：「山三襲，陟。」郭璞注：「襲亦重。」三重，指泰階之上、中、下三階，亦極言其高。瑞氣，神靈吉祥之氣。朱符，泛指王者受命之符。太平御覽卷七六叙皇王上引春秋演孔圖：「天子皆五帝精寶，各有題序，次運相據，起必有神靈符紀，諸神扶助，使開階立隧。」兩句謂唐王朝有神靈護佑。

〔一四〕「中極」二句，中極，即紫微宫。太平御覽卷六星中引天象列星圖曰：「北極五星，一名天極，一名北極。其第一星爲太子，第二星最明者爲帝，第三星爲庶子，餘二後宫屬也。并在紫微宫中央，故謂之中極。」此亦代指朝廷。四遊，周禮地官大司徒：「日至之景，尺有五寸，謂之地中。天地之所合也，四時之所交也，風雨之所會也，陰陽之所和也。然則百物阜安，乃建王國焉，制其畿方千里而封樹之。」鄭玄注：「景尺有五寸者，南戴日下萬五千里，地與星辰四遊昇降於三萬里之中，是以半之，得地之中也。」賈公彦疏「四遊」曰：「考靈耀文言，四遊昇降者，春分之時地與星辰復本位，至夏至之日，地與星辰東南遊萬五千里，下降亦然，至秋分還復正。至冬至，地與星辰西北遊，亦萬五千里，上昇亦然，至春分還復正。進退不過三萬里，故云地與星辰四遊昇降於三萬里之中，是以半之，得地之中也。」此指全國各地。玉燭，爾雅釋天四時：「四時和謂之玉燭。」郭璞注：「道光照。」大道之光普照，故稱「祥光」。

〔一五〕「東膠」句，禮記王制：「有虞氏養國老於上庠，養庶老於下庠。夏后氏養國老於東序，養庶老於西序。殷人養國老於右學，養庶老於左學。周人養國老於東膠，養庶老於虞庠。虞庠在國之西郊。」孔穎達正義引熊氏云：「國老，謂卿大夫致仕者。庶老，謂士也。」四代學校名稱及東、西之不同，鄭玄注曰：「皆學名也，異者，四代相變耳。或上西，或上東，或貴在國，或貴在郊。上庠、右學，大學也，在西郊；下庠、左學，小學也，在國中王宮之東。東序、東膠，亦大學，在國中王宮之東；西序、虞庠，亦小學也，西序在西郊。周立小學於西郊。膠之言糾也，庠之言養也。周之小學，爲有虞氏之庠制，是以名庠云。其立鄉學亦如之。」後代已不甚區別，如孟子梁惠王上曰：「謹庠序之教。」趙岐注：「庠序者，教化之宮也。殷曰序，周曰庠。」此泛指各類學校。

〔一六〕「雲閣」句，雲閣，即凌雲閣。太平御覽卷一八四閣引漢宮殿疏曰：「天祿閣、麒麟閣，蕭何造，以藏秘書，畫賢臣；凌雲閣，秦二世造。」蓬丘，即蓬萊山。初學記卷一二職官部秘書監引華嶠後漢書曰：「學者稱東觀爲老氏藏室，道家蓬萊山。」

〔一七〕「國號」句，史記五帝本紀：「帝堯爲陶唐。」集解引韋昭曰：「陶唐，皆國名，猶湯稱殷商矣。」又引張晏曰：「堯爲唐侯，國於中山，唐縣是也。」此謂李氏所建之國號「唐」，乃遠襲帝堯。按舊唐書高祖紀：「高祖神堯大聖大光孝皇帝，姓李氏，諱淵，其先隴西狄道人。」祖諱虎，「後魏左僕射。封隴西郡公，……周受禪，追封唐國公」。考諱昞，襲唐國公。高祖七歲時襲唐國公，隋末進封唐王，故建國後，國號爲唐。

〔一八〕「家成」句，謂百姓皆知書達禮。孔子爲魯人，孟子爲魯之鄒人，故鄒魯自古號禮義之邦。漢書韋賢傳：「濟濟鄒魯，禮義唯恭。誦習絃歌，于異他邦。」顔師古注：「言禮樂之教，不同餘士也。」

〔一九〕「遂使」二句，西山，此指西蜀之山。璧水，指太學。漢書王襃傳：「益州刺史王襄欲宣風化於衆庶，聞王襃有俊材，請與相見，使襃作中和、樂職、宣布詩，選好事者令依鹿鳴之聲，習而歌之。時汜鄉侯何武（按同書何武傳稱其「字君公，蜀郡郫縣人」）爲僮子，選在歌中。久之，武等學長安，歌太學下，轉而上聞。宣帝召見武等，觀之，皆賜帛，謂曰：『此盛德之事，吾何足以當之！』」

〔二〇〕「南國」二句，南國老人，當指桓榮。後漢書桓榮傳：「桓榮，字春卿，沛郡龍亢（今安徽懷遠）人也。」少苦學，「貧寠無資，常客傭以自給，精力不倦，十五年不闚家園」。顯宗（漢明帝）爲皇太子時，以學問拜議郎，又拜博士。「車駕幸太學，會諸博士論難於前，榮被服儒衣，温恭有藴藉，辯明經義，每以禮讓相猒，不以辭長勝人，儒者莫之及，特加賞賜。」拜太子少傅。顯宗即位，尊以師禮，拜太常。年踰八十，自以衰老，數上書乞身。明帝嘗幸太常府，令榮坐東面，設几杖，會百官，驃騎將軍、東平王（劉）蒼以下，及榮門生數百人，「天子親自執業，每言輒曰『大師在是』」。「永平二年（五九），三雍初成，拜榮爲五更。」按：桓榮爲沛郡人，乃古楚地，故稱之爲「南國老人」。三雍，李賢注：「宫也，謂明堂、靈臺、辟雍。」五更，後漢書明帝紀：「復踐辟雍，尊事三老，兄事五更。」李賢注：「五更，老人知五行更代事者。」環林，文選潘岳閒居賦：「環林縈映，圓海迴淵。」吕延濟注：「環林、圓海，明堂、辟雍，水木周繞。」此專指辟雍，因樹林周繞水畔，故稱「環林」。句言朝廷尊師重教。

〔二一〕「江茆」句，茆，通「茅」。管子封禪記管仲對齊桓公曰：「古之封禪，鄗上之黍，北里之禾，所以爲盛。江淮之間，一茅三脊，所以爲借也。」房玄齡注：「鄗上，山也。鄗音臛，鄗上、北里，皆地名。」又注「一茅三脊」曰：「所謂靈茅。」

〔二二〕「鳳穴」二句，穴、洲，分別指鳳、麟出没之地。上引管子封禪，管仲謂齊不宜封禪，有「今鳳凰、麒麟不來」語，則封禪當有鳳現麟來之祥瑞。晷刻，「晷」乃測日影以定時刻之儀器，「晷刻」即時刻、隨時。此及上兩句，皆謂封禪之祥瑞畢具。

〔二三〕「乘輿」四句，漢書揚雄傳載甘泉賦：「於是（漢武帝）迺命群僚，歷吉日，協靈辰，星陳而天行。詔招摇與泰陰兮，伏鉤陳使當兵。」顔師古注：「歷選吉日而合善辰也。」風伯，即飛廉，風神。楚辭屈原遠遊：「前飛廉以啓路。」王逸注：「風伯先道以開徑也。」又注曰：「風伯爲余先驅兮。」注：「飛廉奔馳而在前也。」同上屈原離騷：「前望舒使先驅兮，後飛廉使奔屬。鸞皇爲余前戒兮，雷師告余以未具。」王逸注：「飛廉，風伯也。風爲號令，以喻君命。」又注曰：「雷爲諸侯，以興於君。」此指唐高宗決定赴泰山封禪。舊唐書高宗紀上：麟德二年（六六五）冬十月戊午，「皇后請封禪。司禮太常伯劉祥道上疏請封禪。……丁卯，將封泰山，發自東都」。

〔二四〕「房爲」二句，史記天官書：「房爲府，曰天駟，其陰右驂。」索隱：「爾雅云：『天駟，房也。』詩汜歷樞云：『房爲天馬，主車駕。』」又正義：「房星，君之位，亦主左驂，亦主良馬，故爲駟，王者恒祠之，是馬祖也。」列缺，閃電。文選張衡思玄賦：「列缺曄其照夜。」舊注：「列缺，電也。」朱熹楚辭集注屈原遠遊：「上至列缺兮，降望大壑。」注：「列缺，天隙電照也。」此以電喻鞭。句謂快馬加鞭。

〔二五〕「斗爲」二句，史記天官書：「斗爲帝車，運於中央，臨制四鄉。」索隱：「姚氏案宋均云，言是大帝乘車巡狩，故無所不紀也。」招摇，史記天官書：「杓端有兩星，一内爲矛，招摇。」集解引孟康曰：「近北斗者招摇，招摇爲天矛。」又引晉灼曰：「梗河三星。天矛、天鋒、招摇，一星耳。」亦謂招摇即斗柄。楚辭屈原遠遊曰：「舉斗柄以爲麾。」王逸注：「握持招摇東西指也。」

〔二六〕「奠玉帛」二句，謂舉行封禪儀式。舊唐書高宗紀下：「麟德三年春正月戊辰朔，車駕至泰山頓。是日親祀昊天上帝於封祀壇，以高祖、太宗配饗。」玉帛，泛指祭奠時所用財物。金絲，絲，絃索類樂器，謂「金」，美之也。此代指音樂。

〔二七〕「登介丘」二句，介丘，指泰山。漢書司馬相如傳載封禪書：「微乎斯之爲符也，以登介丘，不亦恧乎？」注引服虔曰：「介，大也。丘，山也。」又初學記卷五引漢官儀及秦山記：泰山「東巖爲介丘」。梁甫，「甫」亦作「父」。史記封禪書：「天子至梁父，禮祠地主。」白虎通義卷下封禪：「梁甫者，泰山旁山名，三王禪於梁甫之山。」舊唐書高宗紀下：麟德三年春正月「己巳，帝升山行封禪之禮。庚午，禪於社首，祭皇地祇。辛未，御降禪壇」。則高宗封禪禪於社首，不在梁甫，梁甫乃代指。按史記封禪書曰：「周成王封泰山，禪社首。」集解引應劭曰：「山名，在博縣。」又引晉灼曰：「在距平南十三里。」元和郡縣志卷一〇兖州乾封縣（原名博平縣）：「社首山，在縣西北二十六里。」

〔二八〕「擁神休」二句，文選揚雄甘泉賦：「惟漢十世，將郊上玄，定泰畤，雍神休，尊明號。」注引晉灼曰：「雍，祐也。休，美也。言見祐護以休美之祥也。明號，下同符三皇也。」李善注：「言將祭泰畤，冀神擁祐之以美祥，因尊己之明號也。」按文選六臣注本「雍」作「擁」，李周翰注曰：「冀神之擁祐以休美之祥，故尊祭牲，加以殊號。」按此所謂「尊明號」，蓋指改年號。舊唐書高宗紀下：麟德三年春正月「壬申，御朝壇，受朝賀，改麟德三年爲乾封元年」。史記陳杞世家：「八世之後，莫之與京。」集解引賈逵曰：「京，大也。」

〔二九〕「按玉策」句，白虎通義卷下封禪：「或曰封者金泥銀繩，或曰石泥金繩，封之以玉璽。」舊唐書禮儀志三：乾封元年（六六六）封泰山，「造玉策三枚，皆以金繩連編玉簡爲之。……又爲金匱二，以藏配座玉策，……又爲石⿰石感以藏玉匱，……又爲金繩以纏石⿰石感，各五周，徑三分」。

〔三〇〕「臨曲阜」句，舊唐書高宗紀下：乾封元年春正月丙戌，「發自泰山。甲午，次曲阜縣，幸孔子廟，追贈太師，增修祠宇，以少牢致祭。其褒聖侯（孔）德倫子孫，并免賦役」。

〔三一〕「訪雲壇」句，雲壇，道教神壇。道教稱其最高領袖爲「雲臺」，謂第一代雲臺爲太上老君，其後，太上老君又授張陵爲雲臺，見雲笈七籤卷四道教相承次第録。故道觀所用物事，多加「雲」字。此代指老子故居。舊唐書高宗紀下：乾封元年二月己未，「次亳州，幸老君廟，追號曰太上玄元皇帝，創造祠堂。其廟置令、丞各一員。改谷陽縣爲真源縣，縣内宗姓特給復一年」。

〔三二〕「若使」二句，禮記檀弓下：「趙文子與叔譽觀乎九原，曰：『死者如可作也，吾誰與歸？』」按：九原，山名，在今山西新絳縣北，晉卿大夫墓地之所在。此代指孔子、老子墓地。大君，指唐高宗。廊廟之才，兼言孔、老。

〔三三〕「千載」二句，夫子，據下兩句，此專指孔子。兩句謂若孔子地下有知，當記録此君臣際會之盛。記，全唐文作「託」，似誤。

〔三四〕「即以」二句，唐會要卷三五褒崇先聖：「乾封元年（六六六）正月三十日，追贈孔子爲太師。」

咸亨元年〔一〕，又詔：「宣尼有縱自天〔二〕，體膺上哲。合兩儀之簡易〔三〕，爲億載之師表。顧惟寢廟〔四〕，義在欽崇。諸州縣廟堂及學館，有破壞并先來未造者，遂使生徒無肄業之所，先師闕尊祭之儀，久致飄露，深非敬本。宜令州縣，速加營葺。」新都學廟堂者，奉詔之所立也。因三農之暇〔五〕，陳複道之規〔六〕。考幃帳於西京〔七〕，訪埃塵於東魯〔八〕。梅梁桂柱〔九〕，深沉風雨之津；鏤檻文榥〔一〇〕，曠望江山之表。納流雲於上棟，白日非遥〔一一〕；披濁霧於中階，青天在矚〔一二〕。雕鐫暐曄，窮妙飾於重欄〔一三〕；山海高深，盡靈姿於反宇〔一四〕。門生偘偘，如倍文杏之壇〔一五〕；冑子鏘鏘，若預崇蘭之室〔一六〕。每至南方二月，草樹華滋〔一七〕；北陸三秋〔一八〕，風煙摇落。莫不列蘋蘩於上席〔一九〕，行禮敬於質明〔二〇〕。奠椒桂於中罇〔二一〕，敬神明於如在〔二二〕。爾其邑居重複，原野平蕪，出江干之萬里，入參星之七度〔二三〕。龜城藹藹〔二四〕，焕繁霞於百尺之樓；蛟浦澄澄，洗明月於千秋之水〔二五〕。文翁舊學，日往年歸〔二六〕；劉禪平堂，煙荒霧慘〔二七〕。武侯龍伏，猶觀八陣之圖〔二八〕；壯士蛇崩，仍辨五丁之石〔二九〕。左巴右獠之勝域〔三〇〕，陸海三江之奧壤〔三一〕。

【箋注】

〔一〕「咸亨」句，按舊唐書高宗紀下，咸亨元年（六七〇）五月丙戌有此詔文，内容與「又詔」基本相同。

〔二〕「宣尼」句，宣尼，孔子謚號。漢書平帝紀：元始元年（公元一年）夏五月丁巳，「追謚孔子曰褒成宣尼公」。有縱自天，謂由天縱之。論語子罕：「太宰問於子貢曰：『夫子聖者與？何其多能也！』子貢曰：『固天縱之將聖，又多能也。』」何晏集解引孔（安國）曰：「言天固縱大聖之德，又使多能也。」縱，賦予。邢子才獻武皇帝寺銘曰：「惟睿作聖，有縱自天。」

〔三〕「合兩儀」句，儀，原作「義」。按王勃王子安集卷一三益州夫子廟碑引此詔作「儀」，是，據改。兩儀，天地也。周易繫辭下：「夫乾，確然示人易矣；夫坤，隤然示人簡矣。」韓伯注：「乾、坤皆恒一，其德物由以成，故簡易也。」

〔四〕「顧惟」句，寢廟，周禮夏官隸僕：「掌五寢之埽除糞灑之事。」鄭玄注：「詩云『寢廟繹繹』，相連貌也。前曰廟，後曰寢。」賈公彦疏：「按爾雅釋宫云：有東西廂曰廟，無曰寢。寢廟大況是同，有廂、無廂爲異耳。必須寢者，祭在廟，薦在寢，故立之也。」

〔五〕「因三農」句：周禮天官太宰：「以九職任萬民，一曰三農生九谷。……」鄭玄注引鄭司農云：「三農，平地、山、澤也。」賈公彦疏：「三農，謂農民於原、隰及平地三處營種，故云三農。」此泛指農事。

〔六〕「陳複道」句，複道，史記秦始皇本紀：「爲複道，自阿房度渭，屬之咸陽。」集解引如淳曰：「上下有道，故謂之複道。」上下有道，謂下已有道，上再建道，故稱複道，有如今之天橋。按：複道又稱閣道。同上叔孫通傳：「迺作複道，方築武庫南。」集解引韋昭曰：「閣道也。」三輔黄圖卷一咸陽故城秦宫：阿房宫建複道，「以象太極閣道抵營室也」。孔子廟堂蓋仿宫殿之制，故稱建複道乃陳「規」。

〔七〕「考幃帳」句，幃帳，室内所置帳縵。此泛指陳設。

〔八〕「訪埃塵」句，埃塵，猶言遺迹。東魯，指孔子故鄉曲阜。

〔九〕「梅梁」句，梅梁，以梅爲梁。太平御覽卷九七〇梅引風俗通曰：「夏禹廟中有梅梁，忽一春生枝葉。」陳江總永陽王齋後山亭銘曰：「吾王卓爾，逸趣不群。梅梁蕙閣，桂棟蘭枌。」又沈炯太極殿銘：「晉朝繕造，文杏有闕，梅梁瑞至，畫以標花。」此似畫梅於梁。桂柱，三輔黄圖卷四池沼：「甘泉宫南有昆明池，池中有靈波殿，皆以桂爲殿柱，風來自香。」句謂選材講究。

〔一〇〕「鏤檻」句，文榥，文，用如動詞。榥，原作「軒」，據四子集、全唐文改。文選張衡西京賦：「三階重軒，鏤檻文榥。」薛綜注：「檻，欄也。皆刻畫。又以大板，廣四五尺，加漆澤焉，重置中間闌上，名曰軒。」李善注引王褒甘泉頌曰：「編瑇瑁之文榥。」又引聲類曰：「榥，屋連綿也。」吕延濟注：「檻，欄也；榥，連簷也。言皆飾爲文彩。」或言榥爲屋檐前板。句謂雕飾精美。

〔一一〕「納流雲」二句，上棟，周易繫辭下：「上古穴居而野處，後世聖人易之以宫室，上棟下宇，以待風雨。」棟，屋之正梁。兩句極言所建廟堂之高，屋梁與雲相接，故謂距日不遠。

〔一二〕「披濁霧」二句，披，撥開。濁霧，即霧，「濁」與上句「流」字對文。霧在階，謂屋基地勢高爽，人似居於霧上，故言可以觀天。

〔一三〕「雕鐫」二句，暐曄，文選左思蜀都賦：「王褒暐曄而秀發，揚雄含章而挺生。」吕向注：「暐曄，光彩也。」凡所雕飾，多在欄杆。

〔一四〕「山海」二句，山海，按新都縣在成都平原，無所謂山、海。此蓋指人工山、水，言所造山極高，而水則深如海。反宇，文選張衡西京賦：「反宇業業。」薛綜注：「凡屋宇，皆垂下向而好。大屋飛邊頭瓦，皆更微使反上，其形業業然。」

〔一五〕「門生」二句，偘偘，同「侃侃」。論語鄉黨：「（孔子）朝，與下大夫言，侃侃如也。」何晏集解引孔安國曰：「侃侃，和樂之貌。」倍，原作「培」，據全唐文改。倍，後作「陪」。文杏之壇，即杏壇。莊子漁父：「孔子游乎緇帷之林，休，坐乎杏壇之上，弟子讀書，孔子絃歌鼓琴。」按顧炎武日知録卷三一杏壇，謂杏壇之名，出自莊子，司馬彪云：「杏壇，澤中高處也。」「莊子書凡述孔子，皆是寓言，漁父不必有其人，杏壇不必有其地，即有之，亦在水上葦間依陂旁渚之地，不在魯國之中也明矣。今之杏壇，乃宋乾興間四十五代孫道輔增修祖廟，移大殿於後，因以講堂舊基甃石爲壇，環植以杏，取杏壇之名名之耳。」其説是。孔道輔築壇事，見孔傳東家雜記卷下杏壇。

〔一六〕「胄子」二句，胄子，官宦人家子弟。鏘鏘，詩經大雅烝民：「八鸞鏘鏘。」鄭玄箋：「鏘鏘，鳴聲。」此指佩玉。崇蘭之室，猶言芝蘭之室。孔子家語卷四六本：「與善人居，如入芝蘭之室，久而不聞其香，即與之化矣。」

〔一七〕「每至」二句，華滋，開花。古詩十九首之九：「庭中有奇樹，緑葉發華滋。」文選丘遲與陳伯之書：「暮春三月，江南草長，雜花生樹，群鶯亂飛。」此指春季學校所行釋菜禮。夏亦如此，見下注。

〔一八〕「北陸」句，左傳昭公四年：「古者日在北陸而藏冰。」杜預注：「陸，道也。謂夏十二月，日在虚危，冰堅而藏之。」孔穎達疏：「爾雅：『高平曰陸。』高平是道路之處，故以陸爲道也。日在北陸，爲夏之十二月也。」夏十二月，指冬。又後漢書律曆志下：「日行北陸謂之冬。」三秋，謂秋季三個月。句謂秋、冬二季。按：以上三句，指學校於秋、冬二季行祭奠禮，見下注。

〔一九〕「莫不」句，指春季入學時行釋菜禮。周禮春官大胥：「春，入學，舍采合舞。」鄭玄注：「月令：仲春之月上丁，命樂正習舞，釋采。仲丁（按：指季春），又命樂正入學，習樂。玄謂舍即釋也，采讀爲菜。始入學必釋菜禮先師也。菜，蘋蘩之屬。」按禮記月令曰：「上丁，命樂正習舞，釋菜。」鄭玄注：「樂正，樂官之長也。命習舞者，順萬物始出地鼓舞也。將舞，必釋菜於先師以禮之。」皇帝、皇太子偶爾亦參加釋菜禮，如舊唐書孝敬皇帝（李）弘傳：「總章元年（六六八）二月，（高宗）親釋菜，司成館因請贈顏回太子少師，曾參太子少保，高宗并從之。」詳見唐會要卷三五釋奠。

〔二〇〕「行禮敬」句，指學校四季所行祭奠禮。禮記文王世子：「凡學，春，官釋奠於其先師，秋冬亦如之。」鄭玄注：「官謂禮樂詩書之官。……不言夏，夏從春可知也。釋奠者，設薦饌酌奠而已，無迎尸以下之事。」質明，儀禮士冠禮賈公彦疏謂「旦日正明」，即初一日天剛亮時。

〔二一〕「奠椒桂」句，既言「中罇」，當指浸以椒桂之酒，用以祭祀。太平御覽卷九五七桂引春秋運斗樞曰：「椒桂合剛陽。」原注：「椒桂，陽星之精所生也，合猶連體而生也。」

〔二二〕「敬神明」句，論語八佾：「祭如在，祭神如神在。」何晏集解引孔（安國）曰：「言事死如事生。」

〔二三〕「入參星」句，指蜀。唐開元占經卷六二參宿占引彗星要占曰：「參者，天之市也。……與狼狐同精，天之候蜀也，主南夷戎之國。」

〔二四〕「龜城」句，指成都。搜神記卷一三：「秦惠王二十七年（前三一一），使張儀築成都城，屢頽。忽有大龜浮於江，至東子城東南隅而斃，儀以問巫，巫曰：『依龜築之便就。』故名龜化城。」

〔二五〕「蛟浦」二句，蛟浦，浦，水濱，當指錦江；蛟，實指魚，謂江中魚大如蛟。洗明月，言水中月影清澈如洗。

〔二六〕「文翁」二句，漢書循吏傳：「文翁，廬江舒人也。……景帝末，爲蜀郡守，仁愛好教化。見蜀地辟陋有蠻夷風，文翁欲誘進之，乃選郡縣小吏開敏有材者張叔等十餘人親自飭厲，遣詣京師，受業博士，或學律令。……又修起學官於成都市中，招下縣子弟以爲學官弟子。……繇是大化，蜀地學於京師者比齊魯焉。」顔師古注：「文翁學堂於今猶在益州城内。」按華陽國志卷三蜀志：「始，文翁立文學精舍、講堂，作石室，一曰玉室，在城南。永初後，堂遇火，太守陳留高眹更修立，又增造二石室。州奪郡文學爲州學，郡更於夷里橋南岸道東邊起文學，有女牆。」日往年歸，謂毀而復建，經久猶存。

〔二七〕「劉禪」二句，劉禪，三國時蜀主劉備子。備死繼位，史稱後主。蜀亡降魏，舉家東遷洛陽。平堂，文選張衡西京賦：「刊層平堂，設切厓隒。」薛綜注：「刊，削也。」吕向注：「層，累堂高也。厓隒，邊限也。謂削累其階令平高，設砌以爲邊限。」此代指後主劉禪坐朝之堂。以上四句，謂文翁學堂至今猶在，而劉禪朝堂卻往事如煙，渺無蹤迹。

〔二八〕「武侯」二句，三國志蜀書諸葛亮傳：「徐庶見先主（劉備），先主器之，謂先主曰：『諸葛孔明者，卧龍也，將軍豈願見之乎？』」後諸葛亮爲蜀丞相，封武鄉侯。八陣圖，傳説爲諸葛亮所布戰陣之圖，古蜀地多有之。如元和郡縣志卷二二興元府三泉縣：「八陣圖，在縣東南十里，諸葛亮疊細石爲圖。」又同上卷三一成都府雙流縣：「諸葛八陣，在縣北十九里。」按晉書桓温傳：「初，諸葛亮造八陣圖於魚復平沙之上，壘石爲八行，行相去二丈。温見之，謂此常山蛇勢也。」魚復，即今重慶奉節。則所謂「圖」，實即用石壘之也。

〔二九〕「壯士」二句，華陽國志卷三蜀志：「周顯王三十二年（前三三七），蜀使使朝秦。秦惠王數以美女進，蜀王感之，故朝焉。惠王知蜀王好色，許嫁五女於蜀。蜀遣五丁迎之，還到梓潼，見一大蛇入穴中，一人攬其尾掣之，不禁，至五人相助，大呼抴蛇，山崩。時壓殺五人，及秦五女并將從，而山分爲五嶺。」五丁之石，當指石筍。同上書：「（蜀開明帝）始立宗廟，以酒曰醴，樂曰荆，人尚赤，帝稱王。時蜀有五丁力士，能移山，舉萬鈞。每王薨，輒立大石，長三丈，重千鈞爲墓誌，今石笋是也，號曰筍里。未有謚列，但以五色爲主，故其廟稱青、赤、黑、黄、白帝也。」此石在成都西門外，唐代尚存，杜甫有石筍行詩以歌之。

〔三〇〕「左巴」句，左、右，指東、西。古蜀東部爲巴人所居，嘗建巴子國；西南部爲各少數民族所居，古稱西南夷，總稱獠。詳見華陽國志卷一巴志、卷四南中志。

〔三一〕「陸海」句，陸海，古指關中之地。漢書東方朔傳：「夫南山，天下之阻也。南有江淮，北有河渭。其地從汧隴以東，商雒以西，厥壤肥饒。漢興，去三河之地，止霸産以西，都涇渭之南，此所謂天下陸海之地。」顔師古注：「高平曰陸。關中地高，故稱陸耳。海者，萬物所出。言關中山川物産饒富，是以謂之陸海也。」後亦移指蜀，如唐王徽創築羅城記：「及李冰爲守，始鑿二江（按：内江、外江）以導舟楫，決渠以張地利，斬蛟以絶水害，沃野千里，號爲陸海，由冰之功也。」三江，指湔江、涪江、沱江，見華陽國志卷三蜀志。文選沈約齊故安陸昭王碑文：「姑蘇奥壤，任切關河。」李善注：「奥壤，猶奥區也。」按後漢書班固傳載西都賦：「防禦之阻，則天下之奥區焉。」李賢注：「奥，深也。言秦地險固，爲天下深奥之區域。」此言蜀地深厚險要。

大都督周王，天皇第八子也〔一〕。玄元繼天而作，降仙才於玉斗之庭〔二〕；武昭應運而生，開霸業於金城之域〔三〕。五潢高暎，流滋液於咸池〔四〕；十日旁羅，散光華於若木〔五〕。星懸帝子，遥澄井絡之郊〔六〕；嶽列天孫，遠控彭門之野〔七〕。姬公以明德之重，行寶化於周南〔八〕；曹植以懿親之賢，發金聲於魯北〔九〕。通議大夫、行長史南陽來恒，隋十二衛大將軍榮國公之元子〔一〇〕。中侯太嶽，鎮其靈襟〔一一〕；傳説長河，昭其神彩〔一二〕。龐士元蓄西申之逸羽，始踐題輿〔一三〕；管公明絆東道之雄姿，初臨別乘〔一四〕。朝議大夫、守司馬宇文紀，左衛將軍、靈州都督之次子〔一五〕。臺門鼎族，傳呼棨戟之榮〔一六〕；玉質金相，海若河宗之寶〔一七〕。庾冰清識，得嚴令而非常〔一八〕；桓温貴遊，無車公而不樂〔一九〕。縣令鄭玄嘉，滎陽人也〔二〇〕。東周玉裔〔二一〕，北海金宗〔二二〕。列矛戟之森森，吐風流而蒨蒨〔二三〕。尺兵不用，瑕丘有上德之君〔二四〕；枹鼓希聞，洛陽有神明之宰〔二五〕。丞京兆韋德工〔二六〕、主簿扶風馬仁礪〔二七〕、尉清河張嗣明〔二八〕、北地傅懷愛等〔二九〕，荆藍灼爍〔三〇〕，鄧杞扶疏〔三一〕。許玄度入風月之清關〔三二〕，郭林宗獲神仙之妙境〔三三〕。南昌晦跡，共梅福而齊衡〔三四〕；左部韜真，與喬玄而等列〔三五〕。博士張玄鑒、助教費仁敬等〔三六〕，碧雞雄辯，則滄海沸騰〔三七〕；白鳳宏辭，則煙霞噴薄〔三八〕。一州聞道，親居典學之官〔三九〕；四子乘風，來聽中和之曲〔四〇〕。圓冠列侍，執巾舄於西階〔四一〕；大帶諸生，受詩書於北面〔四二〕。泮宮之上，更聞通德之門〔四三〕；小學之前，復見華陰之市〔四四〕。鄉望等魚文驥子〔四五〕，震耀於平原；漢女巴姬，駢羅於甲第〔四六〕。杜陵亭長，終成輔相之才〔四七〕；桐鄉嗇夫，且著廉平之號〔四八〕。莫不公私務隟，即聽絃歌〔四九〕；陰雨時閑，仍觀俎豆〔五〇〕。逍遥城郭，拜夫子之靈祠；髣髴風塵，見夫子之遺像〔五一〕。天道之機衡莫測，下問書生；陽精之遠近未知，來求小子〔五二〕。當仁不讓〔五三〕，思齊於上古之名；遊聖難言，有愧於中郎之石〔五四〕。

【箋注】

〔一〕「大都督」二句，舊唐書太宗紀：武德九年（六二六）六月辛未，「廢益州道行臺，置益州大都督府」。天皇，即高宗，見本文前注。高宗第八子，乃睿宗李旦。同上睿宗紀：「睿宗玄真大聖大興孝皇帝諱旦，高宗第八子，中宗（李顯）母弟。」。李旦（曾名輪）嘗封殷王、豫王、冀王、相王，然無封周王及爲益州大都督之記載。考舊唐書中宗紀，中宗李顯，李旦母兄，高宗第七子。顯慶元年（六五六）十一月生，次年封周王，永隆元年（六八〇）立爲皇太子。史亦未載其嘗爲益州大都督，蓋本屬遥領，從未到鎮，不足記也。因疑「第八子」之「八」字，乃「七」之訛。楊炯爲當時人，「周王」以及第七子、第八子不應誤書，蓋後人傳刻之誤。

〔二〕「玄元」二句，玄元，指老子。高宗乾封元年（六六六）二月幸老君廟，追號老子爲太上玄元皇帝，已見本文前注。李氏得天下後，自稱老子爲始祖，故謂老子之生爲天降仙才。玉斗，北堂書鈔卷一二帝王部引孝經援神契，稱夏桀「折其玉斗」，原注：「玉斗者，渾儀。」又太平御覽卷八二夏帝禹引雒書靈準聽，稱禹「胸懷玉斗」，注：「懷璇璣玉衡之道。」古謂璇璣玉衡爲王者正天文之器，代表皇權，故以老子降生地爲玉斗之庭。按：兩句述老子，乃謂其後裔周王之不凡。

〔三〕武昭，指李暠。舊唐書高祖紀：「高祖神堯大聖大光孝皇帝姓李氏，諱淵，其先隴西狄道人，涼武昭王暠七代孫也。」北史序傳：「（李）信爲秦將，虜燕太子丹。信孫元曠，仕漢爲侍中。元曠弟仲翔，位太尉。仲翔討叛羌於素昌，一名狄道。仲翔臨陣隕命，葬狄道川，因家焉。」傳至十六國時，李暠建西涼（四〇五—四一七）。同上又曰：「（西）涼武昭王暠，字玄盛，小字長生。……幼好學，性沈敏寬和，美器度，通涉經史，尤長文義。及長，頗習武藝，誦孫吴兵法。」被推爲寧朔將軍。擊走燉煌太守索嗣，「於是晉昌太守唐瑤移檄六郡，推昭王爲大都督、大將軍、涼公，領秦涼二州牧，護羌校尉，依竇融故事。昭王乃赦境内，建元號庚子，追崇祖考，大開霸府。……昭王以緯世之量，爲群雄所奉，兵無血刃，遂啓霸業，乃修燉煌舊塞。薨，謚曰武昭王，廟號高祖，陵號建世」。金城，漢郡名。漢書昭帝紀：始元六年（前八一）秋七月，「以邊塞闊遠，取天水、隴西、張掖郡各二縣置金城郡」。治所在今甘肅蘭州市西。按：兩句述李暠，謂周王乃霸主裔孫。

〔四〕「五潢」二句，史記天官書：「西宮咸池，曰天五潢。五潢，五帝車舍。」索隱案元命包曰：「咸池主五穀，其星五者，各有所職。咸池，言穀生於水，吐秀含實，主秋成，故一名『五帝車舍』，言以車載穀而販也。」因咸池生水，故言「流滋液」，謂周王乃咸池五星之一。暎，同「映」。

〔五〕「十日」二句，淮南子墬形訓：「若木在建木西，末有十日，其華照下地。」高誘注：「末，端也。若木端有十日，狀如蓮華。華猶光也，光照其下也。」此喻指兄弟，謂周王如若木十日之一。

〔六〕「星懸」二句，帝子，史記天官書：「大星天王，前後星，子屬。」索隱引洪範五行傳曰：「心之大星，天王也。前星，太子；後星，庶子。」庶子即諸王。華陽國志卷三蜀志：「（蜀）其精靈則井絡垂耀，江漢遵流。河圖括地象曰：『岷山之下爲井絡，帝以會昌，神以建福。』」

〔七〕「嶽列」二句，博物志卷一：「太山，天帝孫也。」太（泰）山爲東嶽，故云「嶽列」。水經注江水：「（大江）東南下百餘里，……有天彭山，兩山相對，其形如闕，謂之天彭門，亦曰天彭闕。」彭門在今四川彭州市西北三十餘里，故此「彭門之野」指蜀。上言「遥澄」，此言「遠控」，蓋周王雖爲益州大都督，僅遥領而已，並未到任。

〔八〕「姬公」二句，姬公，此指周公旦，姬姓。寶化，教化之美稱。鄭玄毛詩譜周南召南譜曰：「文王受命，作邑於豐，乃分岐邦周、召之地，爲周公旦、召公奭之采地，施先公之教於己所職之國。……其得聖人之化者謂之周南，得賢人之化者謂之召南，言二公之德教，自岐而行於南國也。」兩句以周公、召公分治事，喻指周王爲益州大都督。

〔九〕「曹植」二句，三國志魏書陳思王植傳：「陳思王植，字子建。年十歲餘，誦讀詩論及辭賦數十萬言，善屬文。」懿親，懿，美也，指近親。植乃曹丕之弟，故云。發金聲，猶言發金石聲，指作詩歌。魯北，指鄄城，今屬山東菏澤市。按同上陳思王植傳，曹植於建安十六年（二一一）封平原侯，十九年徙封臨菑侯。曹丕即王位，「植與諸侯并就國。黄初二年（二二一），……貶爵安鄉侯，其年改封鄄城侯，三年立爲鄄城王，邑二千五百户。四年，徙封雍丘」。以上四句，以周公旦、曹植喻周王，言其既有聖德，又富才學。

〔一〇〕「通議大夫」二句，唐六典卷二尚書吏部，郎中「正四品下，曰通議大夫」。同上卷三〇大都督府：「長史一人，從三品。」注：長史舊稱别駕，「永徽中始改别駕爲長史。大都督府長史仍舊正四品下，開元初始增其秩」。則來恒任長史時，長史爲正四品下。官階高而低任，稱「行」；是時來恒官職相當，而亦稱「行」，乃客套話。來恒，舊唐書來濟傳有附傳。據舊唐書高宗紀，上元三年（六七六）三月癸卯，黄門侍郎來恒爲同中書門下三品，儀鳳三年（六七八）十一月壬子卒，其他仕歷不詳。考隋書來護兒傳：「來護兒，字崇善，江都（今屬江蘇揚州）人也。」煬帝時爲右驍衛大將軍，以戰功封滎國公。長子楷，次弘、整，宇文化及反，皆遇害，「唯少子恒、濟獲免」。則來恒非元子，此稱「元子」，蓋不計被宇文化及所殺之諸兄。又據隋書百官志下，煬帝即位，改革官制，「改左右衛爲左右翊衛，左右備身爲左右騎尉，左右武衛依舊名，改領軍爲左右屯衛，加置左右御，改左右武候爲左右候衛，是爲十二衛」。又，來護兒爲江都人，此稱來恒爲南陽人，蓋南陽爲其郡望（據舊唐書來濟傳，來濟封「南陽縣男」可證）。

〔二〕「申侯」二句，史記周本紀：「（周）幽王以虢石父爲卿，用事，國人皆怨。石父爲人佞巧，善諛好利，王用之。又廢申后，去太子也。申侯怒，與繒、西夷犬戎攻幽王，幽王舉烽火徵兵，兵莫至，遂殺幽王驪山下，虜褒姒，盡取周賂而去。於是諸侯乃即申侯而共立故幽王太子宜臼，是爲平王，以奉周祀。」太嶽，大山；靈襟，神靈所居之地，當指華山。

〔三〕「傅説」二句，史記殷本紀：「武丁夜夢得聖人，名曰説。以夢所見視群臣百吏，皆非也。於是迺使百工營求之野，得説於傅險中。是時説爲胥靡，築於傅險。見於武丁，武丁曰是也。得而與之語，果聖人，舉以爲相，殷國大治。故遂以傅險姓之，號曰傅説。」索隱：「舊本作『險』，亦作巖也。」正義引（括）地（理）志云：「傅險，即傅説版築之處。所隱之處，窟名聖人窟，在今陝州河北縣北七里，即虞國、虢國之界。又有傅説祠。」長河，指天漢、傅説星。莊子大宗師稱傅説死後，其神「乘東維，騎箕尾，而比之於列星」。晉書天文志上天漢起没曰：「天漢起東方，經尾箕之間，謂之漢津。乃分爲二道，其南經傅説，……」以上四句，以申侯、傅説喻指來恒，謂其爲社稷之臣。

〔一三〕「龐士元」二句，三國志蜀書龐統傳：「龐統，字士元，襄陽人也。……先主（劉備）領荆州，統以從事守耒陽令，在縣不治，免官。吴將魯肅遺先主書曰：『龐士元非百里才也，使處治中、别駕之任，始當展其驥足耳。』諸葛亮亦言之於先主。先主見，與善譚，大器之，以爲治中從事，親待亞於諸葛亮，遂與亮并爲軍師中郎將。亮留鎮荆州，統隨從入蜀。」西申逸羽，謂西赴蜀以申其高飛之志。題輿，代指别駕。北堂書鈔卷七三别駕周景題輿引謝承後漢書云：「周景爲豫州刺史，辟陳蕃爲别駕，不就。景題别駕輿曰：『陳仲舉座也，不復更辟。』蕃惶懼，起視職。」

〔一四〕「管公明」二句，三國志魏書管輅傳裴松之注引管輅别傳曰：「管輅，字公明。年三十六，雅性寬大，與世無忌，可謂士雄。仰觀天文，則能同妙甘公石申；俯覽周易，則能思齊季主。……裴使君（冀州刺史裴徽）聞言，則慷慨曰：『何乃爾邪？雖在大州，未見異才，可用釋人鬱悶者。思還京師，得共論道耳，況草間自有清妙之才乎？如此，便相爲取之，莫使騏驥更爲凡馬，荆山反成凡石。』即檄召輅爲文學從事。一相見，清論終日，不覺罷倦。天時大熱，移牀在庭前樹下，乃至雞向晨，然後出。再相見，便轉爲鉅鹿從事；三見轉治中，四見轉爲别駕。」按：以上四句，分别以龐統、管輅喻來恒，謂其行大都督府長史賦才之優。

〔一五〕「朝議大夫」二句，唐六典卷二尚書吏部，郎中「正五品下，曰朝議大夫」。同上卷三〇大都督府：「司馬二人，從四品下。」宇文紀，生平事迹不詳。據通典卷三八秩品三，左衛將軍爲正三品。靈州都督，元和郡縣志卷四靈州：隋靈武郡，唐武德元年（六一八）改爲靈州，「仍置總管府。七年（六二四），改爲都督府」。地在今寧夏回族自治州寧武市。宇文紀之父、嘗爲靈州都督者，疑爲宇文士及。舊唐書宇文士及傳：「宇文士及，雍州長安（今陝西西安）人，隋右衛大將軍述子，化及弟也。」尚煬帝女南陽公主。入唐，以功進爵郢國公，遷中書侍郎，再轉太子詹事。太宗即位，代封倫爲中書令，尋以本官檢校涼州都督。入爲右衛大將軍。貞觀十六年（六四二）卒，贈左衛大將軍、涼州都督。然無爲靈州都督之記載。

〔一六〕「臺門」二句，臺門，周禮考工記：「諸侯臺門。」賈公彦疏：「禮器云：『天子、諸侯臺門。大夫不臺門。』以此觀之，天子及五等諸侯，其門阿皆五雉可知。」臺，原作「台」，據此改。鼎族，列鼎而食之族。劉向説苑建本：「累茵而坐，列鼎而食。」後泛指甲族，言極富貴。傳呼棨戟，謂出行有儀仗。後漢書杜詩傳：「世祖召見，賜以棨戟。」李賢注引漢雜事曰：「漢制，假棨戟以代斧鉞。」又引崔豹古今注曰：「棨戟，前驅之器也，以木爲之。後代刻僞，無復典刑，以赤油韜之，亦謂之油戟，亦曰棨戟。王公已下通用之以前驅也。」據唐會要卷四五，高宗總章元年（六六八）二月六日詔，宇文士及等「并爲第一功臣」。則宇文紀之父，很可能即宇文士及，唐初別無可稱「臺門鼎族」之宇文氏。

〔一七〕「玉質」二句，詩經大雅棫樸：「追琢其章，金玉其相。」毛傳：「追，雕也。金曰雕，玉曰琢。相，質也。」又莊子秋水：「秋水時至，百川灌河，涇流之大，兩涘渚崖之間不辨牛馬。於是焉河伯欣然自喜，以天下之美爲盡在己。順流而東行，至於北海，東面而視，不見水端。於是焉，河伯始旋其面目，望洋向若而歎曰：『野語有之曰：聞道百以爲莫己若者，我之謂也。……今我睹子之難窮也，吾非至於子之門則殆矣。吾長見笑於大方之家。』」河宗，即指河伯。謂其在海爲海若，在河爲河伯，無他人可超越，故云「寶」。

〔一八〕「庾冰」二句，晉書庾冰傳：「冰，字季堅。兄亮，以名德流訓。冰以雅素垂風，諸弟相率，莫不好禮，爲世論所重，亮常以爲庾氏之寶。」嚴令，據對句，「嚴」乃姓氏，其人與事未詳，待考。

〔一九〕「桓温」二句，晉書桓温傳：桓温，字元子，東晉譙國龍亢（今安徽懷遠）人。嘗爲荊州刺史，後溯江而上剿滅蜀成漢政權，又三次出兵北伐。晚年欲廢帝自立，未果而卒。車公，車，原作「君」，成都文類卷三一、全蜀藝文志卷三五、文章辨體彙選卷三五六所載作「車」。全唐文作「郗」。按晉書車胤傳：「車胤，字武子，南平人也。曾祖浚，吴會稽太守。父育，郡主簿。太守王胡之名知人，見胤於童幼之中，謂胤父曰：『此兒當大興卿門，可使專學。』胤恭勤不倦，博學多通。家貧，不常得油，夏月則練囊盛數十螢火以照書，以夜繼日焉。及長，風姿美劭，機悟敏速，甚有鄉曲之譽。桓温在荊州，辟爲從事。以辯識義理深重之，引爲主簿，稍遷别駕、征西長史，遂顯於朝廷。時惟胤與吴隱之以寒素博學知名於世，又善於賞會，當時每有盛坐，而胤不在，皆云『無車公不樂』。」則「君」、「郗」皆誤，當作「車」，據改。

〔二〇〕「縣令」二句，縣令，指益州大都督府所屬成都府新都縣縣令。鄭玄嘉，事迹無考。滎陽，今屬河南。

〔二一〕「東周」二句，史記鄭世家：「鄭桓公友者，周厲王少子，而宣王庶弟也。宣王立二十二年，友初封於鄭。」集解引徐廣曰：「年表云母弟。」索隱：「鄭，縣名，屬京兆。秦武公十一年初縣杜鄭是也。又系本云：桓公居棫林，徙拾。宋忠云：棫林與拾，皆舊地名。是封桓公，乃名爲鄭耳。至秦之縣鄭，是鄭武公東徙新鄭之後，其舊鄭乃是故都，故秦始改爲縣也。出地理志。」此言鄭氏源於有周。

〔二二〕北海句，金宗，謂鄭玄嘉乃鄭玄族裔。後漢書鄭玄傳：「鄭玄，字康成，北海高密人也。」金，與上句「玉」，言鄭氏祖宗、後裔皆貴重。

〔二三〕「列矛戟」二句，謂鄭玄嘉既威風凛凛，又文采風流。世説新語賞譽上：「見鍾士季（會），如觀武庫，但覩矛戟。」森森，多且陰森貌，喻威武。蒨蒨，鮮明貌，見前送徐録事詩序注。

〔二四〕「尺兵」二句，後漢書鍾離意傳：「鍾離意，字子阿，會稽山陰人也。……舉孝廉，再選辟大司徒侯霸府。詔部送徒詣河内，時冬寒，徒病不能行。路過弘農，意輒移屬縣，使作徒衣，縣不得已與之，而上書言狀，意亦具以聞。光武得奏，以見霸曰：『君所使掾，何乃仁於用心，誠良吏也。』意遂於道解徒桎梏，恣所欲過，與克期俱至，無或違者。還，以病免。後除瑕丘令，吏有檀建者，盜竊縣内。意屏人問狀，建叩頭服罪，不忍加刑，遣令長休。建父聞之，爲建設酒，謂曰：『吾聞無道之君，以刃殘人；有道之君，以義行誅。子罪，命也。』遂令建進藥而死。」李賢注：「瑕丘，今兖州縣也。」

〔二五〕「枹鼓」二句，後漢書董宣傳：董宣，字少平，陳留圉人也。初爲司徒侯霸所辟，舉高第，累遷北海相。爲江夏太守，以能禽姦賊聞，「特徵爲洛陽令。時湖陽公主蒼頭白日殺人，因匿主家，吏不能得。及主出行，而以奴驂乘，宣於夏門亭候之，乃駐車叩馬，以刀畫地，大言數主之失，叱奴下車，因格殺之。主即還宮訴帝，（光武）帝大怒，召宣，欲箠殺之。宣叩頭，曰：『願乞一言而死。』帝曰：『欲何言？』宣曰：『陛下聖德中興，而縱奴殺良人，將何以理天下乎？……』（帝）因敕彊項令出，賜錢三十萬，宣悉以班諸吏。由是搏擊豪彊，莫不震慄，京師號爲『臥虎』，歌之曰：『枹鼓不鳴董少平。』」李賢注：「枹，擊鼓杖也。」

〔二六〕「丞京兆」句，丞，指新都縣（以下主簿、尉亦然，不再説明）丞。京兆，元和郡縣志卷一京兆府（雍州）：「隋開皇三年（五八三）自長安故城遷都龍首川，即今都城是也，廢京兆尹，又置雍州。煬帝改爲京兆郡。武德元年（六一八），復爲雍州。開元元年（七一三），改爲京兆府。」其地即今陝西西安地區。則作此文時，當名雍州，京兆乃習慣稱謂。韋德工籍貫京兆，其人事迹，別無可考。

〔二七〕「主簿」句，扶風，漢代京兆及左馮翊、右扶風，謂之三輔，其治俱在長安城中。據元和郡縣志卷一京兆府，唐代興平縣、盩厔縣及鳳翔府（今寶雞市）所屬各縣，皆右扶風之地。馬仁礪，事迹別無考。

〔二八〕「尉清河」句，元和郡縣志卷一六貝州：漢文帝分秦之鉅鹿郡置清河郡。（北）周武帝建德六年

（五七七）平齊，於此置貝州，因丘以爲名。隋大業三年（六〇七），又爲清河郡。「武德四年（六二一）討平竇建德，復置貝州。」貝州跨今河北、山東兩省，治所清河縣屬河北。按舊唐書豆盧欽望傳附張光輔傳：「張光輔者，京兆人也。少明辯，有吏幹。累遷司農少卿、文昌右丞，以討平越王貞之功，拜鳳閣侍郎、知政事。永昌元年（六八九），遷納言，旬日又拜内史，皆有名。其年洛州司馬房嗣業（按：房，資治通鑑卷二〇四作「弓」）、洛陽令張嗣明坐與徐敬業弟敬真陰相交結，敬真自流所繡州逃歸，將北投突厥，引虜入寇。途經洛下，嗣業、嗣明二人給其衣糧而遣之行，至定州，爲人所覺。嗣業於獄中自縊死。嗣明與敬真多引海内相識，冀緩其死。嗣明稱光輔徵豫州日，私説圖讖、天文，陰懷兩端，顧望以觀成敗。光輔由是被誅，家口籍没。」此張嗣明，疑與曾任新都尉之張嗣明爲同一人，然別無旁證，説以待考。

〔二九〕「北地」句，元和郡縣志卷三涇州：「秦至始皇，分三十六郡，屬北地郡。漢分北地郡，置安定郡，即此是也。」按：據元和郡縣志卷三、卷四，秦之北地郡，有唐之涇、原、寧、慶、靈五州，漢之北地郡僅寧、慶二州，而分涇、原爲安定郡。漢以靈州爲富平縣，後魏太武帝時改置爲靈州。傳懷愛，事迹別無考。

〔三〇〕「荆藍」句，荆藍，即荆山、藍田。荆山嘗産和氏璧，詳老人星賦注。後漢書郡國志一京兆尹：「藍田出美玉。」李賢注引三秦記曰：「有川方三十里，其水北流，出玉、銅、鐵石。」又初學記卷二七寶器部引京兆記曰：「藍田出美玉如藍，故曰藍田。」晉書華譚傳：「明珠文貝，生於江鬱之濱;夜光之璞,出乎荆藍之下。」灼爍,文選左思蜀都賦:「符採彪炳,暉麗灼爍。」劉淵林注:「灼爍,艷色也。」

〔三一〕「鄧杞」句,鄧,指鄧林。山海經海外北經:「夸父與日逐走,入日。渴欲得飲,飲於河渭;河渭不足,北飲大澤。未至,道渴而死。棄其杖,化爲鄧林。」杞,木枸,詩經小雅南山:「南山有杞,北山有李。樂只君子,民之父母。」陸德明音義:「杞,音起。」草木疏:「其樹如樗,一名狗骨。」扶疏,連綿字,茂盛貌。禰衡鸚鵡賦:「想崑山之高嶽,思鄧林之扶疏。」以上兩句,分别以荆山、藍田玉及鄧林、木杞,喻新都縣之丞、簿、尉,言縣衙人才之盛。

〔三二〕「許玄度」句,世説新語言語:「劉尹(惔)云:『清風朗月,輒思玄度。』」劉孝標注引晉中興士人書曰:「許詢能清言,於時士人皆欽慕仰愛之。」又唐許嵩建康實録卷八:「許詢,字玄度,高陽人。父歸,以琅琊太守隨中宗過江,遷會稽内史,因家於山陰。詢幼沖靈,好泉石,清風朗月,舉酒詠懷。中宗聞而徵爲議郎,辭不受職,遂言託居永興。」

〔三三〕「郭林宗」句,後漢書郭太(泰)傳:「郭太(泰),字林宗,太原界休人。「就成皋屈伯彦學,三年業畢,博通墳籍。善談論,美音制。乃游於洛陽。始見河南尹李膺,膺大奇之,遂相友善,於是名震京師。後歸鄉里,衣冠諸儒送至河上,車數千兩。林宗唯與李膺同舟而濟,衆賓望之,以爲神仙焉。」

〔三四〕「南昌」二句,漢書梅福傳:「梅福,字子真,九江壽春人也。少學長安,明尚書、穀梁春秋,爲郡文學，補南昌尉。後去官歸壽春。」嘗上書成帝，稱「宜封孔子後，以奉湯祀」。「綏和元年（前八年），立二王後，推迹古文，以左氏、穀梁、世本、禮記相明，遂下詔封孔子世爲殷紹嘉公。」齊衡，相當。衡，平也。兩句以梅福尊崇孔子喻來恒等，謂其可與梅福齊駕。

〔三五〕「左部」二句，左，「佐」之本字，後作「佐」。佐部，指爲州郡佐吏。喬玄，「喬」亦作「橋」。張璠漢記：「橋玄，字公祖，歷位中外，以剛斷稱。謙儉下士，不以王爵私親。光和中爲太尉，以久病策罷，拜太中大夫，卒。」其左部事未詳，當指早年爲低級職官。韜真，謂韜光養晦，以葆其真。按：以上以許、郭、梅、喬四人喻新都縣丞、簿、尉等，謂其官職雖低，然皆卓然不凡。

〔三六〕「博士」二句，據唐六典卷三〇，縣有博士一人、助教一人。張玄鑒、費仁敬，事迹無考。

〔三七〕「碧雞」二句，藝文類聚卷九一鳥部雞引幽明録：「晉兗州刺史沛國宋處宗，嘗買得一長鳴雞，愛養甚至，恒籠著窗間。雞遂作人語，與處宗談論，極有言智，終日不輟。處宗因此言巧大進。」兩句謂張、費擅論辯，滔滔如海，有如宋處宗。

〔三八〕「白鳳」二句，初學記卷三〇鳥部鳳引皇甫謐帝王世紀曰：「黄帝服齋於中宮，坐於玄扈洛上，乃有大鳥雞頭鷰喙，蛇頸龍形，麟翼魚尾，其狀如鶴。體備五色，三文成字，首文曰『順德』，背文曰『信義』，膺文曰『仁智』。」其鳥爲鳳，此言「白鳳」，乃與「碧雞」對文。宏辭，宏大之文。兩句謂張、費二人文章之富之美，有如煙霞噴薄而出。

〔三九〕「一州」二句，據下兩句，此當指益州大都督周王，謂其親自典領學事，使一州學者皆能預聞孔子之道。

〔四〇〕「四子」二句，四子，猶言四先生，指商山四皓東園公、甪里先生、綺里季、夏黄公，見前崇文館宴集詩序注。四皓嘗輔佐漢高祖太子，此以周王爲益州大都督，故及之，言其鎮蜀有方。中和，禮記樂記：「樂者，天地之命，中和之紀。」又中庸：「喜怒哀樂之未發，謂之中；發而皆中節，謂之和。……致中和，天地位焉，萬物育焉。」漢書王褒傳：益州刺史王襄「使褒作中和、樂職、宣布詩」，顔師古注：「中和者，言政治和平也。」

〔四一〕「圓冠」二句，圓冠乃儒冠，代指儒者。莊子田子方：「儒者冠圜冠者，知天時。」釋文：「圜，音圓。」執巾舄，即執巾，古代賓禮。西階爲賓位。禮記曲禮上：「主人就東階，客就西階。」

〔四二〕「大帶」二句，大帶，即博帶，儒者所服。漢書雋不疑傳：雋不疑進退必以禮，「褒衣博帶」。顔師古注：「褒，大裾也。言着褒大之衣，廣博之帶也。」北面，古代受學弟子所向。漢書于定國傳：「定國乃迎師學春秋，身執經，北面備弟子禮。」

〔四三〕「泮宫」二句，泮宫，古代州縣學之别名。禮記王制：「天子命之教，然後爲學。小學在公宫南之左，大學在郊。……殷之制：天子曰辟廱，諸侯曰頖宫。」白虎通義卷上：「諸侯曰泮宫者，半於天子宫也，明尊卑有差，所化少也。」通德之門，孔融爲褒奬鄭玄所建里門。後漢書鄭玄傳：鄭玄字康成，北海高密人。學於馬融，著書義據通深，北海國相孔融深敬之，告高密縣特爲立一鄉，曰：「今鄭君鄉宜曰『鄭公鄉』，……可廣開門衢，令容高車，號爲『通德門』。」兩句謂新都縣學或可出如鄭玄之類大儒。

〔四四〕「小學」二句，禮記王制：「幼者教之於小學，長者教之於大學。尚書傳曰：『年十五始入小學，十八入大學。』」華陰之市，即「公超市」。後漢書張霸傳附子張楷傳：「楷字公超，通嚴氏春秋、古文尚書，門徒常百人。賓客慕之，自父黨夙儒，偕造門焉。車馬填街，徒從無所止，黄門及貴戚之家，皆起舍巷次，以候過客往來之利。楷疾其如此，輒徙避之。家貧，無以爲業，常乘驢車至縣賣藥，足給食者，輒還鄉里。司隸舉茂才，除長陵令，不至官，隱居弘農山中，學者隨之，所居成市。後華陰山南，遂有公超市。」此謂學之者極衆。

〔四五〕「鄉望」句，鄉望，鄉之望族或名人。魚文，謂魚服；驤子，馬名。文選左思蜀都賦：「并乘驤子，俱服魚文。」劉淵林注引詩（按：見詩經小雅天保）云：「象弭魚服。（按毛傳曰：『魚服，魚皮也。』）」李善注引桓子（譚）新論曰：「善相馬者曰薛公，得馬惡貌而正走，名驤子。」句謂蜀人生活富足。

〔四六〕「漢女」二句，文選左思蜀都賦：「巴姬彈絃，漢女擊節。」李周翰注：「巴姬漢女，蜀之美女也。」駢羅，同書張衡西京賦：「清淵洋洋，神山峩峩。列瀛洲與方丈，夾蓬萊而駢羅。」李善注：「駢猶并也。」張銑注：「駢羅，謂三山相布貌。」此謂羅列。甲第，同上賦：「北闕甲第，當道直啓。」薛綜注：「第，館也。甲，言第一也。」李善注引漢書曰：「贈霍光甲第一區。」又引音義曰：「有甲乙次第，故曰第也。」

〔四七〕「杜陵」二句，漢書蕭望之傳附蕭育傳：「少與陳咸、朱博爲友，著聞當世。……始，育與陳咸俱以公卿子顯名，咸最先進，年十八爲左曹，二十餘御史中丞。時朱博尚爲杜陵亭長，爲咸、育所攀援入王氏，後遂并歷刺史、郡守相。及爲九卿，而博先至將軍、上卿，歷位多於咸、育，遂至丞相。」朱博事迹，詳同書本傳。

〔四八〕「桐鄉」二句，漢書朱邑傳：「朱邑，字仲卿，廬江舒人也。少時爲舒桐鄉嗇夫，廉平不苛，以愛利爲行，未嘗笞辱人。存問耆老孤寡，遇之有恩，所部吏民愛敬焉。遷補太守卒史。舉賢良，爲大司農丞。遷北海太守，以治行第一入爲大司農。爲人淳厚，篤於故舊，然性公正，不可交以私，天子器之，朝廷敬焉。」嗇夫，鄉間小官，掌聽訟、收取賦稅。

〔四九〕「即聽」句，絃歌，謂音樂，儒家以之爲教，稱樂教。莊子秋水：「孔子游於匡，宋人圍之數匝，而絃歌不輟。」論語陽貨：「子之武城，聞絃歌之聲。夫子莞爾而笑，曰：『割雞焉用牛刀？』子游對曰：『昔者偃也聞諸夫子曰：君子學道則愛人，小人學道則易使也。』」何晏集解引孔（安國）曰：「道，謂禮樂也。樂以和人，人和則易使。」

〔五〇〕「仍觀」句，論語衛靈公：「衛靈公問陳於孔子。孔子對曰：『俎豆之事，則嘗聞之矣；軍旅之事，未之學也。』」何晏集解引孔（安國）曰：「俎豆，禮器。」

〔五一〕「髣髴」二句，文選夏侯湛東方朔畫贊：「髣髴風塵，用垂頌聲。」劉良注：「言髣髴聞其高風清塵，故此用垂頌聲也。」此倒其文序，謂見孔子遺像，髣髴聞其高風清塵。

〔五二〕「天道」四句，原無「天道之」、「陽精之」六字，據全唐文補。機衡，即璇機玉衡，古代天文儀器，詳渾天賦注。莫測，謂測天儀所不能測，言極深奧。陽精，指日。藝文類聚卷一天部上日引河圖叶光篇曰：「積精爲日。」又引皇甫謐年曆曰：「日者，衆陽之宗。陽精外發，故日以晝明，名曰曜靈。」遠近未知，列子湯問：「孔子東游，見兩小兒辯鬬，問其故，一兒曰：『我以日始出時去人近，而日中時遠也。』一兒以日初出遠，而日中時近也。一兒曰：『日初出大如車蓋，及日中則如盤盂，此不爲遠者小而近者大乎？』一兒曰：『日初出滄滄涼涼，及其日中如探湯，此不爲近者熱而遠者涼乎？』孔子不能決也。兩小兒笑曰：『孰爲汝多知乎！』」莫測、未知，此指作碑文事，言其寫作難度極大。書生、小子，皆作者自指。

〔五三〕「當仁」二句，論語衛靈公：「子曰：當仁不讓於師。」何晏集解引孔安國曰：「當行仁之事，不復讓於師，言行仁急。」同書里仁：「子曰：見賢思齊焉。」集解引包（咸）曰：「思與賢者等。」

〔五四〕「游聖」二句，游聖，謂游聖人之門。漢書叙傳上載班固幽通賦：「游聖門而靡救兮，顧覆醢其何補。」顏師古注「游聖門」爲「游聖人之門」。中郎，指蔡邕，嘗拜左中郎將。後漢書郭太（泰）傳：「郭太（泰）卒，同志者乃共刻石立碑，蔡邕爲文（按：指所作郭有道碑文。人稱郭泰爲有道先生）。既而謂涿郡盧植曰：『吾爲碑銘多矣，皆有慚德，唯郭有道無愧耳。』」此言「有愧」，自謙作碑劣於蔡邕。

其銘曰〔一〕：

太虚寥廓，洪鑪噴薄〔二〕。上綴三宫〔三〕，旁清八絡〔四〕。玄津獨化，聖人攸作〔五〕。鼇柱爲居，龍門是託〔六〕。爰清爰浄，惟寂惟寞〔七〕。其一

【箋注】

〔一〕銘，古代文體之一。文心雕龍銘箴以爲始於黄帝，蓋以漢書藝文志載有黄帝銘六篇，然其乃僞託。現存商、周銘詞尚多，其内容一爲述令德，一是計功，亦有自誡。此爲廟堂修建碑，其銘主要爲述令德。

〔二〕「太虚」二句，周易繫辭上：「陰陽不測之謂神。」韓康伯注：「神也者，變化之極，妙萬物而爲言，不可以形詰者也。故曰陰陽不測。嘗試論之曰：原夫兩儀之運，萬物之動，豈有使之然哉？莫不獨化於大虚，欻爾而自造矣。造之非我，理自玄應；化之无主，數自冥運。故不知所以然，而況之神。是以明兩儀以太極爲始，言變化而稱極乎神也。」陸德明音義謂「大虚之大，音泰」。孔穎達疏曰：「云『是以明兩儀以太極爲始』者，言欲明兩儀天地之體，必以太極虚無爲初始，不知所以然將何爲始也。」則「太虚」指未形成宇宙前之世界，其時爲「太極虚無」之初始狀態。寥廓，空曠、混然一體貌。洪爐，大火爐；噴薄，火勢凶猛貌。謂宇宙猶如洪爐，一切皆由其鑄造。

〔三〕「上綴」句，三宫，指太微、紫微、文昌，見晉書習鑿齒傳引「星人」（觀星之人）言。此泛指日月星辰。

〔四〕「旁清」句，八絡，猶言八維。絡、維義近，此言「絡」，以叶韻故也。文選張衡西京賦：「爾乃振天維，衍地絡。」薛綜注：「維，綱也；絡，網也。」楚辭東方朔七諫自悲：「引八維以自導兮。」王逸注：「天有八維以爲綱紀也。」又文選潘勗册魏公九錫文：「君龍驤虎視，旁眺八維。」吕向注：「八維，天下四方四角也。」此及上句，謂天開地闢。

〔五〕「玄津」二句，玄津，玄虚之津渡，此指萬物由無到有轉化之關鍵。獨化，魏晉時期玄學概念，已見上注引韓康伯語，而以郭象莊子注表述最爲集中，其要謂物各自生。如郭象注莊子齊物論曰：「若責其所待，而尋其所由，則尋責無極，卒至於無待，而獨化之理明矣。」又曰：「造物者無主，而物各自造。物各自造而無所待焉，以天地之正也。」兩句謂萬物自生，聖人於是乎出。

〔六〕「鼇柱」二句，鼇柱，傳説太古之時四極廢，九州裂，女媧用鼇足立四極，見本文前注引淮南子覽冥訓及高誘注。龍門，初學記卷九帝王部引地皇始學篇曰：「地皇興於熊耳、龍門山。」兩句謂天地開闢，至地皇氏始有固定聚居地。

〔七〕「爰清」二句，老子：「躁勝寒，静勝熱。清浄，爲天下正。」河上公注：「能清静，則爲天下長持正則，無終已時也。」老子又曰：「寂兮寥兮，獨立不改。」王弼注：「寂寞，無形體也。」爰、惟，皆發語詞。

龜識韜名〔一〕，魚圖表靈〔二〕。火紀雲紀〔三〕，天正地正〔四〕。君臣禮制，宇宙輝明。文武既没，成康遂行〔五〕。群飛海水〔六〕，若羽天星〔七〕。其二

【箋注】

〔一〕「龜識」句，龜識，即灼龜所得徵兆。藝文類聚卷一一帝王部一太昊庖犧氏引禮含文嘉曰：「伏羲德洽上下，天應以鳥獸文章，地應以龜書，伏羲乃則象作易。」龜書，書龜兆之簡册。韜名，謂極隱秘。

〔二〕「魚圖」句，魚圖，魚所負圖，謂河圖。藝文類聚卷一一帝王部一黄帝軒轅引河圖挺佐輔曰：「……黄帝乃祓齋七日，至於翠嬀之川，大鱸魚折溜而至。乃與天老迎之，五色畢具。魚汎白圖，蘭葉朱文，以授黄帝，名曰録圖。」周易繫辭上：「天垂象，見吉凶，聖人象之；河出圖，洛出書，聖人則之。」

〔三〕「火紀」句，左傳昭公十七年：「黄帝氏以雲紀，故爲雲師，而雲名。炎帝氏以火紀，故爲火師，而火名。」杜預注：「黄帝軒轅氏，姬姓之祖也。黄帝受命有雲瑞，故以雲紀事，百官師長皆以雲爲名號。」又注曰：「炎帝神農氏，姜姓之祖也，亦有火瑞，以火紀事名百官。」

〔四〕「天正」句，正，即確定正月。禮記檀弓上：「夏后氏尚黑。」鄭玄注：「以建寅之月爲正。」又曰「殷人尚白」，鄭注：「以建丑之月爲正。」又曰「周人尚赤」，鄭注：「以建子之月爲正。」孔穎達

正義：「易説卦云『帝出乎震』，則伏羲也。建寅之月，又木之始，其三正當從伏羲以下。文質再而復者，文質法天地，質法天，文法地。周文法地，而爲天正；殷質法天，而爲地正者，正朔文質不相須。正朔以三而改，文質以二而復，各自爲義，不相須也。」所謂「三而改」，即夏、商、周三代各以寅、丑、子爲正月；「二而復」，即以法天、法地相循環。

〔五〕「文武」二句，謂周文王、武王、周公制禮，而盛行於成王、康王之世。唐賈公彦序周禮廢興曰：「周公制禮之日，禮教興行。後至幽王，禮儀紛亂，故孔子云：『諸侯專行征伐十世，希不失。』鄭注云『亦謂幽王之後也』。故晉侯趙簡子見儀，皆謂之禮，孟僖子又不識其儀也。至於孔子，更修而定之，時已不具，故儀禮注云『後世衰微，幽厲尤甚，禮樂之書，稍稍廢棄』。」

〔六〕「群飛」句，揚雄太玄經劇：「上九，海水群飛，蔽於天杭。測曰：海水群飛，終不可語也。」范望注：「天杭，天漢也。金生於水，故稱海水。水群而飛，雨之象也。」又文選揚雄劇秦美新：「神歇靈繹，海水群飛，二世而亡，何其劇與！」李善注：「水喻萬民，群飛，言亂。」後以「海水群飛」形容社會極度敗壞，天下大亂。如藝文類聚卷七七載後魏温子昇寒陵山寺碑序曰：「永安之末，時各異謀。蜂蠆有毒，豺狼反噬。轂弩臨城，抽戈犯蹕。世道交喪，海水群飛。」

〔七〕「若羽」句，若羽，謂氣若羽毛。唐開元占經卷八日占四日暈引京氏曰：「日暈，有氣如毛羽，臨日不去，國有大兵憂。」天星，周禮春官保章氏：「掌天星以志星辰日月之變動，以觀天下之遷，辨其吉凶。」則「天星」包括「星辰日月」，此偏指日，謂日有暈，將有災難。

玉筐曾裔〔一〕，金符遠系〔二〕。鐘石雖遷〔三〕，山河不替。乾坤降德，陰陽合契〔四〕。虎嘯風清，龍騰雲逝〔五〕。三元載佇，萬方攸濟〔六〕。其三

【箋注】

〔一〕「玉筐」句，吕氏春秋卷六音初：「有娀氏有二佚女，爲之九成之臺，飲食必以鼓。帝令燕往視之，鳴若謚隘，二女愛而争搏之，覆以玉筐，少選發而視之，燕遺二卵，北飛，遂不反。」高誘注：「帝，天也。天令燕降卵於有娀氏，女吞之，生契。詩云『天命玄鳥，降而生商』（按：出詩經商頌玄鳥）。」又曰：「『有娀（氏女）方將，（帝）立子生商』（按：出詩經商頌長發），此之謂也。」故此以「玉筐」代指商。曾，中隔兩代，猶重。此所謂「曾裔」，謂遠裔也。孔子乃商代微子之後，已見本文前注，故云。

〔二〕「金符」句，史記封禪書：「殷得金德。」殷以金德王，故此以「金」代指殷。句亦謂孔子乃殷之遠裔。

〔三〕「鐘石」句，鐘即編鐘，石指磬，皆古之樂器。此代指殷商政權。遷，改也，指滅亡。

〔四〕「乾坤」二句，謂孔子乃天地、陰陽合德所生。

〔五〕「虎嘯」二句，漢書終軍傳：「世必有聖知之君，而後有賢明之臣。故虎嘯而風冽，龍興而致雲。……易曰：『飛龍在天，利見大人。』」兩句謂孔子乃天生聖人。

〔六〕「三元」二句，三元，此指天、地、人。載佇，文選顏延年三月三日曲水詩序：「金駕總駟，聖儀載佇。」呂向注：「載佇，謂盤桓未去。」句謂天、地、人「三元」不忍棄天下，故生孔子以濟之。

魯道既昏〔一〕，綿綿若存。禄移公室，政在私門〔二〕。學而方仕，謙而彌尊〔三〕。聽之也厲，即之也温〔四〕。義責齊國〔五〕，刑徵季孫〔六〕。其四

【箋注】

〔一〕「魯道」句，指魯國慶父之難。據史記魯周公世家，魯莊公有三弟：慶父、叔牙、季友，以慶父最有野心。莊公三十二年八月，莊公病死，季友遵莊公命，立另一子姬斑繼位。慶父不甘，使人殺斑，立哀姜娣叔姜子開，是爲湣公。季友聞之，挾莊公另一子申逃邾，魯人欲誅慶父，慶父恐，奔莒，姬申得立，是爲釐公。季友爲相，以賄如莒求慶父，歸，自殺。此即所謂「慶父之難」。左傳湣公元年：「冬，齊仲孫湫來省難。仲孫歸曰：『不去慶父，魯難未已。』公曰：『若之何而去之？』對曰：『難不已，將自斃。』」其後，魯國長期由「三桓」（即桓公子慶父、叔牙、季友後代孟孫、叔孫、季孫三氏）專權。

〔二〕「禄移」二句，左傳宣公十八年：「公孫歸父以襄仲之立公也，有寵（按：杜預注「歸父，襄仲子」），欲去三桓以張公室。」杜預注：「時三桓彊，公室弱，故欲去之，以張大公室。」「禄移」及

政在私門，以三桓分軍爲最典型。左傳襄公十一年：「正月，作三軍，三分公室，而各有其一。」孔穎達正義：「往前民皆屬公，國家自有二軍，若非征伐，不屬三子。故三子自以采邑之民，以爲己之私乘，如子産出兵車十七乘之類，是其私家車乘也。今既三分公室，所分得者即是己有，不須更立私乘。」史記魯周公世家記此事曰：「三桓氏分爲三軍。」集解引韋昭曰：「魯，伯禽之封，舊有三軍，其後削弱，二軍而已。季武子欲專公室，故益中軍，以爲三軍，三家各徵其一。」又如左傳昭公二十五年載，季平子與郈昭伯以鬭雞故，昭公率師擊平子，平子與孟孫、叔孫氏三家共攻昭公，昭公師敗，奔於齊，魯遂亂。公室之弱可知。故論語季氏載：「孔子曰：『禄之去公室五世矣，政逮於大夫四世矣，故夫三桓之子孫微矣。』」何晏集解引鄭玄曰：「言此之時，魯定公之初。魯自東門襄仲殺文公之子赤而立宣公，於是政在大夫，爵禄不從君出，至定公爲五世矣。」

〔三〕「學而」二句，論語子張：「子夏曰：『……學而優則仕。』」同上述而：「子曰：若聖與仁，則吾豈敢？抑爲之不厭，誨人不倦，則可謂云爾已矣。」何晏集解引孔（安國）曰：「孔子謙，不敢自名仁、聖。」

〔四〕「聽之」二句，論語子張：「子夏曰：『君子有三變：望之儼然，即之也温，聽其言也厲。』」何晏集解引鄭（玄）曰：「厲，嚴。」邢昺正義：「此章論君子之德也。望之即之，及聽其言也，有此三者變易，常人之事也。厲，嚴正也，常人遠望之則多懈惰，即近之則顔色猛厲，聽其言則多佞邪。唯君子則不然，人遠望之則正其衣冠，尊其瞻視，常儼然也。就近之，則顔色温和，及聽其言辭，則嚴正而無佞邪也。」

〔五〕「義責」句，指痛恨齊贈魯君女樂事。史記孔子世家：「孔子由大司寇行攝相事，齊懼，「於是選齊國中女子好者八十人，皆衣文衣而舞康樂，文馬三十駟，遺魯君。陳女樂文馬於魯城南高門外。季桓子微服往觀再三，將受，乃語魯君爲周道游，往觀終日，怠於政事。……孔子遂行」。

〔六〕「刑徵」句，指孔子墮季氏三都事，見本文前「黜季氏」二句注。

多能惟聖〔一〕，道廢惟命〔二〕。天下莫容，諸侯走聘。至於是國，必聞其政〔三〕。仁義立身，温恭成性。不徒爲樂，終悲擊磬〔四〕。其五

【箋注】

〔一〕「多能」句，論語子罕：「大宰問於子貢曰：『夫子聖者與，何其多能也。』子貢曰：『固天縱之將聖，又多能也。』子聞之，曰：『大宰知我乎？吾少也賤，故多能鄙事，君子多乎哉？不多也。』」

〔二〕「道廢」句，論語憲問：「子曰：『道之將行也與，命也；道之將廢也與，命也。』」邢昺疏：「言道之廢行，皆由天命也。」

〔三〕「至於」二句，論語學而：「子禽問於子貢曰：『夫子至於是邦也，必聞其政，求之與，抑與之與？』子貢曰：『夫子温良恭儉讓以得之。夫子之求之也，其諸異乎人之求之與。』」何晏集解引鄭（玄）曰：「言夫子行此五德而得之，與人求之異，明人君自與之。」

〔四〕「不徒」二句，論語憲問：「子擊磬於衛。有荷蕢而過孔氏之門者，曰：『有心哉，擊磬乎？』既而曰：『鄙哉，硜硜乎莫己知也，斯己而已矣，深則厲，淺則揭。』子曰：『果哉，末之難矣。』」按：此章文義較晦，故不妨全引邢昺疏，以便理解，其曰：「此章記隱者荷蕢之言也。子擊磬於衛者，時孔子在衛，而自擊磬爲聲也。有荷蕢而過孔氏之門者，曰『有心哉，擊磬乎』者，荷，擔揭也；蕢，草器也。有心，謂契契然。當孔子擊磬之時，有擔揭草器之人經過孔氏之門，聞其磬聲，乃言曰有心契契然憂苦哉，此擊磬之聲乎？既而曰『鄙哉，硜硜乎莫己知也，斯己而已矣』者，既，已也。硜硜，鄙賤貌。莫，無也。斯，此也。荷蕢者既言『有心哉，擊磬乎』，又察其磬聲，已而言曰：『可鄙賤哉，硜硜乎無人知己。』此硜硜者，徒信己而已，言無益也。『深則厲，淺則揭』者，此衛風匏有苦葉詩。以衣涉水爲厲，揭，揭衣也。荷蕢者引之，欲令孔子隨世以行己，若過水深則當厲，不當揭，淺則當揭而不當厲，以喻行己，知其不可則不當爲也。子曰『果哉，末之難矣』者，孔子聞荷蕢者譏己，故發此言。果謂果敢，末，無也。言未知己志，而便譏己，所以爲果敢無難者，以其不能解己之道，不以爲難，故云無難也。」孔子不爲人所知，故云「悲」。

九野八方〔一〕，栖栖遑遑〔二〕。從周返魯，考夏觀商〔三〕。先王道術，夫子文章。可久可大〔四〕，爲龍爲光〔五〕。星衡入室，月準昇堂〔六〕。其六

【箋　注】

〔一〕「九野」句，淮南子原道訓：「上通九天，下貫九野。」高誘注：「九天，八方、中央也。九野亦如之。」文選曹植七啓：「揮袂則九野生風，慷慨則氣成虹蜺。」李周翰注：「九野，謂九州之野也。」句言孔子爲行道而奔走各地。

〔二〕「栖栖」句，論語憲問：「微生畝謂孔子曰：『丘何爲是栖栖者與？無乃爲佞乎！』孔子曰：『非敢爲佞也，疾固也。』」何晏集解引包（咸）曰：「微生，姓；畝，名。」又曰：「疾世固陋，欲行道以化之。」

〔三〕「從周」二句，謂孔子赴周考夏觀商，然後返魯，已見本文前注。

〔四〕「可久」句，周易繫辭上：「有親則可久，有功則可大。可久，則賢人之德；可大，則賢人之業。」韓康伯注：「有易簡之德，則能成可久可大之功。」

〔五〕「爲龍」句，詩經小雅蓼蕭：「既見君子，爲龍爲光。」毛傳：「龍，寵也。」鄭玄箋：「爲寵爲光，言天子恩澤光耀被及己也。」此指先王及孔子恩澤。

〔六〕「星衡」二句，古代讖緯家以爲帝王、聖賢皆有「異表」，即身體、面容等具有某些奇異點，本文前

已注。故星衡、月準，指孔子門人之異表，代指門人。按論語憲問：「子曰：『由之瑟奚爲於丘之門？』門人不敬子路。子曰：『由也升堂矣，未入於室也。』」仲由，字子路，謂其「升堂」，則「星衡」當是其異表。孔門「入室」者，顔回（字子淵）當爲首選，孔子對他最器重。其異表，文選任昉王文憲集序曰：「淵角殊祥。」李善注引論語撰考讖曰：「顔回有角額，似月形。」又論語摘輔象稱「顔淵山庭日角」，未言「月準」。

智周通塞〔一〕，神兼語默〔二〕。幾然而長，黯然而黑〔三〕。漢承周運〔四〕，胡亡秦國〔五〕。察往知來〔六〕，研精茂德。無必無我〔七〕，自南自北〔八〕。其七

【箋注】

〔一〕「智周」句，通塞，猶言進退、窮達，謂孔子深諳其道。論語衛靈公：「子曰：……君子哉蘧伯玉！邦有道則仕，邦無道則可卷而懷之。」何晏集解引包咸曰：「卷而懷，謂不與時政柔順，不忤於人。」其後孟子盡心曰：「窮則獨善其身，達則兼善天下。」

〔二〕「神兼」句，論語先進：「子曰：夫人不言，言必有中。」又季氏：「孔子曰：侍於君子有三愆：言未及之而言謂之躁，言及之而不言謂之隱，未見顔色而言謂之瞽。」又衛靈公：「子曰：可與言而不與之言，失人；不可與言而與之言，失言。知者不失人，亦不失言。」又陽貨：「子曰：

『予欲無言。』子貢曰：『子如不言，則小子何述焉。』子曰：『天何言哉，四時行焉，百物生焉。天何言哉！』」

〔三〕「幾然」二句，史記孔子世家：「曰：丘得其爲人，黯然而黑，幾然而長，眼如望羊，如王四國，非文王其誰能爲此也？」集解引王肅曰：「黯，黑貌。」又引徐廣曰：「詩云『頎而長兮』（引者按：見國風猗嗟）。」索隱：「『幾』與注『頎』，并音祈，家語無此四字。」今按：幾，全唐文作「頎」，皆可，不必改。「黯然而黑」，「黑」原作「息」，誤，據改。又按：數句乃謂文王，此則藉以言孔子。

〔四〕「漢承」句，謂周、漢皆以火德王。史記封禪書：「周得火德，有赤烏之符。」漢書高帝紀：「漢承堯運，德祚已盛。斷蛇著符，旗幟上赤，協於火德，自然之應，得天統矣。」按太平御覽卷八〇帝堯陶唐氏引帝王世紀，稱堯「以火承木」，則堯亦以火德王。

〔五〕「胡亡」句，史記秦始皇本紀：「三十二年（前二一五），……始皇巡北邊，從上郡入。燕人盧生使入海還，以鬼神事，因奏録圖書，曰『亡秦者胡也』。」集解引鄭玄曰：「胡，胡亥，秦二世名也。秦見圖書，不知此爲人名，反備北胡。」

〔六〕「察往」句，鶡冠子卷上：「鶡冠子曰：欲知來者察往，欲知古者察今。」又抱朴子外篇卷一勗學：「察往知來，博涉勸成，仰觀俯察於是乎在，人事王道於是乎備，進可以爲國，退可以保己。」

〔七〕「無必」句，無必，謂無所謂必然，無可無不可。莊子齊物論：「方生方死，方死方生。方可方不可，方不可方可。」無我，謂物我兩忘。同上：「今者吾喪我。」郭象注：「吾喪我，我自忘矣。……故都忘内外，然後超然俱得。」成玄英疏：「喪，猶忘也。」

〔八〕「自南」句，自南自北，猶言可南可北。淮南子説林訓：「楊子見逵路而哭之，爲其可以南，可以北。」按：以上具言各家思想，謂孔子集其大成。

萬象皆尊，千靈共同〔一〕。惟變所適〔二〕，居常待終〔三〕。樂天知命〔四〕，匪我求蒙〔五〕。北辰之北，東海之東〔六〕。百王遺訓，萬世餘風〔七〕。其八

【箋注】

〔一〕「萬象」二句，萬象，宇宙一切現象。千靈，靈，人、神也。尊，成都文類卷三一、全蜀藝文志卷三五作「宗」。兩句謂孔子之道，乃天、地、人所共有。

〔二〕「惟變」句，京房京氏易略（説郛本）：「天地若不變易，不能通氣。五行迭終，四時更廢，變動不居。周流六虚，上下無常，剛柔相易，不可以爲典要，惟變所適。」

〔三〕「居常」句，陸雲榮啓期贊：「夫貧者，士之常也；死，固命之終也。居常待終，當何憂乎？」

〔四〕「樂天」句，周易繫辭上：「樂天知命，故不憂。」韓康伯注：「順天之化，故曰樂也。」

〔五〕「匪我」句，周易蒙卦：「蒙，亨，匪我求童蒙，童蒙求我。」王弼注：「蒙之所利，乃利正也。夫明莫若聖，昧莫若蒙。蒙以養正，乃聖功也，然則養正以明，失其道矣。」孔穎達正義：「蒙者，微昧暗弱之名。物皆蒙昧，唯願亨通，故云『蒙，亨』。『匪我求童蒙，童蒙求我』者，物既暗弱，而意願亨通，即明者不求於暗，即匪我師德之高明，往求童蒙之暗。但暗者求明，明者不諮於暗，故云『童蒙求我』也。」庾亮釋奠祭孔子文：「唐虞憲章，盛於文武，然後黎民時雍，彝倫攸叙。幽厲頽構，王綱絶紀，高岸爲谷，六合錯否。上陵夷而失教，下苟免而無恥。公以玄聖之靈，應感圓通，萬物我賴，匪我求蒙。」

〔六〕「北辰」二句，論語爲政：「子曰：爲政以德，譬如北辰，居其所而衆星共之。」何晏集解引包（咸）曰：「德者無爲，猶北辰之不移，而衆星共之。」邢昺疏：「案爾雅釋文云：『北極謂之北辰。』郭璞曰：『北極，天之中，以正四時。』然則極，中也；辰，時也。以其居天之中，故曰北極；以正四時，故曰北辰。」則北辰喻指統治者，亦代指德政。此言「北辰之北」，謂有超越北辰者，如東海外猶有更東之地。指孔子及其思想比北辰更重要，更能凝聚人心。

〔七〕「百王」二句，謂孔子教導乃歷代帝王所應牢記之遺訓，也將永遠影響未來社會。

時亡玉斗〔一〕，運鍾陽九〔二〕。周井龍沉〔三〕，秦原鹿走〔四〕。生人卷舌，道路鉗口〔五〕。禮樂崩頽，典章殘朽〔六〕。萬邦請命，三靈授手〔七〕。其九

【箋注】

〔一〕「時亡」句，玉斗，太平御覽卷八二夏帝禹引帝王世紀曰：「伯禹夏后氏，姒姓也。母曰修己，見流星貫昴，夢接意感，又吞神珠薏苡，胸折而生禹於石紐。虎鼻大口，兩耳參漏，首戴鈎，胸有玉斗，足文履。」同上又引雒書靈準聽，於「懷玉斗」句注曰：「懷璇璣玉衡之道。或以爲有黑子如玉斗也。」則「玉斗」代指禹。亡玉斗，亡，無也；無禹，指夏朝滅亡。

〔二〕「運鍾」句，古微書卷三三河圖稽耀鈎引運度經云：「靈寶自然運度，有大陽九，大百六也；小陽九，小百六也。三千三百年爲小陽九，小百六也；九千九百年爲大陽九，大百六也。夫天厄謂之陽九也，地虧謂之百六也。」句指商朝運終。

〔三〕「周井」句，周代實行井田制，故以「周井」代指周。周禮地官小司徒：「乃經土地，而井牧其田野。九夫爲井，四井爲邑。……」鄭玄注：「此謂造都鄙也。采地制井田，異於鄉遂。」龍沉，謂有周衰亡。

〔四〕「秦原」句，史記淮陰侯列傳：蒯通對曰：「秦失其鹿，天下共逐之。」集解引張晏曰：「以鹿喻帝位也。」

〔五〕「生人」二句，卷舌、鉗口，皆不敢言貌。淮南子本經訓：「今至人生亂世之中，含德懷道，拘無窮之智，鉗口寢説，遂不言而死者衆矣。」文選陸機謝平原内史表：「鉗口結舌，不敢上訴所天。」李善注：「莊子曰：『鉗墨翟之口。』愼子曰：『臣下閉口，左右結舌。』潛夫論曰：『臣鉗口結舌而不敢言。』」此指秦始皇行暴政。

〔六〕「典章」句，典，原誤「曲」，據成都文類卷三一、四子集、全唐文改。

〔七〕「三靈」句，文選陸倕石闕銘并序：「仰叶三靈，俯從億兆。」李善注引春秋元命苞曰：「造起天地，鑄演人君，通靈之睨。」則三靈指天、地、人君。又文選班固典引：「答三靈之蕃祉。」李善注：「三靈，天、地、人也。」援手，授之以援手。後漢書崔駰傳載擬揚雄解嘲：「人有昏墊之厄，主有疇咨之憂。條垂藟蔓，上下相求。於是乎賢人授手，援世之災。」李賢注引孟子（離婁上）曰：「天下溺則援之以道，嫂溺則援之以手也。」此謂秦時天下溺矣，三靈於是乎伸出援手，以拯救天下。

日角昇圖〔一〕，星精應符〔二〕。載揚風教，重闡規模〔三〕。數遷三國，年當五胡〔四〕。星芒夜指〔五〕，日暈朝枯〔六〕。環林摧折，壁沼荒蕪〔七〕。其十

【箋　注】

〔一〕「日角」句，日角，代指光武帝劉秀。後漢書光武帝紀：「（劉秀）身長七尺三寸，美鬚眉，大口，隆準，日角。」李賢注引鄭玄尚書中候注云：「日角謂庭中骨起，狀如日。」昇圖，謂劉秀中興而得帝圖。

〔二〕「星精」句，當指漢高祖劉邦。史記高祖本紀謂劉邦嘗斬大蛇，老嫗哭稱大蛇乃白帝子，爲赤帝

子所斬。應劭注以爲白帝爲秦，「赤帝，堯後，謂漢也。殺之者，明漢當滅秦也」。又史記天官書曰：「南宮朱鳥。」索隱引文耀鉤云：「南宮，赤帝，其精爲朱鳥也。」又曰：「其（南宮）内五星，五帝座。」索隱引詩含神霧云：「五精星坐，其東蒼帝坐，神名靈威仰，精爲青龍之類也。」正義：「黄帝坐一星，在太微宫中，含樞紐之神。四星夾黄帝坐：蒼帝東方靈威仰之神；赤帝南方赤熛怒之神；白帝西方白招矩之神；黑帝北方叶光紀之神。五帝并設，神靈集謀者也。」則白帝、赤帝皆「星精」。此指劉邦建立漢朝，謂其爲星精應符而有天下。此與上句，蓋以日、星爲序，故先述劉秀，再述劉邦，謂兩漢皇帝皆承天膺運而有天下。

〔三〕「載揚」二句，載揚，發揚也，「載」爲語辭。謂兩漢尊儒重教，再闡述禮樂而規模三代。

〔四〕「數遷」二句，三國，魏、蜀、吴也。五胡，指匈奴、鮮卑、羯、氐、羌等少數民族，曾在北方先後建立十六個政權，即五涼（前、後、南、西、北）、二趙（前、後）、三秦（前、後、西）、四燕（前、後、南、北），以及夏、成漢，史稱「五胡十六國」。起自晉惠帝太安二年（三〇三，李特建立成漢），止於宋文帝十六年（四三九，北涼亡），前後共一百三十六年。

〔五〕「星芒」句，史記天官書：「（太白）色白五芒，出蚤爲月蝕，晚爲天夭及彗星，將發其國。出東爲德，舉事左之迎之，吉。出西爲刑，舉事右之背之，吉。反之皆凶。太白光見景，戰勝。晝見而經天，是謂争明，彊國弱，小國彊。」此言「夜指」，即太白晚出，有「天夭及彗星」，乃凶兆。

〔六〕「日暈」句，史記天官書：「兩軍相當，日暈；暈等，力鈞；厚長大，有勝；薄短小，無勝。……

氣暈先至而後去，居軍勝。先至先去，前利後病；後至後去，前病後利；後至先去，前後皆病，居軍不勝。見而去，其發疾，雖勝無功。」謂「朝枯」，當指日暈「先至先去」或「後至先去」。日暈爲戰争之兆，言三國、十六國時代兵連禍結，天下大亂。

〔七〕「環林」二句，環林、璧沼，皆代指學校，本文前已注。二句謂三國、十六國時學校荒蕪，文教衰落。按北史文苑傳序：「中州板蕩，戎狄交侵，僭僞相屬，生靈塗炭，故文章黜焉。其能潛思於戰争之間，揮翰於鋒鏑之下，亦有時而間出矣，……體物緣情，則寂寥於世。非其才有優劣，時運然也。」又北史儒林傳序：「自永嘉之後，宇内分崩，禮樂文章，掃地將盡。」

赫矣高祖〔一〕，越若稽古〔二〕。丕哉文皇〔三〕，照臨下土。地維旁綴〔四〕，乾紘上補〔五〕。鯤化三千〔六〕，龍飛九五〔七〕。爰有列聖，重規襲矩〔八〕。其十一

【箋注】

〔一〕「赫矣」句，赫矣，文選陸機答賈長淵：「赫矣隆晉，奄宅率土。」吕向注：「赫、隆，皆盛美貌。」高祖，即唐高祖李淵。舊唐書高祖紀：「（武德）九年（六二六）五月庚子，高祖大漸，年七十。……群臣上謚曰大武皇帝，廟號高祖。」

〔二〕「越若」句，尚書堯典：「曰若稽古帝堯。」僞孔傳：「若，順；稽，考也。」此言「越若」，曰、越通。

如尚書召誥：「周公後往，越若來三月。」

〔三〕「丕哉」句，丕，大也。庾信皇夏：「丕哉馭帝籙，鬱矣當天命。」文皇，唐太宗謚號。舊唐書太宗紀：貞觀二十三年（六四九）五月己巳，「上崩於含風殿，年五十二。……八月丙子，百寮上謚曰文皇帝，廟號太宗。」

〔四〕「地維」句，淮南子天文訓：「昔者共工與顓頊争爲帝，怒而觸不周之山，天柱折，地維絶，天傾西北，故日月星辰移焉。」綴，連接。宋江遹沖虚至德真經解（按：沖虚至德真經即列子）卷五湯問「天柱折，地維絶」二句注曰：「天柱，天之所恃以中立而不倚者；地維，則地之所資以四維而不虧者。」

〔五〕「乾紘」句，乾，天也；紘，淮南子墬形訓：「八殥之外而有八紘。」高誘注：「紘，維也。維落天地而爲之表，故曰紘也。」同上覽冥訓：「往古之時，四極廢，九州裂，天不兼覆，地不周載。……於是女媧鍊五色石以補蒼天。」高誘注：「女媧，陰帝，佐虙戲治者也。三皇時天不足西北，故補之。」以上二句，以綴地維、補蒼天喻唐高祖、太宗奪取政權，安輯天下。

〔六〕「鯤化」句，莊子逍遥遊：「北冥有魚，其名爲鯤，鯤之大，不知其幾千里也。化而爲鳥，其名爲鵬。……鵬之徙於南冥也，水擊三千里，摶扶摇而上者九萬里。」鯤化爲鵬，喻高祖、太宗起義軍，如大鵬水擊三千里，而奪得政權。

〔七〕「龍飛」句，周易乾卦：「九五，飛龍在天，利見大人。」王弼注：「不行不躍，而在乎天，非飛而何？故曰飛龍也。龍德在天，則大人之路亨也。夫位以德興，德以位敍，以至德而處盛位，萬物之覩，不亦宜乎？」句謂高祖、太宗皆登皇帝寶座。

〔八〕「爰有」二句，爰，發語詞，與「曰」同。列聖，指高祖、太宗以後諸帝，謂其將繼承祖宗事業。

我君文思〔一〕，念兹在兹〔二〕。金鏡八海〔三〕，珠囊四時〔四〕。三雍九室〔五〕，秋禮冬詩〔六〕。絳帳語道〔七〕，青衿質疑〔八〕。載垂仙涣，廣創靈祠〔九〕。其十二

【箋注】

〔一〕「我君」句，指唐高宗。尚書堯典：「曰若稽古，帝堯曰放勳。欽明文思，安安。」僞孔傳：「以敬明文思之四德安天下之當安者。」陸德明音義引馬融云：「經緯天地謂之文，道德純備謂之思。」

〔二〕「念兹」句，尚書大禹謨：「念兹在兹，釋兹在兹。」僞孔傳：「兹，此；釋，廢也。念此人在此功，廢此人在此罪，言不可誣名。」兹，此指孔子。

〔三〕「金鏡」句，文選顔延年皇太子釋奠會作詩一首：「庶士傾風，萬流仰鏡。」李善注引雒書曰：「秦失金鏡。」鄭玄注：「金鏡，喻明道也。」又北堂書鈔卷一三六鏡：「金鏡明道。」引尚書考靈曜云：「秦失金鏡，魚目入珠。」注曰：「金鏡，喻明道也。」此即指道。八海，四方、四隅皆海。

陶弘景水仙賦：「淼漫八海，汯汩九河。」此「八海」代指天下，謂國家所急在道。

〔四〕「珠囊」句，太平御覽卷六星中引樂汁圖鄭玄注：「日月遺其珠囊。珠，謂五星也。遺其囊者，盈縮失度也。」後漢書郎顗傳：「五緯循軌，四時和睦。」李賢注：「五緯，五星。」故珠囊即五星，此喻指儒家經典。孔穎達周易正義序：「秦亡金鏡，未墜斯文；漢理珠囊，重興儒雅。」

〔五〕「三雍」句，三雍，文選班固東都賦：「永平之際，重熙而累洽，盛三雍之上儀，修袞龍之法服。」李善注引漢書（按見景十三王傳）曰：「武帝時，河間獻王來朝，對三雍宮。」引應劭曰：「辟雍、明堂、靈臺也。」七室，指明堂。舊唐書禮志二：永徽二年（六五一）七月議明堂、辟雍制度，或據大戴禮及盧植、蔡邕等義，以爲九室。「上初以九室之議爲是，乃令所司詳定形制，及辟雍、門闕等。明年六月，内出九室樣，仍更令有司損益之」。高宗時代曾多次議明堂制度，但并未修建。

〔六〕「秋禮」句，謂秋天習禮，冬季讀詩。下篇長江縣孔子廟堂碑又謂「冬禮春詩」。按唐大詔令集卷二八册代王爲皇太子文（永徽七年）：「春禮冬詩，趨庭靡懈。」知習詩、禮之季節，并無明確規定，言春、秋或冬，乃互文，依駢文偶對音韻所需而用之。

〔七〕「絳帳」句，後漢書馬融傳：馬融，字季長，扶風茂陵人。從京兆摯恂學儒術，博通經籍。嘗爲從事中郎將、武都太守等。「融才高博洽，爲世通儒。教養諸生，常有千數，涿郡盧植、北海鄭玄，皆其徒也。善鼓琴，好吹笛，達生任性，不拘儒者之節。居宇器服，多存侈飾。常坐高堂，施絳紗帳，前授生徒，後列女樂，弟子以次相傳，鮮有入其室者。」後泛稱授學之所爲「絳帳」。

〔八〕「青衿」句，詩經鄭風子衿：「青青子衿，悠悠我心。」毛傳：「青衿，青領也，學子之所服。」後代指年輕學子。

〔九〕「載垂」二句，載，發語詞。仙涣，謂仙風彌漫，武三思封祀壇碑：「仙涣遥垂，忽降丹穹之液。」靈祠，指孔子廟堂。

披圖按籍，遠求陳跡〔一〕。玉檻煙開，金牕雨闢〔二〕。睟儀偘偘〔三〕，雲居寂寂。弟子摳衣〔四〕，門人避席〔五〕。階列蕙蒀，庭羅絲石〔六〕。其十三

【箋　注】

〔一〕「披圖」二句，披，原作「丕」，蓋音訛，據全蜀藝文志卷三五改。兩句述孔子廟堂修建情况，即上文所謂「考帳帷於西京，訪埃塵於東魯」之意。

〔二〕「玉檻」二句，檻、牕，謂孔子廟堂之檻欄、窗户，言金、玉，美之也。

〔三〕「睟儀」句，睟，同「睟」。儀，儀容。文選左思魏都賦：「魏國先生有睟其容，乃盱衡而誥曰：異乎交益之士。」劉淵林注：「孟子曰：『君子所性仁義禮智，根於心，其生色睟然見於面，不言而喻。』趙岐曰：『睟，潤澤貌也。』」偘偘，即侃侃，和樂之貌，本文前已注。

〔四〕「弟子」句，論語鄉黨：「入公門，……攝齊升堂，鞠躬如也，屏氣似不息者。」何晏集解引孔（安國）曰：「皆重慎也。衣下曰齊。攝齊者，摳衣也。」摳，提起。按論語所述，乃孔子入公門（朝堂），此乃言弟子入孔門。

〔五〕「門人」句，避席，極尊重貌。孝經：「子曰：『先王有至德要道，以順天下，民用和睦，上下無怨，汝知之乎？』曾子避席，曰：『參不敏，何足以知之？』」唐玄宗注：「禮，師有問，避席起答。」文選司馬相如上林賦：「逡巡避席。」呂向注：「卻退以避其席也。」

〔六〕「階列」二句，簠簋，又作「簠簋」，同。簠，長方形器皿，簋，圓腹形器皿，皆古代食器，亦作祭祀時禮器。文選潘岳藉田賦：「簠簋普淖，則此之自實。」李善注引周禮曰：「舍人凡祭祀，共簠簋實之陳之。」絲石，絲索類、敲擊類樂器。此簠簋絲石，謂學校用禮樂教諸生。

地接臨邛〔一〕，山横劍峰〔二〕。滇池躍馬〔三〕，沮澤蟠龍〔四〕。中望擊節，高門扣鍾〔五〕。陰靈肹蠁〔六〕，文雅雍容。書池必變，坐席常重〔七〕。其十四

【箋注】

〔一〕「地接」句，據漢書地理志上蜀郡，蜀郡有縣十五，其中有臨邛。應劭注：「邛水出嚴道邛來山，東入青衣。」即今邛崍，屬成都市。新都縣亦屬成都，相去不遠，故云「地接」。

〔二〕「山横」句，劍峰，指劍門山，在今四川劍閣縣。

〔三〕「滇池」句，文選左思蜀都賦：「第如滇池，集於江洲。試水客，艤輕舟。娉江婓，與神遊。」劉淵林注引譙周異物志曰：「滇池在建寧界，有大澤，水周二百餘里。水乍深廣乍淺狹，似如倒池，故俗云滇池。」按漢書西南夷傳：「（莊）蹻至滇池，地方三百里。」顏師古注：「（漢書）地理志：益州滇池縣，其澤在西北。華陽國志云：『澤下流淺狹，狀如倒池，故曰滇池。』」池在今雲南昆明市，漢代屬益州，故及之。蹻馬，指莊蹻曾横行於此地。

〔四〕「沮澤」句，文選左思蜀都賦：「潛龍蟠於沮澤，應鳴鼓而興雨。」劉淵林注引譙周異物志曰：「沮有萊澤也。巴東有澤水，人謂有神龍，不可鳴鼓，鳴鼓其傍，即便雨也。」李善注引方言曰：「未升天龍，謂之蟠龍。」又引綦毋邃孟子注曰：「澤生草言葅，沮與葅同。」又劉良注：「沮猶下濕也。」

〔五〕「中望」二句，中望，較有名望。擊節，謂擊節而歌。扣鐘，文選左思蜀都賦：「亦有甲第，當衢向術。壇宇顯敞，高門納駟。庭扣鐘磬，堂撫琴瑟。」兩句謂孔子廟堂及學館建立後，益州、新都禮義之風必將大興。

〔六〕「陰靈」句，陰靈，指孔子之靈。肸蠁，謂神靈如氣之盛，見前王勃集序注。

〔七〕「書池」二句，書池，指學書之池。晉書衛瓘傳：「臨池學書，池水盡黑。」坐席常重，古以席之層數表尊卑。禮記禮器：「天子之席五重，諸侯之席三重，大夫再重。」此言講學優異。北堂書鈔卷六七博士「子華重席講學」條引殷氏世傳云：「殷亮，字子華，建武中徵拜博士，遷講學大夫。諸儒論勝者賜席，亮重席至八九，帝嘉之，曰：『學不當如是耶！』」兩句謂學習之風濃鬱，書池之水必定變色，而講學質量將越來越高。

今還古往，寂寥無尚。太山既頹，吾將安仰。梁木斯壞，吾將安倣〔一〕。異代風行，殊塗影響〔二〕。敢立言而徵聖〔三〕，冀得意而忘象〔四〕。其十五

【箋注】

〔一〕「太山」四句，見禮記檀弓上所記子貢聞孔子臨終之歌所云，本文前注已引。

〔二〕「異代」二句，異代，不同朝代。此指唐朝。謂尊孔重儒之風行於唐代。殊塗，不同塗徑，指各行各業。影響，影隨形，響應聲，謂彼此感應，相互作用。尚書大禹謨：「禹曰：惠迪吉，從逆凶，惟影響。」僞孔傳：「迪，道也。順道吉，從逆凶，吉凶之報若影之隨形，響之應聲，言不虛。」按：二句與下文遂州長江縣先聖孔子廟堂碑「憑風雲於異代，照日月於殊塗」同義。

〔三〕「敢立言」句，立言，指作碑文。徵聖，「聖」指孔子，謂考求孔子事迹。劉勰文心雕龍有徵聖篇，稱「夫子文章，可得而聞，則聖人之情，見乎文辭矣」。

〔四〕「冀得意」句，莊子外物：「言者所以在意，得意而忘言。吾安得夫忘言之人而與之言哉！」象，

外在之形，猶如言意之「言」。謂已得孔子精神矣，則本碑之語言文字可以忘卻。

遂州長江縣先聖孔子廟堂碑〔一〕

法象莫大乎天地，變通莫大乎四時。懸象著明，莫大乎日月；備物致用，莫大乎聖人〔二〕。夫子諱丘，字仲尼，魯國鄒人也。黿龍負讖，帝鴻驅八翼之軒〔三〕；魚鳥呈文，天乙降三分之璧〔四〕。五十二戰，權輿驟帝之基〔五〕；二十七征，草昧馳王之業〔六〕。平域中之禍亂，掃天下之虔劉〔七〕。以盛德大業之尊，當開階立隧之重〔八〕。及其山崩海竭，日薄星迴，曆數不還，謳謠遂遠〔九〕。元子賓周而建國，二王之車服可尋〔一〇〕；上卿翼宋而承家，三命之衣冠再襲〔一一〕。是故陰陽混合，洩符瑞於平鄉；宇宙氤氳，灑休徵於闕里〔一二〕。龍峻而黿背，月角而雷聲〔一三〕。有軒帝之殊姿，有殷王之異表。〔一四〕山開遁甲，尼丘落於紫垣〔一五〕；星掌巫咸，鈎鈐墜於蒼陸〔一六〕。淨光童子，來遊震旦之郊〔一七〕；乾象明靈，下俯庖犧之國〔一八〕。十五而志學，三十而有成〔一九〕。申下問於伯陽〔二〇〕，屈帝師於郯子〔二一〕；天爲木鐸，九州知發號之期〔二二〕；吾豈匏瓜，一國有來蘇之望〔二三〕。嘗登委吏，稍踐中都，天下可臨，諸侯取則〔二四〕。以之禮而國定，司空之官以成禮；以之義而國平，司寇之官以成義〔二五〕。掌山林於夏典，物得其生〔二六〕；聽獄訟於秋官，人忘其死〔二七〕。大夫亂法，仍行兩觀之誅〔二八〕；陪臣執權，即問三雍之罪〔二九〕。强公室，弱私家，叙君臣，明長幼〔三〇〕。用能使犧牲秬鬯，不登闤闠之庭〔三一〕；羽戟旍旄，不列壇場之位〔三二〕。

【箋注】

〔一〕元和郡縣志卷三四遂州：「秦爲蜀郡地。漢分置廣漢郡，今州又爲廣漢郡之廣漢縣地。後分廣漢爲德陽縣，東晉分置遂寧郡。（北）周保定二年（五六二），立爲遂州，後因之。」遂州管縣五，其中有長江縣，「本晉巴興縣，魏恭帝改爲長江縣」。太平寰宇記卷八七遂州長江縣：「以界内大江爲名，即涪江也。」按：遂州，地在今四川遂寧市。長江縣久廢，併入蓬溪縣，今亦屬遂寧市。據碑文，長江縣孔子廟，亦是應咸亨元年（六七〇）五月丙戌高宗詔而建，約在上元二年（六七五）落成，此碑文亦當作於是時，參前新都縣學先聖廟堂碑文注。

〔二〕「法象」至此六句，周易繫辭上：「法象莫大乎天地，變通莫大乎四時。縣象著明莫大乎日月，崇高莫大乎富貴。備物致用，立成器以爲天下利，莫大乎聖人。」孔穎達正義：「『法象莫大乎天地』者，言天地最大也。『變通莫大乎四時』者，謂四時以變得通，是變中最大也。『縣象著明莫大乎日月』者，謂日月中時，偏照天下，無幽不燭，故云『著明莫大乎日月』也。……『備物致用，立成器以爲天下利，莫大乎聖人』者，謂備天下之物，招致天下所用，建立成就天下之器，以爲天下之利，唯聖人能然，故云『莫大乎聖人』也。」

〔三〕「龜龍」二句，帝鴻，即黄帝。左傳文公十八年：「昔帝鴻氏有不才子。」杜預注：「帝鴻，黄帝。」藝文類聚卷一一帝王部一黄帝軒轅引河圖挺佐輔曰：「黄帝修德立義，天下大治。乃召天老而問焉：『余夢見兩龍挺白圖，以授余於河之都。』天老曰：『河出龍圖，雒出龜書，紀帝録，列聖人之姓號，興謀治太平，然後鳳皇處之。今鳳皇以下三百六十日矣，天其受帝圖乎？』黄帝乃祓齋七日，至於翠嬀之川，大鱸魚折溜而至。乃與天老迎之，五色畢具。魚汎白圖，蘭葉朱文，以授黄帝，名曰録圖。」八翼之軒，雲笈七籤卷一〇〇載軒轅本紀：「有騰黄神獸，其色黄，狀如狐。背上有兩角龍翼，出日本國，壽二千歲。黄帝得而乘之，遂周旋六合，所謂乘八翼之龍游天下也。」按：軒轅本紀疑爲唐人作品，蓋敷衍傳説及緯書而成，所取材蓋早於唐。

〔四〕「魚鳥」二句，史記殷本紀：「主癸卒，子天乙立，是爲成湯。」三分之璧，藝文類聚卷一二帝王部二殷帝成湯引尚書中候曰：「天乙在亳，諸鄰國襁負歸德。東觀乎雒，降三分璧，黄魚雙躍出，濟於壇，化爲黑玉，赤勒曰：『玄精天乙，受神福伐桀，克。』」

〔五〕「五十二戰」二句，五十二戰，乃黄帝事。藝文類聚卷一一帝王部一黄帝軒轅引帝王世紀曰：「黄帝有熊氏，少典之子，姬姓也。……及神農氏衰，黄帝修德撫民，諸侯咸去神農而歸之。黄帝於是乃擾馴猛獸，與神農氏戰於阪泉之野，三戰而克之。又徵諸侯，使力牧神皇直討蚩尤氏，擒之於涿鹿之野，使應龍殺之於凶黎之丘。凡五十二戰，而天下大服。」權輿，起始。驟，與下句「馳」義同，謂奔向。帝之基，帝王基業。基，文苑英華卷八四五作「都」，校：「一作基。」

作「都」誤。

〔六〕「二十七征」二句，二十七征，乃成湯事。藝文類聚卷一二帝王部二殷帝成湯引帝王世紀曰：「成湯一名帝乙，……有聖德，諸侯有不義者，湯從而征之。誅其君，弔其民，天下咸悦，故東征則西夷怨，南征則北狄怨，曰：『奚爲而後我？』凡二十七征，而德施於諸侯。」草昧，草創。

〔七〕「掃天下」句，虔劉，左傳成公十三年：「虔劉我邊陲。」杜預注：「虔、劉，皆殺也。」孔穎達正義：「劉，殺。釋詁文：「方言云：『虔，殺也。』重言殺者，亦圓文耳。」

〔八〕「當開階」句，古微書卷八春秋演孔圖：「天子皆五帝之精寶，各有題序，以次運相據，起必有神靈符紀，諸神扶助，使開階立隧。是以王者常置圖籙坐旁以自正。」按：開階，開泰階；立隧，隧，道也。指建國。

〔九〕「及其」四句，謂殷商滅亡。謳謡，指商代詩歌。詩經商頌那小序：「祀成湯也。微子至於戴公，其間禮樂廢壞。有正考甫者，得商頌十二篇於周之大師，以那爲首。」鄭玄箋：「禮樂廢壞者，君怠慢於爲政，不修祭祀、朝聘、養賢、待賓之事，有司忘其禮之儀制，樂師失其聲之曲折，由是散亡也。自正考甫至孔子之時，又無七篇矣。」故詩經商頌僅有詩五篇。

〔一〇〕「元子」二句，元子，指微子。史記宋微子世家：「微子開者，殷帝乙之首子，而紂之庶兄也。」紂淫亂於政，微子數諫不聽，度其終不可諫，遂去。「周武王伐紂克殷，微子乃持其祭器造於軍門，肉袒面縛，左牽羊，右把茅，膝行而前以告。於是武王乃釋微子，復其位如故。武王封紂子武庚祿父以續殷祀。」武王崩，武庚與管、蔡、霍三叔作難。「周公既承成王命誅武庚，殺管叔，放蔡叔，乃命微子開代殷後，奉其先祀，……國於宋。」二王，指周武王、周成王；車服，周所賜禮器、財産。

〔一一〕「上卿」二句，孔子家語卷九本姓解：微子之後，至正考父生孔父嘉，因五世親盡，另爲公族，故姓孔氏。至孔防叔，「避華氏之禍而奔魯。孔防叔生伯夏，夏生叔梁紇」。叔梁紇，即孔子之父。上卿、三命，皆指正考父。翼宋，輔佐宋國。史記孔子世家：「其祖弗父何始有宋而嗣讓厲公，及正考父佐戴、武、宣公，三命茲益恭，故鼎銘云：『一命而僂，再命而傴，三命而俯，循牆而走，亦莫敢余侮。饘於是，粥於是，以糊余口。』其恭如是。」按：所述據左傳昭公七年。

〔一二〕「是故」四句，陰陽混合，謂生孔子。古謂人乃陰陽二氣相交而生。平鄉，即昌平鄉。氤氳，氣盛貌。史記孔子世家：「孔子生魯昌平鄉陬邑。」索隱：「陬是邑名。昌平，鄉號。孔子居魯之陬邑（按：在今山東曲阜東南）昌平鄉之闕里也。」正義引括地志云：「故鄒城在兖州泗水縣東南六十里。昌平山在泗水縣南六十里。孔子生昌平鄉，蓋鄉取山爲名。故闕里在泗水縣南五十里。輿地志云鄒城西界闕里有尼丘山。」闕里，在今山東曲阜。

〔一三〕「龍峻」二句，宋孔傳東家雜記卷下先聖小影：「家譜云：先聖長九尺六寸，腰大十圍，凡四十九表。反首窪面，月角日準。手握天文，足履『度』字，或作『王』字。坐如龍蹲，立如鳳跱。望之如仆，就之如昇。耳垂珠庭，龜脊龍形，虎掌、駢脇、參膺。河目海口，山臍林背，翼臂，斗脣注頭。隆鼻阜脥，提眉地足，谷竅雷聲，澤腹昌顔，均頤，輔喉駢齒。眉有一十二采，目有六十四理。……胸有文曰『製作定世符運』。今家廟所藏畫像，衣燕居服，顔子從行者，世謂之小影，於聖像爲最真。」今按：東家雜記雖晚出，所據家譜述孔子「異相」，蓋取自漢代緯書及孔子家語等書，非宋代裔孫杜撰。月角，清程大中四書逸箋卷六引論語讖曰：「顔回角額似月形。」則月角指額角如月形。龍峻，全唐文「峻」作「準」，然不詞（史記高祖本紀稱劉邦「隆準」，不作「龍」）。上引家譜稱「龍形」，然「峻」、「形」兩字字形相去甚遠。難以判定，兹姑仍之。

〔一四〕「有軒帝」二句，軒帝，指黄帝軒轅氏；殷王，指成湯。孔叢子卷上嘉言：「夫子適周，見萇弘，言終退。萇弘語劉文公曰：『吾觀孔仲尼有聖人之表：河目而隆顙，黄帝之形貌也；修肱而龜背，長九尺有六寸，成湯之容體也。』」按孔子家語卷五困誓稱孔子「河目隆顙」，王肅注：「河目，上下匡平而長。顙，頰也。」

〔一五〕「山開」句，山開遁甲，指遁甲開山圖，隋書經籍志著録爲三卷，注曰「榮氏撰」。或題此書王粲撰，榮氏注。蓋漢代緯書。原本久佚，今存説郛本一卷，當爲後世輯本，其中無「尼丘」事。按史記孔子世家稱「禱於尼丘而得孔子」，故尼丘代指孔子。紫垣，即史記天官書所説紫宫，乃太乙之常居。太乙，天帝也。此句乃倒其詞序，實言「紫垣落於尼丘」，謂孔子乃天帝降生。

〔一六〕「星掌」句，星掌，謂執掌星圖；巫咸，古代巫名。鈎鈐，兩星名。史記天官書：「（房星）旁有兩星，曰衿。」索隱曰：「一音其炎反。」又引元命包曰：「鈎衿兩星，以閑防，神府闓舒，爲主鈎距，以備非常也。」墜於，即運行到，古代天文學稱之爲「躔」。蒼陸，指蒼龍座，即房、心二星，史記天官書謂「心爲明堂」，「房爲府」，正義稱房星爲「君之位」。兩句亦謂孔子乃天帝降生。

〔一七〕「浄光」四句，明徐應秋玉芝堂談薈卷十六儒童菩薩：「釋氏稱……孔子即儒童菩薩，顏子即光浄菩薩，老子即摩訶迦葉，見破邪論。……又涅槃經，閻浮界内有震旦國，我遣三異人化道人民。法行經：孔子光浄菩薩。……故唐……楊炯孔子廟碑：『浄光童子，來游震旦之郊；乾象明靈，俯下庖犧之國。』」又胡應麟少室山房筆談卷二七玉壺遐覽二稱孔子「一曰儒童菩薩下生世間（造天地經），一曰浄光童子化身（清浄法行經）」。則孔子有儒童菩薩、光浄菩薩、浄光童子之稱，皆浮屠欲牽儒入佛之臆説。震旦，「震」原作「姫」，英華作「震」，校：「一作姫。」作「姫」誤，據英華正文及上引涅槃經改。震旦，古印度語所稱中國之音譯。

〔一八〕「乾象」二句，乾象，指天。明靈，猶言神靈。伏羲之國，太平御覽卷七二二醫一引帝王世紀：「伏羲氏仰觀象於天，俯觀法於地，觀鳥獸之文與地之宜，近取諸身，遠取諸物，於是造書契以代結繩之政，畫八卦以通神明之德。」此以伏羲造書契，代指文明之邦。按：伏羲，一作庖犧，即太昊，傳説爲上古部落長，故稱「國」。兩句謂孔子乃天之神靈，受命而降於此邦，以繼承先王之文。靈，英華校：「一作虚。」誤。

〔一九〕「十五」二句，論語爲政：「子曰：『吾十有五而志於學，三十而立。』」何晏集解：「有所成也。」

〔二〇〕「申下問」句，伯陽，即老子。史記老子列傳張守節正義：「老子，……姓李，名耳，字伯陽，一名重耳，外字耼。」句指孔子在周向老子問禮事，見孔子家語卷三觀周，詳前新都縣學先聖廟堂碑注引。

〔二一〕「屈帝師」句，帝師，此指孔子。孔子家語卷四辨物：「郯子朝魯。魯人問曰：『少皓氏以鳥名官，何也？』對曰：『吾祖也，我知之。昔黄帝以雲紀官，故爲雲師而雲名。炎帝以火，共工以水，太昊以龍，其義一也。……』孔子聞之，遂見郯子而學焉。既而告人曰：『吾聞之：天子失官，學在四夷。猶信。』」王肅注：「郯，小國也，故吴伐郯，季文子嘆曰：『中國不振旅，蠻夷入伐，吾亡無日矣。』孔子稱官學在四夷，疾時之廢學也。」郯子所論，詳見左傳昭公十七年，孔穎達正義曰：「問官於郯子，是聖人無常師。」

〔二二〕「天爲」二句，論語八佾：「儀封人請見。曰：『君子之至於斯也，吾未嘗不得見也。』從者見之。出，曰：『二三子何患於喪乎？天下之無道也久矣，天將以夫子爲木鐸。』」何晏集解引孔（安國）曰：「木鐸，施政教時所振也。」又曰：「（儀封人）語諸弟子，言何患於夫子聖德之將喪亡邪，天下之無道已久矣，極衰必盛。言天將命孔子製作法度，以號令於天下。」

〔二三〕「吾豈」二句，論語陽貨：「佛肸召，子欲往。子路曰：『昔者由也聞諸夫子曰：「親於其身爲不善者，君子不入也。」佛肸以中牟畔，子之往也，如之何？』子曰：『然，有是言也。不曰堅乎，磨而不磷；不曰白乎，涅而不緇。吾豈匏瓜也哉，焉能繫而不食？』」何晏集解引孔（安國）曰：佛肸，「晉大夫趙簡子之邑宰」。又注曰：「磷，薄也；涅，可以染皁。言至堅者磨之而不薄，至白者染之於涅而不黑。喻君子雖在濁亂，濁亂不能污。」「言瓠瓜得繫一處者，不食故也。吾自食物，當東西南北，不得如不食之物繫滯一處。」來蘇，蘇息。尚書仲虺之誥：「攸徂之民，室家相慶，曰：『徯予后，后來其蘇。』」僞孔傳：「湯所往之民，皆喜曰：待我君來，其可蘇息。」孔子於入叛地，不擇地而治，蓋欲變而化之，故云「一國有來蘇之望」。

〔二四〕「嘗登」四句，史記孔子世家：「孔子貧且賤。及長，嘗爲季氏史。」索隱：「有本作『委吏』。按：趙岐曰：『委吏，主委積倉庫之吏。』」同書又曰：「（魯）定公以孔子爲中都宰，一年，四方皆則之。」嘗，英華作「常」，注：「疑作嘗。」按：兩字古通。

〔二五〕「以之禮」四句，孔子家語卷六執轡：「古之御天下者，以六官總治焉。冢宰之官以成道（王肅注「治官所以成道也」），司徒之官以成德（王注「教官，所以成德」），宗伯之官以成仁（王注「禮官，所以成仁」），司馬之官以成聖（王注「治官，所以成聖。聖通征伐，所以通天下也」），司寇之官以成義（王注「刑官，所以成義」），司空之官以成禮（王注「事官，所以成禮。禮，非事不立也」）……天子以內史爲左右手，以六官爲轡，已而與三公爲執，六官均五教，齊五法（王注「仁、義、禮、智、信之法也」）。故亦唯其所引，無不如志。以之道則國治（王注「冢宰治官」），以之德則國安（王注「德教成」），以之仁則國和（王注「禮之用，和爲貴，則國安」），以之聖則國平（王注「通治遠近，則國平也」），以之禮則國定（王注「事物以禮，則國定也」），以之義則國義（王注「義，平也。刑罰當罪，則國平」）。此御政之術。」

〔二六〕「掌山林」二句，周禮地官山虞：「掌山林之政令，物爲之厲而爲之守禁。仲冬斬陽木，仲夏斬陰木。」鄭玄注：「鄭司農云：陽木，春夏生者；陰木，秋冬生者，若松柏之屬。玄謂陽木生山南者，陰木生山北者。冬斬陽，夏斬陰，堅濡調。」賈公彦疏贊同鄭玄注，謂「先鄭（鄭司農）之義非也」。夏典，指尚書夏書禹貢，蓋謂山虞之職源於禹貢。按禹貢曰：「禹敷土，隨山刊木。」僞孔傳：「洪水汎溢，禹分布治九州之土，隨行山林，斬木通道。」砍伐有序，故稱「物得其生」。

〔二七〕「聽獄訟」二句，周禮秋官司寇：「惟王建國，辨方正位，體國經野，設官分職，以爲民極。乃立秋官司寇，使帥其屬，而掌邦禁，以佐王刑邦國。」其屬甚多，如鄉士八人，「各掌其鄉之民數而糾戒之」；「聽其獄訟，察其辭（鄭玄注「察，審也」，賈公彦疏「鄉士，主治獄訟之事，故云聽其獄訟，察其辭，言審者，恐人枉濫也」），辯其獄訟，異其死刑之罪而要之，旬而職聽於朝。」鄭注：「辯異，謂殊其文書也。要之，爲其罪法之要辭，如今劾矣。十日乃以職事治之於外朝，容其自反覆。」人忘其死，謂治獄公正嚴謹而無冤枉也。按：自「以之禮」至此八句，謂孔子治政嚴格遵循禮制，故能井然有序。

〔二八〕「大夫」二句，指孔子殺少正卯，事詳孔子家語卷一始誅，見上篇新都縣學先聖廟堂碑「初明兩觀之誅」句注引。

〔二九〕「陪臣」二句，陪臣，左傳僖公二十一年：「陪臣敢辭。」杜預注：「諸侯之臣曰陪臣。」「三雍」，謂三家以雍徹。論語八佾：「三家者以雍徹。子曰：『「相維辟公，天子穆穆。」奚取於三家之堂？』」何晏集解引馬融曰：「三家，謂仲孫、叔孫、季孫。雍，周頌臣工篇名，天子祭於宗廟，歌之以徹祭。今三家亦作此樂。」又引包（咸）曰：「辟公，謂諸侯及二王之後。穆穆，天子之容貌。雍篇歌此者，有諸侯及二王之後來助祭故也。今三家但家臣而已，何取此義而作之於堂邪？」

〔三〇〕「强公室」四句，孔子家語卷一相魯：「（孔子）隳（季氏）三都之城，彊公室，弱私家，尊君卑臣，政化大行。」同上卷七五刑解：「鄉飲酒之禮者，所以明長幼之序，而崇敬讓也。長幼必序，民懷敬讓，故雖有變鬬之獄，而無陷刑之民。」按此四句，英華作「强公室而弱私家，叙君臣而明長幼」，於兩「而」下注：「集無此字。」

〔三一〕「用能」二句，犧牲秬鬯，犧，純色牲；牲，全牛；秬，黑黍；鬯，香酒。皆古代宗廟祭祀之物。闤闠，文選左思蜀都賦：「闤闠之里，伎巧之家。」劉淵林注：「闤，市巷也；闠，市外内門也。」闤闠之里，指市場外之隱蔽處，猶如今之「黑市」。不登闤闠之庭，謂宗廟所用祭品，不許在市外交易，參見下注。

〔三二〕「羽戟」二句，孔子家語卷七刑政載仲弓問孔子制刑，孔子稱有「四誅」，此外猶有「十四禁」。「十四禁」有：命服命車不粥於市，珪璋璧琮不粥於市，宗廟之器不粥於市，兵軍旌旗不粥於市，犧牲秬鬯不粥於市，戎器兵甲不粥於市，用器不中度不粥於市，等等。王肅注：「粥，賣。」羽戟旌旄，即「兵軍旌旗」。不粥於市，故不能列於「壇場之位」。壇場，祭祀之所。以上四句，謂只有刑制嚴厲，方能保證禮制運轉，而不致上下僭越。

當是時也，三光薄蝕，九土分崩〔一〕。夷狄有君，中華無主〔二〕。周京赫赫〔三〕，成康之至教蔑聞；魯國巖巖〔四〕，賢聖之餘風可墜。河圖未出，吾道不行〔五〕。周流八方，經營四海〔六〕。治亂運也〔七〕，窮通命也〔八〕。荷天下之至聖，仍逢盜跖之軍〔九〕；仗天下之至和，猶有匡人之逼〔一〇〕。德生於我，樂天命而何憂〔一一〕；文不在兹，臨大難而無懼〔一二〕。使仁者必信，安有伯夷；使智者必行，安有王子〔一三〕？豈三千擊水，牛蹄不能鼓横海之鱗；九萬摶風，雞羽不能扇垂天之翼〔一四〕。然後上不臣天子，下不事諸侯〔一五〕。乘殷之輅，服周之冕〔一六〕。或屈伸於季孟之間，或動静於魚龍之際〔一七〕。下學而上達〔一八〕，將聖而多能〔一九〕。博而無名，信而好古〔二〇〕。察殷周之禮樂，損益可知〔二一〕；觀杞宋之文章，賢才不足〔二二〕。數年學易，伏羲龍馬之圖〔二三〕；三月聞韶，嬀帝鳳凰之典〔二四〕。信存乎德，術數貫於神明〔二五〕；意見乎時，制作侔於造化〔二六〕。己所不欲，則一言可以終身〔二七〕；人之莫違，則一言可以亡國〔二八〕。惡鄭衛之亂雅樂，惡利口之覆邦家〔二九〕。榮辱定於樞機〔三〇〕，褒貶存乎簡牘。精誠密召，北辰開紫掖之星〔三一〕；福應全來，中極敷玄雲之氣〔三二〕。

【箋注】

〔一〕「三光」二句，三光，日、月、星也，前已屢注。薄蝕，文選謝宣遠（瞻）張子房詩：「鴻門消薄蝕。」李善注引京房易飛候曰：「凡日蝕，皆於晦朔，不於晦朔蝕者，名曰薄。」九土，即九州。兩句謂孔子時社會黑闇，天下離析。

〔二〕「中華」句，主，原作「禮」。英華、四子集作「主」，英華校：「集作禮。」按：「主」與上句「君」對應，「無主」謂東周王室衰極，已名存實亡，於義較長，據改。

〔三〕「周京」句，詩經小雅正月：「赫赫宗周。」毛傳：「宗周，鎬京也。」此指東周都城洛陽。

〔四〕「魯國」句，詩經魯頌閟宮：「泰山巖巖，魯邦所詹。」同上小雅節南山「維石巖巖」，毛傳曰：「巖巖，積石貌。」

〔五〕「河圖」二句，論語子罕：「子曰：『鳳鳥不至，河不出圖，吾已矣夫！』」何晏集解引孔（安國）曰：「聖人受命，則鳳鳥至，河出圖，今天無此瑞。『吾已矣夫』者，傷不得見也。河圖，八卦是也。」同上公冶長：「子曰：道不行，乘桴浮於海，從我者其由與！」

〔六〕「經營」句，莊子外物：「老萊子之弟子出薪，遇仲尼。反以告曰：『有人於彼，修上而趨下，末僂而後耳，視若營四海。不知其誰氏之子。』老萊子曰：『是丘也。』」營四海，郭象注：「儡然似營他人事者。」

〔七〕「治亂」句，治，英華校：「集作政。」按「治亂」與下句「窮通」對應，作「政」誤。晉李康運命論：

「治亂，運也。」

〔八〕「窮通」句，莊子秋水：孔子圍於匡，語子路曰：「我諱窮久矣，而不免，命也；求通久矣，而不得，時也。……知窮之有命，知通之有時。」李康運命論：「窮達，命也。」

〔九〕「仍逢」句，莊子盜跖：「孔子與柳下季爲友，柳下季之弟名曰盜跖。盜跖從卒九千人，横行天下。……孔子謂柳下季曰：『……丘請爲先生往説之。』……顔回爲馭，子貢爲右，往見盜跖。盜跖乃方休卒徒大山之陽，膾人肝而餔之。……謁者入通，盜跖聞之大怒，目如明星，髮上指冠曰：『此夫魯國之巧僞人孔丘非邪？爲我告之：爾作言造語，妄稱文武，冠枝木之冠，帶死牛之脅，多辭繆説，不耕而食，不織而衣，摇脣鼓舌，擅生是非，以迷天下之主，使天下學士不反其本；妄作孝弟，而徼幸於封侯富貴者也。子之罪大極重，疾走歸，不然，我將以子肝益晝餔之膳！』……孔子再拜趨走，出門上車，執轡三失，目芒然無見，色若死灰，據軾低頭，不能出氣。」

〔一〇〕「猶有」句，指孔子游匡，宋人誤以爲陽虎，因陽虎曾暴於匡，故用兵圍之，見論語子罕。

〔一一〕「樂天命」句，周易繫辭上：「樂天知命，故不憂。」韓康伯注：「順天之化，故曰樂也。」論語顔淵：「司馬牛問君子。子曰：『君子不憂不懼。』曰：『不憂不懼，斯謂之君子已乎？』子曰：『内省不疚，夫何憂何懼！』」

〔一二〕「文不」二句，論語子罕：「子畏於匡。……曰：『文王既没，文不在兹乎？天之將喪斯文也，後死者不得與於斯文也；天之未喪斯文也，匡人其如予何！』」

〔一三〕「使仁者」四句，史記伯夷列傳：「伯夷、叔齊，孤竹君之二子也。父欲立叔齊，及父卒，叔齊讓伯夷，伯夷曰：『父命也。』遂逃去，叔齊亦不肯立而逃之，國人立其中子。」武王平殷亂，天下宗周，伯夷、叔齊義不食周粟，遂餓死於首陽山。同書宋微子世家：「王子比干者，亦紂之親戚也，見箕子諫不聽而爲奴，則曰：『君有過而不以死爭，則百姓何辜。』乃直言諫紂，紂怒曰：『吾聞聖人之心有七竅，信有諸乎？』乃遂殺王子比干，刳視其心。」按史記孔子世家：「孔子曰：『有是乎！由，譬使仁者而必信，安有伯夷、叔齊？使智者而必行，安有王子比干？』」正義釋前事曰：「言仁者必使四方信之，安有伯夷、叔齊餓死乎？」釋後事曰：「言智者必使處事通行，安有王子比干剖心哉。」四句謂孔子不爲當時人所理解，亦不足怪。

〔一四〕「豈三千」四句，莊子逍遥遊：「（齊）諧之言曰：『鵬之徙於南溟也，水擊三千里，摶扶摇而上者九萬里。』」郭象注：「夫翼大則難舉，故摶扶摇而後能上九萬里，乃足自勝耳。」牛蹄、雞羽，極言水少、羽弱。四句謂孔子之大才，非諸侯國所能施展。

〔一五〕「然後」二句，莊子讓王：「曾子居衛，緼袍無表，顔色腫噲，手足胼胝。……曳縰而歌商頌，聲滿天地，若出金石。天子不得臣，諸侯不得友。」

〔一六〕「乘殷」二句，論語衛靈公：「顔淵問爲邦。子曰：『行夏之時，乘殷之輅，服周之冕，樂則韶舞。』」何晏集解引馬（融）曰：「殷車曰大輅。左傳曰：『大輅越席，昭其儉也。』」又引包（咸）

曰：「冕，禮冠。周之禮文而備，取其黈纊塞耳，不任視聽。」

〔一七〕「或屈伸」二句，季孟，指魯國之「三桓」，即季孫氏、孟孫氏及叔孫氏，皆魯桓公後代，長期把持國政；魚龍，指人臣及國君。

〔一八〕「下學」句，論語憲問：「子曰：『莫我知也夫！』子貢曰：『何爲其莫知子也？』子曰：『不怨天，不尤人，下學而上達。知我者其天乎！』」下學上達，何晏集解引孔（安國）曰：「下學人事，上知天命。」

〔一九〕「將聖」句，論語憲問：「太宰問於子貢曰：『夫子聖者與？何其多能也！』子貢曰：『固天縱之將聖，又多能也。』子聞之，曰：『太宰知我乎！吾少也賤，故多能鄙事。君子多乎哉？不多也。』」

〔二〇〕「博而」二句，論語子罕：「達巷黨人曰：『大哉孔子！博學而無所成名。』子聞之，謂門弟子曰：『吾何執？執御乎？執射乎？吾執御矣。』」何晏集解引鄭（玄）曰：「達巷者，黨名也。五百家爲黨。此黨之人美孔子博學道藝，不成一名而已。聞人美之，承之以謙：吾執御，欲名六藝之卑也。」同上述而：「子曰：述而不作，信而好古。」

〔二一〕「察殷周」二句，論語爲政：「子張問：『十世可知也？』子曰：『殷因於夏禮，所損益，可知也；周因於殷禮，所損益，可知也。其或繼周者，雖百世，可知也。』」何晏集解引馬（融）曰：「所因，謂三綱五常；所損益，謂文質三統。」

〔二二〕「觀杞宋」二句，論語八佾：「子曰：夏禮吾能言之，杞不足徵也；殷禮吾能言之，宋不足徵也。文獻不足故也。足，則吾能徵之矣。」何晏集解引包(咸)曰：「徵，成也。杞、宋，二國名，夏、殷之後。夏、殷之禮吾能説之，杞、宋之君不足以成也。」又引鄭(玄)曰：「獻，猶賢也。我不以禮成之者，以此二國之君文章、賢才不足故也。」

〔二三〕「數年」二句，論語述而：「子曰：加我數年，五十以學易，可以無大過矣。」何晏集解：「易窮理盡性，以至於命。年五十而知天命，以知命之年讀至命之書，故可以無大過。」按尚書顧命曰：「大玉、夷玉、天球、河圖，在東序。」僞孔傳：「河圖，八卦。伏犧王天下，龍馬出河，遂則其文以畫八卦，謂之河圖。」龍馬，神馬也。

〔二四〕「三月」二句，論語述而：「子在齊聞韶，三月不知肉味。」孔穎達正義：「韶，舜樂名。」嬀帝，即舜。漢王符潛夫論卷九志氏姓：「帝舜，姓虞，又爲姚，君嬀。武王克殷，而封嬀滿於陳。」又應劭風俗通義卷一六國：「陳完，字敬仲，陳厲公之子也。初，懿氏卜，妻之，其繇曰：「是謂『鳳凰於飛，和鳴鏘鏘。有嬀之後，將育於姜。五世其昌，并於正卿。八世之後，莫之與京』。」

〔二五〕「信存」二句，周易繫辭上：「默而成之，不言而信，存乎德行。」王弼注：「德行，賢人之德行也。順足於内，故默而成之也；體與理會，故不言而信也。」存，英華作「在」，校：「集作存。」作「在」誤。術數，此指治國之術。貫於神明，謂料事如神。神明，英華校：「集作四時。」誤。

〔二六〕「制作」二句，後漢書張衡傳論曰：「崔瑗之稱平子曰：『數術窮天地，制作侔造化。』」李賢注：

「瑗撰平子碑文也。」

〔二七〕「己所」二句，論語述而：「子貢問曰：『有一言而可以終身行之者乎？』子曰：『其恕乎！己所不欲，勿施於人。』」何晏集解：「言己之所惡，勿加施於人。」

〔二八〕「人之」二句，論語述而：「定公問：……『一言而喪邦，有諸？』孔子對曰：『言不可以若是其幾也。人之言曰：「予無樂乎爲君，唯其言而莫予違也。」如其善而莫之違也，不亦善乎？如不善而莫之違也，不幾乎一言而喪邦乎？』」何晏集解引孔（安國）曰：「人君所言善無違之者，則善也；所言不善而無敢違之者，則近一言而喪國。」

〔二九〕「惡鄭衛」二句，論語陽貨：「子曰：惡紫之奪朱也，惡鄭聲之亂雅樂也，惡利口之覆邦家者。」何晏集解引包（咸）曰：「鄭聲，淫聲之哀者，惡其亂雅樂。」又引孔（安國）曰：「利口之人多言少實，苟能悦媚時君，傾覆國家。」

〔三〇〕「榮辱」句，周易繫辭上：「言行，君子之樞機。樞機之發，榮辱之主也。言行，君子之所以動天地也，可不慎乎！」王弼注：「樞機，制動之主。」

〔三一〕「精誠」二句，精誠，指孔子精神。密召，感召也。辰，原作「門」，英華校：「集作辰。」全唐文作「辰」。作「辰」是，據改。北辰，即北極，亦稱天極星，星學家稱爲「中宫」。紫掖，即紫宫，又稱紫微垣，由十五顆恒星組成，排列於以北極爲中心之天區。史記天官書：「中宫天極星，其一明者，太一常居也。旁三星三公，或曰子屬。後句四星，末大星正妃，餘三星後宫之屬也。環之匡衛十二星，藩臣。皆曰紫宫。」索隱引春秋合誠圖曰：「北辰，其星五，在紫微中。」此代指朝廷，亦即國家。謂有孔子思想感召，國家方得以存在。

〔三〕「福應」二句，中極，揚雄太玄經卷四永：「次五三綱，得於中極，天永厥福。」范望注：「五爲君位。君上臣下，君臣父子夫婦道正，故三綱得也。三綱得正，故爲中極。極，中也。必得其中，故天長其福也。」謂孔子使三綱正，天帝永賜其福，故布散玄雲以示福佑。玄雲，天帝之雲。太平御覽卷八〇帝堯陶唐氏引易坤靈圖曰：「其母萌之，玄雲入户，蛟龍守門。」原注：「母爲慶都也。天皇之女，天帝以玄雲覆御之。」中極敷玄雲，英華校：「集作涌之玄象。」字數、句式與上句不對，當誤。

乃若知幽明之故〔一〕，見天地之心〔二〕，有感而遂通，不行而克至〔三〕。年當甲子，潛知啓漢之萌〔四〕；音協宫商，預察亡秦之兆〔五〕。星移大火，追責天司〔六〕；月入純陽，無勞兩備〔七〕。季桓子贉羊之井，推木石之禎祥〔八〕；陳惠公集隼之庭，驗蠻夷之貢賦〔九〕。然後歷三辰而玉步〔一〇〕，照四極而金聲〔一一〕。坐於緇帷之林〔一二〕，浮於亶州之海〔一三〕。門生七十，仰天路以無階；弟子三千，望宫牆而不入〔一四〕。哲人之能事畢矣，先王之至德行矣！配乎二象，不能遷必至之期〔一五〕；參乎兩曜，不能稽有常之動〔一六〕。南遊楚國，遂聞衰鳳之歌〔一七〕；西狩魯郊，獨有傷麟之泣〔一八〕。夫子周靈王二十一年冬十月庚子生，至魯哀公十有六年夏四月己丑卒，凡享年七十二〔一九〕，于今一千餘歲。泰山頹而梁木壞〔二〇〕，微言絶而大義乖〔二一〕。傳饗祀於百家，奉琴書於十代。秦始皇見登床之讖，始亂衣裳〔二二〕；魯恭王看壞壁之書，猶聞絲竹〔二三〕。漢圖起於六千日，賜金之禮載優〔二四〕；魏德行於五十年，刻石之風未泯〔二五〕。述文武者，皆憲章於聖人〔二六〕；修學校者〔二七〕，僉折衷於夫子。自韋韝玉曆，毳幕瑶圖，皇天無皁白之徵，戎狄起豺狼之釁〔二八〕。摧六律，絶竽笙，塞師曠之耳，天下之人廢其聽矣〔二九〕；散五彩，滅文章，膠離朱之目，天下之人黜其明矣〔三〇〕。

【箋注】

〔一〕「乃若」句，周易繫辭上：「仰以觀於天文，俯以察於地理，是故知幽明之故。」韓康伯注：「幽明者，有形無形之象。」

〔二〕「見天地」句，禮記禮運：「故人者，天地之心也，五行之端也，食味別聲、被色而生者也。」鄭玄注：「此言兼氣性之效也。」又周易復卦：「復，其見天地之心乎！」王弼注：「復者，反本之謂也。天地，以本爲心者也。」

〔三〕「有感」二句，周易繫辭上：「易，无思也，无爲也，寂然不動，感而遂通天下之故，非天下之至神，其孰能與於此？夫易，聖人之所以極深而研幾也。唯深也，故能通天下之志；唯幾也，故能成天下之務；唯神也，故不疾而速，不行而至。」孔穎達正義釋「感而遂通」：「感而遂通天下之故者，既无思、无爲，故寂然不動，有感必應，萬事皆通。」

〔四〕「年當」二句，史記秦始皇本紀：秦王十年（集解引徐廣曰「甲子」），「李斯因説秦王，請先取韓以恐他國，於是使斯下韓。韓王患之，與韓非謀弱秦」。同書韓非傳：「人或傳其書至秦，秦王見孤憤、五蠹之書，曰：『嗟乎，寡人得見此人與之游，死不恨矣！』李斯曰：『此韓非之所著書也。』」秦因急攻韓，韓王遣非使秦，秦王悦之。李斯、姚賈害之，下吏。李斯使人遺非藥，使自殺。「秦王後悔之，使人赦之，非已死矣。」「啓漢」説，蓋提煉王充語而來，其論衡卷二〇佚文篇曰：「天或者憎秦滅其文章，欲漢興之，故先受命以文爲瑞也。惡人操意，前後乖違。始皇前歎韓非之書，後惑李斯之議，燔五經之文，設挾書之律，五經之儒抱經隱匿，伏生之徒竄藏土中。殄賢聖之文，厥辜深重，嗣不及孫。」中唐人劉蕡有「韓非死而啓漢」語（舊唐書劉蕡傳載賢良策），即出於此。

〔五〕「音協」二句，音，英華、四子集作「運」，英華校：「集作音。」協同叶，謂諧合。按論衡卷一四譴告篇曰：「楚莊王好獵，樊姬爲之不食鳥獸之肉；秦繆公好淫樂，華陽后爲之不聽鄭衛之音。二姬非兩主拂其欲而不順其行，皇天非賞罰而順其操而渥其氣，此蓋皇天之德不若婦人賢也，故諫之爲言間也。持善間惡，必謂之一亂。」則作「音」似是。謂音與宫商相諧成樂，而樂與政通。秦繆公好淫樂，故預察亡秦之兆。

〔六〕「星移」二句，天司，指司曆。孔子家語卷四辨物：「季康子問於孔子曰：『今周十二月，夏之十月，而猶有螽，何也？』孔子對曰：『丘聞之：火伏而後蟄者畢。今火猶西流，司曆過也。』季康子曰：『所失者幾月也？』孔子曰：『於夏十月火既没矣，今火見，再失閏也。』」王肅注：「火，大火，心星也。蟄，蟄蟲也。」

〔七〕「月入」二句，純陽，詩經小雅正月：「正月繁霜，我心憂傷。」毛傳：「正月，夏之四月。」繁，多也。」鄭玄箋：「夏之四月，建巳之月，純陽用事，而霜多，急恒寒若之異，傷害萬物，故心爲之憂。」董仲舒春秋繁露卷一玉杯：「志爲質，物爲文。文著於質，質不居文，文安施質？質文兩備，然後其禮成。」論語雍也：「子曰：質勝文則野，文勝質則史。文質彬彬，然後君子。」正月小傳曰：「大夫刺幽王也。」謂正月作者直言其志，唯有質而無文。故孔子選詩，不求文質兼備。純陽，英華、四子集、全唐文作「陽街」。無勞，英華校：「集作行無。」按：作「陽街」、「行無」皆誤。

〔八〕「季桓子」二句，史記孔子世家：「季桓子穿井得土缶，中若羊，問仲尼云『得狗』。仲尼曰：『以丘所聞，羊也。丘聞之，木石之怪夔、罔閬，水之怪龍、罔象，土之怪墳羊。』」集解引唐固曰：「墳羊，雌雄未成者也。」按孔子家語卷四辨物述此事，「墳」作「羵」，「羵羊」用同「墳羊」。

〔九〕「陳惠公」二句，史記孔子世家：「有隼集於陳廷而死，楛矢貫之，石砮，矢長尺有咫。陳湣公使使問仲尼，仲尼曰：『隼來遠矣，此肅慎之矢也。昔武王克商，通道九夷百蠻，使各以其方賄來貢，使無忘職業。於是肅慎貢楛矢石砮，長尺有咫。先王欲昭其令德，以肅慎矢分大姬，配虞胡公而封諸陳。分同姓以珍玉，展親；分異姓以遠方職，使無忘服。故分陳以肅慎矢。』試求之故府，果得之。」集解引韋昭曰：「隼，鷙鳥，今之鶚也。楛，木名。砮，鏃也，以石爲之。八寸曰咫。楛矢貫之，墜而死。」索隱：「（孔子）家語、國語皆作『陳惠公』，非也。按：惠公以魯昭元年立，定四年卒。又按系家，湣公（十）六年孔子適陳，十三年亦在陳，則此湣公爲是。」茲録以備考。正義引肅慎國記云：「肅慎，其地在夫餘國東北，（河）〔可〕六十日行。其弓四尺，强勁弩射四百步，今之靺鞨國方有此矢。」又集解引韋昭曰：「大姬，武王元女也。」騐，同「驗」。

〔一〇〕「然後」句，漢書律曆志上：「傳曰『天有三辰，地有五行』。……易曰：『參五以變，錯綜其數。通其變，遂成天地之文；極其數，遂定天下之象。』太極運三辰五星於上，而元氣轉三統五行於下。其於人，皇極統三德五事。」三辰，孟康注：「日、月、星也。」玉步，運轉之脚步，言玉，美之也。

〔一一〕「照四極」句，漢書禮樂志載安世房中歌十七章之三：「四極爰轃。」顔師古注：「四極，四方極遠之處也。爾雅曰：『東至於泰遠，西至於邠國，南至於濮鉛，北至於祝栗，謂之四極。』」又同上其十：「燭明四極。」金聲，謂其言論美妙如金屬之聲，其思想光照四方。

〔一二〕「坐於」句，莊子漁父：「孔子游乎緇帷之林，休坐乎杏壇之上，弟子讀書，孔子絃歌。」司馬彪注：「緇帷，黑林名也。」顧炎武日知録卷三一杏壇謂莊子述孔子皆是寓言，「杏壇不必有其地」，詳見上文注引。其説是，所謂「緇帷之林」亦然。

〔一三〕「浮於」句，金樓子卷五：「神洲之上有不死草，似菰苗。人已死，此草覆之即活。秦始皇時，大苑中多枉死者，有鳥如烏狀，銜此草墜地，以之覆死人，即起坐。始皇遣問北郭鬼谷先生，云：東海亶州上不死之草，生瓊田中。」又太平御覽卷九二二燕引崔鴻北涼録曰：「昔魯人有浮海而失津者，至於亶州，見仲尼及七十子游於海中，與魯人一木杖，令閉目乘之，使歸告魯侯築城以備寇。魯人出海，投杖水中，乃龍也。具以狀告魯侯，魯侯不信。俄而群燕數萬銜土培城，魯侯信之，大城曲阜。訖而齊寇至，攻魯，不克而還。」則所謂「亶州之海」，亦後人所虛構之孔子神話故事也。

〔一四〕「門生」四句，史記孔子世家：「孔子以詩書禮樂教弟子，蓋三千焉，身通六藝者七十有二人。」仰天階、望宫牆，謂入孔門極難。

〔一五〕「配乎」二句，二象，指天地。遷，改也。必至之期，婉言生命結束之日。謂孔子之聖雖可與天地配，然終有一死。

〔一六〕「參乎」二句，參，三也。兩曜，指日月。稽，考。有常，謂人之壽命有常數。有常之動，與上句「必至之期」意同。謂孔子與日月同輝而三，然生命雖有定數，何日終結卻不能稽考。有，英華校：「集作非。」四子集、全唐文作「非」，誤。

〔一七〕「南遊」二句，史記孔子世家：「楚昭王興師迎孔子。……楚狂接輿歌而過孔子，曰：『鳳兮鳳兮，何德之衰。往者不可諫兮，來者猶可追也。已而已而，今之從政者殆而。』孔子下，欲與之言，趨而去，弗得與之言。於是孔子自楚反乎衛。」集解引孔（安國）曰：「接輿，楚人也。佯狂而來歌，欲以感切夫子也。」又曰：「言『已而』者，言世亂已甚，不可復治也。再言之者，傷之深也。」

〔一八〕「西狩」二句，史記孔子世家：「魯哀公十四年春狩大野，叔孫氏車子鉏商獲獸，以爲不祥。仲尼視之，曰：『麟也。』……顏淵死，孔子曰：『天喪予。』及西狩見麟，曰：『吾道窮矣。』喟然嘆曰：『莫知我夫！』」集解引服虔曰：「大野，藪名，魯田圃之常處，蓋今鉅野是也。」車子鉏商，同上曰：「車子微者也，鉏商，名也。」索隱以爲「車子爲主軍車士，微者之人也，人微，故略其姓。」按：「南遊」至此四句，言孔子未能實現其政治理想，已預感生命將到盡頭。

〔一九〕「夫子」三句，孔子生年有兩説。史記孔子世家索隱曰：「若孔子以魯襄二十一年（按：前五五二）生，至哀十六年（按：前四七九）爲七十三；若襄二十二年生，則孔子年七十二。經傳生年不定，使夫子壽數不明。」

〔二〇〕「泰山」句，泰山頹，梁木壞，出孔子臨終之歌，見禮記檀弓上，前已屢引。

〔二一〕「微言」句，漢書藝文志序：「昔仲尼没而微言絶，七十子喪而大義乖。」注引李奇曰：微言，「隱微不顯之言也」。顏師古注：「精微要妙之言耳。」顏説義勝。

〔二二〕「秦始皇」二句，論衡卷二六實知篇：「儒者論聖人，以爲前知千歲，後知萬世，有獨見之明。……孔子將死，遺讖書曰：『不知何一男子，自謂秦始皇，上我之堂，踞我之床，顛倒我衣裳，至沙丘而亡。』其後秦王兼吞天下，號始皇，巡狩至魯，觀孔子宅，乃至沙丘，道病而崩。」讖，原作「識」。英華作「識」，校：「集作識。」四子集、全唐文作「識」。據上引，作「識」是，因改。

〔二三〕「魯恭王」二句，漢書景十三王傳：「（魯）恭王初好治宮室，壞孔子舊宅以廣其宮，聞鐘磬琴瑟之聲，遂不敢。復壞，於其壁中得古文經傳。」

〔二四〕「漢圖」二句，圖，代指政權，讖緯家謂帝王得圖籙而登位，故稱。六千日，指王莽篡漢建立新朝歷十六年多，約六千日，而光武帝劉秀復漢成功。唐大詔令集卷一二三收復兩京大赦：「昔夏以有窮之亂，克之者四十年；漢以新莽之篡，復之者六千日。」賜金，指後漢封崇孔氏。後漢書光武紀：建武五年（二九）「冬十月，還幸魯，使大司空祠孔子」。十四年（三八）夏四月辛巳，「封孔子後志爲褒成侯」。

〔二五〕「魏德」二句，德，亦指政權。魏以土德王，故稱。據三國志魏書志，曹操於建安二十一年（二一六）封魏王，至魏元帝曹奂咸熙二年（二六五）爲司馬氏（建立晉）所滅，約五十年。刻石，指魏齊王芳正始二年（二四一）刻三體石經。因此前已有蔡邕等所刻熹平石經，故云其風「未泯」。刻石經事，詳見本文後注。兩句言曹魏仍知尊孔。

〔二六〕「述文武」二句，禮記中庸：「仲尼祖述堯舜，憲章文武。」鄭玄注：「孔子祖述堯舜之道而制春秋，而斷以文王、武王之法度。」「述文」下，英華校：「集有序字。」即作「述文序武」。

〔二七〕「修學校」句，「校」字下，英華校：「集有書字。」即作「修學校書」。

〔二八〕「自韋韝」四句，文選李陵答蘇武書：「韋韝毳幕，以御風雨。」李善注引說文曰：「韝，臂衣也。」又引漢書（東方朔傳）「董君緑幘傅韝」（韋昭）注：「韝，形如射韝，以縛左右手，於事便也。毳幙，氈帳也。」張銑注：「韋，皮也。韝，衣袖。毳，氈也。唯以皮爲袖，以氈爲幕也，戎夷之服也。」玉曆、瑶圖，帝王所用曆書、圖籍之美稱。皁，黑色。無皁白，不分黑白。宋書天文志二：「石虎頻年再閉關，不通信使，此復是天公憒憒，無皀白之徵也。」皁、皀同。四句謂以韋韝毳幕取代玉曆瑶圖，謂戎狄少數民族侵占中原，此指南北朝時期之北朝。韋韝，「韋」原作「革」，英華校：「集作韋。」革、韋義同，作「韋」較勝，據改。以上四句，四庫全書本盈川集作「自永嘉既渡，建業不匡，天帝既醉而剪鶉，中原則競惟逐鹿」，乃乾隆館臣以清諱改。

〔二九〕「擢六律」四句，師曠，晉平公樂師，曾主樂官，妙辨音律。莊子駢拇稱之爲「多於聰者」，「淫六律、金石、絲竹、黄鍾、大吕之聲」。同書胠篋曰：「擢亂六律，鑠絶竽瑟，塞瞽曠之耳，而天下始人含其聰矣。」四句謂戎狄摧絶傳統音樂，使天下人皆成聾子。師，英華校：「集作瞽。」

〔三〇〕「散五彩」四句，孟子離婁上趙岐注：「離婁者，古之明目者，蓋以爲黄帝之時人也。黄帝亡其玄珠，使離朱索之，離朱即離婁也，能視於百步之外，見秋毫之末。」莊子胠篋：「滅文章，散五采，膠離朱之目，而天下始人含其明矣。」四句謂戎狄欲滅絶文采，使天下人成爲瞎子。

我高祖神堯皇帝〔一〕，因三靈之寶曆，籍萬國之歡心〔二〕。風起北方〔三〕，月行中道〔四〕。

削平宇宙，戢干戈於羊馬之年〔五〕；彈壓華夷，照文物於龍蛇之代〔六〕。太宗文武聖皇帝〔七〕，昇瑶壇於曲洛，受玉版於平河〔八〕。經天緯地，盪海夷嶽。坐玄宫而密轉，紫微光帝宅之尊〔九〕；戴黄屋以深居，赤縣襲神州之貴〔一〇〕。今上天無私覆〔一一〕，道不虚行。馭六氣而平太階〔一二〕，乘八風而制群動〔一三〕。星連月合，層臺有觀朔之勞〔一四〕；日晏河移，直筆有書祥之倦〔一五〕。封太山而禪梁甫，千載同歸〔一六〕；敞衢室而築明堂，百靈咸秩〔一七〕。雲行雨施，品物流形〔一八〕。天尊地卑，乾坤定矣〔一九〕。若乃虞夏商周之禮，考正朔而三遷〔二〇〕；東南西北之人，混風聲而一變。環林拂日，映高柳而對扶桑〔二一〕；圓海澄天，走鯤池而涵象浦〔二二〕。粤以乾封元年，有詔追贈夫子爲太師。咸亨元年，又詔州縣官司營葺學廟〔二三〕。憑風雲於異代，照日月於殊塗〔二四〕。死者有知，殁而無朽。如綸如綍，大君於號令之嚴〔二五〕；匪朴匪雕〔二六〕，上宰極司存之敬〔二七〕。

【箋　注】

〔一〕「我高祖」句，神堯皇帝，乃唐高宗爲高祖所上尊號。舊唐書高祖紀：武德九年（六二六）五月高祖崩，「群臣上謚曰大武皇帝，廟號高祖」。「高宗上元元年（六七四）八月，改上尊號曰神堯皇帝」。

〔二〕「因三靈」二句，漢書揚雄傳載羽獵賦：「方將上獵三靈之流，下決醴泉之滋。」注引如淳曰：「三靈，日、月、星垂象之應也。」寶曆，曆之美稱。尚書堯典：「乃命羲和，欽若昊天，曆象日月星辰，敬授人時。」僞孔傳謂「日月所會曆象，其分節敬記天時以授人也」。萬國，各地，謂全國。兩句謂高祖因曆數所歸，人心所向，而建立唐朝。

〔三〕「風起」句，莊子天運：「風起北方，一西一東，有上彷徨，孰噓吸是？孰居無事而披拂是？敢問何故？巫咸祒曰：『來！吾語女。天有六極五常，帝王順之則治，逆之則凶。九洛之事，治成德備，監照下土，天下戴之，此謂上皇。』」成玄英疏：「夫帝王者，上符天道，下順蒼生，垂拱無爲，因循任物，則天下治矣。而逆萬國之歡心，乖二儀之和氣，所作凶悖，則禍亂生矣。」此謂高祖應天順人。

〔四〕「月行」句，史記天官書：「月行中道，安寧和平。」索隱案：「中道，房室，星之中間也。房有四星，若人之房三間有四表然，故曰房。南爲陽間，北爲陰間，則中道，房星之中間也，故房是日月五星之行道。」句謂高祖行天之常道。

〔五〕「削平」二句，宇宙，英華校：「集作雷雨。」既言「削平」，作「宇宙」義勝，謂天下也。戢，藏也。戢干戈，謂天下已平，不再用兵。羊馬之年，指群雄争天下之年。太平御覽卷四三六勇四引殷氏世傳曰：「（殷）亮字子華（引者按：東漢初人），少好學。年十四舉孝廉，到陽城，遇兩虎争一羊，馬不敢進。於是亮乃按劍直至虎所，斬羊腹，虎乃各得其半。去時，人爲之謡曰：『石里之勇殷子華，暴虎見之合爪牙。』」「羊馬」搭配，蓋欲與下句「龍蛇」對應。

〔六〕「彈壓」二句，淮南子本經訓：「帝者體太一，……彈壓山川，含吐陰陽，申曳四時，紀綱八極，經緯六合。」彈壓，高誘注：「彈山川令出雲雨，復能壓止之。」此猶言鎮壓。文物，文選謝脁和伏武昌登孫權故城：「文物共葳蕤，聲明且葱蒨。」張銑注：「文物、聲明，謂衣冠禮樂也。」龍蛇，喻群雄，成者爲龍，敗者爲蛇。

〔七〕「太宗」句，文武聖皇帝，高宗爲太宗所上尊號。舊唐書高宗紀：貞觀二十三年（六四九）五月己巳，太宗崩。「八月丙子，百寮上謚曰文皇帝，廟號太宗。庚寅，葬昭陵。上元元年（六七四）八月，改上尊號曰文武聖皇帝。」

〔八〕「昇瑶臺」二句，瑶臺，楚辭屈原離騷：「望瑶臺之偃蹇兮。」王逸注：「石次玉曰瑶。詩曰：『報之以瓊瑶。』」洪興祖補注引説文云：「瑶，玉之美者。」此代指天。曲洛，穆天子傳卷五：「（天子）東游於黄澤，宿於曲洛。」郭璞注：「洛水之迴曲，地名也。」太平寰宇記卷五河南道偃師縣：「（曲洛），今縣東洛北有曲河驛，以洛水之曲爲名，洛經其南。」玉版，史記太史公自序集解引如淳曰：「刻玉版以爲文字。」藝文類聚卷五二引徐陵司空徐州刺史侯安都德政碑：「陶唐啓國，致玉版於河宗；顓頊承家，佐金天於江水。」平河，指黄河，平，爲對下句「曲」字而設。按：玉版與所謂洛書、河圖義同，言太宗膺天命而登帝位。

〔九〕「坐玄宫」二句，玄宫，道教所稱天上宫殿；密轉，謂隨天運轉。太平御覽卷六七四理所引大有經曰：「太清極玄宮，在元景之上，太上君居之。」此指皇宮。紫微，即紫微垣，詳史記天官書，乃人間皇宮之象，前已屢注。

〔一〇〕「戴黃屋」二句，黃屋，漢書高帝紀：「紀信乃乘王車，黃屋左纛。」注引李斐曰：「天子車，以黃繒爲蓋裏。」以，英華校：「一作而。」上句爲「而」，此作「以」爲勝。赤縣神州，史記孟子荀卿列傳：「（騶衍謂）中國名曰赤縣神州。赤縣神州内自有九州，禹之序九州是也，不得爲州數；中國外如赤縣神州者九，乃所謂九州也，於是有裨海環之。」此指天下。襲，原作「列」，英華校：「一作襲。」作「襲」是，襲，繼承也，據「一作」改。兩句謂太宗上繼高祖，貴爲天下之主。

〔一一〕「今上」句，指唐高宗。禮記孔子閒居：「子夏曰：『敢問何謂三無私？』孔子曰：『天無私覆，地無私載，日月無私照。奉斯三者以勞天下，此之謂三無私。』」鄭玄注「無私」即「無私之德也」。

〔一二〕「馭六氣」句，莊子逍遥遊：「若夫乘天地之正而御六氣之辯，以游無窮者，彼且惡乎待哉。」六氣，司馬彪注：「陰、陽、風、雨、晦、明也。」又李頤集解：「平旦爲朝霞，日中爲正陽，日入爲飛泉，夜半爲沆瀣。天玄、地黃，爲六氣。」王逸楚辭注（按見楚辭章句遠遊「餐六氣而飲沆瀣兮，漱正陽而含朝霞」二句注）引淩陽子明經言：「春食朝霞，朝霞者，日欲出時黃氣也；秋食淪陰，淪陰者，日没已後赤黃氣也；冬食沆瀣，沆瀣者，北方夜半氣也；夏食正陽，正陽者，南方日中氣也。并天玄、地黃之氣，是爲六氣也。」平太（同「泰」）階，太階即魁下六星，名曰三能，三階平則陰陽和，風雨時。詳見前渾天賦注。

〔一三〕「乘八風」句，淮南子天文訓：「何謂八風？距日冬至四十五日，條風至；條風至四十五日，明庶風至；明庶風至四十五日，清明風至；清明風至四十五日，景風至；景風至四十五日，涼風至；涼風至四十五日，閶闔風至；閶闔風至四十五日，不周風至；不周風至四十五日，廣莫風至。」乘八風，與上句「御六氣」，皆謂順天應時。

〔一四〕「星連」二句，漢書律曆志上：「太初曆晦朔弦望皆最密，日月如合璧，五星如連珠。」注引孟康曰：「謂太初上元甲子夜半朔旦冬至時，七曜（按：即日、月、五星，五星爲辰星、太白、熒惑、歲星、填星）皆會聚斗、牽牛分度，夜盡如合璧連珠也。」月合，即日月合璧。珠連璧合，乃興王之象。宋書符瑞志上：「高辛氏衰，天下歸之（指堯），在帝位七十年。景星出翼，鳳凰在庭，朱草生，嘉禾秀，甘露潤，醴泉出。日月如合璧，五星如連珠。」層臺，指靈臺類觀天象高臺。「層臺」下原有「而」字，而下句無對應字，當衍，據四庫全書本盈川集删。朔，原作「羽」。按「觀羽」不詞，全唐文作「朔」，是，據改。觀朔，即上述朔旦觀七曜。兩句謂合璧連珠之瑞屢現，觀天象者頗爲辛勞。

〔一五〕「日晏」二句，日，原作「海」。海晏，謂四海晏然，乃瑞象，然其下「河移」則非，不能爲對。英華校：「一作日。」按：日晏，日晚也。河移，謂天河移向西，指夜已深。曹丕雜詩二首其一：「天漢迴西流，三五正從横。」又張華長相思：「長思不能寢，坐望天河移。」正可與「日晏」爲配，則作「日」是，據英華校之「一作」改。直筆，指史官，謂其晝夜記録祥瑞，甚爲困倦，言其多也，與上二句義同。

〔一六〕「封太山」二句，高宗封泰山事，前已注。千年同歸，謂封泰山乃千年闕典，其盛可與古帝王相提并論。

〔一七〕「敞衢室」二句，管子卷一八桓公問：「黄帝立明臺之議者，上觀於賢也；堯有衢室之問者，下聽於人也。」三輔黄圖卷五明堂：「堯曰衢室。」則衢室爲堯布政之宫。此代指高宗朝堂。敞，謂開放。高宗議建明堂，前新都縣學先聖廟堂碑已注。百靈，文選班固東都賦：「禮神祇，懷百靈。」李善注：「周禮曰：『大宗伯掌天神地祇之禮。』然天神曰神，地神曰祇也。毛詩曰：『懷柔百神。』」則百靈謂所有神祇。尚書洛誥：「咸秩無文。」僞孔傳訓「秩」爲「次秩」，即排列次序。按：「咸秩」，謂皆得到祭祀。

〔一八〕「雲行」二句，周易乾卦彖曰：「大哉乾元，萬物資始，乃統天，雲行雨施，品物流形。」孔穎達正義：「『雲行雨施，品物流形』者，此二句釋『亨』之德也。言乾能用天之德，使雲氣流形，雨澤施布，故品類之物，流布成形，各得亨通，無所壅蔽，是其亨也。」流形，「形」原作「行」，據英華及引文改。

〔一九〕「天尊」二句，周易繫辭上：「天尊地卑，乾坤定矣；卑高以陳，貴賤位矣。」韓康伯注：「乾坤，其易之門户，先明天尊地卑，以定乾坤之體。天尊地卑之義既列，則涉乎萬物貴賤之位明矣。」

〔二〇〕「若乃」二句，禮記檀弓上：「夏后氏尚黑，殷人尚白，周人尚赤。」鄭玄注謂夏「以建寅之月爲正，物生色黑」；殷「以建丑之月爲正，物牙色白」；周「以建子之月爲正，物萌色赤」。孔穎達正義引春秋緯元命苞及樂緯稽耀嘉云：「夏以十三月爲正，殷以十二月爲正，周以十一月爲正。」又引三正記云：「正朔三而改，文質再而復。」并謂「以此推之，自夏以上，皆正朔三而改也」。三遷，即三而改，謂正月朔日之設定，歷三代而循環更改。

〔二一〕「環林」二句，環林，代指學校，因學校周圍有水木環繞之故（見下注）。高柳，大柳樹。扶桑，楚辭離騷：「總余轡兮扶桑。」王逸注：「扶桑，日所拂木也。」淮南子（天文訓）曰：「日出湯谷，浴乎咸池，拂於扶桑，是謂晨明。」又文選張衡思玄賦：「夕余宿乎扶桑。」李善注引十洲記：「扶桑，葉似桑樹，長數千丈，大二千圍，兩兩同根生，更相依倚，是以名之扶桑。」此言學校周圍之樹高可拂日，有如扶桑。

〔二二〕「圓海」二句，圓海，即辟雍，又稱璧水，亦代指學校。文選潘岳閒居賦：「環林縈映，圓海迴淵。」李善注引三輔黄圖曰：「明堂、辟廱，水四周於外，象四海也。」鯤池，可供鯤遨遊之池，莊子逍遥遊：「北冥有魚，其名爲鯤，鯤之大，不知其幾千里也。」此極言水池之大。象浦，本爲地名，此亦形容水池極大，其浦可以馳象。武三思大周封祀壇碑并序：「鯤池象浦，才居侯甸之中；細柳蟠桃，未出王畿□□。」

〔二三〕「粤以」四句，乾封初追贈孔子爲太師、咸亨初詔各州縣營葺學廟事，已見前新都縣學先聖廟堂碑注。

〔二四〕「憑風雲」二句，謂在唐代興起尊孔之風，讓孔子思想有如日月，照耀各行各業。兩句與上文新都縣學先聖廟堂碑之「異代風行，殊塗影響」義同。

〔二五〕「如綸」二句，禮記緇衣：「子曰：王言如絲，其出如綸；王言如綸，其出如綍。」鄭玄注：「言言出彌大也。綸，今有秩嗇夫所佩也；綍，引棺索也。」孔穎達正義：「『王言如絲，其出如綸』者，王言初出微細如絲，及其出行於外，言更漸大如似綸也，言綸粗於絲。『王言如綸，其出如綍』者，亦言漸大，出如綍也，綍又大於綸。」大君，指皇帝。

〔二六〕「匪朴」句，謂所建廟學既不簡陋，也不過分雕飾。左思魏都賦：「匪樸匪斲，去泰去甚。」

〔二七〕「上宰」句，上宰，指長江縣令楊公，詳下文。司存，論語泰伯：「籩豆之事，則有司存。」邢昺正義釋「司存」爲「有所主者存焉」。此言楊公以極恭敬之心，而主持廟堂修建之事。

長江令楊公，弘農華陰人也〔一〕，即華山公之孫，大將軍之子〔二〕。朱宮帶地，明河一葦之西〔三〕；黃闕中天，神嶽千花之北〔四〕。山川壯麗於區宇，人物繁多於海内。齊九龍而闊步，一門鍾豹變之榮〔五〕；襲五公而長驅，四世赫蟬聯之祉〔六〕。出忠入孝，誕秀興賢。冠蓋城邑，池臺鍾鼓。英靈輻輳，鏘鏘萬玉之門；嘉瑞駢羅，濟濟千金之子〔七〕。是故北方多士，太一壯其魁梧〔八〕；南國仙人，中書偉其端雅〔九〕。椅桐可仰〔一〇〕，丹漆兼施〔一一〕。照明月於胸懷，吐清風於襟袖。臧武仲之智〔一二〕，卞莊子之勇〔一三〕，可以爲大臣矣。韓尚書之臨八座，發跡下邳〔一四〕；卓太尉之踐三階，來從密縣〔一五〕。自操刀入仕，聞魯邑之絃聲〔一六〕；解劍分司，察豐城之寶氣〔一七〕。汝陰徐令，人號無雙〔一八〕；河内王君，時稱未有〔一九〕。飛雪千里，不能改松柏之心〔二〇〕；名都十城，不能動夷齊之行〔二一〕。先是，殊方暴客，常嚴鉅野之兵〔二二〕；絶磴奸豪，每縱潢池之虣〔二三〕。數州常以爲弊〔二四〕，歷政所不能移。行人爲之聚衆，耕父由其釋耒。公英謀獨斷，鋭氣無前。奮一劍以戮元兇，馳單車而躡遺噍〔二五〕。道旁牛馬，並屬羅衡〔二六〕；縣内神明，皆稱傳琰〔二七〕。若乃山林猛獸，動星象而垂文〔二八〕；江漢貙旴，鼓風飈而作氣〔二九〕。城門六閉，未防虞吏之災〔三〇〕；都市三言，終有山君之暴〔三一〕。公雄心裂眥，壯髮衝冠〔三二〕。按東海之金刀〔三三〕，飛北斗之石箭〔三四〕。罔巒不擾，有符劉孟之城〔三五〕；坑穽無虞，更似童君之邑〔三六〕。自非愛民猶子，視物如傷〔三七〕，豈能躬斬兇渠，親除災害？與夫赤繩不用，道被於瑕丘〔三八〕；桴鼓希聞，化移於京洛〔三九〕，可同年語哉！然後示之以禮儀〔四〇〕，陳之以庠序。興役鳩工，憑三時之閑暇；依城負郭，視四野之川原〔四一〕。青泥險蹬，斜連白馬之關〔四二〕；赤岸長波，遠注黄牛之峽〔四三〕。懸四刀而開益部，照參伐於天光〔四四〕；賦上錯而闢梁州，絶岷嶓於地德〔四五〕。背山臨水，掩全蜀之膏腴；望日占星，採公宮之法度〔四六〕。丹牆數仞，吐納雲霞；椽柱三間，蔽虧風雨。瑠璃曉闢，東宮雀目之窗〔四七〕；玳瑁朝懸，西漢蛇鱗之桷〔四八〕。圖光芒於北斗，聖質猶生；赫符彩於連珠，宏姿可想〔四九〕。至於月衡月準，山額山庭，偘偘星文，堂堂日角〔五〇〕，莫不向之如在，疑遊北上之山〔五一〕；望之儼然，似矚東流之水〔五二〕。

【箋注】

〔一〕「長江令」二句，長江，縣名，本文前已注。弘農華陰，元和郡縣志卷二華州華陰縣：「本魏之陰晉邑，秦惠文王時，魏人犀首納之於秦，秦改曰寧秦。漢高帝八年（前一九九），更名華陰，屬弘農郡，後魏屬華州。」後因之。按：漢弘農郡，治在今河南靈寶市；華陰今爲縣級市，屬陝西渭南市。

〔二〕「即華山公」二句，按楊炯常州刺史伯父東平楊公墓誌銘（見本集卷九）曰：「公諱德裔，字德裔，弘農華陰人也。即常州刺史華山公之元孫，左衛將軍武安公之長子。」從弟去盈墓誌銘（同上）：「曾祖諱初，周大將軍，隋宗正卿，常州刺史、順楊公，皇朝左光禄大夫、華山郡開國公、食邑本鄉二千五百户。……王考諱安，僞鄭王（世）充逼授二十八將，封鄫國公。尋謀歸順，爲充所害，皇朝贈大將軍，旌忠烈也。……父某，潤州句容、遂州長江二縣令，朝散大夫、行鄧州司馬。」則此「長江令楊公」，其祖「華山公」即楊初，父「大將軍」爲楊虔安（楊虔安上引作「楊安」，據册府元龜改，詳後從弟去盈墓誌銘「王考諱虔安」注）。又從弟去溢墓誌銘曰：「處士弘農楊去溢，年二十，即華山公之曾孫，大將軍之孫，朝散大夫、鄧州司馬之第四子也。」則楊去盈、去溢兄弟，皆「長江令楊公」之子；而楊炯稱去盈、去溢爲「從弟」，知炯爲楊公族子，然楊公之名不可考。

〔三〕「朱宮」二句，朱宮，指華山及周邊歷代宮殿。帶地，猶言遍地。華陰一帶自古宮觀祠廟極多。三輔黄圖卷三：「集靈宮、集仙宮、存仙殿、存神殿、望仙臺、望仙觀，俱在華陰縣界，皆(漢)武帝宮觀名也。」初學記卷五華山引郭緣生述征記及華山記云：「山下自華岳廟列柏南行十一里，又東迴三里，至中祠；又西南出五里至南祠；南入谷口七里，又至一祠。」明河，當指潼水及黄河。元和郡縣志卷二華州華陰縣：「(潼)關西一里有潼水，因以名關。」又云：河在關内，南流衝激關山，因謂之衝關。」一葦，謂窄。詩經衛風河廣：「誰謂河廣？一葦杭之。」毛傳：「杭，渡也。」鄭玄箋：「誰謂河水廣與？一葦加之，則可以渡之。喻狹也。」

〔四〕「黄闕」二句，黄闕，道教稱仙人居所。太平御覽卷六五九道引定真玉籙曰：「九宮真人出入，皆從黄闕絳臺中間爲道，故以道之左右置臺闕者，以司非常之氣，伺迎真人之往來也。」此代指道觀，中天，言其巍峨高聳。神嶽，指華山，在華陰之北，山以多花著稱。初學記卷五華山引華山記云：「山頂有池，生千葉蓮花，服之羽化，因曰華山。」注又引白虎通云：「西方華山，少陰用事，萬物生華，故曰華山。」

〔五〕「齊九龍」二句，北齊書王昕傳：「王昕母生九子，并風流蘊籍，世號『王氏九龍』。」此言楊氏一門之盛，可與王氏等齊。豹變，周易離卦：「上六，君子豹變。……象曰：君子豹變，其文蔚也。」

王弼注：「居變之終，變道已成，君子處之，能成其文。」孔穎達正義：「君子豹變，……雖不能同九五革命創制如虎文之彪炳，然亦潤色鴻業如豹文之蔚縟，故曰君子豹變也。」

〔六〕「襲五公」二句，指東漢楊震家族。後漢書楊震傳：「楊震字伯起，弘農華陰人也。八世祖喜，高祖時有功，封赤泉侯。高祖敞，昭帝時爲丞相，封安平侯。……自震至彪，四世太尉，德業相繼。」四世，指楊震及其子秉、孫賜、曾孫彪。世，原作「代」，避唐諱，徑改。五公，上述四世加楊震玄孫、楊彪子楊修。史臣贊曰：「楊氏載德，仍世柱國。」李賢注：「言世爲國柱臣也。」。蟬聯，連綿字。文選左思吴都賦：「布濩皋澤，蟬聯陵丘。」劉淵林注：「蟬聯，不絶貌。」兩句言楊氏祖先勳德輝煌。

〔七〕「英靈」四句，英靈，先人之英魂。輻輳，謂極多。漢書叔孫通傳：「人人奉職，四方輻輳。」顏師古注：「輳，聚也。言如車輻之聚於轂也。字或作湊。」禮記玉藻：「古之君子必佩玉，……進則揖之，退則揚之，然後玉鏘鳴也。」萬玉、千金，極言其多。史記袁盎傳：盎曰：「臣聞千金之子，坐不垂堂。」索隱案張揖云：「恐簷瓦墮中人。」按：四句言楊氏先人不貴即富。

〔八〕「是故」二句，北方多士，此當以張良爲喻。史記留侯世家：「留侯張良者，其先韓人。」太乙，神名，此蓋代指漢高祖。同上書：「上（高祖）曰：『夫運籌策帷帳之中，決勝千里外，吾不如子房。余以爲其人計魁梧奇偉，至見其圖狀，貌如婦人好女。』」集解引應劭曰：「魁梧，丘虛壯大之意。」「太乙壯其」四字，英華校：「集作一壯表乎。」「一壯表乎」與下句不對應，當誤。

〔九〕「南國」二句，此當以徐邈爲喻。晉書徐邈傳：「徐邈，東莞姑幕人也。」屬永嘉之亂，遂與鄉人臧琨等率子弟并閭里士庶千餘家南渡江，家於京口。邈姿性端雅，勤行勵學，博涉多聞，以慎密自居。太傅謝安舉以應選，年四十四，始補中書舍人。在西省侍帝，前後十年。帝宴集酣樂之後，好爲手詔詩章以賜侍臣，或文詞率爾，所言穢雜，邈每應時收斂，還省刊削，皆使可觀，經帝重覽，然後出之，「時議以此多邈」。據晉書職官志，晉初武帝以秘書監并中書省，而秘書監掌圖籍，向有道家蓬萊山之喻，又稱神仙府（詳前登秘書省閣詩序注），而徐邈南渡後居京口，故稱之爲「南國仙人」。

〔一〇〕「椅桐」句，詩經小雅湛露：「其桐其椅，其實離離。豈弟君子，莫不令儀。」毛傳：「離離，垂也。」鄭玄箋：「桐也，椅也，同類而異名，喻二王之後也。其實離離，喻其薦俎禮物多於諸侯也。」孔穎達正義曰：「其桐也，其椅也，言二樹當秋成之時，其子實離離然垂而蕃多，以興其杞也。」句謂楊氏後代有衆多祖先遺烈餘蔭可仰仗。

〔一一〕「丹漆」句，尚書梓材：「若作梓材，既勤樸斲，惟其塗丹雘。」僞孔傳：「爲政之術，如梓人治材爲器，已勞力樸治斲削，惟其當塗以漆、丹以朱而後成，以言教化亦須禮義然後治。」句謂楊氏後代能以禮義自修。

〔一二〕「臧武仲」句，臧武仲，魯司寇臧宣叔子，多智謀。左傳襄公二十三年：「仲尼曰：『知之難也！有臧武仲之知，而不容於魯國，抑有由也，作不順而施不恕也。』」

〔一三〕「卞莊子」句，韓詩外傳卷一〇：「卞莊子好勇。母無恙時，三戰而三北，交遊非之，國君辱之，卞莊子受命，顏色不變。及母死三年，魯興師，卞莊子請從，至見於將軍曰：『前猶與母處，是以戰而北也，辱吾身。今母没矣，請塞責。』遂走敵而鬬，獲甲首而獻之，請以此塞一北。又獲甲首而獻之，請以此塞再北。將軍止之，曰：『足。』不止，又獲甲首而獻之，曰：『請以此塞三北。』將軍止之曰：『足。』請爲兄弟。卞莊子曰：『夫北，以養母也。今母歿矣，吾責塞矣。吾聞之，節士不以辱生。』遂奔敵，殺七十人而死。君子聞之，曰：『三北已塞責，又滅世斷宗，士節小具矣，而於孝未終也。』詩曰：『靡不有初，鮮克有終。』」

〔一四〕「韓尚書」二句，後漢書韓棱傳：「韓棱，字伯師，潁川舞陽人。」初爲郡功曹，以徵辟，五遷爲尚書令。又東觀漢記卷一九韓棱傳，稱其「除爲下邳令，視事未朞，吏人愛慕。時鄰縣皆雹傷稼，棱縣界獨無雹。遷南陽太守（按後漢書本傳謂遷南陽太守在爲尚書令之後），下車表行義，收幽滯，發摘姦盜，郡中震栗，權豪懾伏，政號嚴平」。八座，文選任昉齊竟陵文宣王行狀：「八座初啓，以公補尚書令。」李善注：「陳壽魏志評曰：八座尚書，即古六卿之任也。晉百官名曰：尚書令、尚書僕射、六尚書，古爲八座尚書。」張銑注：「八座，謂六尚書、二僕射。」按：下邳，在今江蘇睢寧縣古邳鎮。

〔一五〕「卓太尉」二句，「尉」當作「傅」，作「尉」蓋作者誤記。後漢書卓茂傳：「卓茂，字子康，南陽宛人也。」元帝時學於長安，事博士江生，習詩禮及曆算。初辟丞相府史。「後以儒術舉爲侍郎，給事黄門，遷密令（李賢注「密，今洛州密縣也」）。」數年教化大行，道不拾遺。遷京部丞。王莽居攝，以病免歸郡。光武初即位，先訪求茂，詔以茂爲太傅，封褒德侯。建武四年（二八）卒。

三階，文選班固西都賦：「重軒三階。」李善注：「周禮『夏后氏世室九階』，鄭玄曰：南面三，三面各二也。」吕延濟注：「三階，言南面之階有三。」此代指朝廷。按：以上所述諸人，皆喻指長江令楊公。

〔一六〕「自操刀」二句，論語陽貨：「子之武城，聞絃歌之聲。夫子莞爾而笑，曰：『割雞焉用牛刀？』」後以入仕做官爲操刀。武城，魯邑名。按：據上注引從弟去盈墓誌銘，楊公初仕爲潤州句容令，故以子游爲武城令事爲喻。

〔一七〕「解劍」二句，北堂書鈔卷七八「解劍帶」條引益部耆舊傳，稱趙𤦈「少好遊俠，行部帶劍」。後除野王令，「乃解劍帶之官，治官清約」。分司，分所執掌。晉書張華傳：華見斗牛之間常有紫氣，遂補雷焕爲豫章豐城令。焕到縣，掘獄屋基，入地四丈餘，得一石函，光氣非常，因得龍淵、太阿雙劍。詳見前渾天賦注引。

〔一八〕「汝陰」二句，太平御覽卷二六八良令長下引會稽典録曰：「徐弘，字聖通，爲汝陰令。縣俗剛强，大姓兼并。弘到官，誅剪奸桀，豪右斂手，商旅路宿，道不拾遺。童歌之曰：『徐聖通，政無雙。平刑罰，姦宄空。』」

〔一九〕「河内」二句，王君，指王涣。華陽國志卷一〇中廣漢士女：「王涣，字稚子，郪人也。初爲河内温令，路不拾遺，臥不閉門，民歌之曰：『王稚子，世未有。平徭役，百姓喜。』遷兖州刺史，部中肅清。徵拜侍御史，洛陽令。聰明惠斷，公平廉正，抑强扶弱，化行不犯，發姦擿伏，思若有神。京華密静，權豪畏敬。元興元年（一〇五）卒，百姓痛哭，二縣弔祭，行人商旅，莫不祭之。」其事迹又見後漢書本傳。以上歷數前代名宦，謂其皆起家縣令，以喻楊公之才能，蓋必將大用。

〔二〇〕「飛雪」二句，論語子罕：「子曰：歲寒，然後知松柏之後雕也。」何晏集解：「大寒之歲，衆木皆死，然後知松柏不雕傷。平歲則衆木亦有不死者，故須歲寒而後别之，喻凡人處治世，亦能自修整，與君子同；在濁世，然後知君子之正不苟容。」

〔二一〕「名都」句，伯夷、叔齊，孤竹君之二子，不願繼位，雙雙逃去。又義不食周粟，遂餓死於首陽山。詳見史記伯夷列傳。以上四句，謂楊公極有操守。

〔二二〕「殊方」二句，殊方，其他地方。鉅野之兵，謂叛軍。漢書彭越傳：「彭越，字仲昌，邑人也，常漁鉅野澤中爲盜。陳勝起，或謂越曰：『豪桀相立畔秦，仲可效之。』……居歲餘，澤間少年相聚百餘人往從越，請仲爲長，越謝不願也。少年强請，乃許。」顔師古注：「鉅野，即今鄆州鉅野縣。」嚴兵，謂防盜也。常，英華校：「集作恒。」

〔二三〕「絶磴」二句，磴，山間石條路。絶磴，極險峻閉塞之地。潢池，沼澤地。漢書龔遂傳：「其民困於飢寒，而吏不恤，故使陛下赤子，盜弄陛下之兵於潢池中耳也。」顔師古注：「赤子，猶言初生幼小之意也。積水曰潢，音黄。」虣，文選王褒洞簫賦：「剛毅彊虣，反仁恩兮。」李善注引字書曰：「虣，古文暴字也。」虣，英華校：「集作虐。」以上四句，言長江縣一帶曾被外地武裝團夥盤踞。

〔二四〕「數州」句，爲，英華校：「集作久。」

〔二五〕「馳單車」句，文選李陵答蘇武書：「足下昔以單車之使，適萬乘之虜。」吕延濟注：「單車，謂衆少。」噍，活人；遺噍，謂殘餘人員。

〔二六〕「道旁」二句，華陽國志卷一〇上先賢士女總贊論：「羅衡，字仲伯，郫縣人也。……衡爲萬年令，路不拾遺。人家牛馬皆繫道邊，曰：『屬羅公。』三府争辟，拜廣漢長，二縣皆爲立祠。」

〔二七〕「縣内」二句，南齊書傅琰傳：「傅琰，字季珪，北地靈州人也。」宋永光元年（四六五）補諸暨、武康令、廣威將軍，又除吴興郡丞。泰始六年（四七〇），遷山陰令。「服闋，除邵陵王左軍諮議、江夏王録事參軍。太祖輔政，以山陰獄訟煩積，復以琰爲山陰令。賣針、賣糖老姥争團絲，來詣琰。琰不辯覈，縛團絲於柱鞭之，密視有鐵屑，乃罰賣糖者。二野父争雞，琰各問：『何以食雞？』一人云『粟』，一人云『豆』，乃破雞得粟，罪言豆者。縣内稱神明，無敢復爲偷盜。」

〔二八〕「若乃」二句，史記天官書：「西宫咸池，……參爲白虎。」正義：「觜三星，參三星，外四星爲實沈，於辰在申，魏之分野，爲白虎形也。」此即指猛虎，言其爲天上星宿。

〔二九〕「江漢」二句，江漢，今四川北部，即岷江（古以爲長江上游）、漢水發源地一帶。參前王勃集序注。貙甿，即貙人。搜神記卷一二：「江漢之域有貙人，其先廩君之苗裔也，能化爲虎。長沙所屬鑾縣東高居民，曾作檻捕虎。檻發，明日，衆人共往格之，見一亭長，赤幘大冠，在檻中坐。因問：『君何以入此中？』亭長大怒，曰：『昨忽被縣召，夜避雨，遂誤入此中。急出我！』曰：『君見召，必當有文書耶？』即出懷中召文書，於是即出之。尋視，乃化爲虎，上山走。或云貙虎化爲人，好著紫葛衣，其足無踵。虎有五指者，皆是貙。」周易乾卦文言稱「風從虎」。文選沈約宿東園詩：「樹頂鳴風飈。」吕延濟注：「飈亦風也。」按：此以「貙盰」指虎。盰，英華校：「集作眦。」誤。氣，英華作「愾」，亦誤。

〔三〇〕「城門」二句，六閉，謂多次關閉。虞吏，指虎。抱朴子内篇卷四登涉：「山中寅日有自稱虞吏者，虎也。」

〔三一〕「都市」二句，三言，謂再三告知市民。山君，底本及英華等「山」皆作「三」。四庫全書考證卷七四曰：「遂州長江縣先聖孔子廟堂碑『都市三言，終有山君之暴』，刊本『山』訛『三』，今改。」（按：文淵閣四庫全書本仍作「三」，未改，全唐文作「山」。）晉書郭璞傳：「時有物大如水牛，灰色卑腳，腳類象，胸前尾上皆白，大力而遲鈍，來到城下，衆咸異焉。（殷）祐使人伏而取之，令璞作卦，遇遁之蠱，其卦曰：『艮體連乾，其物壯巨。山潛之畜，匪兕匪虎。身與鬼并，精見二午。法當爲禽，兩靈不許。遂被一創，還其本墅。按卦名之，是爲驢鼠。』卜適了，伏者以戟刺之，深尺餘，遂去不復見。郡綱紀上祠，請殺之。巫云：『廟神不悦，曰：此是郳亭驢山君鼠，使詣荆山，暫來過我，不須觸之。』其精妙如此。」則作「山君」是，指驢鼠（獸名），與上句「虞史」正相對應，據考證及全唐文改。

〔三二〕「公雄心」二句，裂，原作「烈」，據英華、全唐文改。史記項羽本紀：「（樊）噲遂入（鴻門宴），披帷西向立，瞋目視項王，頭髮上指，目眥盡裂。」

〔三三〕「按東海」句，東海金刀，當指越王勾踐獻吴王之寶劍，東海乃勾踐自報之籍貫。史記孔子世家：「越使大夫種頓首言於吴王曰：『東海役臣孤勾踐使者臣種，敢修下吏問於左右。今竊聞大王將興大義，誅彊救弱，……因越賤臣種奉先人藏器，甲二十領，鈇屈盧之矛，步光之劍，以賀軍吏。』吴王大說。」此即指刀。

〔三四〕「飛北斗」句，史記天官書：「北斗七星，……魁枕參首。」正義：「參主斬刈，又爲天獄，主殺罰。」此言討伐姦豪乃其天職，故言箭爲北斗所飛。石箭，上古兵器。宋杜綰雲林石譜卷中肅慎氏石矢曰：「臨江軍新塗縣數十里，地名白羊角凌雲嶺，頂上平如掌，皆古時寨基。地中往往獲石箭鏃，鋒而刃脊，其廉可劌，其實則石。長三四寸許，間有短者。此孔子所謂『楛矢石砮，肅慎氏之物也』（按：見史記孔子世家）。按禹貢，荆州貢砥礪砮丹惟箘、簵、楛；梁州貢璆、鐵、銀、鏤、砮、磬。則楛矢石砮，自禹以來貢之矣。」此即指箭，「石」乃爲與上句「金」對文而設。

〔三五〕「岡巒」二句，岡巒，指所管轄地域。劉孟，即劉熊，字孟陽，東漢人。嘗爲酸棗縣令，有異政。宋洪适隸釋卷五載酸棗令劉熊碑，首曰：「君諱熊，字孟（闕），廣陵海西人也。厥祖天皇大帝垂精接感，篤生聖明，（闕）仍其則子孫亨之，分源而流，枝葉扶疏，出王別胤，受爵列土，封侯載德，相繼丕顯（闕五字）。光武皇帝之玄，廣陵王之孫，俞鄉侯之季子也。」碑文盛稱其爲酸棗令時所行德政，如曰「勤恤民殷」；「仁恩如冬日，威猛烈炎夏」；「帥厲，致之雍泮」；「吏民愛若慈父，畏若神明」，云云。洪适釋曰：「水經（按見酈道元水經注濟水）云『酸棗城有縣令劉孟陽碑』，今碑損其一字。歐陽公（修）不知碑在酸棗，無以名其官，遂謂之俞鄉侯季子碑（按見歐陽文忠公集卷一三六集古録跋尾三）。趙氏（明誠）云（按見金石録卷一九）：『光武子廣陵王荆，以譴死。李利涉編古命氏云：荆生俞卿侯平，平生彪，襲封。據此，熊當爲彪之弟，然則於光武，乃其曾孫，而曰「玄孫」，碑之誤也。』」

〔三六〕「坑穽」二句，後漢書童恢傳：「童恢（李賢注曰「謝承〔後漢〕書『童』作『僮』，『恢』作『种』也」），字漢宗，琅邪姑幕人也。……少仕州郡爲吏，司徒楊賜聞其執法廉平，乃辟之。……除不其令，……一境清静，牢獄連年無囚，比縣流人歸化徙居二萬餘户。民嘗爲虎所害，乃設檻捕之，生獲二虎。恢聞而出，呪虎曰：『天生萬物，唯人爲貴。虎狼當食六畜，而殘暴於人，王法殺人者死，傷人則論法。汝若是殺人者，當垂頭服罪，自知非者，當號呼稱冤。』一虎低頭閉目，狀如震懼，即時殺之；其一視恢鳴吼，踴躍自奮，遂令放釋。吏人爲之歌頌。」坑穽，捕獸之陷坑。

〔三七〕「自非」句，民，原作「人」，避唐諱，徑改。孟子離婁下：「文王視民如傷，望道而未之見。」趙岐

注：「視民如傷者，雍容不動擾也。」朱熹集注：「民已安矣，而視之猶若有傷之，愛民深而求道切。」

〔三八〕「與夫」二句，赤繩，原作「青繩」。英華、全唐文作「赤繩」。按法苑珠林卷二〇致敬篇第九感應緣引佛教故事冥報記曰：「唐左監門校尉馮翊李山龍，以武德中暴亡，而心上不冷如掌許。家人未忍殯殮，至七日而蘇。」自説其死時被收録情況，吏嘗謂有使「一人是繩主，當以赤繩縛君者；一是棒主，當以棒擊君頭者；一是袋主，當以袋吸君氣者」。此説雖距楊炯時代較近，蓋其起源甚久。同書卷八三精進部感應緣引冥祥記，稱宋沙門僧規者，武當寺僧也。永初元年（四二〇）十二月五日無痾忽暴死，二日而蘇愈，自説死時「見有五人炳炬火、執信旛逕來，入屋叱咀僧規，規因頓卧，怳然五人便以赤繩縛將去」云云。此言赤繩「不用」，謂不用赤繩收縛罪人以致死地，作「青繩」則不可解，因據改。瑕丘，後漢書鍾離意傳：鍾離意爲瑕丘令，吏檀建盜竊，意不忍加刑，遣令長休。其父聞之，令建進藥而死。詳見前新都縣學先聖廟堂碑注引。

〔三九〕「桴鼓」二句，京洛，即洛陽。後漢書董宣傳：董宣爲洛陽令，格殺湖陽公主蒼頭，帝賜錢三十萬。由是搏擊豪彊，莫不震栗，京師號爲卧虎，歌之曰：「枹鼓不鳴董少平。」詳見前新都縣學先聖廟堂碑注引。

〔四〇〕「然後」句，儀，全唐文作「義」，疑是。

〔四一〕「興役」四句，原作五句，爲：「興役鳩工，憑三時之閑暇；薄賦輕徭，視四野之川原。依城負郭。」英華於「興役鳩工」下注曰：「集無此句。」按四子集、全唐文作「憑三時之閒暇，興役鳩工；視四野之川原，依城負廓」，即删去「薄賦輕徭」四字，又調整上下聯中襯句。如此則意順。若按集本删「興役鳩工」，則「薄賦輕徭」與「視四野之川原」意不聯貫。因據四子集、全唐文删改。鳩工，興工。鳩，集也。三時，國語周語上：「三時務農，而一時講武。」韋昭注：「三時，春、夏、秋。」視，英華校：「集作覛。」同。

〔四二〕「青泥」二句，元和郡縣志卷二二興州長舉縣：「青泥嶺，在縣西北五十三里接溪山東，即今通路也。懸崖萬仞，山多雲雨，行者屢逢泥淖，故號青泥嶺。」清一統志卷二一〇甘肅秦州秦安縣：「青泥嶺在徽縣南，爲入蜀之路。」按：山在今甘肅徽縣與陝西略陽縣青泥河鄉境内。同上卷一八八興安府：「白馬關，在安康縣北三十里。」按：清興安府，即東晉所置梁州，治所在安康縣，今爲陝西安康市。

〔四三〕「赤岸」二句，清一統志卷二九二成都府：「赤岸山，在新都縣南十七里。山赭色，岸邊常有光如火，因名。周三十里，一名宋興戍山。」此謂赤岸之水流經長江縣而注入長江。元和郡縣志卷三四遂州長江縣謂「涪江經縣南，去縣二百五步」。黄牛峽，在今湖北宜昌西，有黄牛山，山下有黄牛灘。太平御覽卷六九灘引益州記曰：「（長江）伏犀灘東南六十里有黄牛像，其崖峻嶮，遠望之斑潤，頗像黄牛。」范成大吴船録卷下：「新灘……八十里至黄牛峽，上有洛川廟，黄牛之神也，亦云助禹疏川者。廟背大峰，峻壁之上有黄迹如牛，一黑迹如人牽之，云此其神也。」峽，英華作「浹」，誤。

〔四四〕「懸四刀」二句，益部，即益州。北堂書鈔卷一一三引陸機晉（記）〔紀〕云：「王濬之在巴郡，夢懸四刀於上，甚惡之。濬問主簿李毅，毅拜賀曰：『大三刀爲州，而見四，爲益一也，明府其臨益州乎？』後果爲益州〔刺史〕。」刀，全唐文作「方」，誤。參伐，詩經召南小星：「嘒彼小星，維參與昴。」毛傳：「參，伐也。」孔穎達正義：「天文志云：參，白虎宿，三星直下。有三星鋭，曰伐。其外四星，左右肩股也。則參實三星。……以伐與參連體，參爲列宿，統名之若同一宿然，但伐亦爲大星，與參互見，皆得相統。」參爲西南星，故「參伐」亦指益州。

〔四五〕「賦上錯」二句，尚書禹貢：「既載壺口，治梁及岐。……厥土惟白壤，厥賦惟上上錯。」僞孔傳：「賦謂土地所生，以供天子。上上，第一；錯，雜，雜出第二之賦。」陸德明音義引馬融云：「上下相錯，通率第一。」梁州，古州名，其地包括今陝西南部及四川。英華校：「集作長江。」誤。岷，即岷山，今四川西部群山之總稱；嶓，即嶓冢山，在今陝西寧强縣北，見前送徐録事詩序注。岷、嶓代指益州，謂梁州極占地利。岷，英華校：「集作𡵆。」𡵆即「汶」字之異體，汶山乃岷山之别稱。

〔四六〕「望日」二句，望日占星，謂孔子廟堂選址風水極佳，合乎公共建築之法度。

〔四七〕「琉璃」二句，琉璃，即璧琉璃，各種有光寶石，古代用以製窗。張敞東宫舊事：「閤内有曲郭，郭上雀目窗。」（又見太平御覽卷一八八窗引。）其窗形制不詳。按宋陸佃埤雅卷七釋鳥鵂鶹：「舊説雀目夕昏，人有至夕昏不見物者，謂之雀瞀。」據此，蓋謂琉璃窗傍晚後即不透光。

〔四八〕「玳瑁」二句，劉歆西京雜記（説郛本）昭陽殿：「趙飛燕女弟居昭陽殿，……窗扉多是緑琉璃，亦皆達照，毛髮不得藏焉。椽桷皆剖作龍蛇，縈繞其間，鱗甲分明，見者莫不兢栗。」則是廟堂椽桷剖作龍蛇狀，故以玳瑁爲喻。玳瑁，水生動物名，形似龜，甲片色彩絢麗，可作裝飾品。

〔四九〕「圖光芒」四句，聖質，指孔子像。謂塑像背景爲北斗及五星（辰星、太白、熒惑、歲星、填星）連珠，既星光閃耀，又有符命之祥，使孔子栩栩如生，莊嚴宏偉。

〔五〇〕「至於」四句，言所塑孔子弟子之異相。太平御覽卷三六四額引論語摘輔象：「樊遲山額，有若月衡，反宇陷額，是謂和喜。」又古微書卷二六輯論語摘輔象：「顔淵山庭日角，曾子珠衡犀角。」又曰：「子貢山庭，斗繞口。謂面有三庭，言山在中，鼻高，有異相也。故子貢至孝，顔淵至仁。」又曰：「子貢斗星繞口，南容井口。」

〔五一〕「疑游」句，北上之山，指農山。孔子家語卷二致思：「孔子北游於農山，子路、子貢、顔淵侍側。孔子四望，喟然而歎曰：『於斯致思，無所不至矣。二三子各言爾志，吾將擇焉。』……子路抗手而對曰：『夫子何選焉？』孔子曰：『不傷財，不害民，不繁詞，則顔氏之子有矣。』」

〔五二〕「似矚」句，孔子家語卷二三恕：「孔子觀於東流之水。子貢問曰：『君子所見大水必觀焉，何也？』孔子曰：『以其不息，且遍與諸生而不爲也。夫水似乎德，其流也則卑下，倨邑必循其理，此似義。浩浩乎無屈盡之期，此似道。流行赴百仞之嵠而不懼，此似勇。至量必平之，此似法。盛而不求概，此似正。綽約微達，此似察。發源必東，此似志。以出以入，萬物就以化絜，此似善化也。水之德有若此，是故君子見必觀焉。』」王肅注：「遍與諸生者，物德水而後生，水不與生，而又不德也。」

博士、助教某等〔一〕，西州聞望，南國英靈。駭飛免於文場，躍雕龍於筆海〔二〕。楊雄博識，神遊象繫之端〔三〕；李郃幽通，思入璣衡之表〔四〕。每至韶光令月，朱鳥乘春，爽氣高天，玄龜送曆〔五〕。瓊籩玉豆，中堂奉先聖之儀〔六〕；石磬金鐘，南面習諸侯之禮〔七〕。華陽曾子，鼓篋來遊〔八〕；蜀國顔生，摳衣請學〔九〕。絃歌在側，還昇武騎之臺〔一〇〕；禮樂居前，重覩文翁之室〔一一〕。祁祁茂德〔一二〕，濟濟時英。聖人千載之風，儒者一都之會。丞、主簿、尉某等〔一三〕，青田戒露，望華蓋而長鳴〔一四〕；緑地生風，下仙閣而直轡。大夫貞節，還居内史之丞〔一五〕；文學明經，猶歷南昌之尉〔一六〕。鄉望姓名等，王孫獵騎，騁原隰之盤遊〔一七〕；公子文鋒，叙江山之體勢〔一八〕。符偉明以都官謝職，逢有道而相推〔一九〕；趙元叔以郡吏從班，見司徒而不拜〔二〇〕。僉以鄉閭少事，風月多懷，命童子於雩臺〔二一〕，就門人於相圃〔二二〕。冬禮春詩之化，再造雙川〔二三〕；淹中稷下之風，一匡三蜀〔二四〕。若夫平南壯烈，沉流水於裁碑〔二五〕；逐北勳庸，登燕山而刻頌〔二六〕。庾太尉新亭之墓，尚有黄金〔二七〕；鄭康成通德之門，猶存白瓦〔二八〕。況乎功苞大象〔二九〕，績被蒼生，豈使銘典闕如，音塵不嗣？是用雕牆峻宇，列冠蓋於宜城〔三○〕；塞陌填街，考春秋於太學〔三一〕。小人狂簡，不知所以裁之〔三二〕；夫子文章，今可得而言也〔三三〕。

【箋　注】

〔一〕「博士」句，唐六典卷三〇：諸州中下縣「博士一人，助教一人，學生二十人」。

〔二〕「駭飛兔」二句，呂氏春秋離俗覽：「飛兔要裹，古之駿馬也，材猶有短。」高誘注：「飛兔、要裹，皆馬名也，日行萬里，馳若兔之飛，因以爲名也。」雕龍，史記孟子荀卿列傳：「齊人頌曰：『談天衍，雕龍奭。』」集解引劉向别録曰：「騶衍之所言五德終始、天地廣大書言天事，故曰談天；騶奭修衍之文，飾若雕鏤龍文，故曰雕龍。」此「雕龍」即指龍，以與上句「飛兔」對應，喻文思敏捷。二句謂縣博士、助教等皆文筆能手。

〔三〕「楊雄」二句，象繫，即周易之象辭、繫辭。漢書藝文志曰：「孔氏（子）爲之彖、象、繫辭、文言、序卦之屬十篇，故曰易道深矣。」神遊象繫，謂揚雄仿周易而作太玄，漢書揚雄傳下稱太玄「深者入黄泉，高者出蒼天，大者含元氣，纖者入無倫」。

〔四〕「李郃」二句，漢書李郃傳：「李郃，字孟節，漢中南鄭人也。父頡，以儒學稱，官至博士。郃襲父業，游太學，通五經，善河洛風星，外質朴，人莫之識。縣召署幕門候吏。和帝即位，分遣使者，皆微服單行，各至州縣觀采風謠。使者二人當到益部，投郃候舍，時夏夕露坐，郃因仰觀問曰：『二君發京師時，寧知朝廷遣二使邪？』二人默然，驚相視曰：『不聞也。』問何以知之？部指星示云：『有二使星向益州分野，故知之耳。』」後舉孝廉，五遷爲尚書令，又拜太常。「幽通」、「璣衡」，皆謂其深通天文。

〔五〕「每至」四句，韶光，指春季。「朱鳥乘春」謂朱鳥隨春而來，指夏季。淮南子天文訓：「南方火也，其帝炎帝，其佐朱明，執衡而治夏。其神爲熒惑，其獸朱鳥。」高誘注：「朱鳥，朱雀也。」「爽氣」指秋季。「玄龜」指冬季。淮南子天文訓又曰：「北方水也，其帝顓頊，其佐玄冥，執權而治冬。其神爲辰星，其獸玄武。」又鶡冠子卷下天權：「春用蒼龍，夏用赤鳥，秋用白虎，冬用玄武。」按論衡卷六龍虛篇曰：「天有倉龍、白虎、朱鳥、玄武之象也，地亦有龍、虎、鳥、龜之物。」又演繁露卷一〇龜符：「玄武，龜也。」冬季爲一年之末，故謂「送曆」。學校於四季皆舉行釋奠禮，故四句言之。禮記文王世子：「凡學，春，官釋奠於其先師，秋、冬亦如之。」鄭玄注：「不言夏，夏從春可知也。釋奠者，設薦饌酌奠而已，無迎尸以下之事。」

〔六〕「瓊籩」二句，籩、豆，皆古代禮器，亦爲食器，瓊、玉，言其貴重。詩經小雅常棣：「儐爾籩豆，飲酒之飫。」兩句謂在廟學中堂行釋奠禮。

〔七〕「南面」句，諸侯，指地方長官。博士、助教等代地方長官行拜祭禮，故言「習」。

〔八〕「華陽」二句，華陽，指巴蜀。華陽國志卷一巴志：「昔在唐堯，洪水滔天，鯀功無成，聖禹嗣興。導江疏河，百川蠲脩，封殖天下，因古九囿以置九州。仰稟參伐，俯壤華陽、黑水、江漢爲梁州。」又云：「洛書曰：人皇始出，繼地皇之後，兄弟九人分理九州，爲九囿，人皇居中州，制八輔，華陽之壤，梁岷之域，是其一囿，囿中之國，則巴蜀矣。」曾子，孔子弟子曾參，此代指蜀中諸生。鼓篋，禮記學記：「入學鼓篋，孫其業也。」鄭玄注：「鼓篋，擊鼓警衆，乃發篋出所治經業也。孫猶恭順也。」

〔九〕「蜀國」二句，顏生，指孔子弟子顏淵，此亦代指蜀中諸生。摳衣，摳，提也，學生提衣向老師請益，以表敬重，詳前新都縣學先聖廟堂碑注。

〔一〇〕「絃歌」二句，孔子絃歌，見前新都縣學先聖廟堂碑注。武騎，指司馬相如。史記司馬相如列傳：相如「事孝景帝，爲武騎常侍」。武騎之臺，指琴臺。太平寰宇記卷七二益州引益部耆舊傳云：「（相如）宅在少城中笮橋下，有百許步是也。又有琴臺在焉，今爲金花等寺。」

〔一一〕「重覩」句，漢書循吏傳：「文翁，廬江舒人也。……景帝末，爲蜀郡守，仁愛好教化。……修起學官於成都市中，招下縣子弟以爲學官弟子。……繇是大化，蜀地學於京師者，比齊魯焉。」

〔一二〕「祁祁」句，詩經召南采蘩：「被之祁祁，薄言還歸。」毛傳：「祁祁，舒遲也，去事有儀也。」鄭玄箋：「其威儀祁祁然而安舒，無罷倦之失。」茂德，指博士、助教等，謂其多德，故舉止雍容優雅。

〔一三〕「丞、主簿」句，唐六典卷三〇：諸州中下縣，「丞一人，正九品上；主簿一人，從九品上；尉一人，從九品下」。

〔一四〕「青田」二句，青田，即指田。「青」與對句「緑」相配。戒露，即指露。藝文類聚卷九〇鳥部一鶴引風土記曰：「鳴鶴戒露。此鳥性警，至八月白露降流於草上，滴滴有聲，因即高鳴相警，移徙所宿處，慮有變害也。」華蓋，車蓋，代指車。丞、簿等乘馬無車，故云「望」而「長鳴」。

〔一五〕「大夫」二句，大夫居内史丞，當指西晉張暢。陸機薦張暢表：「伏見司徒、下諫議大夫張暢除，當爲豫章内史丞。暢才思清敏，志節貞勵，秉心立操，早有名譽。其年時舊比，多歷郡守，惟暢陵遲，白首未齒，而佐下藩，遂蹈碎濁。於暢名實，居之爲劇，前後未始有此。愚以爲宜解舉，試以近縣。」

〔一六〕「文學」二句，漢書梅福傳：「梅福，字子真，九江壽春人也。少學長安，明尚書、穀梁春秋，爲郡文學，補南昌尉。」明經，英華作「明誠」，於「誠」下校：「集作經。」猶，英華校：「集作書。」作「誠」、「書」誤。按：以上四句，謂丞、簿等皆有學問，而暫屈下僚，有如張暢、梅福。

〔一七〕「王孫」二句，盤游，尚書五子之歌：「太康尸位，以逸豫滅厥德，黎民咸貳。乃盤遊無度，畋於有洛之表，十旬弗反。」盤遊，僞孔傳：「盤樂遊逸，無法度。」此言長江縣廟學竣工，「鄉望」（鄉中望族）等皆來遊覽，而留連忘返，有如夏代之太康。

〔一八〕「公子」二句，公子，指左思蜀都賦所謂「西蜀公子」，乃設客難以著意之虚擬人名。蜀都賦開首曰「有西蜀公子者，言於東吴王孫」云云。蜀都賦及吴都賦、魏都賦，合稱三都賦。左思三都賦序曰：「其山川城邑，則稽之地圖；其鳥獸草木，則驗之方志。風謡歌舞，各附其俗；魁梧長者，莫非其舊。」此言長江縣廟學竣工，文人公子多有詩文描摹歌頌，有如晉代之左思。

〔一九〕「符偉明」二句，符偉明，即符融；有道，即郭泰，字林宗，人稱有道先生。後漢書符融傳：「符融，字偉明，陳留浚儀人也。少爲都官吏，恥之，委去。後游太學，師事少府李膺。膺風性高簡，每見融，輒絶它賓客，聽其言論。融幅巾奮褎，談辭如雲，膺每捧手歎息。郭林宗始入京師，時人莫識，融一見嗟服，因以介於李膺，由是知名。」

〔二〇〕「趙元叔」二句，後漢書趙壹傳：「趙壹，字元叔，漢陽西縣人也。……光和元年（一七八）舉郡上計到京師。是時司徒袁逢受計，計吏數百人，皆拜伏庭中，莫敢仰視，壹獨長揖而已。逢望而異之，令左右往讓之曰：『下郡計吏，而揖三公，何也？』對曰：『昔酈食其長揖漢王，今揖三公，何遽怪哉！』逢則斂衽下堂，執其手，延置上坐，因問西方事，大悦，顧謂坐中曰：『此人漢陽趙元叔也。』」元叔，「叔」字原作「淑」，各本同，據此改。以上四句，謂廟學既立，當會産生如符融、趙壹之類氣節之士。

〔二一〕「命童子」句，論語先進：「子路、曾皙、冉有、公西華侍坐。……子曰：『何傷乎？亦各言其志也。』（曾皙）曰：『莫春者，春服既成，冠者五六人，童子六七人，浴乎沂，風乎舞雩，詠而歸。』夫子喟然歎曰：『吾與點也。』」邢昺正義：「雩者，祈雨之祭名，左傳曰龍見而雩是也。鄭玄曰：『雩者，吁也，吁嗟而請雨也。』……舞雩之處有壇墠樹木，可以休息，故云風涼於舞雩之下也。」按：曾點，字皙。雩，原作「雲」，英華同，全唐文作「靈」。據此當作「雩」，雲、靈皆形訛，因改。

〔二二〕「就門人」句，禮記射義：「孔子射於矍相之圃，蓋觀者如堵牆。射至於司馬，使子路執弓矢出延射，曰：『賁軍之將，亡國之大夫與爲人後者不入，其餘皆入，蓋去者半，入者半。』」鄭玄注：「矍相，地名也。樹菜蔬曰圃。」鄭玄又注，稱其爲先行飲酒禮後之射禮，可參讀，此略。

〔二三〕「冬禮」二句，冬禮春詩，謂習禮誦詩，冬、春互文，參前益州新都縣學先聖廟碑注。雙川，指西川、東川，至肅宗至德時各置節度使，見舊唐書地理志四。

〔二四〕「淹中」二句，淹中，漢書藝文志：「禮古經者，出於魯淹中。」注引蘇林曰：「淹中，里名也。」按：在曲阜。稷下，史記田敬仲完世家：「（齊）宣王喜文學，……是以齊稷下學士復盛，且數百千人。」集解引劉向别録：「齊有稷門，城門也，談説之士期會於稷下也。」索隱引齊地記：「齊城西門側系水左右，有講堂址存焉。」按稷下在今山東臨淄縣北，齊古城西。則淹中、稷下之風，指儒學風氣。匡，正也。三蜀，三，英華作「二」，校：「集作三。」按華陽國志卷三蜀志曰：「益州以蜀郡、廣漢、犍爲爲三蜀。」則作「三」是。「命童子」句至此，謂廟學既立，教學相長，蜀中將興起儒學，丕變風俗。

〔二五〕「若夫」二句，晉書杜預傳：杜預，字元凱，京兆杜陵人。嘗拜鎮南大將軍、都督荆州諸軍事，晉初南征平吴成功。「預好爲後世名，常言高岸爲谷，深谷爲陵，刻石爲二碑，紀其勳績，一沉（襄陽）萬山之下，一立峴山之上，曰：『焉知此後不爲陵谷乎？』」

〔二六〕「逐北」二句，後漢書竇憲傳：竇憲，字伯度，扶風平陵人。嘗請兵北伐擊匈奴，乃拜憲車騎將軍，領精騎萬餘，與北單于戰於稽落山，大破之，斬名王已下萬三千級，獲生口馬牛羊橐駝百餘萬頭，降者前後二十餘萬人。憲遂「登燕然山，去塞三千餘里，刻石勒功，紀漢威德，令班固作銘」。燕山，乃燕然山之省，即今蒙古國境内之杭愛山。勳庸，英華校：「集作元勳。」按：勳爲功勳，庸爲勞力，二者平行，與上句「壯烈」對應，作「元勳」誤。

〔二七〕「庾太尉」二句，晉書庾亮傳：庾亮，字元規。善談論，性好莊老。王敦舉兵，加亮左衛將軍，又假亮節，都督東征諸軍事，以功封永昌縣開國公，轉護軍將軍。輔幼主，專朝政，歷征戰，晚拜司空。卒，追贈太尉。同上書郭璞傳：郭璞善筮，庾亮弟冰令筮其後嗣，「卦成，曰：『卿諸子併當貴盛，然有白龍者凶徵至矣，若墓碑生金，庾氏之大忌也。』」至冰子蘊時，「墓碑生金，俄而爲桓温所滅」。此反其義，以「生金」爲貴重。

〔二八〕「鄭康成」二句，鄭玄，字康成，孔融爲表彰其學術，於其高密縣故居開通德之門，見後漢書鄭玄傳，前益州新都縣學先聖廟碑注已引。白瓦，晉書戴逵傳：「戴逵，字安道，譙國人也。少博學，好談論，善屬文，能鼓琴，工書畫，其餘巧藝，靡不畢綜。總角時，以雞卵汁溲白瓦屑，作鄭玄碑，又爲文而自鐫之，詞麗器妙，時人莫不驚歎。」此代指鄭玄碑。

〔二九〕「況乎」句，大象，老子：「執大象，天下往。」河上公注：「執，守也；象，道也。聖人守大道，則天下萬物移心歸往之也。」

〔三〇〕「是用」二句，用，英華作「則」，校：「集作用。」作「用」義勝。雕牆峻宇，謂所建先聖廟極宏偉壯麗。列冠蓋，晉習鑿齒襄陽耆舊記卷三（荆楚書社一九八六年輯本）：「冠蓋里。漢末嘗有四郡守、七郡尉、兩侍中、一黄門侍郎、三尚書、六刺史、一十長史，朱軒高蓋會山下，因名其里曰冠蓋里，山曰冠蓋山。」又水經注卷二八沔水：「（宜城縣）有太山，山下有廟，漢末名士居其中，刺史二千石，卿長數十人，朱軒華蓋，同會於廟下。荆州刺史行部見之，雅歎其盛，號爲冠蓋里，而刻石銘之。此碑於永嘉中始爲人所毁，其餘文尚有可傳者，其辭曰：『峨峨南嶽，烈烈離明。寔敷儁乂，君子以生。惟此君子，作漢之英。德爲龍光，聲化鶴鳴』」。宜城縣，即今湖北襄陽宜城市。兩句以宜城喻指長江縣，謂所建孔廟既竣，衆官僚遂會聚廟下，共議建碑之事。

〔三二〕「塞陌」二句，塞陌填街，形容人多。考春秋，指於太學門外以石經考正春秋文字。後漢書蔡邕傳：「邕以經籍去聖久遠，文字多謬，俗儒穿鑿，疑誤後學。熹平四年（一七五），乃與五官中郎將堂谿典，光禄大夫楊賜，諫議大夫馬日磾，議郎張馴、韓説，太史令單颺等，奏求正定六經文字，靈帝許之。邕乃自書册於碑，使工鐫刻，立於太學門外。於是後儒晚學，咸取正焉。」李賢注引洛陽記曰：「太學，在洛城南開陽門外。講堂長十丈，廣二丈。堂前石經四部。……禮記碑上有諫議大夫馬日磾、議郎蔡邕名。」同上書儒林傳序李賢注引楊龍驤洛陽記載朱超石與兄書云：「石經文都似碑，高一丈許，廣四尺，駢羅相接。」又魏齊王曹芳正始二年（二四一），有所謂三體石經。至唐初，兩石經雖在，然已十不存一。此言廟學既立，公衆視之爲學術重鎮，有如漢末洛陽太學。

〔三三〕「小人」二句，論語公冶長：「子在陳，曰：『歸與！歸與！吾黨之小子狂簡，斐然成章，不知所以裁之。』」何晏集解引孔（安國）曰：「簡，大也。孔子在陳，思歸欲去，故曰。吾黨之小子狂簡者，進取於大道，妄作穿鑿以成文章，不知所以裁制，我當歸以裁之耳，遂歸。」此乃作者謙詞。

〔三〕「夫子」二句，論語公冶長：「子貢曰：『夫子之文章，可得而聞也；夫子之言性與天道，不可得而聞也。』」何晏集解：「章，明也。文彩形質著見，可以耳目循。性者，人之所受以生也，天道者，元亨日新之道，深微，故不可得而聞也。」兩句謂雖不知所以裁之，然有夫子文章在，故尚可操筆。

詞曰：

西崑玉闕〔一〕，南海金堂〔二〕。惟惚惟恍〔三〕，一陰一陽〔四〕。三辰赫赫〔五〕，九土茫茫〔六〕。太極天帝，神州地皇〔七〕。

【箋　注】

〔一〕「西崑」句，太平御覽卷一元氣引十洲記曰：「昆陵，崑崙山也，上有金臺玉闕，亦元氣之所合，天地之居治處。」按：崑崙山在西方，故稱「西崑」。

〔二〕「南海」句，太平御覽卷一天部一引遁甲開山圖曰：「南溟之山，金堂玉室，上含元氣，實滋神化。」南溟，即南海。

〔三〕「惟惚」句，老子：「道之爲物，惟恍惟惚。惚兮恍兮，其中有象；恍兮惚兮，其中有物。」王弼注：「恍惚，無形不繫之歎。以無形始物，不繫成物。萬物以始以成，而不知其所以然，故曰恍兮惚兮，惚兮恍兮，其中有象也。」

〔四〕「一陰」句，周易繫辭上：「一陰一陽之謂道。」韓康伯注：「道者何？无之稱也，无不通也，无不由也，況之曰道。」

〔五〕「三辰」句，三辰，日、月、星也，本文前已注。赫赫，及下句「茫茫」，皆博大貌。

〔六〕「九土」句，九州之地。史記孟軻傳附騶衍：「中國名曰赤縣神州。赤縣神州内自有九州，禹之序九州是也。」

〔七〕「太極」二句，周易繫辭上：「易有太極，是生兩儀。」韓康伯注：「夫有必始於無，故大極生兩儀也。大極者，无稱之稱，不可得而名，取有之所極，況之大極者也。」神州，即中國。地皇，此指地上之皇王，與上句「天帝」對應。

驪連上古，混沌中央〔一〕。降及軒頊〔二〕，終於夏商。四時玉斗〔三〕，五緯珠囊〔四〕。聖德千載，淳風八荒〔五〕。

【箋注】

〔一〕「驪連」二句，驪連及混沌、中央，皆傳説中上古帝王名號。唐司馬貞史記索隱卷三〇三皇氏：

「自人皇已後，有五龍氏、燧人氏、大庭氏、柏皇氏、中央氏、卷鬚氏、栗陸氏、驪連氏、赫胥氏、尊盧氏、渾沌氏、昊英氏、有巢氏、朱襄氏、葛天氏、陰康氏、無懷氏，斯蓋三皇已來有天地者之號。」

〔二〕「降及」句，軒，黄帝軒轅氏；頊，顓頊高陽氏，皆傳説中「五帝」之一，及華夏人文始祖。史記五帝本紀：「帝顓頊高陽者，黄帝之孫，而昌意之子也。静淵以有謀，疏通而知事，養材以任地，載時以象天，依鬼神以制義。」

〔三〕「四時」句，四時，四季也。玉斗，藝文類聚卷一一帝夏禹引帝王世紀，謂禹「虎鼻大口，兩耳參漏，胸有玉斗」。又古微書卷三録尚書帝命驗：「禹身長九尺有咫，虎鼻河目，駢齒鳥喙，耳三漏，戴成鈐，褱玉斗。」注引靈準聽云：「有人出石，夷掘地代，戴成鈐，懷玉斗。」注：姚氏云：「禹胸有墨如北斗。」鄭（玄）云：「懷璇璣玉衡之道。戴鈐，謂有骨表如鈎鈐星也。」則所謂「玉斗」，即有墨痕如北斗也。

〔四〕「五緯」句，太平御覽卷六星中引樂汁圖鄭玄注曰：「日月遺其珠囊。珠，謂五星也。遺其囊者，盈縮失度也。」按後漢書郎顗傳：「五緯循軌，四時和睦。」李賢注：「五緯，五星。」以上二句，謂古帝王乃日月之遺珠。

〔五〕「淳風」句，文選張衡思玄賦：「翾鳥舉而魚躍兮，將往走乎八荒。」舊注引淮南子曰：「四海之外有八澤，八澤之外曰八埏，八埏之外曰八荒。」此泛指邊遠之地，謂淳風徧及也。

天開赤籙，日照青光〔一〕。讖協金匱〔二〕，兵符玉潢〔三〕。化隆文武，澤盛成康〔四〕。天子穆穆，諸侯皇皇〔五〕。

【箋注】

〔一〕「天開」二句，赤籙、青光，皆周受命代殷而有天下之符，見前益州新都縣學先聖廟碑注。

〔二〕「讖協」句，據尚書金縢，周成王見周公納於金縢匱中之册，而知其忠於王室。詳見前益州新都縣學先聖廟碑注引。句指周公、成王皆見讖極高。

〔三〕「兵符」句，太平御覽卷八三四釣引尚書大傳：「周文王至磻溪，見吕望釣。文王拜之尚父。望釣得玉璜，刻曰：『周受命，吕佐昌。德合於今，昌來提。』」句謂太公望用兵佐周而得天下，與玉潢所刻相符。

〔四〕「澤盛」句，盛，英華校：「集作仞。」誤。

〔五〕「天子」二句，詩經大雅假樂：「干禄百福，子孫千億。穆穆皇皇，宜君宜王。」鄭玄箋：「天子穆穆，諸侯皇皇，成王行顯顯之令德，求禄得百福，其子孫亦勤行而求之，得禄千億，故或爲諸侯，或爲天子，言皆相勗以道。」

春秋代謝，宗社危亡。帝典無象〔一〕，人倫不綱〔二〕。山河命德，天地興祥〔三〕。禮樂三變〔四〕，文明一匡〔五〕。

【箋注】

〔一〕「帝典」句，無象，「無」原作「垂」，英華、四子集、全唐文作「無」，是，據改，「垂」乃形訛。無象謂周已失去上天所授符命。論語子罕：「子曰：鳳鳥不至，河不出圖，吾已矣夫！」

〔二〕「人倫」句，禮記曲禮下：「儗人必於其倫。」鄭玄注：「儗猶比也，倫猶類也。」此指社會秩序。不綱，文選班固史述讚述高紀：「秦人不綱，網漏於楚。」李善注：「綱以喻網，網無綱，無所成，故漏也。言秦人不能整其綱維，令綱目漏也。」張銑注：「綱，謂綱紀也。」以上兩句，謂周政權失去統治力，天下已亂。

〔三〕「山河」二句，謂天地將授命於有德，暗指孔子，與前新都縣學先聖廟碑銘詞「三靈授手」同義。

〔三〕「禮樂」句，三變，多次變更，謂各代禮樂不盡相同。史記叔孫通傳：叔孫通曰：「五帝異樂，三王不同禮。禮者，因時事、人情爲之節文者也。故夏、殷、周之禮所以因損益可知者，謂不相復也。」

〔四〕「文明」句，周易賁卦：「天之文也，文明以止，人文也。」王弼注：「止物不以威武，而以文明，人之文也。」孔穎達正義釋「文明」爲「文德之教」，曰：「『文明以止，人文』者，文明，離也；以止，艮也。用此文明之道，裁止於人，是人之文德之教。」以上兩句，謂時當季世，孔子將以禮樂、文明匡正天下。

原承少典〔一〕，祚啓成湯〔二〕。吹律丹鳳〔三〕，銜符白狼〔四〕。三仁去國〔五〕，再命循牆〔六〕。不有積善〔七〕，其何以昌。

【箋注】

〔一〕「原承」句，謂少典乃孔子始祖。史記五帝本紀：「黄帝者，少典之子。」集解引譙周，稱少典爲「有熊國君」。孔子自稱爲殷人之後，而契爲商之始祖，其母爲帝嚳女，帝嚳爲黄帝曾孫，故追溯至少典。參見前新都縣學先聖廟碑「司徒立勳」句注。

〔二〕「祚啓」句，祚，帝位。成湯，亦名帝乙，滅夏桀而建立商朝。周武王克殷，封紂之子武庚於朝歌，使奉湯祀。武王崩，武庚與管、蔡、霍三叔作難。周公相成王東征之二年，罪人斯得，乃命微子爲殷後，作微子之命，由之興國於宋，而孔子乃微子之後，故云。詳見前新都縣學先聖廟碑注。

〔三〕「吹律」句，吕氏春秋卷五古樂：「昔黄帝令伶倫作爲律。伶倫自大夏之西，乃之阮隃之陰，取竹於嶰谿之谷，以生空竅厚鈞者，斷兩節間，其長三寸九分而吹之，以爲黄鍾之宫。吹曰舍少。次制十二筒，以之阮隃之下，聽鳳皇之鳴，以别十二律。其雄鳴爲六，雌鳴亦六，以比黄鍾之宮，適合。黃鍾之宮皆可以生之，故曰黃鍾之宮，律呂之本。」高誘注：「伶倫，黃帝臣。」又曰：「法鳳之雌雄，故律有陰陽，上下相生，故曰黃鍾之宮皆可以生之。」按：「吹律」爲黃帝時事，此當用少典事，蓋以少典無事可用，而以黃帝乃少典子，故用之也。

〔四〕「銜符」句，太平御覽卷八三殷帝成湯引尚書璇璣鈐曰：「湯受金符，白狼銜鈎入殷朝。」原注：「鈎，縛束之要，明湯得天下之要也。」銜符，「銜」原作「鈎」。英華作「御符」，於「符」下校：「一作鈎。」「御」蓋「銜」之形訛，實即「銜符」。全唐文作「銜符」。作「銜」是，據改。

〔五〕「三仁」句，論語微子：「微子去之，箕子爲之奴，比干諫而死。孔子曰：『殷有三仁焉。』」何晏集解引馬（融）曰：「微、箕，二國名，子爵也。微子，紂之庶兄；箕子、比干，紂之諸父。微子見紂無道，早去之。箕子佯狂爲奴。比干以諫見殺。」又曰：「仁者愛人。三人行異而同稱仁，以其俱在憂亂寧民也。」

〔六〕「再命」句，指孔子遠祖正考父。史記孔子世家：「其祖弗父何始有宋而嗣讓厲公，及正考父佐戴、武、宣公，三命茲益恭，故鼎銘云：『一命而僂，再命而傴，三命而俯，循牆而走，亦莫敢余侮。饘於是，粥於是，以糊余口。』其恭如是。」

〔七〕「不有」句，周易坤卦文言：「積善之家，必有餘慶。」

降靈鄒邑，誕哲平鄉〔一〕。月角摛彩〔二〕，星鈐吐芒〔三〕。文行忠信〔四〕，恭儉温良〔五〕。或默或語〔六〕，能柔能剛。

【箋注】

〔一〕「降靈」二句，降靈、誕哲，謂孔子誕生。鄒邑、平鄉，孔子出生地，見本文前注。

〔二〕「月角」句，謂孔子額角似月形，眉有一十二彩，見本文前注。

〔三〕「星鈐」句，星鈐，即鈎鈐星。藝文類聚卷七帝王部一引帝王世紀曰：「伯禹夏后氏，姒姓也。生於石坳，虎鼻大口，兩耳參漏，首戴鈎鈐。」史記天官書：「（房星）旁有兩星，曰鈐。」索隱引元命包曰：「鈎鈐兩星，以閑防，神府闓舒，爲主鈎距，以備非常也。」吐芒，放射光芒。按史記孔子世家，稱孔子適鄭，獨立郭東門，鄭人或謂其類禹，「然自要以下不及禹三寸」，故此以禹之異表言孔子。

〔四〕「文行」句，論語述而：「子以四教：文、行、忠、信。」邢昺疏：「此章記孔子行教，以此四事爲先也。文謂先王之遺文。行謂德行，在心爲德，施之爲行。中心無隱謂之忠，人言不欺謂之信。此四者有形質，故可舉以教也。」

〔五〕「恭儉」句，論語學而：「子禽問於子貢曰：『夫子至於是邦也，必聞其政，求之與，抑與之與？』子貢曰：『夫子温良恭儉讓以得之。夫子之求之也，其諸異乎人之求之與。』」

〔六〕「或默」句，周易繫辭上：「子曰：君子之道，或出或處，或默或語，二人同心，其利斷金。」

學而不厭〔一〕，師亦何常〔二〕。通禮明德，尊賢毀方〔三〕。古之君子，昔者明王。道協公旦，神交帝唐〔四〕。

【箋注】

〔一〕「學而」句，論語述而：「子曰：默而識之，學而不厭，誨人不倦，何有於我哉！」何晏集解引鄭(玄)曰：「人無是行於我，我獨有之。」

〔二〕「師亦」句，論語述而：「子曰：三人行，必有我師焉，擇其善者而從之，其不善者而改之。」何晏集解：「言我三人行，本無賢愚，擇善從之，不善改之，故無常師。」同上書子張：「衛公孫朝問於子貢曰：『仲尼焉學？』子貢曰：『文武之道，未墜於地，在人。賢者識其大者，不賢者識其小者，莫不有文武之道焉。夫子焉不學？而亦何常師之有？』」何晏集解引馬(融)曰：「公孫朝，衛大夫。」

〔三〕「尊賢」句，毀方，禮記儒行：「……儒有博學而不窮，篤行而不倦，……慕賢而容衆，毀方而瓦合，其寬裕有如此者。」鄭玄注：「毀方而瓦合，去己之大圭角，下與衆人小合也。必瓦合者，亦君子爲道不遠人。」

〔四〕「道協」二句，謂孔子祖述堯舜，憲章文武。公旦，即周公，包括周文王、武王；帝唐，指堯，包括舜。禮記中庸：「仲尼祖述堯舜，憲章文武。」鄭玄注：「此以春秋之義説孔子之德。孔子曰：

『吾志在春秋，行在孝經。』二經固足以明之。孔子祖述堯舜之道而制春秋，而斷以文王、武王之法度。春秋傳曰：『君子曷爲？爲春秋。撥亂世反諸正，莫近諸春秋，其諸君子樂道堯舜之道，與末不亦樂乎？堯舜之知君子也。』又曰：『是子也，繼文王之體，守文王之法度，文王之法無求而求，故譏之也。』又曰：『王者孰謂？謂文王也。』此孔子兼包堯舜文武之盛德，而著之春秋，以俟後聖者也。」

攝官從事〔一〕，冕服端章〔二〕。示之以德〔三〕，臨之以莊〔四〕。澤如春雨，威若秋霜。男女斯別，尊卑克彰。〔五〕

【箋注】

〔一〕「攝官」句，攝，代理。攝官指孔子爲魯司寇攝行相事，見前新都縣學先聖廟碑注。

〔二〕「冕服」句，孔子家語卷二三恕：子曰：「國有道，則袞冕而執玉。」王肅注：「袞冕，文衣盛飾也。」

〔三〕「示之」句，論語爲政：「子曰：爲政以德，譬如北辰居其所，而衆星共之。」何晏集解引包（咸）曰：「德者無爲，猶北辰之不移，而衆星共之。」

〔四〕「臨之」句，論語爲政：「季康子問使民敬忠以勸，如之何？子曰：『臨之以莊則敬。』」何晏集解引孔（安國）曰：「魯卿季孫肥，康，謚。」又引包（咸）曰：「莊，嚴也。君臨民以嚴，則民敬其上。」

〔五〕「澤如」四句，指孔子仕魯時赦父子訟者，殺少正卯，以及令男女行者别於塗，制養生送死之節諸事，詳見前新都縣學先聖廟碑注。

時逢版蕩〔一〕，運屬悽遑〔二〕。入齊損味〔三〕，居陳絶糧〔四〕。登山極目，臨水倘佯〔五〕。無道斯隱〔六〕，舍之則藏〔七〕。

【箋　注】

〔一〕「時逢」句，詩經大雅有板、蕩二篇，刺周厲王無道，敗壞國家，前已注。版、板同。後以「版蕩」指時局動亂，此指春秋時期諸侯争霸，相互殺伐。

〔二〕「運屬」句，謂孔子時運不偶，悽遑終身。論語憲問：「微生畝謂孔子曰：『丘何爲是栖栖者與？無乃爲佞乎？』」悽遑，同「栖皇」，忙碌不安貌。

〔三〕「入齊」句，論語述而：「子在齊聞韶，三月不知肉味。曰：『不圖爲樂之至於斯也。』」何晏集解引周氏曰：「孔子在齊聞習韶樂之盛美，故忽忘於肉味。」又引王（肅）曰：「爲，作也。不圖作韶樂至於此。此，齊。」按：韶樂，舜樂也。句謂孔子極喜古樂，實不滿於「今樂」。

〔四〕「居陳」句，史記孔子世家：「孔子在陳蔡之間，楚使人聘孔子。孔子將往拜禮，陳蔡大夫謀曰：『孔子賢者，所刺譏皆中諸侯之疾。今者久留陳蔡之間，諸大夫所設行皆非仲尼之意。今楚，大國也，來聘孔子，孔子用於楚，則陳蔡用事大夫危矣。』於是乃相與發徒役圍孔子於野，不得行，絶糧，從者病，莫能興。」

〔五〕「登山」二句，登山、臨水，指孔子與弟子游農山、觀東流之水，本文前已注。

〔六〕「無道」句，孔子家語卷二三恕：「子路問於孔子曰：『有人於此，被褐而懷玉，何如？』子曰：『國無道，隱之可也。』」王肅注：「褐，毛布衣。」

〔七〕「舍之」句，論語述而：「子謂顔淵曰：『用之則行，舍之則藏，唯我與爾有是夫。』」何晏集解：「孔子言可行則行，可止則止，唯我與顔淵同。」

季孫大賚〔一〕，敬叔揄揚〔二〕。問官郯子〔三〕，受樂師襄〔四〕。神明協贊〔五〕，雅頌鏗鏘〔六〕。紫麟遥集，丹烏遠翔〔七〕。

【箋注】

〔一〕「季孫」句，季孫，魯哀公時正卿季孫肥。大賚，尚書湯誓：「予其大賚汝。」僞孔傳：「賚，與也。」此謂贈與。孔子家語卷二致思：「孔子曰：季孫之賜我粟千鍾也，而交益親。」王肅注：

「得季孫千鍾之粟，以施與衆，而交益親。」

〔二〕「敬叔」句，敬叔，原作「叔敬」，據英華改。敬叔，即南宫閲（見左傳哀公三年杜預注），字敬叔，孔子弟子。揄揚，宣揚。孔子家語卷九本姓解：「齊太史子與適魯，見孔子，孔子與之言道。子與悦，……謂南宫敬叔曰：『今孔子，先聖之嗣，自弗父何以來，世有德讓，天所祚也。成湯以武德王天下，其配在文，殷宗已下未始有也。孔子生於衰周，先王典籍錯亂無紀，而乃論百家之遺記，考正其義，祖述堯舜，憲章文武，删詩述書，定禮理樂，製作春秋，贊明易道，垂訓後嗣以爲法式，其文德著矣。然凡所教誨，束脩已上三千餘人，或者天將欲與素王之乎，夫何其盛也！』敬叔曰：『殆如吾子之言。夫物莫能兩大。吾聞聖人之後而非繼世之統，其必有興者焉。今孔子之道至矣，乃將施乎無窮，雖欲辭天之祚，故未得耳。』子貢聞之，以二子告孔子，子曰：『豈若是哉！亂而治之，滯而起之，自吾志，天何與焉？』」

〔三〕「問官」句，郯子朝魯，能答少皓氏何以以鳥名官之問，孔子聞之，遂見郯子而學焉，見本文前注引孔子家語。

〔四〕「受樂」句，孔子學鼓琴於師襄子，師襄謂「丘得其爲人」，因所奏穆然深思，怡然高望，有如文王操。見前新都縣學先聖廟碑注引史記孔子世家。

〔五〕「神明」句，周易説卦：「昔者聖人之作易也，幽贊於神明而生蓍。」韓康伯注：「幽，深也；贊，明也。蓍受命如響，不知所以然而然也。」

〔六〕「雅頌」句，論語子罕：「子曰：『吾自衛反魯，然後樂正，雅頌各得其所。』」禮記樂記：「君子之聽音，非聽其鏗鏘而已也，彼亦有所合之也。」鄭玄注：「以聲合，成己之志。」

〔七〕「紫麟」二句，宋羅泌路史卷四二麟木說引孝經中契：「（孔）丘見孝經文成而天道立，乃齋以白之天。玄霜（按：太平御覽卷六一〇引孝經中契作「雲」）湧北極，紫宮開北門，召亢星比落司命天使書題，號云孝經，篇目玄神辰裔。孔丘知元命，使陽衢乘紫麟，下告地主要道之君。後年麟至，口吐圖文，北落郎服書魯端門，隱形不見。子夏往觀，寫之，得十七字，餘文二十消滅，飛爲赤烏（按：「烏」原作「鳥」，據上引御覽改），翔摩青雲。」

生靈水火，家國舟航〔一〕。功符日用〔二〕，德協天長〔三〕。倏嗟崩嶽，奄歎摧梁〔四〕。昧昧神道，悠悠彼蒼〔五〕。

【箋注】

〔一〕「家國」句，舟航，文選任昉王文憲集序：「功深砥礪，道邁舟航。」李善注引尚書（說命）高宗曰：「若金用汝作礪，若濟巨川，用汝作舟楫。」呂向注：「舟，航船也，所以濟乎大川，喻濟人也。」此以喻孔子。

〔二〕「功符」句，周易繫辭上：「百姓日用而不知，故君子之道鮮矣。」韓康伯注：「君子體道以爲用也。仁知則滯於所見，百姓則日用而不知，體斯道者，不亦鮮矣！」

〔三〕「德協」句，謂孔子之德，當能求天長命。尚書召誥：「惟恭敬奉其幣帛，用供待王，當能受天長命，將以慶王多福，必上下勤恤，乃與小民，受天永命。」

〔四〕「倏嗟」二句，感歎孔子竟然逝去。崩嶽、摧梁，謂泰山頹，梁木壞，喻孔子將死，見前新都縣學先聖廟碑注。

〔五〕「昧昧」二句，謂神靈暗昧，天道悠遠，不可詰問。詩經秦風黃鳥：「彼蒼者天，殲我良人！」

書開壞宅〔一〕，讖識登床〔二〕。與世輕重，因時弛張〔三〕。氈裘黼黻，沙漠壇場〔四〕。璣衡慘慘〔五〕，載籍膏肓〔六〕。

【箋　注】

〔一〕「書開」句，魯恭王壞孔子舊宅以廣其宮，聞鐘磬琴瑟之聲，從壁中得古文經傳，見本文前注引漢書景十三王傳。壞，英華作「懷」，形訛。

〔二〕「讖識」句，謂孔子將死，遺讖書曰「不知何一男子，自謂秦始皇，上我之堂，踞我之床，顛倒我衣裳，至沙丘而亡」云云，見本文前注引論衡。識，英華校：「集作發。」誤。

〔三〕「與世」二句，世，原作「代」，唐諱，徑改。謂孔子死後，隨時代變遷，其地位亦輕重不同。

〔四〕「氈裘」二句，氈裘、沙漠，代指少數民族；黼黻、壇場，代指禮樂教化之地。謂孔子死後，中國禮儀之邦屢遭異族侵略，文明國度幾成文化沙漠。

〔五〕「璣衡」句，璣衡，即璇璣玉衡，古代測天儀器。慘慘，慘，查古今字書未見其字，疑乃「憀」字之殘，或當時俗體。慘憀，謂天象不祥，政權危殆。

〔六〕「載籍」句，指史料文獻。膏肓，謂考之文獻，當時國家已病入膏肓，不可救藥。文選孫楚爲石仲容與孫皓書：「夫治膏肓者，必進苦口之藥；決狐疑者，必告逆耳之言。如其迷謬，未知所投，恐俞附見其已困，扁鵲知其無功也。」李善注引左氏傳曰：「晉景公夢疾爲二豎子，一曰居肓之上，一曰居膏之下，若我何？」按：見左傳成公十年，杜預注：「肓，鬲也，心下爲膏。」

汾河水白〔一〕，晉野星黃〔二〕。軒電臨斗〔三〕，殷雷入房〔四〕。九圍臣妾〔五〕，八極城隍〔六〕。東序西序，上庠下庠〔七〕。

【箋注】

〔一〕「汾河」句，汾河，又稱汾水，源出山西寧武縣，流經太原市區，最後注入黃河。水白，左傳僖公二十四年：「（晉公子重耳逃亡）及河，子犯以璧授公子，曰：『臣負羈絏從君巡於天下，臣之罪甚多矣，臣猶知之，而况君乎？請由此亡。』公子曰：『所不與舅氏同心者，有如白水！』」杜預注：「子犯，重耳舅也。言與舅氏同心之明，如此白水。猶詩言『謂予不信，有如皦日』。」此以汾河代指太原，實指唐高祖李淵隋末於太原起兵推翻隋朝事。水白，喻唐高祖李淵反隋理所當然，光明正大。

〔二〕「晉野」句，漢桓帝時有黄星見於楚、宋之分，殷馗稱「後五十歲當有真人起於梁沛之間，其鋒不可當」云云，見前新都縣學先聖廟碑注引三國志魏書武帝紀。此謂晉地亦有黄星之瑞，謂唐高祖李淵起兵乃上膺天命。

〔三〕「軒電」句，軒電，謂飛軒如電。軒，車也，喻車行迅疾，如電光稍縱即逝。曹植七啓：「飛軒電逝，獸逐輪轉。」臨斗，史記天官書：「北斗七星，所謂『璇、璣、玉衡，以齊七政』。……斗爲帝車，運於中央，臨制四鄉。」兩句謂唐高祖義軍勢如摧枯拉朽，迅疾如電，不久即攻入隋都長安，并奪取政權。

〔四〕「殷雷」句，詩經召南殷其雷：「殷其雷，在南山之陽。」毛傳：「殷，雷聲也。」入房，史記天官書：「東宫蒼龍，房、心。」索隱引春秋説題辭云：「房、心爲明堂，天王政之宫。」又正義曰：「房心，君之位。」此謂唐高祖以迅雷之勢建立唐朝，登上天子寶座。雷，英華校：「集作雲。」誤。

〔五〕「九圍」句，詩經商頌長發：「昭假遲遲，上帝是祗，帝命式于九圍。」毛傳：「九圍，九州也。」臣妾，文選劉琨勸進表：「蒼生顒然，莫不欣戴，聲教所加，願爲臣妾者哉！」李善注引史記張良曰：「百姓莫不願爲臣妾。」按史記魯周公世家：「馬牛其風，臣妾逋逃。」集解引鄭玄曰：「臣妾，厮役之屬也。」此泛指百姓，謂天下百姓皆歸心於唐。

〔六〕「八極」句，淮南子原道訓：「夫道者，覆天載地，廓四方，柝八極。」高誘注：「八極，八方之極。」城隍，易泰卦：「城復於隍，勿用師。」孔穎達疏：「子夏傳云：隍是城下池也。城之爲體，由基土陪扶乃得爲城，今下不陪扶，城則隕壞。」此謂各地軍閥土崩瓦解，如同城復於隍，皆願歸順，與上句義同。

〔七〕「東序」二句，禮記王制：「有虞氏養國老於上庠，養庶老於下庠；夏后氏養國老於東序，養庶老於西序；殷人養國老於右學，養庶老於左學；周人養國老於東膠，養庶老於虞庠，虞庠，在國之西郊。」鄭玄注：「皆學名也，異者，四代相變耳。或上、西，或上、東。或貴在國，或貴在郊。上庠、右學，大學也，在西郊；下庠、左學，小學也，在國中王宫之東。東序、東膠，亦大學，在國中王宫之東；西序、虞庠，亦小學也，西序在西郊，周立小學於西郊。膠之言糾也，庠之言養也。」兩句謂自唐建立後，天下學校大興。

粤惟銅墨〔一〕，實號金相〔二〕。靈山地輔〔三〕，德水天潢〔四〕。芝蘭秀出〔五〕，羔鴈成行〔六〕。玉匣孤劍〔七〕，瑶臺驌驦〔八〕。

【箋注】

〔一〕「粤惟」句，粤惟，發語詞。銅墨，指縣令。漢書百官公卿表上：凡吏，「秩比六百石以上，皆銅印黑綬」。按舊唐書輿服志，唐「五品黑綬」。此代指長江令楊公，謂其官僅縣令。

〔二〕「實號」句，相，原作「箱」，全唐文同。英華亦作「箱」，校：「集作相。」按：當作相，據所校集本改。金相，謂楊公雖卑爲縣令，實爲金相玉質。晉書潘岳傳附潘尼傳史臣曰：「正叔（按：潘尼字正叔）含咀藝文，履危居正，安其身而後動，契其心而後言。著論究人道之綱，裁箴懸乘輿之鑑，可謂玉質而金相者矣。」

〔三〕「靈山」句，靈山，此指華山。地輔，謂華陰爲古京輔之地。三輔黄圖卷一三輔治所：「三輔者，謂主爵中尉及左右内史，漢武帝改曰京兆尹、左馮翊、右扶風，共治長安城中，是爲三輔。三輔郡皆有都尉如諸郡，京輔都尉治華陰，左輔都尉治高陵，右輔都尉治郿。」

〔四〕「德水」句，德水，即黄河。史記秦始皇本紀：始皇二十六年（前二二一），「更名河曰德水，以爲水德之始」。天潢，史記天官書：「漢中四星曰天駟，旁一星曰王良，……旁有八星絶漢，曰天潢。」索隱引元命包曰：「潢主河渠，所以度神通四方。」又引宋均云：「天潢，天津也。津，湊也，主計度也。」此謂黄河乃星宿之天潢。以上二句，謂楊氏世居華山之下，黄河之濱，乃地靈人傑之會。

〔五〕「芝蘭」句，芝蘭，香草名。孔子家語卷五在厄：「子曰：……芝蘭生於深林，不以無人而不芳」，君子修道立德，不爲窮困而敗節。」此喻指楊氏人物品格高尚儒雅。

〔六〕「羔鴈」句，尚書舜典：「修五禮，五玉、三帛、二生、一死贄，如五器，卒乃復。」「二生」，僞孔傳：「卿執羔，大夫執鴈。」後以羔鴈代指卿大夫。成行，謂楊氏爲官者極多。

〔七〕「玉匣」句，玉匣，嵌玉劍匣，泛指劍匣。古代士以上佩劍爲禮器。初學記卷二二武部引賈子：「古者天子二十而冠，帶劍；諸侯三十而冠，帶劍；大夫四十而冠，帶劍；隸人不得冠，庶人有事得帶劍，無事不得帶劍。」孤劍，謂獨立不欹，喻指楊氏爲人剛直不阿。南朝宋吴邁遠櫂歌行：「十三爲漢使，孤劍出皋蘭。」唐楊巨源贈鄰家老將：「空餘孤劍在，開匣一沾裳。」可參讀。

〔八〕「瑶臺」句，瑶臺，楚辭屈原離騷：「望瑶臺之偃蹇兮。」此代指朝廷。驌驦，文選左思吴都賦：「吴王乃巾玉輅，軺驌驦。」劉淵林注：「驌驦，馬也。左氏傳曰：『唐成公如楚，有兩驌驦馬。』」此以良馬喻良臣，謂楊氏多朝廷幹練之才。

懲奸挫右〔一〕，濟猛移蝗〔二〕。風傳積石〔三〕，道被滄浪〔四〕。絲言涣汗〔五〕，經葺相望〔六〕。夏井蓮植，秋窗桂芳。

【箋注】

〔一〕「懲奸」句，挫，原作「摇」。英華亦作「摇」，校：「集作挫，是。」全唐文亦作「挫」，據改。挫右，謂打擊豪右。

〔二〕「濟猛」句，濟猛，謂爲政以寬，以寬濟猛。移蝗，太平御覽卷二六八良令長下引海内先賢傳曰：「公沙穆遷弘農令，界有蝗蟲食禾稼，百姓惶懼。穆設壇謝曰：『百姓有過，咎在典掌。罪穆之由，請以身禱。』玄雲四集，雨下霶霈，自日中至晡，不知蝗蟲所在，百姓稱曰神明。」

〔三〕「風傳」句，風，指政風，聲名。積石，山名。尚書禹貢：「浮於積石，至於龍門、西河。」僞孔傳：「積石山，在金城西南，河所經也。沿河順流而北千里，而東千里，而南龍門山。」正義引地理志云：「積石山，在金城河關縣西南。」按：山在今甘肅省撒拉族自治縣。

〔四〕「道被」句，滄浪，水名。史記夏本紀：「嶓冢道瀁，東流爲漢，又東爲滄浪之水。」索隱：「馬融、鄭玄皆以滄浪爲夏水，即漢、河之别流也。漁父歌曰：『滄浪之水清兮，可以濯吾纓。』是此水也。」正義曰：「括地志云：『均州武當縣有滄浪水。』庾仲雍漢水記云：『武當縣西四十里漢水中有洲，名滄浪洲也。』地記云：『水出荆山，東南流，爲滄浪水。』」以上二句，謂長江令楊公爲政之善，名聲遠播。

〔五〕「絲言」句，指王言，謂其初出如絲，出行於外，即大如綸，見本文前「如綸如綍」句注引禮記緇衣。涣汗，謂王言極具權威，使人驚恐遵從。周易涣卦：「九五，涣汗其大號。涣，王居无咎。」王弼注：「處尊履正，居巽之中，散汗大號以蕩險阨者也。爲涣之主，唯王居之，乃得无咎也。」孔穎達正義曰：「涣汗其大號者，人遇險阨驚怖而勞，則汗從體出，故以汗喻險阨也。九五處尊履正，在號令之中能行號令，以散險阨者也，故曰涣汗其大號也。」按：此所謂「王言」，指咸亨元年（六七〇）高宗所下州縣營葺孔子學廟詔，已詳前注。

〔六〕「經葺」句，經葺，經營修葺。相望，指各地競相修建孔子廟學。

綉楹文琰，綺綴明璫〔一〕。四注飛閣，三休步廊〔二〕。禮行釋菜，敬盡明蘋〔三〕。圖非有若，地異空桑〔四〕。

【箋注】

〔一〕「綉楹」二句，綉楹，雕鎸之柱；文琰，謂用美玉飾柱。璫，玉質瓦當，亦作「當」。此即指瓦當。瓦當綴有花紋，故言「綺綴」。言所建孔子廟堂裝飾華美。文選班固西都賦：「雕玉瑱以居楹，裁金璧以飾當。」李善注：「言雕刻玉礩以居楹柱也。……説文曰：『楹，柱也。』上林賦曰：『華榱璧當。』韋昭曰：『裁金爲璧，以當榱頭。』」

〔二〕「四注」二句，四注，閣道布在四方。閣道又稱複道，有如今之天橋，成爲空中走廊（詳見前新都縣學先聖廟堂碑文注），故言「飛閣」。三休，形容閣道極高。言所建孔子廟堂設施完備。文選司馬相如上林賦：「高廊四注，重坐曲閣。」郭璞注引司馬彪曰：「廊廡上級下級皆可坐，故曰重坐。曲閣，閣道委曲也。」呂延濟注：「注，猶布也。高廊，行廊也。謂行廊布於四邊也。閣有兩重，上級下級皆可坐，故言重坐也。」三休，極言其高，謂多次休息方得上。賈誼新書退讓篇：「（楚王）饗客於章華之臺，上者三休，而乃至其上。」

〔三〕「禮行」二句，釋菜，採蘋蘩之類祭拜先師，見前新都縣學先聖廟堂碑注。明薌，薌，同「香」，明薌即祭祀時燃香，以表恭敬。

〔四〕「圖非」二句，有若，指若水；空桑，傳説中山名。吕氏春秋卷五古樂：「顓頊生自若水，實處空桑，乃登爲帝。惟天之合，正風乃行，其音若熙熙、凄凄、鏘鏘。帝顓頊好其音，乃令飛龍作，效八風之音，命之曰承雲，以祭上帝。」周禮春官大司樂：「空桑之琴瑟，咸池之舞。」鄭玄注空桑爲「山名」。此有若、空桑代指顓頊，又泛指帝王。謂祭拜如此隆重，然所祭拜之畫像既非帝王，地點也不在帝王之所，以見素王孔子地位之崇高。

伏羲書契〔一〕，女媧笙簧〔二〕。匏土金石〔三〕，珪琮璧璋〔四〕。高門程鄭〔五〕，碩學王楊〔六〕。威儀秩秩〔七〕，宫徵瑲瑲。〔八〕

【箋注】

〔一〕「伏羲」句，伏羲，傳説中古帝王。書契，指文字。太平御覽卷七二一醫一引帝王世紀：「伏羲氏仰觀象於天，俯觀法於地，觀鳥獸之文與地之宜，近取諸身，遠取諸物，於是造書契以代結繩之政，畫八卦以通神明之德，以類萬物之情。」此泛指典籍文章。

〔二〕「女媧」句，女媧，傳説中古帝王。禮記明堂位：「垂之和鐘，叔之離磬，女媧之笙簧。」鄭玄注：「女媧，三皇承宓戲（按：即伏羲）者。……笙簧，笙中之簧也。世本曰：『……女媧作笙簧。』」此泛指音樂。

〔三〕「匏土」句，匏、土、金、石，皆古代樂器。尚書舜典：「三載四海，遏密八音。」僞孔傳：「八音：金、石、絲、竹、匏、土、革、木。」此泛指樂器。

〔四〕「珪琮」句，據周禮春官掌玉，所掌之玉有圭、璋、璧、琮等，皆祭祀所用禮器。圭（同「珪」）上鋭下方，璧圓，璋乃半圭，琮爲方形或圓筒形玉器。此泛指禮器。

〔五〕「高門」句，文選張衡南都賦：「壇宇顯敞，高門納駟。」李善注：「漢于公（定國）高其門，使容駟馬。」此指多財之家。史記程鄭傳：「程鄭，山東遷虜也。亦冶鑄賈椎髻之民，富埒卓氏，俱居臨邛。」

〔六〕「碩學」句，王楊，「王」指王褒，「楊」指楊雄。王、楊二人乃西漢時蜀中辭賦大家，故稱「碩學」。

〔七〕「威儀」句，詩經小雅賓之初筵：「賓之初筵，左右秩秩。」毛傳：「秩秩然肅敬也。」

〔八〕「宫徵」句，宫徵，指宫、商、角、徵、羽五音，代指音樂。瑲瑲，詩經小雅采芑：「約軧錯衡，八鸞瑲瑲。」毛傳：「瑲瑲，聲也。」以上四句，謂無論富兒學者，皆深喜孔子禮樂之教。

山棲弔鳥〔一〕，水宿鴛鴦。蜀門荷戟〔二〕，江津濫觴〔三〕。落星高堰，明月回塘〔四〕。丹碑不朽，清廟無疆〔五〕。

【箋注】

〔一〕「山棲」句，弔，原作「烏」。英華、全唐文亦作「烏」，英華校：「集作弔。」按水經注葉榆河：「益州葉榆河出其縣（指葉榆縣，已久廢）北界，屈從縣東北流。」酈道元注：「縣，故滇池葉榆之國也。漢武帝元封二年（前一〇九），使唐蒙開之，以爲益州郡。郡有葉榆縣，縣西北八十里有弔鳥山，衆鳥千百爲群，其會嗚呼啁啾。每歲七八月至，十六七日則止，一歲六至，雉雀來弔，夜燃火伺取之。其無嗉不食，似特悲者，以爲義，則不取也。俗言鳳凰死於此山，故衆鳥來弔，因名弔鳥。」烏鳥爲不祥之鳥，弔鳥則爲義鳥，與下句「鴛鴦」對應，又爲益州事，故作「弔」是，據英華所校集本改。此泛指鳥。

〔二〕「蜀門」句，蜀門，指劍門。晉張載劍閣銘：「惟蜀之門，作固作鎮。是謂劍閣，壁立千仞。」又初學記卷七地部下「蜀門」，原注引左思蜀都賦曰：「廓靈關以爲門。」按靈關在今四川廣元昭化區（古昭化縣），亦代指劍門。荷戟，文選陸機豪士賦序：「天可讎乎？而時有袨服荷戟立乎廟門之下，援旗誓衆，奮於阡陌之上。」李善注「荷戟」爲「執戟」。此喻楊令在蜀爲官守土，蜀有劍門，故有如廟門荷戟之士。

〔三〕「江津」句，水經注江水：「（江水）南過江陵縣南。」酈道元注：「城南有……奉城，故江津長所治。舊主度州郡貢於洛陽，因謂之奉城，亦曰江津戍也。戍南對馬頭岸，……北對大岸，謂之江津口，故洲亦取名焉。江大自此始也。……故郭景純云：『濟江津以起漲。』言其深廣也。」古人以爲泯江爲長江之源，故此謂長江雖深廣，其濫觴則在西蜀。文選郭璞江賦：「惟岷山之導江，初發源乎濫觴。」李善注：「家語孔子謂子路曰：『夫江始於岷山，其源可以濫觴。及其至於江津，不舫舟，不避風，則不可以涉。』王肅曰：『觴所以盛酒者，言其微也。』」句謂雖長江自江津以下方水勢浩大，但却發源於蜀。暗指楊令雖暫屈於治縣，將來必做大官。

〔四〕「落星」二句，落星，地名，明月，山名，皆在遂州。太平寰宇記卷八七遂州：小溪縣「梵雲山，在州西南二里，三面懸絶，東臨涪水，西枕落星地」。按：小溪縣，今遂寧市船山區。同上遂州長江縣：「唐上元元年（六七四），以舊縣不安，移在鳳皇川，明月山在縣西二里。」蓋兩處有塘堰，爲當時遂州風景名勝地，故特述之。

〔五〕「清廟」句，詩經周頌清廟，鄭玄箋：「清廟者，祭有清明之德者之宫也。」此指所建孔子廟堂，謂將永遠屹立在長江縣治。

楊炯集箋注卷五

碑

少室山少姨廟碑〔一〕

臣聞崑崙西北之天門也〔二〕，則五帝處其陽陸，三王居其正地〔三〕；泰山東南之日觀也〔四〕，則秦皇刻其石銘〔五〕，漢帝探其玉策〔六〕。故知建都邑，正方位，劃崇墉，刳濬洫〔七〕，必憑天地之險，然後四海爲家；擁神休，尊明號〔八〕，協時月，同量衡〔九〕，必致山川之祠，然後群神受職〔一〇〕。

【箋注】

〔一〕宋趙明誠金石録卷四目録四：「唐少姨廟碑，楊炯撰，沮渠智烈書，永淳元年（六八二）十二月。」同書卷二四跋尾：「唐少姨廟碑。右唐少姨廟碑，楊炯撰。云少姨廟者，則漢書地理志嵩高少室之廟也；其神爲婦人像者，則故老相傳，云啓母塗山氏之妹也。余按淮南子云：塗山氏化爲石而生啓。其事不經，固已難信，今又以少姨爲塗山氏之妹，廟而祀之，其爲淺陋尤甚，蓋俚俗所立淫祀也。炯既載之於碑，又遂以爲漢書所謂少室之廟者，何其陋哉！」按：舊唐書高宗紀下：調露二年（六八〇）正月丁巳，「至少室山。戊午，親謁少姨廟。賜故玉清觀道士王遠知謚曰昇真先生，贈太中大夫。又幸隱士田遊巖所居。己未，幸嵩陽觀及啓母廟，并命立碑」。本文首稱「臣聞」，後又稱「承明詔」，知高宗「謁少姨廟」時，亦有立碑之命，此碑文即楊炯奉「立碑」之令而作。奉詔撰碑者，猶有上引金石録同時著録之「唐啓母廟碑，崔融撰，沮渠智烈書，永淳二年正月」，其文今存。傳説中上古人物雖承載某些歷史記憶，然所謂「少姨」史不可稽，純爲後人杜撰，宜乎趙明誠嗤之以「陋」。

〔二〕「臣聞」句，淮南子原道訓：「昔者馮夷、大丙之御也，……經紀山川，蹈騰崑崙。排閶闔，淪天門。」高誘注：「馮夷、大丙，二人名，古之得道能御陰陽者。……崑崙，山名，在西北，其高萬九千里，河之所出。排，猶斥也；淪，入也。閶闔，始升天之門也。天門，上帝所居紫微宫門也。馮夷、大丙之御，其能如此也。」崙，英華卷八七八校：「集本、（唐）文粹并作閬。」「西北」下，英華有「地」字，校：「二本（指集本、〔唐〕文粹，下同）無此字。」無「地」字是。

〔三〕「則五帝」二句，吴越春秋卷五勾踐歸國外傳：「越王曰：寡人聞崑崙之山，乃地之柱，上承皇天，氣吐宇内；下處后土，禀受無外。滋聖生神，嘔養帝會，故五帝處其陽陸（按：「帝」前原無「五」字，據文選顔延年應詔觀北湖田收詩「陽陸團精氣」句李善注引吴越春秋補），三王居其正地。」陽陸，上引文選劉良注：「天道也。」

〔四〕「泰山」句，日觀，水經注汶水引應劭漢官儀：「太山東南山頂，名曰日觀者，雞一鳴時，見日始欲出，長三丈許，故以名焉。」「東南」下，英華有「地」字，校：「二本無此字。」無「地」字是。

〔五〕「則秦皇」句，史記秦始皇本紀始皇二十八年：「遂上泰山，立石，封，祠祀。下，風雨暴至，休於樹下，因封其樹爲五大夫。禪梁父。刻所立石，其辭曰：『皇帝臨位，作制明法，臣下修飭。二十有六年（前二二一），初并天下，罔不賓服。親巡遠方黎民，登兹泰山，周覽東極。從臣思迹，本原事業，祗誦功德。治道運行，諸産得宜，皆有法式。大義休明，垂於後世，順承勿革。皇帝躬聖，既平天下，不懈於治。夙興夜寐，建設長利，專隆教誨。訓經宣達，遠近畢理，咸承聖志。貴賤分明，男女禮順，慎遵職事。昭隔内外，靡不清浄，施於後嗣。化及無窮，遵奉遺詔，永承重戒。』」

〔六〕「漢帝」句，應劭風俗通卷二：「俗説岱宗上有金篋玉策，能知人年壽修短。武帝探策得十八，因讀曰『八十』，其後果用耆長。」

〔七〕「劃崇墉」二句，文選左思魏都賦：「於是崇墉濬洫，嬰堞帶涘。」劉淵林注：「墉，城也；濬，深也；洫，城溝也。」

〔八〕「擁神休」二句，文選揚雄甘泉賦：「惟漢十世，將郊上玄，定泰畤，雍神休，尊明號。」舊注引晉灼曰：「雍，祐也；休，美也。言見祐護以休美之祥也。明號，下同符三皇也。」李善注：「言將祭泰畤，冀神擁祐之以美祥，因尊己之明號也。」雍，同「擁」。

〔九〕「協時月」二句，尚書舜典：「歲二月，東巡守。至於岱宗，柴；望秩於山川。肆覲東后，協時月正日，同律度量衡。」僞孔傳：「合四時之氣節，月之大小，日之甲乙，使齊一也。律，法制，及尺、丈、斛、斗、斤、兩，皆均同。」

〔一〇〕「必致」二句，禮記禮運：「禮行於郊，而百神受職焉。」鄭玄注：「言信得其禮，則神物與人皆應之。百神，列宿也。」

少室山者，山嶽之神秀也〔一〕。憑河圖而括地，用遁甲而開山〔二〕。發揮宇宙之精，噴薄陰陽之氣。壁立而千仞〔三〕，削成而四方〔四〕。北臨恒碣，猶如聚米〔五〕；南望荆衡，纔同覆簣〔六〕。共工氏觸皇天之八柱，未足擬議〔七〕；龍伯人釣溟海之五山，無階想像〔八〕。考於含神霧，白玉猶存〔九〕；驗於山海經，黄花不落〔一〇〕。其名有序，則太室西偏〔一一〕；其位可知，則嵩高佐命〔一二〕。若乃乾坤之所合，雷雨之所交〔一三〕。仰躔七星之野〔一四〕，俯鎮三河之曲〔一五〕。朝市臨於域中〔一六〕，樞機正於天下〔一七〕。六合交會，於是乎有天帝之下都〔一八〕；九州名山，於是乎有靈仙之窟宅〔一九〕。

【箋注】

〔一〕「少室山」二句，山海經中山經：「（洛水）東五十里曰少室之山。」山在今河南登封市西十餘里，周圍方百里，上有三十六峰。文選孫綽游天台山賦：「天台山者，蓋山嶽之神秀也。」李善注引廣雅曰：「秀，異也。」「神秀」下，英華有「者」字，校：「二本無此字。」

〔二〕「憑河圖」二句，謂少室山記載於河圖括地象、遁甲開山圖兩部書中。河圖、遁甲乃緯書，而括地象、開山圖則分别傳會二書以記地、記山，實亦爲緯書。括地，英華「地」作「象」，校：「文粹作地。」按：作「象」誤。

〔三〕「壁立」句，張載劍閣銘：「壁立千仞。」

〔四〕「削成」句，四方，初學記卷五嵩高山引戴延之西征記：「（少室）謂之室者，以其下各有石室焉。少室高八百六十丈，上方十里，與太室相埒，但小耳。」山海經卷二西山經：華山「削成而四方」。

〔五〕「北臨」二句，恒，即恒山；碣，指碣石山。尚書禹貢：「太行、恒山至於碣石，入於海。」僞孔傳：「此二山連延東北接碣石，而入滄海。」孔穎達正義曰：「地理志云：太行山在河内山陽縣西北，恒山在常山上曲陽縣西北。太行去恒山太遠，恒山去碣石又遠，故云此二山連延東北接碣石而入滄海。」恒山爲古代五嶽之一。碣石，山名，即漢書地理志下右北平郡驪成縣（今河北樂亭縣）西南之大碣石山，後沉入海中。後漢書馬援傳：「於帝前聚米爲山谷，指畫形勢，開示衆軍所從道徑往來，分析曲折，昭然可曉。」

〔六〕「南望」二句，尚書禹貢：「荆及衡陽惟荆州。」僞孔傳：「北據荆山，南及衡山之陽。」此即指荆山、衡山，衡山爲古代五嶽之一，即南嶽。覆簣，倒一筐土。論語子罕：「子曰：譬如爲山，未成一簣，止，吾止也。譬如平地，雖覆一簣，進，吾往也。」何晏集解引包（咸）曰：「簣，土籠也。」按：以上四句乃以諸山襯托少室山，極言其高。

〔七〕「共工氏」二句，淮南子天文訓：「昔者共工與顓頊爭爲帝，怒而觸不周之山，天柱折，地維絶。」初學記卷五地理上：「地有九州八柱。」注引河圖括地象曰：「崑崙山爲天柱，氣上通天。崑崙者，地之中也，地下有八柱，柱廣十萬里。」擬議，比較而論之。此句，全唐文卷一九二「共工」後無「氏」字。下句「龍伯」後亦無「人」字。

〔八〕「龍伯」二句，龍伯人，即龍伯國之人。列子湯問：「龍伯之國有大人，舉足不盈數步而暨五山之所，一釣而連六鼇，……於是岱輿、員嶠二山流於北極，沉於大海，仙聖之播遷者巨億計。帝憑怒，侵減龍伯之國使阨，侵小龍伯之民使短。」五山，「五」原作「三」。英華作「五」，校：「文粹作三。」據上引列子，作「五」是，據英華改。無階，無緣。想像，「想」原作「響」，據全唐文改。

〔九〕「考於」二句，含神霧，詩經緯書之一，又稱詩含神霧。古微書卷二三輯詩含神霧曰：「少室之山巔，亦有白玉膏，得服之，即得仙道，世人不得上也。」按：亦見山海經少室山「其上多玉」句（見下）郭璞注引詩含神霧，唯爲叙述式，故文字稍異。霧，英華校：「文粹作紐。」誤。

〔一〇〕「騐於」二句，騐，同「驗」。山海經中山經：「（少室山）百草木成囷，其上有木焉，其名曰帝休，葉狀如楊，其枝五衢，黄華黑實，服者不怒。其上多玉，其下多鐵，休水出焉。」兩句謂山海經所記開黄花之樹，猶繁衍至今。

〔一一〕「其名」二句，有序，謂少室乃因「太室」得名。藝文類聚卷七嵩高山引戴延之西征記：「嵩高山巖，中也，東謂太室，西謂少室，相去七十里（按：初學記卷五引作『十七里』），嵩高，總名也。」裴漼唐嵩嶽少林寺碑：「東京近甸，大（太）室西偏。」

〔一二〕「其位」二句，佐命，當指少林寺僧佐李世民抗擊王（世）充事。裴漼唐嵩嶽少林寺碑：「王（世）充潛號，署曰轅州，乘其地險，以立峰戍；擁兵洛邑，將圖梵宫。皇唐應五運之休期，受千齡之景命，掃長蛇薦食之患，拯生人塗炭之災。太宗文皇帝龍躍太原，軍次廣武，大開幕府，躬踐戎行。僧志操、惠瑒、曇宗等審靈睠之所往，辯謳歌之有屬，率衆以拒僞師，抗表以明大順，執充姪仁則，以歸本朝。太宗嘉其義烈，頻降璽書宣慰，既奉優教，兼承寵錫，賜地四十頃，水碾一具，即柏谷莊是也。」

〔一三〕「雷雨」句，説苑卷一八辨物：「五嶽何以視三公？能大布雲雨焉，能大斂雲雨焉。雲觸石而出，膚寸而合，不崇朝而雨天下，施德博大，故視三公也。」

〔一四〕「仰躔」句，躔，運行；七星，指北斗。古代分野之説，漢代已不甚詳。周禮春官保章氏：「以星土辨九州之地所封，封域皆有分星，以觀妖祥。」鄭玄注：「星，土星所主土也，封猶界也。」賈公彦疏：「按春秋緯文耀鉤云：「布度定記，分州繫象，華、岐以西，龍門、積石至三危之野，雍州，屬魁星；大行以東至碣石、王屋、砥柱，冀州，屬樞星；三河、雷澤，東至海岱以北，兖州、青州，屬機星；蒙山以東至江南，會稽，震澤，徐、揚之州，屬權星；大别以東至雷澤、九江，荆州，屬衡星；荆山西南至岷山、北嶇、鳥鼠，梁州，屬開星；外方熊耳以至泗水、陪尾，豫州，屬摇星。此九州屬北斗，星有七，州有九，但兖、青、徐、揚并屬二州，故七星主九州也，周之九州差之，義亦可知云。……古黄帝時堪輿亡，故其書亡矣。」然史記天官書又稱「房、心，豫州」。

〔一五〕「俯鎮」句，三河，漢書高祖本紀：「發關内兵，收三河士。」集解引韋昭曰：「河南、河東、河内。」

〔一六〕「朝市」句，朝市，指洛陽。文選左思蜀都賦：「焉獨三川，爲世朝市。」劉淵林注引張儀曰（按見戰國策卷三秦一）：「今三川、周室，天下之朝市也。」三川指伊、洛、河，見戰國策卷二西周韓魏易地吴師道補正鮑彪注。古代帝王之都，前朝後市，左宗廟，右社稷。

〔一七〕「樞機」句，周易繫辭上：「言行，君子之樞機。」韓康伯注：「樞機，制動之主。」孔穎達正義：「樞機者，樞謂户樞，機謂弩牙。言户樞之轉，或明或暗；弩牙之發，或中或否，猶言行之動，從身而發，以及於物。」此言洛陽乃天下之樞機。漢書匡衡傳：「今長安，天子之都，親承聖化。……此教化之原本，風俗之樞機，宜先正者也。」洛陽亦帝都，故云。

〔一八〕「六合」二句，文選張衡東京賦：「六合殷昌。」薛綜注：「六合，天、地、四方也。」天帝之下都，向指崑崙山，如山海經西山經：「崑崙之丘，是實惟帝之下都。」郭璞注：「天帝都邑之在下者也。」此言嵩高山爲天帝下都，蓋以崑崙擬之也。「於是」下，原無「乎」字。英華校：「一本有乎字。」全唐文亦有「乎」字，據補。下句「乎」字同。

〔一九〕「九州」二句，靈仙窟宅，神仙集中地。道教稱中嶽嵩山洞爲三十六小洞天之一，見雲笈七籤卷二七七十二福地。太平御覽卷一七八居處部六臺引嵩高山記曰：「山有玉女臺，云漢武帝見三仙女，因以名臺。」在嵩高山遇仙得道之事，文獻記載甚多。

臣謹按少姨廟者，則漢書地理志嵩高少室之廟也〔一〕。其神爲婦人像者，則故老相傳，云啓母塗山之妹也。昔者生於石紐，水土所以致其功；娶於塗山，室家所以成其德〔二〕。后宗之位，象南宮之一星〔三〕；外戚之班，比西京之列傳〔四〕。惟幾不測，其道無方〔五〕。騁神變而揮霍〔六〕，降精靈而肸蠁〔七〕。亦猶蔣侯三妹，青溪之軌跡可尋〔八〕；虞帝二妃，湘水之波瀾未歇〔九〕。何止祠稱丁婦，廟號滕姑〔一〇〕。少女宅於西宮〔一一〕，夫人館於南嶽〔一二〕。山臨白岸，空聞石室之靈；浦對青崖，獨有金臺之異〔一三〕。若斯而已矣！

【箋注】

〔一〕「臣謹按」二句，漢書地理志上潁川郡：「崈高。」原注：「武帝置，以奉太室山，是爲中嶽。有太室、少室山廟。古文以崇高爲外方山也。」顔師古注：「崈，古崇字。」崈高即嵩高。以少姨廟即少室廟毫無根據，唐以前文獻亦無記載，故前引趙明誠金石録深不以爲然。嵩，英華校：「文粹作崇。」按漢代嵩高作「崈高」，見上注，故作「崇」、「嵩」皆可，兹不改。

〔二〕「其神」句至此，初學記卷七帝王部伯禹帝夏后氏引帝王世紀：「禹，姒姓也，其先出顓頊。顓頊生鯀，堯封爲崇伯，納有莘氏女曰志，是爲修己。見流星貫昴，又吞神珠，意感而生禹於石紐，名文命，字高密。長於西羌，西夷人也。堯命以爲司空，繼鯀治水。十三年而洪水平，堯美其績，乃賜姓姒氏，封爲夏伯，故謂之伯禹。及堯崩，舜復命居故官。禹年七十四，舜始薦之於天。薦後十二年，舜老，始使禹代攝行天子事。五年，舜崩。禹除舜喪，明年，始即真。以金承土，都平陽，或都安邑。年百歲，崩於會稽。始納塗山氏之女，生子啓，即位。」

〔三〕「后宗」二句，后宗，指帝后塗山氏。南宫，史記天官書：「南宫朱鳥，權、衡。衡，太微，三光之廷。……權，軒轅。軒轅，黄龍體。前大星，女主像。」索隱引宋均曰：「太微，天帝南宫也。三光，日、月、五星也。」

〔四〕「外戚」二句，外戚，皇后親屬。西京即長安，此代指西漢，又代指漢書。漢書有外戚列傳上、下二卷。

〔五〕「惟幾」二句，謂神道之義。周易繫辭上：「夫易，聖人之所以極深而研幾也。唯深也，故能通天下之志；唯幾也，故能成天下之務。」韓康伯注：「極未形之理則曰深，適動微之會則曰幾。」繫辭上又曰：「神无方而易无體，一陰一陽之謂道。」韓康伯注：「方、體者，皆係於形器者也，神則陰陽不測，易則唯變所適，不可以一方一體明。」「道者何？无之稱也，无不通也，无不由也，況之曰道。寂然无體，不可爲象，必有之用極，而无之功顯。故至乎神无方而易无體，而道可見矣；故窮變以盡神，因神以明道。陰陽雖殊，无一以待之，在陰爲无陰，陰以之生；在陽爲无陽，陽以之成，故曰一陰一陽也。」

〔六〕「騁神變」句，文選孫綽游天台山賦：「騁神變之揮霍，忽出有而入無。」李善注：「言衆仙既登正道，故能騁其神變，出於衆有，而入無爲也。」呂向注：「揮霍，變易貌。言馳騁神思，有若執轡而游，言疾也。」

〔七〕「降精靈」句，文選左思蜀都賦：「天帝運期而會昌，景福肸蠁而興作。」呂向注：「肸蠁，濕生蟲蚊類是也，其群望之如氣之布寫也。言大福之興，有如此蟲群飛而多也。」則精靈，指天帝之神；肸蠁，謂神氣旺盛。

〔八〕「亦猶」二句，干寶搜神記卷五蔣子文：「蔣子文者，廣陵人也。嗜酒好色，佻達無度，常自謂己骨清，死當爲神。漢末爲秣陵尉，逐賊至鍾山下，賊擊傷額，因解綬縛之，有頃，遂死。」至吴時屢顯靈求人爲之立廟，不即爲災。「議者以爲鬼有所歸，乃不爲厲，宜有以撫之。於是使使者封子文爲中都侯，次弟子緒爲長水校尉，皆加印綬，爲立廟堂，轉號鍾山爲蔣山，今建康東北蔣山是也。自是災厲止息，百姓遂大事之。」又南朝宋劉敬叔異苑卷五：「青溪小姑廟，云是蔣侯第三妹。廟中有大穀扶疏，鳥嘗産育其上。晉太元中，陳郡謝慶執彈乘馬繳殺數頭，即覺體中慄然，至夜夢一女子衣裳楚楚，怒云：『此鳥是我所養，何故見侵？』經日謝卒。慶名奂，靈運父也。」

〔九〕「虞帝」二句，虞帝，即舜。尚書堯典：「（堯）釐降二女於嬀汭，嬪於虞。」楚辭屈原九歌湘夫人：「帝子降兮北渚，目眇眇兮愁予。」王逸注：「帝子，謂堯女也。降，下也。言堯二女娥皇、女英隨舜不反，墮於湘水之渚，因爲湘夫人。」

〔一〇〕「何止」二句，丁婦、滕姑，蓋唐初民間所祀女神名，其事待考。滕，英華作「勝」，校：「一本作滕。」按乾隆福建通志卷六三古跡記建寧府浦城縣有勝姑庵，起源不詳，恐爲後人假託。

〔一一〕「少女」句，舊題東方朔神異經中荒經（説郛本。又見藝文類聚卷六二居處部二宫引）曰：「西方有宫，白石爲牆，五色玄黄，門有金榜而銀鏤，題曰『天地少女之宫』。」

〔一二〕「夫人」句，當指女仙魏華存，道家傳説封南嶽夫人。隋書經籍志著録南嶽夫人内傳一卷。舊唐書經籍志著録題范邈撰。太平御覽等書屢有徵引，如該書卷九七〇果部七引紫虚南嶽夫人傳曰：「夫人姓魏，名華存。性樂神仙。季冬夜半，有四真人，並年可二十，降夫人靖室，因設酒饌，陳玄雲紫柰。夫人還王屋山，王子喬等並降，時夫人與其人爲賓主。」太平廣記卷五八魏夫人引集仙録曰：「魏夫人者，任城人也。晉司徒劇陽文康公舒之女，名華存，字賢安。」好道成仙，仙帝授「紫虚元君，領上真司命、南嶽夫人，比秩仙公，使治天台大霍山洞」。今存唐顔真卿撰晉紫虚元君領上真司命南嶽夫人魏夫人仙壇碑銘。

〔一三〕「山臨」四句，石室、金臺，泛指靈祠神龕。白岸、青崖，泛指水畔山側。謂平常山川，往往供奉有婦女神像。

時更魏、晉〔一〕，數歷周、隋。四望於是莫修〔二〕，八神以之無主〔三〕。炎涼代序，寧觀俎豆之容〔四〕；霜露沾衣，非復絃歌之地〔五〕。國家乘天造之草昧，屬人謀之與能〔六〕，奄有大寶，遂登神器〔七〕。天地水火之無象，則女媧氏補之，於是乎鍊其五石〔八〕；東西南北之失位，則神農氏立之，於是乎甄其四海〔九〕。天皇貴與天乎合德，富與地乎侔貨〔一〇〕。窮變化之理〔一一〕，盡神明之數。伏羲畫卦，唯觀鳥獸之文〔一二〕；黄帝垂衣，蓋取乾坤之象〔一三〕。利兼於成器，功周於備物〔一四〕。瑶臺美化，闡邦國之風猷〔一五〕；銀牓嘉聲，備君親之典禮〔一六〕。稱才子者八族，則叔獻季貍〔一七〕；有亂臣者十人，則太顛閎夭〔一八〕。若夫圓丘方澤，所以饗天神地祇〔一九〕；複廟重櫩〔二〇〕，所以序文昭武穆〔二一〕。命秩宗之位〔二二〕，分大宰之官〔二三〕，考虞夏之質文〔二四〕，定殷周之損益〔二五〕，其大禮有如此者。高陽有飛龍之樂，始會八風〔二六〕；帝舜有儀鳳之音，初調九奏〔二七〕。后夔典其教〔二八〕，制氏辨其聲〔二九〕。鐘磬竽瑟致其和，尊卑長幼成其序〔三〇〕，其廣樂有如此者。太微營室，明堂布政之宮〔三一〕；白虎蒼龍，象魏懸書之法〔三二〕。下應猶草〔三三〕，王言如絲〔三四〕。北辰而拱衆星〔三五〕，南面而朝天下〔三六〕，其爲政有如此者。糾萬民者，施以八刑〔三七〕；詰四方者，戒之三典〔三八〕。畫衣不犯〔三九〕，載酒無冤〔四〇〕。免禽獸於網羅〔四一〕，納寰瀛於軌物〔四二〕，其恤刑有如此者。周人之養國老，始闢西膠〔四三〕；漢氏之召諸生，初開太學〔四四〕。辟雍所以行其禮，泮宮所以辨其教〔四五〕。童子五尺，羞談霸后之臣〔四六〕；冠者六人，惟述明王之道〔四七〕，其文德有如此者。涼風至，司馬於是乎陳兵〔四八〕；太白高，將軍於是乎宜戰〔四九〕。乘斗杓而誓旅〔五〇〕，出星門而杖鉞〔五一〕。莊周稱天子之劍，舉之按之〔五二〕；吕望言聖人之兵，如風如雨〔五三〕，其武功有如此者。稽其殷令，有文犀、利劍之效珍〔五四〕；考其周書，有赭白、乘黄之騁力〔五五〕。東漸西被〔五六〕，南馳北走。盧敖之窮觀六合，不出於城隍〔五七〕；陶侃之飛入八門，未遊於仙室〔五八〕，其疆治有如此者〔五九〕。察璿璣而孚大運，天回地遊〔六〇〕；吹玉律而部民時，陽動陰静〔六一〕。煙雲蕭索而合彩〔六二〕，日月淑清而啓旦〔六三〕。豈直鳳巢阿閣，入軒后之圖書〔六四〕；魚躍中舟，稱武王之事業〔六五〕，其休徵有如此者。

【箋注】

〔一〕「時更」句，時，英華作「年」，校：「文粹作時。」按：「時」與下句「數」對應，是。

〔二〕「四望」句，四望，祭山川之禮。周禮地官舞師：「掌教兵舞，……帥而舞四方之祭祀。」鄭玄注：「四方之祭祀，謂四望也。」又周禮春官大宗伯：「國有大故，則旅上帝及四望。」鄭玄注：「鄭司農云：『四望，日、月、星、海。』玄謂四望五嶽、四鎮（按：指揚州稽山、青州沂山、幽州醫無閭山、冀州霍山）、四瀆（按：指江、河、淮、濟）。」孔穎達正義：「（鄭）玄謂四望五嶽、四鎮、四瀆，知者祭山川既稱望，案大司樂有四鎮、五嶽崩，四瀆又與五嶽相配，故知四望中有此三者。言四望者不可一往就祭，當四向望而爲壇遥祭之，故云四望也。」

〔三〕「八神」句，史記孝武本紀：「東巡海上，行禮祠八神。」集解引文穎曰：「武帝登泰山，祭太一，并祭名山於泰壇西南，開除八通鬼道，故言八神也。一曰八方之神。」索隱引韋昭云：「八神，謂天、地、陰、陽、日、月、星、辰，主四時之屬。今按郊祀志：一曰天主，祠天齊；二曰地主，祠太山、梁父；三曰兵主，祠蚩尤；四曰陰主，祠三山；五曰陽主，祠之罘；六曰月主，祠之萊山；七曰日主，祠成山；八曰四時主，祠琅邪。」無主，謂無八神之祭。

〔四〕「炎涼」二句，代序，炎涼轉换，指年代推移。寧，豈。俎豆，論語衛靈公：「俎豆之事，則嘗聞之矣。」何晏集解引孔（安國）曰：「俎豆，禮器。」按：俎謂置肉之几，豆指盛乾肉器皿。此代指祭祀。兩句言自魏至隋數百年間，未見有祭祀少姨廟者。

〔五〕「霜露」二句，史記淮南王（劉）安傳：「王日夜與伍被、左吳等按輿地圖，部署兵所從入。……（伍）被悵然曰：『……臣聞子胥諫吳王，吳王不用，乃曰「臣今見麋鹿游姑蘇之臺也」。今臣亦見宮中生荆棘，露沾衣也。』王怒，繫伍被父母，囚之三月。」則霜露沾衣，謂國破家亡也。此指六朝時代兵連禍結，山河破碎。非復絃歌之地，謂無禮樂文教可言。莊子漁父：「孔子游乎緇帷之林，休坐乎杏壇之上，弟子讀書，孔子絃歌。」

〔六〕「國家」二句，草昧，草創。與能，周易繫辭下：「人謀鬼謀，百姓與能。」韓康伯注：「人謀況議於衆，以定得失也；鬼謀況寄卜筮，以考吉凶也。」兩句謂上天創建有唐，既是天命，亦屬民願。

〔七〕「奄有」二句，尚書大禹謨：「皇天眷命，奄有四海，爲天下君。」僞孔傳：「奄，同也。」大寶，指政權。神器，文選張衡東京賦：「巨猾間釁，竊弄神器。」薛綜注：「神器，帝位也。」

〔八〕「天地」三句，無象，謂天、地、水、火殘缺失序。女媧，傳説中上古女皇。太平御覽卷七八女媧氏引帝王世紀曰：「女媧氏，亦風姓也。承庖羲制度，亦蛇身人首。一號女希，是爲女皇。」淮南子覽冥訓：「往古之時，四極廢，九州裂，天不兼覆，地不周載。火爁炎而不滅，水浩洋而不息，猛獸食顓民，鷙鳥攫老弱。於是女媧鍊五色石以補蒼天，斷鼇足以立四極，殺黑龍以濟冀州，積蘆灰以止淫水。蒼天補，四極正，淫水涸，冀州平。」

〔九〕「東西」三句，神農氏，傳説中上古帝王，即炎帝。太平御覽卷七八皇王部三引帝王世紀：「神農氏，姜姓也。……有聖德，以火承木，位在南方，主夏，故謂之炎帝。」嘗立地形，甄四海。同上引春秋命歷序：「有神人名石耳，蒼色大眉，戴玉理，駕六龍，出地輔，號皇神農，始立地形，甄度四海，東西九十萬里，南北八十一萬里。」

〔一〇〕「天皇」二句，天皇，即唐高宗。舊唐書高宗紀：咸亨五年（六七四）秋八月壬辰，「皇帝稱天皇，皇后稱天后。改咸亨五年爲上元元年，大赦」。與天合德，周易乾卦文言：「夫大人者，與天地合其德。」與地侔貨，莊子天道：「莫神於天，莫富於地。」又漢書揚雄傳上載羽獵賦：「富既與地虖侔訾，貴正與天虖比崇。」顔師古注：「訾，與貲同。」此作「貨」，義同。

〔一一〕「窮變化」句，理，英華作「道」，校：「一本作理。」

〔一二〕「伏羲」二句，太平御覽卷七二一醫一引帝王世紀：「伏羲氏仰觀象於天，俯觀法於地，觀鳥獸之文與地之宜，近取諸身，遠取諸物，於是造書契以代結繩之政，畫八卦以通神明之德。」

〔一三〕「黄帝」二句，周易繫辭下：「黄帝、堯、舜垂衣裳而天下治，蓋取諸乾坤。」韓康伯注：「垂衣裳以辨貴賤，乾尊坤卑之義。」

〔一四〕「利兼」二句，周易繫辭上：「備物致用，立成器以爲天下利，莫大乎聖人。」孔穎達正義：「謂備天下之物，招致天下所用，建立成就天下之器，以爲天下之利，唯聖人能然，故云莫大乎聖人也。」按：此指唐高宗，謂其功德超越古帝王。

〔一五〕「瑶臺」二句，楚辭屈原離騷：「望瑶臺之偃蹇兮，見有娀之佚女。」王逸注：「石次玉名曰瑶。」又注下句曰：「有娀，國名，佚，美也。謂帝嚳之妃契母簡狄也，配皇帝生賢子。」故此以「瑶臺」

代指皇后武則天，謂其德高，能使國家美教化、厚風俗。

〔一六〕「銀牓」二句，代指長男。舊題東方朔神異經中荒經：「東方有宮，青石爲牆，高三仞，左右闕高百丈，畫以五色，門有銀牓，以青石碧鏤，題曰『天帝長男之宮』。」周易説卦：「乾，天也，故稱乎父；坤，地也，故稱乎母。震一索而得男，故謂之長男。」此指太子李旦，謂其能盡君親之禮。備，原作「茂」。英華作「備」，校：「集作美，文粹作茂。」按：作「美」誤，作「備」較長，據英華改。

〔一七〕「稱才子」二句，左傳文公十八年：「高辛氏有才子八人：伯奮、仲堪、叔獻、季仲、伯虎、仲熊、叔豹、季貍，忠肅共懿，宣慈惠和，天下之民，謂之八元。」杜預注：「高辛，帝嚳之號。八人，亦其苗裔。」又曰：「即稷、契、朱虎、熊、羆之倫。」此代指諸王。

〔一八〕「有亂臣」二句，論語泰伯：「武王曰：『予有亂臣十人。』孔子曰：『才難，不其然乎！唐虞之際，於斯爲盛。』」何晏集解引馬（融）曰：「亂，治也，治官者十人，謂周公旦、召公奭、大公望、畢公、榮公、太顛、閎夭、散宜生、南宮适，其一人謂文母。」此代指朝廷大臣，謂皆傑出不凡。

〔一九〕「若夫」二句，周禮春官家宗人：「凡以神仕者，掌三辰之法，以猶鬼神示之居，辨其名物。」鄭玄注：「祭天圜丘，象北極；祭地方澤，象后妃。」孔穎達正義：「祭天圜丘，象北極者，北極有三星，則中央明者爲太乙常居，傍兩星爲臣子位焉。云祭地方澤，象后妃者，天有后妃四星，天子象天，后象地，后妃是其配合也。」兩句謂高宗敬天地鬼神。

〔二〇〕「複廟」二句，禮記明堂位：「山節，藻棁，複廟，重檐，……天子之廟飾也。」鄭玄注：「……複廟，重屋也；重檐，重承壁材也。」孔穎達正義：「複廟者，上下重屋也。重檐者，皇氏云：鄭云重檐，重承壁材也，謂就外檐下壁復安板檐，以辟風雨之灑壁，故云重檐，重承壁材。」櫩，同「檐」。

〔二一〕「所以」句，謂明世次。禮記中庸：「宗廟之禮，所以序昭穆也。」鄭玄注：「序，猶次也。」孔穎達疏：「序昭穆也者，若昭與昭齒，穆與穆齒是也。」又禮記大傳：「同姓從宗，合族屬。」鄭玄注：「合，合之宗子之家，序昭穆也。」孔穎達正義：「同姓從宗者，同姓父族也。從宗，謂從大小宗也。合族屬者，謂合聚族人親疏，使昭爲一行，穆爲一行同時食，故曰合族屬也。」按：昭穆，古代宗廟或墓地之輩次排列，太祖居中，二（文）、四、六世位於左，稱「昭」；三（武）、五、七世位於右，稱「穆」，餘類推。以上二句，謂高宗敬祖先，睦宗族。

〔二二〕「命秩宗」句，尚書舜典：「帝曰：『咨，四岳！有能典朕三禮？』僉曰伯夷。帝曰：『俞，咨！伯，汝作秩宗，夙夜惟寅，直哉惟清。』」僞孔傳：「秩，序；宗，尊也。主郊廟之官。」

〔二三〕「分大宰」句，大，即「太」字。尚書周官：「冢宰掌邦治，統百官，均四海。」僞孔傳：「天官卿稱太宰，主國政治，統理百官，均平四海之内邦國，言任大。」詳見周禮天官冢宰。

〔二四〕「考虞夏」句，謂定正朔，即確定正月元日。禮記檀弓上稱夏后氏尚黑，殷人尚白，周人尚赤。孔穎達正義謂質法天，文法地。周文，法地，而爲天正；殷質，法天，而爲地正。詳見前新都縣學先聖廟堂碑文「天正地正」句注。

〔二五〕「定殷周」句，謂考禮制。論語爲政：「子曰：殷因於夏禮，所損益可知也。周因於殷禮，所損益可知也。其或繼周者，雖百世可知也。」何晏集解引馬(融)曰：「所因，謂三綱五常；所損益，謂文質三統。」

〔二六〕「高陽」二句，太平御覽卷七九皇王部四顓頊高陽氏引帝王世紀曰：「二十二而登帝位，平九黎之亂，以水事紀官。……始都窮桑，後徙商丘。命飛龍效八風之音作樂五英，以祭上帝。」

〔二七〕「帝舜」二句，史記夏本紀：「舜德大明，於是夔行樂，祖考至群后相讓，鳥獸翔舞。簫韶九成，鳳皇來儀，百獸率舞。」集解引孔安國曰：「簫韶，舜樂名，備樂九奏而致鳳皇也。」

〔二八〕「后夔」句，尚書舜典：「帝曰：夔！命汝典樂，教胄子。」僞孔傳：「胄，長也。謂元子以下至卿大夫子弟，以歌詩蹈之舞之。」

〔二九〕「制氏」句，漢書禮樂志二：「漢興，樂家有制氏，以雅樂聲律世世在太樂官，但能紀其鏗鎗鼓舞，而不能言其義。」注引服虔曰：「魯人也，善樂事也。」

〔三〇〕「鐘磬」二句，禮記樂記：「鐘磬竽瑟以和之，干戚旄狄以舞之，此所以祭先王之廟也，所以獻酬酳酢也，所以官序貴賤各得其宜也，所以示後世有尊卑長幼之序也。」鄭玄注：「官序貴賤謂尊卑，樂器列數有差次。」竽瑟，英華作「笙竽」，校：「一本作竽瑟。」據上引禮記，作「竽瑟」是。

〔三一〕「太微」二句，詩經鄘風定之方中：「定之方中，作于楚宮。」毛傳：「定，營室也。方中，昏正四方。楚宮，楚丘之宮也。仲梁子曰：初立楚宮也。」鄭玄箋：「楚宮，謂宗廟也。定星昏中而正，於是可以營制宮室，故謂之營室。」史記天官書：「衡，太微，三光之廷。」索隱引宋均曰：「太微，天帝南宮也。三光，日、月、五星也。」又引春秋合誠圖曰：「太微主法式。」布政之宮，指明堂，見下注。

〔三二〕「白虎」二句，虎，原作「獸」，避唐諱，徑改（下引晉書同）。白虎指參星。史記天官書：西宮，「參爲白虎」，共三星。晉書天文志上二十八宿：「參，白虎之體。」蒼龍，指東宮蒼龍星座。史記天官書：「東宮蒼龍，房、心。心爲明堂。」索隱引文耀鉤云：「東宮蒼帝，其精爲龍。」又引春秋説題辭：「房心爲明堂，天王布政之宮。」因其爲布政之宮，故謂「懸書」，即懸掛圖法。文選張衡東京賦：「建象魏之兩觀，旌六典之舊章。」薛綜注：「象魏，闕也，一名觀也。旌，表也。言所以立兩觀者，欲表明六典舊章之法，謂懸書於象魏。」晉書天文志上天文經星中宮：「紫宮垣十五星，……東垣下五星曰天柱，建政教、懸圖法門内。」按唐開元占經卷六九天柱星占六：「甘氏曰：『天柱五星，在紫微宮中，近東垣。』甘氏贊曰：『天柱立政，朔望懸書。』天柱，立政教、懸圖法之所也，常以朔望施禁令於柱，以示百僚。」以上四句，言唐高宗議建明堂，見前新都縣先聖廟碑「三雍九室」句注。

〔三三〕「下應」句，尚書君陳：「王若曰：『……爾惟風，下民惟草。』」僞孔傳：「凡人之行，民從上教而變，猶草應風而偃，不可不慎。」

〔三四〕「王言」句，謂王言影響巨大。禮記緇衣：「子曰：王言如絲，其出如綸；王言如綸，其出如綍。」鄭玄注：「言言出彌大也。綸，今有秩嗇夫所佩也；綍，引棺索也。」孔穎達正義：「『王言如絲，其出如綸』者，王言初出微細如絲，及其出行於外，言更漸大如似綸也，言綸粗於絲。『王言如綸，其出如綍』者，亦言漸大，出如綍也，綍又大於綸。」

〔三五〕「北辰」句，論語爲政：「子曰：爲政以德，譬如北辰，居其所而衆星共之。」何晏集解引包（咸）曰：「德者無爲，猶北辰之不移，而衆星共之。」邢昺正義曰：「爲政以德者，言爲政之善，莫若以德。德者，得也，物得以生，謂之德。淳德不散，無爲化清，則政善矣。譬如北辰，居其所而衆星共之者，譬，況也。北極謂之北辰。北辰常居其所而不移，故衆星共尊之，以況人君爲政以德，無爲清静，亦衆人共尊之也。」按：共，同「拱」，環繞也。

〔三六〕「南面」句，周易説卦：「離也者，明也。萬物皆相見，南方之卦也。聖人南面而聽天下，向明而治，蓋取諸此也。」

〔三七〕「糾萬民」二句，民，原作「人」，避唐諱，徑改。周禮地官大司徒：「以鄉八刑糾萬民：一曰不孝之刑，二曰不睦之刑，三曰不婣之刑，四曰不弟之刑，五曰不任之刑，六曰不恤之刑，七曰造言之刑，八曰亂民之刑。」鄭玄注：「糾猶割察也。不弟，不敬師長。造言，訛言惑衆。亂民，亂名改作，執左道以亂政也。鄭司農云：任，謂朋友相任。恤，謂相憂。」

〔三八〕「詰四方」二句，詰，原作「誥」，據全唐文改。周禮秋官司寇：「大司寇之職，掌建邦之三典，以佐王刑邦國，詰四方。」鄭玄注：「典，法也。詰，謹也。」

〔三九〕「畫衣」句，畫衣，即「畫衣冠」。傳説上古有「象刑」，以特殊衣冠代替死刑，稱「畫衣冠」。慎子逸文：「有虞之誅……畫衣冠、異章服以爲戮。上世用戮而民不犯也。」

〔四〇〕「載酒」句，漢書于定國傳：「于定國爲廷尉，民自以不冤。定國食酒至數石不亂，冬月治請讞，飲酒益精明。」

〔四一〕「免禽獸」句，史記殷本紀：「湯出，見野張網四面，祝曰：『自天下四方，皆入吾網。』湯曰：『嘻！盡之矣。』乃去其三面，祝曰：『欲左，左；欲右，右。不用命，乃入吾網。』諸侯聞之，曰：『湯德至矣，及禽獸。』」

〔四二〕「納寰瀛」句，左傳隱公五年：「凡物不足以講大事，其材不足以備器用，則君不舉焉，君將納民於軌物者也。故講事以度軌量謂之軌，取材以章物采謂之物。不軌不物，謂之亂政，亂政亟行，所以敗也。」杜預注：「言器用衆物不入法度，則爲不軌不物，亂敗之所起。」寰瀛，陸海，謂普天之下。納，英華作「備」，校：「一本作納。」作「備」誤。

〔四三〕「周人」二句，周人養國老及建辟雍、泮宮等事，已詳前新都縣學先聖廟碑注。

〔四四〕「漢氏」二句，漢代召諸生、建太學，在武帝時。召諸生，指置博士弟子。漢書武帝紀：建元五年（前一三六）春，「置五經博士」。元朔五年（前一二四），「丞相（公孫）弘請爲博士置弟子員，學者益廣」。同上武帝紀贊：「孝武初立，卓然罷黜百家，表章六經。遂疇咨海内，舉其俊茂，與之立功。興太學，修郊祀，改正朔，……號令文章，焕焉可述。」

〔四五〕「辟雍」二句，辟雍、泮宫，指學校。禮記王制：「天子命之教，然後爲學。小學在公宫南之左，大學在郊。天子曰辟廱，諸侯曰頖宫。」白虎通義卷上：「諸侯曰泮宫者，半於天子宫也，明尊卑有差，所化少也。」辟廱，同「辟雍」；頖宫，同「泮宫」。教，英華校：「一本作政。」

〔四六〕「童子」二句，文選揚雄解嘲：「五尺童子，羞比晏嬰與夷吾。」李善注引孫卿子曰：「仲尼之門，五尺童子羞言五伯。」劉良注：「五尺童子，謂小兒也。羞比於霸世之臣，謂已得於帝王道矣。晏嬰、管仲，并霸者之臣也。夷吾，管仲字也。」五尺，「五」原作「三」。英華作「三」，校：「一本作五。」全唐文作「五」。據上引，作「五」是，據改。談，英華校：「文粹作稱。」

〔四七〕「冠者」二句，冠者，指讀書人。六人，猶言五六人。論語先進：（曾皙）曰：「莫春者，春服既成，冠者五六人，童子六七人，浴乎沂，風乎舞雩，詠而歸。」大戴禮記卷一王言：「孔子曰：『（曾）參，女可語明王之道與。』曾子曰：『不敢以爲足也，得夫子之閑也難，是以敢問。』孔子曰：『居，吾語女。……昔者明王，内修七教，外行三至。七教修焉可以守，三至行焉可以征。七教不修，雖守不固；三至不行，雖征不服。是故明王之守也，必折衝乎千里之外；其征也，衽席之上還師。是故内修七教而上不勞，外行三至而財不費，此之謂明王之道也。』」

〔四八〕「涼風」二句，涼風，秋風。禮記月令：「涼風至，白露降，寒蟬鳴。」又初學記天部：「立秋涼風至。」陳兵，周禮夏官：「大司馬之職，掌建邦國之九法，以佐王平邦國。……中秋教治兵，如振旅之陳。」賈公彥疏：「言『教治兵』者，凡兵出曰治兵，入曰振旅。春以入兵爲名，春尚農事；秋以出兵爲名，秋尚嚴威故也。云『如振旅之陳』者，如春振旅時坐作、進退、疾徐、疏數之法也。」

〔四九〕「太白」二句，太白，即金星。史記天官書：「出太白陰，有分軍；行其陽，有偏將戰。當其行，太白逮之，破軍殺將。」索隱引宋均云：「太白宿主軍。」唐開元占經卷四五引巫咸（占）曰：「太白主兵革、誅伐。正刑法。」又荆州占曰：「太白與歲星爲雄雌，出於東方、西方，高三舍爲太白柔，又高三舍爲太白剛，用兵象也。」又引魏武帝兵法：「太白已出，高，賊深入人境，可擊，必勝。」

〔五〇〕「乘斗杓」句，乘斗杓，謂邊有兵事。唐開元占經卷六五梗河占三引石氏曰：「梗河三星，天矛也。梗者，遞也；河者，擔也。士卒更遞，擔持天矛以行也。在斗杓頭，主殺，所向無前也。主胡兵，芒角大則四裔不靖，邊兵大起。」誓旅，猶言誓師。

〔五一〕「出星門」句，星門，晉書天文志上：「天將軍十二星，在婁北，主武兵。中央大星，天之大將也。南一星曰軍南門，主誰何出入。」此即指軍門。杖鉞，杖，持也；鉞爲古兵器，形似斧而較大，圓刃。

〔五二〕「莊周」二句，莊子說劍：「臣有三劍，唯王（按：趙文王）所用，請先言而後試。王曰：『願聞三劍。』曰：『有天子劍，有諸侯劍，有庶人劍。』王曰：『天子之劍何如？』曰：『天子之劍以燕谿石城爲鋒，齊岱爲鍔，晉魏爲脊，周宋爲鐔，韓魏爲夾。包以四夷，裹以四時，繞以渤海，帶以常山，制以五行，論以刑德，開以陰陽，持以春夏，行以秋冬。此劍直之無前，舉之無上，案之無下，運之無旁，上決浮雲，下絶地紀。此劍一用，匡諸侯，天下服矣。此天子之劍也。』……」郭象注：「燕谿，地名，在燕國。石城，在塞外。」

〔五三〕「吕望」二句，吕望，姓姜名子牙，即周文王師太公吕尚，號太公望。炎帝之裔，伯夷之後。詳史記齊太公世家及裴駰集解。聖人之兵，舊題吕望六韜卷一兵道曰：「武王問太公曰：『兵道何如？』太公曰：『凡兵之道，莫過乎一。一者能獨往獨來。黄帝曰：「一者，階於道，幾於神。」用之在於機，顯之在於勢，成之在於君。故聖王號兵爲凶器，不得已而用之。』」如風如雨，言威武。尉繚子卷二武議：「夫將者，上不制於天，下不制於地，中不制於人。故兵者，凶器也，争者，逆德也。將者，死官也，故不得已而用之。無天於上，無地於下，無主於後，無敵於前。一人之兵，如狼如虎，如風如雨，如雷如電，震震冥冥，天下皆驚。」

〔五四〕「稽其」二句，殷令，指伊尹所擬四方獻令。逸周書卷七王會解：「湯問伊尹曰：『諸侯來獻，或無馬牛之所生，而獻遠方之物，事實相反，不利。今吾欲因其地勢所有獻之，必易得而不貴。其爲四方獻令。』伊尹受命，於是爲四方令，曰：『臣請正東符婁、仇州、伊慮、漚深、九夷、十蠻、越、漚、鬋髮、文身（晉孔晁注：十者東夷蠻，越之别稱。鬋髮、文身，因其事以名也），請令以魚支之鞞，□鰂之醬，鮫□、利劍爲獻。正南甌、鄧、桂國、損子、産里濮、九菌（注：六者南蠻之别名），請令以珠璣、瑇瑁、象齒、文犀、翠羽、菌鶴、短狗爲獻。』……湯曰：『善！』」令，英華作「室」，校：「二本作令。」作「室」誤。

〔五五〕「考其」二句，周書，當指尚書周書康王之誥，其曰：「王出在應門之內，太保率西方諸侯入應門左，畢公率東方諸侯入應門右，皆布乘黄朱。」僞孔傳：「諸侯皆陳四黄馬、朱鬣以爲庭實。」孔穎達正義：「諸侯皆布陳一乘四匹之黄馬、朱鬣，以爲見新王之庭實。」赭白之「赭」，原作「諸」。英華、全唐文作「玆」，英華校：「文粹作諸。」四子集作「赭」。今按：唐文粹卷五二、玉海卷一五二引、文章辨體彙選卷六六二所載皆作「赭」，是，據改。赭白，良馬名，顔延之有赭白馬賦，見文選。然康誥并未言赭白馬，蓋以對偶映帶而及。

〔五六〕「東漸」句，尚書禹貢：「東漸於海，西被於流沙，朔、南暨聲教，訖於四海。」僞孔傳：「漸，入也；被，及也。」此言五服之外，皆與王者聲教而朝見。

〔五七〕「盧敖」二句，淮南子道應訓：「盧敖游乎北海，經乎太陰，入乎玄闕，至於蒙轂之上，見一士焉，軒軒然方迎風而舞。盧敖語之曰：「子殆可與敖爲友乎？」若士者齤然而笑曰：「……然子處矣，吾與汗漫期於九垓之外，吾不可以久駐。」若士舉臂而竦身，遂入雲中。」高誘注：「盧敖，燕人，秦始皇召以爲博士，使求神仙，亡而不反也。」城隍，指城池。

〔五八〕「陶侃」二句，異苑卷七：「陶侃夢生八翼，飛翔衝天。見天門九重，已入其八，惟一門不得進。以翼搏天，閽者以杖擊之，因墮地，折其左翼。驚悟，左腋猶痛。其後都督八州，威果震主，潛有闕擬之志，每憶折翼之祥，抑心而止。」未遊仙室，暗指未能做皇帝。仙，原作「宮」。英華、全唐文作「仙」，英華校：「一本作宮。」作「仙」直承上句，且有味，是，據英華改。

〔五九〕「其疆治」句，治，原作「理」，避高宗諱，徑改。

〔六〇〕「察璿璣」句，璿璣，即璿璣玉衡，古代測天器，前已屢注。孚，符合。英華作「平」，誤。文選張華勵志詩：「大儀斡運，天迴地游。」呂延濟注：「大儀，大道也。言大道迴運，使天左旋，地右旋。旋，猶轉也。」參該詩李善注。兩句謂上觀天文，曆運皆大吉利。

〔六一〕「吹玉律」二句，吹玉律，謂以十二律所對應之律管長度觀測陽氣、陰氣變化，從而驗證是否與月份、季節相符。後漢書律曆志上：「候氣之法，爲室三重，户閉，塗釁必周，密布緹縵。室中以木爲案，每律各一，内庳外高，從其方位，加律其上。以葭莩灰抑其内端，案曆而候之，氣至者灰（去）〔動〕。其爲氣所動者其灰散；人及風所動者其灰聚。殿中候，用玉律十二，惟二至（按：指夏至、冬至）乃候靈臺，用竹律六十，候日如其曆。」部民時，按時節進行生産活動。民，原作「人」，避唐諱，徑改。兩句言陰陽調和，國安民泰。

〔六二〕「煙雲」句，史記天官書：「若煙非煙，若雲非雲，鬱鬱紛紛，蕭索輪囷，是謂卿雲。卿雲見，喜氣也。」蕭索，稀疏貌。合彩，謂雲氣五彩繽紛。

〔六三〕「日月」句，淮南子本經訓：「日月淑清而揚光。」高誘注：「光，明也。」啓旦，啓，開啓；旦，謂天明。

〔六四〕「豈直」二句，軒后，即黄帝軒轅氏。韓詩外傳卷八：「黄帝即位，施惠承天，一道修德，惟仁是行，宇内和平。……鳳乃止帝東園，集帝梧桐，食帝竹實，没身不去。」又初學記卷三〇鳥部鳳引皇甫謐帝王世紀曰：「黄帝服齋於中宫，坐於玄扈洛上，乃有大鳥，雞頭燕喙，蛇頸龍形，麟翼魚尾，其狀如鶴，體備五色，……不食生蟲，不履生草，或止帝之東園，或巢阿閣。其飲食也，必自歌舞，音如簫笙。」阿閣，阿，曲；閣，閣門也。

〔六五〕「魚躍」二句，藝文類聚卷一〇符命部引尚書中候：「（周）武王發渡於孟津，中流，白魚躍入王船，王俯取魚，長三尺，有『文王』字。」以上從大禮、廣樂、恤刑、文德、武功、疆治、休徵等諸方面，歌頌唐高宗英武聖明。

然則囊括混沌，發揮生靈〔一〕，大庭不足使驂乘，驪連不足使扶轂〔二〕。可以會玉帛，可以答靈祇〔三〕。行聖人之大孝，既郊祀而宗祀〔四〕；昭帝王之盛節，亦因天而事天〔五〕。猶復下聽輿人〔六〕，旁求故實。以爲唐堯五載，無聞太室之儀〔七〕；殷帝八遷，未卜王城之地〔八〕。是用陳圭置臬，建周后之兩都〔九〕；詔蹕鳴鑾，巡漢王之中嶽〔一〇〕。熒惑先列〔一一〕，招摇在上〔一二〕。隱天而動地，歆野而歕山。旌旗則日月運行，鐘鼓則雷風相薄〔一三〕。道伊闕，據轘轅〔一四〕。怡然肆望〔一五〕，邈乎周覽。壯靈山之雲雨，仍求載祀之經〔一六〕；對閑寢之丘墟，思秩無文之禮〔一七〕。於是降天涣〔一八〕，命司存〔一九〕，因其舊跡，葺其新廟〔二〇〕。詳費務，議工徒，下隴蜀之名材，致荆藍之寶玉〔二一〕。書者言乎「悦使」，民忘其勞〔二二〕；詩者歌乎「子來」，成之不日〔二三〕。東西轇輵〔二四〕，南北峥嶸〔二五〕。繡栭兮雲楣，光照耀兮奪目〔二六〕；桂棟兮蘭橑，氣氛氳兮襲人〔二七〕。皎日登於綺疏〔二八〕，奔星下於閨闥〔二九〕。珠簾璹匣，上高閣而三休〔三〇〕；金柱銀檻，出長廊而中宿〔三一〕。窮山海之環寶，盡人神之壯麗。豈止河庭貝闕，俯瞰馮夷之都〔三二〕；洛水瑶壇，旁臨虙妃之館〔三三〕。爾其巖嶂重複，岡巒左右，青霞起而照天，白露生而市地〔三四〕。餘基隱嶙，仍知萬歲之亭〔三五〕；古木摧殘，尚辨三花之樹〔三六〕。明公舊祀，棟宇岧嶤〔三七〕；仙女層臺，風煙爛熳〔三八〕。軒轅之訪大隗，先求牧馬之童〔三九〕；太一之徵少君，直下乘龍之使〔四〇〕。夫峻極也，天帝因而會昌；夫降神也，景福由其興作〔四一〕。於是乎昭之以明德，聽之以和聲。可以羞澗溪沼沚之毛，可以奠潢汙行潦之水〔四二〕。聰明正直，惟鬼神而有知〔四三〕；玉帛犧牲，在陳信而無愧〔四四〕。

【箋　注】

〔一〕「然則」二句，混沌，天地未闢前混然一體貌。發揮，周易説卦：「發揮於剛柔而生爻。」韓康伯注「發揮」爲「發散變動」，此言生衍蕃育。生靈，指人。兩句謂神道統攝天、地、人。

〔二〕「大庭」二句，大庭、驪連，即大庭氏、驪連氏，傳説中遠古帝王，見前新都縣學先聖廟堂碑注。

驂乘，坐於車旁；扶轂，扶車，喻卑微不足道，意謂上古神道之尊，在帝王之上。文選司馬相如上林賦：「齊桓曾不足使扶轂，楚嚴（按「嚴」即「莊」字，漢避明帝諱）未足以爲驂乘。」李善注：「史記曰：齊公子小白立，是爲桓公。又曰：楚穆王卒，子莊王侶立。呂氏春秋感精記曰：黄池之會重吴子，滕、薛夾轂，魯、衛驂乘。」

〔三〕「可以」二句，會玉帛，謂盡禮數。論語陽貨：「子曰：禮云禮云，玉帛云乎哉！」何晏集解引鄭（玄）曰：「玉，圭璋之屬；帛，束帛之屬。言禮非但崇此玉帛而已，所貴者乃貴其安上治民。」答靈祇，以玉帛答謝神靈。

〔四〕「行聖人」二句，郊祀，祭天；宗祀，祭祖宗。禮記祭法鄭玄注：「祭上帝於南郊，曰郊；祭五帝、五神於明堂，曰祖宗。祖宗，通言爾。」詳參孔穎達正義，文多不録。既郊祀而宗祀，謂以祖宗配天同祭，故稱「大孝」。按：事指高宗乾封詔。舊唐書祀儀志一：「乾封二年（六六七）十二月，詔曰：『……自今以後，祭圓丘、五方、明堂、感帝、神州等祠，高祖太武皇帝、太宗文皇帝崇配，仍總祭昊天上帝及五帝於明堂。庶因心致敬，獲展虔誠，宗祀配天，永光鴻烈。』」

〔五〕「昭帝王」二句，謂以祖宗配天，合郊祀、宗祀爲一，乃彰顯祖宗盛大之節，即同以祖宗爲天，故謂「因天事天」。

〔六〕「猶復」句，輿人，普通人。左傳僖公二十八年：「聽輿人之謀曰……」杜預注：「輿，衆也。」

〔七〕「以爲」二句，唐堯五載，指堯舜時五載一巡狩。尚書舜典：「五載一巡狩，群后四朝。」僞孔傳：「堯舜同道，舜攝則然，堯又可知。」無聞，謂未聞堯、舜巡狩有曾到嵩山太室之記載。

〔八〕「殷帝」二句，八遷，謂殷代曾八次遷都。史記殷本紀：「成湯自契至湯八遷，湯始居亳。」集解引孔安國曰：「十四世凡八徙國都。」又引皇甫謐曰：「梁國穀熟爲南亳，即湯都也。」正義：「括地志云：宋州穀熟縣西南三十五里南亳故城，即南亳，湯都也。宋州北五十里大蒙城爲景亳，湯所盟地，因景山爲名。河南偃師爲西亳，帝嚳及湯所都，盤庚亦徙都之。」王城，尚書康誥：「惟三月哉生魄，周公初基作新大邑於東國洛，四方民大和會。」僞孔傳：「周公攝政七年三月始生魄，月十六日明消而魄生。初造基建作王城大都邑於東國洛汭，居天下土中，四方之民大和悅而集會。」按：兩句謂殷代八次遷都，但未嘗到洛陽。

〔九〕「是用」二句，陳圭置臬，文選陸倕石闕銘并序：「乃命審曲之官，選明中之士，陳圭置臬，瞻星揆地，興復表門，草創華闕。」李善注：「周禮（地官大司徒）曰：土圭之法，測土深，正日影，以求地中。又曰：匠人建國求地中，置槷以懸視其影。鄭玄曰：槷，古文臬假借字也。」槷乃古代觀測日影之標杆。周后兩都，指西周之豐、洛二都。此言高宗遠承周代，建東、西兩都。按：隋煬帝大業元年（六〇五）於洛陽建新都，唐高祖武德四年（六二一）廢。太宗貞觀六年（六三二）號洛陽宮。高宗顯慶二年（六五七）十二月丁卯，「手詔改洛陽宮爲東都」（舊唐書高宗紀上），實行兩都之制。

〔一〇〕「詔蹕」二句，蹕，帝王出行前清道稱蹕。詔蹕，謂下詔巡幸。鑾，車首所裝儀鈴。鳴鑾，謂車駕出發。漢王，指漢武帝。漢書武帝紀：元封元年（前一一〇）春正月：「行幸緱氏。詔曰：『朕用事華山，至於中嶽，獲駮麃，見夏后啓母石。翌日親登嵩高，御史乘屬、在廟旁吏卒咸聞呼萬歲者三。登禮罔不答。其令祠官加增太室祠，禁無伐其草木。以山下户三百爲之奉邑，名曰崇高，獨給祠，復亡所與。』」注引韋昭曰：「嵩高山有太室、少室之山，山有石室，故以名云。」此言唐高宗所巡嵩高山，即漢武帝曾巡行之中嶽。詔，英華作「制」，校：「一本作詔。」作「詔」是。

〔二〕「熒惑」句，史記天官書：「察剛氣以處熒惑。」索隱：「案姚氏引廣雅，熒惑謂之執法。」又引春秋緯文耀鉤云：「赤帝熛怒之神，爲熒惑焉，位於南方，禮失則罰出。」又引晉灼云：「常以十月入太微，受制而出行列宿，司無道，出入無常。」此謂高宗出巡，以執法先行，示不擾民。

〔三〕「招摇」句，招摇，星名，畫之於旗，以爲儀杖。文選張衡西京賦：「建玄弋，樹招摇。」薛綜注：「玄弋，北斗第八星，名爲矛頭，主胡兵；招摇，第九星，名爲盾。今鹵簿中畫之於旗，建樹之以前驅。」李善注：「禮記（曲禮上）曰：『招摇在上，急繕其怒。』鄭玄曰：『繕，讀曰勁。畫招摇星於其上，以起（軍）〔居〕堅勁，軍之威怒，象天（師）〔帝〕也。』」

〔三〕「隱天」四句，形容高宗出巡嵩山時氣勢宏大。文選班固西都賦：「千乘雷起，萬騎紛紜。元戎竟野，戈鋋彗雲。羽旄掃霓，旌旗拂天。焱焱炎炎，揚光飛文。吐爓生風，欱野歕山。日月爲之奪明，丘陵爲之摇震。」李善注引説文曰：「欱，啜也，火合切。歕，吹氣也，敷悶切。」「隱天」、

「欿野」下，英華無「而」字，分別校：「一本有而字。」欿，英華校：「文粹作吹。」同。

〔一四〕「道伊闕」二句，文選張衡東京賦：「迴行道乎伊闕，邪徑捷乎轘轅。」薛綜注：「伊闕，山名也；轘轅，阪名也。」李善注：「漢書曰：『沛公從轘轅。』薛綜曰：『轘轅阪十二曲，道將去復還，故云轘轅。』臣瓚曰：『在緱氏東南。』」又曹植神女賦：「背伊闕，越轘轅。」按：「熒惑」至此數句，言高宗出巡東都。

〔一五〕「怡然」句，肆，英華校：「一本作長。」

〔一六〕「仍求」句，載祀之經，即各代所擬祀典，登載必須祭祀之神名。

〔一七〕「對閑」二句，閑寢，詩經商頌殷武：「旅楹有閑，寢成孔安。」毛傳：「寢，路寢也。」鄭玄箋：「路寢既成，王居之甚安。」按：此所謂「閑寢」，指久廢不祀之古先帝王陵寢地。無文，即不在祀典之神。尚書洛誥：「周公曰：王肇稱殷禮，祀於新邑（按：指洛邑），咸秩無文。」僞孔傳：「言王當始舉殷家祭祀，以禮典祀於新邑，皆次秩不在禮文者而祀之。」

〔一八〕「於是」句，天渙，指皇帝詔命。渙，猶言渙汗，聽之使人驚怖，汗從體出，見前長江縣先聖孔子廟堂碑注。

〔一九〕「命司成」句，論語泰伯：「籩豆之事，則有司存。」邢昺正義釋「司存」爲「有所主者存焉」。有所主者，即主管部門。

〔二〇〕「因其」二句，高宗令葺少姨新廟事，史籍未載，當在調露二年（六八〇）正月戊午「親謁少姨廟」

時，參本文首注。

〔二一〕「致荆藍」句，荆藍，即荆山、藍田，皆出美玉，見前新都縣學先聖廟碑注。

〔二二〕「書者」二句，尚書旅獒：「人不易物，惟德其物。德盛不狎侮。狎侮君子，罔以盡人心；狎侮小人，罔以盡其力。」僞孔傳：「言物貴由人有德則物貴，無德則物賤。所貴在於德。……以悦使民，民忘其勞，則力盡矣。」書者，原作「易者」，各本同，據上引尚書僞孔傳改。又「民」字，原作「人」，英華亦作「人」，校：「文粹作民，唐諱。」據改。

〔二三〕「詩者」二句，詩經大雅靈臺：「經始勿亟，庶民子來。」鄭玄箋：「亟，急也。度始靈臺之基趾，非有急成之意，衆民各以子成父事，而來攻之。」朱熹詩集傳曰：「文王之臺，方其經度營表之際，而庶民已來作之，所以不終日而成也。」按：以上言建少姨廟成。

〔二四〕「東西」句，文選張衡東京賦：「雲罕九斿，闟戟轇輵。」薛綜注：「轇輵，雜亂貌。」李善注引王逸楚辭注曰：「轇輵，參差縱横也。」又文選王逸魯靈光殿賦：「迢嶢倜儻，豐麗博敞，洞轇轕乎其無垠也。」張載注引郭璞曰：「言曠遠深邈貌。」此以郭注爲長。轇輵，英華作「膠葛」，校：「文粹作較輵。」按漢書司馬相如傳載上林賦亦作「膠葛」。兩字乃連綿字，音義同。

〔二五〕「南北」句，文選班固東都賦：「巖峻崷崒，金石崢嶸。」李善注引郭璞方言注曰：「崢嶸，高峻也。」

〔二六〕「繡栭」二句，謂裝飾華美，熠熠生輝。文選張衡西京賦：「飾華榱與璧當，流景曜之韡曄。雕楹玉碣，繡栭雲楣。」薛綜注：「曜，光也。韡曄，言明盛也。」又曰：「栭，斗也；楣，梁也。皆雲氣畫如繡也。」李善注引王褒甘泉頌曰：「採雲氣以爲楣。」目，英華作「日」，校：「一本作目。」作「日」似誤。

〔二七〕「桂棟」二句，楚辭屈原九歌湘夫人：「桂棟兮蘭橑。」王逸注：「以桂木爲屋棟，以木蘭爲欀也。」又文選雜體詩三十首顔延之侍宴：「桂棟留夏飈，蘭橑停冬霰。」吕向注：「橑，椽。」氛氲，香氣彌漫貌。

〔二八〕「皎日」句，文選孫綽游天台山賦：「皦日炯晃於綺疏。」李善注：「毛詩曰：『有如皦日。』皦，公鳥切。炯晃，光明也。李尤東觀銘曰：『房闥内布，綺疏外陳。』薛綜西京賦注曰：『疏，刻穿之也。』然刻爲綺文，謂之綺疏也。」此當指鏤有花紋之窗。吕向注：「綺疏，窗也。……日光明於綺窗。」綺，英華校：「一本作納。」誤。

〔二九〕「奔星」句，文選司馬相如上林賦：「奔星更於閨闥。」李善注：「奔，流星也，行疾，故曰奔。」劉良注閨闥爲「門窗」。

〔三〇〕「珠簾」二句，瑇匣，裝有瑇瑁之匣。瑇瑁，貝類動物，可作飾品。三休，休息多次方能登上，形容樓閣極高，見前登秘書省閣詩序注。

〔三一〕「金柱」二句，檻，原作「楹」。英華作「檻」，校：「一本作楹。」按：楹，亦柱也，文意重複，作「檻」是，因改。中宿，文選司馬相如上林賦：「步櫩周流，長途中宿。」李善注：「步櫩，步廊也。周流，周遍流行也。」張銑注：「長途中宿，謂臺閣高遠，中道而宿方至其上也。」出長廊，英華、四子集本作「巡步廊」，英華校：「文粹作出長廊，集作步長廊。」全唐文作「步長廊」。兹依底本。按：以上極言少姨廟壯麗。

〔三二〕「豈止」二句，楚辭屈原九歌河伯：「魚鱗屋兮龍堂，紫貝闕兮朱宫。」王逸注：「言河伯所居以魚鱗蓋屋堂，朱畫蛟龍之文；紫貝作闕，朱丹其宫，形容異制甚鮮好也。」同上書王逸遠遊：「使湘靈鼓瑟兮，令海若舞馮夷。」王逸自注：「百川之神皆謠歌也，河海之神咸相和也。海若，神名也；馮夷，水仙人也。淮南言『馮夷得道，以潛於大川』也。」洪興祖補注：「海若，莊子所稱北海若也；馮夷，河伯也。」或曰馮夷乃河伯夫人，見後漢書張衡傳載思玄賦李賢注引龍魚河圖。止，英華、全唐文作「直」，英華校：「文粹作止。」瞰，英華作「鏡」，當誤。

〔三三〕「洛水」二句，瑶壇，壇原作「壇」。按：壇，玉名，瑶、壇乃並列關係，與上句「貝闕」不對應，當誤，據英華、全唐文改。瑶，壇之美稱。太平御覽卷八〇帝堯陶唐氏引尚書中候曰：「帝堯即政七十載，……修壇河雒，……龍馬銜甲，赤文緑色，臨壇止霽，吐甲圖而帶足。」疑後人傅會此説，遂於洛水畔築壇，其詳莫考。虙妃之館，蓋洛水壇附近另有虙妃祠廟，故稱「旁臨」。文選曹植洛神賦李善注：「漢書音義如淳曰：『宓妃，宓羲氏之女，溺死洛水爲神。』」唐以前宓妃廟情況不可考，武則天曾因得所謂瑞石，於垂拱四年（六八八）秋七月「封洛水神爲顯聖，加位特進，并立廟」，見舊唐書則天皇后紀。舊唐書則天皇后紀：垂拱四年（六八八）夏四月，武承嗣僞造瑞石，表稱獲之洛水，號其石爲「寶圖」。秋七月，大赦天下，改「寶圖」曰「天授聖圖」，「封洛水神爲顯聖，加位特進，并立廟」。

〔三四〕「白露」句，露，英華校：「一本作霧。」既云「市地」，作「霧」似誤。

〔三五〕「餘基」二句，餘基，謂廢墟、遺址。文選潘岳西征賦：「覓陛殿之餘基，裁峻屹以隱嶙。」李善注：「隱嶙，絶起貌。」劉良注：「隱嶙，將平之貌。」此以劉注爲長。萬歲亭，後漢書黄瓊傳：「聞已度伊洛，近在萬歲亭，豈即事有漸，將順王命乎？」李賢注：「萬歲亭，在今洛州故嵩陽縣西北。武帝元封元年（前一一〇）幸緱氏，登太室，聞山上呼萬歲聲者三，因以名焉。」

〔三六〕「古木」二句，太平御覽卷三九地部四嵩山引嵩高山記曰：「漢有道士從外國將貝多子來，於嵩嶽西腳下種之，并立浮圖。今有四樹，與衆木有異，一年三花，花白色，其香如桂。」辨，英華作「變」，校：「一本作辨。」作「變」誤。

〔三七〕「明公」二句，明公，聰明俊偉之士，與下句「仙女」，皆泛指。岧嶢，文選何晏景福殿賦：「岧嶢岑立，崔嵬巒居。」劉良注：「岧嶢、崔嵬，危高貌。」

〔三八〕「風煙」句，熳，英華校：「文粹作漫。」全唐文即作「漫」。按：「爛熳」爲連綿字，熳、漫皆可。

〔三九〕「軒轅」二句，軒轅，即黄帝。莊子徐無鬼：「黄帝將見大隗乎具茨之山，……適遇牧馬童子，問途焉。」郭象注謂具茨山「在滎陽密縣東，今名泰隗山」。隗，英華校：「一本作塊，非。」

〔四〇〕「太一」二句，太平御覽卷三九嵩山引漢武内傳曰：「漢武帝夜夢與少君俱上嵩高山，半道有繡衣使者，乘龍持節從雲中下，言太一請少君。覺告廷臣曰：『如朕夢，少君將舍朕去矣。』」按：

少君，即方士李少君，爲漢武帝授長生不老之術，其事詳漢書郊祀志。

〔四一〕「夫峻極」四句，文選左思蜀都賦：「岷山之精，上爲井絡，天帝運期而會昌，景福肸蠁而興作。」劉淵林注：「昌，慶也，言天帝於此會慶建福也。」呂延濟注：「景，大也。……言大福之興，有如此蟲（按：其釋「肸蠁」爲濕生蟲蚊之類）群飛而多也，興作皆超也。」

〔四二〕「可以」二句，左傳隱公三年：「君子曰：……苟有明信，澗谿沼沚之毛，……潢汙行潦之水，可薦於鬼神，可羞於王公。」杜預注：「谿亦澗也。沼，池也；沚，小渚也；毛，草也。」又曰：「行潦，流潦。」孔穎達正義：「毛即菜也。」又曰：「行，道也。雨水謂之潦。言道上聚流者也。服虔云：畜小水謂之潢水，不流謂之汙。行潦，道路之水是也。」二句謂若有明信，即便用蔬菜、流水爲祭亦可。

〔四三〕「聰明」二句，左傳莊公三十二年：「史嚚曰：虢其亡乎！吾聞之：國將興，聽於民；將亡，聽於神。神聰明正直而壹者也，依人而行。虢多涼德，其何土之能得？」杜預注：「求福於神，唯德是與。」

〔四四〕「玉帛」二句，玉帛，祭祀所獻玉器及絲織品；犧牲，祭祀所用動物。周禮地官牧人：「凡祭祀，共其犧牲以授充人係之。」鄭玄注：「犧牲，毛羽完具也。授充人者，當殊養之。」陳信，左傳襄公二十七年：「子木（按：楚臣屈建）問於趙孟曰：『范武子之德何如？』對曰：『夫子之家事治，言於晉國無隱情。其祝史陳信於鬼神，無愧辭。』子木歸以語（楚）王，王曰：『尚矣哉，能歆神人，宜其光輔五君，以爲盟主。』」杜預注：「歆，享也。使神享其祭，人懷其德。」在，原作「實」。英華、全唐文作「在」，英華校：「文粹作實。」按：「在」與上句「惟」對應，義勝，據改。

日之吉，靈之來〔一〕。蜺爲旌兮翠爲蓋〔二〕，雷爲車兮電爲策〔三〕。鼓之以南箕，風嫋嫋而先路〔四〕；潤之以西畢，雨冥冥而灑道〔五〕。其始至也，若海靜山空，曈曈朧朧〔六〕，照白日于扶桑之東〔七〕；其少進也，若移星轉漢，燦燦爛爛，吐明月於瀛洲之半〔八〕。珮珠璣而玓瓅〔九〕，襲羅縠而飄颻〔一〇〕。建晨纓之寶冠〔一一〕，踐遠游之文履〔一二〕。命儔兮嘯侶〔一三〕，徙倚兮徘徊〔一四〕。群仙畢集，衆靈咸至。有西華之紫妃〔一五〕，有中黄之素女〔一六〕。華山之上，明星遠燭〔一七〕；陽臺之下，暮雨潛通〔一八〕。或瓊室以飛霞〔一九〕，或銀臺而薦藥〔二〇〕。天孫忽降，蹔停支石之機〔二一〕；神女相歡，即起投壺之電〔二二〕。左侍右衛，則甲申之瓊石，乙巳之蘭蕭；妍娼妙妓，則憑悦之清歌，幽靈之鼓瑟〔二三〕。樂章既闋〔二四〕，禮容斯備。回風兮雲旗，入不言兮出不辭〔二五〕；荷衣兮蕙帶，倏而來兮忽而逝〔二六〕。惟神享德，降百福而無疆〔二七〕；惟嶽配天，視三公而有典〔二八〕。昔者夏后氏之乘四方，仍開宛委之圖〔二九〕；周穆王之御八龍，猶紀弇山之石〔三〇〕。況乎上照下漏〔三一〕，天平地成〔三二〕。人主宅中〔三三〕，旁羅於宇縣；山靈顯位，密邇於神州。豈使令德不傳，頌聲無紀〔三四〕？由是三天降策，有南霍之升儲〔三五〕；八丈鐫銘，有西王之服道〔三六〕。魏國鍾繇之字，惟勒歲年〔三七〕；晉家張載之文，遂承明詔〔三八〕。

【箋　注】

〔一〕「吉之日」二句，楚辭屈原九歌東皇太一：「吉日兮辰良。」同上離騷：「歷吉日乎吾將行。」王逸注「吉日」爲「善日」。靈之來，謂少姨之神靈前來。同上九歌湘夫人：「靈之來兮如雲。」

〔二〕「蜺爲旌」句，文選宋玉高唐賦：「蜺爲旌，翠爲蓋。」李善注：「翠，翡翠也，以羽飾蓋。」呂延濟注：「雲蜺爲旌旆，翠羽爲蓋。」

〔三〕「雷爲車」句，淮南子原道訓：「大丈夫……電以爲鞭策，雷以爲車輪，上游於霄雿之野，下出於無垠之門。」高誘注：「電激氣，故以爲鞭策；雷轉氣，故以爲車輪。」

〔四〕「鼓之」二句，南箕，箕爲星座名。詩經小雅大東：「維南有箕，不可以簸揚。」又史記天官書：「箕爲敖客，曰口舌。」索隱引詩緯云：「箕爲天口，主出氣。」故此「鼓之以南箕」，即謂鼓之以氣。氣，風也。風嫋嫋，楚辭屈原九歌湘夫人：「嫋嫋兮秋風。」王逸注：「嫋嫋，秋風搖木貌也。」同上離騷：「來吾道夫先路。」王逸注：「路，道也。」

〔五〕「潤之」二句，畢，星座名，共八星。漢書天文志：「月去中道，移而東北入箕，若東南入軫則多風，西方爲雨，雨，少陰之位也。月失中道，移而西入畢，則多雨，故詩云：『月離於畢，俾滂沱矣。』言多雨也。」

〔六〕「曈曈」句，曈曈朧朧，日月欲出貌。類篇卷一九：「曈，他東切。曈曨，日欲明。」又：「朧，盧東切。朣朧，月出。」此形容少姨神影影綽綽、欲明還暗狀。

〔七〕「照白日」句，扶桑，日出處。文選沈約齊故安陸昭王碑文：「帝出於震，日衣青光。」李善注引春秋元命苞：「孔子曰：『扶桑者，日所出，房所立，其耀盛，蒼神用事。』」句謂少姨神欲來時，與朝霞交相輝映，融爲一片。

〔八〕「吐明月」句，猶言半吐明月於瀛洲。瀛洲，海外神山。史記秦始皇本紀：「齊人徐市等上書，言海中有三神山，名曰蓬萊、方丈、瀛洲，仙人居之。」

〔九〕「珮珠璣」句，史記司馬相如傳載子虛賦：「明月珠子，玓瓅江靡。」索隱引應劭云：「明月珠子生於江中，其光耀乃照於江邊也。」璣，説文：「珠不圓也。」玓瓅，玉篇：「明珠色也。」璣，英華作「玉」。玓，英華作「的」，校：「文粹作玓。」

〔一〇〕「襲羅縠」句，張衡舞賦：「美人興而將舞，乃修容而改襲。服羅縠之雜錯，申綢繆以自飾。」襲，穿衣。又文選宋玉神女賦：「動霧縠以徐步兮。」李善注：「縠，今之輕紗，薄如霧也。」縠，英華作「紈」，校：「一本作縠。」

〔一一〕「建晨纓」句，太平御覽卷三一七月七日引漢武帝内傳：「七月七日，西王母降武帝，戴太真晨纓之冠，履玄瓊鳳文之舄。」晨纓，婦人冠名，其制不詳。

〔一二〕「踐遠游」句，文選曹植洛神賦：「踐遠游之文履，曳霧綃之輕裾。」吕向注：「遠游，履名；文，謂文飾也。」

〔一三〕「命儔」句，曹植洛神賦：「乃衆靈雜遝，命儔嘯侣。」儔、侣，同伴也。

〔一四〕「徙倚」句，楚辭王逸哀時命：「獨徙倚而彷徉。」自注：「徙倚，猶低佪也。」曹植洛神賦：「洛靈感焉，徙倚彷徨。」

〔一五〕「有西華」句，西華，指西王母。雲笈七籤卷一一四西王母傳：西王母者，九靈太妙龜山金母也，一號太靈九光龜臺金母，亦號曰金母元君，乃西華之至妙洞陰之極尊。在昔道氣凝寂，湛體無爲，將欲啓迪玄功，生化萬物，先以東華至真之氣化而生木公焉，……又以西華至妙之氣化而生金母焉。金母生於神洲伊川，厥姓緱氏。生而飛翔，以主陰靈之氣，理於西方，亦號王母。……天上天下三界十方女子之登仙得道者，咸所隸焉。」紫妃，指西王母所隸登仙女子，蓋因「王母乘紫雲之輦」（見上傳），因虛擬焉。

〔一六〕「有中黄」句，中黄，仙人名。抱朴子内篇卷三極言：「昔黄帝生而能言，役使百靈，可謂天授自然之體者也，猶復不能端坐而得道。故陟王屋而授丹經，到鼎湖而飛流珠，登崆峒而問廣成，之具茨而事大隗，適東岱而奉中黄，入金谷而諮滑子，論道養則資玄素二女。」則中黄在泰山，素女另有其地，此乃作者牽合也。清姜宸英湛園札記卷二遍考「中黄」之義，以爲「楊炯少室山銘『有中黄之素女』，對上『西華之紫妃』，則亦指其所居之山也」。郭璞所云，乃道教無根之談，勿須坐實。

〔一七〕「華山」二句，後漢書張衡傳載思玄賦：「載太華之玉女兮。」李賢注引詩含神霧：「太華之山，上有明星玉女，主持玉漿，服之成仙。」明，英華作「飛」，校：「一本作明。」按：作「飛」誤。

〔一八〕「陽臺」二句，指巫山神女。宋玉高唐賦：「妾在巫山之陽，高丘之阻。旦爲朝雲，莫爲行雨。朝朝莫莫，陽臺之下。」

〔一九〕「或瓊室」句，舊題東方朔海内十洲記：「（崑崙山）有墉城，金臺玉樓，……瓊華之室，紫翠丹房，錦雲燭日，朱霞九光，西王母之所治也。」以，英華作「而」，校：「文粹作以。」按：下句爲「而」，此當作「以」。

〔二〇〕「或銀臺」句，後漢書張衡傳載思玄賦：「聘王母於銀臺兮，羞玉芝以療飢。」李賢注：「王母，西王母也。銀臺，仙人所居也。羞，進也。本草經曰：『白芝，一名玉芝。』」按：藥，原作「樂」，當爲「藥」之形訛。藥指玉芝，兹以文意徑改。傳説西王母多仙藥，如淮南子覽冥訓稱「羿請不死之藥於西王母，姮娥竊以奔月」云云。

〔二一〕「天孫」二句，史記天官書：「婺女，其北織女，織女，天女孫也。」索隱引荆州占云：「織女，一名天女，天子女也。」支石之機，指織機。太平御覽卷八引集林：「昔有一人尋河源，見婦人浣紗，以問之，曰：此天河也。乃與一石而歸。問嚴君平，云：此織女支機石也。」

〔二二〕「神女」二句，太平御覽卷一三雷引神異傳曰：「東王公與玉女投壺，誤而不接，天爲之笑，開口流光，今電是也。」

〔二三〕「左侍」至此六句，甲申、乙巳，乃作者假擬日期。瓊石、蘭蕭，假擬侍衛神；憑悦、幽靈，假擬歌妓，皆非其名。鼓瑟，楚辭王逸遠遊：「使湘靈鼓瑟兮。」自注：「百川之神皆謡歌也。」

〔二四〕「樂章」句，闋，樂曲終止。儀禮大射：「主人答拜，樂闋。」鄭玄注：「闋，止也。樂止者，尊賓之禮盛於上也。」

〔二五〕「回風」二句，楚辭屈原九歌少司命：「入不言兮出不辭，乘迴風兮載雲旗。」王逸注上句：「言神往來奄忽，入不語言，出不訣詞，其志難知。」又注下句：「言司命之去，乘迴風，載雲旗，形貌不可得見。」

〔二六〕「荷衣」二句，楚辭屈原九歌少司命：「荷衣兮蕙帶，儵而來兮忽而逝。」王逸注：「言司命被服香浄，往來奄忽，難常值也。」按：倏、儵同。

〔二七〕「惟神」二句，享德，謂惟德是享，見本篇上文「聰明正直」二句注。降百福，詩經大雅假樂：「干禄百福，子孫千億。」鄭玄箋：「干，求也。」同上：「受福無疆，四方之綱。」孔穎達正義：「受天之福禄，無有疆境，常爲天下四方之綱。言常爲君王，統領天下。」

〔二八〕「惟嶽」二句，禮記王制：「天子祭天下名山大川，五嶽視三公，四瀆視諸侯。」鄭玄注：「視，視其牲、器之數。」

〔二九〕「昔者」二句，者，原作「周」。英華、唐文粹、四子集、全唐文俱作「者」，是，據改。夏后氏，指禹。乘四方，謂巡視各地。宛委之圖，指金簡玉書。吴越春秋卷四越王無余外傳：「禹傷父功不成，……乃案黃帝中經歷，蓋聖人所記，曰：在於九山東南天柱，號曰宛委（注：在會稽縣東南十五里，一名玉笥山），赤帝左闕，其巖之巔，承以文玉，覆以盤石，其書金簡青玉爲字，編以白銀，皆瑑其文。禹乃東巡，登衡嶽，血白馬以祭，不幸所求。禹乃登山仰天而嘯，因夢見赤繡衣男子自稱玄夷蒼水使者，聞帝使文命於斯，故來候之，非厥歲月，將告以期，無爲戲吟。故倚歌覆釜之山，東顧謂禹曰：『欲得我山神書者，齋於黃帝巖嶽之下，三月庚子登山發石，金簡之書存矣。』禹退，又齋，三月庚子登宛委山，發金簡之書，案金簡玉字，得通水之理。」

〔三〇〕「周穆王」二句，御八龍，謂其車駕八馬，乃天子之儀。穆天子傳卷三：「天子賓於西王母，乃執白圭玄璧以見西王母，……西王母再拜受之。乙丑，天子觴西王母於瑶池之上，西王母爲天子謡曰：『白雲在天，山陵自出。道里悠遠，山川間之。將子無死，尚能復來。』天子答之曰：『予歸東土，和治諸夏。萬民平均，吾顧見汝。比及三年，將復而野。』天子遂驅，升於弇山，乃紀丌迹於弇山之石，而樹之槐，眉曰西王母之山。」弇，英華校：「一本作春。」誤。

〔三一〕「況乎」句，上照下漏，此謂唐王朝德澤普及天地。漢書朱買臣傳：「周德始乎后稷，長於公劉，大於太王，成於文、武，顯於周公，德澤上昭天，下漏泉，無所不通。」顏師古注：「昭，明也。漏言潤澤下沾，如屋之漏。」按：照、昭同。

〔三二〕「天平」句，天平地成，謂天下公正。孔子家語卷五帝德：「（舜）爲天下帝，命二十二臣，率堯舊職，恭己而已。天平地成，巡狩四海，五載一始。」唐張弧素履子卷下履平：「素履子曰：稱之用也，取之於衡；車之行也，通之於轍。衡平則毫釐不差，轍通則轅轂無滯。稱若失之於毫釐，則權衡不正；車若虧之於轅轂，則轍迹難通。欲稱之平，則慎之於毫釐；欲轍之通，宜治之於轅轂。毫釐不失，轅轂無虧，則謂天平地成，乃取易象『上天下澤，履』。」天平地成，全唐文作「地成天平」。稱，同「秤」，量輕重之器具。

〔三三〕「人主」句，宅，居也。此謂居於中土。宋謝莊歌明堂黄帝辭：「履艮宅中。」

〔三四〕「頌聲」句，「聲」下英華有「寂」字，校：「一本無此字。」「無紀」下，英華有「述」字，校：「一本無此字。」按：無「寂」、「述」二字是。

〔三五〕「由是」二句，三天，用道教玉清、太清、上清三天之説，此即指天，代指唐高宗。降策，謂高宗下達立皇太孫之策。南霍，雲笈七籤卷三道教本始部天尊老君名號歷劫經略：「人皇君時，太極真人太上老君下降於南霍之山，又授以人皇君内經十四篇，而人皇君得此經，以道治世三萬六千歲，白日登仙於太極南朱上天宫。」按：南霍，即霍山，又名天柱山，在今安徽霍山縣西北。應劭風俗通義卷一〇：「南方衡山，一名霍，……而大廟在廬江灊縣。」太平御覽卷三九引徐靈期南嶽記，稱漢武帝南巡，以衡山遼遠，於是乃徙南嶽之祭於廬灊江山（即霍山），故霍山爲衡山之「副山」。升儲，指開耀二年（六八二）立皇太孫事。舊唐書高宗紀下：開耀二年二月癸未，「以太子誕皇孫滿月，大赦，改開耀二年爲永淳元年，大酺三日。戊午，立皇孫重照爲皇太孫」。因李氏皇室自稱老子李聃爲其始祖，故謂皇太孫乃老子下南霍所賜。按此碑立於永淳元年（六八二）十二月（見本文首注），蓋文作於立皇太孫之後，而立皇太孫乃時政大事，故及之。升，英華校：「（唐）文粹作叔。」誤。

〔三六〕「八丈」二句，八丈，謂少姨廟碑壇極高。西王，即西王母。東漢郭憲漢武帝別國洞冥記卷一：「元光中，帝起壽靈壇。壇上列植垂龍之木，似青梧，高十丈，有朱露，色如丹汁，灑其葉，落地皆成珠。其枝似龍之倒垂，亦曰珍枝樹。此壇高八丈，帝使董謁乘雲霞之輦以升壇。至夜三更，聞野雞鳴，忽如曙，西王母駕玄鸞，歌春歸樂，謁乃聞王母歌聲而不見其形。歌聲繞梁三匝乃止，壇傍草樹枝葉或翻或動，歌之感也。四面列種軟棗，條如青桂。風至，自拂階上遊塵。」此以西王母喻少姨，謂碑壇成，少姨之神當如西王母降臨。

〔三七〕「魏國」二句，三國志魏書鍾繇傳：鍾繇，字元常，潁川長社人。嘗爲曹操前軍師，遷相國。文帝時官至太傅，謚成侯。繇爲著名書法家，與其後王羲之齊名，并稱「鍾王」。兩句意謂碑以書家如鍾繇者所書爲貴，而自己所撰碑文不足道，惟記歲月而已。

〔三八〕「晉家」二句，晉書張載傳：張載，字孟陽，安平人。性閑雅博學，有文章。太康初至蜀省父，道經劍閣，作劍閣銘，益州刺史張敏表上其文，武帝遣使鎸之於劍閣山。又作榷論、蒙汜賦等，知名於時。歷著作郎，轉太子中舍人，遷樂安相，拜中書侍郎。兩句意謂晉張載之銘優異，不可企及，所不同者，本文乃承詔而作。此與上二句，皆自謙之詞。詔，英華作「制」，校：「一本作詔。」按舊唐書則天皇后紀：載初元年（六八九）十一月三日，「神皇自以曌字爲名，遂改詔書爲制書」。英華底本蓋猶是宋之問原編本，故作「制」（參本書附録年譜），兹仍作「詔」。

其詞曰：

上帝有命，皇天無親〔一〕。樹之元后〔二〕，以牧烝民〔三〕。光宅六合〔四〕，懷柔百神〔五〕。德成郊祀，禮備宗禋〔六〕。其一

【箋注】

〔一〕「皇天」句，尚書蔡仲之命：「皇天無親，惟德是輔。」僞孔傳：「天之於人，無有親疏，惟有德者則輔佑之。」

〔二〕「樹之」句，樹，立也。元后，尚書大禹謨：「天之曆數在汝躬，汝終陟元后。」僞孔傳：「元，大也。大君，天子。」

〔三〕「以牧」句，尚書太甲：「克綏先王之禄，永底烝民之生。」僞孔傳釋「烝民」爲「萬姓」。詩經大雅蕩：「天生烝民，其命匪諶。」鄭玄箋：「烝，衆。」民，英華校：「唐諱，一本作人。」

〔四〕「光宅」句，尚書堯典序：「昔在帝堯，聰明文思，光宅天下。」蘇軾書傳釋「光宅」道：「聖人之德，如日月之光，貞一而無所不及也。」六合，四方上下，泛指天下。

〔五〕「懷柔」句，詩經周頌時邁：「懷柔百神，及河喬嶽。」毛傳釋「懷柔」爲「懷來柔安」。百神，衆神。

〔六〕「德成」二句，郊祀，祭天；宗禋，祭祖宗。禋，敬也。兩句謂唐高宗既祭天，又將祖宗配天同祭，可謂德成禮備。參見本文前「既郊祀而宗祀」句注。

軒稱配永〔一〕，崐墟帝出〔二〕。堯號則天〔三〕，汾陽詔蹕〔四〕。觀民設教〔五〕，協時同律〔六〕。有感必通，無文咸秩〔七〕。其二

【箋注】

〔一〕「軒稱」句，軒，指黄帝軒轅氏。配永，古微書卷四輯尚書中候：「黄帝軒提象，配永循機。」注：「軒轅，黄帝名。永，長也；循，順也。黄帝軒轅觀攝提之象，配而行之，以長爲順，升機爲政焉。」

〔二〕「崐墟」句，穆天子傳卷二：「吉日辛酉，天子升於崑崙之丘，以觀黄帝之宫。」郭璞注：「黄帝巡游四海，登崑崙山，起宫室於其上，見新語。」

〔三〕「堯號」句，論語泰伯：「巍巍乎唯天爲大，唯堯則之。」

〔四〕「汾陽」句，莊子逍遥遊：「堯治天下之民，平海内之政，往見四子藐姑射之山，汾水之陽，窅然喪其天下焉。」郭象注：「夫堯之無用天下爲，猶越人之無所用章甫耳。然遺天下者，固天下之所宗；天下雖宗堯，而堯未嘗有天下也，故窅然喪之，而常遊心於絶冥之境，雖寄坐萬物之上，而未始不逍遥也。」詔蹕，下詔出行。蹕爲帝王車駕行幸處。

〔五〕「觀民」句，謂依民情設立制度。周易觀卦象曰：「風行地上，觀。先王以省方，觀民設教。」孔穎達正義：「『先王以省方，觀民設教』者，以省視萬方，觀看民之風俗，以設於教。」民，原作「人」，避太宗諱，徑改。

〔六〕「協時」句，尚書舜典：「肆覲東后，協時月正日，同律度量衡。」僞孔傳：「遂見東方之國君。合四時之氣節，月之大小，日之甲乙，使齊一也。律，法制及尺丈、斛斗、斤兩，皆均同。」

〔七〕「有感」二句，謂凡有感應之神，皆與交接，即便不在祀典，亦予祭祀。「無文咸秩」，見本文前注。

皇家啓聖〔一〕，受命于天。上鍊五石〔二〕，旁疏九川〔三〕。開階運斗〔四〕，宅海乘乾〔五〕。王母益地〔六〕，周公卜年〔七〕。其三

【箋　注】

〔一〕「皇家」句，啓，原作「起」。英華、唐文粹、四子集、全唐文并作「啓」，是，據改。啓聖，謂天啓聖意。後漢書陳蕃傳：「前梁氏五侯毒遍海內，天啓聖意，收而戮之。」按：此句及以下，皆歌頌唐高祖及太宗建立唐朝之偉大功業。

〔二〕「上鍊」句，鍊五石，用淮南子覽冥訓「女媧鍊五色石以補蒼天」事，本文前注已引。句謂拯救國家於危亂之中。

〔三〕「旁疏」句，「九川」之「九」，原作「百」，英華校：「一本作九。」按：此當用大禹事。尚書益稷：「予決九川距四海，濬畎澮距川，……烝民乃粒，萬邦作乂。」僞孔傳：「距，至也。決九州名川，通之至海。」則「九」并非川數，而是州數，作「九」是，據改。

〔四〕「開階」句，太平御覽卷七六叙皇王上引春秋演孔圖：「天子皆五帝精寶，各有題序，次運相據，起必有神靈符紀諸神扶助，使開階立遂（原注：「遂當作隧，道也。」）。」運斗，星斗運轉。古有緯書春秋運斗樞，根據星斗運轉以占卜。句謂建立新王朝，以統治天下。

〔五〕「宅海」句，宅海，宅，居，謂擁有四海。沈約九日侍宴樂游苑詩：「憑玉宅海，端扆御天。」乘乾，左傳昭公三十二年：「在易卦，雷乘乾，曰大壯。」杜預注：「乾下震上，大壯。震在乾上，故曰雷乘乾。」孔穎達正義：「乾爲天，爲剛；震爲雷，爲動。天以剛而動，動則爲雷，壯之大者，故曰大壯。」此喻國家强大。

〔六〕「王母」句，藝文類聚卷一一帝王部一帝舜有虞氏引雒書靈準聽曰：「舜受終，鳳皇儀，黄龍感，朱草生，蓂莢孳。西王母授益地圖。」原注：「西王母得益地之圖來獻。」

〔七〕「周公」句，卜，原作「十」，英華、唐文粹、全唐文并作「卜」，是，據改，「十」乃形訛。卜年，左傳宣公三年：「（周）成王定鼎於郟鄏，卜世三十，卜年七百，天所命也。」

天子建德〔一〕，重規疊矩〔二〕。聖敬日躋〔三〕，宗文祖武〔四〕。範圍三極〔五〕，和平萬宇。率由

舊章〔六〕，粵若稽古〔七〕。其四

【箋注】

〔一〕「天子」句，尚書禹貢：「錫土姓，祗台德。」僞孔傳：「天子建德，因生以錫姓。」

〔二〕「重規」句，謂後人所爲，與先人相同。宋書禮志一：「上（魏文帝曹丕）與先聖合符同契，重規疊矩者也。」以上二句，言唐高宗繼承高祖、太宗，所作所爲皆符合祖宗法度。

〔三〕「聖敬」句，詩經商頌長發：「湯降不遲，聖敬日躋。」毛傳：「不遲，言疾也。躋，升也。」鄭玄箋：「降，下。……湯之下士尊賢甚疾，其聖敬之德日進然。」

〔四〕「宗文」句，古微書卷一八輯禮稽命徵：「夏無大祖，宗禹而已，則五廟。殷人祖契而宗湯，則六廟。周尊后稷，宗文王、武王，則七廟。自夏及周，少不減五，多不過七。」大（太）祖爲不祧之祖，下以文、武而分昭穆，乃周制，爲後代所遵循。此指唐高祖、唐太宗。

〔五〕「範圍」句，範圍，管理。三極，周易繫辭上：「六爻之動，三極之道也。」韓康伯注：「三極，三（材）〔才〕也。兼三（材）〔才〕之道，故能見吉凶，成變化也。」按：三才，即天、地、人。

〔六〕「率由」句，詩經大雅假樂：「不愆不忘，率由舊章。」鄭玄箋：「愆，過。率，循也。成王之令德不過誤，不遺失，循用舊典之文章，謂周公之禮法。」

〔七〕「粵若」句，粵，發語詞，猶言「曰」。尚書堯典：「曰若稽古帝堯。」僞孔傳：「若，順；稽，考也。」

能順考古道而行之者。」稽，英華校：「文粹作乩。」同。按：以上二句，謂唐高宗一切皆行古道。

璇宮夜敞〔一〕，銀牓朝開〔二〕。德象陰月〔三〕，聲符震雷〔四〕。山河翼戴〔五〕，星緯鹽梅〔六〕。能事畢矣，乾元大哉〔七〕。其五

【箋注】

〔一〕「璇宮」句，王嘉拾遺記卷一：「少昊以金德王，母曰皇娥，處璇宮而夜織。」此以「璇宮」代指皇后武則天。夜敞，謂皇后夜間尚在勞作。

〔二〕「銀牓」句，藝文類聚卷六二引神異經：「東方有宮，青石爲牆，高三仞，左右闕高百丈。畫以五色門，有銀牓，以青石碧鏤題曰天地長男之宮。」此以「銀牓」代指皇太子李顯。朝開，謂太子府凌晨即已開啓，言其讀書極勤勉。

〔三〕「德象」句，太平御覽卷四月引京房易説云：「月與星，至陰也，有形無光，日照之乃有光。」因月爲陰，故以皇后爲喻。初學記卷一〇皇后引魏名臣奏曰：「臣聞帝之有后，猶日之有月也。」句謂皇后武則天有德。

〔四〕「聲符」句，見上文「宅海」句注，即易卦所謂「雷乘乾，曰大壯」，言皇太子具雄才大略。

〔五〕「山河」句，山河，指江山，代指全國人民。翼戴，尚書皋陶謨：「皋陶曰：『都！慎厥身，修思

永」；惇敘九族，庶明勵翼。邇可遠在兹。』」僞孔傳：「言慎修其身，厚次敘九族，則衆庶皆明其教而自勉勵，翼戴上命，近可推而遠者，在此道。」孔穎達正義：「翼戴上命，昭九年左傳説晉叔向言『翼戴天子』，故以爲『翼戴上命』，言如鳥之羽翼而奉戴之。」此言得天下百姓擁護。戴，原作「載」，英華校：「文粹作戴。」作「戴」是，據改。

〔六〕「星緯」句，文選顔延年車駕幸京口侍游蒜山作：「宅道炳星緯，誕曜應辰明。」李善注引郭璞南郊賦曰：「宅是星紀，奄有衡霍。」再引吴都賦曰：「固其經略，上當星紀。」按：此「星緯」即星紀，指宰輔大臣，謂皆有所作爲，能上配星緯，合乎天意。鹽梅，尚書説命：「若作和羹，爾惟鹽梅。」僞孔傳：「鹽鹹梅醋，羹須鹹醋以和之。」後以調合鹽梅喻宰相善於治國。

〔七〕「乾元」句，周易乾卦：「乾元，亨，利貞。」孔穎達正義：「説卦云：乾，健也。言天之體，以健爲用。」又引子夏傳云：「元，始也。」則此「乾元」指高宗，言其英明偉大。

治定制禮，功成作樂〔一〕。日月旂常〔二〕，夏殷正朔〔三〕。德溥天外〔四〕，文明地角〔五〕。氣白星黄〔六〕，風摇露濁〔七〕。其六

【箋注】

〔一〕「治定」二句，禮記樂記：「王者功成作樂，治定制禮。」鄭玄注：「功成、治定，同時耳。功主於

王業，治主於教民。明堂位說周公曰：『治天下六年，朝諸侯於明堂，制禮作樂。』」治，原作「理」，英華校：「一本作化。」按：理、化，皆避高宗李治之名，今改。

〔二〕「日月」句，周禮春官司常：「司常，掌九旗之物，名各有屬，以待國事。日月爲常，交龍爲旂。……及國之大閱，贊司馬頒旗物，王建大常，諸侯建旂。」鄭玄注：「所畫異物，則異名也。」又曰：「仲冬教大閱，司馬主其禮，自王以下治民者，旗畫成物之象，王畫日月，象天明也；諸侯畫交龍，一象其升朝，一象其下復也。」句言制度威嚴，尊卑各有禮數。旂，英華作「旗」，校：「一本作旂。」按：同上引周禮春官司常，謂「師都（民衆聚居地）建旗」，層級很低，故作「旗」誤。

〔三〕「夏殷」句，謂夏、商、周三代「正朔三而改，文質二而復」，已見本文前注。此言頒唐之正朔。

〔四〕「德溥」句，溥，英華校：「一本作澤。」亦通。天外，猶言域外，指少數民族未歸化之地。

〔五〕「文明」句，周易賁卦彖曰：「文明以止，人文也。……觀乎人文，以化成天下。」鄭玄注：「止物不以威武，而以文明，人之文也。……觀人之文，則化成可爲也。」地角，地之終極處。梁蕭統謝敕賚地圖啓：「域中天外，指掌可求；地角河源，户庭不出。」句言用人文之光照亮遠地，「明」用如動詞。

〔六〕「氣白」句，唐開元占經卷九五婁宿雲氣干犯占：「白氣入婁，人民受賜。」又晉書天文志中七曜：「瑞星，一曰景星，……二曰周伯星，黄色煌煌然，所見之國大昌。」

〔七〕「風摇」句，風摇，指迴風摇。太平御覽卷八〇帝堯陶唐氏引尚書中候曰：「帝堯即政七十載，景星出翼，鳳凰來庭，朱草生郊，嘉禾孳連，甘露潤液，醴泉出山。修壇河雒，榮光起，河休氣四塞，白雲起，迴風摇，龍馬御甲，赤文緑色，臨壇止霽，吐甲圖而帶足（注：帶足，音帶，去也）。」露濁，露指甘露。唐開元占經卷一〇一引運斗樞曰：「天樞得則甘露濁。」

兩京畿甸〔一〕，五載巡遊〔二〕。驅馳太一〔三〕，部列蚩尤〔四〕。將見大隗〔五〕，爰尋許由〔六〕。迴鑾躑躅，寓目周流〔七〕。其七

【箋注】

〔一〕「兩京」句，兩京，指西京長安、東京洛陽。畿甸，三代時以國都爲中心，按距離遠近將疆土劃分爲若干方形圈層。畿即王畿（又稱國畿），爲第一圈層，甸爲第三圈層。尚書禹貢：「五百里，甸服。」僞孔傳：「規方千里之内，謂之甸服，爲天子服治田，去王城四面五百里。」周禮地官大司徒：「辨其邦國都鄙之數，制其畿疆而溝封之。」鄭玄注：「千里曰畿。疆猶界也。」又周禮夏官大司馬：「乃以九畿之籍，施邦國之政職。方千里曰國畿，其外方五百里曰侯畿，又其外方五百里曰甸畿。……」孔穎達正義：「云方千里曰國畿者，此據王畿内千里而言，非九畿之畿，但九畿以此國畿爲本。向外每五百里加爲一畿也。」此泛指兩京以外地區。

〔二〕「五載」句，尚書舜典：「五載一巡守。」巡守，同上書「二月東巡守，至於岱宗」。僞孔傳：「諸侯爲天子守土，故稱守。巡，行之。」此喻指高宗巡幸嵩山。

〔三〕「驅馳」句，楚辭惜誓：「駕太一之象輿。」王逸注：「乘太一神象之輿而遊戲也。」此代指皇帝乘輿。

〔四〕「部列」句，蚩尤，傳説爲上古部落長，嘗同黄帝戰於涿鹿之野，後代用其象爲飾，以示威武。文選揚雄羽獵賦：「於是天子乃……載靈輿，蚩尤并轂，蒙公先驅。」李善注：「韓子曰：黄帝駕象車，異方并轂，蚩尤居前。」吕延濟注：「蒙公，髦頭也。謂乘革車，使蚩尤挾車轂，旄頭爲先驅也。」

〔五〕「將見」句，莊子徐無鬼：「黄帝將見大隗乎具茨之山。」大隗，郭象注：「大司神名。」

〔六〕「爰尋」句，許由，上古高隱之士。史記伯夷列傳：「説者曰：堯讓天下於許由，許由不受，恥之，逃隱。……太史公曰：余登箕山，其上蓋有許由冢云。」

〔七〕「回鑾」二句，回鑾，回駕。躑躅，欲行不進貌。周流，四處觀覽。文選揚雄羽獵賦：「章皇周流，出入日月。」李善注：「章皇，猶彷徨也。周流，周匝流行也。」

鬱鬱靈鎮，巖巖積石〔一〕。直上五千，去天三百。帝休非遠〔二〕，真經可覿〔三〕。石室徘徊，瓊膏滴瀝〔四〕。其八

【箋　注】

〔一〕「鬱鬱」二句，靈鎮，靈，神也；鎮，周禮夏官職方氏鄭玄注：「鎮，名山安地德者也。」巖巖，多石

貌。文選張載劍閣銘：「巖巖梁山，積石峩峩。」李善注引毛萇詩傳（按見詩經小雅節南山「節彼南山，維石巖巖」句毛傳）曰：「巖巖，積石貌也。」兩句指嵩山，謂其雄偉高大。

〔二〕「帝休」句，山海經中山經：「少室之山，百草木成囷。其上有木焉，其名曰帝休，葉狀如楊，其枝五衢，黄華黑實，服者不怒。」

〔三〕「真經」句，真，原作「員」，英華、唐文粹、四子集、全唐文并作「真」，是，據改。真經，指少室中所謂「自然經書」，見下注。

〔四〕「石室」二句，上注引山海經少室山「帝休」條，郭璞注引詩含神霧云：「此山巔亦有白玉膏，得服之即得仙道，世人不能上也。」又太平御覽卷三九嵩山引嵩高山記：「一石室有自然經書、飲食。至前石柱，似承露盤，有水暗滴下，食之一合，與天地相畢。」滴瀝，文選雜體詩三十首謝靈運游山：「乳竇既滴瀝，丹井復寥泬。」吕向注：「滴瀝，乳垂貌。」

山惟地德，神即陰靈。瑶姬逐雨〔一〕，玉女隨星〔二〕。陰陽不測〔三〕，黍稷非馨〔四〕。倏忽年代，荒蕪廟庭〔五〕。其九

【箋注】

〔一〕「瑶姬」句，瑶姬，即所謂巫山神女；逐雨，謂神女「旦爲朝雲，暮爲行雨」。文選宋玉高唐賦李

善注引襄陽耆舊傳曰：「赤帝女，曰瑤姬，未行而卒，葬於巫山之陽，故曰巫山之女。楚懷王游於高唐，晝寢夢見與神遇，自稱是巫山之女，王因幸之，遂爲置觀於巫山之南，號爲朝雲。後至襄王時，復游高唐。」又明曹學佺蜀中廣記卷二二曰：「據宋玉賦，本以諷襄王，後世不察，一切以兒女褻之。今廟中石刻引墉城記：瑤姬，西王母之女，稱雲華夫人，助禹驅神鬼，斬石疏波，有功見紀。」按：所辨宋玉賦乃諷襄王，是；然所謂西王母之女，亦爲無稽傳説。

〔二〕「玉女」句，指華山之明星玉女，已見本文前注。

〔三〕「陰陽」句，周易繫辭上：「陰陽不測之謂神。」韓康伯注：「神也者，變化之極，妙萬物而爲言，不可以形詰者也，故曰陰陽不測。」

〔四〕「黍稷」句，周易既濟「九五」：「東鄰殺牛，不如西鄰之禴祭實受其福。」王弼注：「祭祀之盛，莫盛修德。故沼沚之毛，蘋蘩之菜，可羞於鬼神。故黍稷非馨，明德惟馨，是以東鄰殺牛，不如西鄰之禴祭實受其福也。」參見本文前「可以羞澗溪沼沚之毛」句注。

〔五〕「倏忽」二句，謂年代流逝，少姨廟庭久已荒廢。

旁求祀典，載垂天渙〔一〕。始詔林衡〔二〕，俄成壯觀。紫柱星錯，丹粱霞焕〔三〕。似對青溪〔四〕，如遊白岸〔五〕。其十

【箋　注】

〔一〕「載垂」句，載，語詞；垂，下達也。渙，原作「漢」。英華作「漢」，校：「一本作渙。」四子集、全唐文作「渙」，是，據改。渙謂渙汗，見本文前注。天渙，指高宗所頒建廟詔書。

〔二〕「始詔」句，林衡，古代掌管山林之官。周禮地官林衡：「林衡，掌巡林麓之禁令，而平其守。以時計林麓而賞罰之。若斬木材，則受法於山虞，而掌其政令。」此及下句，謂重建少姨廟速度極快，剛下令伐木，轉瞬即已竣工。詔，英華作「制」，校：「一本作詔。」

〔三〕「紫柱」二句，文選曹植七啓：「彤軒紫柱，文榱華梁。」李善注引劉梁七舉曰：「丹墀縹壁，紫柱紅梁也。」星錯，謂建築參差錯落如星座。

〔四〕「似對」句，太平御覽卷五七七琴一：「蔡邕字伯喈，陳留人。性沉審，志好琴道，以嘉平元年（二四九）入清溪，訪鬼谷先生所居。山五曲，曲有幽居靈迹。每一曲制一弄，三年而成，出呈馬融、王允、董卓等異之。」按天中記卷四二引此，注出琴纂。

〔五〕「如遊」句，白岸，即白岸亭。謝靈運過白岸亭詩：「拂衣遵沙垣，緩步入蓬屋。近澗涓密石，遠山映疏木。空翠難强名，漁釣易爲曲。援蘿聆青崖，春心自相屬。……」按太平寰宇記卷九九温州永嘉縣：「白岸亭，在楠溪西南，去州八十七里，因岸白爲名。謝公（靈運）游之，詩云……（略）。」遊，英華校：「集作臨。」岸，英華作「崖」。按：「崖」不押韻，當形訛。

文貍赤豹〔一〕，電策雷車〔二〕。隱隱中道，訇訇太虚〔三〕。遂停龍駕，永託神居。天迴地止，霧歇雲除〔四〕。其十一

【箋注】

〔一〕「文貍」句，楚辭屈原九歌山鬼：「乘赤豹兮從文貍。」王逸注：「言山鬼出入乘赤豹，從文貍。」洪興祖補注：「豹有數種：有赤豹，有玄豹，有白豹。詩（按見大雅韓奕）曰：『赤豹黄羆。』陸機（按：當是「璣」之誤，所引見陸璣毛詩草木鳥獸蟲魚疏卷下）云：『毛赤而文黑，謂之赤豹。』貍有虎斑文者，有猫斑者。」此代指唐高宗巡幸嵩山時所用車駕。

〔二〕「電策」句，見本文前「雷爲車兮電爲策」句注。

〔三〕「隱隱」二句，謂巡幸隊伍時而寂静，時而喧騰。隱隱，無聲貌。中道，天子所行御道。訇訇，大聲也。太虚，文選孫綽游天台山賦：「太虚遼廓而無閡。」李善注：「太虚，天也。」此謂聲震天宇。

〔四〕「天迴」二句，謂唐高宗停駕少姨廟後，天地似乎静止，雲霧忽然消散，乃頌聖語。

衆靈晱睗〔一〕，群仙容與。衡嶽夫人〔二〕，漢濱游女〔三〕。洛川解珮〔四〕，天河弄杼〔五〕。顧慕招攜〔六〕，繽紛儔侣。同聲同氣〔七〕，爰笑爰語。其十二

【箋注】

〔一〕「衆靈」句，靈，神也。睗，原作「揚」，英華作「睗」，據全唐文改。睒睗，文選左思吴都賦：「輕禽狡獸，周章夷猶。狼跋乎紭中，忘其所以睒睗，失其所以去就。」李善注引説文曰：「睒，蹔視也；睗，疾視也。」此言張望貌。二字，英華作「睒睗」，校：「文粹作易。」韓愈寄崔二十六立之：「雷電生睒睗。」宋王伯大别本韓文考異卷五曰：「二字或從日。」按：二字乃連綿字，形異義同。

〔二〕「衡嶽夫人」句，即南嶽夫人，傳説爲魏存華，見本文前注。

〔三〕「漢濱」句，文選張衡南都賦：「游女弄珠於漢皋之曲。」李善注引韓詩外傳：「鄭交甫將南適楚，遵波漢皋臺下，乃遇二女，佩兩珠，大如荊雞之卵。」

〔四〕「洛川」句，指洛神。文選曹植洛神賦：「黄初三年（二二二），余朝京師，還濟洛川。……覩一麗人，於巖之畔。……願誠素之先達兮，解玉珮以要之。」李善注：「洛川，洛水之川也。洛水出洛山。」

〔五〕「天河」句，指織女。亦謂天孫，已見本文前注。古詩十九首之九：「迢迢牽牛星，皎皎河漢女。纖纖擢素手，札札弄機杼。」

〔六〕「顧慕」句，顧慕，顧念也。招攜，謂邀約相從。文選謝惠連擣衣：「美人戒裳服，端飾相招攜。」李善注：「左氏傳曰：『招攜以禮。』何休公羊傳注曰：『攜，持將也。』」

〔七〕「同聲」句，周易乾卦文言：「同聲相應，同氣相求，……各從其類也。」孔穎達正義：「同聲相應者，若彈宮而宮應，彈角而角動是也。同氣相求者，若天欲雨而礎柱潤是也。此二者聲氣相感也。」此句英華校：「文粹作同氣同聲。」

于以采蘋，南澗之濱。于以采藻，于彼行潦〔一〕。日吉兮辰良，浴蘭湯兮沐芳。揚枹兮拊鼓，奠桂酒兮椒漿〔二〕。神其萃止〔三〕，降福穰穰〔四〕。其十三

【箋注】

〔一〕「于以」四句，詩經召南采蘋：「于以采蘋，南澗之濱。于以采藻，于彼行潦。」毛傳：「蘋，大蓱也。濱，厓也。藻，聚藻也。行潦，流潦也。」鄭玄箋：「祭牲用魚，芼之以蘋藻。」蘋、藻，皆祭祀時所用植物，詳本文前注。

〔二〕「日吉」四句，楚辭屈原九歌東皇太一：「吉日兮辰良，穆將愉兮上皇。……瑶席兮玉瑱，盍將把兮瓊芳。蕙肴蒸兮蘭借，奠桂酒兮椒漿。揚枹兮拊鼓，疏緩節兮安歌。」王逸注「盍將把」句曰：謂「修飾清潔」。釋「揚枹」句曰：「揚，舉也；拊，擊也。」又注「奠桂酒」句曰：「桂酒，切桂置酒中也。椒漿，以椒置漿中也。」今按：祭祀前須用香草洗沐，以示對神恭敬。枹，鼓槌。日吉，英華作「吉日」，校：「文粹作日吉。」四句言祭祀少姨之神。

〔三〕「神其」句，萃止，文選任昉宣德皇后令：「輶軒萃止。」張銑注：「萃，聚也。」萃，英華作「醉」，

校：「文粹作萃。」作「醉」誤。

〔四〕「降福」句，詩經周頌執競：「降福穰穰。」毛傳：「穰穰，衆也。」

銘

梓州惠義寺重閣銘 并序〔一〕

大辰之歲，正陽之月〔二〕，有鄭縣宰扶風竇兢，字思眘〔三〕，昭宣令德，光闡化猷，庶政惟和，萬民以治〔四〕。閑庭不擾，退食自公〔五〕，遠覽形勢，虔心浄域〔六〕。乃與禪師釋智海忘言契道，寓目於長平之山〔七〕。援飛莖，陟峭崿〔八〕。削成千仞，壁立萬尋〔九〕。俯觀大道，僅如棗葉〔一〇〕；下望須彌，裁同芥子〔一一〕。飛流滴瀝而成響〔一二〕，喬樹璀璨而垂榮。玉堂石室，千門相似〔一三〕；大殿珠毫〔一四〕，十方皆現。慷慨榱桷之未立，吁嗟棟宇之莫修〔一五〕。不吝有爲〔一六〕，取諸大壯〔一七〕。

【箋　注】

〔一〕題下「并序」二字，底本原無，據英華卷七八八、全唐文卷一九一補。梓州，今四川三臺縣，其沿革，見前送梓州周司功詩注引元和郡縣志。惠義寺，惠一作「慧」，今名琴泉寺，在三臺縣潼川鎮。初名安昌寺，始建於北周安昌公元則，故名焉。唐初在其遺址重建，更名慧義寺。南宋易名護聖寺，明末稱琴泉寺，後仍之。參見王勃梓州慧義寺碑銘（蔣清翊王子安集注卷二〇）。其後杜甫有陪章留後惠義寺餞嘉州崔都督赴州、陪（李）〔章〕梓州王閬州蘇遂州李果州四使君登惠義寺二詩，可參讀。惠，英華、全唐文校：「集作彗。」誤。

〔二〕「大辰」二句，爾雅釋天：「大辰，房、心、尾也。大火謂之大辰。」大火乃古代天文學十二次之一。所謂十二次，即將天之赤道帶分爲十二等份：星紀、玄枵、娵訾、降婁、大梁、實沈、鶉首、鶉火、鶉尾、壽星、大火、析木。用十二次與十二辰對應，爲古代紀年法之一。十二辰以十二地支命名，大火對應卯，故所謂「大辰之歲」，即卯年。考楊炯行年，嘗坐從父弟楊神讓從徐敬業起兵連累，貶爲梓州司法參軍，約於垂拱元年（六八五）秋冬入蜀，天授元年（六九〇）已在洛陽内侍省掖廷局與宋之問分直習藝館（見宋之問秋蓮賦序，詳參本書附録年譜），而卯年爲武則天天授二年（辛卯）。按漢書五行志下之下：「當夏四月，是謂孟夏。」説曰：「正月謂周六月，夏四月，正陽純乾之月也。」又晉傅玄述夏賦：「四月惟夏，運臻正陽。」則「正陽」爲四月。則是銘當作於天授二年四月。時楊炯已不在梓州，蓋應賓兢遥請而作也。

〔三〕「有郪縣」句，元和郡縣志卷三三梓州：「郪縣（望，郭下），本漢舊縣，屬廣漢郡，因郪江水爲名也。後魏置昌城郡，改名昌城縣。隋大業三年（六〇七）復爲郪縣。」治所在今三臺縣城南郪江鄉。宰，縣令。扶風，即漢代之右扶風，治所在長安城中。據元和郡縣志卷一京兆府，唐代興平縣、盩厔縣及鳳翔府（今陝西寶雞市）所屬各縣，皆右扶風之地。竇兢，「兢」原作「競」，據石刻本梓州官僚贊改。除此文稱其爲扶風人、字思睿、仕爲郪縣宰外，又見楊炯梓州官僚贊之郪縣令扶風竇兢字思眘贊（見後），然其生平事迹多不詳。

〔四〕「庶政」二句，尚書周官：「庶政惟和，萬國以寧。」僞孔傳釋「庶政」爲「衆政」。民，原作「人」，避太宗諱；治，原作「理」，避高宗諱，徑改。

〔五〕「退食」句，詩經召南羔羊：「退食自公，委蛇委蛇。」鄭玄箋：「退食，減膳也。」清馬瑞臣毛詩傳箋通釋卷三釋爲退朝而進食，義勝，猶今之言「下班」也。

〔六〕「虔心」句，浄域，又稱浄土，指清浄國土，即清浄功德所修成之清浄處所，爲無量永劫積功累德以建立之莊嚴清浄世界（即佛國），與穢土、穢國對稱。見放光般若經卷一九、無量壽經卷上等。沈約齊竟陵王題佛光文：「太祖皇帝濯襟慧水，凝神浄域。」

〔七〕「乃與」二句，釋智海，知其爲惠義寺禪師外，餘無考。忘言，謂契於心，勿須言語。莊子外物：「言者所以在意，得意而忘言。」長平之山，即長平山，在今三臺縣潼川鎮北泉路左側。山上除惠義寺外，猶有漢代崖墓群以及東嶽古剎等名勝古迹，爲四川省省級文物保護單位。

〔八〕「援飛莖」二句，飛莖，文選潘岳河陽縣作二首其一：「落英隕林趾，飛莖秀陵喬。」張銑注：「飛莖，直生枝也。」峭崿，同上孫綽游天台山賦：「陟峭崿之崢嶸。」李善注引文字集略曰：「崿，崖也。」

〔九〕「削成」二句，削成，謂如人力砍削加工而成，言山形奇特。山海經西山經：「太華之山，削成而四方，其高五千仞。」壁立，如牆壁般直立，極言山勢陡峭。張載劍閣銘：「是曰劍閣，壁立千仞。」又水經注河水：「其山惟石，壁立千仞。」仞、尋，皆古代長度單位，四尺（或言五尺、七尺、八尺）爲仞，八尺（或言七尺、六尺）爲尋。

〔一〇〕「俯觀」二句，棗葉，喻極小。法苑珠林卷五〇感福部引無上依經云：「阿難向佛合掌而作是言：『我於今日入王舍乞食，見一大重閣莊嚴新成，內外宛密，若有清信人布施，四方僧并具四事。若如來滅後取佛舍利如芥子大，安立塔中起塔如阿摩羅子大，戴剎如針大，露槃如棗葉大，造佛如麥子大，此二功德，何者爲勝？』佛告阿難：『如滿四天下四果聖人及辟支佛如甘蔗、林竹、荻麻田等，若有一人盡壽供養，四事具足，及入涅槃後悉起大塔，供養然燈、燒香、衣服、幢旛等，阿難於意云何，是人功德多不？』阿難言：『甚多。』」

〔一一〕「下望」二句，須彌，佛家傳説之古印度寶山，極高大，又稱妙光山，參見一切經音義卷一。裁，通「才」。芥子，芥草種子，極細微。維摩詰經卷中不思議品：「若菩薩住是解脱者，以須彌之高廣，內（納）芥子中，無所增減，須彌山王本相如故。……是名住不思議解脱法門。」以上四句，形容長平山之高。

〔一二〕「飛流」句，文選王延壽魯靈光殿賦：「動滴瀝以成響，殷雷應其若驚。」李善注：「言簷垂滴瀝才成小響，室内應之，其聲似雷之驚也。說文曰：『滴瀝，水下滴瀝之也。』」成，英華校：「集作生。」

〔一三〕「千門」句，言惠義寺興建堂室之多，有如皇家宫殿。史記孝武紀：「於是作建章宫，度爲千門萬户。」

〔一四〕「大殿」句，珠毫，謂惠義寺大殿所置佛珠大放光芒。毫，即毫光，光綫四射如毫毛。按：以上四句，述惠義寺之壯麗。

〔一五〕「慷慨」二句，慷慨、吁嗟，表慨歎。吁，原作「可」，據英華、四子集、全唐文改。榱桷，榱，即椽，房檩上承瓦木條；桷，方形椽子。兩句感歎惠義寺重閣建設尚不完備。桷，英華校：「集作椽。」義同。按：兩句言雖惠義寺堂室、大殿已建，然尚缺榱桷及配套建築，并未竣工。

〔一六〕「不吝」句，吝，原作「捨」，義礙，四庫全書本作「吝」，是，據改。吝，同「吝」，吝惜。有爲，指竇兢不吝家財，爲之捐資。

〔一七〕「取諸」句，大壯，周易卦名。此當取大壯「初九，壯於趾」義，王弼注：「夫得大壯者，必能自終成也。未有陵犯於物而得終，其壯者在下而壯，故曰壯於趾也。」此謂竇兢有志於使重閣修建終役蕆事。

觀夫左龍角〔一〕，右參旗〔二〕，前太微〔三〕，後營室〔四〕。駢羅列以雜沓〔五〕，飀蕭條以清泠〔六〕；上磊落以晃朗〔七〕，下泓澄以霎靆〔八〕。參參差差，森森纚纚，千櫨萬栱，乍合乍離〔九〕。蒨蒨粲粲，絢絢焕焕，六采五章，或同或散〔一〇〕。莽如天履〔一一〕，矗似雲平〔一二〕。金火合舍於垂珠，日月相望於銜璧〔一三〕。璇墀銀砌，平接太階〔一四〕；玉户金扉，俛臨閶闔〔一五〕。曳紅日，舒丹霞。豐隆爲雷，砰鏗訇於軒檻〔一六〕；列缺爲電，翕習霍於庭除〔一七〕。寒暑隔閡於墻垣，虹霓迴帶於廊廡〔一八〕。仰之不極，目炫炫而喪精〔一九〕；登之無階，心遑遑而失度〔二〇〕。若士翔九垓之表，仍不逮於上榮〔二一〕；太章窮四海之間，猶未離於前城〔二二〕。借如梵天之宅，釋帝之宫〔二三〕；兩曜城池，五雲樓觀〔二四〕。輪王所處，純金爲説法之堂〔二五〕；諸佛所遊，衆香作經行之地〔二六〕，亦未可同年而語也。夫黄金鏤牓，曾不若四攝之門〔二七〕；青石爲墻，曾不若三空之地〔二八〕。殫百工之力，建七寶之樓〔二九〕，豈徒然哉？良有以也。夫何故如來神力，且觀嚴浄，道師方便，化作一城〔三〇〕？事有古而可質於今，言有大而可徵於小。是則毘耶四會，俱發道心〔三一〕；險路衆人，咸知寶所〔三二〕。

【箋注】

〔一〕「觀夫」句，左龍角，指長平山之左爲惠義寺山門。史記天官書：「杓攜龍角。」集解引孟康曰：

「龍角，東方宿也。」正義：「按角星爲天關，其間天門，其内天庭。」

〔二〕「右參旗」句，文選何晏景福殿賦：「參旗九旒，從風飄颻。」李善注：「周禮曰：『熊旗六斿，以象伐。』毛萇詩傳曰：『參，伐也。』然伐一星，以旗象參，故曰參。」李周翰注：「參，三也。旗上畫日月星。」此泛指旗幟。

〔三〕「前太微」句，謂惠義寺前爲大殿。文選雜體詩三十首顔延之侍宴：「太微凝帝宇，瑶光正神縣。」李善注引淮南子曰：「太微者，天一之廷。」吕延濟注：「言匠人上法太微宮以成帝宇。」

〔四〕「後營室」句，謂惠義寺後面爲房舍建築區。文選左思吴都賦：「憲紫宮以營室，廓廣庭之漫漫。」劉良注：「經營也。言今所以經營都邑始於此者，將傳於千年也。」

〔五〕「駢羅列」句，文選揚雄甘泉賦：「駢羅列布鱗以雜沓兮。」李善注：「駢，猶并也。」雜沓，紛繁貌，言建築極多。

〔六〕「飋蕭條」句，文選王延壽魯靈光殿賦：「飋蕭條而清泠。」李善注：「飋蕭條，清涼之貌。」飋，原作「瑟」，據此當作「飋」，因改。飋，風聲。

〔七〕「上磊落」句，文選郭璞江賦：「衡霍磊落以連鎮。」磊落，李周翰注：「山高大貌。」晃朗，同上潘岳秋興賦：「天晃朗以彌高兮。」張銑注：「晃朗，天高貌。」乃連綿字。

〔八〕「下泓澄」句，文選左思吴都賦：「泓澄奫潫，澒溶沆瀁。」李善注引説文曰：「泓，下深大也；澄，湛也。」靉靆，雲屯聚貌。潘尼逸民吟：「陟彼名山，採此芝薇。朝雲靉靆，行露未晞。」

〔九〕「參參」四句，參參差差，「參差」之疊用，此形容建築高矮各别。纚纚，綿延不斷貌。栱，立柱與横梁間弓形承重結構。文選何晏景福殿賦：「欂櫨各落以相承，欒栱夭蟜而交結。」李善注：「説文曰：『櫨，柱上枅也。』」薛綜西京賦注曰：『欒，柱上曲木，兩頭受櫨者。栱，欒類而曲也。』」四句言惠義寺建築之形狀。

〔一〇〕「蒨蒨」四句，「蒨蒨」句、「絢絢」句，皆鮮明貌，見前盂蘭盆賦注。散，無也。四句言惠義寺建築之色彩。

〔一一〕「莽如」句，天履，履，此指行走，猶言「履天」，謂如步行於天上。徐陵東陽雙林寺傅大士碑：「姜嫄所履，天步可以爲儔；河流大屐，神足宜其相比。」

〔一二〕「矗似」句，似，原作「以」，全唐文作「似」，是，以與上句「如」對應，據改。雲平，與雲齊平，言其極高。

〔一三〕「金火」二句，金火，指金木水火土五星。合舍，謂五星同在斗、牽牛分度。兩句即言日月如合璧，五星如連珠，見漢書律曆志，前已屢引。

〔一四〕「璇墀」二句，璇，美玉。墀、砌，文選班固西都賦：「於是玄墀釦砌，玉階彤庭。」張銑注：「墀，階也。」李善注引廣雅曰：「砌，阯也。」阯，臺階旁所砌斜石。太階，太亦作「泰」，即魁下六星，兩兩相比，名曰三台；又言天子有上、中、下三階，詳見前渾天賦注。璇、銀，皆美言之。此謂惠義寺重閣之階砌華麗崇高，可與太階相接。

〔一五〕「玉户」二句，文選揚雄甘泉賦：「排玉户而揚金鋪兮。」李奇注：「鋪，門首也。」按：户，門；扉，門扇也。金、玉，美之也。閶闔，天門，見前渾天賦注。兩句形容惠義寺門之高，可俯視天門。

〔一六〕「豐隆」二句，楚辭屈原離騷：「豐隆乘雲兮。」王逸注：「豐隆，雷師。」抨，擊。鏗訇，聲響巨大貌。曹丕滄海賦：「驚濤暴駭，騰聊澎湃。鏗訇隱潾，涌沸凌邁。」雷，英華、四子集作「雲」。按：豐隆亦爲雲師。楚辭屈原遠遊：「召豐隆使先導兮。」王逸注：「呼語雲師使清路也。」然下句謂「抨鏗訇」，則非雷不可，作「雲」誤。砰，原作「抨」，英華校：「集作砰。」全唐文作「砰」。按：砰，大聲貌，與「鏗訇」皆像雷聲巨大，作「抨」義礙，據改。兩句謂重閣極高，以至雷聲就在欄干邊炸響。

〔一七〕「列缺」二句，文選張衡思玄賦：「列缺曄其照夜。」舊注：「列缺，電也。」曶霍，文選揚雄甘泉賦：「翕赫曶霍，霧集而蒙合兮。」李善注：「翕赫，盛貌；曶霍，疾貌。……曶，音忽。」「曶」原作「㫚」，誤，據此改。庭除，庭院臺階。文選曹攄思友人一首：「霖潦淹庭除。」李善注引説文曰：「除，殿階也。」兩句與上二句同義，謂閃電瞬間出現在庭院。

〔一八〕「寒暑」二句，文選左思吴都賦：「寒暑隔閡於邃宇，虹蜺迴帶於雲館。」劉淵林注：「寒暑所閡，謂冬温夏涼。」李周翰注：「言宫室深邃，冬則寒氣隔而不入，夏則熱氣閡而不來。雲館，館名，言此館至高，虹蜺之氣繞帶於傍也。迴，繞也。」垣，英華校：「集作落。」似誤。

〔一九〕「仰之」二句，謂惠義寺樓宇極高，仰望之令人目眩頭昏。文選王延壽魯靈光殿賦：「耳嘈嘈以失聽，目矎矎而喪精。」張載注：「言炫燿也。」喪精，李善注引洞簫賦曰：「愍眸子之喪精。」又文選張衡西京賦：「喪精亡魂，失歸忘趨。」薛綜注：「亡失精魂，不知所當歸趨也。」

〔二〇〕「登之」二句，亦謂樓極高，登之令人心生恐懼。文選班固西都賦：「魂怳怳以失度，巡回途而下低。」李周翰注：「魂神失度，下就低處。」失度，難以控制。

〔二一〕「若士」二句，若士，原作「士木」。英華作「士木」，校：「集作若士，是。」按：「士」當是「士」之訛，全唐文作「若士」，是，據改。若士乃虛擬人物。淮南子道應訓：「盧敖游乎北海，至於蒙穀之上，「見一士焉，深目而玄鬢，淚注而鳶肩，豐上而殺下，軒軒然方迎風而舞」。「盧敖語之曰：『子殆可與敖爲友乎？』」「若士者，齤然而笑曰：『……然子處矣，吾與汗漫期於九垓之外，吾不可以久駐。』若士舉臂而竦身，遂入雲中。」高誘注：「九垓，九天之外。」上榮，文選揚雄甘泉賦：「列宿迺施於上榮兮，日月才經於柍振。」李善注引韋昭曰：「榮，屋翼也。」兩句謂即便有若士飛翔九垓之本領，仍難及於惠義寺樓宇之屋檐。

〔二二〕「太章」二句，太章，原作「文章」。英華作「文章」，「文」字下校：「集作火。」全唐文作「大章」。按：作「大章」是，「文」、「火」皆形訛，據改。大章，即「太章」，淮南子墬形訓：「禹乃使太章步自東極，至於西極，二億三萬三千五百里七十五步；使豎亥步自北極，至於南極，二億三萬三千五百里七十五步。凡鴻水淵藪自三百仞以上，二億三萬三千五百五十里，有九淵。禹乃以息土填洪水，以爲名山。」高誘注：「太章、竪亥，善行人，皆禹臣也。」堿，陛級也。兩句謂即使讓善行人太章巡行惠義寺，也走不出前階。

〔二三〕「借如」二句，借如，有如。梵天，此當指大梵天，爲梵王所居。釋帝，指佛，英華校：「集作帝釋。」似倒誤。宅，原作「闕」，據英華、全唐文改。兩句指佛教所傳須彌山之諸多宫殿。起世經卷九世住品第十一：「諸比丘，又於是時毗羅大風吹彼水沫，於須彌山王上分四方造作山峰。……又吹水上浮沫，爲三十三天，造作宫殿。次復更於須彌山王東西南北半腹之間，四萬二千由旬處所，爲四大天王造作宫殿，城壁垣牆，皆是七寶（按法苑珠林卷四劫量篇第一之四引，稱七寶謂「金、銀、瑠璃、玻瓈、赤珠、硨磲、碼碯」），端嚴殊妙，雜色可觀。」所述皆佛界宫殿，此以惠義寺所建重閣擬之。

〔二四〕「兩曜」二句，兩曜，即日月，城池，指宫殿。謂惠義寺又如日天子宫、月天子宫。起世經卷九世住品第十一：「爾時彼風又吹水沫。於須彌山王半腹之間，四萬二千由旬，爲月天子造作宫殿，高大城壁，七寶成就，雜色莊嚴。如是作已，復吹水沫，爲日天子具足，造作七大宫殿，城郭樓櫓，皆七寶成，種種莊嚴，雜色可觀。」五雲，五種雲。周禮春官保章氏：「以五雲之物辨吉凶。」此泛指雲霧，謂樓觀皆雲繚霧繞。

〔二五〕「輪王」二句，起世經卷一轉輪聖王品第三：「諸比丘：閻浮洲内，若轉輪王出現世時，此閻浮提自然而有七寶具足。其轉輪王復有四種神通德力。……爾時北方所有一切諸國王等亦各賫持天真金器，盛滿銀粟，天真銀器，盛滿金粟，俱來詣向轉輪王所。……爾時諸天即於其夜下來，爲彼轉輪王造立宮殿，應時成就。既成就已，妙色端嚴，四寶所作，所謂天金、銀、頗梨、琉璃。……其轉輪王，當於爾時，生大歡喜，踴躍無量。」説法之堂，即指爲轉輪王所造宮殿。

〔二六〕「諸佛」二句，起世經卷一閻浮洲品第一：「須彌山上，生種種樹，其樹鬱茂；出種種香，其香遠熏，遍滿諸山。多衆聖賢、最大威德、勝妙天神之所止住。」

〔二七〕「大黄金」句，藝文類聚卷六二居處部二宮引神異經曰：「西南方有宮，以金爲牆，門有金榜，以銀題曰『天皇之宮』。」四攝之門，「四攝」即布施、愛語、利行、同事，乃菩薩攝受衆生時所堅持之四種方便法門。按：兩句謂天皇之門雖有金榜，然不及佛家之門有四攝。

〔二八〕「青石」二句，藝文類聚卷六二居處部二宮引神異經曰：「東方有宮，青石爲牆，高三仞，左右闕高百丈，畫以五色。門有銀榜，以青石碧鏤，題曰『天地長男之宮』。」長男，指皇太子。三空，指人空（又稱「我空」，即無自性，不見我體）、法空（法執，謂推求五蘊之法如幻如化，無有自性）、俱空（空、執兩亡，契於本性），見金剛經疏論纂要卷上、金剛經纂要刊定記卷一。唯識宗謂「三空」爲無性空、異性空、自性空。按：兩句謂皇太子宮雖以青石爲牆，然不及佛家之有三空。

〔二九〕「建七寶」句，七寶，指金、銀、瑠璃、玻瓈、赤珠、硨磲、碼碯，見上注。

〔三〇〕「夫何故」四句，爲説明惠義寺重閣興建目的而發問。意謂何以如來佛只講究莊嚴清浄，而傳法和尚卻喜歡修建華麗寺廟？

〔三二〕「是則」二句，毘耶，梵語，又譯作毗耶離、毘捨離等，古印度城名（在今印度比哈爾邦南部）。據維摩經，維摩詰居士住毗耶城，故後以毘耶代指居士，即居家信佛之人。四會，會，英華校：「集作衆。」按：下有「衆人」句，此作「會」是。四會，謂四方居士來此會聚。道心，此指向佛之心。

〔三三〕「險路」二句，心地觀經：「法寶善誘衆生達寶所，猶如險路之導師。」按：以上四句，謂惠義寺之所以修得如此富麗堂皇，乃因唯此更能啓發居士之佛性，并誘導衆人向往佛教，以回答上面「何故」四句之問。

其銘曰：

長平山兮建重閣，上穹隆兮下磅礴〔一〕。紛被麗兮駢交錯〔二〕，嚴色相兮沖寂寞〔三〕。誰所爲兮天匠作。

【箋　注】

〔一〕「上穹隆」句，文選陸機挽歌詩三首其三：「旁薄立四極，穹隆放蒼天。」李善注引太玄經曰：「天穹隆而周乎下，地旁薄而向乎上。」張銑注：「旁薄，地之形也；穹、蒼，天之形。」

〔二〕「紛被麗」句，文選揚雄甘泉賦：「紛被麗其亡鄂。」李善注：「被麗，分散貌也。風賦曰：『被麗披離。』」同上賦：「駢交錯而曼衍兮。」李善注：「駢，列也。」劉良注：「駢交錯，言檐棟相屬也。」

〔三〕「嚴色相」句，嚴，莊嚴貌；色相，佛教指萬物所呈現之形式。沖寂寞，謂淡泊寡欲。色，英華校：「集作靈。」

表

爲劉少傅等謝敕書慰勞表　高宗〔一〕

臣某等言：司馬、郎中王知敬至〔二〕，伏奉今月日手詔〔三〕。璿璣下照，覩天象之三光〔四〕；玉檢前開，見河洛之八卦〔五〕。發揮珪璧，感召風雲〔六〕。不知手之舞之、足之蹈之者也〔七〕。臣等稽之天地，明山闕長男之宮〔八〕；步之日星，樂府奏重光之曲〔九〕。三王所以立教者，天子爲先；萬國所以稱貞者，元良是寄〔一〇〕。

【箋　注】

〔一〕劉少傅，當爲劉仁軌。敕書，皇帝詔書之一種。表，古代臣下向帝王上書陳事所用文體之一，其體制可參劉勰文心雕龍章表。按舊唐書高宗紀下：永隆二年（六八一）三月辛卯，「左僕射、同三品劉仁軌兼太子少傅」。同上書劉仁軌傳：「劉仁軌，汴州尉氏人也。」武德初補息州參軍，稍除陳倉尉。太宗時累遷給事中。高宗咸亨三年（六七二）拜太子左庶子、同中書門下三品。上元二年（六七五）拜尚書左僕射、同中書門下三品。「永淳元年（六八二），高宗幸東都，皇太子京師監國，遣仁軌與侍中裴炎、中書令薛元超留輔太子。」則天臨朝，加授特進。垂拱元年（六八五）薨，年八十四。本文乃楊炯代劉仁軌等諸留守大臣而作。敕書慰勞具體時間不詳。按表文述及用珪璧祭祀事，當在永淳二年正月高宗遣使遍祭諸神後不久（詳下注）。

〔二〕「司馬、郎中」句，司馬、郎中，皆官名。唐六典卷五：「凡將帥出征，兵滿一萬人已上，置長史、司馬、倉曹、胄曹、兵曹參軍各一人。」郎中，此當指兵部郎中。同上書：「（兵部）郎中二人，從五品上。」王知敬，生平別無可考。

〔三〕「伏奉」句，月日，未填寫具體數字，蓋表文擬稿於手詔尚未正式到達時。手詔，皇帝親手所寫詔書。

〔四〕「璿璣」二句，璿璣，即璿璣玉衡，古代觀天儀器，帝王親握之以觀運歷，故此代指高宗。璿，同「璇」。三光，日、月、星，詳前少室山少姨廟碑注。此亦代指高宗。兩句謂手詔乃皇帝下恤留守諸臣，見之如覩天顔。

〔五〕「玉檢」二句，玉檢，玉制書函蓋。太平御覽卷五星上引論語讖，稱堯率舜等游首山，觀河渚，

「龍銜玉苞金泥玉檢封盛書」，詳見前渾天賦注引。八卦，論語子罕：「子曰：鳳鳥不至，河不出圖，吾已矣夫！」何晏集解引孔安國曰：「河圖，八卦是也。」此喻指敕書。

〔六〕「發揮」二句，發揮，謂敬用。珪璧，祭祀時所用禮器，前已注。此當指高宗在東都祭祀事。舊唐書高宗紀下：永淳二年（六八三）正月，高宗「幸奉天宫，遣使遍祭嵩山、箕山、具茨及諸神、古賢西王母、啓母、巢父、許由等祠」。感召，「感」原作「咸」，據英華卷五九八、四子集、四庫全書本、全唐文卷一九〇改。風雲，指鬼神靈氣。

〔七〕「不知」句，毛詩序：「情動於中而形於言，言之不足故嗟嘆之，嗟嘆之不足故永歌之，永歌之不足，不知手之舞之、足之蹈之也。」

〔八〕「臣等」二句，太平御覽卷八一二珍寶部十引東方朔十洲記曰：「東方外有東明山，有宫焉，左右闕而立，其高百尺，建以五色門，有銀牓，以青碧鏤題曰天地長男之宫。南方有閶明山，有宫焉，有銀牓題曰天地中女之宫（按：今傳舊題東方朔海内十洲記無此文）。」長男之宫，即太子宫。又見前少室山少姨廟碑注引東方朔神異經，然無東明山、閶明山之説。

〔九〕「步之」二句，日，指皇帝；星，此指太子。重光之曲，崔豹古今注卷中：「日重光，月重輪，群臣爲漢明帝所作也。明帝爲太子，樂人作歌詩四章，以贊太子之德。其一曰日重光，其二曰月重輪，其三曰星重輝，其四曰海重潤。……舊説云天子之德光明如日，規輪如月，衆輝如星，霑潤如海，太子皆比德焉，故云『重』爾。」曲，英華作「典」，校：「疑作曲。」作「典」誤。

〔一〇〕「萬國」二句，尚書太甲下：「弗慮胡獲，弗爲胡成，一人元良，萬邦以貞。」僞孔傳：「胡，何；貞，正也。言常念慮道德，則得道德；念爲善政，則成善政。一人，天子。天子有大善，則天下得其正。」

伏惟天皇御中，道踐平階〔一〕。對揚文武之休命〔二〕，紹伏先王之大業〔三〕。洛京朝市，義協於省方〔四〕；秦地山河，事資於監守〔五〕。皇太子一物三善〔六〕，四方繼明〔七〕。孝以承親，顯於直城之路〔八〕；明以照下，驗於長壽之街〔九〕。虔奉絲綸〔一〇〕，躬親政事。德刑詳矣〔一一〕，既遠安而邇肅；博愛先之，亦塗歌而里詠〔一二〕。固以禮成恭敬，道洽温文〔一三〕。知寶曆之無疆，信蒼生之幸甚。

【箋　注】

〔一〕「伏惟」二句，天皇，即唐高宗，前已屢注。階，原作「陛」，據全唐文改。平階，謂三階平。史記天官書：「魁下六星，兩兩相比者，名曰三能。」集解：應劭引黄帝泰階六符經曰：「泰階者，天子之三階。……三階平，則陰陽和，風雨時。」

〔二〕「對揚」句，尚書説命下：「敢對揚天子之休命。」僞孔傳：「對，答也。答受美命而稱揚之。」

〔三〕「紹伏」句，紹伏，繼承。先王，原作「古先」，各本同。英華校：「一作先王。」作「先王」是，據改。先王，指唐太宗、唐高祖及以上之列祖列宗。

〔四〕「洛京」二句，洛京，指洛陽，高宗建爲東都，古代帝王之都前朝後市（前已注），故稱「朝市」。協，合。省方，又稱巡守，即皇帝到各地視察。左傳莊公二十一年：「天子省方，謂之巡守。」孔穎達正義：「孟子云：諸侯朝天子曰述職，天子適諸侯曰巡守。守者，守也，言諸侯爲天子守土，天子時巡行之。」

〔五〕「秦地」二句，秦地，指西都長安地區，爲古秦地。監守，古代君王外出，太子留守，代爲處理國政，謂之監國，從臣則稱監守。

〔六〕「皇太子」句，是時皇太子爲李顯（唐中宗）。一物三善，禮記文王世子：「行一物而三善皆得者，唯世子而已，其齒於學之謂也。」鄭玄注：「物，猶事也。故世子齒於學，國人觀之，曰：『將君我，而與我齒讓，何也？』曰：『有父在，則禮然。』然而衆知父子之道矣。其二曰：『將君我，而與我齒讓，何也？』曰：『有君在，則禮然。』然而衆著於君臣之義也。其三曰：『將君我，而與我齒讓，何也？』曰：『長長也。』然而衆知長幼之節矣。故父在斯爲子，君在斯謂之臣。居子與臣之節，所以尊君親親也。故學之爲父子焉，學之爲君臣焉，學之爲長幼焉。」文選沈約齊故安陸昭王碑文：「協隆三善。」張銑注：「三善，謂事君、事父、事長也。」

〔七〕「四方」句，周易離卦象曰：「明兩作離，大人以繼明照於四方。」王弼注：「繼，謂不絶也；明，照。相繼不絶曠也。」

〔八〕「孝以」二句，以漢成帝爲太子時喻皇太子。漢書成帝紀：「孝成皇帝，元帝太子也。……初居桂宫，上嘗急召，太子出龍樓門，不敢絶馳道，西至直城門，得絶，乃度，還入作室門。上遲之，問其故，以狀對。上大説，乃著令令太子得絶馳道云。」注引應劭曰：「馳道，天子所行道也，若今之中道。」顏師古注：「絶，横度也。」直城，「城」原作「地」，據全唐文改。

〔九〕「明以」二句，以後漢明帝少時喻皇太子。後漢書劉隆傳：「劉隆，字元伯，南陽安衆侯宗室也。……更封竟陵侯。是時，天下墾田多不以實，又户口年紀互有增減。十五年，詔下州郡檢核其事，而刺史太守多不平均，或優饒豪右，侵刻羸弱，百姓嗟怨，遮道號呼。時諸郡各遣使奏事，帝見陳留吏牘上有書，視之，云『潁川、弘農可問，河南、南陽不可問』。帝詰吏由趣，吏不肯服，抵言於長壽街上得之。帝怒。時顯宗（孝明帝）爲東海公，年十二，在幄後言曰：『吏受郡敕，當欲以墾田相方耳。』帝曰：『即如此，何故言河南、南陽不可問？』對曰：『河南帝城，多近臣，南陽帝鄉，多近親，田宅踰制，不可爲準。』帝令虎賁將詰問吏，吏乃實首服，如顯宗對。於是遣謁者考實，具知姦狀。明年，隆坐徵下獄，其疇輩十餘人皆死。帝以隆功臣，特免爲庶人。」長壽之街，「街」原作「術」，據上引及全唐文改。

〔一〇〕「虔奉」句，謂皇太子奉其父皇之命。絲綸，即「王言如絲，其出如綸」，謂影響越來越大，詳見前長江縣孔子廟堂碑「如綸如綍」句注。

〔一一〕「德刑」句，左傳成公十六年：「德刑詳，義禮信，戰之器也。」杜預注：「德以施惠，刑以正邪，詳以事神。」又文選王儉褚淵碑文引左傳文，張銑注曰：「詳，審也。言有賞德，有刑罪，必審而後行。」以下句「明」字判，張説似是。

〔二〕「亦塗歌」句，塗，道路；里，鄉間，泛指各處。文選沈約齊故安陸昭王碑文：「老安少懷，塗歌里詠。」張銑注：「歌詠其德也。」

〔三〕「固以」二句，文，原作「和」，據英華、四子集、全唐文改。禮記文王世子：「凡三王教世子，必以禮樂。樂所以修内也，禮所以修外也。禮樂交錯於中，發形於外，是故其成也，懌恭敬而温文。」孔穎達正義：「懌，説懌也。恭敬而温文者，謂温文也。文者謂内外有禮貌；恭，心敬而温潤文章。」

臣等竊循愚蔽，謬荷恩私。或位聯輔弼，職在台衡〔一〕。希少陽之末光，自韜螢火〔二〕；洽重海之餘潤，已息牛涔〔三〕。不謂殊獎曲覃，真文俯及。載之眉首〔四〕，奉以周旋。聽葛天氏之歌，方慙此慶〔五〕；聞有虞氏之石，未均斯喜〔六〕。但知懷璧之罪，不可越鄉〔七〕；豈敢貪天之功，以爲己力〔八〕。傾誠每積，候朱鳥於南宫〔九〕；拜德無由，限蒼龍於左闕〔一〇〕。臣無任云云〔一一〕。

【箋　注】

〔一〕「或位聯」二句，輔弼，輔助，指宰輔大臣。台衡，後漢書安帝紀：「推咎台衡，以荅天眚。」李賢

注：「台謂三台，三公象也。衡，平也。」此指少傅劉仁軌（時爲左僕射、同三品，即宰相），以及侍中裴炎、中書令薛元超等留守大臣。

〔二〕「希少陽」二句，希，仰慕。少陽，春秋公羊傳成公十六年：「春王正月，雨木冰。」何休注：「木者少陽，幼君、大臣之象。」此指皇太子。太平御覽卷一四六太子一引春秋演孔圖曰：「聖人在後曰望陽，苞懷至德，據少陽。」原注：「文王子也，故曰在後，嗣文王矣。」韜，藏也。螢火，蟲名，其光微弱，乃謙詞。

〔三〕「洽重海」二句，重海，亦指皇太子。重海即漢明帝爲太子時，樂人作海重潤，謂「霑潤如海，太子皆比德焉」，見本文上注引崔豹古今注卷中。已息，已，原作「色」，英華於下空一格。四庫全書本、全唐文作「已」，是，與上句「自」對應。牛涔，淮南子俶真訓：「夫牛蹏（按：「蹄」之異體）之涔，無尺之鯉。」高誘注：「涔，潦水也。謂水潦之年，大道上之積水。」此自喻微不足道。

〔四〕「載之」句，眉首，即臉面，蓋當時俗語。唐李磎泗州重修鼓角樓記「鼓角樓者，軍門眉首，宜特華壯」，可參讀。載之眉首，猶言給足面子。

〔五〕「聽葛天氏」二句，呂氏春秋卷五古樂：「昔葛天氏之樂，三人摻牛尾，投足以歌八闋。一曰載民，二曰玄鳥，三曰遂草木，四曰奮五穀，五曰敬天常，六曰達帝功，七曰依地德，八曰總萬物之極。」高誘注：「葛天氏，古帝名。」文選司馬相如上林賦：「聽葛天氏之歌。」

〔六〕「聞有虞氏」二句，有虞氏，指舜。尚書舜典：「簫韶九成，鳳皇來儀。」又論語述而：「子在齊聞韶，三月不知肉味。」邢昺疏：「韶，樂也。」石，鍾、磬類樂器，此代指音樂。按：以上四句，謂聽葛天氏、有虞氏之樂，皆遠不及得皇帝手詔之可慶可喜，令人感動。

〔七〕「但知」二句，璧，喻指手詔，謂極寶貴。左傳襄公十五年：「小人懷璧，不可以越鄉。」杜預注：「言必爲盜所害。」

〔八〕「豈敢」二句，左傳僖公二十四年：「竊人之財，猶謂之盜，況貪天之功以爲己力乎！」

〔九〕「候朱鳥」句，史記天官書：「南宫，朱鳥。」索隱引文耀鉤云：「南宫，赤帝，其精爲朱鳥也。」此謂恭候高宗早日返駕回宫。

〔一〇〕「限蒼龍」句，史記天官書：「東宫，蒼龍，房、心。心爲明堂。」索隱引春秋説題辭云：「房、心爲明堂，天王布政之宫。」此指長安宫殿。其時劉仁軌等皆留輔太子，故云限於職守，「無由拜德」。

〔一一〕「臣無任」句，原無，據全唐文補。英華作「臣無任」，無「云云」二字。按：無任，謂不勝，非常。因「無任」以下類爲感恩戴德之套話，故録文者常用「云云」删去。

議

公卿以下冕服議〔一〕

古者太昊庖犧氏，仰以觀象，俯以察法，造書契而文籍生〔二〕。次有黄帝軒轅氏，長而敦敏，成而聰明，垂衣裳而天下治〔三〕。其後數遷五德〔四〕，君非一姓。體國經野〔五〕，建邦設都〔六〕，文質所以再而復，正朔所以三而改〔七〕。夫改正朔者，謂夏后氏建寅，殷人建丑，周人建子。至於以日繫月，以月繫時，以時繫年，此則三王相襲之道也。夫易服色者，謂夏后氏尚黑，殷人尚白，周人尚赤〔八〕。至於山、龍、華、蟲、宗彝、藻、火、粉、米、黼、黻〔九〕，此又百代可知之道也。

【箋注】

〔一〕公卿以下，指除皇帝、皇太子之外所有官員。冕服，古代官員吉禮時所穿禮服。冕同服異，以示尊卑。議，古代文體名。文心雕龍議對：「周爰諮謀，是謂爲議。議之言宜，審事宜也。……議貴節制，經典之體也。」本文寫作背景，舊唐書楊炯傳述之曰：「儀鳳中，太常博士蘇知幾上表，以公卿已下冕服，請別立節文。敕下有司詳議，炯獻議曰：……（即本文）。」按杜佑通典卷五七載：「儀鳳二年（六七七）十一月，太常博士蘇知機上言曰『前龍朔中，孫茂道奏請諸臣九章服（按：孫氏於龍朔二年（六六二）九月戊寅上奏節文，見舊唐書輿服志），當時竟未施行。今請製大明冕十二章，乘輿服之，加日、月、星辰、龍、虎、山、火、鱗、鳳、元龜、雲、水等象。鷩冕八章，三公服之；毳冕六章，三品服之；繡冕四章，五品服之。詔下有司詳議，崇文館學士楊炯奏」云云（按：蘇知幾、知機乃同一人。幾、機通。作爲人名，孰是不可考，茲姑各依原書，述其人則從「知幾」)。英華卷七六六於作者名下注曰：「儀鳳二年。」上引通典稱楊炯時爲崇文館學士。又舊唐書輿服志述此事，亦稱「崇文館學士、校書郎楊炯奏議曰」，皆誤，其時當仍爲弘文館校書郎。爲崇文館學士尚在數年之後，且爲崇文館學士時，校書郎已任滿去職。

〔二〕「古者」四句，太平御覽卷七八太昊庖犧氏引皇王世紀曰：「太昊帝庖犧氏，風姓也。蛇身人首，有聖德，都陳。作瑟三十六絃。燧人氏没，庖犧氏代之，……位在東方，主春，象日之明，是稱太昊。製嫁娶之禮，取犧牲以充庖廚，故號曰庖犧皇，後世音謬，故或謂之宓犧。一號雄皇氏，在位一百一十年。」書契，指表意符號。同上卷七二一醫一引帝王世紀：「伏羲氏仰觀象於天，俯觀法於地，觀鳥獸之文與地之宜，近取諸身，遠取諸物，於是造書契以代結繩之政，畫八卦以通神明之德，以類萬物之情。」

〔三〕「次有」四句，太平御覽卷七九黄帝軒轅氏引帝王世紀曰：「黄帝有熊氏，少典之子，姬姓也。……長於姬水，龍顔，有聖德，受國於有熊，居軒轅之丘，故因以爲名，又以爲號。……其史倉頡又取像鳥迹，始作文字，史官之作，蓋自此始，記其言行，策而藏之，名曰書契。」周易繫辭下：「黄帝、堯、舜垂衣裳而天下治，蓋取諸乾坤。」韓伯注：「垂衣裳以辨貴賤，乾尊坤卑之義也。」又大戴禮記卷七五帝德：「孔子曰：黄帝，少典之子也，曰軒轅。生而神靈，弱而能言，幼而慧齊，長而敦敏，成而聰明。」治，原作「理」，避高宗諱，徑改。

〔四〕「其後」句，五德，即五行，指水、火、木、金、土。讖緯家稱古帝王以五德循環而王。數遷，謂屢經改朝換代。

〔五〕「體國」句，周禮天官宗宰：「體國經野。」鄭玄注：「體猶分也。經謂爲之里數。」鄭司農云：「營國方九里，國中九經九緯，左祖右社，面朝後市。野則九夫爲井，四井爲邑之屬是也。」

〔六〕「建邦」句，尚書説命中：「嗚呼！明王奉若天道，建邦設都。」僞孔傳：「言明王奉順此道，以立國設都。」

〔七〕「文質」二句，文選班固答賓戲：「一陰一陽，天地之方；乃文乃質，王道之綱。」李善注引春秋元命苞：「一質一文，據天地之道，天質而地文。正朔三而改，文質再而復。」禮記檀弓上「夏后氏尚黑」一段孔穎達正義：「文質再而復者，文質法天地，質法天，文法地。周文法地，而爲天正；殷質法天，而爲地正者，正朔文質不相須。正朔以三而改，文質以二而復，各自爲義，不相須也。」所謂「三而改」，即寅、丑、子相循環；「二而復」，即以法天、法地相循環。

〔八〕「夫改正朔」至「周人尚赤」一段，禮記大傳：「改正朔，易服色。」孔穎達疏：「正謂年始，朔謂月初。言王者得政，示從我始，改故用新，隨寅、丑、子所建也。」所謂夏建寅、殷建丑、周建子，及服色尚黑、尚白、尚赤之説，出禮記檀弓上，詳見前新都縣學先聖廟堂碑「天正地正」句注引。

〔九〕「至於」句，尚書虞書益稷：「帝曰：……予欲觀古人之象，日、月、星辰、山、龍、華、蟲，作會；宗彝，藻、火、粉米、黼、黻，絺繡，以五采彰施於五色作服，汝明。」僞孔傳釋「欲觀」句爲「欲觀示法象之服制」。又釋曰：「日、月、星爲三辰。華象草華，蟲，雉也。畫三辰、山、龍、華、蟲於衣服旌旗，會，五采也，以五采成此畫焉。宗廟、彝樽，亦以山龍華蟲爲飾。藻，水草有文者。火爲火字，粉若粟冰，米若聚米，黼若斧形，黻爲兩己相背。葛之精者曰絺，五色備曰繡。天子服日月而下，諸侯自龍袞而下至黼黻，士服藻火，大夫加粉米。上得兼下，下不得僭上。以五采明施於五色，作尊卑之服，汝明制之。」

今蘇知幾表奏請立節文改章服，奉付禮官、學士詳定是非者〔一〕。謹按虞書曰：「予欲觀古人之象，日、月、星辰、山、龍、華、蟲作繪〔二〕，宗彝，藻、火、粉、米、黼、黻、絺、繡。」由此言之，則其所從來者尚矣。夫日、月、星辰者，象明光照下土也。山者，布散雲雨〔三〕，象聖王澤霑下人也。龍者，變化無方，象聖王應時布教也〔四〕。華蟲者，雉也〔五〕，身被五彩〔六〕，象聖王體兼文明也。宗彝者，虎蜼也〔七〕，以剛猛制物〔八〕，象聖王神武定亂也。藻者，逐水上下，象聖王隨代而應也。火者，陶冶烹飪，象聖王至德日新也。粉米者，人恃以生，象聖王爲物之所賴也。黼者，能斷割，象聖王臨事能決也。黻者，兩己相背，象君臣可否相濟也。

【箋注】

〔一〕「今蘇知幾」二句，及上段末句「也」字，原無，據英華卷七六六、四子集、全唐文卷一九〇補。蘇知幾，除知其高宗時嘗爲太常博士（見前）外，其他生平事迹不詳。

〔二〕繪，英華作「會」，校：「舊唐志（按指舊唐書輿服志，下同）、文粹作繪。」上引尚書益稷及全唐文亦作「會」。兩字通。

〔三〕「布散」句，雨，英華校：「文粹作物。」似誤。

〔四〕「象聖王」句，時，英華校：「唐志作機。」布，原作「而」，據英華、舊唐志、舊唐書本傳、四子集、全唐文改。

〔五〕「華蟲者」句，上引尚書益稷鄭玄注，以「華」爲「草華（花）」，而「蟲」方爲雉，與此不同。

〔六〕「身被」句，「身被」前，原有「雉」字，據英華、舊唐書輿服志、舊唐書本傳、全唐文删。

〔七〕「宗彝者」句，宗彝，上引尚書益稷鄭玄注爲宗廟、彝樽。按周禮春官司服孔穎達正義曰：「宗彝是宗廟、彝樽，非蟲獸之號。而言宗彝者，以虎蜼畫於宗彝，則因號虎蜼爲宗彝，其實是虎蜼也。」虎蜼，虎，英華校：「唐志諱作武。」虎蜼，二獸名。蜼似猴。清康熙敕撰書經傳説彙纂卷三引爾雅注曰：「蜼似獮猴而大，尾末有岐。鼻向上，雨即自懸於樹，以尾塞鼻，或以兩指。」該字讀音，各説不一。宋夏僎尚書詳解卷五綜之爲三讀，曰：「蜼音柚，獸名，似猴。周禮音壘。又蜼讀爲蛇虺之虺。」按唐文粹無「蜼」字。

〔八〕「以剛猛」句，句首原有「蜼」字，據英華、舊唐書輿服志、舊唐書本傳、四子集、全唐文删。

逮有周氏，乃以日月星辰爲旌旗之飾〔一〕。又登龍於山，登火於宗彝，於是乎制袞冕以祀先王也〔二〕。九章者，法陽數也，以龍爲首〔三〕。章袞者，卷也。龍德神異，應變潛見，表聖王深識遠知，卷舒神化也〔四〕。又制鷩冕，以祭先公也。鷩者，雉也，有耿介之志，表公有賢才，能守耿介之節也〔五〕。又制毳冕，以祭四望也。四望者，嶽瀆之神也。虎蜼者，山林所生，明其象也〔六〕。制絺冕，以祭社稷也。社稷者，土穀之神也，粉米由之成，象其功也〔七〕。又制玄冕，以祭群小祀也〔八〕。百神異形，難可遍擬，但取黻之相背，昭異名也〔九〕。夫以周公之多才也，故治定制禮，功成作樂〔一〇〕。夫以孔宣之將聖也，故行夏之時，服周之冕〔一一〕。先王之法服，乃自此之出矣〔一二〕。天下之服，能事又於是乎畢矣〔一三〕。

【箋　注】

〔一〕「乃以」句，周禮春官司服鄭玄注：「至周而以日月星辰畫於旌旗，所謂三辰旂旗，昭其明也。」同上司常：「司常，掌九旗之物，名各有屬，以待國事。日月爲常，交龍爲旂。」

〔二〕「又登龍」三句，周禮春官司服：「享先王則袞冕。」孔穎達正義：「后稷雖是公，不謚爲王，要是周之始祖，感神靈而生，文武之功因之而就，故特尊之，與先王同。是以尚書武成云『先王建邦啓土』，尊之亦謂之先王也。」則「先王」特指后稷。正義又曰：「大祫於大祖、后稷廟中，尸服衮冕，王服亦衮冕也。」則祀先王服衮冕。同上春官司服鄭玄注：「冕服九章，登龍於山，登火於宗彝，尊其神明也。」鄭玄又引鄭司農云：「衮卷，龍衣也。」孔穎達正義曰：「鄭注禮記云：『卷，俗讀，其通則曰衮。』故先鄭衮卷并言之也。」「登火於宗彝」句下，英華、四子集、全唐文有「尊神明也」四字，英華校：「唐志、文粹并無『尊神明也』四字。」舊唐書本傳所載，亦無此四字。按：據上引鄭注，當有此四字，然作者對鄭注又未必全鈔，故有否難以確定，姑兩存之而不補入。

〔三〕「九章者」三句，九章，九類冕服。周禮春官司服鄭玄注：「九章，初一曰龍，次二曰山，次三曰華蟲，次四曰火，次五曰宗彝，皆畫以爲繢；次六曰藻，次七曰粉米，次八曰黼，次九曰黻，皆希以爲繡。則衮之衣五章，裳四章，凡九也。鷩畫以雉，謂華蟲也。其衣三章，裳四章，凡七也。毳畫虎蜼，謂宗彝也，其衣三章，裳二章，凡五也。希刺粉米，無畫也。其衣一章，裳二章，凡三也。玄者，衣無文，裳刺黻而已，是以謂玄焉。凡冕服，皆玄衣纁裳。」

〔四〕「章衮者」五句，章衮，指九章衮冕。「卷」即「衮」之俗讀，見上注周禮春官司服引孔穎達正義。正義又曰：「山取其人所仰，龍取其能變化，華蟲取其文理。」此統説章衮皆由龍德圖案變化而來，以象徵帝王之德。

〔五〕「又制鷩冕」至「節也」數句，周禮春官司服：「享先公饗射，則鷩冕。」鄭玄注：「先公謂后稷之後，大王之前，不窋至諸盩。饗射，饗食賓客與諸侯射也。」周「先公」世次，其詳見史記周本紀。

按：「鷩」，古人以爲怪鳥，山海經南山經稱「其狀如雞，三首六目，六足三翼」。實乃雉之一種，即錦雞，羽毛美麗，常用作飾物。鷩冕畫以雉，見上注「九章」引。

〔六〕「又制毳冕」至「象也」數句，周禮春官司服：「祀四望山川則毳冕。」鄭玄注：「群小祀，林澤墳衍，四方百物之屬。」按：毳，鳥獸細絨毛。毳冕畫虎蜼，見上注「九章」引。

〔七〕「制絺冕」至「功也」數句，周禮春官司服：「祭社稷五祀則希冕。」希冕刺粉米，無畫，見上注「九章」引。希，孔穎達正義曰：「當從絺爲正也。」絺，細葛布。

〔八〕「又制玄冕」二句，周禮春官司服：「祭群小祀則玄冕。」玄冕衣無文，裳刺黻，見上注「九章」引。

〔九〕「但取」二句，「黻」字上，英華有「黼」字，校：「唐志、文粹并無此字。」按：無「黼」字是。「昭」字原無，據英華、舊唐書輿服志、舊唐書本傳、四子集、全唐文補。

〔一〇〕「夫以周公」三句，多才，尚書金縢：「予（周公旦）仁若考能，多材多藝，能事鬼神。」禮記樂記：「王者功成作樂，治定制禮。」鄭玄注：「明堂位説周公曰：『治天下六年，朝諸侯於明堂，制禮作樂。』」

〔一一〕「夫以孔宣」三句，論語子罕：「太宰問於子貢曰：『夫子聖者與？何其多能也！』子貢曰：『固天縱之將聖，又多能也。』」同上衛靈公：「顏淵問爲邦，子曰：『行夏之時，乘殷之輅，服周之冕。』」何晏集解曰：「據見萬物之生，以爲四時之始，取其易知。」又引馬（融）曰：「殷車曰大輅。左傳曰：『大輅越席，昭其儉也。』」又引包(咸)曰：「冕，禮冠。」

〔二〕「乃自此」句，「之」字下，英華校：「唐志、(唐)會要作此之目。」按：是句，舊唐志、舊唐書本傳、文粹、全唐文作「乃此之自出矣」。

〔三〕「天下」二句，「之」字下「服」字，原無。英華校：「文粹有服字。」全唐文亦有「服」字。按：無「服」字語意欠妥，茲據補。畢，文粹作「異」，誤。

今知幾表狀，請「製大明冕十二章，乘輿服之」者。謹按日月星辰者，已施於旌旗矣；龍山火米者〔一〕，又不踰於古矣。而云麟鳳有四靈之名〔二〕，而玄龜有負圖之應〔三〕，雲有紀官之號〔四〕，水有盛德之祥〔五〕，此蓋別表休徵，終是無踰比象〔六〕。然則皇王受命，天地與符〔七〕，仰觀則璧合珠連〔八〕，俯察則銀黃玉紫〔九〕。盡南宮之粉壁〔一〇〕，不足寫其形狀；磬東觀之鉛黃〔一一〕，無以紀其名實，固不可畢陳於法服也〔一二〕。雲者，從龍之氣也〔一三〕；水者，藻之自生也〔一四〕，又不假別爲章目也。此蓋不經之甚也。

【箋注】

〔一〕「龍山」句，英華作「龍武山火」，校：「文粹作龍山火米。」今按：除唐文粹卷四〇外，舊唐書輿服志、舊唐書本傳亦作「龍武山火」(「武」乃「虎」字，避唐諱)，而册府元龜卷五八六引又作「龍山火米」。未詳孰是，姑依底本。

〔二〕「而云」句，禮記禮運：「何謂四靈？麟、鳳、龜、龍，謂之四靈。故龍以爲畜，故魚鮪不淰；鳳以爲畜，故鳥不獝；麟以爲畜，故獸不狘；龜以爲畜，故人情不失。」鄭玄注：「淰之言閃也。獝，狘，飛走之貌也。失，猶去也。龜，北方之靈，信則至矣。」

〔三〕「而玄龜」句，初學記卷六洛水引尚書中候：「堯率群臣東沉璧於洛，退候至於下稷，赤光起，玄龜負書出，赤文成字。」書，即河圖。

〔四〕「雲有」句，左傳昭公十七年：「黄帝氏以雲紀，故爲雲師，而雲名。」杜預注：「黄帝受命有雲瑞，故以雲紀事，百官師長皆以雲爲名號。」

〔五〕「水有」句，禮記月令：「天子曰：某日立冬，盛德在水。」盛，英華校：「唐志作感。」誤。

〔六〕「終是」句，踰，英華校：「會要作所。」

〔七〕「天地」句，與，原作「興」。英華作「與」，校：「諸本作興。」按：作「與」是，據改。

〔八〕「仰觀」句，謂天。璧合珠連，即日月如合璧，五星如連珠，見前渾天賦注。

〔九〕「俯察」句，謂地。銀黄，即黄銀。太平御覽卷八一二黄銀引禮斗威儀曰：「君乘金而王，則黄銀見。」玉紫，謂紫玉。初學記卷二七寶器部玉引雒書曰：「王者不藏金玉，則紫玉見於深山。」以上二句，謂天所呈祥瑞，地所藏寶物，皆可能爲王者受命之符。

〔一〇〕「盡南宮」句，南宮，東漢時洛陽宮殿名，嘗於此開學。後漢書張酺傳：「永平元年（五八），顯宗爲四姓小侯開學於南宮。」同書賈逵傳：「建初元年（七六），詔入講南宮雲臺。」同書孝安帝紀：永初四年（一一〇）二月，「詔謁者劉珍及五經博士，校定東觀五經、諸子、傳記、百家藝術，整齊脱誤，是正文字」。李賢注引洛陽宮殿名：「南宮有東觀。」粉壁，白灰（石灰）所塗牆壁。壁，原作「璧」，據英華、舊唐書輿服志、舊唐書本傳、唐文粹改。全唐文作「墨」。

〔二〕「磬東觀」句，東觀，東漢宮中建築名，爲朝廷藏書處，在南宮，見上注。鉛黄，鉛粉與雌黄（一種橙黄色礦物晶體），可製書寫顏料。上句南宮及此東觀，皆代指爲學之地。

〔三〕「固不可」句，陳，英華作「施」，校：「會要、文粹作陳。」今按舊唐志、舊唐書本傳所載皆作「陳」，是。法服，禮法規定之標準服。

〔三〕「雲者」句，周易乾卦文言：「雲從龍，風從虎。」孔穎達正義：「『雲從龍，風從虎』者，龍是水畜，雲是水氣，故龍吟則景雲出，是雲從龍也。」雲者，文粹作「雲也者」。

〔四〕「水者」句，「水」原作「茄」。舊唐書本傳、舊唐書輿服志、英華、唐文粹、四子集、全唐文俱作「水」。「茄於藻井」乃蘇知幾之説（見下文），楊炯并不認同，故此作「水」是，據改。又，「水者」，英華、文粹作「水也者」。

又「鷩冕八章〔一〕，三公服之」者也。鷩者，太平之瑞也，非三公之德也。鷹鸇者，鷙鳥也，適可以辨刑曹之職也〔二〕。熊羆者，猛獸也，適可以旌武臣之力也。又稱「藻爲水草，而無法象」，引張衡賦云「帶倒茄於藻井，披紅葩之狎獵」〔三〕，請爲蓮華，取其文彩者。夫茄者蓮也，藻者飾也，蓋以蓮飾井，非謂藻爲蓮〔四〕。若以蓮代藻，變古從今，既不知草木之名，又未達文章之意〔五〕，此又不經之甚也。

【箋注】

〔一〕「又鶖鶋」句，鶖，原作「鸞」，舊唐書本傳、册府元龜卷五八六引、英華、唐文粹同。通志、舊唐志作「鶖」。考之文獻，無「鸞鶋」記載，則通志、舊唐志作「鶖」是，「鸞」蓋形訛，據改。下文「鶖者，太平之瑞也」句同。

〔二〕「適可以」句，刑曹，英華作「詳刑」，校：「文粹作刑曹。」按：舊唐志、舊唐書本傳作「祥刑」。尚書吕刑：「王曰：吁！來，有邦有土，告爾祥刑。」僞孔傳：「吁，歎也。有國土、諸侯，告汝以善用刑之道。」則英華作「詳」誤。然不詳「刑曹」、「祥刑」孰是，據文意皆可，兹姑依底本。

〔三〕「引張衡」二句，按：所引見張衡西京賦，文選薛綜注曰：「茄，藕莖也。以其莖倒殖於藻井，其華下向反披。狎獵，重接貌。藻井當棟中，交木方爲之如井幹也。」李善注：「孔安國尚書傳曰：『藻，水草之有文者也。』風俗通曰：『今殿作天井。井者，東井之象也。菱，水中之物，皆所以厭火也。』説文曰：『葩，華（花）也。』」披，英華作「被」，校：「一本作披。」按：西京賦原文作「披」。

〔四〕「藻者」三句，原無，據唐文粹補。

〔五〕「又未達」句，又，唐文粹作「亦」。意，英華作「則」，校：「文粹作意。」按：舊唐書輿服志、舊唐書本傳、四子集、全唐文俱作「意」。作「意」是。

又「毳冕六章，三品服之」者。按此王者祀四望服之名也，今三品乃得同王之毳冕，而三公不得同王之衮名〔一〕。豈惟顛倒衣裳〔二〕，抑亦自相矛盾，此又不經之甚也。

【箋注】

〔一〕「今三品」二句，舊唐書輿服志載武德令：「毳冕，五旒，服五章（原注：三章在衣，宗彝、藻、粉米，二章在裳，黼、黻也），餘同鷩冕，第三品服之。」此謂三品官可以服毳冕，與王同，而三公（據唐六典卷一，三公爲太尉、司徒、司空，皆正一品）所服反不得與王同，故下句謂之爲「顛倒」。

〔二〕「豈惟」句，詩經齊風東方未明：「東方未明，顛倒衣裳。」毛傳：「上曰衣，下曰裳。」鄭玄箋：「挈壺氏（按：負責報時之官）失漏刻之節，東方未明而以爲明，故群臣促遽，顛倒衣裳。」此言思維錯亂，不能自圓其説。

又「絺冕四章，五品服之」者〔一〕。考之於古，則無其名；驗之於今，則非章首〔二〕。此又不經之甚也。

【箋　注】

〔一〕「又黼冕」二句，「服之」二字下，原有「大」字，據舊唐書輿服志、舊唐書本傳、英華、唐文粹、四子集、全唐文刪。

〔二〕「驗之」句，舊唐書輿服志載武德令：「玄冕，衣無章，裳刻黼一章，餘同繡冕（按：繡冕，四品之服），第五品服之。」則五品所服爲玄冕，且只裳有一章，故稱「非章首（指衣）」。

國家以斷鼇鍊石之功〔一〕，今上以緯地經天之德〔二〕，漢稱文景〔三〕，周曰成康〔四〕。講八代之樂，蒐三王之禮〔五〕，文物既行矣，尊卑又明矣，天下已和平矣，萬國已咸寧矣。誠請順考古道，率由舊章〔六〕，弗詢之謀勿庸，無稽之言弗聽〔七〕。若夫禮惟從俗，則命爲制、令爲詔，乃秦皇之故事〔八〕，猶可以適於今矣。若夫義取隨時，則出稱警、入稱蹕，乃漢國之舊儀〔九〕，猶可以行於世矣〔一〇〕。亦何取於變周公之軌物，改宣尼之法度者哉！謹議〔一一〕。

【箋　注】

〔一〕「國家」句至下「無稽之言弗聽」一段，原無，據英華、唐文粹、四子集、全唐文補。斷鼇鍊石，淮南子覽冥訓：「女媧鍊五色石以補蒼天，斷鼇足以立四極。」高誘注：「三皇時，天不足西北，故補之。鼇，大龜。天廢頓，以鼇足柱之。」此指建立唐王朝。

〔二〕「今上」句，今上，指唐高宗。緯地經天，謂治理國家。孔穎達禮記正義序：「夫禮者，經天緯地，本之則大一之初；原始要終，體之乃人情之欲。」

〔三〕「漢稱」句，文景，指漢文帝、景帝時期，乃西漢盛世，史稱「文景之治」。漢書景帝紀贊：「周秦之敝，罔密文峻，而奸軌不勝。漢興，掃除煩苛，與民休息。至於孝文，加之以恭儉。孝景遵業，五六十載之間，至於移風易俗，黎民醇厚。」

〔四〕「周曰」句，成康，指周成王、康王時期，乃周之盛世，史稱「成康之治」。史記周本紀：「成王自奄歸，在宗周，作多方。既絀殷命，襲淮夷，歸在豐，作周官，興正禮樂，度制於是改，而民和睦，頌聲興。成王既伐東夷，息慎來賀，王賜榮伯，作賄息慎之命。成王將崩，懼太子釗之不任，乃命召公、畢公率諸侯以相太子而立之。成王既崩，二公率諸侯，以太子釗見於先王廟，申告以文王、武王之所以爲王業之不易，務在節儉，毋多欲，以篤信臨之，作顧命。太子釗遂立，是爲康王。康王即位，偏告諸侯，宣告以文武之業以申之，作康誥。故成康之際，天下安寧，刑錯四十餘年不用。」

〔五〕「講八代」二句，八代、三王，文選陸機辯亡論上：「於是講八代之禮，蒐三王之樂。」李善注：「八代，三皇五帝也。杜預左氏傳注曰：『蒐，閱也。』蒐與搜古字通。三王，夏、殷、周也。」張銑注：「宇内既平，講説禮樂以見成功也。」

〔六〕「率由」句，詩經大雅假樂：「不愆不忘，率由舊章。」鄭玄箋：「愆，過。率，循也。成王之令德不過誤，不遺失，循用舊典之文章，謂周公之禮法。」此言維持既有冕服制度。

〔七〕「弗詢」二句，尚書大禹謨：「無稽之言勿聽，弗詢之謀勿庸。」僞孔傳：「無考無信驗。勿詢，專獨，終必無成，故戒勿聽用。」

〔八〕「則命」二句，史記秦始皇本紀：始皇二十六年（前二二一），丞相綰等與博士議曰：「古有天皇，有地皇，有泰皇，泰皇最貴。臣等昧死上尊號，王爲『泰皇』，命爲『制』，令爲『詔』。」集解引蔡邕（獨斷）曰：「制書，帝者制度之命也，其文曰制詔、詔書、詔告。」又文心雕龍詔策：「昔軒轅唐虞，同稱爲命。命之爲義，制性之本也。其在三代，事兼誥誓，誓以訓戎，誥以敷政。命喻自天，故授官錫胤。易之姤象，后以施命誥四方。誥命動民，若天下之有風矣。降及七國，并稱曰令，令者，使也。秦并天下，改命曰制。」

〔九〕「則出稱」二句，崔豹古今注卷上：「警蹕，所以戒行徒也。周禮蹕而不警，秦制出警入蹕，謂出軍者皆警戒，入國者皆蹕止也，故云出警入蹕也。至漢朝梁孝王，王出稱警，入稱蹕，降天子一等焉。」

〔一〇〕「猶可」句，世，原作「代」，避太宗諱，徑改。

〔一一〕「謹議」句，「謹議」二字原無，據英華、唐文粹、四子集、全唐文補。宋葉適習學記言序目卷三九唐書：「舊史載楊炯駁孫茂道、蘇知機冕服議，識達通諒，安於古今。唐人本不善立論，能如此者，固少矣。其有俊名，不虛也。但惜文字煩雜，無以發之爾。茂道、知機何人，世之凡鄙妄作，徒費爬梳，往往而是，何足算哉！」

楊炯集箋注卷六

神道碑

後周青州刺史齊貞公宇文公神道碑〔一〕

惟黄帝大電之精，以太清而張樂〔二〕；惟高辛招摇之象，以人事而紀官〔三〕。於是乎生我司徒，敬敷五教，翼贊虞帝，而咸熙庶績〔四〕。惟殷湯受天明命，以統九有之師〔五〕；惟微子崇德象賢，以爲萬邦之式〔六〕。於是乎生我丞相，約法三章，光輔漢室，而威加四海〔七〕。

【箋　注】

〔一〕後周，史又稱北周。宇文公爲宇文彪，本姓蕭氏，死後謚齊貞公。神道碑，元潘昂霄金石例卷一引事祖廣記云：「晉、宋之世，始又有神道碑，天子及諸侯皆有之。」原注：「其刻文止曰某帝或某官神道之碑，今世尚有宋文帝神道碑墨本也。其初由立之於葬兆之東南，地理家言以東南爲神道，故以名碑爾。案後漢中山簡王薨，詔爲之修冢塋，開神道。注云：墓前開道，建石柱以爲標，謂之神道。是則神道之名，在漢已有之也，晉、宋之後，易以碑刻云。」又郝經續後漢書卷六六上上：「墓前之道，神遊之道也，碑於是，則謂之神道碑。」宇文彪死於北周武帝宇文邕保定四年（五六四），文中有「年移十紀」語，則本文約作於唐高宗末或武后初。

〔二〕「惟黃帝」二句，太平御覽卷七九黃帝軒轅氏引帝王世紀：「黃帝有熊氏，少典之子，姬姓也。母曰附寶。……見大電光繞北斗樞星，照郊野，感附寶，孕二十五月，生黃帝於壽丘。」張樂，莊子天運：「北門成問於黃帝曰：『帝張咸池之樂於洞庭之野，吾始聞之懼，復聞之怠，卒聞之而惑，蕩蕩默默，乃不自得。』帝曰：『女殆其然哉！吾奏之以人，徵之以天，行之以禮義，建之以太清。』」郭象注：「由此觀之，知夫至樂者，非聲音之謂也，必先順乎天，應乎人，得於心，而適於性，然後發之以聲，奏之以曲耳。咸池之樂，待黃帝之化而後成焉。」成玄英疏：「太清，天道也。」兩句謂黃帝乃天所生，所行爲天道。

〔三〕「惟高辛」二句，太平御覽卷八〇帝嚳高辛氏引帝王世紀：「帝嚳高辛氏，姬姓也。其母不見，生而神異，自言其名曰逡䇞。有聖德，年十五而佐顓頊，三十登帝位，都亳。以人事紀官，故以勾芒爲木正，祝融爲火正，蓐收爲金正，玄冥爲水正，后土爲土正。是五行之官，分職而治諸侯。」同上引春秋元命苞曰：「帝嚳戴干，是謂清明。發節移蓋，像招搖。」注：「干，楯也。招搖爲天戈，楯相副，戴之像見，天下以爲表。」

〔四〕「於是乎」四句，司徒，指契。太平御覽卷七九帝嚳高辛氏引帝王世紀：「（帝嚳高辛氏）有才子八人，號曰八元，亦納四妃，卜其子皆有天下。元妃有邰氏女，曰姜嫄，生后稷。次有娀氏女，曰簡翟（一作「狄」），生卨。」按：契，亦作「卨」。尚書舜典：「帝（虞舜）曰：『契！百姓不親，五品不遜。汝作司徒，敬敷五教，在寬。』」僞孔傳：「五品，謂五常。遜，順也。布五常之教，務在寬，所以得人心。」司徒，尚書牧誓：「御事司徒、司馬、司空。」僞孔傳：「司徒主民。」孔穎達正義曰：「司徒主民，治徒庶之政。」同上堯典：「允釐百工，庶績咸熙。」僞孔傳：「允，信；釐，治；工，官。績、功咸皆熙廣也。」按：史記殷本紀正義引括地志，稱卨爲帝嚳之子所封。索隱引譙周云「契生堯代，舜始舉之，必非嚳子」，又謂「簡狄非帝嚳次妃」。上古史多出傳說，録以備考。

〔五〕「惟尹」二句，尚書咸有一德：「惟尹躬暨湯，咸有一德，克享天心，受天明命，以有九有之師，爰革夏正。」僞孔傳：「享，當也。所征無敵，謂之受天命。爰，於也。於得九有之衆，遂伐夏。」同書「九有以亡」句，僞孔傳釋「九有」爲「諸侯」，孔穎達正義釋爲「九州所有之諸侯」。

〔六〕「惟微子」二句，尚書微子之命：「王若曰：『猷殷王元子，惟稽古崇德象賢。』」僞孔傳：「微子，帝乙元子，故順道本而稱之。惟考古典，有尊德象賢之義。」同上又曰：「上帝時歆，下民祗協，庸建爾於上公，尹茲東夏。……世世享德，萬邦作式。」僞孔傳：「孝恭之人，祭祀則神歆享，施令則人敬和。用是封立汝於上公之位，正此東方華夏之國。宋在京師東。」又曰：「微子累世享德，不忝厥祖，雖同公侯，而特爲萬國法式。」

〔七〕「於是乎」四句，丞相，指蕭何。史記蕭相國世家：「蕭相國何者，沛豐人也。」輔漢王劉邦定天下，爲丞相，「論功行封，群臣争功，歲餘，功不決。高祖以蕭何功最盛，封爲酇侯」。約法三章，同書高祖本紀：「（劉邦）西入咸陽，欲止宫休舍。樊噲、張良諫，乃封秦重寶財物府庫，還軍霸上，召諸縣父老豪傑曰：『父老苦秦苛法久矣。……與父老約法三章耳：殺人者死，傷人及盜抵罪，餘悉除去秦法。……』秦人大喜。」「十二年十月，……高祖還歸過沛，留置酒沛宫，悉召故人父老子弟縱酒，發沛中兒得百二十人，教之歌。酒酣，高祖擊筑，自爲歌詩曰：『大風起兮雲飛揚，威加海内兮歸故鄉，安得猛士兮守四方！』」按：本文墓主宇文彪，原姓蕭氏（宇文氏蓋北周時改，詳後），其曾祖蕭道成（齊高帝）乃蕭何二十四代孫，而蕭何爲周代宋國（微子與國於宋，詳史記宋微子世家）大夫蕭叔之後，詳本文後注。

大齊宣皇帝，商周之日號西伯以稱臣〔一〕；太祖高皇帝，堯舜之朝避南河而革故〔二〕。司空臨川獻王，懿親明德，論道經邦〔三〕；中庶子平樂侯，開國承家，丹書白馬〔四〕。於是乎生我齊貞公〔五〕，惟魏之寶，惟周之幹〔六〕。開上帝而格天地，變陰陽而平水土〔七〕。詳求典載，歷選台衡〔八〕，或大澤而康帝圖〔九〕，或高丘而濟王業〔一〇〕。諸侯五百，伊尹出於庖廚〔一一〕；甲士三千，太公起於屠釣〔一二〕。未有上從軒后，下及全齊，聖主明君，三居域中之大；帝師王佐，累極人臣之重〔一三〕。古所謂殁而不朽者〔一四〕，抑斯之謂與！

【箋注】

〔一〕「大齊」二句，南齊書高帝紀上：「（齊高帝蕭道成）皇考諱承之，字嗣伯。」東晉時初爲建威府參軍，義熙中遷揚武將軍，（宋）元嘉初徙武烈將軍、濟南太守，終右軍將軍，卒。同書高帝紀下：「建元元年（四七九）夏四月甲午，上（蕭道成）即皇帝位於南郊。」十二月丙寅，「追尊皇考曰宣皇帝」。商周之日，謂如商湯滅夏桀、周武伐紂，即以戰伐奪取政權之時，指蕭承之在東晉及宋代。大，全唐文卷一九三作「自」，誤。

〔二〕「太祖」二句，南齊書高帝紀上：「太祖高皇帝諱道成，字紹伯，姓蕭氏，小諱鬭將。漢相國蕭何二十四世孫也。」堯舜之朝，謂禪讓之代，指蕭道成代劉宋爲帝乃「禪讓」，同上高帝紀上載即位詔即稱「升壇受禪」云云。蕭道成仕劉宋掌兵權，爲驃騎大將軍。官至尚書左僕射，加相國，封齊公、齊王，終迫宋順帝劉準「禪讓」而稱帝。避南河（按：謂天河之南），指宋順帝失政，有天之明示。南齊書天文志下：「建元元年（四七九）十月癸酉，有流星大如三升塸，色白，尾長五丈，從南河東北二尺出，北行歷輿鬼西過，未至軒轅後星而没。没後餘中央，曲如車輪，俄頃化爲白雲，久乃滅。」是年蕭道成滅宋，故謂「革故」。

〔三〕「司空」二句，南齊書高祖十二王傳蕭映傳：「高帝……謝貴嬪生臨川獻王映。……臨川獻王映，字宣光，太祖第三子也。」宋元徽四年（四七六）解褐著作佐郎，遷撫軍，以寧朔將軍鎮京口，封縣公。太祖踐阼，以映爲使持節、都督八州諸軍事，爲平西將軍、荆州刺史，封臨川王。永明元年（四八三）入爲侍中、驃騎將軍。「七年薨」，年三十二。懿親，至親。明德，德性完美。尚書君陳：「黍稷非馨，明德爲馨。」論道，同上周官：「立太師、太傅、太保。兹惟三公，論道經邦，燮理陰陽。」僞孔傳：「師，天子所師法；傅，傅相天子；保，保安天子於德義者。此惟三公之任，佐王論道，以經緯國事，和理陰陽，言有德乃堪之。」

〔四〕「中庶子」三句，中庶子，即太子中庶子，太子府屬官。南齊書高祖十二王傳稱臨川獻王「九子，皆封侯」。封平樂侯者，即墓主之父，史失其名，待考。丹書白馬，漢書高惠高后文功臣表：漢高祖封侯者百四十有三人，「封爵之誓曰：『使黄河如帶，泰山若厲，國以永存，爰及苗裔。』於是申以丹書之信，重以白馬之盟」。注引應劭曰：「封爵之誓，國家欲使功臣傳祚無窮也。」

〔五〕「於是乎」句，齊貞公，即墓主宇文彪。彪於北周先封青州齊郡公，死後謚曰貞公，故稱，見下文。

〔六〕「惟魏」二句，魏，即後魏（又稱北魏）；周，此指北周。宇文彪由後魏入北周，見後文。幹，才具，猶言棟梁。

〔七〕「開上帝」二句，謂爲後魏、北周貢獻巨大。開上帝，格天地，謂開啓天意，與天地合德。變陰陽，平水土，謂扭轉陰陽，造福於庶衆。尚書吕刑：「禹平水土。」僞孔傳：「禹治洪水。」天地，英華卷九二〇校：「集作皇天。」誤。

〔八〕「詳求」二句，謂詳數典籍所載位居台衡之高官。漢書司馬相如傳：「歷選列辟，以迄乎秦。」顔師古注：「選，數也。」台衡，輔佐大臣，見前謝敕書慰勞表「職在台衡」句注。

〔九〕「或大澤」句，指蕭何。大澤，代指劉邦故鄉。史記高祖本紀稱劉邦母「劉媪嘗息大澤之陂，夢與神遇，……遂産高祖」云云。康帝圖，謂蕭何多次庇護劉邦，使其實現帝王宏圖。同書蕭相國世家：「蕭相國何者，沛豐人也。以文無害爲沛主吏掾。高祖爲布衣時，何數以吏事護高祖。高祖爲亭長，常左右之。……及高祖起爲沛公，何常爲丞督事。……沛公爲漢王，以何爲丞相。」

〔一〇〕「或高丘」句，指蕭道成。南齊書高帝紀上：「太祖以元嘉四年丁卯歲（四二七）生。……儒士雷次宗立學於雞籠山，太祖年十三，受業治禮及左氏春秋。十七年（四四〇），宋大將軍、彭城王義康被黜，鎮豫章。皇考（蕭道成父蕭承之）領兵防守，太祖舍業南行。十九年，竟陵蠻動，文帝遣太祖領偏軍討沔北蠻。二十一年，伐索虜至丘檻山，并破走。二十三年，雍州刺史蕭思話鎮襄陽，啓太祖自隨，戍沔北，討樊、鄧諸山蠻，破其聚落，初爲左軍中兵參軍。」後致「王業」，建立宋，於建元元年（四七九）夏四月甲午即皇帝位。因蕭道成學於雞籠山，又從軍於諸山，故稱「高丘」。

〔一一〕「諸侯」二句，太平御覽卷八三殷帝成湯引帝王世紀：「及夏桀無道，湯使人哭之，桀囚湯於夏臺，而後釋之。諸侯由是皆叛桀附湯，同日貢職者五百國。」伊尹，史記殷本紀：「伊尹名阿衡。阿衡欲干湯而無由，乃爲有莘氏媵臣，負鼎俎，以滋味説湯致於王道。或曰：伊尹，處士，湯使人聘迎之，五反然後肯往從湯，言素王及九主之事。湯舉任以國政。」索隱：「孫子兵書：伊尹，名摯。孔安國亦曰伊摯。」按：兩句言伊尹雖低賤，但卻從衆諸侯中脱穎而出。喻指蕭氏祖先才能超凡。

〔一二〕「甲士」二句，尚書泰誓：「予有臣三千，惟一心。」僞孔傳：「三千一心，言同欲商罪貫盈，天命誅之。」史記齊太公世家：「太公望吕尚者，東海上人。」周西伯（即周文王）獵，遇太公釣於渭之陽，「載與俱歸，立爲師」。又韓詩外傳卷七：「吕望行年五十，賣食棘津，年七十屠於朝歌，九十乃爲天子師，則遇文王也。」此與上兩句義同。

〔一三〕「未有」六句，謂蕭氏從遠祖軒轅氏（黄帝）到建立齊朝，三度貴爲帝王；自虞舜之司徒契、漢丞相蕭何而下，多人嘗爲帝王師佐，位極人臣，功業遠在伊尹、姜太公之上。全，英華作「今」，校：「集作全。」按：作「今」誤。「累極」之「極」，原作「及」，據英華、四子集、全唐文改。

〔一四〕「古所謂」句，左傳襄公二十四年：「春，穆叔如晉，范宣子逆之，問焉，曰：『古人有言曰死而不朽，何謂也？』穆叔未對，宣子曰：『昔匄之祖，自虞以上爲陶唐氏，在夏爲御龍氏，在商爲豕韋氏，在周爲唐杜氏，晉主夏盟爲范氏，其是之謂乎！』穆叔曰：『以豹所聞，此之謂世禄，非不朽也。……豹聞之：太上有立德，其次有立功，其次有立言，雖久不廢，此之謂不朽。若夫保姓受氏以守宗祊，世不絶祀，無國無之，禄之大者，不可謂不朽。』」與，英華校：「集作乎。」亦通。

公諱彪，字明俊，蘭陵人也〔一〕。即宣帝之玄孫，高帝之曾孫〔二〕，臨川王之孫，平樂侯之子。稟神河嶽，藉慶王侯〔三〕。攀兩曜之末光，乘五行之秀氣〔四〕。温厚廉讓，當時以爲達人〔五〕；宣慈惠和，天下謂之才子〔六〕。屬三方鼎立，九土星分〔七〕。禄去公朝，失諸侯之盟會〔八〕；政由梁國，建天子之旌旗〔九〕。士女同嘆於商墟〔一〇〕，鬼神共謀於曹社〔一一〕。公杜門屏迹，心不自安，與門生故吏數百人，歸於後魏〔一二〕。宣武皇帝以客禮待之〔一三〕，詔除給事中，假龍驤將軍〔一四〕。正光五年，兼彭城府長史〔一五〕。假節則將軍，比於王濬〔一六〕，優禮則長史，兼於杜襲〔一七〕。龍驤可畏，晉后任之於渡江〔一八〕；騏驥不乘，魏氏託之於留府〔一九〕。六年，除通直郎、散騎常侍、中書侍郎〔二〇〕。永安三年，帝北巡，遷撫軍將軍、銀青光禄大夫、散騎常侍〔二一〕。散騎通直，起於天興之元〔二二〕；中書侍郎，始自黄初之代〔二三〕。宣威、撫軍之號〔二四〕，僕射、光禄之名〔二五〕，奇才總於文武，重任歸於將相。徐方叛逆〔二六〕，以公爲行軍長史，兼統別部，仍加鼓節。彭城宋邑〔二七〕，海嶽徐州，嶧陽孤桐，羽畎夏翟〔二八〕，昔稱都會，今實邊陲。

魯伯禽始得征伐〔二九〕，周穆王遂行天討〔三〇〕。公手執旗鼓，坐謀帷幄〔三一〕。以陶侃部分之明〔三二〕，當阮孚戎旅之重〔三三〕。有如荀羨，獨負逸群之才〔三四〕；不學江逌，空有連雞之喻〔三五〕。徐州平，遷黄門侍郎、揚州大中正〔三六〕。黄扉藹藹，青瑣沉沉，有若張公之萬户千門，博覩圖藉〔三七〕；太湖爲浸，會稽爲山，有若荀勗之十郡一州，詮藻人物〔三八〕。累遷大司農。秦稱内史，漢曰司農〔三九〕。管夷吾陳不涸之名〔四〇〕，耿壽昌立常平之議〔四一〕。時播百穀，后稷讓於虞書〔四二〕；阜成兆民，列卿拜於周典〔四三〕。普泰元年〔四四〕，遷車騎將軍，加右光禄大夫。永熙二年，出爲潁川大守〔四五〕。人稱汝潁〔四六〕，俗尚申韓〔四七〕。有鄭伯之别都〔四八〕，有周公之朝邑〔四九〕。教之德化，無囚歷於八年〔五〇〕；任於賢能，旁潤踰於九里〔五一〕。

【箋注】

〔一〕「公諱」二句，宇文彪，即蕭彪，因平樂侯兄弟等梁初以謀反罪被殺，遂投奔後魏（見下注），後改姓宇文氏，仍名彪。洛陽伽藍記卷二城東景寧寺曰：「孝義里東即是洛陽小寺，北有車騎將軍張景仁宅。景仁會稽山陰人也，正光年初，從蕭寶夤歸化，拜羽林監，賜宅城南歸正里，民間號爲吴人坊，南來投化者多居其内，近伊洛二水，任其習御。……景仁在南之日，與（陳）慶之有舊，遂設酒引邀慶之過宅，司農卿蕭彪、尚書右丞張嵩并在其座。彪亦是南人。」此蕭彪，當即宇文彪，其自南來，官司農卿（宇文彪累遷大司農，見下文）可證。又唐梁涉撰蕭寡尤墓誌銘（見吳敏霞主編户縣碑刻〔按：户，舊作「鄠」〕，三秦出版社二〇〇五年版），稱蕭寡尤之高祖蕭彪爲「後魏侍中、中書監、齊國公」，官爵與宇文彪同，亦可證蕭彪、宇文彪爲同一人，其後人蓋於唐代復姓蕭。南齊書高帝紀上：「蕭何居沛，侍中彪免官，居東海蘭陵縣中都鄉中都里。晉元康元年（二九一），分東海爲蘭陵郡。中朝亂，淮陰令整字公齊過江，居晉陵武進縣之東城里。寓居江左者皆僑置本土，加以『南』名，於是爲南蘭陵人也。」

〔二〕「高帝」句，帝，原作「皇」。英華作「帝」，校：「集作皇。」作「帝」是，據英華、四子集改。

〔三〕「稟神」二句，河即黃河，嶽指泰山。蕭氏祖籍蘭陵郡，在今山東蒼山縣西南之蘭陵鎮，故謂其稟持黃河、泰山神靈之佑。藉，通「籍」。

〔四〕「攀兩曜」二句，兩曜，日月也，代指天子。周易乾卦：「夫大人者，與天地合其德，與日月合其明。」宇文彪生值有齊亡國之世，故稱攀「末光」。漢儒稱以五行始終之德而王（白虎通義五行「五行所以更王何？以其轉相生，故有終始也」），宇文彪乃帝王後裔，故謂乘五行「秀氣」。乘，英華校：「集作得。」

〔五〕「温厚」二句，厚廉，英華校：「集作恭厚。」達人，曠達之士。三國志魏書荀攸傳：「荀攸，字公達，彧從子也。……文帝（曹丕）在東宮，太祖（曹操）謂曰：『荀公，達人之師表也，汝當盡禮敬之。』」

〔六〕「宣慈」二句，左傳文公十八年：「高辛氏有才子八人，……忠肅共懿，宣慈惠和，天下之民謂之八元。」杜預注：「肅，敬也；懿，美也；宣，徧也；元，善也。」

〔七〕「屬三方」二句，三方，指齊和帝蕭寶融、梁王（後爲梁武帝）蕭衍及後魏宣武帝元恪。齊永元二年（五〇〇），齊政大亂。九土，即九州，謂全國。事詳齊書東昏侯紀、和帝紀。

〔八〕「禄去」二句，論語季氏：「孔子曰：禄之去公室五世矣，政逮於大夫四世矣，故夫三桓之子孫微矣。」漢書劉向傳：「孔子曰：禄去公室，政逮大夫，危亡之兆。」注引臣瓚曰：「政不由君，下及大夫也。上大夫即卿也。」盟會，春秋時周天子會見諸侯，頒布册命，接受朝覲。後來周室衰微，諸侯不朝。此喻指南齊政權被族人蕭衍等大臣控制。

〔九〕「政由」二句，義即上注論語季氏所謂「政逮於大夫」。按齊永元三年（五〇一）二月，征東將軍蕭衍在襄陽起兵，攻入建康，以太后令廢帝蕭寶卷爲東昏侯。三月，蕭寶融即皇帝位，改元中興，是爲和帝。中興二年（五〇二）初，皇太后拜蕭衍爲大司馬、都督中外諸軍事。又拜相國，封梁公，進爵梁王。三月丙辰，齊和帝禪位於梁王蕭衍。於是蕭衍稱帝，建立梁朝，爲梁武帝。梁武帝奉蕭寶融爲巴陵王。按：蕭衍父蕭順之，與南齊開國皇帝蕭道成，乃同一高祖之堂兄弟。事詳梁書武帝紀上。

〔一〇〕「士女」句，史記宋微子世家：「箕子朝周，過故殷虚，感宫室毁壞，生禾黍。箕子傷之，欲哭則不可，欲泣爲其近婦人，乃作麥秀之詩以歌詠之，其詩曰：『麥秀漸漸兮，禾黍油油。彼狡僮兮，不與我好兮。』所謂狡童者，紂也。殷民聞之，皆爲流涕。」此況齊朝滅亡。

〔一一〕「鬼神」句，左傳哀公七年：「冬，鄭師救曹侵宋。初，曹人或夢衆君子立於社宫，而謀亡曹。曹叔振鐸請待公孫彊，許之。旦而求之，曹無之，戒其子曰：『我死，爾聞公孫彊爲政，必去之。』及曹伯陽即位，好田弋，曹鄙人公孫彊好弋，獲白鴈，獻之，且言田弋之説，説之。因訪政事，大説之，有寵，使爲司城以聽政。夢者之子乃行。彊言霸説於曹伯，曹伯從之，乃背晉而奸宋。宋人伐之，晉人不救。」曹於是亡。杜預注：「社宫，社也。振鐸，曹始祖。」孔穎達正義：「曹人夢見多人，不識姓名，故唯云衆君子也。」又引服虔云：「衆君子，諸國君妄耳。」此亦言齊亡。庾信哀江南賦：「鬼同曹社之謀，人有秦庭之哭。」

〔一二〕「公杜門」四句，南齊書高祖十二王傳蕭映傳：「（臨川王蕭映）九子，皆封侯。長子子晉，歷東陽、吴興二郡太守，秘書監，領後軍將軍。永元初爲侍中，遷左民尚書，坐從妹祖日不拜，爲有司所奏，事留中，子晉遂不復拜。梁王定京邑，猶服侍中服。入梁，爲輔國將軍、高平太守。第二子子游州陵侯，解褐員外郎、太子洗馬，歷琅邪、晉陵二郡太守，黄門侍郎。好音樂，解絲竹雜藝。梁初坐闈門淫穢及殺人，爲有司所奏，請議禁錮。子晉謀反，兄弟并伏誅。」既言「兄弟并伏誅」，當亦包括宇文彪（蕭彪）之父平樂侯。其奔後魏應以此，且必形勢危急，此但婉言「心不自安」耳。出奔時間，當在梁武帝蕭衍天監中。

〔一三〕「宣武皇帝」句，魏書世宗紀：「世宗宣武皇帝諱恪，高祖孝文皇帝（元宏）第二子。……太和七年（四八三）閏四月生帝於平城宮，二十一年（四九七）正月丙申立爲皇太子，二十三年夏四月丁巳即皇帝位於魯陽，大赦天下。」

〔一四〕「詔除」二句，據魏書官氏志（後魏文帝太和二十三年（四九九）復次職令，下同），給事中爲六品上階，龍驤將軍爲從三品。假，代理。

〔一五〕「正光」二句，正光，後魏孝明帝元詡年號。正光五年當梁武帝普通五年（五二四）。魏書地形志二：「彭城郡，漢高帝置楚國，宣帝改，後復爲楚國。後漢章帝更名彭城國，晉改。」地在今江蘇徐州。長史，又稱別駕，爲州府長官之佐。

〔一六〕「假節」二句，晉書王濬傳：「王濬，字士治，弘農湖人也。」爲益州刺史，徵拜右衛將軍，除大司農。「車騎將軍羊祜雅知濬有奇略，乃密表留濬，於是重拜益州刺史。武帝（司馬炎）謀伐吴，詔濬修舟艦。濬乃作大船連舫，方百二十步，受二千餘人，以木爲城，起樓櫓，開四出門。其上皆得馳馬來往，又畫鷁首怪獸於船首，以懼江神。舟棹之盛，自古未有。……尋以謡言，拜濬爲龍驤將軍，監益梁諸軍事。」謡言事詳下注。

〔一七〕「優禮」二句，三國志魏書杜襲傳：「杜襲，字子緒，潁川定陵人也。」荀彧薦襲，「太祖（曹操）以爲丞相軍祭酒。魏國既建，爲侍中。後襲領丞相長史，隨太祖到漢中討張魯。太祖還，拜襲駙馬都尉，留督漢中軍事。綏懷開道，百姓自樂。」

〔一八〕「龍驤」二句，仍述王濬事。晉書羊祜傳：「時吴有童謡曰：『阿童復阿童，銜刀浮渡江。不畏岸上獸，但畏水中龍。』祜聞之，曰：此必水軍有功，但當思應其名者耳。會益州刺史王濬徵爲大司農，祜知其可任，濬又小字阿童，因表留濬監益州諸軍事，加龍驤將軍，密令修舟檝，爲順流之計。」同書王濬傳：晉武帝發詔伐吴。「太康元年（二八〇）正月，濬發自成都。……吴人於江險磧要害之處，並以鐵鎖横截之，又作鐵錐長丈餘，暗置江中，以逆距船。先是，羊祜獲吴間諜，具知情狀。濬乃作大筏數十，亦方百餘步，縛草爲人，被甲持杖，令善水者以筏先行，筏遇鐵錐，錐輒著筏去。又作火炬長十餘丈，大數十圍，灌以麻油，在船前，遇鎖，然炬燒之，須臾融液斷絶，於是船無所礙。……濬入於石頭，（孫）晧乃備亡國之禮，素車白馬，肉袒面縛，銜璧牽羊，……造於壘門。濬躬解其縛，受璧焚櫬，送於京師。」吴於是平。於，英華校：「集作以。」

〔一九〕「騏驥」二句，仍述杜襲事。三國志魏書杜襲傳：「太祖東還，當選留府長史，鎮守長安。主者所選，皆不當，太祖令曰：『釋騏驥而不乘，焉皇皇而更索？』遂以襲爲留府長史，駐關中。」「不」、「氏」、「於」三字，英華分別有校：「集作所，非。」「集作皇。」「集作以。」亦非。

〔二〇〕「六年」二句，據魏書官氏志，通直散騎常侍爲四品，中書侍郎爲四品上階。

〔二一〕「永安」三句，永安，後魏孝莊帝元子攸年號。永安三年，當梁武帝中大通二年（五三〇）。三年，「三」疑「二」之訛。魏書孝莊紀：永安二年五月甲戌，「車駕北巡。乙亥，幸河内。……太原王尒朱榮會車駕於長子，即日反旆。上黨王天穆北渡，會車駕於河内」。北巡時，宇文虤蓋以近侍官隨行，故遷官。據魏書官氏志，撫軍將軍爲從二品，銀青光禄大夫爲三品。

〔二二〕「散騎」二句，天興，後魏道武帝拓跋珪年號。魏書官氏志：「天興元年（三九八）十一月，詔吏部郎鄧淵典官制，立爵品。十二月，置八部大夫、散騎常侍、待詔官等。……常侍、待詔侍直左右，出入王命。」

〔二三〕「中書侍郎」二句，黄初，魏文帝曹丕年號（二二〇——二二六）。三國志魏書王基傳：「王基，字伯輿，東萊曲城人也……年十七，郡召爲吏，非其好也，遂去，入琅邪界遊學。黄初中，察孝廉，除郎中。……大將軍司馬宣王（懿）辟基，未至，擢爲中書侍郎。」黄初，英華校：「一作延和，非。」

〔二四〕「宣威」句，威，原作「王」，據全唐文改。宣威，指宣威將軍，最早見三國志吴書步騭傳。撫軍，指撫軍將軍，最早見三國志蜀書蔣琬傳。

〔二五〕「僕射」句，史記秦始皇本紀：「始皇置酒咸陽宫，博士七十人前爲壽。僕射周青臣進頌曰……」集解：「駰案漢書百官表曰：僕射，秦官。古者重武，官有主射以督課之。應劭曰：僕，主也。射音夜。」光禄，指光禄大夫。漢書百官公卿表：「大夫掌論議。有太中大夫、中大夫、諫大夫，皆無員，多至數十人。武帝元狩五年（前一一八）初置，諫大夫秩比八百石。太初元年（前一〇四）更名中大夫爲光禄大夫，秩比二千石，太中大夫秩比千石如故。」

〔二六〕「徐方」句，詩經大雅常武：「徐方繹騷。」徐方，鄭玄箋爲「徐國」。徐方叛逆，按魏書孝莊紀：永安三年正月辛丑，「東徐州城民吕文欣、王赦等殺刺史元大賓，據城反。以撫軍將軍、都官尚書樊子鵠兼右僕射，爲行臺，督征南將軍、都督賈顯智，征東將軍、徐州刺史嚴思達以討之。二月甲寅，克之。東徐平」。則「徐方」指東徐州。魏書地形志中：「東徐州，孝昌元年（五二五）置，永熙二年（五三三）州郡陷，（東魏）武定八年（五五〇）復。治下邳城。」下邳城，今爲江蘇睢寧縣古邳鎮。宇文彪爲行軍司馬事，史未載。

〔二七〕「彭城」句，春秋成公十八年：「夏，楚子鄭伯伐宋，宋魚石復入於彭城。」杜預注：「彭城，宋邑，今彭城縣。」即今江蘇徐州市。

〔二八〕「海嶽」三句，尚書禹貢：「海嶽及淮惟徐州。……羽畎夏翟，嶧陽孤桐。」僞孔傳：「東至海，北至岱，南及淮。」又曰：「夏翟，翟，雉名，羽中旌旄，羽山之谷有之。孤，特也。嶧山之陽，特生桐，中琴瑟。」嶽，指岱，泰山也。按：宋夏僎尚書詳解卷六曰：「羽山在東海祝其縣南，殛鯀於羽山，即此山也。」又曰：「羽畎，謂羽山之畎谷，猶青州言岱畎也。夏翟，雉也。……孔氏謂翟羽中旌旄，其意見周禮司常，有『全羽爲旌』，故謂翟爲旌旄之飾。要之，古者器用車、服用雉爲飾者多矣，不但旌旄也。嶧陽，嶧山之南也。地理志：東海下邳縣有葛嶧山，詩所謂『保有鳧嶧』，即此山也。孤桐，特生之桐也，可中造琴瑟之用。詩言『椅桐梓漆，爰伐琴瑟』，用桐可知矣。莫非桐也，而生於嶧山者爲美；嶧山固多桐也，而生於山南者爲難得；生於山南者固難得也，而介然特生於山南者，稟氣爲尤全，故尤爲可貴。」畎，原作「畝」。英華作「⿰亩犬」，與「畎」同。據上引，作「畎」是，因改。

〔二九〕「魯伯禽」句，伯禽，周公旦世子，封於魯。尚書費誓：「公曰：嗟，人無譁！聽命：徂茲淮夷、徐戎并興。善敹乃甲胄，敿乃干，無敢不弔！備乃弓矢，鍛乃戈矛，礪乃鋒刃，無敢不善！……甲戌，我惟征徐戎。」僞孔傳：「伯禽爲方伯，監七百里内之諸侯，帥之以征，歎而敕之，使無喧譁，欲其静聽誓命。今往征此淮浦之夷、徐州之戎并起爲寇。……」征伐，英華、四子集、全唐文作「專征」。

〔三〇〕「周穆王」句，史記秦本紀：「造父以善御幸於周繆王，得驥、温驪、驊駵、騄耳之駟，西巡狩，樂而忘歸。徐偃王作亂，造父爲繆王御，長驅歸周，一日千里以救亂。」集解裴駰案：「穆天子傳，穆王有八駿之乘，此紀不具者也。」又引郭璞曰：「紀年云：穆王十七年，西征於崑崙丘，見西王母。」正義引括地志云：「大徐城，在泗州徐城縣北三十里，古徐國也。」天討，替天討伐。尚書皋陶謨：「所以命有德，天討有罪。」

〔三一〕「坐謀」句，坐謀，原作「入侍」。英華、四子集、全唐文作「坐謀」，英華校：「集作入侍。」按：平東徐州之役，皇帝并未親征，言「入侍」失當，據改。

〔三二〕「以陶侃」句，晉書陶侃傳：「陶侃，字士行，本鄱陽人也，吴平，徙家廬江之尋陽。」在軍四十一載，屢立戰功，尤以平蘇峻之難著名。雄毅有權，明悟善决斷。時人論其「機神明鑒似魏武，忠順勤勞似孔明」。仕終侍中、太尉、都督荆江雍梁交廣益寧八州諸軍事，荆、江二州刺史，封長沙郡公。

〔三三〕「當阮孚」句，晉書阮籍傳附阮孚傳：阮孚，字遥集，陳留尉氏人。阮籍侄孫。嘗爲丞相從事中郎，終日酣縱，爲有司所按。帝（晉元帝司馬睿）每優容之。琅邪王裒爲車騎將軍，鎮廣陵，高選綱佐，以孚爲長史。「帝謂曰：『卿既統軍府，郊壘多事，宜節飲也。』孚答曰：『陛下不以臣不才，委之以戎旅之重，臣僶俛從事，不敢有言者。』」明帝（司馬紹）即位，遷侍中，從平王敦，賜爵南安縣侯，轉吏部尚書。

〔三四〕「有如」二句，晉書荀崧傳附荀羨傳：荀羨，字令則，潁川臨潁人。清和有準。尚公主，拜駙馬都尉。又拜祕書丞、義興太守。征北將軍褚裒以爲長史，既到，「裒謂佐吏曰：『荀生資逸群之氣，將有衝天之舉，諸君宜善事之。』」尋遷建威將軍，吴國内史，除北中郎將、徐州刺史，監徐兖二州、揚州之晉陵諸軍事」。

〔三五〕「不學」二句，晉書江逌傳：「江逌，字道載，陳留圉人也。」「殷浩將謀北伐，請爲諮議參軍，浩甚重之，遷長史。浩方修復洛陽，經營荒梗，逌爲上佐，甚有匡弼之益。軍中書檄，皆以委逌。時羌及丁零叛，浩軍震懼。姚襄去浩十里結營以逼浩，浩令逌擊之。逌進兵至襄營，謂將校曰：『今兵非不精，而衆少於羌，且其塹栅甚固，難與校力。吾當以計破之。』乃取數百雞，以長繩連之，係火於足。群雞駭散，飛集襄營，襄營火發，因其亂隨而擊之，襄遂少敗。及桓温奏廢浩，佐吏逌遂免。」喻，英華作「稱」，校：「集作喻。」

〔三六〕「揚州」句，大中正，官名，掌選舉。杜佐通典卷一四選舉二：「後魏州郡皆有中正，掌選舉，每以季月與吏部銓擇可否。其秀才對策，第居中上，表叙之。」同書卷三二職官一四：「晉宣帝加置大中正，故有大、小中正，其用人甚重。……後魏有之。」按：以中正掌選舉，始於魏司空陳群，其興廢詳參馬端臨文獻通考卷六二職官考一六郡官中正。

〔三七〕「黄扉」四句，黄扉，禁門。孔稚珪爲王敬則讓司空表：「啓黄扉而燮五緯，躡青帷而調四序。」藹藹，文選左思吴都賦：「藹藹翠幄。」劉淵林注：「藹藹，盛貌。」青瑣，後漢書梁冀傳：「窗牖皆有綺疏青瑣。」李賢注：「青瑣，謂刻爲瑣文，而以青飾之也。」同書王允傳：「(吕)布駐馬青瑣門外。」李賢注引前(漢)書音義曰：「以青畫户邊鏤中，天子制也。」沉沉，史記陳涉世家：「(陳)涉之爲王沈沈者。」集解引應劭曰：「沈沈，宫室深邃之貌也。」兩句與下面「千門萬户」意同。張公，指張華。晉書張華傳：「張華，字茂先，范陽方城人也。……華學業優博，辭藻温麗，朗贍多通，圖緯方伎之書，莫不詳覽。……晉受禪，拜黄門侍郎，封關内侯。華彊記默識，四海之内若指諸掌。晉武帝常問漢宫室制度及建章千門萬户，華應對如流，聽者忘倦，畫地成圖，左右屬目。帝甚異之，時人比之子産。」此喻宇文彪博覽强記，爲黄門侍郎有如張華。

〔三八〕「太湖」四句，周禮夏官職方氏：「職方氏，掌天下之圖，以掌天下之地。……東南曰揚州，其山鎮曰會稽，其澤藪曰具區，其川三江，其浸五湖。……」鄭玄注：「鎮，名山安地德者也。會稽，在山陰。大澤曰藪。具區，五湖，在吴南，浸可以爲陂灌溉者。」五湖，一説即太湖。晉書荀勗傳：「荀勗，字公曾，潁川潁陰人。」晉武帝太康中爲光禄大夫，守中書監，爲尚書令。「在尚書，課試令史以下，覈其才能，有闇於文法、不能決疑處事者，即時遣出。帝嘗謂曰：『魏武帝言：荀文若（彧）之進善，不進不止；荀公達（攸）之退惡，不退不休。』二令君之美，亦望於君也。」十郡一州，此指揚州，太湖、會稽，皆在禹貢揚州之域。四句言宇文彪爲揚州大中正恪盡職守，其銓選之嚴，有如荀勗。

〔三九〕「秦稱」二句，史記孝景紀：「中元六年（前一四四）：「治粟内史爲大農。」集解裴駰案：「漢書百官表曰：治粟内史，秦官，掌穀貨也。」是則漢初仍名治粟内史。漢書百官公卿表：「治粟内史，秦官，掌穀貨，有兩丞。景帝後元年更名大農令。武帝太初元年（前一〇四），更名大司農。屬官有太倉、均輸、平準、都内、籍田五令丞。」

〔四〇〕「管夷吾」句，史記管晏列傳：「管仲夷吾者，潁上人也。」齊桓公用任政，遂霸諸侯。所著管子卷一牧民士經曰：「錯國於不傾之地，積於不涸之倉。……錯國於不傾之地者，授有德也；積於不涸之倉者，務五穀也。」

〔四一〕「耿壽昌」句，漢書宣帝紀：五鳳四年（前五四）正月，「大司農、中丞耿壽昌奏設常平倉，以給北邊。」同書食貨志：「壽昌遂白令邊郡皆築倉，以穀賤時增其賈而糴以利農，穀貴時減賈而糶，名曰常平倉，民便之。上迺下詔，賜壽昌爵關内侯。」

〔四二〕「時播」二句，后稷，即棄，周之始祖。虞書，即舜典。讓於虞書，謂虞書有禹讓平水土事於棄之記載，然其終接受播百穀之命。尚書舜典：「帝曰：『俞，咨！禹，汝平水土，惟時懋哉。』禹拜稽首，讓於稷、契暨皋陶。帝曰：『俞，汝往哉！』」同書又載：「帝曰：『棄！黎民阻饑，汝后稷播時百穀。』」僞孔傳：「阻，難；播，布也。衆人之難在於饑，汝后稷布種是百穀以濟之，美其前功以勉之。」虞，英華校：「集作唐。」誤。

〔四三〕「阜成」二句，周典，指周官。尚書周官：「六卿分職，各率其屬，以倡九牧，阜成兆民。」僞孔傳：「六卿各率其屬官大夫士，治其所分之職，以倡道九州牧伯，爲政大成，兆民之性命皆能其官，則政治。」民，英華校：「集作人。」避太宗諱。

〔四四〕「普泰」句，普泰，後魏節閔帝元恭年號。普泰元年當梁武帝中大通三年（五三一）。

〔四五〕「永熙」二句，永熙，後魏孝武帝元修年號。永熙二年，當梁武帝中大通五年（五三三）。潁川，郡名。漢書地理志上潁川郡，原注：「秦置。高帝五年（前二〇二）爲韓國，六年復。故莽曰左隊。陽翟有工官。屬豫州。」管縣二十。

〔四六〕「人稱」句，史記禮書：「汝潁以爲險，江漢以爲池。」正義引括地志云：「汝水，源出汝州魯山縣西伏牛山，亦名猛山。汝水至豫州郾城縣名濆水。……潁水源出洛州嵩高縣東南三十五里陽乾山，俗名潁山。……東至下蔡，入淮地。」人稱，「人」原作「地」。英華作「人」，校：「集作地。」按：汝、潁相近，然并非一地，作「人」是，據改。按：魏書地形志中潁川郡，太和六年（四八二）置。領縣三：邵陵、臨潁、曲陽。惟臨潁屬漢之潁川郡，兩漢時邵陵屬汝南郡，西漢時曲陽屬東海郡。下文所述故實，多爲漢之潁川郡。

〔四七〕「俗尚」句，申韓，指申不害、韓非子。史記老莊申韓列傳：「申不害者，京人也。故鄭之賤臣，學術以干韓昭侯，昭侯用爲相。……申子之學本於黃老，而主刑名。著書二篇，號曰申子。韓非者，韓之諸公子也。喜刑名法術之學，而其歸本於黃老。」索隱：「京，今河南京縣。」正義引括地志：「京縣故城，在鄭州滎陽縣東南二十里，鄭之京邑也。」按漢書地理志上曰：「潁川，韓都。士有申子、韓非刻害餘烈，高仕宦，好文法，民以貪遴爭訟生分爲失。」

〔四八〕「有鄭伯」句，鄭伯，即鄭莊公；別都，指城潁。城潁本非都，因鄭伯曾遷母於其地，故稱「別都」。史記鄭世家：鄭武公娶申侯女爲夫人，曰武姜，「生太子寤生，生之難，及生，夫人弗愛。後生少子叔段，段生易，夫人愛之。……武公卒，寤生立，是爲莊公。莊公元年，封弟段於京，號太叔。祭仲曰：『京大於國，非所以封庶也。』莊公曰：『武姜欲之，我弗敢奪也。』段至京，繕治甲兵，……果襲鄭，武姜爲內應。莊公發兵伐段，段走，伐京，京人畔段，段出走鄢。……於是莊公遷其母武姜於城潁，誓言曰：『不至黃泉，毋相見也。』」城潁，集解引賈逵曰：「鄭地也。」正義：「疑許州臨潁縣是也。」按：據漢書地理志上，臨潁爲潁川郡屬縣之一。伯，英華校：「集作國。」按：若無鄭伯遷母事，則無「別都」之説，故作「國」誤。

〔四九〕「有周公」句，漢書地理志上潁川郡，屬縣二十，其中有父城，原注：「應鄉故國，周武王弟所封。」顏師古注：「據左氏傳曰『邘、晉、應、韓，武之穆也』。是則應侯，武王之子，又與志説不同。」則應鄉故國有周武王弟、周武王子二説，不詳孰是，然皆非周公朝邑，作者當誤。

〔五〇〕「教之」二句，漢書黃霸傳：「黃霸，字次公，淮陽陽夏人也。」少學律令，喜爲吏。爲潁川太守，秩比二千石，治爲天下第一。徵守京兆尹，因事連貶秩。「有詔歸潁川太守，官以八百石。居治如其前，前後八年，郡中愈治。是時鳳凰、神爵數集郡國，潁川尤多。天子以霸治行終長者，下詔稱揚曰：『潁川太守霸宣布詔令，百姓鄉化。……獄或八年亡重罪囚，吏民鄉於教化，興於行誼，可謂賢人君子矣。……』」後代丙吉爲丞相。八年，英華校：「集作三年。」誤。

〔五一〕「任於」二句，九里，莊子列禦寇：「河潤九里，澤及三族。」郭象注：「河潤九里，河從乾位來，乾，陽數九也。」「任於」之於，英華校：「集作以。」踰，同上校：「集作餘。」

於時齊武王居中作相，實有遷鼎之謀〔一〕；周太祖在外持兵，深懷事君之道〔二〕。昭公失位，由季氏之執權〔三〕；襄王出居，成晉文之霸業〔四〕。三年秋八月，武帝幸長安，以義兵從順〔五〕。大統元年，授開府儀同三司，封靈壁縣開國子〔六〕，邑三百户。金堤石印〔七〕，清濟濁河〔八〕，爰賜土田，以爲藩屏〔九〕。漢之宰相，始開封邑〔一〇〕；周之列侯，實兼卿士〔一一〕。二年，拜車騎大將軍〔一二〕。九年，遷五兵尚書〔一三〕。十年，遷中書監，領驃騎大將軍，加開府儀同三司，進爵爲公〔一四〕，增邑一千户。天子有詔，不入軍門〔一五〕；匈奴未滅，不營私第〔一六〕。蔡謨兼五兵之署〔一七〕，鄧隲比三台之儀〔一八〕。掌中書之綸翰，加上公之冕服〔一九〕。十六年，遷侍中，驃騎大將軍以下并如故。昔惟常伯，今則侍中〔二〇〕，切問近對，拾遺補闕。冕旒無象，先問顧和〔二一〕；玉佩不存，即徵王粲〔二二〕。廢帝後二年，公不賀，出爲使持節華州刺史〔二三〕，侍中并如故。桃林國邑〔二四〕，大荔城隍〔二五〕，三秦六輔之奧區〔二六〕，五嶽四瀆之襟帶〔二七〕。倪寬之爲内史，惟事溉田〔二八〕；薛宣之守馮翊，但知垂默〔二九〕。尋加特進〔三〇〕，餘如故。官品第一，朝廷所敬〔三一〕。辟吏如五府之間，班列在三公之後〔三二〕。唐虞之繼文德也，稷契謨明於兩朝〔三三〕；魏晉之順大名也，裴王建功於二代〔三四〕。

【箋注】

〔一〕「於時」二句，齊武王，即高歡。後魏後廢帝中興二年（五三二），高歡先後廢節閔帝元恭、後廢帝元朗，立平陽王元修，是爲孝武帝（即出帝），改永熙元年。孝武帝拜高歡爲大丞相，於晉陽建大丞相府。遷鼎之謀，指永熙三年（五三四）孝武帝見高歡有異志，得宇文泰之援討之。高歡舉兵反，南向洛陽，孝武帝奔關中，依宇文泰。高歡入洛陽，立清河王元亶之子善見爲帝，改元天平，是爲東魏孝静帝，遷都於鄴。同年閏十二月，宇文泰殺孝武帝，立南陽王元寶炬爲帝，改元大統（五三五），是爲西魏文帝。後魏從此分爲東、西。東魏孝静帝武定八年（五五〇）五月，高歡次子洋滅東魏，建立齊，史稱北齊，爲文宣帝，改元天保，追謚高歡爲獻武帝。北齊後主高緯天統元年（五六五），改謚高歡爲神武皇帝，廟號高祖。事詳魏書廢出三帝紀、孝静紀，北齊書神武紀。

〔二〕「周太祖」二句，周太祖，即宇文泰，字黑獺，代武川人。孝武帝（出帝）討高歡時，進侍中、驃騎大將軍、關西大都督。大統十七年（五五一）三月，西魏文帝崩，太子元欽即位，是爲廢帝。廢帝三年（五五四），宇文泰廢之，立恭帝拓跋廓。恭帝三年（五五六）十二月，宇文泰第三子宇文覺滅西魏，建立周，史稱北周。宇文覺元年，追封宇文泰爲文王，廟曰太祖。北周明帝宇文毓武成元年（五五九），追尊爲文皇帝。事詳周書文帝紀、孝閔紀。

〔三〕「昭公」二句，魯昭公，春秋時魯國第二十四代君主。時季孫氏專權，昭公於二十五年（前五一七）伐之，大敗，逃齊，輾轉至晉。晉欲使返魯，魯不納，遂客死於晉地乾侯。事詳左傳昭公二十五至三十二年。

〔四〕「襄王」二句，襄王，指周襄王。公元前六三六年，襄王異母弟王子帶欲圖位，以狄人攻周，大敗周師，襄王逃往鄭國。春秋僖公二十四年：「冬天，王出居於鄭。」杜預注：「襄王也。天子以天下爲家，故所在稱居。天子無外，而書『出』者，譏王蔽於匹夫之孝，不顧天下之重，因其辟（避）母弟之難書『出』，言其自絶於周。」孔穎達正義：「出居，實出奔也。出謂出畿内，居若移居。」左傳僖公二十五年：「秦伯（秦穆公）師於河上，將納王。狐偃言於晉侯曰：『求諸侯莫如勤王。諸侯信之，且大義也，繼文（侯）之業，而信宣於諸侯，今爲可矣。』」於是，「晉侯辭秦師而下。三月甲辰次於陽樊，右師圍温，左師逆王。夏四月丁巳，王入於王城，取大叔於温，殺之於隰城。戊午，晉侯朝王，王饗醴，命之宥」。晉文公因有迎接襄王復位之功，得到周王支持，從此走上稱霸諸侯之路。

〔五〕「三年」三句，三年，指永熙三年（五三四）。武帝，後魏孝武帝（即出帝）。據魏書出帝紀，是年七月丁未，「帝……遂出於長安」。此謂「八月」，小失之。以義兵從順，謂宇文彪提兵隨孝武帝到長安。

〔六〕「大統」三句，大統爲西魏文帝元寶炬年號，大統元年爲公元五三五年。據魏書官氏志，儀同三司爲從一品。靈壁縣，據輿地廣記卷二〇，後魏置淮陰郡，有靈壁縣。又元和郡縣志卷九宿州苻離縣：「靈壁故城，在縣東北九十里。漢二年（前二〇五），漢王入彭城，項羽以精兵三萬人晨擊漢軍於靈壁東睢水上，大破之，睢水爲之不流。」按：靈壁縣今屬安徽宿州市。開國子，爵位名。據通典卷一九職官，「後魏有王，開國郡公，散公、侯，散侯、伯，散伯、子，散子、男，散男，凡十一等」。又據魏書官氏志，開國縣子爲四品。

〔七〕「金堤」句，金堤，堤，原作「提」，據英華、四子集、全唐文改。漢書溝洫志：「漢興三十有九年，孝文時，河決酸棗，東潰金隄。」顏師古注：「金隄，河隄名也，在東郡白馬界。」資治通鑑卷一五漢紀七胡三省注引括地志：「金隄，一名千里隄，在白馬縣東五里。」又曰：「余據河隄，自汴口以東緣河積石爲堰，通河古口，咸曰金隄。」又水經注濮陽縣故城，在河南與衛縣分水城北十里，有瓠河口，有金隄。」石印，三國志吳書孫皓傳裴松之注引江表傳曰：「歷陽縣有石山臨水，高百丈。其三十丈所，有七穿駢羅，穿中色黃赤，不與本體相似，俗相傳謂之石印。又云，石印封發，天下當太平。」

〔八〕「清濟」句，史記蘇秦列傳：「燕王曰：『吾聞齊有清濟濁河，可以爲固。』」正義：「濟、漯二水，上承黄河，并淄、青之北，流入海。黄河又一源，從洛、魏二州界北流入海，亦齊西北界。」以上兩句，述靈璧縣周圍形勝。

〔九〕「以爲」句，尚書康王之誥：「皇天用訓厥道，付畀四方，乃命建侯樹屏，在我後之人。」僞孔傳：「言文武乃施政令，立諸侯，樹以爲藩屏。」屏藩，屏障、藩籬，謂護衛。詩經大雅板：「价人維藩，大師維垣。大邦維屏，大宗維翰。」毛傳：「价，善也。藩，屏也；垣，牆也。」鄭玄箋：「大邦成國，諸侯也。大宗，王之同姓世適（嫡）子也。王當用公卿諸侯及宗室之貴者爲藩屏。」

〔一〇〕「漢之」二句，封邑，古代帝王封賜給諸侯、功臣之領地或食邑。太平御覽卷二〇〇功臣封引魏志：「漢制，凡人君特所寵念，皆賜之封邑，及丞相初拜，亦錫茅土，號曰恩澤，出自於私情，非至公之封也。中興以來無有封者。」

〔一一〕「周之」句，侯，英華作「辟」，校：「集作侯。」作「侯」是。卿士，卿大夫。尚書牧誓：「今商王受乃惟四方之多罪逋逃「以爲大夫卿士」，僞孔傳：「士，事也，用爲卿大夫，典政事。」詩經大雅常武：「赫赫明明，王命卿士。南仲大祖，大師皇父：『整我六師，以修我戎。……』」毛傳：「王命南仲於大祖，皇甫爲大師。」鄭玄箋：「南仲，文王時武臣也。……宣王之命卿士爲大將也，乃用其以南仲爲大祖者，今大師皇父是也。」孔穎達正義曰：「太師，三公之名，復言太師皇父一人，是公兼官。謂三公而兼卿士之官。」周代不特設三公，多爲兼職，反言之，則爲三公而兼卿士。參見宋葉時禮經會元卷一上兼官。

〔一二〕「二年」句，據魏書官氏志，車騎將軍爲二品。

〔一三〕「九年」句，五兵尚書，曹魏時置。魏書官氏志未列。隋書百官志中稱「後齊（即北齊）制官，多循後魏」，其五兵尚書爲尚書省六尚書之一：「五兵統左中兵（原注：掌諸郡督告身、諸宿衞官等事）、右中兵（原注：掌畿內丁帳、事力、蕃兵等事）、左外兵（原注：掌河南及潼關已東諸州丁帳，及發召征兵等事）、右外兵（原注：掌河北及潼關已西諸州，所典與左外同）、都兵（原注：掌鼓吹、太樂、雜户等事）。」

〔一四〕「十年」四句，據魏書官氏志，中書監爲從二品，驃騎將軍爲二品，儀同三司、散公爲從一品。

〔一五〕「天子」二句，史記絳侯周勃世家：「孝惠帝六年（前一八九），置太尉官，以勃爲太尉。十歲，高后崩，吕禄以趙王爲漢上將軍，吕産以吕王爲漢相國，秉漢權，欲危劉氏。勃爲太尉，不得入軍門，陳平爲丞相，不得任事。於是勃與平謀，卒誅諸吕，而立孝文皇帝。」此言宇文彪不再統領軍隊。

〔一六〕「匈奴」二句，史記衞將軍驃騎列傳：「天子爲（衞青）治第，令驃騎視之，對曰：『匈奴未滅，無以家爲也。』由此，上益重愛之。」

〔一七〕「蔡謨」句，晉書蔡謨傳：「蔡謨，字道明，陳留考城人也。」弱冠察孝廉，舉秀才。……「後爲中書侍郎，歷義興太守，大將軍王敦從事中郎、司徒左長史，遷侍中。蘇峻構逆，吴國内史庾冰出奔會稽，乃以謨爲吴國内史。謨既至，與張闓、顧衆、顧颺等共起義兵，迎冰還郡。峻平，復爲侍中，遷五兵尚書，領琅邪王師。」署，英華校：「集作省。」

〔一八〕「鄧隲」句，後漢書鄧禹傳附鄧隲傳：「騭字昭伯，南陽新野人。」「延平元年（一〇六），拜騭車騎將軍、儀同三司，始自騭也。」「殤帝崩，太后與騭等定策立安帝。拜大將軍。服母喪，「服闋，詔喻騭還輔朝政，更授前封。騭（兄弟）等叩頭固讓，乃止。於是并奉朝請，位次在三公下，特進、侯上，其有大議，乃詣朝堂與公卿參謀」。三台，此即指三公，因在三公下，特進、侯上，故曰「比三台」。隲騭同。

〔一九〕「掌中書」二句，綸翰，皇帝詔書。謂所代擬王言如絲如綸，廣爲傳播。絲綸，前已屢注。上公，指三公。冕服，禮服。其形制、圖案不同，以區别官員等級。

〔二〇〕「昔爲」二句，漢書谷永傳：「戴金貂之飾，執常伯之職者，皆使學先王之道，知君臣之義。」顔師古注：「常伯，侍中也。伯，長也，常使長事者也。一曰：常任使之人，此爲長也。」

〔二一〕「冕旒」二句，晉書顧和傳：「顧和，字君孝，侍中衆之族子也。」咸康初，拜御史中丞，遷侍中。「初，中興東遷，舊章多闕，而冕旒飾以翡翠、珊瑚及雜珠等。和奏『舊冕有十二旒，皆用玉珠，今用雜珠等，非禮。若不能用玉，可用白璇』。成帝於是始下太常改之。」

〔二二〕「玉佩」二句，三國志魏書王粲傳：「王粲，字仲宣，山陽高平人也。曾祖父龔、祖父暢，皆爲漢三公。」太祖（曹操）辟爲丞相掾，賜爵關内侯。「後遷軍謀祭酒。魏國既建，拜侍中。博物多識，問無不對。時舊儀廢弛，興造制度，粲恒典之。」裴松之注引摯虞決疑要注曰：「漢末喪亂，絶無玉佩。魏侍中王粲識舊佩，始復作之。今之玉佩，受法於粲也。」玉佩，英華校：「集作珮玉。」倒誤。

〔二三〕「廢帝」三句，周書文帝紀下：西魏文帝大統十七年春三月，「魏文帝崩，皇太子（元欽）嗣位」。是爲廢帝。廢帝後二年，即廢帝三年（五五四），宇文泰廢之，立齊王拓跋廓，是爲恭帝。當時魏史柳虬執簡書於朝責宇文泰，泰乃令太常盧辯作誥諭公卿，承認「咎予其焉避」。宇文彪蓋亦對此不滿，故「不賀」，并因此得罪宇文泰，不得不出朝外任爲華州刺史。使持節，通典卷三二州牧刺史：「魏、晉爲刺史，任重者爲使持節都督，輕者爲持節。」元和郡縣志卷二華州：「後魏置東雍州，廢帝改爲華州。大業二年（六〇六）省華州，義寧二年（六一八）置華山郡，武德元年（六一八）復爲華州。」地在今陝西華陰市。

〔二四〕「桃林」句，尚書武成：「四月哉生明，王來自商，至於豐。歸馬於華山之陽，放牛於桃林之野，示天下弗服。」孔穎達正義引杜預云：「桃林之塞，今弘農華陰縣潼關是也。」按：華陰縣，今爲華陰市，屬陝西渭南市。桃，英華校：「集作成。」誤。

〔二五〕「大荔」句，史記秦本紀：「厲共公……十六年，塹河旁，以兵二萬伐大荔，取其王城。」集解引徐廣曰：「今之臨晉也。臨晉有王城。」張守節正義：「括地志云：同州東三十里朝邑縣東三十步，故王城，大荔近王城邑。」城隍，周易泰卦：「城復於隍，勿用師。」孔穎達正義：「子夏傳云：隍是城下池也。」此即指城。按：臨晉，漢武帝時改爲左馮翊，晉武帝更名大荔縣。今仍名大荔縣（合併古朝邑縣），在華山北，屬陝西渭南市。

〔二六〕「三秦」句，史記秦始皇本紀：「諸侯兵至，項籍爲從長。殺子嬰及秦諸公子、宗族，遂屠咸陽。……滅秦之後，各分其地爲三，名曰雍王、塞王、翟王，號曰三秦。」此泛指秦地。漢書兒寬傳：「寬表奏開六輔渠。」注引韋昭曰：「六輔爲京兆、馮翊、扶風、河東、河南、河内也。」漢武帝時改臨晉（後名大荔）爲左馮翊（見上注），在六輔之内。奥區，文選張衡西京賦：「寔爲地之奥區神皋。」張銑注：「奥，美也。」

〔二七〕「五嶽」句，五嶽，前已屢注。四瀆，爾雅釋水：「江、河、淮、濟爲四瀆。」襟帶，漢書高惠高后文功臣表：漢高祖封侯者百四十有三人，「封爵之誓曰：『使黄河如帶，泰山若厲，國以永存，爰及苗裔。』」五嶽之西嶽華山在華州，州又瀕臨黄河，故云。

〔二八〕「倪寬」二句，漢書溝洫志：「兒寬爲左内史，奏請穿鑿六輔渠，以益溉鄭國傍高卬之田。上曰：『農，天下之本也；泉流灌寖，所以育五穀也。……今内史稻田租挈重，不與郡同，其議減，令吏民勉農，盡地利，平繇行水，勿使失時。』」倪、兒同。

〔二九〕「薛宣」二句，漢書薛宣傳：「薛宣，字贛君，東海郯人也。」補御史中丞，出爲臨淮太守，徙陳留太守，盜賊禁止，吏民敬其威信。「入守左馮翊，滿歲稱職爲真。」官吏有罪，皆陰求之，令其改節，故「屬縣各有賢君，馮翊垂拱蒙成，顧勉所職卒功業」。時谷永上疏，稱「左馮翊崇教意養善，威德并行，衆職修理，奸軌絶息……功效卓爾，自左內史初置以來，未嘗有也」。後官至丞相，封高陽侯，因事免。拱默，英華校：「集作垂拱。」據文意，作者舉薛宣及兒寬皆帶貶意，言其不如宇文彪，故雖漢書本傳作「垂拱」，此仍以「垂默」爲是。

〔三〇〕「尋加」句，特進，漢代官名。後漢書和殤帝紀：「賜諸侯、王公、將軍特進。」李賢注引漢官儀曰：「諸侯功德優盛，朝廷所敬異者，賜位特進，在三公下。」

〔三一〕「朝廷」句，朝廷，英華校：「集作當朝。」

〔三二〕「辟吏」二句，辟吏，徵召官吏。五府，指太傅、太尉、司徒、司空、大將軍。三公，指太尉、司徒、司空。據魏書官氏志，五府、三公皆第一品。列班，排列位次。

〔三三〕「唐虞」二句，唐虞，指堯舜。尚書舜典：「曰若稽古，帝舜曰重華，協於帝。」僞孔傳：「華謂文德。言其光文重合於堯，俱聖明。」又曰舜「受終於文祖」，僞孔傳：「文祖者堯，文德之祖廟。」稷，官名，代指棄，即后稷。稷、契，皆舜所命名臣，稷主農，契主獄。謨明，尚書皋陶謨：「皋陶曰：『允迪厥德，謨明弼諧。』」僞孔傳釋「謨明」爲「廣聰明以輔諧其政」。兩句以古之名臣喻宇文彪。

〔三四〕「魏晉」二句，順大名，謂兩代上承帝王大統。裴氏爲河東聞喜大族，王氏爲太原大族，魏晉時，兩族皆人才輩出，功業顯赫。晉書裴楷傳：「初，裴、王二族盛於魏、晉之世，時人以爲八裴方八王：徽比王祥，楷比王衍，康比王綏，綽比王澄，瓚比王敦，遐比王道，頠比王戎，邈比王玄云。」

周武成三年，進封青州齊郡公〔一〕，邑二千户，賜號東岳先生。詔曰：「堯有四岳〔二〕，朕惟公一人。」賜雜彩二千段，甲第一區〔三〕，雍州良田百頃〔四〕，其優禮如此。堯命羲仲，星鳥嵎夷之官〔五〕；周賜姜牙，穆陵無棣之境〔六〕。三王不襲，同盟固於泰山〔七〕；百代相因，舊國傳於負海〔八〕。惟保定四年〔九〕，公薨於長安私第。天子罷朝，群臣赴弔，喪用官給。嗚呼哀哉！五年，贈少保，使持節揚光桂三州諸軍事，揚州刺史，謚曰貞公，禮也。

【箋注】

〔一〕「周武成」二句，周，指北周。武成，北周明帝宇文毓年號。武成三年已是北周武帝時，武帝宇文邕繼位未改元。周書明帝紀：「（武成）二年夏四月，帝因食遇毒。庚子，大漸。……辛丑，崩於延壽殿，時年二十七。」同書武帝紀上：「高祖武皇帝諱邕，字禰羅突，太祖第四子也。……武成二年夏四月，世宗（按：明帝廟號）崩，遺詔傳帝位於高祖。……壬寅，即皇帝位，大赦天下。」次年正月戊申詔：「可改武成三年爲保定元年。」則武帝繼位至改保定前，爲武成三年。是年當南朝陳文帝天嘉二年（五六一）。進封，「封」原作「聞」，據英華、四子集、全唐文改。據上考，則進封當在高祖宇文邕繼位之初。北周行政區劃，當依後魏。據魏書地形志中，青州領郡七，首爲齊郡。由蕭氏改姓宇文，疑亦在此時，然後人視之，蓋非榮耀事，且唐代後裔已復姓（見本文前注），故碑文未書。

〔二〕「堯有」句，四岳，尚書堯典：「帝曰：『咨！四岳，湯湯洪水方割，……有能俾乂？』僉曰：『於，鯀哉！』」僞孔傳：「四岳，即上羲和之四子，分掌四岳之諸侯，故稱焉。」所謂「上」，即同書前曰：「乃命羲、和：欽若昊天，曆象日月星辰，敬授人時。」僞孔傳：「重黎之後羲氏、和氏，世掌天地四時之官，故堯命之，使敬順昊天。」

〔三〕「甲第」句，史記孝武本紀：「賜列侯甲第。」集解裴駰案：「漢書音義曰：有甲乙第次，故曰第。」則甲第指頭等房舍，猶今所謂豪宅。

〔四〕「雍州」句，魏書地形志下：雍州，領京兆、馮翊、扶風、咸陽、北地五郡。即今陝西西安及周邊地區。

〔五〕「堯命」二句，尚書堯典：「分命羲仲：宅嵎夷曰暘谷，寅賓出日，平秩東作。日中，星鳥，以殷仲春。厥民析，鳥獸孳尾。」僞孔傳：「宅，居也。東表之地稱嵎夷。暘，明也。日出於谷，而天下明，故稱暘谷。暘谷、嵎夷，一也。羲仲，居治東方之官。」又曰：「日中，謂春分之日。鳥，南方朱鳥七宿。殷，正也。春分之昬，鳥星畢見，以正仲春之氣節，轉以推季、孟，則可知厥民析，鳥獸孳尾。言其民老壯分析。乳化曰孳，交接曰尾。」

〔六〕「周賜」二句，左傳僖公四年：「昔召康公命我先君大（太）公曰：『五侯九伯，女實征之，以夾輔周室。』賜我先君履，東至於海，西至於河，南至於穆陵，北至於無棣。」杜預注：「召康公，周大（太）保召公奭也。」又曰：「穆陵、無棣，皆齊竟（境）也。」按史記齊太公世家：「太公望吕尚者，東海上人。其先祖嘗爲四岳，佐禹平水土，甚有功，虞夏之際封於吕。……本姓姜氏，從其封姓，故曰吕尚。」索隱引譙周曰：「姓姜，名牙。」

〔七〕「三王」二句，三王，指夏、商、周三代；不襲，指禮不相同。史記叔孫通傳：「三王不同禮者，因時世、人情爲之節文者也。」此謂雖改朝換代，然舊封仍世代相傳，牢不可破。

〔八〕「百代」二句，謂齊郡乃舊齊國之地，由姜太公而下皆稱齊，百代未改。負海，臨海。史記三王世家：「武帝曰：關東之國，無大於齊者。齊東負海而城郭大，古時獨臨菑中十萬户，天下膏腴地莫盛於齊者矣。」

〔九〕「惟保定」句，保，原作「寶」，據英華、全唐文改。保定四年，當陳文帝天嘉五年（五六四）。

公少丁外艱，州黨稱其孝，齊武皇帝見而嘆曰：「可謂吾家曾閔。」〔一〕外祖大尉公王儉謂其子侍中騫曰：「成汝宅相者〔二〕，在此孫乎？」公之北歸也，後魏宣武帝敕曰：「昔微子去殷，項伯歸漢〔三〕，卿又得之於今。」公泣涕横流，跪而對曰：「臣家國不造，鼎祚淪亡，進不能匡正，退不能死節。今復託身有道，何敢比德古人。」帝因此重之〔四〕。及周太祖作相西朝，王侯之下皆望塵而拜〔五〕，公與之抗禮。太祖尤相敬待，屢有諮詢，嘗從容曰：「國家之子房也〔六〕！」

【箋注】

〔一〕「公少丁」四句，丁，遭逢。外艱，指喪父。其父於梁初牽連謀反罪被殺，見本文前注。齊武皇帝，即蕭賾，爲宇文彪伯祖。曾閔，指曾參、閔子騫，皆以孝稱。史記仲尼弟子列傳：「曾參，南武城人，字子輿。……孔子以爲能通孝道，故授之業，作孝經。」論語先進：「子曰：『孝哉！閔子騫。人不間於其父母昆弟之言。』」何晏集解引陳（群）曰：「言子騫上事父母，下順兄弟，動靜盡善，故人不得有非間之言。」

〔二〕「外祖」三句，南齊書王儉傳：「王儉，字仲寶，琅琊臨沂人也。」解褐秘書郎、太子舍人，超遷秘書丞。依七略撰七志四十卷，又撰定元徽四部書目。官終中書監、參掌選事。宅相，謂貴甥。晉書魏舒傳：「魏舒，字陽元，任城樊人也。少孤，爲外家甯氏所養。甯氏起宅，相宅者云：『當出貴甥。』外祖母以魏氏甥小而慧，意謂應之。舒曰：『當爲外氏成此宅相。』」

〔三〕「昔微子」二句，殷紂淫亂，微子數諫不聽，遂去，詳前遂州長江縣先聖孔子廟堂碑注引史記宋微子世家。項伯，史記項羽本紀：「項伯者，項羽季父也。素善留侯張良。」鴻門宴上，「項莊拔劍起舞，項伯亦拔劍起舞，常以身翼蔽沛公，莊不得擊」。項羽既死，漢王（劉邦）「乃封項伯爲射陽侯」。

〔四〕「帝因此」句，因此，全唐文作「益」。

〔五〕「及周太祖」二句，周太祖，即宇文泰（北周建立後，尊爲太祖），魏孝武帝（出帝）逃長安，泰爲丞相，已詳本文前注。望塵而拜，謂王侯畏宇文泰權勢，皆諂事之。晉書潘岳傳：「潘岳，字安仁，滎陽中牟人也。……爲著作郎，轉散騎侍郎。岳性輕躁，趨世利，與石崇等諂事賈謐，每候其出，與崇輒望塵而拜。構愍懷之文，岳之辭也。謐二十四友，岳爲其首。謐晉書限斷，亦岳之辭也。其母數誚之，曰：『爾當知足，而乾没不已乎？』而岳終不能改。」

〔六〕「國家」句，子房，即張良。史記留侯世家：「留侯張良者（按漢書張良傳：「張良，字子房。」），其先韓人也。」從漢王劉邦定天下，謀畫多由良。「漢六年（前二〇一）正月，封功臣，良未嘗有戰鬬功，高帝曰：『運籌策帷帳中，決勝千里外，子房功也，自擇齊三萬户。』良曰：『始臣起下邳，與上會留，此天以臣授陛下。陛下用臣計，幸而時中，臣願封留足矣，不敢當三萬户。』乃封張良爲留侯。」詢，英華校：「集作問。」

公體淳和之至性，負廊廟之大才。孝通神明，忠定社稷。馬伏波來游二帝〔一〕，晏平仲能事百君〔二〕。在魏則賈詡、荀攸〔三〕，在周則太顛、閎夭〔四〕。惟司徒克慎厥始，惟丞相克和厥中〔五〕，惟公載德，克成厥終。三后同其政道〔六〕，子孫訓其成式。輝光助於日月，德積廣於宇宙。以某年月日葬於少陵原〔七〕。國遷三代，年移十紀〔八〕。杜當陽之碑石，沉漢水而無聞〔九〕；仲山甫之鼎銘，入匈奴而不出〔一〇〕。曾孫皇朝右金吾將軍、同州刺史得照〔一一〕，宏才大節，玉振金聲〔一二〕。入當天子之右軍，出臨帝京之左輔〔一三〕。承積善之餘慶〔一四〕，襲大宗之不遷〔一五〕，願述家風，思傳祖德。是用勒銘刻石〔一六〕，相質披文〔一七〕。載於景鍾，大夫稱伐之義〔一八〕；書於大常，諸侯計功之道〔一九〕。追題瓦屑，鄭康成北海之門〔二〇〕；重刻碑陰，張平子南陽之墓〔二一〕。

【箋注】

〔一〕「馬伏波」句，馬伏波，即馬援。後漢書馬援傳：「馬援，字文淵，扶風茂陵人也。」年十二而孤，少有大志。「建武四年（二八）冬，（隗）囂使援奉書洛陽。援至，引見於宣德殿。世祖（東漢光武帝劉秀）迎笑謂援曰：『卿遨遊二帝（按另一帝指公孫述，時在成都自立爲天子）間，今見卿，使人大慚。』援頓首辭謝。」後歸漢，拜伏波將軍。

〔二〕「晏平仲」句，晏平仲，即晏嬰，齊國相。史記管晏列傳：「晏平仲嬰者，萊之夷維人也。事齊靈公、莊公、景公，以節儉力行重於齊。」晏子春秋卷四：「梁丘據問晏子曰：『子事三君，君不同心，而子俱順焉。仁人固多心乎？』晏子對曰：『嬰聞之：順愛不懈，可以使百姓；暴强不忠，不可以使一人。一心可以事百君，三心不可以事一君。』仲尼聞之，曰：『小子識之，晏子以一心事百君者也。』」

〔三〕「在魏」句，三國志魏書賈詡傳：賈詡，字文和，武威姑臧人。歸太祖（曹操），表爲執金吾，封都亭侯，助其在官渡大破袁紹軍，徙太中大夫。定策立太子。文帝即位，以詡爲太尉，進爵壽鄉侯。同書荀攸傳：荀攸，字公達，潁川潁陰人。太祖以爲軍師，轉中軍師。魏國初建，爲尚書令。文帝在東宫，太祖謂曰：「荀公達，人之師表也，汝當盡禮敬之。」公達前後凡畫奇策十二。從征孫權，道薨，太祖言則流涕。陳壽於二人傳後評曰：「荀攸、賈詡，庶乎算無遺策，經達權變，其（張）良、（陳）平之亞歟！」

〔四〕「在周」二句，論語泰伯：「武王曰：予有亂臣十人。」何晏集解引馬（融）曰：「亂，治也。治官者十人，謂周公旦、召公奭、大公望、畢公、榮公、大顛、閎夭、散宜生、南宫适，其一人謂文母。」

〔五〕「惟司徒」二句，司徒，指契，丞相，指蕭何，乃蕭氏始祖、遠祖，已見本文前注。

〔六〕「三后」，即上述契、蕭何及「公」（宇文虒）。后，此義爲諸侯。句謂三人爲政之道相同。

〔七〕「以某年」句，少陵原，太平寰宇記卷二五雍州萬年縣：「少陵原，即漢鴻固原也，宣帝許后葬於此。」又宋敏求長安志卷一一萬年縣：「少陵原，在縣南四十里，南接終南，北至滻水，西屈曲六十里入長安縣界，即漢鴻固原也，宣帝許后葬於此，俗號少陵原。」

〔八〕「國遷」二句，三代，指後魏（包括西魏）、北周、隋三王朝。十紀，蓋由宇文虒去世之北周武帝保定四年（五六四）起計，後推約一百二十年，則此碑當作於唐高宗弘道元年（六八三）左右。

〔九〕「杜當陽」二句，杜當陽，即杜預，嘗封當陽縣侯，故稱。晉書杜預傳：「杜預，字元凱，京兆杜陵人。」晉初假節行平東將軍，領征南軍司，拜鎮南大將軍、都督荆州諸軍事以攻吴。吴平，以功進爵當陽縣侯。「預好爲後世名，常言：高岸爲谷，深谷爲陵。刻石爲二碑紀其勳績，一沉萬山之下，一立峴山之上，曰：『焉知此後不爲陵谷乎！』」萬山之下，即漢水。

〔一〇〕「仲山甫」二句，仲山甫，嘗佐周宣王中興。詩經大雅烝民即歌其功德，略曰：「天監有周，昭假于下。保兹天子，生仲山甫。……肅肅王命，仲山甫將之。邦國若否，仲山甫明之。……吉甫作誦，穆如清風。仲山甫永懷，以慰其心。」毛傳：「仲山甫，樊侯也。」後漢書竇憲傳：憲擊匈奴，「斬名王已下萬三千級，獲生口馬牛羊橐駝百餘萬頭。於是温犢須、日逐、温吾、夫渠王柳鞮等八十一部率衆降者，前後二十餘萬人。……南單于於漢北遺憲古鼎，容五斗，其傍銘曰：『仲山甫鼎，其萬年子子孫孫永保用。』憲乃上之。」則「不出」，謂該鼎久没匈奴也。

〔一一〕「曾孫」二句，唐六典卷二五左右金吾衛：「將軍各二人，從三品（注：皇朝因隋置三人，貞觀中減置二人）。左右金吾衛大將軍、將軍之職，掌宫中及京城晝夜巡警之法，以執御非違。凡翊府及同軌等五十府皆屬焉。」同州，管縣七，治馮翊縣，見元和郡縣志卷二。地在今陝西大荔、韓城、澄城一帶。宇文得照，雍正陝西通志卷二一載：「同州刺史：宇文得照。」注：「蘭陵人，高祖時。」蓋生於高祖時，至爲其曾祖樹碑，當已在垂暮之年矣。

〔一二〕「玉振」句，孟子萬章下：「孔子之謂集大成。集大成也者，金聲而玉振之也。金聲也者，始條理也」；玉振之也者，終條理也。」趙岐注：「振，揚也，故如金音之有殺振揚、玉音終始如一也。」此言宇文得照爲人有德，爲官有聲。

〔一三〕「出臨」句，左輔，元和郡縣志卷二同州：「春秋時其地屬秦，本大荔戎國。秦獲之，更名曰臨晉。……始皇并天下，京兆、馮翊、扶風并内史之地。……（漢）武帝更名左馮翊。魏除左字，但爲馮翊郡，晉因之。後魏永平三年（五一〇）改爲同州。」因漢時名左馮翊，故稱「左輔」。

〔一四〕「承積善」句，周易坤卦文言：「積善之家，必有餘慶。」

〔一五〕「襲大宗」句，禮記大傳：「别子爲祖，繼别爲宗，繼禰者爲小宗。有百世不遷之宗，有五世則遷之宗。百世不遷者，别子之後也；宗其繼别子之所自出者，百世不遷者也。」鄭玄注：「别子，謂公子若始來在此國者，後世以爲祖也。别子之世適（嫡）也，族人尊之，謂之大宗。」宇文虓入魏，即所謂「别子」，其子爲大宗，爲「百世不遷者」。大宗，「大」原作「太」，四庫全書本、全唐文俱作「大」，是，據改。詳文意，則宇文得照當爲宇文虓嫡長子之後，故稱「襲」。

〔一六〕「是用」句，勒銘，英華校：「一作勒刊豐石。」

〔一七〕「相質」句，文選陸機文賦：「碑披文以相質。」李善注：「碑以叙德，故文質相半。」

〔一八〕「載於」二句，國語卷一三晉語：「昔克潞之役，秦來圖敗晉功。魏顆以其身卻退秦師於輔氏，親止杜回，其勳銘於景鍾。」韋昭注：「克，勝也。魯宣十五年六月癸卯，晉荀林父將滅赤翟潞氏。七月，秦桓公伐晉，次於輔氏，欲敗晉功。壬午，晉景公治兵以略翟土，及雒，魏顆敗秦師於輔氏，獲杜回。輔氏，晉地；杜回，秦力士也；勳，功也；景鍾，景公之鍾。」稱伐，左傳襄公十九年：「臧武仲謂季孫曰：『大夫稱伐。』」杜預注：「銘其功伐之勞。」

〔一九〕「書於」二句，尚書君牙：「王（周穆王）若曰：嗚呼！君牙：惟乃祖乃父，世篤忠貞，服勞王家，厥有成績，紀於太常。」僞孔傳：「言汝父祖，世厚忠貞，服事勤勞王家，其有成功見紀録，書於王之太常，以表顯之。王之旌旗畫日月，曰太常。」計功，左傳襄公十九年：「臧武仲謂季孫曰：『諸侯言時計功。』」杜預注：「舉得時，動有功，則可銘也。」

〔二〇〕「追題」二句，晉書戴逵傳：「戴逵，字安道，譙國人也。少博學，好談論，善屬文，能鼓琴，工書畫。其餘巧藝，靡不畢綜。總角時，以雞卵汁溲白瓦屑，作鄭玄碑，又爲文而自鐫之，詞麗器妙，時人莫不驚歎。」北海之門，指鄭玄通德門。後漢書鄭玄傳：鄭玄，字康成，北海高密人。學於馬融，著書義據通深，北海國相孔融深敬之，告高密縣特爲立一鄉，曰：「今鄭君鄉宜曰『鄭公鄉』，……可廣開門衢，令容高車，號爲『通德門』。」

〔二一〕「重刻」二句，後漢書張衡傳：「張衡，字平子，南陽西鄂人也。」李賢注：「西鄂縣故城，在今鄧州向城縣南，有平子墓及碑在焉，崔瑗之文也。」按水經注淯水：「淯水……又逕西鄂縣南，水北有張平子墓，墓之東側墳，有平子碑，文字悉是古文，篆額是崔瑗之辭。盛弘之、郭仲産并云：夏侯孝若爲郡，薄其文，復刊碑陰爲銘。然碑陰二銘，乃是崔子玉（引者按：崔瑗字子玉）及陳翕耳，而非孝若。悉是隸字，二首並存，嘗無毀壞。又言墓次有二碑，今惟見一碑，或是余夏景驛途疲，而莫究矣。」據用典并揆以年代，宇文彪墓當先已有碑，或不滿裔孫意（蓋述「家風」、「祖德」不足），或已殘損，故求文重鐫焉。

其詞曰：

黃帝攝政，勤勞耳目〔一〕。居於軒轅，戰於涿鹿〔二〕。成湯黜夏，登壇受福〔三〕。表正萬邦，纘禹舊服〔四〕。其一

【箋注】

〔一〕「黃帝」二句，史記五帝本紀：「諸侯咸尊軒轅爲天子，代神農氏，是爲黃帝。天下有不順者，黃帝從而征之，平者去之，披山通道，未嘗寧居。」下述其東至於海，西至於空桐，南至於江，北逐葷粥，「勞動心力耳目，節用水火材物」云云。

〔二〕「居於」二句，史記五帝本紀：「（黃帝）與炎帝戰於阪泉之野。……蚩尤作亂，不用帝命，於是黃帝乃徵師諸侯，與蚩尤戰於涿鹿之野，遂禽殺蚩尤。……北逐葷粥，合符釜山，而邑於涿鹿之阿。」又曰：「黃帝居軒轅之丘。」太平御覽卷七九黃帝軒轅氏引帝王世紀：「（黃帝）居軒轅之丘，故因以爲名，又以爲號。與神農氏戰於阪泉之野，三戰而克之。」「居於軒轅」句，英華作「舉於版泉」，校：「集作居於軒轅。」按：據上引，黃帝「居於軒轅」是，阪泉乃與炎帝「戰」而非

「舉」，英華誤。

〔三〕「成湯」二句，指商湯取代夏桀。成湯，原作「咸陽」，各本同。按：夏、商皆與咸陽無涉。春秋時，秦方築咸陽城（見史記秦本紀）。此「咸陽」必是「成湯」之形訛，據文意徑改。史記殷本紀：「夏桀爲虐政淫荒，而諸侯昆吾氏爲亂。湯乃興師率諸侯，伊尹從湯，湯自把鉞以伐昆吾，遂伐桀。……於是諸侯畢服，湯乃踐天子位，平定海内。……既絀夏命，還亳，作湯誥。」

〔四〕「表正」二句，尚書仲虺之誥：「有夏昏德，民墜塗炭。天乃錫王勇智，表正萬邦，纘禹舊服。」僞孔傳：「言天與王勇智，應爲民主，儀表天下，法正萬國，繼禹之功，統其舊服。」按：本文以契爲蕭氏始祖，故此上溯契之祖黄帝，下及契之裔孫成湯。

逮乎微子，周之國賓〔一〕。降及蕭叔，宋之懿親〔二〕。高祖丞相，王迹是因〔三〕。宣王御史，社稷之臣〔四〕。其二

【箋注】

〔一〕「逮乎」二句，武王克殷，封紂之子武庚於朝歌，使奉湯祀。武王崩，武庚與管、蔡、霍三叔作難。周公平難後，乃命微子爲殷後，興國於宋。詳前新都縣學先聖廟堂碑文注。

〔二〕「降及」二句，謂宋國之蕭氏，乃宇文彪遠祖。左傳莊公十二年：「秋，宋萬弒閔公於蒙澤，……

立子游，群公子奔蕭。……冬十月，蕭叔大心及戴、武、宣、穆、莊之族以曹師伐之，……立桓公。」杜預注：「蒙澤，宋地。」又曰：「蕭，宋邑，今沛國蕭縣。」「叔蕭，大夫名。」趙汸補注：「叔，蕭大夫字，大心，其名也，傳兼稱之。」

〔三〕「高祖」二句，謂蕭何乃宋蕭叔之後。蕭何爲漢高祖劉邦丞相，爲其争帝出力良多，開國後封酇侯，見本文前注。

〔四〕「宣王」二句，宣王，指漢宣帝；御史，指蕭望之。漢書蕭望之傳：「蕭望之，字長倩，東海蘭陵人也，徙杜陵。」家世以田爲業，至望之好學，京師諸儒稱述焉。射策甲科，爲郎。宣帝拜爲謁者，出爲平原太守，徵入守少府，又爲左馮翊，遷大鴻臚。神爵三年（前五九）「代丙吉爲御史大夫」。班固贊曰：「望之堂堂，折而不橈。身爲儒宗，有輔佐之能，近古社稷臣也。」

太陰所立，皇齊誕聖〔一〕。既創元基，仍集大命〔二〕。謀孫翼子〔三〕，重熙累盛〔四〕。天禄永終〔五〕，南風不競〔六〕。其三

【箋注】

〔一〕「太陰」二句，後漢書何敞傳李賢注引何氏家傳：「六世祖父比干，字少卿，經明行修，兼通法律。爲汝陰縣獄吏決曹掾，平活數千人。後爲丹陽都尉，獄無冤囚，淮汝號曰何公。征和三年

（前九〇）三月辛亥，天大陰雨，比干在家，日中夢貴客車騎滿門，覺以語妻。語未已，而門有老嫗，可八十餘，頭白，求寄避雨，雨甚而衣履不沾漬。雨止，送出門，乃謂比干曰：『公有陰德，今天錫君策，以廣公之子孫。』因出懷中符策，狀如簡，長九寸，凡九百九十枚，以授比干，『子孫佩印綬者，當如此算。』」此謂蕭氏祖上有陰德，故誕育齊國皇帝。

〔二〕「既創」二句，南齊書高帝紀下史臣（蕭子顯）曰：「太祖（蕭道成）基命之初，武功潛用，泰始開運，大拯時艱。……元功振主，利器難以假人，群才戮力，實懷尺寸之望。豈其天厭水行，固已人希木德。歸功與能，事極乎此。雖至公於四海，而運實時來；無心於黄屋，而道隨物變。應而不爲，此皇齊所以集大命也。」

〔三〕「謀孫」句，詩經大雅文王有聲：「豐水有芑。武王豈不仕，詒厥孫謀，以燕翼子。」毛傳：「仕，事。燕及翼，敬也。」鄭玄箋：「詒猶傳也。孫，順也。豐水猶以其潤澤生草，武王豈不以其功業爲事乎？以之爲事，故傳其所以順天下之謀，以安其敬事之子孫，謂使行之也。」孔穎達正義曰：「言豐水之傍有芑菜，豐水是無情之物，猶以潤澤而生菜爲己事，況武王豈不以功業爲事乎？言實以功業爲事，思得澤及後人，故遺傳其所以順天下之謀，以安敬事之子孫。言武王能得順天下，功被來世，後人敬其事者，則得行之，爲人君之道哉。」

〔四〕「重熙」句，文選何晏景福殿賦：「至於帝皇，遂重熙而累盛。」張銑注：「熙，明也。言至於明帝，遂繼文帝之明，故曰重明累盛。」

〔五〕「天禄」句，尚書大禹謨：「欽哉！慎乃有位，敬修其可願！四海困窮，天禄永終。」僞孔傳：「有位，天子位。可願，謂道德之美。困窮，謂天民之無告者。言爲天子，勤此三者，則天之禄籍，長終汝身。」

〔六〕「南風」句，左傳襄公十八年：「晉人聞有楚師，師曠曰：『不害，吾驟歌北風，又歌南風，南風不競，多死聲，楚必不功。』」杜預注：「歌者吹律以詠八風，南風音微，故曰不競也。」此言有齊國運不振，終至衰亡。

惟公載誕，克嗣家聲。千丈多節〔一〕，三年一鳴〔二〕。待時而動，以族而行。才歸晉國〔三〕，璧入秦庭〔四〕。其四

【箋注】

〔一〕「千丈」句，世説新語賞譽：「庾子嵩（顗）目和嶠：森森如千丈松，雖磊砢有節目，施之大廈，有棟梁之用。」

〔二〕「三年」句，史記楚世家：「（伍舉）曰：『有鳥在於阜，三年不蜚不鳴，是何鳥也？』莊王曰：『三年不蜚，蜚將衝天；三年不鳴，鳴將驚人。』」句喻指宇文彪以其族北投後魏。

〔三〕「才歸」句，左傳襄公二十六年：「雖楚有材，晉實用之。」杜預注：「言楚亡臣多在晉。」庾信擬

詠懷二十七首之四：「楚材稱晉用，秦臣即趙冠。」
〔四〕「璧入」句，史記廉頗藺相如列傳：「趙惠文王時，得楚和氏璧。秦昭王聞之，使人遺趙王書，願以十五城請易璧。趙王與大將軍廉頗諸大臣謀，欲予秦，秦城恐不可得，徒見欺；欲勿予，即患秦兵之來。」於是派藺相如入秦，使完璧歸趙。然最終趙亡於秦，故謂璧入秦庭。此以和氏璧喻宇文彪，惜梁不用其才，與上句意同。

苻堅拜首，降天之使〔一〕。陶豫策名，勤王之事〔二〕。任隆起草，榮高近侍〔三〕。赫奕禁門，雍容貂珥〔四〕。其五

【箋注】

〔一〕「苻堅」二句，晉書載記苻堅上：苻堅，字永固，一名文玉，略陽臨渭氐人。「（苻）健（引者按：苻堅伯父）之入關也，夢天神遣使者朱衣赤冠，命拜堅爲龍驤將軍。健翼日爲壇於曲沃以授之。健泣謂堅曰：『汝祖（按：苻洪）昔受此號，今汝復爲神明所命，可不勉之！』堅揮劍捶馬，志氣感勵，士卒莫不憚服焉。」此喻指宇文彪入魏後假龍驤將軍，言乃天神所授。苻，原作「符」，徑改。

〔二〕「陶豫」二句，陶豫，其人未詳。疑「豫」乃「侃」之誤。陶侃，已見本文前注。策名，左傳僖公二

十三年：「策名委質，貳乃辟也。」杜預注：「名書於所臣之策，屈膝而君事之，則不可以貳辟罪也。」孔穎達正義：「策，簡策也。質，形體也。古之仕者，於所臣之人書己名於策，以明係屬之也。拜則屈膝而委身體於地，以明敬奉之也。名係於彼所事之君，則不可以貳心辟罪。」勤王，周禮春官大宗伯：「以賓禮親邦國。賓禮之别有八：……秋見曰覲。」鄭玄注：「覲之言勤也，欲其勤王之事。」按晉書陶侃傳，侃嘗遷龍驤將軍、武昌太守。官至太尉，封長沙郡公。薨，成帝下詔曰：「……作藩於外，八州肅清；勤王於内，皇家以寧。」

〔三〕「任隆」二句，指宇文彪入魏後任給事中、中書侍郎，已見本文前注。給事中掌顧問應對，乃近侍官。中書侍郎掌起草詔令。文獻通考卷五一中書省侍郎：「魏黄初初，中書既置監令，又置通事郎（原注：魏志曰：掌詔草，即漢尚書郎之位），……後改通事郎爲中書侍郎。」

〔四〕「赫奕」二句，文選何晏景福殿賦：「故其華表則鎬鎬鑠鑠，赫奕章灼，若日月之麗天也。」李善注：「赫奕、章灼，皆光顯昭明也。」雍容，和緩貌。貂珥，即珥貂。文選左思詠史詩八首其二：「金張藉舊業，七葉珥漢貂。」李善注：「珥，插也。董巴輿服志曰：侍中、中常侍冠武弁，貂尾爲飾。」

日暮青瑣，夕郎之職〔一〕。法駕畢陳，黄門次直〔二〕。帝王之盛，誠在農殖〔三〕。如京如坻〔四〕，我黍我稷〔五〕。其六

【箋　注】

〔一〕「日暮」二句，青瑣，即東漢青瑣門，謂户邊刻爲瑣文，而以青飾之（前已注）。此代指宮殿。夕郎，即黄門侍郎。後漢書百官志：「黄門侍郎六百石。」劉昭注引漢舊儀曰：「黄門郎，屬黄門令，日暮入，對青瑣門拜，名曰夕郎。」言宇文彪在徐州平定後遷黄門侍郎。

〔二〕「法駕」二句，畢，原作「華」，形訛，據英華、四子集、全唐文改。法駕，文選班固西都賦：「於是乘鑾輿，備法駕。」李善注引司馬彪曰：「法駕，六馬也。」次直，依次輪值。

〔三〕「帝王」二句，言帝王重農。指宇文彪在後魏累遷大司農事，見本文前注。

〔四〕「如京」句，詩經小雅甫田：「曾孫之庾，如坻如京。」毛傳：「京，高丘也。」鄭玄箋：「坻，水中之高地也。」孔穎達正義：「曾孫成王所税得米粟之庾，其堆高大如渚坻、如丘京也。」

〔五〕「我黍」句，詩經小雅楚茨：「我黍與與，我稷翼翼。」鄭玄箋：「黍與與、稷翼翼，蕃廡貌。」孔穎達正義：「我所種之黍與與然，我所種之稷翼翼然，蕃茂盛大，皆得成就。」以上二句，言宇文彪爲大司農，糧食連年豐收。

吴王舊國，採山鑄錢〔一〕。公爲中正，佩以韋弦〔二〕。夏禹遺跡，今來潁川〔三〕。公爲太守，示以蒲鞭〔四〕。其七

【箋注】

〔一〕「吴王」二句，指吴王濞。漢書吴王濞傳：「劉濞，高帝兄仲之子。立爲吴王，王三郡五十三城。孝惠高后時，天下初定，郡國諸侯各務自拊循其民。吴有豫章郡銅山，即招致天下亡命者盜鑄錢，東煮海水爲鹽，以故無賦，國用饒足。」後擁兵反，被殺。濞都廣陵城，即揚州。此言漢代吴國乃富庶之地。

〔二〕「公爲」二句，指宇文彪任後魏揚州大中正，見本文前注。韋弦，韓非子卷八觀行：「西門豹之性急，故佩韋以緩己；董安于之心緩，故佩弦以自急。故以餘補不足、以長續短之謂明主。」韋柔韌而弦緊直，故佩以自警。三國志魏書劉廙傳：「且韋弦非能言之物，而聖賢引以自匡。臣才智闇淺，願自比於韋弦。」此言揚州雖多金之地，然宇文彪常自警惕，不爲所動，故舉薦公正。

〔三〕「夏禹」二句，指永熙二年（五三三）宇文彪爲潁川太守事，見本文前注。漢書地理志上：潁川郡，縣二十，其中有陽翟。原注：「夏禹……國，周末韓景侯自新鄭徙此。……（王）莽曰潁川。」注引應劭曰：「夏禹都也。」顏師古注：「陽翟，本禹所受封耳。」

〔四〕「示以」句，言爲太守寬厚。後漢書劉寬傳：「劉寬，字文饒，弘農華陰人也。」桓帝時大將軍梁冀辟，五遷司徒長史。再遷，出爲東海相。延熹八年（一六五），徵拜尚書令，遷南陽太守。「典歷三郡，温仁多恕，雖在倉卒，未嘗疾言遽色。常以爲齊之以刑，民免而無恥。吏人有過，但用蒲鞭罰之，示辱而已，終不加苦事。」蒲鞭，蒲草所做鞭。

齊稱東帝〔一〕，周稱西伯〔二〕。諸侯謀王，天子下席〔三〕。公之忠義，如彼松柏〔四〕。其八

【箋注】

〔一〕「齊稱」句，史記穰侯列傳：「昭王十九年（前二八八），秦稱西帝，齊稱東帝。月餘，吕禮來，而齊、秦各復歸帝爲王。」同書魏世家：「八年，秦昭王爲西帝，齊湣王爲東帝。月餘，皆復稱王歸帝。」又見同書秦本紀。

〔二〕「周稱」句，史記周本紀：「古公卒，季歷立，是爲公季。公季修古公遺道，篤於行義，諸侯順之。公季卒，子昌立，是爲西伯，西伯曰文王。」以上二句，指後魏分裂爲西魏、東魏，各自稱帝，見本文前注。

〔三〕「諸侯」二句，戰國策卷六趙襄子：「昔齊威王嘗爲仁義矣，率天下諸侯而朝周。周貧且微，諸侯莫朝，而齊獨朝之。居歲餘，周烈王崩，諸侯皆弔，齊後往。周怒，赴於齊，曰：『天崩地拆，天子下席。東藩之臣田嬰齊後至，則斮之。』威王勃然怒曰：『叱嗟！而母婢也，卒爲天下笑。』故生則朝周，死則叱之，誠不忍其求也。彼天子固然，其無足怪。」吴師道補正引（史記魯仲連列傳）索隱云：「『下席，言其寢苫居廬。謂烈王太子安王驕也。』又引史記正義云：『而母婢，罵烈王后也。』」兩句指權臣高歡、宇文泰後人，又分别滅東魏、西魏，而建立北齊、北周。按：高歡第二子高洋於東魏孝静帝武定八年（五五〇）五月，廢孝静帝自立，國號齊（史稱北

齊），改元天保；宇文泰第三子宇文覺於西魏恭帝拓跋廓三年（五五六）十二月滅西魏，次年正月建立周（史稱北周）。其事分別詳北齊書文宣紀、周書孝閔帝紀。

〔四〕「公之」二句，論語子罕：「子曰：歲寒，然後知松柏之後雕也。」何晏集解：「大寒之歲，衆木皆死，然後知松柏不雕傷。平歲則衆木亦有不死者，故須歲寒而後別之，喻凡人處治世亦能自修整，與君子同，在濁世然後知君子之正不苟容。」兩句謂宇文彪始終忠於後魏。嘗護衛魏孝武帝奔長安，又曾與宇文泰抗禮，故謂其「忠義」之節，堅貞有如松柏。

發自新邑〔一〕，歸於陸海〔二〕。魏德雖衰，天命未改〔三〕。功成晉鄭〔四〕，爲而不宰〔五〕。寵茂山河，於是乎在。其九

【箋注】

〔一〕「發自」句，指宇文彪由新邑出發，一直護衛魏孝武帝西奔。新邑，後魏都城，太祖拓跋珪建。魏書太祖紀：天興六年（四〇三）九月，「行幸南平城，規度灅南，面夏屋山，背黄瓜堆，將建新邑」。資治通鑑卷一一三晉紀安皇帝：元興二年（四〇三）九月，「魏主（拓跋）珪如南平城」。胡三省注：「（晉）愍帝建興元年（三一三），代公猗盧城盛樂以爲北都，修故平城以爲南都，更南百里於灅水之陽黄瓜堆築新平城，所爲南平城也。唐朔州西南有新城，即其地。」按：新平

城，在今山西山陰縣北。至東魏孝静帝興和元年（五三九），方遷都於鄴，見魏書孝静紀及天象志一之四。

〔二〕「歸於」句，陸海，代指長安。漢書東方朔傳：「漢興，去三河之地，止霸産以西，都涇渭之南，此所謂天下陸海之地。」顔師古注：「高平曰：陸，關中地高，故稱陸耳。海者，萬物所出。言關中山川物産饒富，是以謂之陸海也。」此謂宇文彪護送出帝（孝武帝）西奔長安事，詳本文前注。

〔三〕「魏德」二句，孝武帝到長安投宇文泰，爲其所殺，而擁立元寶炬，是爲西魏文帝，元魏皇統仍在，故謂「天命未改」。

〔四〕「功成」句，左傳隱公六年：「周桓公言於王曰：『我周之東遷，晉鄭焉依。』」杜預注：「周桓公，周公黑肩也。周采地扶風雍縣東北有周城。幽王爲犬戎所殺，平王東徙，晉文侯、鄭武公左右王室，故曰晉鄭焉依。」孔穎達正義：「平王以西都偪戎，晉文侯、鄭武公來輔，平王東遷洛邑。」此以晉文侯、鄭武公輔周平王東遷，喻宇文彪佐孝武帝西奔長安之功。

〔五〕「爲而」句，老子：「生而不有，爲而不恃，長而不宰，是謂玄德。」河上公注：「道生萬物，無所取有；道所施爲，不恃望其報也。道長養萬物，不宰割以爲器用。」又王弼注：「不塞其原，則物自生，何功之有？不禁其性，則物自濟，何爲之恃？物自長足，不吾宰成，有德無主，非玄而何？」王注義勝。

亞夫真將〔一〕，去病元勳〔二〕。持兵對揖，絶漢行軍〔三〕。尚書武庫，抑有前聞〔四〕。侍中重席，曾何足云〔五〕。其十

【箋注】

〔一〕「亞夫」句，亞夫，即周亞夫。真將，謂「真可任將」。漢書周勃傳附周亞夫傳：「周勃，沛人也，其先卷人。」封絳侯，爲丞相。「弟亞夫，復爲侯。」文帝拜亞夫爲中尉，且崩時，戒太子曰：「即有緩急，周亞夫真可任將兵。」文帝崩，亞夫爲車騎將軍。孝景帝三年（前一五四），吴楚反，亞夫以中尉爲太尉，東擊吴楚。」

〔二〕「去病」句，漢書霍去病傳：「霍去病，大將軍（衛）青姊少兒子也。」以皇后姊子，年十八，爲侍中。善騎射。爲票姚校尉，從大將軍衛青，以斬首捕虜再冠軍，封冠軍侯。爲票騎將軍，數征匈奴，戰功卓著。元狩六年（前一一七）薨，爲冢象祁連山，謚曰景桓侯。

〔三〕「持兵」二句，對揖，平揖，不分高低。以上四句，謂周亞夫、霍去病皆傑出將領，若論統兵沙漠作戰，二人才能相當。

〔四〕「尚書」二句，漢書百官公卿表上：「少府，秦官，掌山海池澤之税，以給共養，有六丞」，屬官以尚書爲首，其下有「若盧」，如淳注：「官名也，藏兵器。」則「尚書武庫」，指少府尚書所管武庫也。前聞，漢書周勃傳：亞夫東擊吴楚，「既發，至霸上，趙涉遮説亞夫曰：『……兵事上神密，

將軍何不從此右去，走藍田，出武關，抵雒陽，間不過差一二日，直入武庫擊鳴鼓，諸侯聞之，以爲將軍從天而下也。』太尉如其計」。兩句謂周亞夫「從天而下」之故事，曾聞名於前。

〔五〕「侍中」二句，宇文彪於西魏文帝大統十六年（五五〇）遷侍中，見上文。重席，多層坐席。禮記禮器：「天子之席五重，諸侯之席三重，大夫再重。」席層越多越尊貴，故後世遂不遵古制。藝文類聚卷四六殷氏世傳：「諸儒講論，勝者賜席，（殷）亮重席至八九。」兩句謂宇文彪擁兵護衛魏孝武帝之義舉，則遠勝於周、霍，二人之事不足道。

當途遜位〔一〕，有周經野〔二〕。二國唐虞〔三〕，兩朝裴賈〔四〕。出守馮翊，人無訟者〔五〕。受封於齊〔六〕，實匡天下。其十一

【箋　注】

〔一〕「當途」句，當途，指西魏恭帝拓跋廓。西魏文帝元寶炬死後，太子元欽即位，是爲廢帝。廢帝三年（五五四），宇文泰廢之，立恭帝拓跋廓。遜位，指恭帝三年（五五六）十二月遜位於宇文泰第三子宇文覺，宇文覺於是建立周（史稱北周），已見前注。

〔二〕「有周」句，有周，指北周。經野，周禮天官冢宰：「惟王建國，……體國經野。」鄭玄注：「體猶分也。經，謂爲之里數。鄭司農云：營國方九里，國中九經九緯，左祖右社，面朝後市。野則

九夫爲井、四井爲邑之屬是也。」此謂統治國家。

〔三〕「二國」句，二國，指西魏、北周；唐虞，即堯舜。謂二國禪讓，有如堯舜。尚書舜典：「曰若稽古，帝舜曰重華，協於帝。」僞孔傳：「華謂文德。言其光文重合於堯，俱聖明。」此乃溢美之詞。

〔四〕「兩朝」句，亦指西魏和北周。裴，即本文前所謂「魏、晉之順大名，裴、王建功於二代」之「裴」，亦即裴徽、裴楷等裴氏家族；賈，即前所謂「在魏則賈詡、荀攸」之「賈」，即賈詡，并參前注。此喻宇文彪，謂其有功於兩朝，有如裴、賈之於魏、晉。

〔五〕「出守」二句，指宇文彪於廢帝三年（五五四）出爲華州刺史事，見本文前注。無訟者，後漢書陳寔傳：「除太丘長，修德清静，百姓以安，……亦竟無訟者。」

〔六〕「受封」句，指北周武成三年（五六一）進封宇文彪爲青州齊郡公事，見本文前注。

晨占赤鳥〔一〕，夜辨黄熊〔二〕。曾參易簀，期於令終〔三〕。子囊城郢，殁有遺忠〔四〕。明君輟朝，群臣會同〔五〕。其十二

【箋注】

〔一〕「晨占」句，左傳哀公六年：「是歲也，有雲如衆赤鳥，夾日以飛，三日。楚子使問諸周大史，周大史曰：『其當王身乎？若禜之，可移於令尹、司馬。』王曰：『除腹心之疾，而寘諸股肱，何

益？不穀不有大過，天其夭諸，有罪受罰，又焉移之？』遂弗禜。……孔子曰：『楚昭王知大道矣，其不失國也宜哉！』」此謂宇文虒患疾。烏，原作「烏」。英華作「烏」，校：「集作烏。」據上引左傳，作「烏」是，據英華所校集本改。

〔二〕「夜辨」句，左傳昭公七年：「鄭子産聘於晉。晉侯疾，韓宣子逆客，私焉，曰：『寡君寢疾，於今三月矣，并走群望，有加而無瘳。今夢黄熊入於寢門，其何厲鬼也？』對曰：『以君之明，子爲大政，其何厲之有？昔堯殛鯀於羽山，其神化爲黄熊，入於羽淵，實爲夏郊，三代祀之。晉爲盟主，其或者未之祀乎？』韓子祀夏郊，晉侯乃間，賜子産莒之二方鼎。」此謂宇文虒患疾後嘗祭祀鬼神，以求痊癒。

〔三〕「曾參」二句，禮記檀弓上：「曾子寢疾，病，樂正子春坐於牀下，曾元、曾申坐於足，童子隅坐而執燭。童子曰：『華而睆，大夫之簀與。』子春曰：『止。』曾子聞之，瞿然曰：『呼。』曰：『華而睆，大夫之簀與。』曾子曰：『然，斯季孫之賜也，我未之能易也。元起易簀。』曾元曰：『夫子之病革矣，不可以變。幸而至於旦，請敬易之。』曾子曰：『爾之愛我也不如彼。君子之愛人也以德，細人之愛人也以姑息。吾何求哉，吾得正而斃焉，斯已矣。』舉扶而易之，反席未安而没。」鄭玄注：「華，畫也。簀，謂牀笫也。説者以睆爲刮節目，字或爲刮。」按：易簀，謂換去權臣季孫所賜之牀，以示「期於令終」。令終，善終也。後以「易簀」代指死。

〔四〕「子囊」二句，左傳襄公十四年：「楚子囊還自伐吴，卒。將死，遺言謂子庚：『必城郢。』君子謂子囊忠：君薨不忘增其名，將死不忘衛社稷，可不謂忠乎？忠，民之望也。詩曰：『行歸于周，萬民所望。』忠也。」杜預注「城郢」事曰：「楚徙都郢，未有城郭，公子燮、公子儀因築城爲亂，事未得訖。子囊欲訖而未暇，故遺言見意。」按：左傳成公十五年杜預注：「子囊，（楚）莊王子公子貞。」

〔五〕「明君」二句，明君，指北周武帝宇文邕。輟朝，停止上朝，以示哀悼。此即前文所謂墓主死後「天子罷朝，群臣赴弔」。君，英華校：「集作主。」亦通。朝，英華作「祭」；群，同書作「郡」，皆誤。

黃屋左纛，輕車介士〔一〕。朝發桐鄉〔二〕，暮歸蒿里〔三〕。積善餘慶，由來尚矣。公侯子孫，必復其始〔四〕。其十三

【箋注】

〔一〕「黃屋」二句，漢書霍光傳：光薨，「載光尸柩以輼輬車，黃屋左纛，發材官輕車、北軍五校士軍陳至茂陵，以送其葬」。按同書高帝紀上：「紀信乃乘王車，黃屋左纛。」注引李斐曰：「天子車，以黃繒爲蓋裏，纛，毛羽幢也，在乘輿車衡左方上注之。」又按後漢書輿服志上曰：「飾黃屋左纛，所以副其德、章其功也。」

〔二〕「朝發」句，漢書朱邑傳：「朱邑，字仲卿，廬江舒人也。」舉賢良，爲大司農丞。遷北海太守，以治行第一入爲大司農。爲人淳厚，篤於故舊，然性公正，不可交以私，天子器之，朝廷敬焉。「邑病且死，屬其子曰：『我故爲桐鄉吏，其民愛我，必葬我桐鄉。後世子孫奉嘗我，不如桐鄉民。』及死，其子葬之桐鄉西郭外，民果然共爲邑起冢立祠，歲時祠祭，至今不絕。」此代指宇文彪葬地少陵原。

〔三〕「暮歸」句，漢書武五子傳：「蒿里召兮郭門閲。」顏師古注：「蒿里，死人里。」指墓地。

〔四〕「公侯」二句，左傳閔公元年：「公侯之子孫，必復其始。」孔穎達正義：「公侯之子孫，必當復其初始，言此人子孫又將爲公侯也。」侯，英華校：「集作之。」此乃泛論，作「侯」義勝。

大周明威將軍梁公神道碑〔一〕

蓋聞君爲元首，臣作股肱〔二〕。或論道三槐〔三〕，或折衝千里〔四〕。至有道存俎豆〔五〕，藝總干戈〔六〕，高視翰墨之英〔七〕，猶布爪牙之旅〔八〕。究青編於學府，業有多聞〔九〕；受黄石於兵符，算無遺策〔一〇〕。故得九功咸叙〔一一〕，七德攸彰〔一二〕。文武不墜，公實兼美。

【箋注】

〔一〕梁公，梁待賓，兩唐書無傳。碑稱墓主嗣子梁去疑遷葬於武周長壽二年（六九三）二月，本文當作於此前後。大周，原作「後周」，據全唐文卷一九五改。英華卷九〇六於題下注：「集無。」此可有兩種解讀：一是原編本盈川集無此文，乃英華編者由他處補入；二是宋初所傳盈川集有闕佚，非唐代原編之舊，故闕此文。孰是，已不可詳。

〔二〕「蓋聞」二句，尚書益稷：「帝曰：臣作朕股肱耳目。」又曰：「帝庸作歌曰：『敕天之命，惟時惟幾。』乃歌曰：『股肱喜哉，元首起哉，百工熙哉！』」僞孔傳：「元首，君也。」按：股，大腿；肱，胳膊，喻輔佐大臣與君同體。

〔三〕「或論道」句，周禮冬官考工記：「坐而論道，謂之王公。」鄭玄注：「天子、諸侯。」同書秋官朝士：「掌建邦外朝之法。左九棘，孤卿大夫位焉，群士在其後；右九棘，公侯伯子男位焉，群吏在其後。面三槐，三公位焉。」鄭玄注：「槐之言懷也。懷來人於此，欲與之謀。」三公，尚書周官：「太師、太傅、太保，兹惟三公，論道經邦，爕理陰陽。」

〔四〕「或折衝」句，晏子春秋卷五内篇雜上：「仲尼聞曰：夫不出於尊俎之間，而知千里之外，其晏子之謂也，可謂折衝矣。」漢書李尋傳：「夫本彊則精神折衝，本弱則招殃致凶，爲邪謀所陵。」顔師古注：「折衝，言有欲衝突爲害者，則能折挫之。」

〔五〕「至有」句，論語衛靈公：「孔子對曰：俎豆之事，則嘗聞之矣。」何晏集解引孔（安國）曰：「俎豆，禮器。」此代指禮，泛指文。

〔六〕「藝總」句，禮記文王世子：「春夏學干戈。」鄭玄注：「干，盾也；戈，句孑戟也。干戈萬舞，象武也。」

〔七〕「高視」句，翰墨，筆墨，張衡歸田賦：「揮翰墨以奮藻。」代指文章。翰墨之英，猶言著名作家。

〔八〕「猶布」句，詩經小雅祈父：「予王之爪牙。」鄭玄箋「爪牙」爲「勇力之士」。漢書陳湯傳：「戰克之將，國之爪牙，不可不重也。」猶，全唐文作「獨」。

〔九〕「究青編」二句，青編，竹簡書，泛指書籍。文選任昉爲范始興作求立太宰碑表：「藏諸名山，則陵谷遷貿；府之延閣，則青編落簡。」青編，李善注：「尚書有青絲編目。」論語述而：「多聞，擇其善者而從之。」兩句謂讀書勤苦，學問廣博。

〔一〇〕「受黄石」二句，史記留侯世家：「……（張）良夜未半往。有頃，父（按：指黄石公）亦來，喜曰：『當如是。』出一編書，曰：『讀此，則爲王者師矣。後十年興，十三年孺子見我濟北，穀城山下，黄石即我矣。』遂去，無他言，不復見。旦日視其書，乃太公兵法也。」遺策，史記主父偃傳：「明主不惡切諫以博觀，忠臣不敢避重誅以直諫，是故事無遺策，而功流萬世。」又文選曹植王仲宣誄：「算無遺策，畫無失理。」李善注引孟子曰：「計及下者無遺策。」張翰注：「言計策必中也。」兩句指精通兵法、足智多謀之人。

〔一一〕「故得」句，尚書大禹謨：「水、火、金、木、土、穀惟修，正德、利用、厚生惟和，九功惟叙，九叙惟歌。」僞孔傳謂「九功」即上所謂六府三事：水、火、金、木、土、穀爲「六府」；正德、利用、厚生爲「三事」。咸叙，謂皆有次叙，而無敗壞。

〔三〕「七德」句，左傳宣公十二年：楚子曰：「夫文，止戈爲武。武王克商，……又作武，其卒章曰：『耆定爾功。』其三曰：『鋪時繹思，我徂維求定。』其六曰：『綏萬邦，屢豐年。』夫武，禁暴、戢兵、保大、定功、安民、和衆、豐財者也。」杜預注：「此武七德。」彰，顯也。按：以上由文、武兩途對應分述，謂梁待賓乃文武全才，可爲人君股肱大臣。

公諱待賓，安定臨涇人也〔一〕。竦以英才遠邁，知州縣之徒勞〔二〕；鴻以抗節遐征，覽帝京而有作〔三〕。由是五噫標興，播金石而騰徽〔四〕；七貴承榮，綰銀黄而疊茂〔五〕。貞規盛烈，映史凝圖；粗紀詠歌〔六〕，無俟詳確。

【箋注】

〔一〕「安定」句，元和郡縣志卷三涇州：「（秦）始皇分三十六郡，屬北地郡。漢分北地郡置安定郡，即此是也。……後魏太武帝神䴥三年（四三〇），於此置涇州，因水爲名。隋大業三年（六〇七），改爲安定郡。……武德元年（六一八），……改安定郡爲涇州。」管縣五，臨涇乃其一。按：涇州古城遺址，在今甘肅平涼市涇川縣城北。

〔二〕「竦以」二句，後漢書梁統傳附梁竦傳：梁竦，字叔敬，安定烏氏人。少習孟氏易。坐兄松事，徙九真。「顯宗後詔聽還本郡。竦閉門自養，以經籍爲娱，著書數篇。……竦生長京師，不樂本土，自負其才，鬱鬱不得意。嘗登高遠望歎息，言曰：『大丈夫居世，生當封侯，死當廟食，如其不然，閒居可以養志，詩書足以自娱，州郡之職，徒勞人耳。』後辟命交至，并無所就。」

〔三〕「鴻以」二句，後漢書梁鴻傳：「梁鴻，字伯鸞，扶風平陵人也。受業太學，家貧而尚節介，博覽無不通，而不爲章句學。娶醜女孟光爲妻，『共入霸陵山中，以耕織爲業，詠詩書、彈琴以自娱』。有作，指作五噫之歌。同上又曰「（梁鴻）因東出關，過京師，作五噫之歌，曰：『陟彼北芒兮，噫！顧覽帝京兮，噫！宫室崔嵬兮，噫！人之劬勞兮，噫！遼遼未央兮，噫！』肅宗聞而非之，求鴻不得，乃易姓運期，名燿，字侯光，與妻子居齊魯之間。有頃又去，適吴。將行，作詩曰：『逝舊邦兮遐征，將遥集兮東南。……』」征，原作「徑」，英華同，形訛，據四子集、全唐文、四庫全書本及上引改。抗，英華作「杭」，亦形訛。

〔四〕「由是」二句，梁鴻作五噫之歌，見上注。金石，泛指樂器。播金石，謂已入樂，爲人所歌。徽，尚書舜典：「慎徽五典。」僞孔傳：「徽，美也。」

〔五〕「七貴」二句，後漢書梁統傳附梁竦傳：「（竦）有三男三女，肅宗納其二女，皆爲貴人。小貴人生和帝，竇皇后養以爲子，而竦家私相慶。後諸竇聞之，恐梁氏得志，終爲己害，建初八年（八三），遂譖殺二貴人，而陷竦等以惡逆。詔使漢陽太守鄭據傳考竦罪，死獄中，家屬復徙九真。」和帝即位，爲梁氏平反，死者皆追封，「徵還竦妻子，封子棠爲樂平侯，棠弟雍乘氏侯，雍弟翟單父侯」，「諸梁内外以親疏，并補郎、謁者」。七貴，指梁竦子梁雍「一門前後七封侯」（同上梁冀傳），故曰「承榮」。七封侯，資治通鑑卷五四述此事，胡三省注曰：「冀祖雍封乘氏侯，冀封襄邑侯，及嗣乘氏侯，又封其子胤襄邑侯，弟不疑潁陽侯，蒙西平侯，不疑子馬潁陰侯，胤子桃城父侯，是七封侯也。」銀黄，文選劉孝標廣絶交論：「早綰銀黄，夙昭民譽。」李周翰注：「綰，貫也。銀黄，謂銀印黄綬也。」疊茂，長盛不衰。

〔六〕「粗紀」句，粗，原作「映」，據英華、全唐文改。粗紀，謂對梁氏祖先，僅略舉此二例而已。

高祖禦，後魏駙馬都尉、侍中、少保、金紫光禄大夫、揚州總管，贈太尉，謚昭公，食邑二千户〔一〕。銀牓增輝〔二〕，玉壺流渥〔三〕。位隆三少〔四〕，化浹五胥〔五〕。既而幽壠埋魂，終降槐庭之贈〔六〕；高門納駟，式居茅土之封〔七〕。曾祖睿，宇文周駙馬都尉、鄜秦二州總管、光禄大夫、兵部尚書，隋益州總管，蔣國公，贈司空，食邑三千户〔八〕。白水時清，乳虎之謡行息〔九〕；禄符垂異，扣馬之諫必申〔一〇〕。加以主西序之群英，名高八座〔一一〕；遵文翁之遺訓，學富三巴〔一二〕。茂先榮級，忽光泉壤〔一三〕；漢祖寵章，永有帶礪〔一四〕。祖海，隋沙州刺史、上柱國公〔一五〕。踐仲寧之餘躅，奸邪斂手〔一六〕；簽孝仁之遠蹤，群胡革面〔一七〕。連州跨郡，邁陶氏之隆基〔一八〕；開國承家，掩張門之累葉〔一九〕。父贊，隋左千牛備身，驪山府上騎、柱國，唐朝豐王府諮議，雲州司馬、冀州長史，蔣國公〔二〇〕。襲良弓於簪笏，榮侍紫宫〔二一〕；翼雕戟於巖廊，肅趨丹地〔二二〕。西園坐讌，侶明月而飛文〔二三〕；北土行康，望浮雲而展足〔二四〕。

【箋注】

〔一〕「高祖禦」至「一千户」，周書梁禦傳：「梁禦，字善通，其先安定人也，後因官北邊，遂家於武川，改姓爲紇豆陵氏。……少好學，進趨詳雅，及長，更好弓馬。尒朱天光西討，知禦有志略，引爲左右，授宣威將軍、都將。共平關右，除鎮西將軍、東益州刺史。……轉征西將軍、金紫光禄大夫。……（西魏文帝）大統元年（五三五），轉右衛將軍，進爵信都縣公，邑一千户。尋授尚書右僕射。從太祖（宇文泰）復弘農，破沙苑，加侍中、開府儀同三司。進爵廣平郡公，增邑一千五百户。出爲東雍州刺史。爲政舉大綱而已，民庶稱焉。四年（五三八），薨於州。……贈太尉、尚書令、雍州刺史，謚曰武昭。」東雍州，碑謂揚州，未詳孰是。總管，通典卷三二：「後周改（後魏）都督諸軍事爲總管，則總管爲都督之任矣。」

〔二〕「銀牓」句，神異經中荒經：「東方有宮，青石爲牆，高三仞，左右闕高百丈，畫以五色，門有銀牓，以青石碧鏤，題曰『天帝長男之宮』。」梁禦在後魏時尚主爲駙馬都尉，故云。

〔三〕「玉壺」句，太平御覽卷七六一壺引搜神記曰：「吴王夫差女悦童子韓重，結氣死。形見重，將入冢，取崑崙玉壺與之。」渥，恩情深厚。此言梁禦與公主夫婦情深。

〔四〕「位隆」句，漢書賈誼傳載陳政事疏：「於是爲置三少，皆上大夫也，曰少保、少傅、少師，是與太子宴者也。」顔師古注：「宴，謂安居。」梁禦嘗官少保，故云。

〔五〕「化浹」句，化浹，指讓後魏皇帝之教化遍及。五胥，五個華胥氏國。列子卷二黄帝：「黄帝……閒居大庭之館，齋心服形，三月不親政事。晝寢而夢，遊於華胥氏之國。……其國無師長，自然而已；其民無嗜慾，自然而已。不知樂生，不知惡死，故無夭殤。不知親己，不知疏物，故無愛憎。不知背逆，不知向順，故無利害。都無所愛惜，都無所畏忌。……（黄帝）又二十有八年，天下大治，幾若華胥氏之國。」

〔六〕「既而」二句，埋魂，謂死。庾信思舊銘：「烈士埋魂，即是將軍之墓。」槐庭之贈，謂贈太尉。古以太尉、司徒、司空爲三公，面三槐論道，見本文前注。

〔七〕「高門」二句，漢書于定國傳：「始，定國父于公，其閭門壞，父老方共治之。于公謂曰：『少高大門閭，令容駟馬高蓋車。我治獄多陰德，未嘗有所冤，子孫必有興者。』」同書龔勝傳：「朝廷虚心，待君以茅土之封。」茅土，尚書禹貢僞孔傳：「王者封，五色土爲社。建諸侯則各割其方色土與之，使立社，燾以黄土，苴以白茅。茅取其潔，黄取王者覆四方。」梁禦爵爲廣平郡公，故云。

〔八〕「曾祖」至「三千户」，梁睿，按周書梁禦傳：梁禦薨，「子睿襲爵。（北周武帝）天和中，拜開府儀同三司。以預佐命有功，進蔣國公。（北周静帝）大象末，除益州總管，加授柱國。睿將之任，而王謙舉兵，拒不授代。仍詔睿爲行軍元帥討謙，破之，進位上柱國」。又隋書梁睿傳：

「梁睿，字恃德，安定烏氏人也。父禦，西魏太尉。……魏恭帝時，加開府，改封爲五龍郡公，拜渭州刺史。（北）周閔帝受禪，徵爲御伯。未幾，出爲中州刺史，鎮新安以備（北）齊。齊人來寇，睿輒挫之，帝甚嘉歎，拜大將軍，進爵蔣國公。入爲司會。」隋高祖總百揆，睿代王謙爲益州總管。王謙作亂，高祖命睿爲行軍元帥，討平之，進位上柱國，總管如故。徵還京師，卒，謚曰襄。大業六年（六一〇），改謚戴公。「宇文周駙馬都尉」，「宇文周」指宇文氏取代西魏所建之周，史稱北周或後周。駙馬都尉，當指梁睿尚北周閔帝宇文覺之女。覺爲宇文泰第三子，於公元五五七年代西魏稱帝，事詳周書孝閔帝紀。益州總管，隋書地理志上蜀郡原注：「蜀郡，舊置益州，開皇初廢。後周置總管府。開皇三年（五八三）置西南道行臺省。三年，復置總管府。大業元年（六〇五）府廢。」

〔九〕「白水」二句，白水，黄河初發源之水色，代指黄河。爾雅釋水：「河出崑崙虚，色白。所渠并千七百一川，色黄。」郭璞注：「山海經曰：河出崑崙西北隅。虚，山下基也。潛流地中，汩漱沙壤，所受渠多，衆水溷淆，宜其濁黄。」後漢書張衡傳載思玄賦：「覿白水以爲漿。」李賢注引河圖曰：「崑山出五色流水，其白水東南流入中國，名爲河也。」時清，太平御覽卷六一河引拾遺記曰：「黄河千年一清，聖人之大瑞也。」此謂時政清明。乳虎之謡，史記酷吏列傳義縱傳：「寧成家居，上欲以爲郡守。御史大夫（公孫）弘曰：『臣居山東爲小吏時，寧成爲濟南都尉，其治如狼牧羊，成不可使治民。』上乃拜成爲關都尉。歲餘，關東吏隷郡國出入關者，號曰：『寧見乳虎，無值寧成之怒。』」此謂民無酷吏之害。虎，原作「武」，避唐諱，四庫全書本已改，是，兹據改。

〔一〇〕「禄符」二句，禄符，司禄之符。史記天官書：「斗魁戴匡六星，曰文昌宫。一曰上將，二曰次將，三曰貴相，四曰司命，五曰司中，六曰司禄。在斗魁中，貴人之牢。魁下六星，兩兩相比者，名曰三能。三能色齊，君臣和，不齊爲乖戾。」索隱引孟康曰：「六符，六星之符驗也。」此以六星中主司禄之星爲禄符。垂異，言三能（台）色不齊，爲乖戾。扣馬之諫，此指重視農耕之請。史記趙世家：「十六年，（趙）肅侯游大陵，出於鹿門，大戊午扣馬曰：『耕事方急，一日不作，百日不食。』肅侯下車謝。」兩句謂梁睿時艱則關心國計民生。禄符垂異，英華作「光禄武垂異」，「光」字衍，「武」字誤。

〔一一〕「加以」二句，序，原作「子」，據四子集、全唐文改。西序，指尚書省都堂之西。通典卷二二尚書省：「神龍初復爲尚書省，都堂居中，左右分司。都堂之東，有吏部、户部、禮部三行，每行四司，左司統之；都堂之西，有兵部、刑部、工部三行，每行四司，右司統之。」主西序，指梁睿嘗爲兵部尚書。八座，同上歷代尚書附八座：「後漢以六曹尚書（按：三公曹尚書二人，吏曹、二千石曹、民曹、客曹尚書各一人）并令、僕二人，謂之八座。魏以五曹（按：吏部、左民、客曹、五兵、度支）尚書、二僕射、一令爲八座，宋、齊八座與魏同。隋以六尚書（按：吏、禮、兵、刑、户、工六部尚書）、左右僕射及令爲八座，大唐與隋同。」

〔一二〕「遵文翁」二句，漢書循吏傳：「文翁，廬江舒人也。……景帝末，爲蜀郡守，仁愛好教化。見蜀地辟陋有蠻夷風，文翁欲誘進之，乃選郡縣小吏開敏有材者張叔等十餘人親自飭厲，遣詣京師，受業博士，或學律令。……又修起學官於成都市中，招下縣子弟以爲學官弟子。……繇是大化，蜀地學於京師者比齊魯焉。」三巴，華陽國志卷一巴志：「獻帝初平元年（一九〇），征東中郎將安漢趙穎建議分巴爲二郡，穎欲得巴舊名，故白益州牧劉璋以墊江以上爲巴郡，江南龐羲爲太守，治安漢。以江州至臨江爲永寧郡，朐忍至魚復爲固陵郡，巴遂分矣。建安六年（二〇一），魚復蹇胤白璋爭巴名，璋乃改永寧爲巴郡，以固陵爲巴東，徙羲爲巴西太守，是爲三巴。」兩句言梁睿爲益州總管時興學重教。

〔三〕「茂先」二句，晉書張華傳：張華，字茂先，以功拜右光禄大夫、開府儀同三司、侍中、中書監。趙王倫廢賈后，收華，「遂害之於前殿馬道南，夷三族，朝野莫不悲痛之」。「太安二年（三〇三），詔曰：『……華之見害，俱以姦逆圖亂，濫被枉賊，其復華侍中、中書監、司空、公、廣武侯及所没財物與印綬符策，遣使弔祭之。』」榮級，高官厚禄。南齊書劉瓛傳：「托迹於客游之末，而固辭榮級。」泉壤，黄泉之地，指墳墓。潘岳寡婦賦：「下臨兮泉壤。」按：疑梁睿因故遇害，故此比作張華。事不可考。

〔四〕「漢祖」二句，史記高祖功臣侯者年表：「封爵之誓曰：『使河如帶，泰山如厲。國以永寧，爰及苗裔。』」集解引應劭曰：「封爵之誓，國家欲使功臣傳祚無窮。帶，衣帶也；厲，砥石也。河當何時如衣帶，山當何時如厲石，言如帶厲，國乃絶耳。」礪、厲同。兩句謂梁睿終獲平反。

〔一五〕「祖海」三句，隋書梁睿傳：「卒年六十五，謚曰襄，子洋嗣。」則梁海當爲梁睿諸子。元和郡縣志卷四〇沙州：「漢武帝元鼎六年（前一一一），分酒泉置敦煌郡，今州即其地也。前涼張駿於此置沙州，蓋因鳴沙山爲名。……（後）改爲敦煌郡。涼武昭王（李暠）初都於此，後又遷於酒泉。太武帝於郡置敦煌鎮。明帝罷鎮，改瓜州爲敦煌郡，尋又改爲義州，莊帝又改爲瓜州。隋大業三年（六〇七），又罷州爲敦煌郡。隋末喪亂，陷於寇賊。武德二年（六一九），西土平定，置瓜州。五年，改爲沙州。」則隋無沙州之名，沙州乃舊名，亦爲唐代地名。地在今甘肅敦煌市。上柱國公，據隋書百官志，上柱國爲從一品。公，高步瀛唐宋文舉要乙編卷一注此文，以爲「公字上疑脱蔣國二字」。其説疑是，文獻無「上柱國公」之語。然因梁海非梁睿嗣子，是否襲爵，别無旁證，故不貿然補入，姑録以備考。

〔一六〕「踐仲寧」二句，踐，行也。仲寧，即梁統。後漢書梁統傳：「梁統，字仲寧，安定烏氏人，晉大夫梁益耳，即其先也。統高祖父子都，自河東遷居北地。子都子橋，以貲十萬徙茂陵。至哀平之末，歸安定。統性剛毅，而好法律，初仕州郡。更始二年（二四），召補中郎將，使安集涼州，拜酒泉太守。……建武十二年（三六），統與（竇）融等俱詣京師，以列侯奉朝請，更封高山侯，拜太中大夫，除四子爲郎。統在朝廷，數陳便宜，以爲法令既輕，下奸不勝，宜重刑罰，以遵舊典。」餘躅，原有做法。歛手，收手，謂不敢行奸邪之事。

〔一七〕「簽孝仁」二句，簽，英華注：「疑。」按：據文意，該字當與上句「踐」義近，作「簽」可疑，然别無校本，姑仍之。孝仁，即倉慈。三國志魏書倉慈傳：「倉慈，字孝仁，淮南人也。始爲郡吏。……太和中，遷燉煌太守。郡在西陲，以喪亂隔絶，曠無太守二十歲，大姓雄張，遂以爲俗。前太守尹奉等，循故而已，無所匡革。慈到，抑挫權右，撫恤貧羸，甚得其理。……又常日西域雜胡欲來貢獻，而諸豪族多逆斷絶，既與貿遷，欺詐侮易，多不得分明，胡常怨望，慈皆勞之。欲詣洛者，爲封過所，欲從郡還者，官爲平取，輒以府見物與共交市，使吏民護送道路，由是民夷翕然稱其德惠。」周易革卦上六：「小人革面。」王弼注：「小人樂成，則變面以順上也。」

〔一八〕「連州」二句，連州跨郡，謂同時治理多個州郡。邁，超越。陶氏，指陶侃。晉書陶侃傳：侃雄毅有權，明悟善決斷。時人論其「機神明鑒似魏武，忠順勤勞似孔明」。仕終侍中、太尉、都督荆江雍梁交廣益寧八州諸軍事，荆、江二州刺史。

〔一九〕「開國」二句，掩，蓋過。張門，指張軌家族。晉書張軌傳：「張軌，字士彦，安定烏氏人。」家世孝廉，以儒學顯。少明敏好學，有器望。以時方多難，陰圖據河西，於是求爲涼州，公卿亦舉軌才堪御遠。永寧初，出爲護羌校尉、涼州刺史。拜侍中、太尉、涼州牧、西平公。在州十三年，寢疾，表立子寔爲世子。卒，謚武公。寔在位六年，卒，元帝賜謚曰元。子駿年幼，弟茂攝事。茂在位五年，卒，無子，駿嗣位。駿在位二十二年，卒，穆帝追謚曰忠成公。駿第二子重華，永和二年（三四六）自稱持節大都督、太尉、護羌校尉、涼州牧、西平公、假涼王。在位十一年，卒，穆帝賜謚曰敬烈。子耀靈嗣，稱大司馬、校尉、刺史、西平公。史臣贊曰：「茂、駿、重華，資忠踵武，崎嶇僻陋，無忘本朝。故能西控諸戎，東攘巨猾，綰累葉之珪組，賦絕域之琛賨，振曜遐荒，良由杖順之效矣。」

〔二〇〕「父贊」至「蔣國公」，梁贊事迹，別無可考。左千牛備身，武職名。隋書百官志下：左右領左右府，「領千牛備身十二人」。又左右内率府有「千牛備身八人，掌執千牛刀」。又「千牛備身左右」，正六品。通典卷二八武官上左右千牛衛：「千牛，刀名。後漢有千牛備身，掌執御刀，因以名職。」按：千牛，言其刀極鋒利，用莊子養生主庖丁「所解數千牛矣，而刀刃若新發於硎」事。驪山府，於史無載。唐宋文舉要乙編卷一注此文，謂「隋沿北周府兵之制，置十二衛。煬帝大業三年（六〇七），增改爲十六府。此云驪山府，蓋即十六府所統之府。……上騎，蓋其職也」。其説是。據隋書百官志，柱國爲正二品。唐朝，全唐文作「皇朝」。豐王府，考兩唐書，玄宗子珙嘗封豐王，之前諸王無此名。詳英華（此文今存乃明刻本），其字形似爲「曹」而微誤，去「豐」較遠。考舊唐書太宗紀下：貞觀二十一年（六四七）八月丁酉，「封皇子明爲曹王」。則「豐」字疑是「曹」之訛，存疑待考。諮議，即諮議參軍。唐六典卷二九親王府：「諮議參軍事一人，正五品上。」雲州，唐屬河東道，冀州屬河北道，分別詳元和郡縣志卷一四、卷一七。雲州即今山西大同，冀州即今河北冀縣。蔣國公，當是襲其祖梁睿封爵。

〔二一〕「襲良弓」二句，禮記學記：「良冶之子，必學爲裘；良弓之子，必學爲箕。」孔穎達正義：「箕，柳箕也。言善爲弓之家，使幹角撓屈調和成其弓，故其子弟亦覩其父兄世業，仍學取柳和軟撓之成算也。」簪，連接禮冠之髮具。笏，上朝所持記事板，皆代指仕宦。紫宮，即紫微宮。太平御覽卷六星中引天象列星圖曰：「北極五星，一名天極，一名北極。其第一星爲太子，第二星最明者爲帝，第三星爲庶子，餘二後宮屬也。并在紫微宮中央。」文選班固西都賦：「焕若列宿，紫宮是環。」李善注引春秋合誠圖曰：「紫宮，大帝室。」此代指皇宮，謂梁贊嘗在隋宮廷任左千牛備身事。

〔三二〕「翼雕戟」二句，雕戟，經雕飾之戟。賀凱奉和九月九日詩：「玉砌分雕戟。」巖廊，漢書董仲舒傳：「蓋聞虞舜之時，游於巖廊之上。」注引晉灼曰：「堂邊廡。巖廊，謂嚴峻之廊也。」丹地，丹漆之地。初學記卷一二職官部下侍中第一：「丹地，蔡質漢官曰：尚書奏事於明光殿，省中皆胡粉塗壁，其邊以丹漆地。」兩句謂尚望侍衛皇帝。

〔三三〕「西園」二句，曹植公讌詩：「公子敬愛客，終宴不知疲。清夜游西園，飛蓋相追隨。明月澄清景，列宿正參差。」文選班固東都賦：「揚光飛文。」吕延濟注：「飛揚光彩，成其文章。」兩句謂梁贊文才，可爲帝王友，當言其爲豐王府諮議事。

〔三四〕「北土」二句，左傳昭公四年：「冀之北土，馬之所産。」杜預注：「燕、代。」爾雅釋宫：「五達謂之康。」西京雜記卷二：「文帝自代還，有良馬九匹，皆天下之駿馬也。一名浮雲，……號爲九逸。」三國志蜀書龐統傳：「龐士元（統）非百里才也，使處治中、别駕之任，始當展其驥足耳。」兩句謂梁贊官職尚低，有如駿馬浮雲，猶未盡展其才。

公漸潤膏腴〔一〕，發靈川嶽〔二〕。七年可識，抱杞梓而呈才〔三〕；千里見知，負騏驥而騁駿〔四〕。靈臺遠鑒，與霜月而齊明〔五〕；智府弘深〔六〕，共煙波而等曠。踐仁義於區域，白璧已輕〔七〕；許然諾於樞機，黄金豈重〔八〕。因心孝友〔九〕，宜於自然；率志謙沖〔一〇〕，得乎天性。不脂韋而求達〔一一〕，不詭計而自媒。被玉軸之文章，三冬遽足〔一二〕；窮金壇之祕訣〔一三〕，百戰不孤。譽滿寰中，聲蓋天下，而學優將仕〔一四〕，允屬名家。欲昇「鴻漸」之姿〔一五〕，終佇「鶴鳴」之聞〔一六〕。以皇朝麟德二年補左親衛，從資例也〔一七〕。

【箋注】

〔一〕「公漸潤」句，漸潤，謂浸淫、熏染。膏腴，文選左思蜀都賦：「内函要害於膏腴。」劉淵林注：「膏腴，土地肥沃也。」此喻指梁待賓繼承家族之深厚仕宦傳統。

〔二〕「發靈」句，謂禀持山川靈秀。晉湛方生上貞女解：「抑可謂禀靈山嶽、自然天知者矣。」又梁王僧孺徐府君集序曰：「君禀靈川嶽，懸精辰象。」

〔三〕「七年」二句，史記司馬相如傳載子虛賦：「其北則有陰林巨樹，楩柟豫章。」集解引郭璞曰：「楩，杞也，似梓。柟，葉似桑。豫章，大木也，生七年乃可知也。」國語楚語上：「其大夫皆卿才也，若杞梓、皮革焉，楚實遺之。」韋昭注：「杞梓，良材也。」

〔四〕「千里」二句，吕氏春秋卷九知士：「今有千里之馬於此，非得良工，猶若弗取。良工之與馬也，相得則然後成。」騏驥，良馬名。莊子秋水：「騏驥、驊騮，一日而馳千里。」爾雅釋詁：「駿，速也。」

〔五〕「靈臺」二句，莊子庚桑楚：「不可內於靈臺。」郭象注：「靈臺者，心也，清暢，故憂患不能入。」鑒，照也。霜月，喻其明潔。

〔六〕「智府」句，淮南子俶真訓：「智者，心之府也。」

〔七〕「踐仁義」二句，踐仁義，謂行仁義之事。晉書熊遠傳：「世人削方爲圓，撓直爲曲，豈待顧道德之清塗，踐仁義之區域乎？」白璧輕，梁劉孝綽三日侍安成王曲水宴詩：「一言白璧輕，片善黄金賤。」言其極重仁義。

〔八〕「許然諾」二句，史記灌夫傳：「好任俠，已然諾。」索隱：「謂已許諾，必使副其前言也。」周易繫辭上：「言行，君子之樞機。」韓伯注：「樞機，制動之主。」此喻指心。史記季布傳：「楚人諺曰：得黄金百斤，不如得季布一諾。」

〔九〕「因心」句，詩經大雅皇矣：「因心則友，則友其兄。」毛傳：「因，親也。」孔穎達正義：「因親之心，則復有善兄弟之友行。言其有親親之心，復廣及宗族也。」

〔一〇〕「率志」二句，謙沖，謙虛。劉子誡盈：「聖人知盛滿之難持，每居德而謙沖。」又晉書外戚傳論：「守道謙沖者，永保貞吉。」天，英華作「而」，注：「疑作所。」全唐文作「所」。據文意，以作「天性」爲勝，且與上句「自然」對應。

〔一一〕「不脂韋」句，楚辭王逸卜居：「如脂如韋。」自注：「柔弱曲也。」洪興祖補注：「韋，柔皮也。」朱熹集注：「脂，肥澤，韋，柔軟也。」此喻指柔媚失志。

〔一二〕「被玉軸」二句，玉軸，指圖書。庾信哀江南賦：「乃使玉軸揚灰，龍文折柱。」清吴兆宜注引三國典略：「元帝焚古今圖書十四萬卷，以寶劍擊柱，折之，曰：『文武之道，今日盡矣。』」三冬，漢書東方朔傳：「朔初來，上書曰：『臣朔少失父母，長養兄嫂，年十二學書，三冬文史足用。』」注引如淳曰：「貧子冬日乃得學書，言文史之事足可用也。」

〔一三〕「窮金壇」句，金壇，指拜將之壇，言「金」，美之也。此代指軍事家。史記淮陰侯傳：「（蕭）何曰：『今拜大將，……擇良日，齋戒設壇場，具禮乃可耳。』」王勃九成宫頌并序：「天策神兵，下金壇而決勝。」秘訣，謂兵法。

〔一四〕「而學」句，論語子張：「子夏曰：……學而優則仕。」邢昺疏：「若學而德業優長者，則當仕進以行君臣之義也。」

〔一五〕「欲昇」句，周易漸卦：「上九，鴻漸於陸，其羽可用爲儀，吉。」王弼注：「進處高潔，不累於位，無物可以屈其心而亂其志，峨峨清遠，儀可貴也，故曰其羽可用爲儀，吉。」

〔一六〕「終佇」句，周易中孚：「九二，鳴鶴在陰，其子和之。我有好爵，吾與爾靡之。」王弼注：「立誠篤志，雖在暗昧，物亦應焉，故曰鳴鶴在陰，其子和之也。不私權利，唯德是與，誠之至也，故曰我有好爵，與物散之。」聞，原作「問」，據全唐文改。句謂欲仕有好爵，尚須遵循周易「鳴鶴」之義，立誠篤志，方能成功。

〔一七〕「以皇朝」二句，皇，原作「唐」，全唐文作「皇」，是，據改。作「唐」蓋宋人所改。麟德，唐高宗年號。麟德二年爲公元六六五年。左親衛，唐六典卷五尚書兵部：「凡左右衛親衛、勳衛、翊衛，及左右率府親勳翊衛，及諸衛之翊衛，通謂之三衛。擇其資蔭高者爲親衛（李林甫注：取三品已上子、二品已上孫爲之）；其次者爲勳衛，及率府之親衛（注：四品子、三品孫、二品已上之曾孫爲之）；又次者爲翊衛，及率府之勳衛（注：四品孫、職事五品子孫、三品曾孫；若勳官，三品有封者及國公之子爲之）；又次者爲諸衛及率府之翊衛（注：五品已上并柱國，若有封爵兼帶職事官爲之）。又次者爲王府執仗、執乘（注：散官五品已上子孫爲之）。凡三衛。皆限年二十歲已上。」則梁待賓所補，當爲左右衛之左親衛。從資例，即從上述資蔭之例。

屬金甲出戰，玉帳論兵，從命文昌，問罪遼碣〔一〕。公提戈赴海，投筆從燕〔二〕，智者有謀〔三〕，仁者必勇〔四〕。孤鋒直進，九種於是克清〔五〕；疋馬横行，三韓由其殄滅〔六〕。疇庸賞最〔七〕，我有力焉。俯洽恩波，泛承勳級，即授上柱國〔八〕。公深慚位薄，命舛數奇〔九〕，雖霑勒石之勳，未展披堅之效〔一〇〕。嗟乎！揚子雲之才藻，空疲執戟〔一一〕；馬相如之文詞，猶勞武騎〔一二〕。今古同貫，夫復何言！

【箋　注】

〔一〕「屬金甲」四句，金甲，金屬所製鎧甲，代指軍隊；玉帳，「帳」指軍隊統帥之中軍帳，玉，美之也。文昌，「昌」原作「皇」，據英華、四子集、全唐文改。史記天官書：「斗魁戴匡六星曰文昌宫：一曰上將，二曰次將。……」索隱引春秋元命苞曰：「上將建威武，次將正左右。」按：文昌宫代指朝廷，此則用「上將」、「次將」字面義，泛指將軍。遼碣，遼山、碣石山。漢書地理志下：「玄菟郡高句驪縣」，原注：「遼山，遼水所出，西南至遼隊，入大遼水。」同上右北平郡驪成縣，原注：「大揭石山在縣西南。」按：碣、揭同。驪成縣即今河北樂亭縣，其山後沉入海中。此代指高麗。舊唐書高宗紀下：乾封元年（六六六）冬十月己酉，「命司空、英國公（李）勣爲遼東道行軍大總管，以伐高麗」。總章元年（六六八）九月癸巳，「司空、英國公勣破高麗，拔平壤城，擒其王高藏及其大臣男建等以歸，境内盡降。其城一百七十，户六十九萬七千。以其地爲安東都護府，分置四十二州」。梁待賓於麟德二年（六六五）補左親衛，其從軍出征，當在李勣起兵伐高麗之初。

〔二〕「投筆」句，後漢書班超傳：「班超，字仲升，扶風平陵人。……永平五年（六二），兄固被召詣校書郎，超與母隨至洛陽。家貧，常爲官傭書以供養，久勞苦。嘗輟業投筆歎曰：『大丈夫無他志略，猶當效傅介子、張騫立功異域，以取封侯，安能久事筆研間乎？』」從燕，燕即遼東，古爲燕國地。

〔三〕「智者」句，詩經小雅小旻：「民雖靡膴，或哲或謀。」鄭玄箋：「民雖無法，其心性猶有知者，有謀者。」

〔四〕「仁者」句，論語憲問：「子曰：『……仁者必有勇。』」邢昺疏：「仁者必有勇者，見危授命，殺身以成仁，是必有勇也。」

〔五〕「九種」句，後漢書東夷傳：「夷有九種，曰畎夷、於夷、方夷、黄夷、白夷、赤夷、玄夷、風夷、陽夷。」此代指高麗。

〔六〕「疋馬」二句，横行，史記季布傳：樊噲曰：「臣願將十萬衆，横行匈奴中。」三韓，後漢書東夷傳：「韓有三種：一曰馬韓，二曰辰韓，三曰弁辰。馬韓在西，有五十四國，其北與樂浪、南與倭接。辰韓在東，十有二國，其北與濊貊接。弁韓在辰韓之南，亦十有二國，其南亦與倭接。凡七十八國。」清一統志卷四二一朝鮮：「古三韓地。今朝鮮之黄海道、忠清道，本古馬韓舊地；全羅道，本弁韓地；慶尚道，本辰韓地。」殄，滅絶。

〔七〕「疇庸」句，疇，同「酬」，報也；庸，功勞。最，謂首功。史記絳侯周勃世家：「攻槐里、好畤，最。」集解引如淳曰：「於將率之中，功爲最。」

〔八〕「俯洽」三句，謂以戰功承恩受勳。唐六典卷二尚書吏部：「司勳郎中、員外郎，掌邦國官人之勳級。凡勳十有二等，十二轉爲上柱國，比正二品。」注：「柱國，楚官也，項梁爲楚上柱國。……至西魏之末，始置柱國，用旌戎秩。……上柱國、柱國之秩以賞勤勞，始以齊王憲，蜀公尉遲迥爲上柱國是也。隋高祖受命，又採後周之制，置上柱國，爲從一品，柱國爲正二品。……皇朝改以勳轉多少爲差，以酬勳秩。」

〔九〕「命舛」句，命舛，不幸。舛，相背離。沈約傷王融：「途艱行易跌，命舛志難逢。」數奇，史記李將軍（廣）列傳：「大將軍（衛）青亦陰受上誡，以爲李廣老，數奇。」集解引如淳曰：「奇爲不偶也。」

〔一〇〕「雖霑」二句，後漢書竇憲傳：請兵北伐擊匈奴，乃拜憲車騎將軍，領精騎萬餘，與北單于戰於稽落山，大破之，遂「登燕然山，去塞三千餘里，刻石勒功，紀漢威德，令班固作銘」。披堅，身穿鎧甲，謂親上戰場。史記陳涉世家：「將軍（陳）勝身被堅執鋭，伐無道，誅暴秦。」披，被之假借字。兩句謂雖也隨衆受勳，然以未上戰場爲愧。

〔一一〕「揚子雲」二句，揚雄解嘲：「位不過侍郎，擢纔給事黄門。」文選曹植與楊德祖書：「昔揚子雲，先朝執戟之臣耳。」李善注：「漢書曰：揚雄奏羽獵賦，爲郎。然郎皆執戟而持也。東方朔答客難曰：『官不過侍郎，位不過執戟。』」

〔一二〕「馬相如」二句，馬相如，即司馬相如。史記司馬相如列傳：「（相如）以貲爲郎，事孝景帝，爲武騎常侍，非其好也。」以上四句，謂此次從軍雖有武職，實則如揚雄、司馬相如，僅爲侍衛而已。

既而從牒隨班〔一〕，牽絲祇務〔二〕，起家拜朝議郎〔三〕。永淳元年正月三十日〔四〕，授伊州伊吾縣丞〔五〕，非所好也。路指金河〔六〕，途連玉塞〔七〕。塵沙共起，烽火相驚〔八〕。秋草將腓〔九〕，胡笳動吹〔一〇〕；寒膠欲折〔一一〕，虜騎騰雲。公佐佑多方，掌司攸寄，服叛懷遠，擒奸擿伏〔一二〕。於是寇敵不敢窺邊，歌頌因兹溢境。曾未朞月〔一三〕，政令大行，特簡帝心，超居不次〔一四〕。永淳二年二月四日，制授昭節校尉〔一五〕，守右衛、蒲州府左果毅〔一六〕，仍令長上〔一七〕，兼上陽、洛城等門供奉〔一八〕。公洞曉戎章，妙詳兵律，軍國是賴，戎幕允歸。由是徼道長巡，嚴扃每奉〔一九〕。朝求夕警，不怠於風霜；善牧能防，更申於閑皁〔二〇〕。其年十月七日，奉敕命於大内祥麟廄檢校馬〔二一〕。公識高東野〔二二〕，職參西極〔二三〕。勵銜策而追風逐日〔二四〕，加剪拂則絶電奔星〔二五〕。駃騠將駙騄齊衡〔二六〕，驥騮共騊駼伏櫪〔二七〕。於是龍媒間出〔二八〕，麟駒挺生〔二九〕。伯樂多謝於精微〔三〇〕，日磾有慙於牧養〔三一〕。恩制褒奬，又加崇秩。文明元年二月二十日〔三二〕，遷游擊將軍〔三三〕，仍依舊長上。

【箋注】

〔一〕「既而」句，從牒隨班，謂服從委任，按部就班。牒，文書也。王僧孺授吏部郎表：「從班隨牒，自安疏陋。」

〔二〕「牽絲」句，牽絲，執引印綬，謂初仕。文選謝靈運初去郡：「牽絲及元興。」李善注：「牽絲，初仕。……應璩詩曰：『不悞牽朱絲，三署來相尋。』」

〔三〕「起家」句，唐六典卷二尚書吏部：「郎中一人，掌考天下文吏之班秩品命，凡叙階二十九。……正六品上，曰朝議郎。」注：「隋開皇六年（五八六），始置六品已下散官，并以郎爲正階，尉爲從階。正六品上爲朝議郎，下爲武騎尉。……皇朝以郎爲文職，尉爲武職，遂採開皇、大業之制，以爲六品已下散官。」

〔四〕「永淳」句，永淳，唐高宗年號，永淳元年爲公元六八二年。日，英華校：「一無此字。」

〔五〕「授伊州」句，元和郡縣志卷四〇伊州伊吾縣：「本後漢伊吾屯，貞觀四年（六三〇）置縣。下。」今縣屬新疆哈密地區。按唐六典卷三〇：諸州下縣「丞一人，正九品下」。

〔六〕「路指」句，路指，謂赴任必經之路。金河，元和郡縣志卷四勝州榆林縣：「金河泊，在縣東北二十里，周迴十里」。其地在今内蒙古鄂爾多斯境。

〔七〕「途連」句，玉塞，當指玉門關。元和郡縣志卷四〇沙州壽昌縣：「玉門故關，在縣西北百一十八里」。地在今甘肅玉門市。

〔八〕「烽火」句，史記周本紀：「幽王爲熢燧大鼓，有寇至則舉熢火，諸侯悉至。」正義：「日燃熢以望火煙，夜舉燧以望火光也。」烽、熢同。

〔九〕「秋草」句，文選謝靈運九日從宋公戲馬臺集送孔令詩：「季秋邊朔苦，旅雁違霜雪。淒淒陽卉腓，皎皎寒潭絜。」李善注：「韓詩曰：『秋日淒淒，百卉俱腓。』薛君曰：『腓，變也。俱變而黃也。』腓音肥，毛萇曰：『痱，病也。』」

〔一〇〕「胡笳」句，文選李陵答蘇武書：「胡笳互動，牧馬悲鳴。」李善注：「杜摯笳賦序曰：『笳者，李伯陽入西戎所作也。』傅玄笳賦序曰：『吹葉爲聲。』」李周翰注：「笳，笛之類，胡人吹之爲曲。」

〔一一〕「寒膠」句，漢書晁錯傳：「欲立威者，始於折膠。」注引蘇林曰：「秋氣至，膠可折，弓弩可用。匈奴常以爲候而出軍。」

〔一二〕「擒奸」句，漢書趙廣漢傳：「其發奸擿伏如神，皆此類也。」顔師古注：「擿，謂動發之也。」

〔一三〕「曾未」句，朞月，後漢書左雄傳：「責成於期月。」李賢注：「期，匝也，謂一歲。」

〔一四〕「超居」句，不次，漢書東方朔傳：「武帝初即位，徵天下舉方正賢良文學材力之士，待以不次之位。」顔師古注：「不拘常次，言超擢之。」

〔一五〕「制授」句，唐六典卷五尚書兵部：「郎中一人，掌考武官之勳禄品命，以二十有九階。……正六品上曰昭武校尉，下曰昭武副尉。從六品上曰振威校尉，下曰振威副尉。正七品上曰致果校尉，下曰致果副尉。從七品上曰翊麾校尉，下曰翊麾副尉。正八品上曰宣節校尉，下曰宣節副尉。……」注：「漢書百官表：校尉皆二千石，武帝置。隋朝改爲散官，皇朝因之。」然無「昭節校尉」其名。疑「節」爲「武」之誤，或「昭」爲「宣」之誤。

〔一六〕「守右衛」句，新唐書兵志：「太宗貞觀十年（六三六），更號統軍爲折衝都尉，别將爲果毅都尉，諸府總曰折衝府。凡天下十道，置府六百三十四，皆有名號，而關内二百六十有一，皆以隸諸衛。……其隸於衛也，左右衛皆領六十府，諸衛領五十至四十，其餘以隸東宫六率。」蒲州，新唐書地理志河東道：「河中府河東郡，赤，本蒲州上輔，義寧元年（六一七）治桑泉，武德三年（六二〇）徙治河東（引者按：今山西永濟）。」原注：「有府三十三（按：下有三十三府之名，此略）。」文稱「守右衛」（引者按：凡任官，階卑而擬高則曰守，見唐六典卷二），則蒲州三十三府，當隸右衛。左果毅，「左」原作「佐」。按唐六典卷二五諸衛府折衝都尉府：「左果毅都尉一人，右果毅都尉一人。」則「佐」當是「左」之訛，據文意徑改。

〔一七〕「仍令」句，長上，武官名。資治通鑑卷一一〇晉隆安二年（三九八）：「（後燕慕容）寶至乙連，長上段速骨、宋赤眉等因衆心之憚征役，遂作亂。」胡三省注：「凡衛兵皆更番迭上。長上者，不番代也。唐官制，懷化執戟長上、歸德執戟長上，皆武散階，九品。長上之官尚矣。」唐六典卷五尚書兵部：「凡天下之府五百九十有四（按上注引新唐書兵志謂『六百三十四』，蓋陸續有所增加），有上中下，并載於諸衛之職。凡應宿衛官，各從番第。諸衛將軍、中郎將、郎將及諸衛率、副率、千牛備身、備身，左右太子千牛并長上，折衝果毅，應宿衛者并一日上，兩日下。諸色長上，若司階、中候、司戈、執戟，并五日上，十日下。」

〔一八〕「兼上陽」句，唐六典卷七尚書工部：「東都城，……皇城在東城之内，百僚廨署如京城之制。……其西北出曰洛城西門，……西南曰洛城南門，其内曰洛城殿。」又曰：「上陽宮在皇城之西南。」供奉，唐六典卷五尚書兵部：「凡左右衛之三衛，分爲五仗，一曰親仗，二曰供奉仗，三曰勳仗，四曰翊仗，五曰散手仗。每月各配三十六人而上下焉。」則梁待賓所兼，乃上陽宮、洛城殿等門之供奉仗。

〔一九〕「由是」二句，徼道，巡邏之道。文選班固西都賦：「周廬千列，徼道綺錯。」李善注：「漢書曰：『中尉掌徼循京師。』如淳曰：『所謂游徼循禁，備盜賊也。』」巖扃，張衡周天大象賦：「天關巖扃於畢野。」扃，門也。

〔二〇〕「更申」句，周禮夏官校人：「掌王馬之政。……三乘爲皁，皁一趣馬。……天子十有二閑，馬六種。」鄭玄注：「鄭司農云：『四匹爲乘。』……玄謂二耦爲乘。」二耦亦四匹。則一皁三乘，有馬十二匹。鄭玄又注曰：「每廄爲一閑。」

〔二一〕「奉敕命」句，大内，宋程大昌雍録卷三唐宮總説：「唐都城中有三大内。太極宮者，隋大興宮也，固爲正宮矣。高宗建大明宮於太極宮之東北，正相次比，亦正宮也。……太極在西，故名西内；大明在東，故名東内。別有興慶宮者，亦在都城東南角，人主亦於此出政，故又號南内也。」祥麟廄，唐六典卷一一殿中省尚乘局：「尚乘奉御，掌内外閑廄之馬，……六閑，一曰飛黄，二曰吉良，三曰龍媒，四曰騊駼，五曰駃騠，六曰天苑。左右凡十有二閑，分爲二廄，一曰祥麟，二曰鳳苑，以繫飼馬。」注：「今仗内有飛龍、祥麟、鳳苑、鵷鑾、吉良、六群等六廄，奔星、内駒等兩閑；仗外有左飛、右飛、左方、右方等四閑，東南内、西北内等兩廄。」檢校，考核也。

〔二二〕「公識高」句，東野，即東野稷。莊子達生：「東野稷以御見莊公，進退中繩，左右旋中規，莊公以爲文弗過也，使之鈎百而反。顔闔遇之，入見曰：『稷之馬將敗。』公密而不應。少焉果敗而反，公曰：『子何以知之？』曰：『其馬力竭矣，而猶求焉，故曰敗。』」

〔二三〕「職參」句，漢書禮樂志郊祀歌天馬：「天馬徠，從西極。涉流沙，九夷服。」顔師古注：「言九夷皆服，故此馬遠來也。徠，古往來字也。」職參，謂職在從西極求馬。

〔二四〕「勵銜策」句，銜，馬勒口，俗稱馬嚼子。策，馬鞭。追風，古名馬名，言其速度極快。太平御覽卷八九七馬五引古今注曰：「秦始皇有七名馬，一曰追風，二曰白兔……」逐日，亦言其快。晉王嘉拾遺記卷三：「王（周穆王）馭八龍之駿，……四名超影，逐日而行。」

〔二五〕「加剪拂」句，文選劉孝標廣絶交論：「翦拂使其長鳴。」李善注引戰國策（按見楚策四）汗明説春申君曰：「『夫驥服鹽車上大行，中坂遷延，負轅不能上。伯樂遭之，下車攀而哭之，驥於是仰而鳴者，何也？彼見伯樂之知己。今僕居鄙俗之日久矣，君獨無湔拔僕也。』」湔拔、翦拂，音義同也。」剪拂，謂洗滌拂拭。剪、翦同。絶電奔星，謂極善奔跑，快如電馳星墜。上注引拾遺記謂周穆王馭八龍之駿，其四曰「奔電」。又西京雜記卷二謂「文帝自代還，有良馬九匹，其二名『赤電』」。

〔二六〕「駃騠」句，漢書鄒陽傳：「食以駃騠。」注引孟康曰：「駃騠，駿馬也，生七日而超其母。」將，與也。駙騄，駙馬、騑騄。三國志魏書王朗傳裴松之注引魏名臣奏載朗節省奏曰：「中廄則騑騄、駙馬六萬餘匹。」齊衡，相當。衡，平也。

〔二七〕「驥騮」句，驥騮，騏驥、驊騮。莊子秋水：「騏驥、驊騮，一日而馳千里。」騊駼，爾雅釋畜：「騊駼，馬。」郭璞注：「山海經云：北海有獸，狀如馬，名騊駼，色青。」陸德明音義引字林云：「北狄良馬也。一曰野馬也。」伏櫪，曹操步出夏門行龜雖壽：「老驥伏櫪，志在千里。」櫪，馬槽。

〔二八〕「於是」句，龍媒，漢書禮樂志郊祀歌天馬：「天馬徠，龍之媒。」注引應劭曰：「言天馬者乃神龍之類，今天馬已來，此龍必至之效也。」

〔二九〕「驎駒」句，西京雜記卷二：「文帝自代還，有良馬九匹，皆天下之駿馬也。」其一名驎駒。挺生，文選左思蜀都賦：「揚雄含章而挺生。」吕向注：「挺拔而生。」謂生而不凡。駒，英華、四子集、全唐文作「友」。「驎友」無義，誤。

〔三〇〕「伯樂」句，莊子馬蹄：「伯樂曰：我善治馬。」釋文：「伯樂，姓孫名陽，善馭馬。」又吕氏春秋卷九精通：「伯樂學相馬，所見無非馬者，誠乎馬也。」高誘注：「伯樂善相馬，秦穆公之臣也。所見無非馬者，親之也。」

〔三一〕「日磾」句，漢書金日磾傳：「金日磾，字翁叔，本匈奴休屠王太子也。武帝元狩中，票騎將軍霍去病將兵擊匈奴右地，多斬首。……日磾以父不降見殺，與母閼氏、弟倫俱没入官，輸黄門養馬，時年十四矣。久之，武帝游宴見馬，後宮滿側，日磾等數十人牽馬過殿下，莫不竊視，至日磾獨不敢。日磾長八尺二寸，容貌甚嚴，馬又肥好，上異而問之，具以本狀對。上奇焉，即日賜湯沐衣冠，拜爲馬監。」牧，英華、全唐文作「秣」。上句「多謝」、此句「有慙」，謂伯樂、金日磾二人治馬，養馬不及梁待賓。

〔三二〕「文明」句，文明，唐睿宗李旦年號，文明元年爲公元六八四年。

〔三三〕「遷游擊」句，唐六典卷五尚書兵部：「郎中一人，掌考武官之勳禄品命，以二十有九階。……從五品下，曰游擊將軍。」

大周革命，兩儀開闢〔一〕。爰覃「作解」之恩〔二〕，式暢「惟新」之典〔三〕。勤勞夙著，體望允歸。拜職遷榮，寔符僉議。天授元年九月十六日，加威衛將軍、守左玉鈐衛、翊善府折衝都尉〔四〕，依舊長上，封安定縣開國男，食邑三百户〔五〕。公祗奉王庭，職司兵衛。八屯由其增峻〔六〕，五校於是克宣〔七〕。翼翼競心，積劬勞於歲月〔八〕；勤勤忠志，懷跼蹐於序時〔九〕。憂能傷人〔一〇〕，竟成沉疾，以長壽二年正月六日〔一一〕，終於神都旌善里私第〔一二〕，春秋五十。

【箋注】

〔一〕「大周」二句，大周革命，指載初元年（六八九）九月九日武則天「革唐命，改國號爲周，改元爲天授」（舊唐書則天皇后紀）。兩儀，指天地。天地開闢，喻新朝建立。

〔二〕「爰覃」句，覃，施行。作解，周易解卦象曰：「雷雨作解，君子以赦過宥罪。」孔穎達正義：「赦謂放免，過謂誤失，宥謂寬。宥罪，謂故犯過輕則赦罪，重則宥，皆解緩之義也。」

〔三〕「式暢」句，詩經大雅文王：「周雖舊邦，其命維新。」鄭玄箋：「大王聿來胥宇，而國於周，王迹起矣，而未有天命，至文王而受命。言新者，美之也。」此謂武氏得天命。

〔四〕「加威衛」句，唐六典卷二四左右衛：「左右領軍衛大將軍各一人，正三品。」注：「隋左右領府，各掌左右十二軍籍帳羽衛之事，不置將軍，唯有長史、司馬。煬帝大業三年（六〇七），改左右屯衛。皇朝因隋屯衛名，置大將軍、將軍，後改爲威衛。又採前代領軍名，别置領軍衛，置大將軍、將軍員。龍朔二年（六六二），改爲左右戎衛，咸亨元年（六七〇）復舊。光宅元年（六八四），改爲左右玉鈐衛，神龍元年（七〇五）復故。」威衛將軍，原作「威武將軍」。考唐武官無「威武將軍」之名（惟後魏有之，見魏書官氏志、通典卷三八），據上引，則「威武」當作「威衛」，「武」乃「衛」之誤，據文意改。威衛將軍（分左右），舊唐書中屢見。翊善府，唐府兵制之折衝府名，轄地不詳。

〔五〕「封安定縣」句，男，爵名，唐代九等封爵之末等。唐六典卷二：「司封郎中、員外郎，掌邦之封爵，凡有九等，……九曰縣男，從五品，食邑三百户。」注：「户邑率多虚名，其言『食實封』者，乃得真户。」

〔六〕「八屯」句，文選張衡西京賦：「衛尉八屯，警夜巡晝。」薛綜注：「衛尉帥吏士周宫外，於四方、四角立八屯士。……晝則巡行非常，夜則警備不虞也。」

〔七〕「五校」句，漢書昭帝紀：「(元鳳)五月丁丑，孝文廟正殿火，上及群臣皆素服。發中二千石將五校作治，六日成。」顔師古注：「率領五校之士以作治也。」按：五校，即漢代所置北軍五校尉，其名爲中壘、屯騎、越騎、射聲、虎賁。

〔八〕「翼翼」二句，翼翼，詩經大雅文王：「世之不顯，厥猶翼翼。」毛傳：「翼翼，恭敬。」劬勞，詩經小雅鴻雁：「之子于征，劬勞于野。」毛傳：「劬勞，病苦也。」

〔九〕「懷蹐蹐」句，詩經小雅正月：「謂天蓋高，不敢不局；謂地蓋厚，不敢不蹐。」毛傳：「局，曲也；蹐，累足也。」鄭玄箋：「局蹐者，天高而有雷霆，地厚而有陷淪也。」句謂責任心、危機感極强。

〔一〇〕「憂能」句，孔融與曹操論盛孝章書：「歲月不居，時節如流，五十之年，忽焉已至，公爲始滿，融又過二，海内知識，零落殆盡。惟會稽盛孝章尚存其人，困於孫氏，妻孥湮没，單孑獨立，孤危愁苦。若使憂能傷人，此子不得復永年矣。」

〔一一〕「以長壽」句，長壽，武則天年號。長壽二年爲公元六九三年。

〔一二〕「終於」句，神都，即唐之東都洛陽。舊唐書則天皇后紀：文明元年(六八四)九月，「大赦天下，改元爲光宅，……改東都爲神都」。旌善里，清徐松唐兩京城坊考卷五東京外郭城：定鼎門街東第二街，最北爲旌善坊，有「明威將軍梁待賓宅」。

惟公弱不好弄〔一〕，卓爾不群〔二〕。九歲明詩，七齡通易。月初能對，即習黃童〔三〕；日下相酬，還慙夫子〔四〕。經耳不忘，歷口不遺。性沉深有器度，能倜儻無拓落〔五〕。尤重交友，雅愛林泉。月幌風襟〔六〕，每吟謡於牋彩；花新葉早，必賞會於琴樽。加以啼猿落鴈之奇〔七〕，鸞鷩鳳翥之妙〔八〕，瀉水懸河之辨〔九〕，背碑覆局之精〔一〇〕，標映前哲，公實多敏〔一一〕。至孝過人，雍和絶俗。事父母則造次不違〔一二〕，友弟兄則温柔必盡。既風樹興感〔一三〕，霜露纏悲〔一四〕，聿修之德惟新〔一五〕，欲報之恩罔極〔一六〕。虔誠大象〔一七〕，弘誓小乘〔一八〕。廣樹慈仁，庶憑因果〔一九〕。月抽官俸，日減私財，并入薰修，咸資檀施〔二〇〕。故得雕檀之妙，俯對禪龕〔二一〕；貝葉之文，式盈梵宇〔二二〕。

【箋注】

〔一〕「惟公」句，左傳僖公九年：「夷吾弱不好弄。」杜預注：「弄，戲也。」

〔二〕「卓爾」句，漢書景十三王傳贊曰：「夫唯大雅，卓爾不群，河間獻王近之矣。」又文選袁宏三國名臣序贊：「公瑾（周瑜）卓爾，逸志不群。」張銑注：「卓爾，高貌。」

〔三〕「月初」二句，黃童，指黃琬。後漢書黃琬傳：「琬字子琰，少失父，早而辯慧。祖父瓊，初爲魏郡太守，建和元年（一四七）正月日食，京師不見，而瓊以狀聞。太后詔問所食多少，瓊思其對，而未知所況。琬年七歲，在傍曰：『何不言日食之餘，如月之初？』瓊大驚，即以其言應詔，而深奇愛之。」

〔四〕「日下」二句，日下相酬，原作「目不相訓」，據全唐文改。列子湯問：「孔子東游，見兩小兒辯鬬，問其故，一兒曰：『我以日始出時去人近，而日中時遠也。』一兒以『日初出遠，而日中時近』也。一兒曰：『日初出大如車蓋，及日中則如盤盂，此不爲遠者小，而近者大乎？』一兒曰：『日初出滄滄涼涼，及其日中如探湯，此不爲近者熱，而遠者涼乎？』孔子不能決也。兩小兒笑曰：『孰爲汝多知乎？』」以上四句，喻指梁待賓早慧。

〔五〕「能倜儻」句，文選司馬遷報任少卿書：「古者富貴而名磨滅不可勝記，唯倜儻非常之人稱焉。」李善注引廣雅曰：「倜儻，卓異也。」又漢書揚雄傳載解嘲：「何爲官之拓落也？」顏師古注：「拓落，不耦也。拓音托。」

〔六〕「月幌」句，幌，原作「愰」，據全唐文改。文選謝惠連雪賦：「月承幌而通暉。」李善注：「承，上也。文字集略曰：『幌，以帛明牕也。』」風襟，宋玉風賦：「有風颯然而至，王迺披襟而當之。」李善注引說文曰：「颯，風聲。」此言風吹衣襟。

〔七〕「加以」句，謂其善射。啼猿，淮南子說山訓：「楚王有白蝯，王自射之，則搏矢而熙；使養由基射之，始調弓矯矢，未發而蝯擁柱號矣。」高誘注：「蝯，猨。熙，戲也。」落鴈，戰國策楚策四：「更羸與魏王處京臺之下，仰見飛鳥。更羸謂魏王曰：『臣爲王引弓虛發而下鳥。』……有間，鴈從東方來，更羸以虚發而下之。魏王曰：『然則射可至此乎？』」

〔八〕「鸞驚」句，謂其善音樂。西京雜記卷二：「慶安世年十五爲成帝侍郎，善鼓琴，能爲雙鳳、離鸞之曲。」

〔九〕「瀉水」句，謂其善言詞。世説新語賞譽：「王太尉（衍）云：『郭子玄語議如懸河寫水，注而不竭。』」

〔一〇〕「背碑」句，謂其記憶力極强。三國志魏書王粲傳：「初，粲與人共行，讀道邊碑，人問曰：『卿能暗誦乎？』曰：『能。』因使背而誦之，不失一字。觀人圍棊，局壞，粲爲覆之。棊者不信，以帊蓋局，使更以他局爲之，用相比校，不誤一道。其彊記默識如此。」

〔一一〕「公賓」句，謂其理解力强。論語公冶長：「子曰：敏而好學，不恥下問，是以謂之文也。」何晏集解引孔（安國）曰：「敏者，識之疾也。」

〔一二〕「事父母」句，論語里仁：「君子無終食之間違仁，造次必於是，顛沛必於是。」何晏集解引馬（融）曰：「造次，急遽。」孔穎達正義：「鄭玄云：倉卒也。皆迫促不暇之意，故云急遽。」謂善解父母心意。

〔一三〕「既風樹」句，韓詩外傳卷九：「孔子行，聞哭聲甚悲。孔子曰：『驅驅，前有賢者。』至則臯魚也，被褐擁鐮，哭於道傍。孔子辟車，與之言曰：『子非有喪，何哭之悲也？』臯魚曰：『吾失之三矣。……樹欲静而風不止，子欲養而親不待也。往而不可得見者，親也，吾請從此辭矣。』立槁而死。」此言其哀痛父母過世。

〔一四〕「霜露」句，禮記祭義：「霜露既降，君子履之，必有淒愴之心，非其寒之謂也；春雨露既濡，君子履之，必有怵惕之心，如將見之。」鄭玄注：「非其寒之謂，謂淒愴及怵惕，皆爲感時念親也。」

〔一五〕「聿修」句，詩經大雅文王：「無念爾祖，聿修厥德。」毛傳：「聿，述。」孔穎達正義：「毛以爲作者戒成王既無不念汝祖文王進臣之法，當述而修行其德。」此謂梁待賓在父母亡故後，更重修己之德。

〔一六〕「欲報」句，詩經小雅蓼莪：「父兮生我，母兮鞠我。……欲報之德，昊天罔極。」鄭玄箋：「我欲報父母是德，昊天乎！我心無極。」

〔一七〕「虔誠」句，大象，大日經疏卷五：「摩訶那伽，是如來別號，以現不可思議無方大用也。」可洪音義卷一：「摩訶，此言大；那伽，此云龍，亦云象。合而言之，即云大龍象也。謂世尊爲大龍象者，以彼有大威德，故以譬之。」此代指佛教。

〔一八〕「弘誓」句，弘誓，弘大誓願。小乘，相對大乘而言，即小乘佛教，又稱聲聞乘佛教，梵文譯音爲希那衍那，意爲小車子。曾流行於中國，主要經典有長阿含經、中阿含經等。楞嚴經卷四：「愛念小乘，得少爲足。」按：從下文「廣樹慈仁」、「咸資檀施」等看，所謂「小乘」，蓋爲與上句「大象」對文，仍代指佛教，所修實爲大乘也。

〔一九〕「庶憑」句，因果，原因與結果。佛教宣傳因果循環報應理論。楞伽經卷二集一切法品第二之二：「因有六種，謂當有因，相屬因，相因，能作因，顯了因，觀待因。當有因者，謂內外法作而生果；相屬因者，謂内外法作緣生果；相因者，作無閑相生相續果；能作因者，謂作增上而生果，如轉法輪；顯了因者，謂分別生能顯境相，如燈照物；觀待因者，謂滅時相續斷，無妄想生。」

〔二〇〕「并入」二句，薰修，佛教語，謂焚香禮佛，修養身心。觀無量壽經：「戒香薰修。」藝文類聚卷七六引隋江總香贊：「還符戒品，薰修福田。」檀施，布施、施捨。檀爲梵語，譯曰施。

〔二一〕「故得」二句，謂其捐資建佛像。大唐西域記卷五：「憍賞彌國……城内故宫中有大精舍，高六十餘尺，有刻檀佛像，上懸石蓋，鄔陁衍那王之所作也。……初，如來成正覺已，上昇天宫，爲母說法，三月不還。其王思慕，願圖形像，乃請尊者没特伽羅子，以神通力接工人上天宫，親觀妙相，雕刻旃檀如來自天宫還也。」檀，原作「壇」，據英華、全唐文改。

〔二二〕「貝葉」二句，謂其寫經遍布寺廟。貝，原作「記」，據全唐文改。貝葉，酉陽雜俎卷一八木篇：「貝多，出摩伽陀國，長六七丈，經冬不凋。此樹有三種，一者多羅娑力叉貝多，二者多梨婆力叉貝多，三者部婆力叉多羅多梨。并書其葉，部闍一色，取其皮書之。貝多是梵語，漢翻爲葉；貝多婆力叉者，漢言葉樹也。西域經書，用此三種皮葉，若能保護，亦得五六百年。」梵宇，佛寺。一切經音義卷六：「梵言梵摩，此譯云寂浄，或清静，或云浄潔。」

粤以大周長壽二年歲次癸巳二月辛酉朔二十四日甲申〔一〕，遷窆於雍州藍田縣驪山原舊塋〔二〕，禮也。葬事之屬，一皆官給，鼓吹儀仗，送至墓所。壙開白日，終留恨於滕城〔三〕；禮被皇家，忽霑榮於霍隧〔四〕。嗚呼哀哉！嗣子左千牛去疑，哀纏泣柏〔五〕，思結餐荼〔六〕。仰庭禮而不追〔七〕，覩楹書而增慕〔八〕。恐玄穹倚杵〔九〕，碧海成桑〔一〇〕，敬勒貞堅，乃爲銘曰：

【箋注】

〔一〕「粤以」句，長壽，武則天年號。舊唐書則天皇后紀：天授三年（六九二）四月，「改元爲如意」；九月，「改元爲長壽」。則是年二月尚爲天授，蓋作碑時已改長壽，故以後概前也。

〔二〕「遷窆」句，遷窆，下葬。説文：「窆，葬下棺也。」雍州藍田縣，雍州即京兆府。元和郡縣志卷一京兆府（雍州），管縣二十三，其中有藍田縣，「本秦孝公置。按周禮：玉之美者曰球，其次爲藍。蓋以縣出美玉，故曰藍田」。同上載驪山在長安縣，蓋山與藍田相連也。清一統志卷一七八西安府：「驪山，在臨潼縣東，元與藍田縣藍田山相連。」

〔三〕「壙開」二句，滕城，滕公佳城，謂墓也。西京雜記卷四：「滕公駕至東都門，馬嘶局不肯前，以足跑地。久之，滕公使士卒掘馬所跑地，入三尺所，得石槨。滕公以燭照之，有銘焉。乃以水洗寫其文，文字皆古異，左右莫能知。以問叔孫通，通曰：『科斗書也。』以今文寫之，曰：『佳城鬱鬱，三千年見白日，吁嗟滕公居此室。』滕公曰：『嗟乎，天也！吾死，其即安此乎。』死，遂葬焉。」按漢書夏侯嬰傳：「夏侯嬰，沛人也。……初，嬰爲滕令奉車，故號滕公。」

〔四〕「禮被」二句，霍隧，指霍光墓。漢書霍光傳：光薨，上及皇太后親臨光喪，「東園温明，皆如乘輿制度。載光尸柩以轀輬車，黄屋左纛，發材官輕車、北軍五校士軍陳至茂陵，以送其葬」。後漢書趙咨傳「晉侯請隧」，李賢注：「隧謂掘地爲埏道，王之葬禮也。」

〔五〕「哀纏」句，晉書王裒傳：「王裒，字偉元，城陽營陵人也。……父儀，高亮雅直，爲文帝司馬。東關之役，帝問於衆曰：『近日之事，誰任其咎？』儀對曰：『責在元帥。』帝怒曰：『司馬欲委罪於孤耶？』遂引出斬之。裒少立操尚，行己以禮，……痛父非命，未嘗西向而坐，示不臣朝廷也。於是隱居教授，三徵七辟，皆不就。廬於墓側，旦夕常至墓所拜跪，攀柏悲號，涕淚著樹，樹爲之枯。」

〔六〕「思結」句，文選謝朓始出尚書省：「餐荼更如薺。」李善注引毛詩曰：「誰謂荼苦？其甘如薺。」按所引見詩經邶風谷風，毛傳：「荼，苦菜也。」此言心苦。

〔七〕「仰庭禮」句，論語季氏：「鯉趨而過庭，曰：『學禮乎？』對曰：『未也。』『不學禮，無以立。』鯉退而學禮。」鯉，何晏集解引馬（融）曰：「伯魚，孔子之子。」

〔八〕「覩楹書」句，楹，原作「汲」，據全唐文改。英華作「极」，蓋「楹」字之殘。晏子春秋内篇雜下：「晏子病將死，鑿楹納書焉，謂其妻曰：『楹語也，子壯而示之。』及壯，發書之言，曰『布帛不可窮，窮不可飾；牛馬不可窮，窮不可服；士不可窮，窮不可任；國不可窮，窮不可竊』也。」此泛指其父之書。

〔九〕「恐玄穹」句，玄穹，指天。周易坤卦文言：「天玄而地黄。」文選陸雲大將軍讌會被命作詩：「玄暉峻朗。」李善注：「玄，天色也。」爾雅釋天：「穹蒼，蒼天也。」郭璞注：「天形穹隆，其色蒼蒼，因名云。」倚杵，太平御覽卷二天部下引河圖挺佐輔曰：「百世之後，地高天下，不風不雨，不寒不暑，民復食土，皆知其母，不知其父。如此千歲之後，而天可倚杵，洶洶隆隆，曾莫知其始終。」倚杵，同上卷八七四咎徵部一引易筮謀類：「民衣霧，主吸霜。間可倚杵，於何藏。」注：「天卑地高，天地相去，其不可倚一杵耳。」句謂天地壞。

〔一〇〕「碧海」句，葛洪神仙傳：「王遠，字方平，東海人也。過吴，住胥門蔡經家，因遣人招麻姑。……麻姑自説云：『接侍以來，已見東海三爲桑田。向到蓬萊，水又淺於往日會時略半耳，豈將復爲陵陸乎？』遠嘆曰：『聖人皆言海中將復揚塵也。』」以上兩句，言作銘因由。

大哉嬴國，遠矣少梁。與秦同祖，今則夏陽〔一〕。爰暨伯翳〔二〕，胙土惟良〔三〕。自兹厥後，人物克昌〔四〕。

【箋　注】

〔一〕「大哉」四句，謂梁爲嬴姓，地在夏陽縣。左傳桓公九年：「秋，虢仲、芮伯、梁伯、荀侯、賈伯伐曲沃。」杜預注：「梁國，在馮翊夏陽縣。」孔穎達正義引地理志云：「馮翊夏陽縣，故少梁也，是梁在夏陽也。僖公十七年傳曰：惠公之在梁也，梁伯妻之，梁嬴孕過期。既以國配嬴，則梁爲嬴姓。」史記秦本紀：「梁伯、芮伯來朝。」索隱：「梁，嬴姓。……梁國，馮翊夏陽。」按元和郡縣志卷二同州（馮翊四輔）韓城縣：「梁國，在今縣理（治）南二十三里，有少梁故城。」同上夏陽縣：「古有莘國，漢郃陽縣之地。武德三年（六二〇）分郃陽，於此置河西縣，在河之西，因以爲名。又割同州之郃陽、韓城二縣，於今縣理置西韓州，取古韓國爲名也，以河東有韓州，故此加『西』。貞觀八年（六三四），廢西韓州，以縣屬同州。乾元三年（七六〇），改爲夏陽縣。」按：古夏陽縣，治在今陝西韓城市南古少梁遺址。唐夏陽縣，治今陝西合陽縣東夏陽村。

〔二〕「爰暨」句，伯翳，史記秦本紀：「秦之先，帝顓頊之苗裔。孫曰女脩，……生子大業。大業取少典之子，曰女華。女華生大費。」大費「佐舜調馴鳥獸，鳥獸多馴服，是爲柏翳，舜賜姓嬴氏」。漢書地理志下：「秦之先曰柏益，出自帝顓頊。堯時助禹治水，爲舜朕虞，養育草木鳥獸，賜姓嬴氏。」顏師古注：「柏益，一號伯翳，蓋翳、益聲相近故也。」

〔三〕「胙土」句，左傳隱公八年：「天子建德，因生以賜姓，胙之土而命之氏。」杜預注謂「報之以土而命氏」。孔穎達正義：「有德之人，必有美報。報之以土，謂封之以國名以爲之氏。諸侯之氏，則國名是也。」

〔四〕「人物」句，詩經周頌雝：「燕及皇天，克昌厥後。」鄭玄箋：「安及皇天，謂降瑞應無變異也，又能昌大其子孫。」

逮乎漢朝，令望不已〔一〕。三世連輝，七侯承祉〔二〕。或顯或晦，有文有史。舄奕珪璋〔三〕，芬芳蘭芷。

【箋注】

〔一〕「令望」句，詩經大雅卷阿：「顒顒卬卬，如圭如璋，令聞令望。」鄭玄箋：「令，善也。王有賢臣，與之以禮義相切磋，體貌則顒顒然敬順，志氣則卬卬然高朗，如玉之圭璋也，人聞之則有善聲譽，人望之則有善威儀。」

〔二〕「三世」二句，三世，指梁竦，竦子雍，雍子商。七侯，見本文前「七貴承榮」句注引後漢書梁統傳附梁竦傳。

〔三〕「舄奕」句，文選班固典引：「舄奕乎千載。」蔡邕注：「舄奕，光曜流行貌。」吕向注：「舄，長；奕，盛。」故釋舄奕爲「長盛」。

少保名揚〔一〕，司空道泰〔二〕。惟祖惟禰〔三〕，蟬聯軒蓋〔四〕。挺生令則〔五〕，在邦之最。丱歲騰芳，髫年超靄〔六〕。

【箋　注】

〔一〕「少保」句，少保，指梁待賓高祖梁禦，爲後魏駙馬都尉、侍中、少保、金紫光禄大夫，見本文前注。

〔二〕「司空」句，司空，指梁待賓曾祖梁睿，曾爲隋益州總管，蔣國公，贈司空，見本文前注。道泰，謂道行於時，官運亨通。

〔三〕「惟祖」句，禰，春秋公羊傳隱公元年：「惠公者何？隱之考也。」何休注：「生稱父，死稱考，入廟稱禰。」此指梁待賓之祖梁睿、父梁贊。

〔四〕「蟬聯」句，蟬聯，連綿字。文選左思吴都賦：「布濩皋澤，蟬聯陵丘。」劉淵林注：「蟬聯，不絶貌。」軒蓋，軒，車；蓋，華蓋也，代指高官。鮑照詠史詩：「明星辰未稀，軒蓋已雲至。」

〔五〕「挺生」句，挺生，謂生而不凡。令則，令，美也；則，猶言典範。

〔六〕「丱歲」二句，詩經齊風甫田：「總角丱兮。」毛傳：「丱，幼稺也。」髫年，後漢書伏湛傳：「髫髮厲志，白首不衰。」李賢注引埤蒼曰：「髫，髦也。髫髮，謂童子垂髮也。」

君號神童，晚稱英傑。佩仁服義〔一〕，既明且哲〔二〕。七步立成〔三〕，五行不輟〔四〕。家惟萬卷，韋實三絶〔五〕。

【箋　注】

〔一〕「佩仁」句，楚辭宋玉招魂：「朕幼清以廉潔兮，身服義而未沫。」王逸注：「言我少小修清潔之行，身服仁義，未曾有懈己之時也。」

〔二〕「既明」句，詩經大雅嵩高：「既明且哲，以保其身。」孔穎達正義：「既能明曉善惡，且又是非辨知。以此明哲，擇安去危，而保全其身，不有禍敗。」

〔三〕「七步」句，世説新語文學：「文帝（曹丕）嘗令東阿王（曹植）七步中作詩，不成者行大法。應聲便爲詩曰：『煮豆持作羹，漉菽以爲汁。萁在釜下燃，豆在釜中泣。本自同根生，相煎何太急？』帝深有慚色。」此言梁待賓敏速有文。

〔四〕「五行」句，後漢書應奉傳：「奉少聰明，自爲童兒及長，凡所經履，莫不暗記。讀書五行并下。」

〔五〕「韋實」句，史記孔子世家：「孔子晚而喜易，序彖、繫、象、説卦、文言。讀易，韋編三絶。」

詞高許下〔一〕，學富淹中〔二〕。志惟謹潔，心亦沖融。温淳植性，朗潤在躬。閨門禮洽〔三〕，朋友財通〔四〕。

【箋　注】

〔一〕「詞高」句，許下，三國志魏書武帝（曹操）紀：「劉辟等叛，應（袁）紹略許下。」許下，即許都。

同上：「建安元年，洛陽殘破，董昭等勸太祖都許。」許，即許州，今河南許昌。詞，指許都文人群體之文章。文選曹植與楊德祖書：「昔仲宣（王粲）獨步於漢南，孔璋（陳琳）鷹揚於河朔，偉長（徐幹）擅名於青土，公幹（劉楨）振藻於海隅，德璉（應瑒）發迹於此魏，足下高視於上京。當此之時，人人自謂握靈蛇之珠，家家自謂抱荆山之玉。吾王於是設天網以該之，頓八紘以掩之，今悉集兹國矣。」所謂「兹國」，即指許都。句謂梁待賓之文章，高於上述諸人。

〔二〕「學富」句，淹中，漢書藝文志：「禮古經者，出於魯淹中。」注引蘇林曰：「淹中，里名也。」在曲阜。

〔三〕「閨門」句，閨門，女子所居内室，代指女眷。禮記仲尼燕居：「子曰：……以之閨門之内有禮，故三族和也。」

〔四〕「朋友」句，白虎通義三綱六紀：「禮記曰：『同門曰朋，同志曰友。』（按：作禮記誤，語見周禮地官大司徒，「同門」作「同師」）朋友之交，……貨則通而不計，共憂患而相救。」

思若雲飛〔一〕，辨同河瀉〔二〕。兼該小説〔三〕，邕容大雅〔四〕。武擅孫吳〔五〕，文標董賈〔六〕。樹下啼猿〔七〕，封中試馬〔八〕。

【箋注】

〔一〕「思若」句，盧思道盧記室誄：「麗詞泉涌，壯思雲飛。」

〔二〕「辨同」句，用王衍事，見本文前注引世説新語。

〔三〕「兼該」句，謂梁待賓善講故事。漢書藝文志：「小説家者流，蓋出於稗官，街談巷語、道聽塗説者之所造也。孔子曰：『雖小道，必有可觀者焉。』」

〔四〕「邕容」句，文選曹植七啓：「雍容閒步，周旋馳燿。」李周翰注：「雍容，美貌閑緩也。」雍、邕同。陳祖孫登賦得司馬相如詩：「雍容文雅深，王吉共追尋。當壚應酤酒，託意且彈琴。」

〔五〕「武擅」句，孫、吴，指孫武、吴起，古代著名軍事家。史記孫子吴起列傳：「孫子武者，齊人也。以兵法見於吴王闔廬，闔廬曰：『子之十三篇，吾盡觀之矣。』」張守節正義引魏武帝云：「孫子者，齊人，事於吴王闔閭，爲吴將，作兵法十三篇。」又曰：「七録云：『孫子兵法三卷。』案：十三篇爲上卷，又有中、下二卷。」同上吴起傳：「吴起者，衛人也，好用兵。」著有吴起兵法，漢書藝文志著録吴起四十八篇。

〔六〕「文標」句，董、賈，指董仲舒、賈誼。史記董仲舒傳：「董仲舒，廣川人也。以治春秋，孝景時爲博士。下帷講誦，弟子傳以久，次相受業，或莫見其面蓋三年。董仲舒不觀於舍園，其精如此。進退容止，非禮不行，學者皆師尊之。」同書賈誼傳：「賈生，名誼，雒陽人也。年十八，以能誦詩屬書聞於郡中。」文帝即位，召以爲博士。東漢學者以董、賈二人爲西漢文士冠冕。後漢書仲長統傳：「友人東海繆襲常稱統才章，足繼西京董、賈、劉、揚。」李賢注：「董仲舒、賈誼、劉向、揚雄也。」

〔七〕「樹下」句，以養由基喻梁待賓，言其善射，見本文前注引淮南子説山訓。

〔八〕「封中」句，封，指蟻封，即小山丘。晉書王湛傳：「（湛兄子）濟所乘馬，甚愛之。湛曰：『此馬雖快，然力薄，不堪苦行。近見督郵馬，當勝，但芻秣不至耳。』濟試養之，當與己馬等。湛又曰：『此馬任重方知之，平路無以別也。』於是當蟻封内試之，濟馬果躓，而督郵馬如常。」句謂梁待賓善識馬、牧馬，見本文前注。

且文且武，執戟登位〔一〕。海隅不賓，命我偏帥〔二〕。既陪勒石，還從飲至〔三〕。輔翊百里，褒昇佐貳〔四〕。既總兵權，入司宫掖〔五〕。徼道宵警，禁門曉闢。式重其駿，載懷斯癖〔六〕。

【箋注】

〔一〕「執戟」句，指梁待賓麟德二年（六六五）補左親衛事，見本文前注。

〔二〕「海隅」二句，尚書益稷：「至於海隅蒼生。」孔穎達正義釋爲「四海之隅」。吕氏春秋有始：「齊之海隅。」高誘注：「隅，猶崖也。」此指高麗。不賓，謂不歸附。偏師，文選曹冏六代論：「今之用賢，或超爲名都之主，或爲偏師之帥。」吕向注：「偏師，謂佐於大軍也。」兩句指梁待賓從征高麗事，見本文前注。

〔三〕「既陪」二句，勒石，指征高麗獲勝班師，論功行賞，見本文前注。飲至，左傳隱公五年：「三年而治兵，入而振旅，歸而飲至，以數軍實。」杜預注：「飲於廟，以數車徒器械及所獲也。」

〔四〕「輔翊」二句，百里，古代一縣所轄約百里，故後代以百里代指縣令。世説新語言語：「李弘度（充）常嘆不被遇，殷揚州（浩）知其家貧，問：『君能屈志百里不？』李答曰：『北門之嘆，久已上聞；窮猿奔林，豈暇擇木？』遂授剡縣。」此指永淳元年（六八二）初授梁待賓伊州伊吾縣丞事，詳本文前注。

〔五〕「既總」二句，指永淳二年二月授梁待賓昭節（兩字疑有誤，見前注）校尉，兼上陽、洛城等門供奉事，詳本文前注。

〔六〕「式重」二句，式，語詞。駿，良馬。謂梁待賓特重駿馬，故亦有馬癖。晉書杜預傳：「王濟解相馬，又甚愛之，而和嶠頗聚斂。預常稱『濟有馬癖，嶠有錢癖』。」

我馬既良，我軍既雄。折衝千里，趨奉九重〔一〕。行承芝詔〔二〕，坐啓茅封〔三〕。恨深負米，榮暨擊鐘〔四〕。爰持戒律，思答慈容〔五〕。

【箋注】

〔一〕「趨奉」句，九重，指皇宮。楚辭宋玉九辯：「君之門以九重。」

〔二〕「行承」句，芝詔，産芝之詔。漢書武帝紀：元封二年（前一〇九）六月，詔曰：「甘泉宮内中産芝，九莖連葉。上帝博臨，不異下房，賜朕弘休。其赦天下，賜雲陽都百户牛酒。」後世代指休美之詔，如宋文彦博宣仁聖烈皇太后挽詞：「老臣八十慚尸素，掛了貂冠歸洛陽。芝詔薦臨優眷注，蒲輪促起預平章。」此所謂「芝詔」，指梁待賓奉敕於大内祥麟廄檢校馬。

〔三〕「坐啓」句，茅封，即茅土之封，詳前注。此指天授初因養馬之功獲封安定縣男事，詳本文前注。

〔四〕「恨深」二句，謂以父母謝世爲大恨。説苑卷三建本：「子路曰：『……昔者由事二親之時，常食藜藿之實，而爲親負米百里之外。親没之後，南游於楚，從車百乘，積粟萬鍾，累茵而坐，列鼎而食，願食藜藿爲親負米之時，不可復得也。』」擊鐘，謂奏樂，即上注子路所謂「列鼎而食」。張衡西京賦：「擊鐘鼎食，連騎相過。」

〔五〕「爰持」二句，戒律，大乘義章卷一：「言尸羅者，此名清涼，亦名爲戒。……所言律者，是外國名優婆羅叉，此翻名律。」此代指佛教。謂虔誠奉佛，廣樹慈仁，以報答雙親養育之恩。

將福有徵〔一〕，謂仁必壽〔二〕。如何淑德，遭此兇咎。孺慕崩心〔三〕，煢嫠縮首〔四〕。夜泉扃閉〔五〕，天長地久〔六〕。

【箋注】

〔一〕「將福」句，謂梁待賓正有福禄之休徵。古人謂禍福皆有徵兆。風俗通義卷五：「孔子曰：『雖明天子，熒惑必謀禍福之徵，慎察用之。』」

〔二〕「謂仁」句，論語雍也：「仁者壽。」何晏集解引包（咸）曰：「性静者多壽考。」

〔三〕「孺慕」句，禮記檀弓下：「有子與子游立，見孺子慕者。」鄭玄注：「孺子之號慕。」孔穎達正義，謂「小兒直號慕而已」。

〔四〕「煢嫠」句，煢嫠，孤兒寡婦。縮，原作「宿」，據全唐文改。縮首，不知所措貌。

〔五〕「夜泉」句，夜泉，泉即黄泉，指墳墓。扃，墓門也。謂墓門一閉，其中暗如漫漫長夜。陶潛擬挽歌辭三首其三：「幽室一已閉，千年不復朝。」庾信慕容寧神道碑：「泉扃永閉。」

〔六〕「天長」句，老子：「天長地久。」此言人雖云亡，卻與天地等壽，永垂不朽。

唐同州長史宇文公神道碑〔一〕

諸侯計功〔二〕，其銘曰仲山甫誠於百辟〔三〕；大夫稱伐，其銘曰正考甫恭於三命〔四〕。所以揚其先祖，所以示其子孫〔五〕。上古之初，刊於禮樂之言；中年以降，述於宗廟之碑〔六〕。文質既殊，條流遂廣〔七〕；山河永配，金石長存。或旌原氏之阡〔八〕，或表滕公之墓〔九〕。觀百林之字者，孝廉之舊業於是乎不愆不忘〔一〇〕；讀黄鳥之詞者，文範之餘風於是乎可久可大〔一一〕。

【箋注】

〔一〕同州，唐代州名，見前後周青州刺史齊貞公宇文公神道碑注，轄今陝西大荔、韓城、澄城一帶。宇文公，即宇文珽，碑稱卒於永淳元年（六八二）六月二十一日，享年六十五歲，則當生於唐高祖武德元年（六一八）。本文當作於墓主卒後不久。

〔二〕「諸侯」句，及隔句「大夫稱伐」，俱出左傳襄公十九年，前後周青州刺史齊貞公宇文公神道碑注已引。

〔三〕「其銘曰」句，太平御覽卷五九〇銘引蔡邕銘論：「仲甫有補袞闕，誠百辟之功。」仲甫，即仲山甫，嘗佐周宣王中興，其事迹參前齊貞公宇文公神道碑注。文選張衡東京賦：「百辟乃入，司儀辨等。」薛綜注：「百辟，諸侯也。」誠，英華卷九二五校：「集作誡。」形訛。

〔四〕「其銘曰」句，左傳昭公七年：「正考父佐戴武宣，三命茲益共，故其鼎銘云：『一命而僂，再命而傴，三命而俯，循牆而走，亦莫余敢侮。饘於是，鬻於是，以糊余口。』」共，同恭。

〔五〕「所以示」句，左傳襄公十九年：「臧武仲謂季孫曰：『……大伐小取，其所得以作彝器，銘其功烈，以示子孫，昭明德而懲無禮也。』」

〔六〕「上古」四句，禮樂，指禮器、樂器。蔡邕銘論：「鐘鼎禮樂之器，昭德紀功，以示子孫。物不朽者，莫不朽於金石故也。近世以來，咸銘之於碑。」碑，英華校：「集作祖。」誤。

〔七〕「條流」句，條，原作「源」。按「源流」不可謂「廣」，據英華、四子集、全唐文卷一九三改。

〔八〕「或旌」句，漢書原涉傳：「原涉，字巨先，祖父武帝時以豪桀自陽翟徙茂陵。……初，武帝時，京兆尹曹氏葬茂陵，民謂其道爲京兆仟。涉慕之，乃買地開道，立表署曰南陽仟，人不肯從，謂之原氏仟。」仟、阡通。

〔九〕「或表」句，滕公，即夏侯嬰。表滕公墓，見前文注引西京雜記。

〔一〇〕「觀百林」二句，孝廉，疑指桓彬。後漢書桓榮傳附桓彬傳：「桓彬，字彦林，沛郡龍亢人。少與蔡邕齊名。初舉孝廉，拜尚書郎，厲志操，與左丞劉歆、右丞杜希同好交善，中常侍曹節女壻馮方誣之爲「酒黨」，遂廢。「光和元年（一七八）卒於家，年四十六，諸儒莫不傷之。所著七説及書凡三篇，蔡邕等共論序其志，僉以爲彬有過人者四：夙智早成，岐嶷也；學優文麗，至通也；仕不苟禄，絶高也；辭隆從窊，潔操也。乃共樹碑而頌焉。」百林，未悉其義，疑「百」乃「白」之訛，與下句「黄」對應。白林，霜雪之林，指碑之所在。陳子昂酬暉上人秋夜山亭有贈：「皎皎白林秋，微微翠山静。」可參讀。詩經大雅假樂：「不愆不忘。」鄭玄箋：「愆，過。」

〔一一〕「讀黄鳥」二句，後漢書陳寔傳：「陳寔，字仲弓，潁川許人也。」有志好學，坐立誦讀，天下服其德。「中平四年（一八七），年八十四卒於家，何進遣使弔祭，海内赴者三萬餘人，制衰麻者以百數，共刊石立碑，謚爲文範先生。」黄鳥之詞，指蔡邕陳寔碑，其銘有「交交黄鳥，爰集于棘。命不可贖，哀何有極」四句，故云。可久可大，周易繫辭上：「易知則有親，易從則有功。有親則可久，有功則可大。」韓康伯注：「順萬物之情，故曰有親；通天下之志，故曰有功。有易簡之德，則能成可久可大之功。」以上四句，謂碑銘可據以知人，極爲重要。

公諱珽，字叔珉，河南洛陽人也。宇文歸之遠派〔一〕，宇文翰之餘秩〔二〕。燭龍晝夜於鍾山〔三〕，鵬雲南北於溟海〔四〕。自中州圮坼，上國崩離〔五〕，魏氏揚其寶圖〔六〕，齊人弄其神器〔七〕。則天有成命，周雖舊邦〔八〕。文王以業重三分，昭事上帝〔九〕；武王以功成八百，陰隲下民〔一〇〕。車書混一於域中〔一一〕，子弟星羅於海内。方乎劉澤，乃天漢之懿親〔一二〕；匹以曹洪，即當塗之近屬〔一三〕。及隋室遷鼎〔一四〕，唐運握符〔一五〕，固亦壇社仍存，山河不替〔一六〕。曾祖顯和，後魏將軍，朱衣直閤，東夏州刺史、車騎將軍、散騎常侍、長廣郡公。周贈使持節、開府儀同三司、延丹綏三州諸軍事、延州刺史，周書有傳〔一七〕。對揚天命〔一八〕，保乂王家〔一九〕。霍去病初封冠軍〔二〇〕，周亞夫始爲車騎〔二一〕。剖符之重，任在於六條〔二二〕；建國之榮，禮高於五等〔二三〕。祖神舉，使持節、驃騎將軍、開府儀同三司、京兆尹、柱國、大將軍，并潞肆石四州十二鎮諸軍、并州總管，東平郡公，贈少保，周書有傳〔二四〕。材優輔弼，業贊雲雷〔二五〕。晉則羊祜儀同〔二六〕，楚則共敖柱國〔二七〕。王章之拜京兆，天子聞其直言〔二八〕；郭伋之莅并州，諸童符其恩信〔二九〕。考誼，隋文皇帝挽郎，皇朝益州青城、瀛州清苑二縣令〔三〇〕。鉤深致遠〔三一〕，直道正詞，不汲汲於富貴，每乾乾於日夕〔三二〕。廣都蔣公琰，非無社稷之能〔三三〕；太丘陳仲弓，自有閨門之德〔三四〕。

【箋　注】

〔一〕「宇文歸」句，宇文歸，鮮卑族宇文部首領。據北史匈奴宇文莫槐傳，宇文氏出自南匈奴。東漢和帝永元年間南遷。周書文帝紀載，葛烏菟「雄武多算略，鮮卑慕之，奉以爲主，遂爲十二部落，世爲大人」。宇文乞得歸嗣立，依附後趙石勒。後趙石弘延熙元年（三三三），乞得歸爲別部大人宇文逸豆歸所逐，走死於外，逸豆歸自立。宇文逸豆歸，即宇文歸。

〔二〕「宇文翰」句，十六國春秋卷四四後燕録二慕容垂中：慕容垂「改（前）秦建元二十年爲（後）燕元年（三八四），服色朝儀，皆如舊章。……封從弟拔等十七人及甥宇文翰、舅子蘭審皆爲王」。則宇文翰爲慕容垂之甥。秩，此指世次；已無完整記載，故稱「餘秩」。

〔三〕「燭龍」句，山海經大荒北經：「西北海之外，赤水之北，有章尾山，有神人面蛇身而赤，直目正乘。其瞑乃晦，其視乃明，不食不寢不息，風雨是謁，是燭九陰，是謂燭龍。」同書海外北經：「鍾山之神，名曰燭陰。視爲晝，瞑爲夜，吹爲冬，呼爲夏。不飲不食不息，息爲風。……其爲物，人面蛇身赤色，居鍾山下。」燭陰，郭璞注：「燭龍也。是燭九陰，因名云。」句以燭龍喻宇文歸，謂其爲北方之龍。燭龍，英華、全唐文作「龍火」，英華校：「集作燭龍。」鍾山，英華校：「集作東山。」按：作「龍火」、「東山」誤。

〔四〕「鵬雲」句，莊子逍遥遊：「北冥有魚，其名爲鯤，鯤之大，不知其幾千里也。化而爲鳥，其名爲鵬，鵬之背，不知其幾千里也。怒而飛，其翼若垂天之雲。是鳥也，海運則將徙於南冥。」句以大鵬喻宇文翰，謂其南北遷徙，有如大鵬。

〔五〕「自中州」二句，中州，中原也。上國，指西晉。圮，文選張衡東京賦：「宗緒中圮。」薛綜注：「圮，絶也。」坼，裂開，分裂。桓温薦譙元彦表：「神州丘墟，三方圮裂。」此謂西晉滅亡，晉室渡江南遷。

〔六〕「魏氏」句，指後魏。揚，原作「忘」，英華作「揚」，校：「集作忘。」按：下句對文爲「弄」，此以作「揚」義長，據改。寶圖，象徵天授政權之圖籙。揚其寶圖，謂拓跋氏所建後魏勃興。

〔七〕「齊人」句，齊人，指高歡父子。東魏孝静帝武定八年（五五〇）五月，高歡次子洋滅東魏，建立齊，史稱北齊，爲文宣帝，改元天保。事詳魏書廢出三帝紀、孝静紀，北齊書神武紀。文選張衡東京賦：「竊弄神器。」薛綜注：「神器，帝位也。」李善注：「老子曰：『天下神器不可爲也，爲者敗之。』韋昭漢書注曰：『神器，天子璽也。』」

〔八〕「則天有」二句，詩經大雅文王：「周雖舊邦，其命維新。」鄭玄箋：「大王聿來胥宇，而國於周，王迹起矣，而未有天命。至文王而受命，言新者，美之也。」

〔九〕「文王」二句，三分，指天下。論語泰伯：「三分天下有其二，以服事殷，周之德，可謂至德也已矣。」何晏集解引包（咸）曰：「殷紂淫亂，文王爲西伯而有聖德，天下歸周者三分有二。」詩經大雅大明：「維此文王，小心翼翼，昭事上帝。」

〔一〇〕「武王」二句，八百，助武王伐殷之諸侯數。史記周本紀：武王伐殷，「諸侯不期而會盟津者八百諸侯」。尚書洪範：「王（武王）乃言曰：『嗚呼，箕子！惟天陰騭下民，相協厥居。』」僞孔傳：「騭，定也。天不言而默定下民。」民，原作「人」，唐諱，徑改。

〔一一〕「車書」句，禮記中庸：子曰：「今天下車同軌，書同文，行同倫。」代指周滅商統一全國。按：此所謂周，明述三代之周，實指後周即北周。西魏大統十七年（五五一）三月，文帝崩，太子元欽即位，是爲廢帝。廢帝三年（五五四），宇文泰廢之，立恭帝拓跋廓。恭帝三年（五五六）十二月，宇文泰第三子宇文覺滅西魏，建立周，史稱北周。宇文覺嘗封周公，故以「周」爲國號，「正用夏時，式遵聖道」，以繼三代之周自命。宇文覺元年，追封宇文泰爲文王，廟曰太祖。事詳周書文帝紀、孝閔紀。

〔一二〕「方乎」二句，劉澤，史記荆燕世家：「燕王劉澤者，諸劉遠屬也。」集解裴駰案：「漢書：澤，高祖從祖昆弟。」天漢，即漢。懿親，至親。按：上文言宇文珽爲宇文逸豆歸（宇文歸）之遠派，而據周書文帝紀上，宇文泰遠祖亦爲逸豆歸（周書作「侯豆歸」，晉書慕容皝載記作「逸豆歸」），故此以宇文珽比漢代之劉澤，謂其與宇文泰、宇文覺爲同一遠祖之後。乃，英華校：「集作即。」按對句作「即」，此當作「乃」。

〔一三〕「匹以」二句，三國志魏書曹洪傳：「曹洪，字子廉，太祖（曹操）從弟也。」當塗，魏之代稱。後漢書袁術傳：「少見讖書，言『代漢者當塗高』。」李賢注：「當塗高者，魏也。」下文謂宇文珽之祖爲宇文神舉，按周書宇文神舉傳：「宇文神舉，太祖（即文帝宇文泰）之族子也。」故謂「近屬」。

〔一四〕「及隋室」句，「及」下，原有「其」字。英華於「其」字下校：「集無此字。」是，據刪。遷鼎，鼎乃政權象徵，遷鼎謂隋滅北周。左傳桓公二年：「武王克商，遷九鼎於雒邑。」杜預注：「九鼎，殷所受夏九鼎也。武王克商，乃營雒邑，而後去之，又遷九鼎焉。」

〔一五〕「唐運」句，唐，原作「重」，據全唐文改。唐運，李唐有天下之曆運。握符，文選沈約齊故安陸昭王碑文：「魏氏乘時於前，皇齊握符於後。」李善注引孝經鈎命決曰：「帝受命握符出。」符，象徵天命之符籙。此指唐朝李氏奪取政權。

〔一六〕「固亦」二句，壇社，祭山川社稷之高臺。主祭祀，乃權力象徵。以上四句，謂宇文氏之周雖亡，而隋、唐兩代，其後裔權勢依舊。

〔一七〕「曾祖」至「有傳」，周書宇文神舉傳：「父顯和，少而襲爵。性矜嚴，頗涉經史，膂力絶人，彎弓數百斤，能左右馳射。……（北魏孝武帝）即位，擢授冠軍將軍、閤内都督，封城陽縣公，邑五百户。遷朱衣直閤、閤内大都督，改封長廣縣公，邑一千五百户。……俄出爲持節衛將軍、東夏州刺史，以疾去職，深爲吏民所懷。尋進位車騎大將軍、儀同三司、加散騎常侍。（西）魏恭帝元年（五五四）卒，時年五十七。太祖（宇文泰）親臨之，哀動左右。（北周武帝宇文邕）建德二年（五七三），追贈使持節、驃騎大將軍、開府儀同三司、延丹綏三州諸軍事、延州刺史。」文苑英華辨證：「楊炯宇文珽碑：『曾祖顯和，後魏將軍。』集作『冠軍』，北史本傳作『冠軍將軍』。碑與集疑省文。」其説是。魏書官氏志：冠軍將軍，從三品。城陽縣，魏書地形志二上：濮陽郡，領縣四，城陽爲其一。長廣郡公，此作「縣公」。既爲「改封」，疑當作「郡公」。魏書地形志二中：「長廣郡（晉武帝置），治膠東城。」東夏州，即延州，見下注。延、丹、綏三州：元和郡縣志卷三延州：「秦置三十六郡，屬上郡。在漢爲上郡高奴縣之地，今州理即上郡高奴縣之城也。……魏省上郡，至晉陷爲戎狄。其後屬赫連勃勃。後魏滅赫連昌，以屬統萬鎮。孝文帝置金明郡，宣武帝置東夏州，廢帝改爲延州，以界内延水爲名，置總管，管丹、延、綏三州。」同上書卷四丹州：「後魏文帝大統三年（五三七），割鄜、延二州地置汾州，理三堡鎮。廢帝以河東汾州同名，改爲丹州，因丹陽川爲名，領義川、樂川縣。」同上綏州：「史記曰『魏有西河上郡』。秦并天下，始皇置三十六郡，爲上郡。……自後漢末已來，荒廢年久，俗是稽胡。及赫連勃勃都於統萬，上郡之地又爲赫連部落所居。後魏明帝神龜元年（五一八），東夏州刺史張邵於此置上郡。廢帝元年（五五一），於郡内分置綏州。」

〔一八〕「對揚」句，尚書説命下：「（傅）説拜稽首，曰：『敢對揚天子之休命。』」僞孔傳：「對，答也。答受美命而稱揚之。」

〔一九〕「保乂」句，尚書康王之誥：「聖德洽，則亦有熊羆之士，不二心之臣，保乂王家。」僞孔傳：「言文、武既聖，則亦有勇猛如熊羆之士，忠一不二心之臣，其安治王家。」

〔二〇〕「霍去病」句，漢書霍去病傳：「霍去病，大將軍（衛）青姊少兒子也。」以皇后姊子，年十八，爲侍中。善騎射。爲票姚校尉，從大將軍衛青，以斬首捕虜再冠軍，封冠軍侯。

〔二一〕「周亞夫」句，漢書周勃傳：「（勃）弟亞夫，復爲侯。」文帝拜亞夫爲中尉，且崩時，戒太子曰：「即有緩急，周亞夫真可任將兵。」文帝崩，亞夫爲車騎將軍。

〔二二〕「剖符」二句，剖符，文選司馬相如喻巴蜀檄：「故有剖符之封。」李善注引如淳曰：「析中分也，白藏天子，青在諸侯。」又同書王褒聖主得賢臣頌：「剖符錫壤。」張銑注：「剖，分也。符者，所以諸侯與天子分之，各執一契，舉動所爲，必合之於契，然後承命而行之。」六條，漢書百官公卿表：「武帝元封五年（前一〇六），初置部刺史，掌奉詔條察州。」顏師古注引漢官典職儀云：「刺史班宣周行，郡國省察治狀，黜涉能否，斷治冤獄，以六條問事，非條所問，即不省。一條：强宗豪右田宅踰制，以强陵弱，以衆暴寡。二條：二千石不奉詔書，遵承典制，倍公向私，旁詔守利，侵漁百姓，聚歛爲姦。三條：二千石不恤疑獄，風厲殺人，怒則任刑，喜則淫賞，煩擾刻暴，剥截黎元，爲百姓所疾，山崩石裂，祅祥訛言。四條：二千石選署不平，苟阿所愛，蔽賢寵頑。五條：二千石子弟恃怙榮勢，請託所監。六條：二千石違公下比，阿附豪强，通行貨賂，割損正令也。」

〔二三〕「建國」二句，建國，指宇文顥和協助北魏孝武帝西奔長安，建立西魏。周書宇文神舉傳：「及齊神武（高歡）專政，帝（孝武帝）每不自安，謂顥和曰：『天下洶洶，將若之何？』對曰：『當今之計，莫若擇善而從之。』……帝曰：『是吾心也。』遂定入關之策。……從帝入關。」五等，尚書皋陶謨：「天秩有禮，自我五禮有庸哉。」僞孔傳：「天次秩。有禮，當用我公、侯、伯、子、男五等之禮以接之，使有常。」

〔二四〕「祖神舉」至「周書有傳」，周書宇文神舉傳：「神舉早歲而孤，有夙成之量。……（北周武帝宇文邕）保定元年（五六一），襲爵長廣縣公，邑二千三百户。尋授帥都督，遷大都督、使持節，車騎大將軍、儀同三司，拜右大夫。四年，進驃騎大將軍、開府儀同三司，治小宫伯。天和元年（五六六），遷右宫伯，中大夫，進爵清河郡公，增邑一千户。……建德元年（五七二），遷京兆尹。三年，出爲熊州刺史。……授并州刺史，加上開府儀同大將軍。……尋加上大將軍，改封武德郡公，增邑二千户。俄進柱國大將軍，改封東平郡公，增邑通前六千九百户。……授并潞肆石等四州十二鎮諸軍、并州總管。」及宣帝（宇文贇）即位，「使人賫鴆酒賜之，薨於馬邑，時年四十八」。所述缺死後「贈少保」事。并潞肆石四州，并州，元和郡縣志卷一三太原府：「晉惠帝時，并州之地盡爲劉元海所有。……後魏復爲太原郡。周武帝建德六年（五七七）平齊，置六府於并州。後省六府，置并州總管。」潞州，同上卷一五潞州：「秦爲上黨郡地。後漢末，董卓作亂，移理壺關城，即今州理是也。周武帝建德七年，於襄垣縣置潞州，上黨郡屬焉。」肆州，魏書地形志上肆州：「治九原。天賜二年（四〇五）爲鎮，真君七年（四四六）置州。」按英華於「肆」下注：「隋地理志，屬雁門郡（「郡」原誤「部」，徑改）。」按：隋書地理志中：「鴈門郡，後周置肆州。開皇五年（五八五），改爲代州，置總管府。大業初府廢。」石州，元和郡縣志卷一四石州：「在秦爲西河郡之離石縣。……石勒時改爲永石郡。後魏明帝改爲離石郡，高齊文宣帝於城内置西汾州，周武帝改爲石州。」東平郡，魏書地形志：「東平郡，故梁國，漢景帝分爲濟東國，武帝改爲大河郡，宣帝爲東平國，後漢、晉仍爲國，後改。」在今山東東平縣。

〔二五〕「業贊」句，周易屯卦象曰：「雲雷，屯，君子以經綸。」王弼注：「君子經綸之時。」此謂宇文神舉輔助皇帝治理國家。

〔二六〕「晉則」句，晉書羊祜傳：「羊祜，字叔子，泰山南城人也。……咸寧初，除征南大將軍、開府儀同三司，得專辟召。」

〔二七〕「楚則」句，共，原作「若」。英華作「若」，校：「集作共。」史記高祖紀：「項羽自立爲西楚霸王，王梁、楚地九郡，都彭城。負約更立沛公爲漢王，……懷王柱國共敖爲臨江王。」柱國，楚官名。考左傳、史記楚世家等，皆無若敖爲柱國之記載。左傳宣公二年曰：「若敖之族，自子文以來，世爲楚令尹。」則作「共」是，據英華所引集本改。

〔二八〕「王章」二句，漢書王章傳：「王章，字仲卿，泰山鉅平人也。少以文學爲官，稍遷至諫大夫，在朝廷名敢直言。元帝初，擢爲左曹中郎將。……成帝立，徵章爲諫大夫，遷司隸校尉，大臣貴戚敬憚之。王尊免，後代者不稱職，章以選爲京兆尹。」

〔二九〕「郭伋」二句，後漢書郭伋傳：「郭伋，字細侯，扶風茂陵人也。」王莽時嘗爲并州牧。世祖（光武帝）即位，拜雍州牧，轉爲漁陽太守，再調爲并州牧。「伋前在并州，素結恩德，及後入界，……

有童兒數百各騎竹馬於道次迎拜。伋問兒曹何自遠來？對曰：『聞使君到，喜，故來奉迎。』伋辭謝之。及事訖，諸兒復送至郭外，問『使君何日當還』？伋謂别駕從事計日，當告之。行部既還，先期一日，伋爲違信於諸兒，遂止於野亭，須期乃入。」

〔三〇〕「考誼」至「二縣令」，挽郎，杜佑通典卷八六挽歌：「漢高帝時，齊王田横自殺，其故吏不敢哭泣，但隨柩叙哀。而後代相承，以爲挽歌，蓋因於古也。晉成帝咸康七年（三四一），有司聞奏，依舊選公卿以下六品子弟六十人爲挽郎，詔又停之。摯虞云：漢、魏故事，大喪及大臣之喪，執紼者挽歌。」則執紼、唱挽歌之六品官子弟，稱「挽郎」。禮記曲禮上：「助葬必執紼。」鄭玄注：「紼，引車索。」青城，元和郡縣志卷三一蜀州青城縣：「本漢江原縣地。周武帝於此置青城縣，因山爲名，屬犍爲郡。隋開皇三年（五八三）罷郡，縣屬益州。」今屬四川都江堰市。瀛州清苑，魏書地形志二上瀛州：「太和十一年（四八七）分定州河間、高陽，冀州章武、浮陽置，治趙都軍城。」領郡三：高陽、章武、河間。高陽郡領縣九，有清苑，原注：「高祖太和元年（四七七）分新城置。」其後屢有變遷，清苑等縣另屬他州。太平寰宇記卷六六河北道瀛州：「貞觀元年（六二七），『割蒲州之高陽、鄚，故景州之平舒，故蠡州之博野、清苑五縣來屬』。」縣今屬河北保定市。宇文誼事迹，别無可考。

〔三一〕「鉤深」句，周易繫辭上：「探賾索隱，鉤深致遠，以定天下之吉凶、成天下之亹亹者，莫大乎蓍龜。」鉤深，孔穎達正義曰：「物在深處能鉤取之，物在遠方能招致之。」

〔三二〕「每乾乾」句，周易乾卦文言：「九三曰『君子終日乾乾，夕惕若厲，无咎』，何謂也？子曰：『君子進德修業，忠信所以進德也；修辭立其誠，所以居業也。知至，至之可與幾也；知終，終之可與存義也。』」按：乾乾，危懼不安貌。

〔三三〕「廣都」二句，三國志蜀書蔣琬傳：「蔣琬，字公琰，零陵湘鄉人也。弱冠，與外弟泉陵劉敏俱知名。琬以州書佐隨先主入蜀，除廣都長。先主嘗因游觀，奄至廣都，見琬衆事不理，時又沉醉，先主大怒，將加罪戮。軍師將軍諸葛亮請曰：『蔣琬，社稷之器，非百里之才也。其爲政以安民爲本，不以修飾爲先，願主公重加察之。』先主雅敬亮，乃不加罪，倉卒但免官而已。」按：廣都，今成都雙流區。

〔三四〕「太丘」二句，後漢書陳寔傳：「陳寔，字仲弓，潁川許人也。」遷除太丘長，修德清靜，百姓以安。「時歲荒民儉，有盜夜入其室，止於梁上。寔陰見，乃起，自整拂，呼命子孫，正色訓之曰：『夫人不可不自勉，不善之人未必本惡，習以性成，遂至於此。梁上君子者是矣。』盜大驚，自投於地，稽顙歸罪。寔徐譬之曰：『視君狀貌不似惡人，宜深克己反善。然此當由貧困。』令遺絹二匹。自是，一縣無復盜竊。」李賢注：「太丘縣，屬沛國，故城在今亳州永城縣西北也。」按：永城縣，今爲河南永城市。閨門，家門。此謂其善於教訓子孫。

公慶成弧矢〔一〕，氣襲芝蘭〔二〕。劍則赤山之精，照牽牛於北列〔三〕；鼎則黃雲之寶，入天駟於東方〔四〕。資大孝而立身，蘊中和以成德。詞參變化，稽百代之闕文〔五〕；學富圖書，閱三冬之舊史〔六〕。司徒袁粲，許之以栝柏豫章〔七〕；處士禰衡，目之以椅桐梓漆〔八〕。初任國子生，擢第，授道王府參軍，兼鄭州參軍事〔九〕。横經太學，射策王庭〔一〇〕。高陽才子，宣慈惠和之譽〔一一〕；武公新邑，濟河洛潁之聞〔一二〕。兼攝務殷〔一三〕，參卿位重〔一四〕。王徽之任達，國士升車〔一五〕；劉苟之博聞，中郎寓直〔一六〕。秩滿，授遂州司户參軍事〔一七〕。天開井絡〔一八〕，地洩江源〔一九〕。才雄翕習於外區〔二〇〕，棟宇相望於近甸〔二一〕。尹興爲政，知陸續於衆人〔二二〕；黄譞臨官，識包咸於數子〔二三〕。尋遷絳州翼城令〔二四〕。大梁星野〔二五〕，少澤封圻〔二六〕。城故絳以深其宫〔二七〕，都新田以流其惡〔二八〕。實惟繁劇，載佇循良〔二九〕。魯國有司，無擅徵之事〔三〇〕；南陽郡吏，罷休沐之娱〔三一〕。州府狀聞，鄉亭頌德。亦由禮讓之化，綿竹於是乎作歌〔三二〕；風俗之夷，浚儀於是乎刊石〔三三〕。稍遷符璽郎，尋奉敕檢校鴻臚，本官如故〔三四〕。環濟要略，掌天子之符璽〔三五〕；劉熙釋名，表京師之心腹〔三六〕。是分麾節，式贊王侯。國信不差，郊迎有序。遷尚書職方員外郎〔三七〕。夏書禹貢，辨其川澤〔三八〕；周禮職方，明其物土〔三九〕。清晨伏奏，幾承題柱之恩〔四〇〕；閑夜潔齋，惟有張燈之宿〔四一〕。詔除朝散大夫、晉州司馬，尋遷長史〔四二〕。平陽舊縣，姑射靈山，玉印仍存，瑶城未改〔四三〕。習鑿齒之逢宣武，三命而踐治中〔四四〕；管公明之謁冀州，四見而登別駕〔四五〕。詔還同州長史〔四六〕。河西輻輳，渭北膏腴〔四七〕。秦地之下邦，漢京之左輔〔四八〕。使君何以爲政〔四九〕，端右宜其得人〔五〇〕。江統知賢，直言則陳留阮宣子〔五一〕；唐彬薦善，通理則汝南王叔度〔五二〕。王祥糺合，屈公輔之宏材〔五三〕；荀羨逸群，杜衡天之勁翮〔五四〕。享年六十有五，以永淳元年六月二十一日終於華州之別業〔五五〕。嗚呼哀哉！

【箋　注】

〔一〕「公慶成」句，慶，善也。弧矢，弓箭。吴越春秋卷五勾踐歸國外傳：越王問陳音（按文選班固答賓戲李善注引作「陳章」）射道，音曰：「神農皇帝弦木爲弧，剡木爲矢，弧矢之利，以威四方。黄帝之後，楚有弧父，弧父者，生於楚之荊山，生不見父母。爲兒之時，習用弓矢，所射無脱，以其道傳於羿。羿傳逢蒙，逢蒙傳於楚琴氏。琴氏以爲弓矢不足以威天下。當是之時，諸侯相伐，兵刃交錯，弓矢之威，不能制服。琴氏乃横弓著臂，施機設樞，加之以力，然後諸侯可服。琴氏傳之楚三侯，所謂句亶、鄂、章，人號麋侯、翼侯、魏侯也。自楚之三侯，傳至靈王，自稱之楚累世，蓋以桃弓棘矢而備鄰國也。自靈王之後，射道分流，百家能人，用莫得其正。臣前人受之於楚，五世於臣矣。臣雖不明其道，惟王試之。」此謂「慶成弧矢」，乃以弧矢相傳爲喻，謂宇文珽爲人爲官之道，其善乃世代薰習傳承。

〔二〕「氣襲」句，世説新語言語：「謝太傅（安）問諸子姪：『子弟亦何預人事，而正欲使其佳？』諸人莫有言者，車騎（謝玄）答曰：『譬如芝蘭玉樹，欲使其生於階庭耳。』」芝蘭，香草。按：此與上句義同。

〔三〕「劍則」二句，文選張協七命八首其五：「耶谿之鋌，赤山之精。……流綺星連，浮彩豔發。」李善注引越絶書曰：「越王勾踐有寶劍五聞於天下。客有能相劍者，名曰薛燭，王召而問之，對曰：『當造此劍之時，赤堇之山破而出錫，若耶之谿涸而出銅。』」呂延濟注：「耶谿、赤山，并山名，出銅鐵也。鋌，鐵名；精，銅之妙者。」流綺星連，李善注：「綺，光色也。越絶書曰：王取純鈎，薛燭觀其釧，爛如列星之行。」李周翰注：「星連，謂精氣衝天，與星連也。」牽牛，星座名，爾雅：「河鼓謂之牽牛。」晉書張華傳稱「斗牛之間常有紫氣」，乃龍淵，太阿之精所照。北列，「列」，原作「斗」，英華、四子集、全唐文作「列」，英華校：「集作斗。」據上引越絶書及對句「東方」文意，當作「列」，北列，謂北斗列星也，因改。

〔四〕「鼎則」二句，史記孝武本紀：「汾陰巫錦爲民祠魏脽后土營旁，見地如鉤狀，掊視得鼎。鼎大異於衆鼎，文鏤無款識，怪之，言吏。吏告河東太守勝，勝以聞。天子使使驗問巫錦得鼎無姦詐，乃以禮祠，迎鼎至甘泉，從行，上薦之。至中山，晏温，有黄雲蓋焉。」至長安，有司皆曰：「鼎宜見於祖禰，藏於帝廷，以合明德。」制曰：「可。」天駟，謂天府，亦即帝廷。史記天官書：「東宮蒼龍：房、心。……房爲府，曰天駟。」索隱：「爾雅云：『天駟，房也。』……宋均云：『房既近心，爲明堂，又別爲天府及天駟也。』」房在東宮，故稱「東方」。

〔五〕「稽百代」句，論語衛靈公：「子曰：吾猶及史之闕文也。」何晏集解引包(咸)曰：「古之良史，於書字有疑，則闕之以待知者。」此即指文。

〔六〕「閲三冬」句，漢書東方朔傳：「朔初來，上書曰：『臣朔少失父母，長養兄嫂，年十二學書，三冬文史足用。』」

〔七〕「司徒」句，宋書袁粲傳：「袁粲，字景倩，陳郡陽夏人。」少好學，有清才。宋孝武帝時歷遷司徒、右長史。泰始末爲尚書令。順帝即位，遷中書監，鎮石頭。身受顧託，不欲事二姓，爲齊主蕭道成所殺。南史王儉傳：儉字仲寶，四歲襲爵豫寧縣侯。幼篤學，手不釋卷。「丹陽尹袁粲聞其名，及見之，曰：『宰相之門也，栝柏豫章雖小，已有棟梁氣矣，終當任人家國事。』」按：栝柏、豫章，皆美木名。

〔八〕「處士」二句，後漢書禰衡傳：「禰衡，字正平，平原般人也。少有才辯，而氣尚剛傲，好矯時慢物。」後爲黄祖所殺。太平御覽卷四四五品藻上引典略：「趙戩遭三輔亂，客於荆州，劉表以爲賓客。是時，禰衡來游京師，詆訿朝士，及南見戩，歎之曰：『劍則干將、莫耶，木則椅桐、梓漆，人則顔冉、仲弓也。』」按詩經鄘風定之方中：「樹之榛栗，椅桐梓漆，爰伐琴瑟。」毛傳：「椅，梓屬。」鄭玄箋：「爰，曰也。樹此六木於宫者，曰其長大可伐，以爲琴瑟，言預備也。」

〔九〕「初任」四句，國子生，唐六典卷二一國子監：「國子博士，掌教文武官三品已上及國公子孫、從二品已上曾孫之爲生者，五分其經，以爲之業。習周禮、儀禮、禮記、毛詩、春秋、左氏傳，每經各六十人，餘經亦兼習之。」宇文珽習何科，於何年擢第，不可考。舊唐書高祖二十二子傳：「道王元慶，高祖第十六子也。武德六年（六二三）封漢王，八年改封陳王。貞觀九年（六三五），拜趙州刺史，賜實封八百户。十年，改封道王，授豫州刺史。……麟德元年（六六四）薨。」參軍，唐六典卷二九親王府：「參軍事二人，正八品下。」同上卷三〇，上州（據唐六典卷三，鄭爲雄州）「録事參軍事一人，從七品上」；諸曹參軍，則爲從七品下。

〔一〇〕「横經」二句，横經，聽講時横陳經書。何遜七召儒學：「横經者比肩，擁篲者繼足。」射策，漢書蕭望之傳：「望之以射策甲科爲郎。」顔師古注：「射策者，謂爲難問疑義，書之於策，量其大小，署爲甲乙之科，列而置之，不使彰顯。有欲射者，隨其所取，得而釋之，以知優劣。射之言投射也，對策者顯問以政事、經義，令各對之，而觀其文辭定高下也。」

〔一一〕「高陽」二句，左傳文公十八年：「高辛氏有才子八人，……忠肅共懿，宣慈惠和，天下之民，謂之八元。」杜預注：「高辛，帝嚳之號。」又：「宣，徧也。」又史記五帝本紀：「帝顓頊高陽者，黄帝之孫，而昌意之子也。」索隱引宋忠云：「顓頊，名；高陽，有天下號也。」又引張晏曰：「高陽者，所興地名也。」二句喻道王才高。

〔一二〕「武公」二句，左傳隱公十一年：「鄭伯使許大夫百里奉許叔以居許東偏，……乃使公孫獲處許西偏，曰：『凡而器用財賄，無寘於許。我死，乃亟去之。吾先君新邑於此。』」杜預注：「此，今河南新鄭，舊鄭在京兆。」孔穎達正義曰：「地理志云：『河南郡新鄭縣，鄭桓公之子武公所國。』是知新邑於此，謂河南新鄭也。且志又云：『京兆，周宣王弟鄭桓公邑。』是知舊鄭在京兆也。」濟、河、洛、潁，乃新邑（即新鄭）附近河流。史記鄭世家：「幽王以褒后故，王室治多邪，諸侯或畔之。於是桓公問太史伯曰：『王室多故，予安逃死乎？』太史伯對曰：『獨雒之東土，河、濟之南可居。』」二句指鄭州，謂其兼鄭州參軍。

〔一三〕「兼攝」句，兼攝，兼職。務殷，謂事務繁多。

〔一四〕「參卿」句，參卿，「參卿軍事」之省，即參軍。晉書孫楚傳：「孫楚，字子荊，太原中都人也。……遷佐著作郎，復參石包驃騎軍事。楚既負其材氣，頗侮易於包。初至，長揖曰：『天子命我參卿軍事。』」

〔一五〕「王徽之」句，任達，放任曠達。晉書桓宣傳附桓伊傳：「伊字叔夏，「有武幹，標格簡率。爲王濛、劉惔所知，頻參諸府軍事，累遷大司馬參軍。……與冠軍將軍謝玄、輔國將軍謝琰俱破（苻）堅於肥水，以功封永修縣侯，進號右軍將軍，賜錢百萬，袍表千端。伊性謙素，雖有大功，而始終不替。善音樂，盡一時之妙，爲江左第一。……王徽之赴召京師，泊舟青溪側，素不與徽之相識。伊於岸上過，船中客稱伊小字曰：『此桓野王也。』徽之便令人謂伊曰：『聞君善吹笛，試爲我一奏。』伊是時已貴顯，素聞徽之名，便下車踞胡床，爲作三調，弄畢，便上車去，客主不交一言。」

〔一六〕「劉苘之」句，苘，原作「簡」。唐以前，劉簡之其人無考。按文選潘岳秋興賦序李善注：「漢書曰：『期門僕射，秩比千石，平帝更名虎賁郎，置中郎將。』寓，寄也。世説（言語）曰：桓玄既篡，將改置直館，問左右：『虎賁中郎將省合在何處？』有人答云『無省』，當時殊迕旨。問：『何以知無？』答曰：『潘岳秋興賦序云：「兼虎賁中郎將，寓直於散騎之省。」』玄咨嗟稱善。劉謙之晉紀云：『玄欲復虎賁中郎將，疑，訪之僚屬，咸莫定。參軍劉茍之對：「昔潘岳秋興賦序云：『兼虎賁中郎將，寓直於散騎之省』，以言之是也。」玄從之。』」則劉茍之事與文意合，又爲參軍，「簡」當是「茍」之訛，據文意改。

〔一七〕「授遂州」句，遂州，詳前遂州長江縣先聖孔子廟堂碑注。唐六典卷三〇：上州（按遂州爲上州）「司户參軍事二人，從七品下。……司户參軍掌户籍、計帳、道路、逆旅、田疇、六畜、過所、蠲符之事，而剖斷人之訴競」。

〔一八〕「天開」句，井絡，原誤「并洛」，據全唐文改。井絡，代指蜀，見前王勃集序注。

〔一九〕「地洩」句，江源，指汶江。古謂汶江爲長江源頭。尚書禹貢：「岷山道江。」此亦代指蜀。

〔二〇〕「才雄」句，文選左思蜀都賦：「亦以財雄，翕習邊城。」劉淵林注：「亦以財雄，猶班壹以財雄邊城也。漢書班氏叙傳：『當孝惠、高后時，以財雄邊，出入弋獵，旌旗鼓吹。』以臨邛是蜀郡之邊縣，故云邊城。」吕延濟注：「翕習，威盛貌。言其雄富，所致威盛及於邊城。」財、才通。

〔二一〕「棟宇」句，文選左思蜀都賦：「爾乃邑居隱賑，夾江傍山。棟宇相望，桑梓接連。」近甸，同書張衡東京賦：「郊甸之内，鄉邑殷賑。」薛綜注：「五十里爲近郊，百里爲甸師。殷賑，謂富饒也。」

李善注：「尚書曰：五百里甸服。」

〔二二〕「尹興」二句，興，原作「子」，英華校：「集作興。」全唐文作「興」。按下句黄讜稱名，此亦當稱名以與之對應，故作「興」是，據改。後漢書陸續傳：「陸續，字智初，會稽吴人也。……續幼孤，仕郡户曹史。時歲荒民飢，太守尹興使續於都亭賦民饘粥，續悉簡閲其民，訊以名氏。事畢，興問所食幾何？續因口説六百餘人，皆分別姓字，無有差謬，興異之。」

〔二三〕「黄讜」二句，後漢書包咸傳：「包咸，字子良，會稽曲阿人也。少爲諸生，受業長安，師事博士右師細君，習魯詩、論語。……光武即位，乃歸鄉里，太守黄讜署户曹史。……舉孝廉，除郎中。建武中，入授皇太子論語，又爲其章句。拜諫議大夫、侍中、右中郎將。永平五年（六二），遷大鴻臚。」

〔二四〕「尋遷」句，絳州翼城，元和郡縣志卷一二：「本漢絳縣地也，屬河東郡。後魏明帝（據清張駒賢考證，當爲孝文帝）置北絳縣，隋開皇末改爲翼城縣，屬絳州，因縣東古翼城爲名也。武德元年（六一八）於此置澮州，四年（六二一）廢澮州，縣屬絳州。」今屬山西省。

〔二五〕「大梁」句，大梁，十二星次名。史記天官書：「昴、畢間爲天街。」索隱引爾雅云：「大梁，昴。」同書「胃爲天倉」正義：「胃三星、昴七星、畢八星爲大梁，於辰在酉，趙之分野。」按新唐書地理志曰：「河東道，蓋古冀州之域。漢河東、太原、上黨、西河、鴈門、代郡及鉅鹿、常山，趙國廣平國之地。河中、絳、晉、慈、隰、石、太原、汾、忻、潞、澤、沁、遼，爲實沈分；代、雲、朔、蔚、武、新、嵐、憲，爲大梁分。」實沈，亦十二星次名，即參星，見史記鄭世家。此謂絳州爲大梁分野，似誤，當爲實沈分。

〔二六〕「少澤」句，山海經北山經：「（景山）南望鹽販之澤，北望少澤。」鹽販之澤，郭璞注：「鹽池也，今在河東猗氏縣。」隋書地理志中：「聞喜縣有景山。」則少澤當在聞喜縣之北。

〔二七〕「城故絳」句，故絳，晉舊都絳邑，即唐曲沃縣。左傳莊公二十六年：「夏，士蔿城絳，以深其宮。」杜預注：「絳，晉所都也，今平陽絳邑縣。」按：士蔿，晉大司空。

〔二八〕「都新田」句，左傳成公六年：「晉人謀去故絳，諸大夫皆曰：『必居郇、瑕氏之地。』……公立於寢庭，謂獻子曰：『何如？』對曰：『不可。郇、瑕氏土薄水淺，其惡易覯。易覯則民愁，民愁則墊隘。不如新田，土厚水深，居之不疾，有汾、澮以流其惡，且民從教，十世之利也。』公說，從之。夏四月丁丑，晉遷於新田。」杜預注：「汾水出太原，經絳北，西南入河；澮水出平陽絳縣，南西入汾。惡，垢穢。」新田，即新絳縣。

〔二九〕「載佇」句，佇，原作「着」，全唐文作「著」，據英華改。載，發語詞，佇，等待。循良，奉公守法之人。

〔三〇〕「魯國」二句，孔子家語始誅：「孔子爲魯大司寇，……喟然歎曰：『嗚呼！上失其道而殺其下，非理也。……夫慢令謹昧，賊也；徵斂無時，暴也；不試責成，虐也。政無此三者，然後刑可即也。』」同上王言解：「若乃十一而稅，用民之力，歲不過三日。入山澤以其時而無徵關譏，市鄽皆不收賦，此則生財之路，而明王節之，何財之費乎？」

〔三一〕「南陽」二句，後漢書种暠傳附种拂傳：「拂字潁伯，初爲司隸從事，拜宛令。時南陽郡吏好因休沐遊戲市里，爲百姓所患。拂出逢之，必下車公謁，以愧其心，自是莫敢出者。政有能名。」

〔三二〕「亦由」二句，華陽國志卷一〇下漢中士女：「閻憲，字孟度，成固人也，名知人。爲綿竹令，以禮讓爲化，民莫敢犯。男子杜成夜行，得遺物一囊，中有錦二十五疋，求其主還之，曰：『縣有明君，何敢負其化。』童謡歌曰：『閻尹賦政，既明且昶。去苛去辟，動以禮讓。』遷蜀郡，吏民泣涕送之以千數。」

〔三三〕「風俗」二句，晉書陸雲傳：「雲字士龍，六歲能屬文。性清正，有才理，少與兄機齊名，雖文章不及機，而持論過之，號曰『二陸』。……以公府掾爲太子舍人，出補浚儀令。縣居都會之要，名爲難理。雲到官肅然，下不能欺，市無二價。人有見殺者，主名不立，雲録其妻而無所問。十許日遣出，密令人隨後，謂曰：『其去不出十里，當有男子候之與語，便縛來。』既而果然，問之具服，云與此妻通共殺其夫，聞妻得出，欲與語，憚近縣，故遠相要候。於是一縣稱其神明。郡守害其能，屢譴責之，雲乃去官。百姓追思之，圖畫形象，配食縣社。」按三國志吴陸抗傳裴松之注引機雲别傳，「配食縣社」作「生爲立祠」。所謂「刊石」，疑即指立祠事。

〔三四〕「稍遷」三句，通典卷二一：「符寶郎，周官，有典瑞、掌節二官，掌瑞節之事。秦、漢有符節令丞，領符璽郎。……隋初有符璽局，置監二人，屬門下省。煬帝改監爲郎，大唐因之。顯慶三年（六五八）改爲符寶郎，神龍初復爲符璽郎，開元初復爲符寶郎。其符節并納於宮中，有行從則請之，郎掌諸進符寶、出納幡節也。」鴻臚，即鴻臚寺，掌賓客及凶儀之事，領典客、司儀二署，見唐六典卷一八。檢校，散官名，乃加官（兼職）而非正除，故稱「本官如故」。

〔三五〕「環濟」二句，隋書經籍志史部著録「帝王要略十二卷，環濟撰，紀帝王及天官、地理、喪服」。按同上書經部又著録「喪服要略一卷，晉太學博士環濟撰」，史部又著録「吴紀九卷，晉太學博士環濟撰」。則環濟爲晉太學博士，其餘事迹不詳。帝王要略久佚。宋孫逢吉職官分紀卷二二符節令引環濟要略曰：「符節令，掌天子璽符，及節、麾、幢，有銅虎、竹，使符中分之，留其半，付受爲信。」

〔三六〕「劉熙」二句，劉熙釋名，今存，四庫全書總目提要曰：「釋名八卷，漢劉熙撰。熙字成國，北海人。其書二十篇，以同聲相諧推論稱名辨物之意，中間頗傷於穿鑿，然可因以考見古音，又去古未遠，所釋器物亦可因以推求古人制度之遺。」所引「表京師之心腹」句，今本無之。

〔三七〕「遷尚書」句，唐六典卷五尚書兵部：「（職方）員外郎一人，從六品上。」注：「周禮夏官有職方上士，後周依周官。隋開皇六年（五八六）置員外郎一人，煬帝改曰承務郎。皇朝爲職方員外郎，龍朔、咸亨并隨曹改復。」又曰：「職方郎中、員外郎，掌天下之地圖，及城隍、鎮戍、烽候之數，辨其邦國、都鄙之遠邇，及四夷之歸化者。」

〔三八〕「夏書」二句，今存僞古文尚書夏書禹貢，序曰：「禹别九州，隨山濬川，任土作貢，此堯時事，而在夏書之首，禹之王以是功。」

〔三九〕「周禮」二句，周禮夏官職方氏：「中大夫四人，下大夫八人，中士十有六人，府四人，史十有六人，胥十有六人，徒百有六十人。」鄭玄注：「職，主也，主四方之職貢者。職方氏，主四方官之長。」又土方氏：「上士五人，下士十人，府二人，史五人，胥五人，徒五十人。」鄭注：「土方氏，主四方邦國之土地。」孔穎達疏：「按其職云以土地相宅而建邦國、都鄙，與職方連類在此也，故主四方邦國之土地。」

〔四〇〕「清晨」二句，太平御覽卷二一五總叙尚書郎引三輔決録曰：「田鳳，字季宗，爲尚書郎。容儀端正，入奏事，靈帝目送之，因題柱曰：『堂堂乎張京兆、田郎。』」

〔四一〕「閑夜」二句，文選嵇康雜詩：「肅肅宵征，造我友廬。光燈吐輝，華幔長舒。」李善注：「毛詩曰：『肅肅宵征。』劉良注：『肅肅，静而獨行貌。造，至。廬，宅也。』李周翰注：『言宿友人之家，乃張燈帳也。舒，張也。』」按：兩句言奔忙公務，常宿於外。

〔四二〕「詔除」三句，唐六典卷二尚書吏部：「從五品下曰朝散大夫。」元和郡縣志卷一二晉州（平陽，望）：「禹貢冀州之域，即堯舜禹所都平陽也。……後魏太武帝於此置東雍州，孝明帝改爲唐州，尋又改爲晉州，因晉國以爲名也。……周武帝平齊，置晉州總管。義旗初建，改爲平陽郡。武德元年（六一八）罷郡，置晉州。」唐六典卷三〇：上州「司馬一人，從五品下」。同上：「長史一人，從五品上。」

〔四三〕「平陽」四句，平陽，見上注。莊子逍遥遊：「藐姑射之山，有神人居焉，肌膚若冰雪，綽約若處子。……堯治天下之民，平海内之政，往見四子藐姑射之山，汾水之陽，窅然喪其天下焉。」按：莊子所載乃寓言，元和郡縣志卷一二晉州臨汾縣：「平山，一名壺口山，今名姑射山。在縣西八里，平水出焉。」所謂玉印，蓋唐時姑射山所藏之物；瑶城，仙人所居，此指臨汾城。

〔四四〕「習鑿齒」二句，晉書習鑿齒傳：「習鑿齒，字彦威，襄陽人也。……鑿齒少有志氣，博學洽聞，以文筆著稱。……荆州刺史桓温辟爲從事。江夏相袁喬深器之，數稱其才於温，轉西曹主簿，親遇隆密。……累遷别駕。」宣武，即桓温。治中，「治」原作「侍」。考上引本傳，習氏未嘗作侍中。今按世説新語文學曰：「習鑿齒史才不常，宣武甚器之，未三十便用爲荆州治中。鑿齒謝牋亦云：『不遇明公，荆州老從事耳。』」又太平御覽卷二六三治中引檀道鸞晉紀：「習鑿齒少博涉，才情秀逸，桓温奇之，自州從事歲中三轉至治中。」治中、别駕，其實一也。同上引王隱晉書曰：「唐彬檄爲治中别駕。」又白孔六帖卷七七：「别駕亦曰治中從事。」則「侍中」當爲「治中」之誤，據文意改。通典卷三二總論州佐：「治中從事史一人，居中治事，主衆曹文書，漢制也。」

〔四五〕「管公明」二句，管輅，字公明。其與冀州刺史裴徽四見而登别駕事，已見前益州大都督府新都縣學先聖廟堂碑注。又太平御覽卷二六三别駕引管輅别傳曰：「趙孔曜言：輅於冀州，刺史裴徽即檄召輅。一相見，清論終日，不見疲倦。天時大熱，移床在庭前樹下，乃至雞鳴向晨，然後出。自爾四見，引輅爲別駕。」別駕，太平御覽同上引應劭漢官儀曰：「元帝時，丞相于定國條州大小爲設吏員，治中、別駕、諸部從事，秩皆百石。」因出巡時另乘傳車，故稱別駕。

〔四六〕「詔還」句，同州，地在今陝西大荔、韓城、澄城一帶，詳見前齊貞公宇文公神道碑注。

〔四七〕「河西」二句，河西，黄河之西；渭北，渭水之北，言同州方位。輻輳，漢書叔孫通傳：「人人奉職，四方輻輳。」顔師古注：「輳，聚也。言如車輻之聚於轂也。字或作湊。」同書田蚡傳：「田園極膏腴。」顔師古注：「膏腴，謂肥厚之處。」

〔四八〕「秦地」二句，據元和郡縣志卷二同州，其地春秋時秦獲之於大荔戎國，故稱下邦。同上又曰：「始皇并天下，京兆、馮翊、扶風并内史之地。……（漢）武帝更名左馮翊。」同上馮翊縣曰：「馮，輔也；翊，佐也。義取輔佐京師。」

〔四九〕「使君」句，晉書高崧傳：「高崧，字茂琰，廣陵人也。……累遷侍中。是時謝萬爲豫州都督，疲於親賓相送。方卧在室，崧徑造之，謂曰：『卿今疆理修西藩，何以爲政？』萬粗陳其意，崧便爲叙刑政之要數百言，萬遂起坐，呼崧小字曰：『阿酃，故有才具邪！』」使君，指同州刺史。謂宇文斑爲政之才，過其州守。

〔五〇〕「端右」句，端右，指尚書令。北堂書鈔卷七三別駕引王丞相集曰：「別駕宜得其才，其以護軍長史顧和爲之。」

〔五一〕「江統」二句，晉書江統傳：「江統，字應元，陳留圉人也。」「爲司徒左長史，東海王越爲兗州牧，以統爲別駕，委以州事，與統書曰：『昔王子師爲豫州，未下車辟荀慈明，下車辟孔文舉。貴州人士，有堪應此者不？』統舉高平郗鑒爲賢良，陳留阮修爲直言，濟北程收爲方正，時以爲知人。」太平御覽卷二六三別駕引江氏家傳述此事，阮修作「阮宣子」。按：唐六典卷三〇李林甫注曰：「永徽中，改別駕爲長史。垂拱初又置別駕，員多，以皇家宗枝爲之，神龍初罷。開元初復置，始通用庶姓焉。」宇文珽爲同州長史，故此及下文多用別駕事。

〔五二〕「唐彬」二句，彬，原作「林」，英華作「彬」，校：「集作林。」按唐林乃西漢末人，曾仕王莽，而此上下皆用晉事，當以作「彬」是，據改。晉書唐彬傳：唐彬，字儒宗，魯國鄒人也。有經國大度，舉孝廉，州辟主簿，累遷別駕。監巴東諸軍事，加廣武將軍，與王濬共伐吳，封上庸縣侯。元康初，拜使持節、前將軍、領西戎校尉、雍州刺史，禮敬處士皇甫申叔、嚴舒龍、姜茂時、梁子遠等。今存史籍未載其薦王叔度事，待考。

〔五三〕「王祥」二句，晉書王祥傳：王祥，字休徵，琅邪臨沂人。徐州刺史呂虔檄爲別駕，祥年垂耳順，而「虔委以州事。於時寇盜充斥，祥率勵兵士，頻討破之，州界清静，政化大行，時人歌之曰：『海沂之康，實賴王祥。邦國不空，別駕之功。』」其後仕至司空、太尉，加侍中，封睢陵侯。入晉，拜太保，進爵爲公。海沂，資治通鑑卷七七引此，胡三省注：「徐州之地，東際海，西北距泗沂，故曰海沂。」糾合，後漢書臧洪傳：「廣陵太守（張）超等糾合義兵，并赴國難。」李賢注：「糾，收也。」此指王祥整合軍隊破寇盜，謂頗屈才。

〔五四〕「荀羨」二句，晉書荀崧傳附荀羨傳：荀羨，字令則，潁川臨潁人。尚尋陽公主，拜駙馬都尉。「征北將軍褚裒以爲長史，既到，裒謂佐吏曰：『荀生資逸群之氣，將有衝天之舉，諸君宜善事之。』」尋遷建威將軍、吳國内史，除北中郎將、徐州刺史。升平二年（當作三年，三五九）卒，時年三十八。帝聞之，歎曰：「荀令則、王敬和相繼凋落，股肱腹心，將復誰寄乎！」杜，絶也，言其早死，有如羽翮斷折，未能高飛遠舉。

〔五五〕「終於」句，華州，地即今陝西華陰市，詳見前齊貞公宇文公神道碑注。別業，文選石崇思歸引序：「遂肥遯於河陽別業。」劉良注：「別業，別居也。」即別墅。

公元亨利貞〔一〕，文行忠信〔二〕。禮樂之君子，儒林之丈夫。當在顔冉中求〔三〕，自是風塵外物〔四〕。友于之義，伯淮與季江同寢〔五〕；朋從之道，鮑叔與管仲推財〔六〕。優游太學之中〔七〕，籍甚平臺之下〔八〕。輜車就列，化洽於二州〔九〕；油軾當官，政成於半刺〔一〇〕。道尊德貴，而大位不躋；有志無時，而天年不永〔一一〕。即以其年十月，遷窆於鄭縣安樂鄉之西源〔一二〕。嗣子某官等，詩禮預聞〔一三〕，箕裘早學〔一四〕。生則盡其養，劉殷積粟於七年〔一五〕；殁則致其哀，唐頌絶漿於九日〔一六〕。占白鶴〔一七〕，相青烏〔一八〕。鄭伯所封，有咸林之采地〔一九〕；晉侯所略，有河外之城邑〔二〇〕。其川渭水而玉璜〔二一〕，其鎮華山而金石〔二二〕。習習旗旐〔二三〕，紛紛野田〔二四〕。范巨卿則素車來哭〔二五〕，韓元長則緦麻設位〔二六〕。大夫受梁鴻之命，終陪烈士之墳〔二七〕，妻子從田豫之言，竟托神人之墓〔二八〕。嗚呼哀哉！

【箋注】

〔一〕「公元亨」句，周易乾卦：「元亨利貞。」文言：「元者善之長也，亨者嘉之會也，利者義之和也，貞者事之乾也。君子體仁足以長人，嘉會足以合禮，利物足以和義，貞固足以幹事。君子行此四德者，故曰『乾，元亨利貞』。」

〔二〕「文行」句，論語述而：「子以四教：文、行、忠、信。」孔穎達正義：「文謂先王之遺文。行謂德行，在心爲德，施之爲行。中心無隱，謂之忠；人言不欺，謂之信。此四者，有形質，故可舉以教也。」

〔三〕「當在」句，論語先進：「德行：顏淵、閔子騫、冉伯牛、仲弓。」按：顏回，字子淵；閔損，字子騫；冉耕，字伯牛；冉雍，字仲弓。

〔四〕「自是」句，世説新語賞譽：「王戎云：太尉（王衍）神姿高徹，如瑤林瓊樹，自然是風塵外物。」

〔五〕「友于」二句，尚書君陳：「王若曰：君陳！惟爾令德孝恭，惟孝友于兄弟，克施有政。」僞孔傳：「言善父母者，必友于兄弟。」後漢書姜肱傳：「姜肱，字伯淮，彭城廣戚人也。家世名族。肱與二弟仲海、季江俱以孝行著聞。其友愛天至，常共卧起，及各娶妻，兄弟相戀，不能別寢。以係嗣當立，乃遞往就室。」

〔六〕「朋從」二句，朋從，朋友。周易咸卦：「九四：貞吉悔亡。憧憧往來，朋從爾思。」史記管晏列傳：管仲曰：「吾始困時，嘗與鮑叔賈，分財利多自與，鮑叔不以我爲貪，知我貧也。」

〔七〕「優遊」句，詩經小雅采菽：「優哉游哉，亦是戾矣。」鄭玄箋：「諸侯有盛德者，亦優遊自安止，於是言思不出其位。」太學之中，謂宇文珽爲太學國子生，見本文前注。

〔八〕「籍甚」句，文選任昉宣德皇后令：「客游梁朝，則聲華籍甚。」李善注：「漢書曰：『陸賈游漢庭公卿間，名聲籍甚。』音義：或曰狼籍甚盛也。」同書王儉褚淵碑文：「光昭諸侯，風流籍甚。」劉良注：「言其風美之聲流於天下籍甚也。籍甚，言多也。」平臺，漢書梁孝王傳：「大治宮室，爲複道，自宮連屬於平臺，三十餘里。」注引如淳曰：「平臺，在大梁東北，離宮所在也。」又引晉灼曰：「或説在城中東北角。」顔師古注：「今其城東二十里所有故臺基，其處寬博，土俗云平臺也。」此以平臺代指王府，謂宇文珽爲道王府參軍，詳本文前注。

〔九〕「輜車」二句，漢書張良傳：「上雖疾，彊載輜車，臥而護之。」顔師古注：「輜車，衣車也。」即有篷之車。漢代以乘輜車爲貴。化洽，教化遍及。洽，周遍也。二州，指晉州、同州，宇文珽嘗爲二州長史，見本文前注。列，英華作「烈」，注：「疑。」按：「就烈」無義，當誤。

〔一〇〕「油軾」二句，漢書黃霸傳：「霸爲潁川太守，秩比二千石。居官賜車，蓋特高一丈，別駕、主簿車，緹油屏泥於軾前，以章有德。」半刺，太平御覽卷二六三別駕引庾亮集答郭遜書曰：「別駕舊與刺史別乘，同流宣化於萬里者，其任居刺史之半，安可任非其人？」

〔一一〕「有志」二句，後漢書趙岐傳：「有重疾卧蓐七年，自慮奄忽，乃爲遺令，敕兄子曰：大丈夫生世，遁無箕山之操，仕無伊吕之勳，天不我與，復何言哉！可立一員石於吾墓前，刻之曰：『漢有逸人，姓趙名嘉。有志無時，命也奈何！』」天年，天假之年，指自然壽命。

〔一二〕「遷窆」句，鄭縣，元和郡縣志卷二華州鄭縣：「本秦舊縣，漢屬京兆，後魏置東雍州，其縣移在州西七里。大業二年（六〇六）州廢，移入州城，隸屬雍州。至三年，以州城屋宇壯麗，置太華宫，縣即權移城東。四年宫廢，又移入城。」即今陝西華陰市。安樂鄉，雍正陝西通志卷七一陵墓二唐贊參軍抱墓引華州志曰：「明嘉靖十四年（一五三五），州西梁家村原邊土人耕田得墓隙，入視無骨，有志銘石，横直俱一尺五寸，曰贊抱墓，蓋唐之鄭縣人左武衛兵曹參軍也，稱其葬地爲安樂鄉之原，稱其葬日爲天寶元年（七四二）。」則安樂鄉之地，蓋依稀可尋。

〔一三〕「詩禮」句，論語季氏：「陳亢問於伯魚曰：『子亦有異聞乎？』對曰：『未也。嘗獨立，鯉趨而過庭，曰：「學詩乎？」對曰：「未也。」「不學詩，無以言。」鯉退而學詩。他日又獨立，鯉趨而過庭，曰：「學禮乎？」對曰：「未也。」「不學禮，無以立。」鯉退而學禮。聞斯二者。』陳亢退而喜曰：『問一得三，聞詩聞禮，又聞君子之遠其子也。』」此泛指讀書。

〔一四〕「箕裘」句，禮記學記：「良冶之子，必學爲裘；良弓之子，必學爲箕。」鄭玄注：「仍見其家錮補穿鑿之器也。補器者其金柔乃合，有似於爲裘。仍見其家撓角乾也。橈角乾者，其材宜調，調乃三體相勝，有似於爲楊柳之箕。」孔穎達正義謂「其子弟亦覩其父兄世業」，故仍學之。

〔一五〕「生則」二句，孝經：「子曰：『孝子之事親也，居則致其敬，養則致其樂，病則致其憂，喪則致其哀。』」晉書劉殷傳：「劉殷，字長盛，新興人也。……殷七歲喪父，哀毁過禮，喪服三年，未曾見齒。曾祖母王氏盛冬思堇而不言，食不飽者一旬矣。殷怪而問之，王言其故，殷時年九歲，乃於澤中慟哭，曰：『殷罪釁深重，幼丁艱罰，王母在堂，無旬月之養。殷爲人子，而所思無獲，皇天后土，願垂哀愍！』聲不絶者半日。於是忽若有人云『止止』聲，殷收淚視地，便有堇生焉，因得斛餘而歸，食而不減，至時堇生乃盡。又嘗夜夢人謂之曰：『西籬下有粟。』寤而掘之，得粟十五鍾，銘曰：『七年粟百石，以賜孝子。』劉殷自是食之，七載方盡。時人嘉其至性通感，競以穀帛遺之。」

〔一六〕「殁則」二句，太平御覽卷九〇六鹿引廣州先賢傳：「唐頌，字德雅，番禺人。遭喪六年，廬於墓側，白鹿舍食冢邊。」所言「絶漿九日」，當在唐頌傳中，今已佚。

〔一七〕「占白鶴」句，神仙傳卷五茅君：「茅君者，名盈，字叔申，咸陽人也。於茅山下洞中修練四十餘年，得成真，太上老君命五帝使者持節以白玉版、黄金刻書，加九錫之命，拜君爲太元真人、東嶽上卿、司命真君，主吴越生死之籍。其後每十二月二日、三月十八日，乘一白鶴集於峰頂。」此以白鶴代指道士，言向其求占。

〔一八〕「相青烏」句，青烏，漢代方士，善相冢，著相冢書，太平御覽卷五六〇等存有遺文。

〔一九〕「鄭伯」二句，鄭伯，指鄭桓公。史記鄭世家：「鄭桓公友者，周厲王少子，而宣王庶弟也。宣王立二十二年，友初封於鄭。」索隱：「鄭，縣名，屬京兆。秦武公十一年『初縣杜、鄭』是也。又系本云：『桓公居棫林，徙拾。』宋忠云：『棫林與拾，皆舊地名。』是封桓公，乃名爲鄭耳。至秦之縣鄭，是鄭武公東徙新鄭之後，其舊鄭乃是故都，故秦始改爲縣也。出地理志。」鄭玄毛詩譜鄭譜：「初，宣王封母弟友於宗周畿内咸林之地，是爲鄭桓公。今京兆鄭縣，是其都也。」元和郡縣志卷二華州鄭縣：「古鄭縣，在縣理西北三里。興元元年（七八四），新築羅城及古鄭城，并在羅城内。」

〔二〇〕「晉侯」二句，晉侯，指晉文公。輅，指得周天子所賜大輅。史記晉世家：「（晉文公五年）五月丁未，獻楚俘於周，駟介百乘，徒兵千。天子使王子虎命晉侯爲伯，賜大輅，彤弓矢百，玈弓矢千，秬鬯一卣，珪瓚，虎賁三百人。晉侯三辭，然後稽首受之。」所輅，謂晉爲伯、得賜大輅後所得土地。河外，黄河之北。二句謂晉在黄河之北，與鄭爲鄰。

〔二一〕「其川」句，太平御覽卷八三四釣引尚書大傳曰：「周文王至磻溪，見呂望釣。文王拜之尚父。望釣得玉璜，刻曰：『周受命，呂佐昌。德合於今，昌來提。』」水經注卷一七渭水：「渭水之右，磻溪水注之。」磻溪在今陝西寶雞市東南。按此句謂鄭縣有渭水，磻溪乃影帶而及。同上卷一九渭水：「渭水又東，逕鄭縣故城北。」

〔二二〕「其鎮」句，周禮夏官職方氏：「河南曰豫州，其山鎮曰華山。」鄭玄注：「鎮，名山安地德者也。」元和郡縣志卷二華州鄭縣：「少華山，在縣東南十里。」金石，金指金液，石指玉版。初學記卷五華山引崔鴻前燕録曰：「石季龍使人采藥上華山，得玉版。」又引列仙傳曰：「馬明生從安期先生受金液神丹方，乃入華陰山合金液百藥昇天，但服半劑，爲地仙。」

〔二三〕「習習」句，首「習」字。原作「沓」。英華作「沓習」，校：「集作習習。」全唐文作「習習」。按：「沓習」無義，當作「習習」，據改。詩經邶風谷風：「習習谷風，以陰以雨。」毛傳：「習習，和舒貌。」旟旐，畫有動物之旗幟。詩經大雅桑柔：「四牡騤騤，旟旐有翩。」毛傳：「鳥隼曰旟，龜蛇曰旐。」句指送葬隊伍旗幟飄颺。

〔二四〕「紛紛」句，後「紛」字原作「紜」。英華作「紛紜」，校：「集作紛紛。」全唐文作「紛紛」。按：作「紛紛」是，與上句「習習」對應，據所校集本改。

〔二五〕「范巨卿」句，後漢書范式傳：「范式，字巨卿，山陽金鄉人也。一名氾。少游太學爲諸生，與汝南張劭爲友，劭字元伯。二人并告歸鄉里。」其後，式仕爲郡功曹，張邵病卒，「式忽夢見元伯玄冕垂纓屣履而呼曰：『巨卿！吾以某日死，當以爾時葬，永歸黄泉。子未我忘，豈能相及？』式怳然覺寤，悲歎泣下，具告太守，請往奔喪。太守雖心不信，而重違其情，許之。式便服朋友之服，投其葬日，馳往赴之。式未及到，而喪已發引；既至壙將窆，而柩不肯進。其母撫之曰：『元伯，豈有望邪？』遂停柩移時，乃見有素車白馬號哭而來。其母望之曰：『是必范巨卿也。』巨卿既至，叩喪言曰：『行矣元伯！死生路異，永從此辭。』會葬者千人，咸爲揮涕。式因執紼而引，柩於是乃前。式遂留止冢次，爲修墳樹，然後乃去」。素車，古之喪車。左傳哀公二年：「素車樸馬，無入於兆，下卿之罰也。」「素車」句杜預注：「以載柩。」孔穎達正義：「素車無飾，謂不以翣柳飾車也。」

〔二六〕「韓元長」句，長，原作「良」。英華作「良」，校：「集作長。」按後漢書韓韶傳：「韓韶，字仲黄，潁川舞陽人。「子融，字元長，少能辨理，而不爲章句學，聲名甚盛，五府并辟。獻帝初至太僕，年七十卒。」三國志魏書陳群傳：「陳群，字長文，潁川許昌人也。祖父寔，父紀，叔父諶，皆有盛名。」裴松之注：「寔之亡也，司空荀爽、太僕令韓融并制緦麻，執子孫禮。」則作「長」是，據英華所校集本改。

〔二七〕「大夫」二句，烈士，「烈」原作「列」。英華作「烈」。按後漢書逸民列傳梁鴻傳：「梁鴻，字伯鸞，扶風平陵人。」先後隱霸陵山中，居齊魯之間。「至吴，依大家皋伯通，居廡下，爲人賃舂。每歸，妻爲具食，不敢於鴻前仰視，舉案齊眉。伯通察而異之，曰：彼傭能使其妻敬之如此，非凡人也。乃方舍之於家。鴻潛閉著書十餘篇。疾且困，告主人曰：『昔延陵季子葬子於嬴博之間，不歸鄉里。慎勿令我子持喪歸去。』及卒，伯通等爲求葬地於吴要離冢傍，咸曰：要離，烈士，而伯鸞清高，可令相近。」李賢注：「要離，刺吴王僚子慶忌者，冢在今蘇州吴縣西，伯鸞墓在其北。」則作「烈士」是，據英華改。

〔二八〕「妻子」二句，三國志魏書田豫傳：「田豫，字國讓，漁陽雍奴人。正始初爲振威將軍、領并州刺史。拜太中大夫，年八十二薨。裴松之注引魏略曰：「會病亡，戒其妻子曰：『葬我必於西門豹邊。』妻子難之，言西門豹古之神人，那可葬於其邊乎？豫言豹所履行與我敵等耳，使死而有靈，必與我善。妻子從之。」墓，英華校：「集作家。」

銘曰：

國自東部〔一〕，家承北平〔二〕。遂荒中縣，奄有神京〔三〕。時逢日薄〔四〕，運改天正〔五〕。二王之後，三代之英〔六〕。其一

【箋　注】

〔一〕「國自」句，東，英華校：「集作有。」按下句作「北」，則此作「東」是。東部，指後燕。後燕都中山（今河北定縣），在東，故稱「東部」。慕容垂脱離前燕立國後，封其甥宇文翰爲王，而宇文珽家族乃宇文翰之餘秩，詳本文前注。

〔二〕「家承」句，家承，原作「承家」，英華校：「集作家承。」按：「家」與上句「國」對應，作「家承」是，據英華所校集本改。北平，指北平郡。魏書地形志：「北平郡，孝昌中分中山置，治北平城。」郡領蒲陰、北平、望都三縣。北平縣，「二漢、晉屬中山，有北平城、木門城」。

〔三〕「遂荒」二句，遂荒、奄有，詩經魯頌閟宮：「奄有龜蒙，遂荒大東。」毛傳：「荒，有也。」鄭玄箋：「奄，覆荒奄也。」按：奄，謂盡有。中縣，文選劉孝標辨命論：「居先王之桑梓，竊名號於

中縣。」呂延濟注：「中縣，謂中國也。」中國，即中原。神京，指長安。二句謂宇文斑先世南遷中原，遂爲洛陽人，而其曾祖顯和協助北魏孝武帝西奔長安，建立西魏，故還居長安。

〔四〕「時逢」句，文選李密陳情表：「日薄西山，氣息奄奄。」呂向注「薄」爲「迫」。則「日薄」指日將西下，喻國之將亡。

〔五〕「運改」句，禮記檀弓上：「夏后氏尚黑。」鄭玄注：「以建寅之月爲正。」又曰：「殷人尚白。」鄭注：「以建丑之月爲正。」又曰：「周人尚赤。」鄭注：「以建子之月爲正。」孔穎達正義：「文質法天地。質法天，文法地。周文法地，而爲天正；殷質法天，而爲地正。」故「天正」指周。本文以北周擬三代之周，故「運改天正」，謂將改爲地正，指北周滅亡。

〔六〕「二王」二句，禮記禮運：「孔子曰：大道之行也，與三代之英，丘未之逮也，而有志焉。」鄭玄注：「大道，謂五帝時也。英，俊選之尤者。」二王，此指禹、湯。三代指夏、商、周，而實指北魏、西魏及北周，謂宇文斑之曾祖、祖在北魏以下三代，皆國家之英傑。

惟宗惟祖，有典有則〔一〕。大魏將軍，隆周柱國。於穆顯考〔二〕，其儀不忒〔三〕。禮樂宣風〔四〕，閨門表德。其二

【箋注】

〔一〕「有典」句，尚書五子之歌：「有典有則，貽厥子孫。」僞孔傳：「典謂經籍；則，法。貽，遺也。」

〔二〕「於穆」句，詩經周頌清廟：「於穆清廟，肅雝顯相。」僞孔傳：「於，歎辭也；穆，美。」禮記祭法：「諸侯立五廟：一壇，一墠，曰考廟，曰王考廟，曰皇考廟，皆月祭之。顯考廟、祖考廟，享嘗乃止。」鄭玄注：「顯，明也。」孔穎達正義：「顯考，高祖也。」按：此所謂顯考，當指其亡父宇文誼。文選曹植責躬詩：「於穆顯考，時惟武皇。」李善注：「武皇，謂曹操也。」

〔三〕「其儀」句，詩經曹風鳲鳩：「淑人君子，其儀不忒。其儀不忒，正是四國。」毛傳：「忒，疑也；正，長也。」鄭玄箋：「執義不疑，則可爲四國之長，言任爲侯伯。」此與上句，謂其父雖入隋唐，不再是皇親國戚，仍爲朝廷禮待，仕宦如故。

〔四〕「禮樂」句，宣風，謂以禮頌宣風化。漢書王褒傳：「益州刺史王襄欲宣風化於衆庶間，聞王褒有俊材，請與相見，使褒作中和、樂職、宣布詩。」句指宇文誼爲青城、清苑縣令時頗著政績。

五才鍾秀〔一〕，百福與賢。蜀郡曾子〔二〕，漢代顏淵〔三〕。公之廣學，其積如山。公之大辨，其流如川〔四〕。其三

【箋　注】

〔一〕「五才」句，文選郭璞江賦：「咨五才之并用，實水德之靈長。」李善注：「左氏傳宋子罕曰：『天生五材，人并用之，廢一不可。』杜預曰：『金、木、水、火、土也。』」才、材義同。鍾秀，鍾，聚也，鍾秀謂秀美集聚。

〔二〕「蜀郡」句，指張霸。後漢書張霸傳：「張霸，字伯饒，蜀郡成都人也。年數歲而知孝讓，雖出入飲食，自然合禮，鄉人號爲張曾子。」郡，原作「都」，英華校：「集作郡。」據此，則作「郡」是，據英華所校集本改。

〔三〕「漢代」句，指董仲舒。漢書董仲舒傳贊曰：「劉向稱董仲舒有王佐之材，雖伊吕亡以加，管晏之屬，伯者之佐，殆不及也。至向子歆，以爲伊吕乃聖人之耦，王者不得則不興。故顏淵死，孔子曰：『噫！天喪余。』唯此一人，爲能當之，自宰我、子贛、子游、子夏不與焉。」

〔四〕「公之」四句，晉魯褒錢神論曰：「錢之爲體，有乾有坤。其積如山，其流如川。」此襲用其文句，謂宇文珽善於積學，長於論辯。

親則郕霍〔一〕，地居周鄭〔二〕。人物會同，歌謡鼎盛〔三〕。設官分職，天子有命〔四〕。束髮登朝，參卿軍政〔五〕。其四

【箋注】

〔一〕「親則」句，左傳僖公二十四年：「周公傷夏殷之叔世，疏其親戚，以至滅亡，故廣封其兄弟：管、蔡、郕、霍、魯、衛、毛、聃、郜、雍、曹、滕、畢、原、酆、郇，文之昭也。」杜預注：「十六國，皆文王子也。」此以郕霍代指道王，謂其爲皇帝至親（道王元慶，乃高宗之叔）。

〔二〕「地居」句，鄭國先居周之京兆（舊鄭），後遷至新鄭。道王李元慶貞觀十年（六三六）授豫州刺史（見前注），其地即周之鄭國，故云。

〔三〕「人物」二句，會同，此指匯聚。兩句謂當年道王府聚集着大量人才，詩歌創作極爲活躍。

〔四〕「設官」二句，分，原作「外」，據四子集、全唐文改。周禮天官冢宰：「體國經野，設官分職。」鄭玄注：「鄭司農云：置冢宰、司徒、宗伯、司馬、司寇、司空，各有所職而百事舉。」兩句謂奉天子之命，授宇文珽道王府參軍，兼鄭州參軍事。詳本文前注。

〔五〕「參卿」句，參卿，即參卿軍事，見本文前注。軍，英華校：「集作改。」誤。

江漢之表〔一〕，河汾之都〔二〕。禮優懸榻〔三〕，任重前驅〔四〕。六璽爲貴，皇天降符〔五〕。九州爲廣，益地開圖〔六〕。其五

【箋注】

〔一〕「江漢」句，江漢，指今四川北部、甘肅南部一帶，古以爲長江、漢水發源地，詳前遂州長江縣先

聖孔子廟堂碑注。此代指蜀，實指遂州，謂宇文琔任道王府參軍兼鄭州參軍軍秩滿後，授遂州司户參軍而入蜀，詳本文前注。

〔二〕「河汾」句，河汾，即黄河、汾水，代指晉。史記晉世家：「（成王）於是遂封叔虞於唐，唐在河汾之東，方百里。」指宇文琔除晉州司馬，尋遷長史事，見本文前注。

〔三〕「禮優」句，後漢書陳蕃傳：「陳蕃，字仲舉，汝南平輿人也。……遷爲樂安太守。時李膺爲青州刺史，名有威政，屬城聞風，皆自引去，蕃獨以清績留。郡人周璆，高潔之士，前後郡守招命莫肯至，唯蕃能致焉。字而不名，特爲置一榻，去則縣之。」

〔四〕「任重」句，驅，原作「樞」，英華校：「集作驅。」是，據改。詩經衛風伯兮：「伯也執殳，爲王前驅。」

〔五〕「六璽」二句，晉書輿服志：「乘輿六璽，秦制也，曰『皇帝行璽』、『皇帝之璽』、『皇帝信璽』、『天子行璽』、『天子之璽』、『天子信璽』。漢遵秦不改。」六璽代指皇權。皇天，即天；符，指符命。二句謂唐王朝皇權乃天授，宇文琔爲之守土，實乃禮優任重。

〔六〕「九州」二句，九州，代指全國。益地，傳説西王母嘗授帝舜益地圖，見前少室山少姨廟碑銘詞「王母益地」句注引藝文類聚。二句謂朝廷得宇文琔，有如得益地圖。

平陽士守〔一〕，下部風俗〔二〕。秦晉閭閻，山河軌躅〔三〕。緹油之化〔四〕，海沂之曲〔五〕。始聽雞晨〔六〕，行復驥足〔七〕。其六

【箋注】

〔一〕「平陽」句，平陽，即晉州。史記五帝本紀「帝堯者」句正義引括地志云：「今晉州所理平陽故城是也。平陽河水，一名晉水也。」地即今山西太原。指宇文珽爲晉州司馬遷長史事。

〔二〕「下部」句，部，轄地。風，教化。謂宇文珽到所部敦勵風俗。

〔三〕「秦晉」二句，謂秦、晉閭閻山河相連。文選班固西都賦：「内則街衢洞達，閭閻且千。」李善注引字林曰：「閭，里門也；閻，里中門也。」張衡南都賦：「外則軌躅八達，里閈對出。」按：此以秦指同州，謂宇文珽由晉州長史遷同州長史。元和郡縣志卷二同州：「本大荔戎國，秦獲之，更名曰臨晉。」

〔四〕「緹油」句，謂以緹油屏泥於別駕、主簿軾前，以章有德，事見本文前注。

〔五〕「海圻」句，王祥爲別駕，討破寇盜，時人歌之曰：「海沂之康，實賴王祥。」見本文前注。此以王祥喻宇文珽。曲，英華作「典」，誤。

〔六〕「始聽」句，晉書祖逖傳：「祖逖，字士稚，范陽遒人也。……與司空劉琨俱爲司州主簿，情好綢繆，共被同寢。中夜聞荒雞鳴，蹴琨覺，曰：『此非惡聲也。』因起舞。」

〔七〕「行復」句，三國志蜀書龐統傳：「龐士元（統）非百里才也，使處治中、別駕之任，始當展其驥足耳。」以上兩句，謂宇文珽勤於王事，正施展其治政才能。

龜長筮短〔一〕，吉往兇來。賓朋永訣，徒御相哀。華館無家，玄堂不開〔二〕。青龍水曲〔三〕，白馬車回〔四〕。其七

【箋注】

〔一〕「龜長」句，左傳僖公四年：「初，晉獻公欲以驪姬爲夫人，卜之不吉，筮之吉。公曰：『從筮。』卜人曰：『筮短龜長，不如從長。』」杜預注：「物生而後有象，象而後有滋，滋而後有數。龜象筮數，故象長數短。」此謂世事難料。

〔二〕「華館」二句，家，英華校：「集作象。」全唐文作「象」。按：似當作「家」。無家，謂已與家永別。玄堂，指墓室。

〔三〕「青龍」句，青龍，疑爲葬地鄭縣安樂鄉之水名。

〔四〕「白馬」句，白馬，即素車白馬，指喪車，見前注引范巨卿事。

漠漠古墓，摵摵寒桐〔一〕。郭門之路，平林之東〔二〕。天光少日，地氣多風。凡生物而必死〔三〕，唯君令始而善終〔四〕。其八

【箋注】

〔一〕「搣搣」句，原在「郭門」句之下，不押韻，據全唐文乙。搣搣，文選盧諶時興詩：「凝霜沾蔓草，悲風振林薄。搣搣芳葉零，縈縈芬華落。」呂延濟注：「搣搣，葉落聲也。」墓主葬於永淳元年十月，故稱「寒桐」。

〔二〕「郭門」二句，郭門，當指華州城門。出郭門，經平林而向東，言墓地之所在。

〔三〕「凡生物」句，揚子法言君子篇：「有生者必有死，有始者必有終，自然之道也。」又陶淵明擬挽歌辭其一：「有生必有死，早終非命促。」

〔四〕「唯君」句，文選嵇康琴賦：「既豐贍以多姿，又善始而令終。」李善注引毛詩（見大雅既醉）曰：「『高朗令終。』鄭玄箋：令，善也。」張銑注：「善始令終，謂終始皆美也。」善，英華校：「集作令。」當誤。